鲁迅：源泉与流脉

探索鲁迅之谜

中国当代鲁迅研究（1949—1999）

赤练蛇

王得后 主编

中国社会科学出版社

图书在版编目（CIP）数据

探索鲁迅之路：中国当代鲁迅研究. 1949—1999／王得后主编. -- 北京：中国社会科学出版社，2025.1.（源泉与流脉丛书）. -- ISBN 978-7-5227-4151-2

Ⅰ. I210

中国国家版本馆 CIP 数据核字第 2024TB6991 号

出 版 人	赵剑英
选题策划	陈肖静
责任编辑	慈明亮
特约策划	李浴洋
责任校对	刘　娟
责任印制	戴　宽

出　　版	中国社会科学出版社
社　　址	北京鼓楼西大街甲 158 号
邮　　编	100720
网　　址	http://www.csspw.cn
发 行 部	010-84083685
门 市 部	010-84029450
经　　销	新华书店及其他书店

印刷装订	北京君升印刷有限公司
版　　次	2025 年 1 月第 1 版
印　　次	2025 年 1 月第 1 次印刷

开　　本	710×1000　1/16
印　　张	25.25
字　　数	426 千字
定　　价	59.00 元

凡购买中国社会科学出版社图书，如有质量问题请与本社营销中心联系调换
电话：010-84083683
版权所有　侵权必究

序 一

林贤治

一天，北京来电话，是一个女性的陌生的声音。她在电话里自称是出版社的编辑，正在制作王得后先生编选的一部关于鲁迅的书，王先生托请她让我作序，特意征求我的意见。我听说是王先生的事，话没听清楚，便随即应承下来。待书稿到得案头，才赫然看见"研究"二字。研究从来是学术圣殿中的事，我非学术中人，可有此置喙的资格？

我确乎很早便读鲁迅，"文革"时有好几年简直离不开他的书，因为惟有他的存在，才使我在艰难的岁月里获得生存的勇气。出于亲近的欲望，陆续读了一批回忆录，也读了有数的几部研究著作，如《鲁迅事迹考》《〈两地书〉研究》等。等到《人间鲁迅》的写作完成之后，这方面的阅读机会便大为减少，几近中断了。

接触中，得知鲁迅研究集中于两部分人：一是政治家，再就是学者。关于政治家，鲁迅早就做过演讲：《文艺与政治的歧途》；而学者，在他那里好像一直不怎么讨喜，而他又好像特别敏感于别人的评论，因此不可能不生警惕。直到临终，他谈到为他所敬重的老师章太炎时，也都特别关注他"身衣学术的华衮"。

王先生编选的《探索鲁迅之路：中国当代鲁迅研究（1949—1999）》，让我重返这方面的阅读，填补了因为多年怠惰而留下的鲁迅研究史知识的空缺。这是我至今见到的选材最谨严的一部鲁迅研究论文集。涉及范围广，包括哲学思想研究、作品研究、文献研究等。时间跨度也大，涵盖1949年之后头三十年和后二十年两个时期；两个时期中间既有断裂，又互相衔接。作者有如上述，既有文艺官员，也有学者，而学者更众。他们的研究，随着时势的推移，形成相对的两个世代。但是，无论如何地新老交替，同处于一个体制的框架之内是没有问题的。

选文按时序编排，头三十年约占全书的三分之一。全书以李何林开篇，内容是对毛泽东评价鲁迅的三个"家"——"文学家、思想家、革命家"——的阐释，"代圣人立言"。茅盾的文章为纪念鲁迅逝世二十周年而作，使用报告的语言宣讲鲁迅，思路还是分前后期，肯定后期而否定前期。文章指出，鲁迅强调"国民性"的痼疾是"偏颇"的，对历史上人民的作用估计太低，忽视中国人民品性上的优点。其实，"国民性"的内涵是很丰富的，这种指摘何止于偏颇而已。其余几篇，除了王瑶梳理鲁迅作品与中国古典文学的历史联系之外，都是具体的作品研究。陈涌论《呐喊》《彷徨》的现实意义，工具是认识论的反映论，用的是文艺社会学的传统方法。从民主主义到共产主义，他和茅盾在文章中同时使用了从瞿秋白的《〈鲁迅杂感选集〉序言》那里抽绎出来的公式，颇有教条主义和机械论的味道。冯雪峰论《野草》，将《野草》分为三类：健康的、积极的、战斗的抒情部分，讽刺部分，空虚和灰暗的部分，说这三个部分构成鲁迅思想上的矛盾，及其自我的思想斗争。他指出，矛盾的根源和本质，就在于"资产阶级的个人主义思想"。自延安整风以后，反对个人主义便成了在知识分子中开展政治思想斗争，也即"思想改造"的纲领。在五十年代中期，恰值"反右"斗争前夕，冯雪峰借用"个人主义"的概念描述鲁迅前期思想和创作的"局限性"，回过头看，实在很有点讽刺喜剧的色彩。唐弢论鲁迅杂文艺术，说逻辑思维、形象思维，都显得中规中矩。他说鲁迅杂文在题材、形式、语言方面所以能够驰骋自如，就因为鲁迅接受了"马克思主义思想武装"，同样是流行的说法。何其芳"论阿Q"一文，批评相关评论将"阶级和阶级性"简单化，应当说是有见地的；然而，由于其方法仍旧是单一的阶级分析，最终滑落简单化的泥沼之中。

书中选入《人民日报》两篇社论，分别置于前后两个时期的首要位置，此举极有创意。在特定政治形态和学术语境中，引入主流的权威话语很有必要，因为它足以制造和引领一时风气。它具有指标性的意义，一旦众声喧哗，则已是另一番风景了。

三十年（1949—1979）的鲁迅研究，并非乏善可陈，毕竟有所拓展；若说取得较大收获，当在八十年代以后。此时，坚冰打破，冻雷乍醒，学术界同文艺界一样保持活跃。国外现代思潮的涌入，各种哲学社会科学著作的引进，无疑为鲁迅研究提供了许多新的思想资源。

写成于1967年而校定于1981年的耿庸的文章，以书简的形式谈"鲁迅思想"，机智地打破了那种将它割裂为前期与后期、进化论与阶级论、民主主义与共产主义的做法。这种做法的症结，在于无视鲁迅思想的本质性和一致性。在作者看来，鲁迅从来不曾弃达尔文进化论，即使在前期，也并非那类庸俗进化主义者，或社会达尔文主义者；当鲁迅运用进化论的某些概念于社会斗争时，却是反其意而用之的。他强调说，从一开始，鲁迅便已明确地分清自然的和社会的、物质的与精神的界限了。这是一个有着苦痛的人生经验的思想者的结论。文章的校改和发表，正当短暂的"思想解放运动"期间，作者想必受到当时的精神气候的鼓舞。

在同一时间里，王得后先生突出地把"立人"作为鲁迅思想的核心问题提了出来，并加以系统地论述。在《致力于改造中国人及其社会的伟大思想家》一文中，他指出："根柢在人"，"立人而凡事举"，这是一个总纲。所谓"立人"，一，是立个人，由个人的觉醒导致"群之大觉"；二，人是目的，不是手段，"尊个性而张精神"乃是"道术"，最后将建立"人国"；三，重视人的人生实践和社会实践。文章表明，"立人"的思想贯彻于鲁迅一生的始终，这就打破了过去研究囿于前期的阈限。在长期接受集体主义规训的语境里，强调人的个人性、目的性和实践性，是有着强烈的现实意义的。

王富仁的《中国反封建思想革命的镜子》是一篇有影响力的论文。同陈涌的文章一样，都是论述鲁迅的《呐喊》《彷徨》，而且都是"镜子"。不同的是，陈涌所论偏重政治和革命，王富仁则把政治革命容纳到思想革命之中，深入发掘小说的思想意义。在鲁迅作品研究方面，这是一个有力的推进。

过去的鲁迅研究，很少涉及思想之外的内心世界。王晓明的《现代中国最苦痛的灵魂》，探讨的是鲁迅的心态史，而且着重于阴暗的部分，这是需要特别的眼光的。鲁迅何以执著于国民的精神病态？文章从内部寻找原因，认为根源在于他本人的"幽暗"，长期造成的对黑暗的敏感。王晓明把一个人的思想人格的独立性和孤独感联通起来，从心理学的角度，阐释鲁迅作为一种哲学、一种状态的"绝望的抗战"。

对鲁迅小说的理解，汪晖撇开过去的"镜子"理论，寻找到了另一面精神史的内视镜。在这里，除了心态、情感，还多出一个观念的、哲学的层次。他从《鲁迅全集》中挑选"中间物"作为关键词，执简驭繁，用以概括鲁迅小说的精神特征。"中间物"，隐含着事物的存在和转化的必然性。面对旧时代的亡逝，新时代的到来，作为改革者和战斗者，鲁迅意欲反叛传统而又无法挣脱旧物的纠缠，决心做韧性的反抗而又深知生命的有限性，对于"此在"的感知与认识，不可避免地带来使命感与现实感的撕扯，悲剧性由此而生，形成为小说的情绪底色或基调："一种湍急的、深沉的诗意的潜流"。

对鲁迅而言，"中间物"最终表达为一种自我牺牲。但是，文章接着把鲁迅对"中间物"所作的这种自我规定，外溢至小说中的知识者，甚至历史人物如屈原、司马迁等人的身上，认为他们具备同一的精神特征。这里未免过度阐释，有一种理论泛化的倾向。

如果不是"文化大革命"的结束和第二个"新的时期"的开启，那么，支克坚的"阿Q论"将不可能产生。在《关于阿Q的"革命"问题》一文中，他认为，鲁迅是整个地否定阿Q的"革命"和阿Q式的"革命党"的。他重点剖析了阿Q的"精神胜利法"，指出对压迫者、奴役者的向往和倾慕，是阿Q思想性格方面最根本的特点，也即是"精神胜利法"的实质所在。究其原因，乃是小农业生产、封建宗法制度造成的闭塞性所致。鲁迅在小说中，突出地表现了在阿Q身上小生产者的局限性，而不是革命性。他认为，改造"国民性"，仍然是解读《阿Q正传》的钥匙。同样的命运是，如果时间还停留在"文革"后期，周围一片"批孔反儒"的声浪，高远东对于《故事新编》中的《采薇》和《出关》，也将不会就鲁迅的有关儒家思想的看法作目下一般的解读。

后二十年（1979—1999）的鲁迅研究，确实有不少突破性的发现，但是毕竟是从前三十年衍生而来。前三十年乃至更早的思想意识，不能不对后二十年产生影响，正如导论所说："习惯是可怕的力量。"

这里拿最出色的两篇论文为例，其中就重复使用了前三十年惯用的学术话语。就说王先生的论"立人"。他说鲁迅后期掌握了"辩证唯物主义和历史唯物主义"，把"立人"思想建立在马克思主义理论基础上，成为"一位杰出的马克思主义思想家"，似乎非此不足以言"发展"。其实这种说法，对鲁迅思想的独立性和独特性来说是有损害的。诚然，鲁迅阅读过马克思主义的著作，但是作为一种社会学说，只能说它丰富了鲁迅的思想，却不能涵盖或改变鲁迅的思想。王富仁的"镜子"一篇，末尾同样不忘指出鲁迅缺乏历史唯物主义观点，不能考察人们的历史活动的动机的原因，没有摸到社会关系体系发展的规律性，没有看出物质发展程度是这种关系的根源，等等，甚至指鲁迅小说"没有表现出中国无产阶级的革命领导作用"，而所有这些，照样被归纳为所谓的"局限性"。对于一个人的变化，过分夸大甚至神化某种外在力量的作用，无论是物质的还是精神的，往往是不切实际的。

这里可能关涉到一个学术环境问题。具体的语境，要求论者的言说，在政治上绝对"正确"，合乎安全规范。几十年一贯制，人文科学领域同样存在一个"路径依赖"的法则。因此，鲁迅研究的正常发展，仍然有待环境的进一步净化。首先要去除"圣化"现象，无论来自意识形态，还是经院哲学；改变侍从主义状态，而后恢复自我作为鲁迅"相关者"的独立身份。这就是"立人"。个人性和独立性，恒在地，是社会人文科学实践中的首要问题。

《探索鲁迅之路：中国当代鲁迅研究（1949—1999）》是一本论文集，其中收入一篇书简，一篇短评，不拘泥于语言形式，这是一种开放的态度。在这里，一贯重视学术的钱理群以不那么学术的文本形象现身，倒有几分鲁迅式的丰采。文章热烈赞美鲁迅无羁的自由感，为"极端""偏激""片面"辩护，肯定鲁迅的怀疑主义的否定性思维：怀疑、挑战、审问、判决，"于一切眼中看见无所有"。其实，这正是视中庸主义为死敌的战士的思维。一，鲁迅是战士，而且敢于单兵鏖战。鲁迅不同于一般作家、学者或其他的什么"家"，在鲁迅这里，"家"只能成为战士的前缀。若要说"回到鲁迅"，就是回到战士这里；唯其如此，才能使成为研究对象的鲁迅不至于化作"活化石"。二，从鲁迅研究者一面来说，是否需要具备一点"鲁迅精神"？倘使研究者是那种自命的客观主义者或中庸主义者，憎厌斗争，鄙弃批判，其研究结果有可能符合鲁迅原貌的吗？这是一个问题。

还有一个研究的语言载体问题。对于鲁迅这样的小说家和杂感家来说，研究的书写方式就不应仅限于论文。记得美国政治学者阿伦特说过，最宜于表达思想的文体就是随笔。尼采、德勒兹、齐奥朗用断片式随笔写哲学；阿伦特，包括薇依、本雅明他们的研究，都曾用随笔书写。刚刚去世的、我所尊敬的美国人文社科学者、《弱者的武器》的作者詹姆斯·C. 斯科特就是一位现代学术写作规范的"离经叛道者"。他忠告说：社会科学学者可千万别以为自己的学科能完全适合某个你在研究的问题,这种局限无助于我们的思考。他认为,有必要把视野放宽至历史、文学、民间通俗文化,包括书写方式。

把文章写完,才发觉我在一列整齐光洁的"皮鞋脚"跟前伸出去一只"草鞋脚"。如果王先生不以为不协调的话,那么就当作序文吧。

2024 年 7 月 30 日,子夜。

序 二

王培元

回想起来,居京三十载,在我所接触认识的诸多鲁迅研究者中间,王得后先生的气质和个性,是颇有些与众不同的。

2010年曾蒙其信任,有机会做他那部比较中国现代与古代两大重要思想家异同的学术专著《鲁迅与孔子》的责编。于人文社退休前的两个年头,在编辑出版《鲁迅手稿丛编》(15卷)的过程中,又极幸运地得到了他耳提面命的指导和难能可贵的帮助。其间发生过许许多多繁杂琐细且难以忘却之事,都更为生动鲜活地加深了我对他"这一个人"直接而全面的了解与感受。至今依然让我感念和追怀。

关于"人"与"文"之关系,钱锺书提出过一个特别的观点:"文本诸人",恐怕是很有道理的。今年冬去春来的时节,一位对王得后之人及文章都比较了解熟悉的朋友,在电话里曾谈起对他散文创作的某些体悟。他说,王得后的散文自然质朴,而又具有诗意和文采,那是一种含蓄内敛的文采和诗意。后来仔细思量,朋友的这番话,与我所感知和体认到的王得后先生之为人,以及他的与众不同的个性气质,正相契合,也印证了"文本诸人"的说法。

王得后先生散文之内敛含蓄、质朴自然的风格,在他主编的这部《探索鲁迅之路:中国当代鲁迅研究(1949—1999)》中,也以一种特殊的方式映射了出来。从五十年间发表的海量的鲁迅研究论文里,精择细选,以有限的篇幅,萃为一册,决非易事。待看了全书目录,读过王得后先生的导论,再披览辑入的所有文章,便不由得不感叹,这部大约四十万字左右的论文集,的确体现了一种他所推许的简约精当的编辑原则。

1949年至1999年,共半个世纪,看上去似为一个历史整体,而其实以1976年为界，是划为前后两个不同的社会政治时段的。对此，王得后先生除在"导论"里做出交待外，又特地选入两篇发散着浓厚时代气息、具有一定代表性的"社论"，以进行具体直感的提示。既可让读者真切感受到主流话语和意识形态氛围的前后差异，又能够经由两个社会历史阶段的转换，透示出当代中国鲁迅研究走过的艰辛曲折的历程，以及所开拓的新的生面和前所未有的格局。

当代中国的鲁迅研究，其外在的物理时间的起始点自然是1949年，而从精神文化的内在连续性来考察，则不能不说其仍处于1942年毛泽东文艺思想诞生后的一个较长的大的历史时段之内。毛泽东在延安称颂鲁迅为"伟大的文学家、思想家和革命家"，誉扬推崇之高，可谓前所未有。然而，这个被称为"三家"论的权威评断，在其后相当长的历史时期内变成了一个有形无形的框子，严格地指导引领规约着中国鲁迅研究的方向和路径。翻阅此书即可看到，1976年之前的文章，大抵只能在上述政治框架之内"戴着锁链跳舞"。写作者从提出论点、展开论证，直至得出结论，一概自称"我们"，所采取的立场理念，是以政治教义作为强大理论支撑的群体意识。这与后来作为研究者个体的"我"的纷纷登场，构成了鲜明的时代反差与文化分野。这个看似简单明了、实则意味深长的"小问题"，实际上聚焦和凸显了，在半个世纪的艰难前行的长途中，前后两个不同时段的理论模式与思维逻辑的重要差别。中国的鲁迅研究，从山重水复、跌宕起伏的跋涉摸索，到历尽波折迁变之后的复苏、拓展与深化，一条"我们"与"我"的纠缠突破和变奏的历史演进轨迹，在王得后先生精心遴选的这些文章当中，若隐若现而又异常清晰地显示了出来。

阅读前一个时段的文章，还会遇到一个颇有意味的问题。在以往强大的主流话语气氛中，一方面写作者"我"，完全融入乃至消弭于"我们"之中的现象所在多有，而另一方面"我们"与"我"之间，又并非总是和谐一致、严整同一的，二者之间始终存在着某种张力、矛盾、罅隙和裂缝。恐怕任何一个认真严肃、具备一定深厚学术功力的研究者，在其研读、思考和求索过程中，都不可能不敏锐真切地感受到，强势的主流话语对自己的学术研究和理论思考所造成的束缚、干扰与压抑。而要把自己的所感所思所想所得，梳理得既清楚又明确，然后合乎逻辑地表达阐述出来，"我"便很可能自觉不自觉地希求从"我们"的笼罩遮蔽约束中挣脱突围而出。大概王瑶关于鲁迅与中国古典文学的历史联系的论述，便存在着这样一种情形。对于鲁迅何以喜爱并汲取魏晋文章的风神格调之内在原因，以及《儒林外史》的卓越讽刺艺术给予鲁迅小说创作的启迪与示范，王瑶这篇文章均做出了深入有力的分析阐释；然而，在探讨鲁迅对范爱农、吕纬甫、魏连殳等人物的描写刻画，寄托了他自己内心深处嵇康式的孤愤的情感的同时，却又并不恰当地强调了鲁迅对他们给予了"深刻的批判"。但实际上，恐怕这并不符合王瑶本人当时对鲁迅作品的情绪感受，以及他的深切的生命体验。可见，有的研究者所做的摆脱和冲决的努力又总是有限度的，是在彼时所能容忍和准许的范围之内的。于是，当下的读者在读解这些文章的时候，也就会感到和发现其中存在着某些矛盾、龃龉、扞格的不协调不一致之处。而后一个时段的有些文章，却又可能显露出如下问题：已经获得了新的角度、新的视野和新的发现，但所使用的个别理论概念和学术话语，却仍然夹带着前一个时期某些陈旧的思想遗存和观念残留。因而，"我"便不能不依旧受到"我们"的潜在影响、干扰和拘牵，以往的幽灵仍然久久徘徊不去。凭借惯用的术语、既定的理念和僵滞固化的信条，是根本无法真正深入无比壮阔深邃、具有高度独创性的鲁迅的思想世界和艺术堂奥的。探索鲁迅，首先必须回到鲁迅，研读鲁迅，则必须从生气郁勃的鲁迅文学本身，去发抉择取和提炼其诗学思维与话语表达的独特方式及概念。

此书名为"探索鲁迅之路"，想来在王得后先生的心中，显然也想以此提示了一种"双重探索"的意涵：对鲁迅之路的探索，以及对这一探索的再探索。其中所蕴含的学术理论话题和历史文化内容，大概是极为丰富、复杂和深刻的。王得后先生自己，即为这条探索道路上一名孜孜以求的跋涉者，对曾经的艰困、劳作的苦辛和内心的哀乐，他当怀有痛切的感受和刻骨的冥悟。他于1981年1月撰写，也选入了本书的《致力于改造中国人及其社会的伟大思想家》一文，即为一个有力的证明。这部时间跨度五十年的论文集，最终编成一本什么样的书，事先必定经历了他的深思熟虑的反复考量。包括鲁迅研究在内的学术研究，应该既具有难以摆脱的自然的历史传承性质，又更需要自由无畏大胆的进取、拓新和创造精神。鲁迅曾说："非有天马行空似的大精神即无大艺术的产生。"鲁迅研究尤其需要这样一种"大精神"。"萎靡锢蔽"的精神，是决不可能采撷到饱满甘醇的学术果实的。在当年乍暖还寒的时令中，王富仁提出令人耳目一新的"中国反封建思想革命的镜子"论，无疑是需要执着的探索精神、坚毅的胆识和一往无前的勇气的。此外，支克坚《关于阿Q的"革命"问题》、耿庸《关于鲁迅思想的书简——鲁迅"前期"思想论》等诸文的辑入，也都分明表现出了王得后先生精审开阔的理论视野和独到犀利的学术眼光。

如此看来，《探索鲁迅之路：中国当代鲁迅研究（1949—1999）》的编选出版，就不仅仅是对已成为历史的半个世纪中国鲁迅研究的一个回望、一次反顾，而且也提供了一个总结、省思与前瞻的契机，并且给予当今的读者研究者以开卷有益的思想启迪和丰富教益。

鲁迅的文学和思想世界是特殊、迷人而又深刻的，其中蕴蓄着无与伦比的伟大精神力量和地火喷发般的创造活力。中国探索鲁迅之路理应越走越宽广恢廓，前景也当会越来越伟美壮丽。

2024年初夏大风雨中于山海旅次北窗下

前　言

王得后

不曾想到，这本出版于二十多年前的《探索鲁迅之路：中国当代鲁迅研究（1949—1999）》有再次面世的机会，而且是与孙郁先生编选的自 2000 年至 2021 年的鲁迅研究论文集合体，或许能为以部分相关学术成果为标记来梳理鲁迅研究史，提供较为完整的线索。

1999 年，20 世纪行将结束、21 世纪即将降临之际，曾有著名学者预言 21 世纪是中国文化的世纪。当此之际，有朋友要我将 1949 年至 1999 年的鲁迅研究的重要文章辑为一编，我自知力不从心，推辞了。朋友不放弃，一再催促，而且登门与我讨论。却不过他的好意，只好答应一试。

当年编选此书，在我，是一次回顾半个世纪鲁迅研究历史的过程。回望所来径，看到的是几代探索者留在这条道路上的层层叠叠的足迹，有师长辈的，也有我所属世代，以及较我年轻的世代的。一代代鲁迅研究者接力，在艰苦探索中前行，至今看去，仍然令人神旺。

在中国，"鲁迅研究"是一门要求研究者投入生命的学问。从事这项工作的研究者，往往将鲁迅及其著述融入到了自己的生命中，主/客体界限由此模糊。这种情况在中国学界，称得上"现象级"；足以使鲁迅研究作为中国学术版图中的特殊存在。鲁迅研究不但在岁月中流转，且与时代、社会、政治密切互动，成其为映照历史、社会的镜子。这也是编选这本书令我动心的所在。

我最期待的读者是年轻人。近年来，鲁迅的著作在年轻读者中始终维持着一定的热度，令我感到欣慰。希望年轻读者对前辈已有的鲁迅研究有对话的兴趣与热情，由此推进鲁迅研究的不断发展。我相信自己不会失望。

2022 年 4 月 10 日

目 录

导论……………………………………………… 王得后（1）
"鲁迅是伟大的文学家、思想家与革命家"……… 李何林（8）
学习鲁迅，坚持思想斗争！……………………… 社　论（11）
论鲁迅小说的现实主义
　　——《呐喊》与《彷徨》研究之一 ………… 陈　涌（13）
论《野草》 ……………………………………… 冯雪峰（44）
论阿Q …………………………………………… 何其芳（68）
鲁迅杂文的艺术特征……………………………… 唐　弢（78）
鲁迅——从革命民主主义到共产主义
　　——在首都纪念鲁迅逝世二十周年
　　　　大会上的报告……………………………… 茅　盾（97）
论鲁迅作品与中国古典文学的历史联系 ………… 王　瑶（108）
关于阿Q的"革命"问题………………………… 支克坚（137）
论鲁迅作品与外国文学的关系 …………………… 王　瑶（156）
关于鲁迅思想的书简
　　——鲁迅"前期"思想论 ………………… 耿　庸（194）
鲁迅精神永在……………………………………… 社　论（206）
致力于改造中国人及其社会的
　　伟大思想家 ……………………………… 王得后（210）
从文献学的角度看鲁迅研究中的
　　资料问题 ………………………………… 朱　正（244）
中国反封建思想革命的镜子
　　——论《呐喊》《彷徨》的思想意义 …… 王富仁（258）
现代中国最苦痛的灵魂
　　——论鲁迅的内心世界 …………………… 王晓明（282）
历史的"中间物"与鲁迅小说的精神特征 ……… 汪　晖（304）

"于一切眼中看见无所有" ························· 钱理群(326)
道德与事功:鲁迅对于儒家思想的批判与承担
　　——《故事新编》与中国传统思想和价值批判
　　研究之一 ································· 高远东(335)
鲁迅哲学思想刍议 ······························· 王富仁(352)

　　附录　1949—1999年鲁迅研究著作目录 ············(361)

导 论

王得后

一

这是一本鲁迅研究论文选集。时间从新中国成立开始，止于1999年终结，凡50年。篇幅约定为四十万字。本来，任何选本，在编者多难免遗珠之憾。何况鲁迅研究论文，向来数量曰大，而又以半个世纪时间之长，四十万字，实在是挂一而漏万了。然而，《老子》有言："昔之得一者：天得一以清，地得一以宁，神得一以灵，谷得一以盈，万物得一以生，侯王得一为天下贞，其致之。"惟愿此书所选，近于得一，庶几对得起读者，对得起50年间的鲁迅研究。

鲁迅对于"选本"，多有平议。如说"凡选本，往往能比所选各家的全集或选家自己的文集更流行，更有作用"，"选本可以借古人的文章，寓自己的意见"；又说"选本所显示的，往往并非作者的特色，倒是选者的眼光。眼光愈锐利，见识愈深广，选本固然愈准确，但可惜的是大抵眼光如豆，抹杀了作者真相的居多，这才是一个'文人浩劫'。"因之，鲁迅甚至断言："至于选本，我倒以为是弊多利少的"。但就事论事，他也以为"评选的本子，影响于后来的文章的力量是不小的，恐怕还远在名家的专集之上，我想，这许是研究中国文学史的人们也该留意的罢。"

既然熟知鲁迅对于"选本"的意见，按说我不应该也来搞什么"选本"，尤其自知自己的眼光迹近于豆，搞出一个"文人浩劫"来实在是罪过。但我想，当我把鲁迅对于"选本"的平议抄录出来，奉呈于读者面前，先打一预防针，不至于中毒，为了省便，翻翻这本选集也是可以的吧？

将近20年了。我说过，我身在鲁迅研究的旋涡之中，只是"述而不作"，是"很幼稚"的："我有一个想法，就是研究鲁迅思想首先要研究清楚鲁迅到底有哪些思想，然后才能进一步研究这些思想的性质，评论它的是非，衡量它的高低。"（《〈两地书〉研究》）这也就是"从鲁迅出发"的意思。约略同时，王富仁先生提出鲁迅研究应该"回到鲁迅"。深受同行赞许。这，也包括我在内。在选编这个集子的时候，要说有什么标准，也就是比较接近鲁迅，大抵显示研究的轨迹吧。

二

鲁迅研究不始于新中国的成立，但新中国的成立的确开始了一个鲁迅研究的新时期，或曰新阶段，是值得从此作一个"断代"的分析的。

鲁迅最早发表作品始于清光绪二十九年，即公元1903年，到日本留学的第二年，有《斯巴达之魂》《说钼》，译文雨果的《哀尘》、儒勒·凡尔纳的《月界旅行》。文艺与科学、创作与翻译都两者兼而有之。待到1906年3月从仙台医学专门学校退学，弃医从文，第二年即撰写《人之历史》《摩罗诗力说》《科学史教篇》和《文化偏至论》，又一年陆续发表于留日学生编辑、在日本东京出版的《河南》月刊。这一年又撰写《破恶声论》，发表于同年十二月《河南》月刊第八期，但"未完"，不知是未写完还是未发表完。1909年出版与周作人合译的《域外小说集》两册之后，于八月结束留日生活回国。这一时期鲁迅是十二万分孤独而寂寞的。他的文字，无论是创作还是翻译，无论是文艺还是科学，都毫无反应，一如"叫喊于生人中"，没有赞和，没有反对，遑论研究。而那《人之历史》等五篇文言文论文，实在是极重要的呐喊。在中国，提出了与立宪派、革命派迥然不同的强国主张，这就是"根柢在人"，"首在立人"；在个人，已然奠定了后来习称为"鲁迅思想"的基础，包括思想的核心，元点与框架，以及哲学根基。然而，没有感应的神经，没有卓识的慧眼。

不过，这也是时势使然。在一个忙于暴力革命的时代，文学—文化界倘没有与暴力革命一体的大动作，是不可能引起社会关注的。待到推翻清王朝的革命已经成功，一个以推倒人身依附关系的"君为臣纲，父为子纲，夫为妻纲"的旧文化，建设人格独立的，自由、平等的新文化为宗旨的运动勃然兴起，鲁迅也投身其中，以白话小说《狂人日记》显示新文学的实绩，以《新青年》上犀利深刻的杂感显示新思想的力量的时候，鲁迅也就脱颖而出，成为读者和文学批评者注视的亮点，并且生前死后，光辉永驻；对于论敌也是刺眼的电弧光。

新中国成立以前，鲁迅研究是各是所是，各非所非，自由自在的。不仅赞同的与反对的有着激烈的交锋，就是赞同的一方，也见仁见智，各说各话。1927年国民党背叛国共合作，以血腥屠杀实行"清党"，鲁迅无比痛恨这种比"三一八惨案""残虐险狠"千百倍的罪行，乃与国民党决裂而日益支持中国共产党的革命斗争。鲁迅研究开始进入国共两党斗争的框架。

自1918年鲁迅发表《狂人日记》，到1921年开始连载《阿Q正传》，到1923年《呐喊》出版，读鲁迅作品而大加赞赏的文字即源源不断。"礼教吃人"成为震撼人心的流行词语，《阿Q正传》甫连载到第四章，茅盾即指认阿Q"他是中国人品性的结晶"，此后大体成为共识，而"阿Q相"也提出来了，"阿Q"又成为一个惹人爱恨交加的流行诨名。鲁迅的小说有"杰作"（汪敬熙语）。鲁迅的艺术"高妙和伟大"（杨邨人语）。"鲁迅是今日中国文学界第一人"（张申府语）。鲁迅"他不只是一个中国的作家，他是一个世界的作家！"（俄国王希礼 B. A. Василъев语）。1922年胡适在《五十年来之中国文学》总结道："短篇小说也渐渐的成立了。这一年多（1921年以后）的《小说月报》已成了一个提倡'创作'的小说的重要机关，内中也曾有几篇很好的创作。但成绩最大的却是一个托名'鲁迅'的。他的短篇小说，从四年前的《狂人日记》到最近的《阿Q正传》，虽然不多，差不多没有不好的。"

对于鲁迅的思想，既有"托（尔斯泰）尼（采）思想"一类的比拟，又有"思想界的权威者"的名望和"思想界先驱者"的广告。

20年代以后，鲁迅日益受到文学青年和青年学生的拥戴。组织未名社莽原社成为骨干，或被视为"青年叛徒的领袖"；不过是《语丝》的经常撰稿人，就为论敌指为"语丝派首领"。当马克思主义文艺家倡导"革命文学"的时候，也以鲁迅为主要的祭旗者，作为"二重的反革命"加以扫荡。待到左翼作家联盟成立，拥护者以为"盟主"，反对者攻击他因"领袖欲"而堕落。

鲁迅生前最具影响力而有权威性的评论，是瞿秋白的《〈鲁迅杂感选集〉序言》。因为它的马克思主义的话语，因为它的理论性分析与概括，因为作者曾经是中共中央领袖。他的最主要的和被广泛征引的结论是："鲁迅从进化论进到阶级论，从绅士阶级的逆子贰臣进到无产阶级和劳动群众的真正的友人，以至于战士，他是经历了辛亥革命以前直到现在的四分之一世纪的战斗，从痛苦的经验和深刻的观察之中，带着宝贵的革命传统到新的阵营里来的。"（原有着重号，引者）

鲁迅逝世以后，1940年毛泽东在《新民主主义论》中把鲁迅提升到空前崇高的地位："而鲁迅，就是这个（五四）文化新军的最伟大和最英勇的旗手。鲁迅是中国文化革命的主将，他不但是伟大的文学家，而且是伟大的思想家和伟大的革命家。鲁迅的骨头是最硬的，他没有丝毫的奴颜和媚骨，这是殖民地半殖民地人民最可宝贵的性格。鲁迅是在文化战线上，代表全民族的大多数，向着敌人冲锋陷阵的最正确、最勇敢、最坚决、最忠实、最热忱的空前的民族英雄。鲁迅的方向，就是中华民族新文化的方向。"

1942年，革命圣地延安一批文艺工作者信奉鲁迅，继承鲁迅批评社会批评文明的精神，认定"还是杂文时代，还要鲁迅笔法"。毛泽东作《在延安文艺座谈会上的讲话》，对这一敏感而意义深远的题旨，作了巧妙的解释和深潜的批判。这与《新民主主义论》中对鲁迅的论断构成了一个总纲，而以后者为把握与实行这一总纲的钥匙。

三

新中国的成立使鲁迅研究发生了深刻的变化，的确开始了一个新的时代，毛泽东的时代。

这是因为1943年3月，毛泽东被中共中央委员会选举为中央委员会主席和中央政治局主席，以后在历届中央委员会上都连续当选，直至逝世。随着新中国的成立，毛泽东主席的权威日益攀升，直至"伟大领袖，伟大导师，伟大统帅，伟大舵手"；毛泽东思想也攀升到马克思主义的"顶峰"。毛主席的鲁迅论也就成为鲁迅研究无可争议的无须质疑也不准质疑的指针。《人民日报》在30年间发表四个纪念鲁迅逝世的社论，这在中国现代政治史上在数以万计的文学家中都是绝无仅有的举措。鲁迅研究在这一时期构成为一个时代。

这一个时代的鲁迅研究者是鲁迅的朋友、"战友"、学生等同时代人物和他们的学生。他们中有真诚的马克思主义者，有真心爱戴鲁迅的人，他们认真读鲁迅学鲁迅，以空前的热情进行理论思考，取得了不可替代的成果。但是，他们的鲁迅研究是和自己的思想改造不可分地联系在一起的；是思想改造的或一种汇报和政治立场政治态度的或一种表白。

这一个时代的鲁迅研究必须与时代的步调保持一致，必须服从并服务于思想政治运动。而鲁迅本人，他的经历和他的著作，的确为这样的研究者提供了方便。

鲁迅生当中国社会历史性大转型的关头。这一大转型因戊戌百日维新失败而失去了和平改制的契机，转为流血的革命改制，所谓"枪杆子出政权"的时代。这是一个痛苦而复杂的时代。外部是列强步步侵略，而政府屡战屡败，被迫签订一个又一个丧权辱国的不平等条约，割去辽阔的国土，赔偿巨额的银两。鲁迅诞生前七个月，是《中俄伊犁条约》。4岁，中法战争，南洋水师覆没；次年是《中法新约》。14岁，中日甲午战争，北洋水师覆没；次年是《马关条约》。20岁，英、俄、美、法、德、意、日、奥八国联军攻陷帝都北京，次年是《辛丑各国和约》（《辛丑条约》）。51岁，日本帝国主义侵占东北三省。52岁，日本侵略军发动"一·二八事变"，进攻上海，鲁迅全家陷入火线之中，5月是"上海停战协定"。56岁逝世于抗日战争全面爆发前夕。国内，鲁迅诞生于光绪七年，接受了良好的传统文化教育："几乎读过十三经"。18岁考入洋务派兴办的新式学堂，接受新知识，发生戊戌维新。22岁从矿路学堂毕业，"绝望于孔夫子和他的之徒"，东渡日本留学，感受革命思潮，参与革命活动，41岁，辛亥革命成功地推翻了清王朝，结束了秦始皇以来绵延两千多年的帝制，创建史无前例的民国。朝代易改，制度难移。鲁迅在民国政府教育部内，亲见二次革命，亲见袁世凯称帝，亲见张勋复辟，亲见军阀混战，而后是国共合作的第一次国民革命，却又在广州亲历国民党背叛合作，暴力"清党"，血腥屠杀。而后是共产党武装起义，武装割据，武装夺取政权，终其一生经历国共两党的武装斗争，共产党领导工农革命的艰苦历程。在这样一个流血革命的时代，经历这样复杂的事变，鲁迅认同了时代的主导思潮。第一，从青年时期就认同革命斗争。1903年在《中国地质略论》中即表示："犹谭人类史者，昌言专制立宪共和，为政体进化之公例；然专制方严，一血刃而骤列于共和者，宁不能得之历史间哉。"1925年又谈道："总要改革才好。但改革最快的还是火与剑，孙中山奔波一世，而中国还是如此者，最大原因还在他没有党军，因此不能不迁就有武力的别人。近几年似乎他们也觉悟了，开起军官学校来，惜已太晚。"因之鲁迅一直关心着北伐的进展。第二，鲁迅认同政治的决定作用。1925年他表示："我总以为不革内政，即无一好现象，无论怎样游行示威。"1926年北伐战争进行中,重申"现在我最恨什么'学者只讲学问,不问派别'这些话,假如研究造炮的学者,将不问是蒋介石,是吴佩孚,都为之造么?"第三,当国民党背叛同盟者,血腥屠杀,鲁迅立即与之决裂,公开谴责,痛加抨击;转而同情并支持共产党。国民党愈法西斯化,以党治国,实行"党国"制,鲁迅的反抗愈坚毅而不遗余力。鲁迅临终前纪念自己的老师太炎先生时说:"我的爱护中华民国,焦唇敝舌,恐其衰微,大半正为了使我们得有剪辫的自由";又在《答托洛斯基派的信》中披露心迹说:"那切切实实,足踏在地上,为着现在中国人的生存而流血奋斗者,我得引为同志,是自以为光荣的。"第四,鲁迅认同马克思主义,马克思主义的无产阶级革命及其未来的无阶级社会。

然而,在反击创造社的马克思主义者对他的批判的时候,鲁迅在《我的态度气量和年纪》中即已深刻地指出:"旧的和新的,往往有极其相同之点——如:个人主义者和社会主义者往往都反对资产阶级,保守者和改革者往往都主张为人生的艺术,都讳言黑暗;棒喝主义者和共产主义者都厌恶人道主义等"。对于鲁迅上述认同的各点,正需要鲁迅研究者进一步追问"为什么"和"为了什么",以探究属于鲁迅个人独特的内涵。举一个例,比如1931年,鲁迅在《上海文艺之一瞥》中批评:"好似革命一到,一切非革命者就都得死,令人对革命只抱着恐怖。其实革命是并非教人死而是教人活的。"1932年,在《辱骂和恐吓决不是战斗》中表示:"无产者的革命,乃是为了自己的解放和消灭阶级,并非因为要杀人,即使是正面的敌人,倘不死于战场,就有大众的裁判,决不是一个诗人所能提笔判定生死的。"1936年,在《答徐懋庸并关于抗日统一战线问题》中指出:"首先应该扫荡的,倒是拉大旗作为虎皮,包着自己,去吓呼别人;小不如意,就倚势(!)定人罪名,而且重得可怕的横暴者";"而且什么是'实际解决'?是充军,还是杀头呢?在'统一战线'这大题目之下,是就可以这样锻炼人罪,戏弄威权的?"不通盘研究鲁迅所处的时代环境,鲁迅的作为和鲁迅的文本,是不可能逼近鲁迅的真相的。鲁迅毕竟是鲁迅。

新中国成立后的50年,鲁迅研究大体可以分为两个时期:前30年和后20年。前30年是从预设的一系列原则出发,努力论证已有的权威结论如何正确。倘若现成的权威结论语焉不详,于是出现研究的热点。争论不休,莫衷一是。如将鲁迅分割为前期与后期,批判他的前期，讴歌他的后期，那么前期与后期划分在哪一年，迄今未见定论。后20年由于文化大革命结束，因为政治的需要并为了政治而倡导"思想解放"，"'拨乱反正'"，"实践是检验真理的唯一标准"；由于历史的因缘，鲁迅和鲁迅研究深深陷入政治的与思想的攻防之中。30年的思想改造，30年的熏陶，一代鲁迅研究者和鲁迅爱好者的养成，各种各样现实利益的发酵与驱动，使鲁迅研究再次出现敏感、激烈、复杂的争辩，乃至依旧诉求于政治的斗争。但坚冰终于打破，鲁迅研究出现了新的局面，出现了一个新的时期。这一时期之所以新，新在不再从原则出发而是从鲁迅出发，不再囿于现成的权威论证权威而是回到鲁迅阐释鲁迅，在研究者各自把握的尺度各自设定的范围，各是所是，各非所非，不仅赞颂的与辱骂的激烈交锋，就是赞颂的也见仁见智，辱骂的则各骂其骂。虽然依旧有用别一主义、别一学说、别一哲学来图解鲁迅的，依旧有用鲁迅来注释当下流行的思潮和观念的，但，归根结蒂，鲁迅大体上已成为研究的对象，已成为可以研究的对象。自然大抵而已。冰冻三尺，非一日之寒。习惯是可怕的力量。鲁迅曾作《习惯与改革》，鲁迅研究也不例外。这才见出鲁迅的智慧和他的思想的力量。

最后，我从心底感念前辈和同辈在鲁迅研究该坎坷道路上的跋涉，他们付出的心血，曾有的快乐，无奈的苦楚，取得的成果。我从心底感谢授权给我采用他的大作的作者或作者的法定继承人。使我得以勉为其难应朋友之约编成这本选集。为了尊重时代的风貌，顾及作者写作——发表时的社会状态，所有论文都从原发报刊全文照录，以存原初的真实。

王得后

2002.3.18 于安贞里

"鲁迅是伟大的文学家、思想家与革命家"

李何林

> 鲁迅是中国文化革命的主将,他不但是伟大的文学家,而且是伟大的思想家与伟大的革命家。……鲁迅的方向,就是中华民族新文化的方向。
>
> ——毛泽东:《新民主主义论》

中国地主买办阶级文化的叭儿狗陈西滢、苏雪林、梁实秋……之流,和提倡所谓:"民族主义""三民主义"文学的张道藩、王平陵、黄震遐、徐仲年、赵友培……之流,以及提倡法西斯文学理论并从事法西斯文学写作的陈铨……之流,(这些其实也都是地主买办阶级文化的叭儿狗)对于鲁迅先生的生时和死后,都极尽其谩骂诬蔑之能事:他们说鲁迅先生的写作是拿了苏联的卢布和中国共产党的"花边"(即银元,他们所谓"花边文学")的;说鲁迅先生不过是一个能写一些尖酸刻薄的骂人文章的绍兴师爷;说鲁迅先生是一个无一定思想或思想时常变化的无聊文人;或者又用"欲抑先扬"的方法,说"鲁迅的小说是作得还好的,但是他的杂感文实在没有价值",以显示他们的公正,冀图抹杀鲁迅先生的"文艺性的社会论文"的战斗作用和意义。

又有些似乎不怀恶意,似乎并不属于叭儿阵营里面的人们,说"鲁迅的确是一个文学家,但不是一个思想家,更不是一个革命家"。他们的意思好像以为作为一个思想家一定要写一大本一大本的哲学、社会科学的著作,发表一些政治经济的论文:鲁迅只能写一些短篇的小说和杂感文,有什么思想体系可言呢?所以不是思想"家"。鲁迅没有参加实际的革命工作,不过坐在家里写写文章,所以也不是革命"家"了。

叭儿们的谩骂和诬蔑，并无损于鲁迅先生的小说和杂感的战斗的光辉，也没有妨碍了鲁迅先生被中外文学界和人民的绝对大多数称为"伟大的文学家"：鲁迅先生是"文学家"，而且是"伟大的"！但是，他是不是"伟大的思想家与伟大的革命家"，像毛主席所说的呢？我说"一点也不错，是的！"为什么呢？

鲁迅先生一生三十年文学工作的主要成绩，是他的十几本短篇小说和杂文，他用这两种不同的文学形式，去和地主买办阶级及其叭儿们斗争，执行中国人民所要求于他的反帝反封建的任务，他有时用具体的描写（小说），有时用抽象的论述（杂文，这里面也有具象的手法）。形式虽然不同，目的则是一个：暴露封建社会的黑暗，罪恶，揭穿地主买办阶级及其叭儿们的阴谋诡计，指出中国人民斗争的方向！他的小说内容十分之九描写的是农村和小资产阶级知识分子；他的杂文的题材，则广及古今中外的政治、社会、文化和文艺等等方面，解剖了整个中国社会。我们说：巴尔扎克的《人间喜剧》中那几十本小说表现了19世纪初叶二三十年的"王政复古"和"七月专政"时代的整个法国社会；屠格涅夫的《罗亭》，《贵族之家》，《前夜》，《父与子》，《烟》和《处女地》（又译《新时代》）六部小说，是俄国1848—1876年共约三十年间的知识分子精神生活的历史；……那么，鲁迅先生的十几本杂文，是确确实实可以说是20世纪初叶约三十年间（由辛亥革命前后到1936年鲁迅先生逝世）中国人民的生活和思想的斗争史！合起来，这是按着时间先后，系统的描写并批判了三十年间的中国社会的一部长篇小说，是中国新文学的一部伟大作品，"中国新文学何以没有伟大作品产生呢？"是没有认识鲁迅先生的杂文价值时所提出来的疑问。这是鲁迅先生所独创的文学样式，文艺性的社会论文，或社会论文的文学表现，是他留给中国新文学的宝贵遗产。

而支配这十几本杂文的内容取材和批判观点，像一条红线或一切叶脉似的贯串在这几百篇文章里面的，是鲁迅先生的时时进步的思想，是时时站在中国思想斗争最前线的思想。是鲁迅先生对中外的政治、经济、社会、文化和文艺有他的整个的进步的看法的一种思想，是有系统的或形成体系的一种思想。这种思想是任何伟大作家所必需具有的。任何伟大作家都有他的思想体系，都是一个思想家，鲁迅先生假使不是一个伟大的思想家，他的社会批判的"文学论文"，也就不会那样的正确了。大家不是都说"鲁迅的杂感是中国现代思想史的极可宝贵的材料"么？

至于鲁迅先生是不是一个"伟大的革命家"呢？我想只要看一看他的几百万字著作对于革命的影响之大，地主买办阶级及蒋匪集团和其叭儿狗们对他的迫害诬蔑之甚，也就可以肯定了。毛主席并且说："鲁迅的骨头是最硬的，他没有丝毫的奴颜与媚骨，这是殖民地半殖民地人民最可宝贵的性格。鲁迅是在文化战线上代表全民族的大多数，向着敌人冲锋陷阵的最正确，最勇敢，最坚决，最忠实，最热忱的空前的民族英雄"。这还不是"伟大的革命家"么？

远在1933年，中国共产党领导人之一瞿秋白同志，在他写的《鲁迅杂感选集》的《序言》里，就非常深刻正确的指出了鲁迅先生杂感文的伟大的政治价值和艺术价值，这至今为止，也还是"论鲁迅"的文章里面的最好的一篇。中国共产党的领袖也是人民领袖的毛主席，在《新民主主义论》的有限的宝贵篇幅里，对鲁迅先生又作了如上的正确的评价和高度的誉扬；可见只有马列主义的政党，才是最能正确的认识鲁迅先生以及一切革命者的价值的。

1949年10月17日于华大

（原载《光明日报》1949年10月19日）

学习鲁迅,坚持思想斗争!

社 论

今天是近代中国最优秀的文化战士鲁迅先生逝世的15周年,而不久以前的9月25日,又是鲁迅先生的70诞辰。鲁迅先生逝世以来的15年,是中国人民从苦难走到新生、从奴隶变成国家主人的伟大变化的15年。鲁迅先生在生前所疾首痛心的"可诅咒的时代"已经一去不复返了;他所想望和追求的光明的世界已经在我们的土地上建立起来了。胜利了的中国人民,不能不追念和感谢这个伟大的思想家和战士在中国革命过程中的不朽的功绩。

我们从鲁迅先生所留下的精神遗产中可以学习的东西很多,其中对于今天我国文化思想界的革命战士们最有直接的指导作用的是什么呢?这就是鲁迅先生坚韧的思想斗争的精神。鲁迅先生在生前,不但坚持不断地对帝国主义者、封建主义者、买办阶级和其他反动分子的反动思想进行了最尖锐的斗争,而且对于自由资产阶级和小资产阶级的各种错误的思想,也进行了无情的批判。

人们敬佩鲁迅先生在思想斗争中的毅力和勇敢,但究竟是什么力量使他这样有毅力和这样勇敢呢?这是马克思列宁主义的思想。当鲁迅先生仅仅是一个进化论者的时候,他的勇敢曾经有时候伴着对于前途的迷惑。但在接受了马克思列宁主义的真理以后,他就成了坚决的彻底的毫不怀疑的思想的战士了。他在1930年3月2日左翼作家联盟成立大会上的讲话中指出:"对于旧社会和旧势力的斗争,必须坚决,持久不断,并且注意实力";"战线应该扩大";"应当造出大群的新的战士";"联合战线是以共同目的为必要条件的,……目的都在工农大众"。鲁迅先生这些宝贵的意见,和中国共产党在文化思想战线上的斗争纲领是完全一致的。鲁迅先生自己忠实地执行了这些纲领,大踏步地走在战线的最前列。

鲁迅先生所坚持的思想斗争,在中华人民共和国成立以后,得到了最广大的发展的可能性。在《论人民民主专政》一文中，毛泽东同志指示我们，要"在全国范围内和全体规模上，用民主的方法，教育自己和改造自己，使自己脱离内外反动派的影响（这个影响现在还是很大的，并将在长时期内存在着，不能很快地消灭），改造自己从旧社会得来的坏习惯和坏思想，不使自己走入反动派指引的错误路上去，并继续前进。向着社会主义社会和共产主义社会前进"。这就充分说明在革命胜利后的今天，我们在文化思想战线上的斗争任务的重大。我们今天没有鲁迅先生所遭遇的困难了，我们可以自由地充分地使用马克思列宁主义的武器，自由地充分地和工农大众相结合了，我们可以自由地充分地扩大我们的战线，集合和培养新的战士了；在这样的时候，我们如果放松思想斗争，就是完全不可以原谅的了。

为着完成毛泽东同志所交给我们的光荣的任务，我们必须学习鲁迅坚韧的斗争精神，在文化思想工作上加强和巩固马克思列宁主义思想的领导，肃清帝国主义、封建主义的思想影响，并且对自由资产阶级和小资产阶级的各种错误思想进行严肃的批判。让我们团结一致，献出一切力量，向着新的胜利进军吧！

（《人民日报》1951年10月19日社论）

论鲁迅小说的现实主义
——《呐喊》与《彷徨》研究之一

陈 涌

一

作为一个伟大的革命民主主义和现实主义的作家,鲁迅从一开始便和他那个时代有着深刻的联系,并且在他的作品里深刻的反映了他那个时代。

鲁迅在"五四"之前,在正式进入文学生活之前,是生活在这样的一个时代,在这个时代里,一方面,在帝国主义与封建主义的共同压迫下,中国人民遭受着空前深重的灾难,另一方面,近代的资产阶级性质的民主主义的思想和活动,是接连不断的发生,并且受到历史的严酷的考验。这是一个充满痛苦、探索、怀疑、失望和希望的时代。毛泽东同志在谈到这个时代的时候曾经说:"自从一八四〇年鸦片战争失败那时起,先进的中国人,经过千辛万苦,向西方国家寻找真理。""中国人向西方学得很不少,但是行不通,理想总是不能实现。多次奋斗,包括辛亥革命那样的全国规模的运动,都失败了。国家情况一天比一天坏,环境迫使人活不下去。怀疑产生了,增长了,发展了。"(《论人民民主专政》)毛泽东同志接着便指出了从十月革命和"五四"运动以后,中国便找到了马克思列宁主义,并且因此使中国革命有了一个新的面目。

和当时所有先进的中国人一样,鲁迅也经历过这个千辛万苦的寻找真理的过程,并且也经历过后来的怀疑的产生、增长和发展的过程。不同的是,鲁迅找到了马克思列宁主义的时间还要晚一些。他的这个一面是寻找一面是怀疑的过程一直继续到1925—1927年以后。鲁迅这种寻找真理的努力,在他这时期的作品,包括小说《呐喊》与《彷徨》在内,都留下了极深和极明显的印记。

鲁迅的小说《呐喊》与《彷徨》所反映的主要就是中国从1911

年辛亥革命前后到 1925—1927 年之前这个历史时期。在这个时期里，资产阶级领导的旧民主主义的革命在 1911 年的辛亥革命以后已经充分暴露出它的无力，在经过长久的痛苦、寻求、怀疑和探索之后，从"五四"开始了无产阶级领导的新民主主义革命，但 1925—1927 年的革命的风暴还在前面，无产阶级暂时还没有和农民结合起来，广大的人民还过着极其痛苦的生活，社会矛盾是十分尖锐化了，革命的一切基本问题都表现得格外突出了。鲁迅的《呐喊》与《彷徨》正深刻地反映了这个时期的历史特点。

鲁迅是现代中国在文学上第一个深刻地提出农民和其他被压迫群众的状况和他们的出路问题的作家。农民问题成了鲁迅注意的中心，关于农民问题的作品在鲁迅的小说里占着特殊显著的地位。农民问题是中国革命的基本问题。鲁迅对于农民问题所给予的特别的注意和这个问题在近代中国所占的特别重要的位置是正相适应的。

在鲁迅以前的，也就是说在五四以前的近代中国的民主文学，特别是它的比较优秀的代表的作品，如《官场现形记》《二十年目睹之怪现状》《文明小史》《孽海花》等，它的主要的功绩就在于它尽情的暴露了正在走向没落和崩溃的中国封建社会的腐朽性，在这方面，它往往是十分尖锐的，淋漓尽致的。不管作者主观的认识达到什么程度，这些作品的实际表现都只能得出这个结论。中国封建社会已经是不可救药，是无法避免它的最后崩溃的命运的了。其中有些作品，如像《孽海花》这样的作品，还比较明确的表现了从根本上推翻中国的封建制度的资产阶级的民主主义的思想。因此尽管这些作品在思想上和艺术上都还存在着很大的缺点，但我们也应该说，它们给我们提供了为过去封建时代的文学所不曾有过的内容，因而区别于封建时代的文学，成为"五四"以后的中国新文学的准备。

但是，整个的说来，旧民主主义革命时代的文学的一个重大的缺点便是普遍的对广大的普通人民的生活的不理解，他们那个时代的普通人民的生活几乎完全没有在文学上得到反映。这种情形，是和这些作者的改良主义的或者是资产阶级民主主义的思想有着密切关系的。他们一般的都不是从"下面"、从被压迫的群众的角度提出反对封建主义的问题的。

"五四"以后中国新文学发生了很大的变化，"五四"新文学运动就其整个倾向来说是彻底的不妥协的反对帝国主义和反对封建主义的，这是和"五四"以前不同的。但"五四"在反帝反封建这个共同的目标下的文学运动内部也并不是没有分歧的。有着各种不同倾向的作家带着自己不同的要求走向文学。一般资产阶级和小资产阶级的作家在当时是最普遍的。这种情形，在作品所反映的内容上也得到了表现。在那时候，在文学上也出现了工人和农民，但比较起来，为我们的作者更多的注意的，不是普通的工人和农民的生活，而是知识分子的生活。对于知识分子的了解超过对于广大群众的了解，关心知识分子的命运，超过关心广大群众的命运。当时大多数作者都不了解，广大群众的生活状况和他们的出路的问题终究是决定的问题，知识分子的问题不能离开广大群众的问题而单独解决这个真理。当时大多数的作者也不是从"下面"、从广大被压迫的群众的角度，而是从资产阶级和小资产阶级知识分子的角度来提出反封建的问题的。

　　鲁迅是近代中国第一个最深刻最彻底的革命民主主义和现实主义的作家，他和他以前以及他同时代的作家不同的地方首先就在于他的民主主义和现实主义的思想是深深的培植在中国广大的被压迫人民的土壤上面的，他的反封建的力量是从广大的被压迫人民那里取得的，他是真正从"下面"、从被压迫人民的角度来提出反封建的问题的。这就是为什么，鲁迅的民主主义和现实主义的思想带着更深刻和更彻底的性质。

　　这种性质是决定着当时鲁迅的作品，其中也决定鲁迅的小说《呐喊》与《彷徨》的全部面貌的。如前面已经指出过的，农民问题成了鲁迅注意的中心。鲁迅也并未忽视知识分子，但鲁迅对待知识分子和一般资产阶级和小资产阶级作家对待知识分子并不相同。鲁迅是从革命民主主义的角度、从被压迫的群众的角度来观察知识分子的问题的。

　　鲁迅的小说的内容的革新和独创性，是鲁迅的作品出现以后便被人感觉到了的。例如鲁迅的《呐喊》没有一篇用来描写青年男女的恋爱，曾经给当时的读者以十分新鲜的印象。但鲁迅把农民和其他被压迫人民的问题作为自己注意和表现的中心这种做法在中国文学上的全部意义，显然是经过很长的时候才逐渐被理解的。当时便有一位评论者认为鲁迅和鲁迅的小说的内容是"狭窄"的，这位评论者说："鲁迅先生给了我们好些东西，自然也有好些东西是鲁迅先生没给，因为不能给我们的。……我们往往容易忘记自己的微弱，而责备别人为什么不是李杜再世，什么没有'莎翁'和'但老'的伟大。……鲁迅先生不是我们所理想的一般伟大的作家，他自己也知道自己的狭窄。"（张定璜：《鲁迅先生》，见台静农编《关于鲁迅及其著作》）显然，这正是一种浅薄的资产阶级的观点，它是不可能理解鲁迅的小说所包含的中国社会生活的真正的容量，因而也不可能理解鲁迅的小说在中国文学以至在世界文学上的真正的地位的。

只有从被压迫群众的角度来观察生活，才可能深刻的认识那些是生活中的根本的重大的问题，并且深刻的在作品里加以反映。但作者的这种努力的结果和它的全部意义，也是只有从被压迫群众的角度，首先是无产阶级的角度，才能真正理解的。

二

直到现在，在中国的作家中，鲁迅还是最深刻的反映了农民和其他被压迫人民的苦痛的一个作家，他的作品带有如此深刻的悲剧性，以至它永远打动一切善良的读者的心灵，并且深深地激发人们对于封建主义以及对于一切压迫者的憎恨。

鲁迅的小说表明，人民已经无法生活下去了，环境已迫使被压迫的人民走到绝境，他们不是起来改变现在的生活地位，便只有走向死路。《祝福》里的祥林嫂和《故乡》里的闰土的命运，都深刻的说明了这点。

在表现人民的被压迫的苦痛的时候，鲁迅的观察不是表面的，他善于抓住现实生活中的悲剧性的矛盾。如果我们有不少作者，为了表现农民被压迫的苦痛，往往只注意收集许多例如关于饥饿、拷打等残酷的肉体上的刑罚，往往希望倚靠这一类情节来激动读者，那么，鲁迅主要倚靠的不是这些。像鲁迅这样真正透彻的了解农民的心灵的作家，他是清楚的知道，农民所受的苦痛，不是这些肉体的苦痛所能完全包括的。农民有许多苦痛，远比直接的肉体的苦痛更可怕，更难忍受得多。

祥林嫂的悲剧就在于，她希望以自己全部诚实的劳动来换取起码的生活而不可得。她的全部的希望就是能够过平常的起码的生活，但就连这个希望也终于全部破灭。如果祥林嫂所希望的生活是她不应该达到或者是她想从一个侥幸的机会达到的，那么，它的失败也许会成为喜剧，或者带着眼泪的喜剧，但祥林嫂却完全不是这样。她是这样纯朴、这样善良、这样安分，在她的生活中几乎没有什么幻想，我们看看，成为她的希望，只要能够达到能够继续下去便使她感到满足的生活是什么：

> 日子很快的过去了，她的做工却毫没有懈，食物不论，力气是不惜的。人们都说鲁四老爷家里雇着了女工，实在比勤快的男人还勤快。到年底，扫尘，洗地，杀鸡，宰鹅，彻夜的煮福礼，全是一人担当，竟没有添短工。然而她反满足，口角边渐渐的有了笑影，脸上也白胖了。

祥林嫂在来到鲁四老爷家里的时候，就连表面也看到她带着刚死去了丈夫的悲哀。但现在的这种繁重的劳动，便使她感到满足，"口角边渐渐的有了笑影，脸上也白胖了"。在这里，我们的祥林嫂，我们中国的纯朴的农村妇女，对生活有过什么所谓非分的要求呢？她不是明明付出很多，而得到很少么？而这种情形在她已经感到满足。如果这样的生活并不受到侵扰，并没有很快便遭受破坏，祥林嫂也许便这样连她自己也感到无憾的度过了她的一生。我们读到这里的时候，自然也为她欢喜，但同时也感到悲哀，因为她所希望，所感到满足的生活，只是这样起码的生活，其实对于她说来还是很不公平的生活，因而这希望和满足本身，便是带着悲剧性的。

但在过去的中国，在封建主义统治下的中国，往往越是纯朴，越是善良，越是安分，越是希望用自己诚实的劳动来换取起码的生活机会的人，便越是不幸，祥林嫂便正是这样的。她的那种微末的希望和满足，也很快便不能继续，也逐步遭受打击以致全部破灭。我们看到，祥林嫂不久之后便被她的婆婆强迫去嫁到山坳去了，她撞到头破血流，后来还留下一个永远消灭不了的伤疤。祥林嫂的反抗是付出了重大的代价的。但只要能够不受侵扰的依靠自己的劳动平静的生活下去，祥林嫂也还是能够感到满足的生活下去的。这里我们又一次看到，这个纯朴的农村妇女所要求的生活，始终不过是一种平凡的起码的生活。这里难道也有什么所谓非分的地方？但她的丈夫又患伤寒病死了，接着是儿子给狼叼走了，最后是大伯收回房子，她被赶了出来。我们再见到她，是她又回到鲁四老爷家的时候。她仍然希望依靠老主人，仍然希望在自己和过去同样诚实的劳动中得到安慰，得到老主人的信任，恢复过去的那种生活。然而这次事情是改变了，她不但是因为曾经受过太大的生活的打击而变得迟钝以至神经也有点失常，而且因为她曾经再嫁而被认为"败坏风俗""不干不净"。这样，不但是她的老主人，而且所有她周围的人对她的态度都完全改变了。而对她打击最深的，是她已经失去了老主人的信任，是她因为被认为"败坏风俗""不干不净"，祭祀时不让她沾手。我们看这段描写：

> 四叔家里最重大的事件是祭祀，祥林嫂先前最忙的时候也就是祭祀，这回她却清闲了。桌子放在堂中央，系上桌帏，她还记得照旧的分配酒杯和筷子。
> "祥林嫂，你放着吧！我来摆。"四婶慌忙的说。
> 她讪讪的缩了手，又去取烛台。
> "祥林嫂，你放着吧！我来拿。"四婶又慌忙的说。
> 她转了几个圆圈，终于没有事情做，只得疑惑的走开。她在这一天可做的事是不过坐在灶下烧火。

而且根据封建的宗教和道德观念，祥林嫂因为曾经再嫁，她死后阴间的两个丈夫还要争，给谁好呢？她只得由阎罗大王锯成两半，分给他们。这在祥林嫂看来，是比现世的一切痛苦的遭遇更不可测，更感到恐怖。于是造成她这个恐怖的柳妈给她建议：

> 我想，你不如及早抵当。你到土地庙里去捐一条门槛，当作你的替身，给千人踏，万人跨，赎了这一世的罪名，免得死了去受苦。

在受尽了一生被压迫被欺凌的苦痛之后，还被认为是有罪，还要找替身，"给千人踏，万人跨"来赎罪，这种封建的宗教伦理道德的阶级性质，在这里是表现得再清楚不过的了。但我们的祥林嫂，我们纯朴的祥林嫂，只要能避免这个苦难，她是别的一切都愿意忍受的。我们于是看到她怎样忍受着别人的一切嘲笑，整日紧闭着嘴唇，默默的跑街、扫地、洗菜、淘米，终于积聚起一年的工钱到镇的西头去捐门槛——

> 但不到一顿饭时候，她便回来，神气很舒畅，眼光也分外有神，高兴似的对四婶说，自己已经在土地庙捐了门槛了。

如同以前的她的希望和满足也使我们感到悲哀一样，她这时候的舒畅和高兴也包含着无尽的悲哀，但就是这种包含着无尽的悲哀的舒畅和高兴，也证明了是祥林嫂的幻觉。当祭祖时节，她做得更出力，后来是她坦然的去拿酒杯和筷子的时候，四婶慌忙大声的对她说的，也仍然是：

你放着吧，祥林嫂！

这是对祥林嫂比过去任何时候都更沉重的打击，也是对她的最后一次打击。从这时候起，祥林嫂的最后的希望便都全部破灭了。

便这样，祥林嫂便被抛弃，终于在别人的快乐的"祝福"那一天，离开了人间了。虽然她的一生都在不断的挣扎，却从来没有挣到"人的价格"，而且连那不到"人的价格"的生活也不留给她，对于她说来也只是一种希望和幻想。中国农村妇女所受的痛苦的深度，是再没有比在鲁迅这篇小说里表现得更充分的了。

便这样，鲁迅在他的《祝福》里写出了这样一个平凡的、善良而纯朴的农村妇女的悲剧，写出了她的一生的悲惨的命运，写出一个真正的农村妇女的灵魂。在过去的中国文学，还很少有过像鲁迅这样按照生活原来的面貌不加涂饰的来表现我们农民的生活的。

关于被压迫的农民的生活状况，我们还可以在《故乡》里看到。《故乡》是鲁迅最被人喜爱的作品之一。闰土的质朴的然而为苦重的生活压碎了的农民的形象，是我们十分熟悉的。在这个作品里我们看到，农民，特别是辛亥革命以后的农民，由于"兵、匪、官、绅"，也就是由于中国的封建势力和它的军阀官僚的上层建筑的层层的压榨，他们的生活是愈益恶化了。如果鲁迅还可以用田园诗歌的语调来描写闰土少年时代的生活，特别是描写少年闰土的质朴的烂漫的形象，那么，在过了三十年光景，在闰土长大成人，又轮到闰土的儿子过着自己的少年生活的时候，便一切都改变了，田园诗歌被比过去不知严酷多少的现实所代替了。鲁迅表现了近代中国农村的急剧的破产。

鲁迅特别表现了阶级的和民族的压迫对于农民的严重的精神的戕害，而这是使像鲁迅这样的伟大的人道主义者特别不能忍受的。阶级和民族的压迫，使人变得麻木，使人和人之间"隔了一层可悲的厚障壁"，使人完全忘记了自己童年和少年时代的天真的生活。被鲁迅鲜明的尖锐的加以表现的闰土从少年到中年这期间的变化，是始终强烈的震动读者的心灵的。

三

但作为一个真正伟大的革命民主主义和现实主义的作家，鲁迅不只是深刻地表现了人民的被压迫的状况，如果我们只是看到这个方面，我们还是不能认识鲁迅真正伟大的地方。革命民主主义的作家的一个十分重要的特色，便是力求使自己的思想的工具服务于被压迫人民对于世界的革命的改造。因此，鲁迅在他的作品里总是在不断的探求中国向前发展的道路。他把自己的全部的创作活动都集中到找寻中国向前发展的道路这个中心点。人民被压迫的根源是什么？什么力量可以推翻压在人民头上的敌人，可以解脱人民的灾难和苦痛？这些问题正是鲁迅经常注视着，并且要求加以解决的。特别是经过五四运动以后，社会力量重新改组这个教训之后，鲁迅要求解决这些问题，显然是更其迫切了。"路漫漫其修远兮，吾将上下而求索。"写在《彷徨》前面的《离骚》里的这两句题辞，是很可以看到鲁迅在找寻问题的解答那种紧张、艰难的努力的。

鲁迅是深刻的认识到，当时站在被压迫的人民头上的敌人是强大的，因为在这里问题不是个别的压迫者和剥削者，问题是一种已经统治了中国几千年的制度，这种制度在中国的土地上有极深的根基，它掌握了一切压迫人民的物质的和精神的手段，它长久的牵制着人民的命运，而人民的力量还很小，他们还不觉悟。人民的不觉悟便实际上成为封建主义的有力的支柱，因而反对封建主义便成了一个十分艰难复杂的问题，人民在一个相当长的时期内继续忍受痛苦的生活这种情形还是不可避免的。这正是现代中国长久存在着的根本事实，这也正是最使鲁迅感到苦痛的。

在我们前面已经谈到过的《祝福》里，鲁迅便极为深刻极为集中的表现了政治的、家族的、宗教和道德的封建势力如何紧握着祥林嫂这个农村妇女的命运。作为一个个人，祥林嫂是无法避免她的悲惨的命运的，因为正如前面所指出的，压在祥林嫂头上的不只是那一个个别的压迫者和剥削者，而是一种制度，一种统治和渗透到一切方面的封建制度。在这里，封建阶级的代表人物鲁四老爷当然是可恨的，但祥林嫂周围那些玩弄她，用"又尖又冷"的态度对待她的人们，特别是那个用阴间的恐怖来恐吓她的柳妈，都实际上不自觉的促成了她的悲惨的结局。她的悲惨的结局显然不是摆脱了鲁四老爷的束缚之后便可以避免的。她尽管整个一生都在不断的挣扎，不断的希望稳定自己的生活和命运，但她最终也逃不了封建主义的罗网。

单是《祝福》这个作品，我们便可以看到鲁迅对中国的现实，对中国的封建主义的本质，有着如何深刻的认识。

也正因为这样，鲁迅自然是十分清楚的看到，要想推翻这个压迫人民的制度，是非有异常强大的力量不可的。到底这是一种什么力量，到底什么力量可以推翻压在人民头上的敌人，可以解脱人民的灾难和苦痛？在鲁迅的作品里我们可以看到，为了解答这个问题，鲁迅对他所接触到的社会的几个阶级，进行了长久的深入的观察。

近代中国充满关系着我们民族的命运的事变给我们提供了丰富的经验，社会各个阶级的性质和力量也在不断的实践中得到了检验，而鲁迅自己，在几十年的生活中是一直和近代中国的许多重大的事变、和社会的各个阶级保持着密切的联系的。这是鲁迅进行深刻的观察和深刻的艺术的概括的基础。

鲁迅在他的作品里不只一次地对资产阶级、对资产阶级所领导的革命投射出他的深刻而锐利的批判的光芒。比较起过去来，辛亥革命是更为明确的资产阶级民主革命，但正因为这样，它的悲惨的失败，便更加清楚的证明了资产阶级无力领导中国革命走向胜利。辛亥革命的失败教育了当时中国的许多先进人物，使他们努力寻找新的道路。

但鲁迅并没有完全否定辛亥革命，鲁迅自己曾是辛亥革命的热烈的赞助者和拥护者。对于辛亥革命前后的真正的革命分子的英勇不屈，他是始终表现了他的敬意的，在《药》里所表现的夏瑜便是一个例子。然而不管怎样，在总的方面，辛亥革命是失败了，它对中国革命的基本任务，一个也没有解决，作为一个反映着被压迫的农民的要求的革命民主主义者的鲁迅，对于这点，是了解得很清楚的。

鲁迅在《阿Q正传》这个作品里，对于资产阶级、对于资产阶级所领导的民主革命的特性，作了无比深刻的典型的表现。鲁迅对资产阶级和资产阶级所领导的民主革命的看法，是从被压迫的农民的观点，从革命民主主义的观点出发的。这便有可能使他比较一般资产阶级和小资产阶级的革命分子更深刻地揭发出辛亥革命的弱点。

"国民革命需要一个大的农村变动。辛亥革命没有这个变动,所以失败了。"(《湖南农民运动考察报告》)站在彻底拥护农民利益的无产阶级立场的毛泽东同志对辛亥革命的根本缺点,作了这个结论,革命民主主义者的鲁迅所得到的实际的结论,和毛泽东同志的结论是完全一致的。

鲁迅在《阿Q正传》里,自始至终都是从被压迫的农民的观点,从革命民主主义的观点,来观察和表现辛亥革命的。鲁迅清楚的表现了辛亥革命曾经使中国农村发生了不寻常的展动,像阿Q这样本来十分落后的农民都动起来了,封建阶级表现了很大的恐慌和动摇,如有些研究者已经指出过的,辛亥革命爆发以后赵太爷对阿Q的态度的改变,便是一个显明的例子。如果革命有足够的力量,是可以把这个世界翻转过来的。的确,在革命的高潮中间,从根本上推翻旧制度的可能的征兆,是被鲁迅天才的深刻的表现出来了。

但辛亥革命的根本的致命的弱点也在这里,它对于已经动起来了的农民,对于农民已经燃烧起来了的自发的革命的热情,不但没有加以发扬和提高,相反的是被当时在农村占着支配地位的反动分子和投机分子加以排斥。这个革命是以资产阶级和封建势力的妥协而结束的。

在下面这个用讽刺的手法表现出来的简单的场面,鲁迅便表现出了辛亥革命之后建立起来的政权,不但继续保护封建阶级的利益、和封建阶级相勾结,而且封建阶级的代表人物还直接参加进去的。这个简单的讽刺的场面是在赵太爷家里遭了劫之后出现的:

> 然而这一夜,举人老爷反而不能睡:他和把总呕了气了。举人老爷主张第一要追赃,把总主张第一要示众。把总近来很不将举人老爷放在眼里了,拍案打凳的说道,"惩一儆百!你看,我做革命党还不上二十天,抢案就是十几件,全不破案,我的面子在那里?破了案,你又来迂。不成!这是我管的!"举人老爷窘急了,然而还坚持,说是倘若不追赃,他便立刻辞了帮办民政的职务。而把总却道,"请便吧!"于是举人老爷在这一夜竟没有睡,但幸而第二天倒也没有辞。

而恰好对于革命曾经抱着热烈的希望和幻想的阿Q却终于成了

牺牲品。阿Q的悲剧，在这里便多少反映了辛亥革命的悲剧。

在《风波》里，我们看到鲁迅用同样锐利的讽刺手法表现出了，辛亥革命除了剪掉了九斤的一条辫子，并未带来农村任何真正的变革。而且值得一提的是：这条辫子还是九斤因为进城才被剪掉的。但因为被剪掉了这条辫子，当皇帝要复辟的消息传来的时候，还给九斤和他的一家带来很大的风波和很大的惊恐。辛亥革命并没有给农民带来什么实际的利益，鲁迅对辛亥革命这样尖锐的讽刺，并不是没有根据的。

在《故乡》里，鲁迅表现了辛亥革命以后由于封建势力和它的军阀官僚上层建筑对于农民的压迫，而使农民的生活更加恶化，这是前面也已经谈到过的。

四

如果对于资产阶级、对于资产阶级所领导的辛亥革命，鲁迅有着十分深刻的理解，那么，作为一个反映被压迫农民的要求的革命民主主义的作家，鲁迅对农民阶级的特性有深刻的理解，那更是自然的了。

我们前面已经谈到过，鲁迅深刻的表现了农民的被压迫的状况。但鲁迅看到，农民不只是一个受苦的阶级，而且是一个革命的阶级。鲁迅在他的实际的观察里，认识到农民是中国革命的重要力量。正是在反映中国农民的最可悲的落后性的阿Q身上，鲁迅证实了他的这个看法。过去一切阶级社会的历史都在证明：被压迫的群众所处的被压迫的地位，不可避免的会发生民主主义的和社会主义的思想。阿Q便是一个被压迫被剥削，到了后来甚至连生活也难以为继的雇农，鲁迅表现他后来终于开始有了觉悟，开始热烈的要求革命，要求改变自己原来的生活地位。当《阿Q正传》这个作品出现之后不久，有人对于先前极端落后的阿Q，后来成了做革命党的阿Q这点表示怀疑，认为人格似乎是两个，鲁迅给予这样明确的回答：

　　……据我的意思，中国倘不革命，阿Q便不做，既然革命，就会做的。我的阿Q的命运，也只能如此，人格也恐怕不是两个。民国元年已经过去，无可追踪了，但此后倘再有改革，我相信还会有阿Q似的革命党的出现。

当鲁迅说这样的话的时候，中国的南部事实上已经发生了新的势如暴风骤雨的农民运动。鲁迅的看法证明他对于中国农民的将来抱着坚定的信心，证明他对于中国的现实生活、对于被压迫的农民的本性，有极深刻的理解。

阿Q是因为向吴妈求爱，发生了"恋爱悲剧"之后生活便开始了一个大的变化的。从那时候起，阿Q不但受了赵太爷一次残酷无理的讹诈，以致马上陷入赤贫的地位，而且所有年轻的和年老的女人见了他都马上避开，所有原来请他帮工的主人都拒绝再请他帮工。这时候，阿Q是完全陷于孤立，是比过去任何时候都更严重地发生"生计问题"了。阿Q所处的这种从未有过的困苦地位迫使他找寻到底是什么造成他这困苦地位这个问题的解答。他发现是因为人家都去雇用小D，小D成了他的竞争者，成了站在他旁边的失业的后备军，于是他把愤怒都集中到小D身上了。对于一个还没有觉悟，还没有真正的认识自己的痛苦、贫困的根源的被压迫者说来，像阿Q这样的认识是典型的。但事实一定会证明，阿Q即使打倒了小D，也是不能真正改善自己的地位的。在他和小D一场不分胜负的搏斗之后，阿Q出门"求食"了：

> 他在路上走着要"求食"，看见熟识的酒店，看见熟识的馒头，但他都走过了，不但没有暂停，而且并不想要。他所求的不是这类东西了；他求的是什么东西，他自己不知道。
>
> 未庄本不是大村镇，不多时便走尽了。村外多是水田，满眼是新秧的嫩绿，夹着几个圆形的活动的黑点，便是耕田的农夫。阿Q并不赏鉴这田家乐，却只是走，因为他直觉的知道这与他的"求食"之道是很辽远的。但他终于走到静修庵的墙外了。

这是对于正在酝酿一个从未有过的变化的阿Q的内心的真实的解剖。在这里，我们第一次看到在我们面前出现的已经不是可笑的，而是对于人生问题陷入深思的阿Q了。我们第一次看到阿Q觉得自己原来十分熟悉、在那里耗去了自己长久岁月的生活，并不是他所要求的生活。他对于那些所谓田家乐已经没有什么幻想了。他只对它投下愁闷的深思的一瞥。一种现在还是朦胧的、不确定的、新的希望和企求正在他的心里孕育。我们第一次在阿Q身上看到了一线光明和希望。我们读到这里的时候，不能不发生一种对于生活和对于阿Q的严肃的、亲切的感情。

阿Q接着是翻过静修庵的土墙去偷萝卜。依据无产阶级一般的观点看来，任何偷窃都是不值得赞扬的，因为它并不能真正改善被压迫者的生活地位，它只能败坏被压迫者的意识。但阿Q这时也的确不知道还有什么可以使他生活下去的方法。如果我们从阿Q整个觉醒过程的观点来看，那么，阿Q这种偷窃行为终究表现了他不甘于驯顺地忍受那种无衣无食的生活，表现了他要想突破他那种困苦的生活地位的尝试。这是阿Q正在萌芽的觉悟情绪的歪曲了的表现。作为他后来走向真正革命的觉醒的过渡，阿Q的这种行为和他跟小D搏斗一样是真实的典型的。

在这里，我们便看到，鲁迅在创作方法上是严格的遵循着现实主义的原则的。现实生活的逻辑规定了原来极端落后的阿Q在转变不可能是简单的，他的转变必然走着曲折复杂的道路。在这里，每一个孤立地看来未必有什么积极意义的行动，在整个转变过程看来都是必要的并不多余的环节。鲁迅在这里并不打算使阿Q一下子便摆脱了他的极端落后的思想，如果这样，那倒是不可想像的。如果我们对于阿Q甚至到最后也没有完全摆脱他的落后思想，不能看作是鲁迅没有充分的认识农民的革命性，而应该看作是鲁迅的现实主义的表现，那么，现在阿Q并没有一下子转变，我们便更不应该感到奇怪了。

阿Q最初对于革命的态度，是被鲁迅表现为充满尖锐的矛盾的。作为一个深受封建阶级的思想的熏陶和影响的人，他也从封建阶级那里接受了他们对于革命的看法，"以为革命党便是造反，造反便是与他为难，所以一向是'深恶而痛绝之'的"，但作为一个被压迫者，他与封建阶级有着显然的矛盾，当他看到革命爆发以后，城里的举人慌忙把家产运到乡下来，看到革命竟"使百里闻名的举人老爷有这样怕，于是他未免也有些'神往'了"。和大多数农民一样，首先是生活的逻辑，而不是抽象的理论的逻辑，教会了阿Q倾向革命的。这就是说，作为一个被压迫者，他从比较里，认识了革命对于封建阶级原来是可怕的，因而对于自己，至少是并不可怕的了。便这样，阿Q开始接近了革命。从这时候起，阿Q即使认识还很朦胧，还很幼稚，还保留着很多落后可笑的地方，但无论如何，他和赵太爷等等之间的阶级界限，是划分出来了。

阿Q在土谷祠里对于革命的热情的幻想，是鲁迅对于刚刚觉醒的农民的心理的典型的表现：

阿Q……又要了一支点过的四两烛和一个树烛台，点起来，独自躺在自己的小屋里。他说不出的新鲜而且高兴，烛光像元夜似的闪闪的跳，他的思想也迸跳起来了：

"造反？有趣，……来了一阵白盔白甲的革命党，都拿板刀，钢鞭，炸弹，洋炮，三尖两刃刀，钩镰枪，走过土谷祠，叫道：'阿Q！同去同去！'于是一同去。……

"这时未庄的一伙鸟男女才好笑哩，跪下叫道，'阿Q，饶命！'谁听他！第一个该死的是小D和赵太爷，还有秀才，还有假洋鬼子，……留几条么？王胡本来还可留，但也不要了。……

"东西，……直走进去打开箱子来，元宝，洋钱，洋纱衫，……秀才娘子的一张宁式床先搬到土谷祠，此外便摆了钱家的桌椅，——或者也就用赵家的罢。自己是不动手的了，叫小D来搬，要搬得快，搬得不快打嘴巴。……

"赵司晨的妹子真丑。邹七嫂的女儿过几年再说。假洋鬼子的老婆和没有辫子的男人睡觉，嚄，不是好东西！秀才的老婆是眼胞上有疤的。……吴妈长久不见了，不知道在那里，——可惜脚太大。"

在这里，在农民的质朴的幼稚的形式下，在仍然错综着各种落后的朦胧的观念的状态下，我们看出了在阿Q身上发生了本质上是农民革命的思想，因为它虽然混杂着农民的原始的报仇性，但他终究认识了革命是暴力，是暴力对于农村的统治；因为他毫不犹豫的要把地主阶级的私有财产变为农民的私有财产，因为他的行动的实际结果是破坏统治了农民几千年的地主阶级的秩序和"尊严"，这一切都是和封建传统的观念绝不相容的，只有深受压迫的苦痛，已经觉醒和正在觉醒的农民才可能产生这样的思想。

这一切都使我们有理由再说一遍，作为一个反映被压迫农民利益的革命民主主义者，鲁迅是坚定的信任农民，相信被压迫的农民必然走向革命，相信被压迫的农民必然发生革命的思想。而且，在后来的表现里，鲁迅还把以阿Q为代表的农民和以赵秀才、假洋鬼子等等为代表的地主阶级或者地主阶级里的资产阶级化的知识分子加以鲜明的对照。鲁迅清楚的表明了，地主阶级或地主阶级里的资产阶级化的知识分子如何伪装革命，如何向革命投机，如何排斥真正的革命的力量；而农民，在鲁迅的实际表现里，证明是中国革命在农村里的真正的动力。

五

但正由于鲁迅对现实生活有深刻的理解，他也不可能不同时看到农民阶级的缺点。这里所指的主要是作为小生产者的农民的缺点，主要还不是像阿Q那样的受统治阶级影响的缺点。我们前面提到鲁迅看到广大的人民还不觉悟，这一方面是封建阶级长久统治和压迫的结果，另一方面，也是被小生产者所处的地位决定的。鲁迅的小说常常带着极深的悲剧的性质，不仅是在于主人公所经历的悲惨的生活本身，而且还在于他们以及他们周围的人的不觉悟，在于他们对于共同利害的不认识，因此，往往同是在被压迫者中间，对于别人的不幸，对于别人的悲惨的命运，也并不理解，并不发生同情和共鸣。统治着鲁迅的小说周围的，往往是普遍的冷漠、麻木的空气，这便不但使被压迫者的悲惨的境遇带着更深的悲剧的性质，而且也无法避免这种被压迫的状况一时难以改变。

鲁迅的小说里所表现的被压迫者，不但生活和命运是悲惨的，而且精神上也往往是孤寂的。他们的痛苦不但往往得不到理解、同情和共鸣，甚至成了别人鉴赏和娱乐的资料，《祝福》里的祥林嫂便是这样的。这个一生中受尽了痛苦与磨难的农村妇女，在她自己的儿子被狼叼走以后，遇到别人总想诉说一下自己的苦闷和悲哀，她希望从别人那里得到同情与安慰，但她是失败了，因为别人对她的悲惨的故事已经太熟悉，没有愿意再听的了。因此，当她不能自制的再在他们面前诉说的时候，她所得到的便不是同情和安慰，而是对于她的玩弄和嘲笑，"她未必知道她的悲哀经过大家咀嚼赏鉴了许多天，早已成为渣滓，只值得烦厌和唾弃；但从人们的笑影上，也仿佛觉得这又冷又尖，自己再没有开口的必要了"。便是这样，祥林嫂只能自己抚摸自己的灵魂的创伤，自己咀嚼自己灵魂的创伤了。

这种情形，在《明天》的单四嫂子那里，几乎是完全一样的。单四嫂子在自己的丈夫死后，便把自己的全部希望，都放在自己三岁的儿子身上，但她的儿子后来是病了，最后是死了。单四嫂子在这里也和祥林嫂一样经历了封建社会里的妇女的最沉重的悲哀。但她周围的人怎样呢？像蓝皮阿五和红鼻子老拱这两位不务正业的二流子不用说了，我们且看看单四嫂子替儿子看病回来遇到王九妈的一段对话：

"单四嫂子，孩子怎了？——看过先生了么？"
"看是看了，——王九妈，你有年纪，见的多，不如请老法眼看看，怎样……"
"唔……"
"怎样……？"
"唔……"王九妈端详了一番，把头点了两点，摇了两摇。

我们看，这是多么令人痛心的事！在临到别人危难的时候，首先考虑的也还是自己的得失，甚至因此连一句负责的话也不说。在这样的时候，比较起来，即使是一句不是无误，但发自真心，可以显示对于别人的关怀的话，也比王九妈这种态度可贵得多。这种发自真心，这种关怀的话，我们是很少听到的。在鲁迅的小说里的环境，往往是这样的环境，在这里，没有对于人的真正的关怀，没有热情和激动，即使生活中最神圣或者最不幸的事也不能引起他们的关心，这是多么可悲的麻木呵！

鲁迅在俄译本《阿Q正传》序里说过这样沉痛的话："造化生人，已经非常巧妙，使一个人不会感到别人的肉体上的痛苦了，我们的圣人和圣人之徒又补了造化之缺，并且使人不再感到别人的精神的苦痛。"实际上，在黑暗的充满阶级的和民族的压迫和奴役的中国，在鲁迅的笔下，同是被压迫被奴役的人，也往往不能真正了解别人的痛苦了。这是不能不使每一个真正的爱国者痛心的。我们看，单四嫂子的儿子死了之后，王九妈和其他一些帮忙的人，何尝表现过对她的真正的了解和同情？她们忙的是发命令，烧纸钱，将单四嫂子两条板凳和五件衣服作抵，替她借了两块洋钱，给帮忙的人备饭。接着便是买棺木，抬到义地上去安放——

这一日里，蓝皮阿五简直整天没有到；咸亨掌柜便替单四嫂子雇了两名脚夫，每名二百另十个大钱，抬棺木到义坟地上安放。王九妈又帮她煮了饭，凡是动过手开过口的人都吃了饭。太阳渐渐显出要落山的颜色；吃过饭的人也不觉都显出要回家的颜色，——于是他们终于都回了家。

单四嫂子很觉得头眩,歇息了一会,倒居然有点平稳了。但她接着便觉得很异样:遇到平生没有遇到过的事,不像会有的事,然而的确出现了。她越想越奇,又感到一件异样的事:——这屋子忽然太静了。

在这里,这些帮忙的人,一切都似乎做得很妥贴的,但他们,连王九妈在内,有谁真正了解单四嫂子的苦痛呢?他们除了按照不知多久以前便习惯了的办法替单四嫂子办完了丧事,对她还有什么帮助呢?单四嫂子始终是孤寂的,始终只有她一个人承担着全部沉重的悲哀。

广大的人民,首先是广大的农民对于周围的冷漠和不关心,鲁迅在其他作品里也有着同样的表现,《孔乙己》里的店主和其他许多不知名的人,《长明灯》里的许多不知名的人,《阿Q正传》里看枪毙阿Q的吴妈和其他许多不知名的人,《风波》里的许多不知名的人,以及《药》里的许多茶客,都是这样的。我们随便挑一两个作例子来说吧。在《孔乙己》里,孔乙己这个引起我们含泪的微笑的人物,也是这样寂寞,"孔乙己是这样使人快活,可是没有他,别人也便这么过"。所有孔乙己周围的人,对孔乙己这个虽然可笑但终究是不幸的人的消失,是并没有引起一丝一毫内心的波动的。沉静的停滞的乡镇的生活还是照样的过去,我们的咸亨老板也照样安详的沉浸在他的狭小的利益的计算中。也和在《祝福》《明天》里一样,真理的阳光还没有照耀到他们头上。在这里同样没有关怀,没有热情和激动,最神圣或者最不幸的事都不能引起人们的关心。

在广大的居民,首先是广大的农民这种普遍的不觉悟、冷漠、麻木的状态下,有觉悟的分子的出现自然也往往是孤立的,从《长明灯》里便可以看出这点。《长明灯》也和《狂人日记》一样,表现着作者明白、热烈的反对封建传统的精神。那盏据说从梁武帝起便点着的长明灯,在这里可以说是象征着中国封建社会的停滞、落后和灾难的根源,而一心要想扑灭它的那个疯子,却正是体现着反抗者的精神的。这个疯子是这样坚定、沉着,不受别人的阴谋诱惑,也不因为别人的威胁便动摇自己的意志。但同时我们也看到,他几乎是完全孤立的,他周围的人没有哪一个是理解他同情他的。

恩格斯在1894年曾经说过:"作为政治力量底要素,农民至今在多数场合下仅仅表现出自己的那种生根于农村生活孤僻状况中的冷淡态度。广大居民群众底这种冷漠态度，不仅是巴黎和罗马国会腐败情况底强有力的支柱，而且是俄罗斯专制主义底强有力的支柱。"（《法德农民问题》）事情不仅在当时巴黎、罗马和俄罗斯才是这样，在鲁迅当时的中国也是这样的。鲁迅始终都把目光注视着广大的普通的人民，特别是农民；几乎在他的每篇作品里，都注意到他们对于现实生活、对于进步事业的态度。鲁迅是注意到，广大的普通人民，首先是农民的态度是有十分重要的意义的。如前面屡次表现到的，当他们还不觉悟、冷漠、还在封建主义影响下的时候，他们便实际上成为中国封建主义的强有力的支柱。

我们还可以再举一篇《药》作为例子。这篇作品，正如鲁迅自己所说，是经过他有意删削黑暗装点欢容而使它多露点亮色的。在这里，鲁迅歌颂了革命者的英勇坚决。革命者夏瑜虽然只是经过一个并不同情革命的人的谈话表现出来，但这个革命者的鲜明动人的形象还是掩盖不住的。当管牢的红眼睛阿义因为搜不到他的财物而打了他两个嘴巴的时候，他不但不表现出恐惧和软弱，反而说阿义"可怜！可怜！"革命者的伟大的自傲心在这里是清楚的表现出来了。这个作品还暗示出革命的光明的前途，这也是我们记得很清楚的。但鲁迅却同时不能不看到，群众对革命是冷漠、不理解和不同情的。茶馆里的茶客是一致地攻击已死的夏瑜，茶馆老板华老栓夫妇，虽然并未表示过他们对革命的仇视，但在他们身上，却正表现了小资产阶级的深刻的无知。他们也不幸，也值得同情，但他们是一点也不知道他们的不幸的真正原因。这正是一切小生产者一切小资产阶级的共同弱点。

关于小资产阶级的弱点，他们的生活地位给予他们的认识的限制，在《离婚》这篇小说里有着更为深刻的表现。《离婚》里的爱姑的悲剧，是由于没有真正的觉悟、对于封建主义这个敌人没有真正的认识而打算用个人的力量来反抗压迫的失败的悲剧。爱姑的性格是属于泼辣、敢作敢为那一类的，她不甘默默的忍受她的丈夫和她的家庭的压迫，但她只知道应该反对的是直接欺压自己的她的丈夫"小畜生"和她的公公"老畜生"。对于那些并未直接压迫过她但其实是更高更集中的代表封建势力的人物，对于当时的官府——当时封建的政治统治机构，她并不反对，而且还抱着幻想，她把希望寄托在他们身上。在她看来，"知书识理"的七大人是会了解她的苦痛，也会主持公道的。这样，爱姑即使敢作敢为，即使充满敌忾，

但她的反抗行动只能悲剧结束,是注定了的。有一位也是封建阶级的代表人物叫慰老爷的曾经这样警告爱姑:

> 爱姑,你要是不转头,没有什么便宜的。……打官司打到府里,难道官府就不问问七大人么?那时候是,"公事公办"……

在这时候,封建阶级自己对于封建阶级、对于封建阶级和封建阶级的政治之间的关系,是比爱姑了解得更清楚的。

虽然表面上似乎保持着十分冷静,但实际上,鲁迅是带着深沉的痛苦和热情来注视着爱姑的悲剧的。爱姑的悲剧,爱姑的幻想和认识的限制,对于小生产者的农民说来是典型的。这并不是她的一时的偶然的错误,她的这种认识的限制,是被整个小生产者所处的生活地位决定的。列宁说:"……小生产者因被生产条件本身分散和隔绝,因被系缠于一定的地方和一定的剥削者,根本不能了解他有时并不比无产者少受其苦的那种剥削和压迫的阶级性质……"列宁同时还说过,由于同样的原因,小生产者是"无法了解到,压迫底原因不是个别的人,而是全部经济体系"(《什么是人民之友以及他们如何攻击社会民主党人》)。列宁关于小生产者的弱点的这个分析,是被鲁迅《离婚》里的艺术表现全部证实了。

六

鲁迅也曾经把自己的视线不只一次的投向知识分子,特别是"五四"以后。这并不是偶然的,前面已经提到,在经过"五四"运动以后,社会各个阶级的力量重新改组这个教训以后,鲁迅对于探求中国向前发展的道路是表现得更加艰苦和剧烈,同时知识分子的本性,也在现实生活的过程中显露得更加明显,对他们在艺术上加以深刻的解剖是比过去任何时候都更有可能了。

鲁迅知道,在充满阶级压迫和民族压迫的中国,知识分子也是受难的。知识分子往往首先敏感到时代的苦痛,因此也往往是首先觉悟的分子。他们大多数开始时都是勇气勃勃、充满信心的,但他们和群众缺乏联系,当革命正在昂扬的时候他们拥护和参加革命,但当革命走向低潮或者是他自己受到挫折时,他们便往往动摇、消沉、颓唐了,和群众和现实更加隔离了。鲁迅一面对于现实给予他们的失望和苦痛寄予深挚的同情,一面也以他所特有的冷峻、沉重的心情对他们的弱点加以有力的鞭挞。

和研究与表现农民的时候一样,鲁迅是在寻求解答什么力量可以解除人民的苦难这个问题来研究和表现知识分子的,因此,和那些一般资产阶级、小资产阶级知识分子的自我表现的作品不同,鲁迅在表现知识分子的时候,不是离开现实生活中的根本的重大的问题而去歌颂或者感叹他们生活上的一些狭小的情感的变化和遭遇,而是在显明的历史背景上,在他的主人公经受严酷的历史考验,在他们和敌人作力量的角逐中去表现的。

《在酒楼上》和《孤独者》这两篇小说,都深深地浸染着一种旧的革命风暴已经过去,而新的风暴还没有来临之前的那种使人窒息的沉重的历史气氛。通过这里的主人公的受难、苦闷和变化,新社会在孕育过程中的苦痛,在这里是令人感到得很深的。

和鲁迅的许多作品,特别是《彷徨》里的另一些作品一样,在《在酒楼上》和《孤独者》这两个短篇,显示着很深的悲剧的性质,这种悲剧的性质,是被我们一开始便提到过的鲁迅对于当时中国现实的总的认识,是被敌我力量悬殊这种情况决定的。正如爱姑归根到底也仍然是因为自己不觉悟,自己的力量太小而遭遇失败,《在酒楼上》的吕纬甫,《孤独者》里的魏连殳也因为同样的原因而有着同样的遭遇。

《在酒楼上》是艺术上十分完美十分成熟的一个短篇。鲁迅在这个短篇里给我们提供了一个中国的知识分子的典型,一个被黑暗的封建势力战败了的受伤的灵魂。吕纬甫本来并不是缺少理想、缺少聪明才智的,他很早便投身到勇敢的反封建的斗争中去,就是在他已经变成悲观颓唐以后,他对于自己年轻时代的那种热情、勇敢的形象,还保持着清晰的记忆。他也和中国其他许多革命的知识分子一样,是首先觉悟的分子。但正如爱姑也经验到的一样,中国的黑暗的封建势力是强大的,不但要撼动以至推倒它并不容易,就是仅仅为了改善自己的命运要想触动它一下,也并不容易的。鲁迅在《娜拉走后怎样》里便曾经说过:"可惜中国太难改变了,即使搬动一张桌子,改装一个火炉,几乎也要血;而且有了血,也未必一定能搬动。"正是这样。如果不是十分坚定,和人民保持着深刻联系的人,他是不可免的会被历史所压碎。吕纬甫的悲剧也在这里。吕纬甫后来是消沉了。"无非做了些无聊事,等于什么也没有做。"几乎在他刚出场,他便给自己十年来的生活做了这样的一个总结。这两句话是非常富于特征的，一个无所作为的中国的"多余的"知识分子的形象，是活现出来了。鲁迅用来表现吕纬甫的性格的事件也是很富于特征的。一次，他依照自己的母亲的意思为自己早已死去的三岁的弟弟迁葬，他发现他弟弟的墓穴里除了一堆木丝和小木片，衣服、骨骼什么也没有，甚至连头发也没有，这本来便不必再迁了的，但他还是在小棺材里铺好被褥，包一些土，花了许多工夫运到父亲的坟地上去埋了。明知是毫无意义的事，但为了骗骗自己的母亲，使她安心，他仍然是这样去做了。这正如他自己所说的：

> 阿阿，你这样的看我，你怪我何以和先前太不相同了么？是的，我也还记得我们同到城隍庙里去拔掉神像的胡子的时候，连日议论些改革中国的方法以至于打起来的时候。但我现在就是这样了，敷敷衍衍，模模糊糊。我有时自己也想到，倘若先前的朋友看到我，怕会不认我做朋友了。——然而我现在就是这样。

鲁迅用来表现吕纬甫的性格的另一些事件也是同样富于特征的。这大都是些平常的人看来会感到十分平常的生活中所经常遇到小小的悲欢，然而吕纬甫便粘滞于这样的事件。吕纬甫对于自己的行动往往都是用这类的语调来叙述的："正在今天，刚在我到一石居来之前，也就做了一件无聊事，然而也是我自己愿意做的。……"吕纬甫把自己的精力都消耗在没有意义的事情上，而自己又没有能力自拔。显然，鲁迅是表现了吕纬甫的生活的没有意义，没有目标，不理解自己作为一个中国的知识分子的使命，失掉了一切战斗的锋芒和一切决断的能力。后来他是无所谓的，或者用他自己的话来说是"敷敷衍衍，模模糊糊"的在别人家里靠教学生"子曰诗云"来维持生活。

> 你看我们那时预想的事可有一件如意？我现在什么也不知道，连明天怎样也不知道，连后一分……

这个为黑暗势力所战败，为历史所压碎了的吕纬甫，事实上已经成了一个悲观失望的人了。

但《孤独者》里的魏连殳却和吕纬甫有着并不相同的性格，吕纬甫在他的消沉、颓唐中仍然明白的看出他的苦痛和挣扎，而魏连殳，现实给予他的打击以及他自己和周围的隔离已经使他变成一个冷漠、阴沉的人了。在魏连殳身上我们看出了一种完全被扭曲了的性格。

魏连殳大体上也和吕纬甫一样，是在近代中国输入了资产阶级革命文化以后开始有了新的思想的。他是从封建社会出来，反叛了这个社会的。对于"五四"时候涌现出来的知识分子，他是属于上一代的了。他深受封建传统的束缚和压迫的苦痛，不只是感受到自己身受的苦痛，而且还亲自看到他上一辈人所受的苦痛。他对封建社会、对封建家族制度的虚伪、丑恶、无情，是理解，是憎恨的。

但如果在吕纬甫身上我们也看到了过去时代所留在他身上的历史的负担，那这种负担在魏连殳身上是更明显、更沉重了。他的父亲的继母，他的孤独地默默地忍受人生的苦痛的祖母的形象，便常像梦魇一样的追随着他。"我虽然没有分得她的血液，却也许会继承她的运命。"魏连殳自己也痛苦的感到这点。因此，在他祖母死后，在她的棺材跟前，在经过一阵谁也不能理解的沉思之后，他为祖母，为自己哭了：

忽然，他流下泪来了，接着就失声，立刻又变成长嚎，像一匹受伤的狼，当深夜在旷野中嗥叫，惨伤里夹杂着愤怒的悲哀。

但这个魏连殳，也因为常常"发些没有顾忌的议论"，而不容于社会，不但小报上有匿名人来攻击，而且学界也常有关于他的流言。他的教员的职位被辞退了。还不到三个月，魏连殳便陷入极度穷困的地位。以后我们便看到他成了一个师长的顾问。如他自己在一封信里说的：

……现在简直告诉你吧：我失败了。先前，我自以为是失败者，现在知道那并不，现在才真是失败者了。先前，还有人愿意我活几天，我自己也还想活几天的时候，活不下去；现在，大可以无须了，然而要活下去……。

也正如他自己所说的，"我已经躬行我先前所憎恶，所反对的一切，拒斥我先前所崇仰，所主张的一切了"。但正是在这样的时候，他周围的人，他周围的报纸，都对他恭维奉承起来了，甚至他先前被传为笑柄的事，也被人认作"逸闻"。他的境遇是完全改变了。

以后的魏连殳是以一种愤懑、憎恨然而也多少是玩世的心情来看待他的周围的。但他那样的生活也没有继续多久，他便死了。

正如鲁迅所表现的，魏连殳"亲手造了独头茧，将自己裹在里面了"。他把自己孤独起来，把自己和周围隔离开来，但就是这样，也无法避免现实所给他的打击，无法抗拒现实加到他身上的压力。魏连殳的确是失败了。

在《孤独者》里，也和在《在酒楼上》一样。鲁迅带着无比愤慨与同情的态度表现了黑暗的中国给予知识分子的失望和创痛，同时，鲁迅也沉重的鞭挞了他们的弱点。

七

如果吕纬甫、魏连殳都是辛亥革命时期产生的知识分子，他们是从旧的营垒中来的，他们还没有脱尽旧的影响，他们还多少承继着封建时代所遗留下来的历史的负担，那么，在《伤逝》这个作品里，鲁迅便把目光移向"五四"以后出现的年青一代的知识分子。在这里，鲁迅注意考察了这时期的知识分子所十分关心的个性解放、婚姻自由的问题。但鲁迅在这里也同样看到，对实际生活缺乏认识，和实际生活脱节了的知识分子的脆弱性。当许多"五四"以后出现的知识分子都热衷和沉醉于争取个性解放和婚姻自由的时候，鲁迅却在他的作品里证明了：个性解放、婚姻自由的问题是不能离开整个社会解放的问题而单独解决的。

《伤逝》里的涓生和子君，当他们在为自己的婚姻自由而斗争的时候，他们是坚决和勇敢的。他们克服了家庭和朋友的障碍，毫不怕周围的"探索，讥笑，猥亵和轻蔑的眼光"，鲁迅看到，他们当时也是为环境所不容，也是遭遇到种种的困难需要决心加以克服的。但这一切，与其说是增加他们的犹豫和顾虑，还不如说是加强了他们的决心，加强了他们的反抗的勇气以及他们的自豪的心理。特别是子君，比较起来，她是显得更冷静、更坚决和更勇敢的，当她说，"我是我自己的，他们谁也没有干涉我的权利！"的时候，在我们的面前屹立着的的确是为争取自己的自由，为反对封建礼教和封建家庭束缚的毫不反顾的战士。如果她并不停留在争取个人的婚姻自由这个目标上，如果她更进一步的认清中国的现实，那么，便正如当时的涓生所说的,"……中国的女性,并不如厌世家所说那样的无法可施,在不远的将来,便要看见辉煌的曙色的",现实生活也证明,从"五四"以来中国革命斗争的历史上并不缺乏这样的女性的例子。但涓生和子君的问题也正在这里,作为一个革命民主主义作家的鲁迅的革命的彻底性和深刻性也表现在这里。这个作品接着便表现了,这位其实并无明确、远大的斗争目标、对中国现实没有很好的认识的子君,当她达到了婚姻自由这个目的,开始过着暂时还是所谓平静和幸福的生活的时候,她便忘记了原来的理想,而把自己沉没到平凡琐细的家庭生活的事务中去了,她所关心的方面,她的感情,逐渐变得狭小平庸了。就连当时的涓生有时也感觉到,"爱情必须时时更新,生长,创造",但如果在他们中间已经失去了更远大的目标,而只是沉浸在那种平庸的所谓幸福里,这点当然是做不到的。我们看看涓生自己所记述的他们同居以后的生活:

> 安宁和幸福是要凝固的,永久是这样的安宁和幸福。我们在会馆里时,还偶有议论的冲突和意思的误会,自从到吉兆胡同以来,连这一点也没有了;我们只在灯下对坐的怀旧谭中,回味那时冲突以后的和解的重生一般的乐趣。

是的,在这种平庸的幸福的生活里,子君胖起来了,脸色也红活了。但她也很忙,因为她在全神贯注地照顾着自己这个小家庭的生活。她和涓生往往连谈谈的工夫也没有,何况读书和散步。

> 这就使我也一样地不快活,傍晚回来,常见她包藏着不快活的颜色,尤其使我不乐的是她要装作勉强的笑容。幸而探听出来了,她还是和那小官太太的暗斗,导火线便是两家的小油鸡。但又何必硬不告诉我呢?

这和起初看来是这样分明,这样坚决和勇敢,说着"我是我自己的,他们谁也没有干涉我的权利!"的子君,是多么不同,有着多么大的变化!而且,问题还不只这样。中国的现实生活给予中国知识分子的考验还远为严酷得多。事实很快便告诉他们:这种狭小、平庸的生活,虽然难免时常发生小小的悲欢,但在他们说来,至少还算是平静的生活,是不能继续下去了,因为很快的,他们共同生活的唯一的依据，涓生的职业，被解除了。这是和他们为周围所不满的恋爱与同居的生活有关的。他们的那种恋爱和同居的生活不但不容于家庭，不容于朋友，而且也不容于社会。这对于他们是一个不小的打击。如果先前家庭、朋友对他们的责难和不满也算是一种打击，那么，这次对于他们是远为沉重、远为现实的打击，虽然在开始的时候他们甚至不承认这是一种打击。在这时候，我们便更清楚的看到，小资产阶级那种并未在实际生活中生根的所谓美丽的理想，是如何的脆弱了。它一接触到真正的现实便立刻破灭、粉碎，完全覆没。

> ……但我的心却跳跃着。那么一个无畏的子君也变了色，尤其使我痛心；她近来似乎也较为怯弱了。
> "那算什么。哼，我们干新的。我们……。"她说。
> 她的话没有说完；不知怎地，那声音在我听去却只是浮浮的；灯光也觉得格外黯澹。

如大家所知道的，涓生和子君两个人的生活是以非常黯澹的悲剧结束的。他们后来是变得愈来愈不能互相了解了。他们的感情破裂了。他们终于无法抵御生活的严酷的考验，他们想在当时黑暗的中国实现理想的婚姻自由的生活是全部破灭了。子君回到了家庭，不久便死了，涓生又孤独的回到了他和子君同居以前自己住的会馆。

涓生和子君也曾经有过勇敢的战斗，但也是由于没有认识，由于自己的微小的力量抵敌不了庞大的黑暗的封建势力，他们是战败了。在这个根本之点上，他们和吕纬甫，和魏连殳，以至和爱姑，都是共同的。

鲁迅在《在酒楼上》《孤独者》《伤逝》这些作品里实际上证明，知识分子在和实际和群众结合以前，他们是无力的，是无所作为的。《在酒楼上》的吕纬甫有过这样一段自述：

> 我在年少时，看见蜂子或蝇子停在一个地方，给什么来一吓，即刻飞去了，但是飞了一个小圈子，便又回来停在原地点，便以为这实在很可笑，也可怜。可不料现在我自己也飞回来了，不过绕了一点小圈子。……

的确，这个蝇子的故事，是象征着我们中国许多知识分子共同的命运的。他们本来也许也有自己的志向，然而结果"不过绕了一点小圈子"，从那里出发，又回到那里。不但吕纬甫是这样，涓生和子君也是这样。从家庭反叛出来的子君又回到了家庭，从会馆出来的涓生又回到了会馆。

当我们仔细的研读鲁迅关于知识分子的小说的时候，我们特别容易记起毛泽东同志关于中国的知识分子的理论的分析。当我们看到鲁迅所描写的知识分子的悲剧的结局的时候，我们的面前特别容易浮现出毛泽东同志说过的这几句话："知识分子在其未和民众的革命斗争打成一片，在其未下决心为民众利益服务并与群众相结合的时候，往往带有主观主义和个人主义的倾向，他们的思想往往是空虚的，他们的行动往往是动摇的"（《中国革命和中国共产党》）。毛泽东同志如此深刻、单纯、明晰的对于知识分子的科学分析，鲁迅是以他的艺术的表明加以证实了。

便这样，鲁迅对于资产阶级、农民和其他小资产阶级、知识分子这几种不同的社会力量都作了一番考察，这归结起来就是：鲁迅在"五四"和以后一个时候便以其深刻的艺术的现实主义的力量真实的表现了：资产阶级不可能领导中国革命走向胜利，农民的被压迫的地位是必然走向革命化的，他们是中国革命在农村里的真正的动力，但农民本身却具有他们的弱点，而知识分子呢？他们许多人都是聪明、正直的，是每一个革命时期首先觉悟的分子，但当他们对现实还没有明确坚定的认识，当他们把自己"孤独"起来的时候，他们是软弱无力，毫无作为的。很显然，鲁迅需要找寻一种比上面这几个阶级都更坚强的力量，能够把上面这一切力量都团聚起来，带动起来的力量，这就是无产阶级这种力量，但对于这种力量，鲁迅在整个写作《呐喊》与《彷徨》的时期，还是没有找到，没有认识到的。

鲁迅在"呐喊"与"彷徨"里深刻地反映了中国，深刻地反映了中国的革命，反映了中国革命的性质和动力，但对于近代中国的工人阶级的力量在这里却没有得到反映。不错，鲁迅的《一件小事》这篇作品是表现当时的洋车工人的，鲁迅以十分崇敬的态度表现了一个洋车工人的崇高的品质。"几年来的文治武力，在我早如幼小时候所读过的'子曰诗云'一般，背不上半句了。独有这一件小事，却总是浮在我眼前，有时反更分明，教我惭愧，催我自新，并且增长我的勇气和希望。"当鲁迅对于当时的中国的现实，对于所谓"文治武力"表现了深刻的失望的时候，这个洋车工人的"一件小事"在鲁迅的思想上发生了很大的鼓舞和启发的作用。但鲁迅在整个写作《呐喊》与《彷徨》的时期，都没有看到过近代中国的工人阶级。虽然鲁迅在十月革命以后便知道"'新的'社会的创造者是无产阶级"，但他对无产阶级还是相当隔膜，还是不理解的。对于无产阶级的隔膜和不理解，不能把自己的希望寄托在这个唯一可以领导中国革命走向胜利的阶级身上，便使得鲁迅这个时期的思想，同时也使得鲁迅这个时期的作品，往往带着过多的沉重的阴暗的色彩。

八

在整个写作《呐喊》与《彷徨》时期，鲁迅的思想都是属于革命民主主义的思想。革命民主主义的思想本质上是被压迫的农民的革命思想。革命民主主义和现实主义的伟大的杰出的代表人物能够深刻地反映现实，特别善于深刻地暴露中世纪的残余，暴露封建主义的落后与残暴，也特别善于反映农民的状况，农民的愿望和情绪，但革命民主主义的现实主义的作家也不是没有限制的，正因为革命民主主义思想的阶级基础是农民阶级，而还不是无产阶级，因此，他的即使最伟大的代表人物，连同鲁迅在内，还不可能完全认识到消灭中世纪残余、消灭封建主义以至最后消灭人剥削人的制度的真正道路。在这个限度上，在写作《呐喊》与《彷徨》时代的鲁迅也和欧洲其他革命民主主义的作家一样，恰好反映了农民这个阶级的弱点。

革命民主主义和现实主义作家的鲁迅，是要求彻底的不妥协的反对帝国主义和封建主义的。在这方面，他和无产阶级思想、社会主义思想，是最一致的。鲁迅的这种彻底的不妥协的反帝反封建的思想同样表现在他的杂文和小说里。在鲁迅"五四"时期的第一篇小说《狂人日记》里，鲁迅的那一段对中国的封建主义提出控诉的有名的话是不待摘引大家都很清楚的，鲁迅在这里把中国几千年封建主义的历史归结为"吃人"的历史。在过去的中国文学，是从未有过这样彻底，这样勇敢和猛烈的反对封建主义的思想的。

鲁迅使中国文学发生了深刻的变化，鲁迅是中国第一个要求从根本上推翻封建主义在中国的统治的作家。

鲁迅的这种彻底的革命民主主义的思想反映在文学思想上，首先便是要求文学自觉地服从于政治、服从于中国的革命斗争。鲁迅曾经毫不犹豫地、简直带着革命的自豪心公开地宣布自己的创作是"遵奉革命前驱者的命令",的"遵命文学",这是我们都很熟悉的。我们今天的中国文学,服从于政治,服从于中国的革命斗争和经济建设,已经成为我们一切先进的文艺工作者的共同的信念。我们可以说是继承和发扬了鲁迅的最光辉和最可宝贵的传统。但鲁迅的那种公开的把文学服从于政治的思想,不但是鲁迅以前中国文学的历史上不曾有过,而且就在五四当时,也是没有第二个人像鲁迅表现得这样坚定、明确的。

鲁迅在其根本倾向上,比一般批判的现实主义作家有着更深刻、更彻底和更明确的性质。

我们往往拿鲁迅去和19世纪俄国的批判的现实主义作家来作比较。正如毛泽东同志说的:"中国有许多事情和十月革命以前的俄国相同,或者近似。封建主义压迫,这是相同的。经济和文化的落后,这是近似的,两个国家都落后,中国则更落后。先进的人们,为了使国家的复兴,不惜艰苦奋斗,寻找革命真理,这是相同的。"(《论人民民主专政》)中国和十月革命以前的俄国在社会生活、在经济文化方面这样的相同和近似,也必然使这两个国家的文学的面貌也有着许多地方相同和近似。俄国文学曾给鲁迅以很多有益的影响。鲁迅还在学生时代便十分注意俄国文学,这并不是偶然的。

但问题是要加以具体的分析。例如我们说到鲁迅和果戈理。如果说,鲁迅是一个伟大的革命民主主义和现实主义的作家,他的现实主义和他的革命民主主义的思想,从根本上推翻中国封建制度的思想是一致的,他是反映被压迫的农民的利益,从被压迫的农民的角度来观察和表现生活的,那么果戈理我们可以说他是一个伟大的现实主义作家,他深刻的暴露了俄国封建农奴制度的黑暗,并且热烈的希望和幻想俄国走向美好的将来,但果戈理从来未曾怀抱过根本否定封建农奴制度的思想。他的思想和他的现实主义并没有达到完全一致。他的现实主义有许多地方是在违背他自己的贵族阶级的偏见的时候才更加有力的表现出来的。

鲁迅对果戈理一直到晚年还保持着他十分赞赏和尊崇的态度。他是果戈理的许多作品其中包括果戈理的主要著作《死魂灵》的忠实的译者。鲁迅不但说过自己的《狂人日记》"比果戈理的忧愤深广",而且还说过果戈理在《死魂灵》里所描写的封建阶级的人物,除了泼留希金外，其他都是多少还有些可爱的地方的。鲁迅还看到，果戈理大胆的暴露小官僚和小贵族的丑恶，但对于高级的官僚和贵族，则持着保留的态度。鲁迅同意《死魂灵》德文译本序言的作者珂德略来夫斯基的意见，认为"G（即果戈理——摘引者注）有一种偏见，以为位置高的，道德也高，所以对于大官，攻击特少"（《鲁迅书简》，八七〇页）。所有这些看法，都是符合事实的。而鲁迅自己是怎样的呢？鲁迅小说里所表现的封建阶级的人物，是没有一个带着保留态度，没有一个不是把他作为人民的死敌、封建制度的代表人物而完全否定的。我们能否从赵太爷、鲁四老爷、四铭、郭老娃、高老夫子、七大人、慰老爷等等人物中间找到一些可爱的地方呢？一点也不能够。鲁迅对封建阶级人物的态度是这样明确，他的憎恶是这样强烈，这正是一个彻底反对封建主义的革命民主主义者的特色。

正因为鲁迅具有代表广大被压迫农民的革命民主主义的观点，因此鲁迅是更善于从阶级的关系、从压迫与被压迫的关系来观察和表现封建阶级与农民阶级的人物。因为在被压迫的农民看来，封建阶级首先就是剥削和压迫农民的阶级，而农民，首先就是被剥削和被压迫的阶级。如果果戈理更多的是从地主阶级的丑态、他们生活的空虚、无聊、他们的精神的贫乏等等暴露了封建阶级，那么，鲁迅首先而且更多地从他们对农民的凶残的剥削和压迫来暴露了封建阶级。鲁迅是更清楚更尖锐地表现了封建阶级是农民阶级的凶狠的不可调和的敌人，不论是《阿Q正传》里的赵太爷，《祝福》里的鲁四老爷，或者是《离婚》里的七大人和慰老爷，等等，都是这样的。封建阶级的人物在鲁迅的作品所以只能是彻底被否定的人物，在这里也得到了解释。

非常值得注意的是：当欧洲批判的现实主义作家易卜生表现了娜拉不满于家庭的束缚而以出走作为问题的解决的时候，鲁迅却提出问题道："娜拉走后怎样？"

这个问题提出的本身便表明，革命民主主义和一般小资产阶级的现实主义对于现实的理解有着不同的深度。鲁迅不能满足于那种小资产阶级的个人主义的反抗。鲁迅显然在娜拉对于资产阶级家庭道德以及宗教、法律的大胆、激烈的攻击和抗议后面看到它的脆弱和空虚的一面，原因就在于娜拉这种行动并没有在实际中找到依据，并没有在它那里生根。鲁迅看到，娜拉这种行动终归是要失败的。

他认为出走后的娜拉不是终于堕落便是回到家庭，没有另外的出路。特别是像中国这样的人民敌人的力量异常强大的国家，鲁迅要求更加有效的斗争。在"娜拉走后怎样"这篇论文里，鲁迅总结了他的看法道："正无需乎震骇一时的牺牲，不如深沉的韧性的战斗。"

好像是有意和《娜拉》对照的一样，鲁迅曾经写了《伤逝》这篇小说。

如果我们拿这两篇作品加以比较，我们会立刻发现这两篇作品之间的显著的区别。《娜拉》里的主人公娜拉，如前面提到过的，他为了不满于家庭的束缚，为了个性自由而离开了家庭，而在《伤逝》，鲁迅正好利用涓生和子君这两个人物离开了家庭以后的遭遇，证明了脱离了整个社会解放的个性解放，是没有出路的。恰好是易卜生认为是问题解决了的地方，鲁迅却认为是问题的开始。我们看到《伤逝》比《娜拉》忧愤深广。

鲁迅和19世纪俄国的革命民主主义作家，如萨尔蒂珂夫—谢德林、涅克拉索夫等，在根本的思想性质上是大致相同的。他们也特别善于深刻地暴露中世纪的残余，暴露封建主义的落后与残暴，也特别善于反映农民的状况、农民的愿望与情绪。他们的现实主义和革命民主主义的思想也同样取得了一致，比较起一般的批判的现实主义来，他们也同样带着更加深刻、更加彻底和更加明确的性质。列宁把这些作家称为革命民主主义的作家或者是农民民主主义的作家。他们在思想上代表无产阶级出现以前的农民革命的思想，他们的思想是无产阶级思想以前的思想的最高发展。

但鲁迅是在比19世纪俄国革命民主主义作家活动的时代更为进步的社会发展下开始了自己的文学活动的，因而在鲁迅身上，也反映了一些为俄国的革命民主主义作家所不可能有的历史特点。在俄国革命民主主义文学发生和发展的时代，俄国工人阶级还没有成为独立的政治力量，也因为这样，俄国革命民主主义的文学，便支配了俄国的整个历史时代。当时俄国的革命民主主义作家，正如列宁所说的，他们是俄国马克思主义的先驱，但他们最终也不能越过革命民主主义的思想，他们是在马克思主义思想面前停住了。这是被俄国社会发展的行程所决定的。但在中国，从"五四"开始，从鲁迅正式进入文学生活的时候开始，无产阶级已经成为中国独立的政治力量，并且开始取得了中国革命的领导地位，与革命民主主义思想以及其他各种类型的革命思想一起，中国已经出现了无产阶级思想。因此，中国革命民主主义思想并不是单独代表中国一个历史时代，而是以无产阶级思想的盟友的资格而存在的。

鲁迅说过，《狂人日记》《孔乙己》《药》等作品，因为"表现的深切和格式的特别，颇激动了一部分青年读者的心。然而这激动，却是向来怠慢了欧洲大陆文学的缘故"（《〈中国新文学大系〉小说二集导言》）。不错，中国现代民主文学的发生，是落在欧洲的后面的，这是由于中国的落后，但中国现代的民主文学却走着和欧洲不同的道路，这主要在它很快便取得了社会主义思想的指导，由民主的文学发展为社会主义文学。这个历史特点在鲁迅身上有着典型的表现。

前面说过，鲁迅从"五四"开始，从进入文学生活的第一天，便使自己的文学活动服从当时中国的政治斗争。他公开地毫不犹豫地宣布自己的创作是"遵奉革命前驱的命令"的"遵命文学"，虽然鲁迅当时对无产阶级、对共产主义思想还不理解，但从这里我们便可以看到，鲁迅实际上是把"五四"的根本方向，为共产主义思想所决定的方向，作为自己的指导方向，并且对这方向表现着这样信任，这样坚决，这就表明，中国杰出的和优秀的革命民主主义的作家可能而且在中国的条件下必然把自己的活动逐渐溶合到共产主义思想中去。从民主主义到共产主义，这是鲁迅思想发展的根本方向、根本规律。即使鲁迅在接受共产主义思想，在成为一个共产主义者之前，还需要经过一段复杂曲折的道路，经过一个摸索和怀疑的过程，但这个根本方向，是在鲁迅进入中国文学生活的第一天，便确定了的。

1954 年 10 月

（原载《人民文学》1954 年第 11 期）

论《野草》

冯雪峰

《野草》收散文诗23篇,是鲁迅的重要作品之一。这些作品作于1924年至1926年,那时鲁迅在北京;这也就是说,这些作品是在帝国主义和北洋军阀的黑暗统治之下产生的。这些作品的战斗性是作者对于当时黑暗势力的反抗和斗争的表现,作品中的思想情绪也都是对于当时时代环境的反应。在这些作品中也反映了作者的一些暗淡的情绪,尤其是反映了思想上的深刻而强烈的矛盾,这都是同时代环境有密切的关系的,同时也正是作者前期在世界观等问题上所存在的矛盾的反映。还有,其中有好几篇是意思比较隐晦的,这同样是由于环境的缘故,作者自己就在1931年为《野草》英译本写的短序中说过:"因为那时难于直说,所以有时措辞就很含糊了。"

我现在想对这些作品进行一些解释和分析。这不仅因为其中有的作品意思隐晦,需要一些解释;而且因为这些作品是诗,作者的思想感情是通过诗的形象表现出来的,我们也只有通过诗的形象去了解作者的思想感情。我所着重的,还想就其中所反映的作者思想上的矛盾进行一些研究。

我们先看看每一篇作品。为了叙述上的方便起见,我想把这23篇作品分为三类来谈。

第一类:《秋夜》《雪》《风筝》《好的故事》《腊叶》《淡淡的血痕中》《一觉》。

第二类:《我的失恋》《狗的驳诘》《立论》《这样的战士》《聪明人和傻子和奴才》。

第三类:《影的告别》《求乞者》《复仇》《复仇》(其二)、《希望》《过客》《死火》《失掉的好地狱》《墓碣文》《颓败线的颤动》《死后》。

第一类中《秋夜》所抒写的,是在秋天一个深夜作者在他的后园里所一时幻觉成的一种诗的意境和情景,当然也即是他所引起的一种心情。在作者所刻画出来的这种意境和情景中,首先给读者深刻印象的是两株枣树上面的"夜的天空",它"奇怪而高,……仿佛要离开人间而去,……然而现在却非常之蓝,闪闪地睒着几十个星星的眼,冷眼。他的口角上现出微笑,似乎自以为大有深意,而将繁霜洒在我的园里的野花草上"。其次,我们读到,这些被洒了秋霜的野花草中"有一种开过极细小的粉红花,现在还开着,……她在冷的夜气中,瑟缩地做梦,梦见春的到来,梦见秋的到来,梦见瘦的诗人将眼泪擦在她最末的花瓣上,告诉她秋虽然来,冬虽然来,而此后接着还是春,胡蝶乱飞,蜜蜂都唱起春词来了。她于是一笑,虽然颜色冻得红惨惨地,仍然瑟缩着"。

但给我们最不会忘记的印象的,是落尽了叶子的"默默地铁似的直刺着奇怪而高的天空"的枣树的姿态:

> 枣树,他们简直落尽了叶子,先前,还有一两个孩子来打他们别人打剩的枣子,现在是一个也不剩了,连叶子也落尽了。他知道小粉红花的梦,秋后要有春;他也知道落叶的梦,春后还是秋。他简直落尽叶子,单剩干子,然而脱了当初满树是果实和叶子时候的弧形,欠伸得很舒服。但是,有几枝还低亚着,护定他从打枣的竿梢所得的皮伤,而最直最长的几枝,却已默默地铁似的直刺着奇怪而高的天空,使天空闪闪地鬼睒眼;直刺着天空中圆满的月亮,使月亮窘得发白。
>
> 鬼睒眼的天空越加非常之蓝,仿佛想离去人间,避开枣树,只将月亮剩下。然而月亮也暗暗地躲到东边去了,而一无所有的干子,却仍然默默地铁似的直刺着奇怪而高的天空,一意要制他的死命,不管他各式各样地睒着许多蛊惑的眼睛。

此外,"哇的一声"飞过的"夜游的恶鸟",以及因"吃吃地,似乎不愿意惊动睡着的人"的笑声而被作者发觉的作者自己(这个人像"夜游的恶鸟"一般在夜半的园中吃吃地窃笑,也许是由于那一无所有的枣树的干子铁似地直刺着天空,"一意要制他的死命,不管他各式各样地睒着许多蛊惑的眼睛"的情景,而认为有趣的罢?),也都是这一个秋夜的诗境中的出色的景物。

接着是作者回到房里后,许多小飞虫向着房内的灯光,在后窗的玻璃上丁丁地乱撞；有几个从窗纸的破孔飞进来了，又在玻璃的灯罩上撞得丁丁地响。有的从灯罩上面撞进去了，于是遇到了火，有的是在灯的纸罩上休息喘气；这纸罩是新换的，"雪白的纸，摺出波浪纹的叠痕，一角还画出一枝猩红色的栀子"。由这又引起作者的心绪，"猩红的栀子开花时，枣树又要做小粉红花的梦，青葱地弯成弧形了"。可是，继续想像下去，大概又要想到秋天，于是赶紧砍断他的心绪，"看那老在白纸上的小青虫，头大尾小，向日葵子似的，只有半粒小麦那么大，遍身的颜色苍翠得可爱，可怜"。

这篇作品是以下面这样的句子结束的：

  我打一个呵欠，点起一支纸烟，喷出烟来，对着灯默默地敬奠这些苍翠精致的英雄们。

这样，很明白，在这篇意境和描写都十分深刻、谐和的完美的散文诗里，作者的态度是积极的，情绪是健康的。诗的主题是秋夜，同时这也正是当时的现实；而作者所肯定的是那以桀骜顽强的姿态抵抗着秋天的枣树，同时也并不否定"秋后要有春"的小粉红花的梦，而且对于为了追求亮光而死于灯火的小青虫也表示了尊敬的、肯定的态度。这是这篇诗的主要精神。

但是，在这个秋的现实里面，做着梦的小粉红花是冻得红惨惨的；枣树则在知道小粉红花的"秋后要有春"的梦的同时，也知道落叶的"春后还是秋"的梦；而死于灯火的小青虫也不过是没有结果的失败的英雄。这里反映了当时的环境，但同时也反映了一种悲观的思想；这种悲观的思想，很明白，是作为作者观察了现实生活的发展所得的结论之一，并且成为他的思想上的矛盾的一个方面的。这篇作品的思想基础或思想背景之一，是悲观和乐观的矛盾；这个矛盾，从根本上说，在作品中并没有解决。不过，这篇作品主要的思想基础是对现实环境的反抗和斗争；我们从这篇作品的主要精神来看，作者对于现实是很明显地采取了积极的、偏向于乐观的战斗态度的。

《雪》和《好的故事》所表现的情绪以及它们的思想基础或背景，都可以说是跟《秋夜》大致相同。

《雪》的现实背景是北方的冬天；而跟这个现实相对立、并且支配着全篇的情绪的，是对于虽在冬天也有如春天似的江南（同时也对于童年时代）的怀念和向往。有两种冬天，一种是"在无边的旷野上，在凛冽的天宇下，闪闪地升腾着""孤独的雪""死掉的雨""雨的精魂"的"朔方"的冬天；另一种江南的冬天却是：

> 雪野中有血红的宝珠山茶，白中隐青的单瓣梅花，深黄的磬口的腊梅花；雪下面还有冷绿的杂草。胡蝶确乎没有；蜜蜂是否来采山茶花和梅花的蜜，我可记不真切了。但我的眼前仿佛看见冬花开在雪野中，有许多蜜蜂们忙碌地飞着，也听得他们嗡嗡地闹着。

也有两种雪，一种是"在纷飞之后，却永远如粉，如沙，他们决不粘连，撒在屋上，地上，枯草上，就是这样"。这是"孤独的雪"，"死掉的雨"。另一种雪却是"滋润美艳之至了"：

> 那是还在隐约着的青春的消息，是极壮健的处子的皮肤。

对于这样的雪，除了山茶花、梅花和蜜蜂们都照常在开放和飞鸣之外，还有"孩子们呵着冻得通红，像紫芽姜一般的小手，七八个一齐来塑雪罗汉"。而且"谁的父亲也来帮忙了"，塑成的虽然"分不清是壶卢还是罗汉，然而很洁白，很明艳，以自己的滋润相粘连，整个地闪闪地生光。孩子们用龙眼核给他做眼珠，又从谁的母亲的脂粉奁中偷得胭脂来涂在嘴唇上"。这是多么可向往的美丽的情景呢。

然而朔方的雪却是除在屋子上被消化外，只能孤独地"在晴天之下，旋风忽来，便蓬勃地奋飞，在日光中灿灿地生光，如包藏着火焰的大雾，旋转而且升腾，泳漫太空，使太空旋转而且升腾地闪烁"。

大概每一个读者都会感到：作者在当时"朔方的冬天"一般的现实里是感到了"凛冽"和"孤独"的，于是叫出了这种"凛冽"和"孤独"，而且反抗着这样"凛冽"的冬天——这是这篇作品所流露的作者的态度和主要精神。在那样的现实里反抗着"冬天"，是不能不像那在无边旷野的空中旋转着、升腾着的如沙如粉的雪一样，要感到孤独的；但还有那"滋润艳美之至"的江南的雪存在，有江南的雪野和山茶花、梅花、腊梅花、冷绿的杂草、蜜蜂以及孩子们存在——这些都是真真实实地存在着而不可否认的，都是强烈地令人怀念和向往的。这里分明表现了作者的一种乐观。很明白，他用一个他所向往的"江南"跟目前的"朔方的冬天"对立起来，固然更加反衬出了目前的"凛冽"和"孤独"，但这主要的是他对于"朔方的冬天"一般的现实的否定。因此，这篇作品告诉我们，虽在冷酷的"冬天"，作者的心地中是存在着春天和光明的。

《好的故事》的意境，同样建立在作者所向往的理想和目前的现实的对立上面。一个"昏沉的夜"里，作者于工作之余闭眼休息的刹那间，在朦胧中看见一幅很美丽的生活的图画，其中"许多美的人和美的事，错综起来像一天云锦"。这一幅美丽的生活图画也决不是模糊的，而是十分清楚和真实的，它像记忆中的江南农村的美丽景色那样实在，像河岸美景倒映在澄碧的河水中那样分明；而且"一切事物在上面交错，织成一篇，永是生动，永是展开，我看不见这一篇的结束"。"有无数美的人和美的故事，我一一看见，一一知道。"作者希望着这样美丽的生活，是这篇作品的主要精神。

不用说，于闭眼休息的刹那间，在朦胧中看见这样美丽的生活图画，这恰好说明了他在目前的现实中看不见这样美丽的生活，看不见"美的人和美的事"的悲哀心情。在这里就流露着作者的疲劳的情绪和空虚的感觉。而且在后来，当他正要凝视这幅美丽的生活图画的时候，"骤然一惊，睁开眼，云锦也已皱蹙，凌乱，仿佛有谁掷一块大石下河水中，水波陡然起立，将整篇的影子撕成片片了"。当他赶快想"趁碎影还在"，"要追回他，完成他，留下他"，"欠身伸手去取笔"的时候，又"何尝有一丝碎影，只见昏暗的灯光"了。这都反映着作者的失望的痛苦。但是，从作品的主要精神看，这幅美丽的生活图画是确确实实地存在于作者的希望中的，他在作品的最后说：

但我总记得见过这篇好的故事，在昏沉的夜……。

《风筝》的意思很明白，我想不用多解释。其中所写的是对于故乡的春天和儿时的回忆所带给他的一种"无可把握的悲哀"，以及当时环境给他的"寒威和冷气"。我们觉得，这种悲哀和痛苦是对于现实的一种正常的、健康的反应，作者所表现的又是对于生活的积极的认真的态度。

《腊叶》，作者在我们已经说过的为《野草》英译本写的短序中曾说过,"是为爱我者的想保存我而作的"。作品中隐藏着的感激的情绪和轻微的感伤的情绪,都是用平静的语言和态度表现出来的;我们如果注意到作者当时的环境和他所受的种种压迫和伤害,则这里所反映的思想感情也应该说是正常的、健康的。

《淡淡的血痕中》是纪念"三一八"惨案的作品,作者在《野草》英译本短序中曾经说明过:"段祺瑞政府枪击徒手民众后,作'淡淡的血痕中',其时我已避居别处。"其中所写的就是在这次流血中他所引起的一种最深刻的感情,他在《记念刘和珍君》一文里也已经写到过。我们读时可以感觉到,作者当时是体验着最悲愤的心情的,他凝视着牺牲者的血痕,这血痕他觉得已经在渐渐地变淡;这变淡,证明"目前的造物主"也"还是一个怯弱者",因为他("造物主")"不敢长存一切尸体","不敢使血色永远鲜秾",却"用时光来冲淡""人类中的怯弱者"的"苦痛"。这样,就使"人类中的怯弱者"——"造物主的良民",在"淡淡的血痕中""欲死欲生"地生活着,"咀嚼着人我的渺茫的悲苦",同时还"各各自称'天之僇民'以作咀嚼着人我的渺茫的悲苦的辩解,而且悚息着静待新的悲苦的到来",以维持像作者在《记念刘和珍君》中所说的这个"似人非人的世界"。但也显然,这是不能再维持下去的了。

这里比什么都明白,作者所需要和期待的是暴风雨般的革命。他在否定着这个"似人非人的世界"和"怯弱"的"造物主"的同时,也否定着"造物主的良民"们(即他在《记念刘和珍君》中所说的、并认为他自己也包括在内的"庸人"或"偷生"者,也即是被压迫被损害而不革命的人们)。他所肯定和向往的,是那使"天地变色"的"叛逆的猛士"。

这篇诗的感情是革命暴风雨即将来临的一种反映。

《一觉》,在"奉天派和直隶派军阀战争"的时候(见《野草》英译本短序)所作,意思很明白,不用解释;其中的情绪和态度是积极的、战斗的。

这样,像这一部分作品,从它们的主要精神说,都是健康的、积极的、战斗的。但是,其中也有悲观的因素,这成为这些作品所反映的思想上和情绪上的矛盾的因素之一。这些作品的思想基础或背景之一,是悲观与乐观的矛盾,或者理想与现实的矛盾。作者对于现实是采取战斗的态度的(这部分作品以及《野草》全部作品,同作者的一切作品一样,主要的或基本的思想基础是对一切反动的、黑暗的、腐朽的势力的反抗和斗争），他在现实中也看见乐观的东西，同时抱有乐观的理想，但是现实又常常使他失望，使他感到空虚，这构成他的悲观与乐观的矛盾，这是在这部分作品中也存在的。

第二类中《我的失恋》《狗的驳诘》《立论》《聪明人和傻子和奴才》，可以说都是尖锐的讽刺作品。《我的失恋》，作者有过说明，是为"讽刺当时盛行的失恋诗"而作的，意思也简单明了，不用解释。

《狗的驳诘》和《立论》，意思也都明白显露。前一篇意思比较浅，后一篇所讽刺的是有普遍的典型性和深刻的社会意义的现象。

《聪明人和傻子和奴才》中的"聪明人"和"奴才"，在当时社会上都是有典型意义的人物，而且他们都是反改革的社会势力。"奴才"是所谓"奴才性"的概括的形象。"聪明人"其实也是一种奴才，不过是高等的奴才；他很聪明，知道迎合世故和社会的落后性，以局外人或"主子"的邻居的姿态替"主子"宣传奴才主义哲学，所以也是一种做得很漂亮的走狗。作者揭露了"聪明人"的欺骗性和"奴才"的奴才性，以辛辣的讽刺否定了他们，同时肯定了一个同他们相对立的、能够突破传统思想和保守势力的真实的改革者"傻子"，这是这篇作品的战斗性的所在。我们还觉得，这个"傻子"的形象，也可以说就是对于"抗世违世情"（作者自题《呐喊》诗中的话）的作者自己的一种描写；但当然，这形象的概括性是很大的。不过，这篇作品也反映了许多小资产阶级急进派常常会有的那种"愤激"的情绪和有时孤立在群众之上的倾向。例如作品中这个"傻子"的运命是被一群奴才赶走，而"奴才"所感激的是"聪明人"，这里是流露了一种"愤激"情绪的；又在"傻子"的形象中也含有和"抗世违世情"不可分离的一种孤立于群众之上的因素的。这个"傻子"及其运命，竟会使人想起易卜生的"国民之敌"来。

我们来看看《这样的战士》。作者在为《野草》英译本写的短序中也说过，这一篇是"有感于文人学士们帮助军阀而作"的。

这一篇是对于当时青年们的一种号召，同时更可以说是关于作者自己当时作为一个战士的精神及其特点的一篇最好的写照。这个战士：

……拿着蛮人所用的，脱手一掷的投枪。

他走进无物之阵，所遇见的都对他一式点头。他知道这点头就是敌人的武器，是杀人不见血的武器，许多战士都在此灭亡，正如炮弹一般，使猛士无所用其力。

那些头上有各种旗帜，绣出各样好名称：慈善家、学者、文士、长者、青年、雅人、君子……。头下有各样外套，绣出各式好花样：学问，道德，国粹，民意，逻辑，公义，东方文明……。

但他举起了投枪。

他们都同声立了誓来讲说，他们的心都在胸膛的中央，和别的偏心的人类两样。他们都在胸前放着护心镜，就为自己也深信心在胸膛中央的事作证。

但他举起了投枪。

他微笑着，偏侧一掷，却正中了他们的心窝。

一切都颓然倒地；——然而只有一件外套，其中无物。无物之物已经脱走，得了胜利，因为他这时成了戕害慈善家等类的罪人。

但他举起了投枪。

大家知道，作者是帝国主义和封建主义的一个死敌。但大家也知道，作者作为一个战士的特点，还在于他不为一切旧势力的变形的现象所迷惑，不为一切"无物之物"的"对他一式点头"所欺骗（这种点头是谋死了多少青年和多少战士的），他无情地揭穿了一切种种的假面具，使种种遮藏在一切好名称和好花样下面的丑恶的反动实质都暴露了出来。他作为一个战士的特点，也在于他所运用的战术：无情的解剖和尖刻的讽刺。用投枪或匕首对敌人致命处一掷，不中敌人要求"公正"或表示"公正"（用这篇诗中的形象的话来说，那就是他们都同声立誓说"他们的心都在胸膛的中央，和别的偏心的人类两样"）的计，一扭住敌人则永不放手，敌人逃遁则予以不停步的追击，不因敌人假装和解、"点头"、流露可怜相或"颓然倒地"（但并没有真死，有时是装死）而宽待敌人，不怕"戕害慈善家等类"或"打落水狗"的罪名，等等。作者作为一个战士的这种特点，使他在对敌的思想斗争上几乎每战必胜；特别是对于"无物之物"的敌人，需要这样的战斗。所谓"无物之物"，是对于这类敌人的一个最深刻和最恰当的概括；这些人物，对他们的种种好名称和好花样来说，的确"只有一件外套，其中无物"；然而他们是一种物，而且是很厉害的一种物，是在上面敷了一层草的旧势力的陷阱和画了皮的帝国主义与封建主义的帮凶。如当年"现代评论"派的"正人君子"们就是这种"无物之物"的典型之一；作者当时用以击溃他们所布成的"无物之阵"的，就是他的投枪和他的战术。

所以，这首诗的意义和战斗作用，就在于它这么深刻地抓住了"无物之物"的要害，只用了像我所抄录的这十多行就画出了他们的灵魂和嘴脸，并且概括了作者自己作为一个战士的无畏精神和极有教训意义的特点；同时号召青年们来做这样的战士。

这篇作品也可以说是作者前期的战斗的历史、精神和特点的说明之一，因此它作为一篇作品的生命和价值也将是长久的。

但这篇作品也反映了作者的孤独和空虚的感觉。这是因为像这个战士的这种战斗，还是一种个人的战斗，也就是个人主义的战斗的缘故。他还只是个人作战，他的战斗的一切特点也都是建立在个人作战的基础之上的。由于还只是个人的作战，而不是在广大革命群众和集体主义的基础上面进行战斗，所以这样的战士虽然对于帝国主义、封建主义和一切反动势力都表示了无畏的、毫不妥协的精神，但在雄厚的敌人面前仍然不能不感到势孤力薄，不能不感到最后胜利的渺茫。诗中说：

> 他终于在无物之阵中老衰，寿终。他终于不是战士，但无物之物则是胜者。

就是这种势孤力薄和胜利渺茫的感觉的表现，同时在事实上这也是个人的和个人主义的战斗必然要达到的结果和矛盾。作者当时的个人主义的思想和矛盾，还更明白地表现在如下的句子中：

> 在这样的境地里，谁也不闻战叫：太平。
> 太平……。
> 但他举起了投枪。

这在一方面当然也表现了这个战士在孤独作战中的坚持性，正如作者当时在北方独力支持着思想上的一条战线那样；但这里也分明表现着由个人主义的思想出发的孤独和空虚，主要的是表现在这个战士觉得自己的作战是孤独的，是同群众不相通的心情上。例如这里对于当时革命斗争形势的反映，就只有对于当时某些落后地区、一部分青年的消沉现象和当时文艺界没有怎样强有力的战斗表现等事实来说是适合的，如果对于全国革命斗争的事实来说则是不正确和不真实的，甚至于是完全不正确和不真实的。当时正在第一次国内革命战争的时期中，人民革命在中国共产党领导之下正在南方蓬勃地发展着，在北方也有革命群众在斗争，所以当时的社会完全不是听不到"战叫"，更不是"太平"。当时作者在北方战斗着，就是同南方的革命起着相呼应的作用，同时也是受着南方革命运动的鼓舞的；在客观上，他当时也决不孤独，而是有无数群众在支持他的。显然是由于作者存在有脱离群众的个人主义的思想，这才会有孤独和空虚的感觉。

关于这几篇作品，我的解释就是这样。

现在来看看第三类作品。在这部分作品中，特别明显地反映着作者的空虚和失望的情绪以及思想上的深刻的矛盾，这是每一个读者都会感到的。

如"影的告别"所抒写的，就是一个跟黑暗势力进行肉搏战斗的人所感到的空虚和失望：

> 有我所不乐意的在天堂里，我不愿去；有我所不乐意的在地狱里，我不愿去；有我所不乐意的在你们将来的黄金世界里，我不愿去。
>
> 我不过一个影，要别你而沉没在黑暗里了。然而黑暗又会吞并我，然而光明又会使我消失。
>
> 然而我不愿彷徨于明暗之间，我不如在黑暗里沉没。
>
> 然而我终于彷徨于明暗之间，我不知道是黄昏还是黎明。
>
> 倘若黄昏，黑夜自然会来沉没我，否则我要被白天消失，如果现是黎明。

我们读这篇作品的时候，一定会想起作者在 1925 年 3 月 18 日给许广平信中的如下的话来："……我的作品，太黑暗了，因为我常觉得惟'黑暗与虚无'乃是'实有'，却偏要向这些作绝望的抗战，所以很多着偏激的声音。其实这或者是年龄和经历的关系，也许未必一定的确的，因为我终于不能证实：惟黑暗与虚无乃是实有。"

可以说，这篇作品所表现的，就正是这种常觉得"惟黑暗与虚无乃是实有"而又未能证实的矛盾，以及"绝望的抗战"的声音。作品中这个正在"明暗之间"的影子（也就是作者），虽然他不能确定即将到来的是"黑夜"还是"白天"，但并不否定"白天"的存在以及"你们将来的黄金世界"的到来。可是，由于"在你们将来的黄金世界里"也"有我所不乐意的"，"我不愿去"，——这样，对于他，将来是空虚的。同时，即使现在真是"黎明"，接着来的真是"白天"，而他又觉得"要被白天消失"，——这样，现在也是"虚无"的。这里存在的是希望与失望之间的未能解决的矛盾。

像这样的矛盾，我觉得可注意的是：

第一，作者会常常觉得"惟黑暗与虚无乃是实有"，这首先当然是当时的反动统治和社会环境的黑暗在作者脑中的一种反映，这种反映是有它的真实性的。

第二，作者又未能证实"惟黑暗与虚无乃是实有"，这分明是因为在现实的社会中仍然有光明的存在，而这种光明作者是看见的。特别是当时人民的革命斗争，作者当然是肯定的，所以即使在他感到空虚的时候，他也不能否定"白天"和"你们将来的黄金世界"的会到来。

但是，第三，为什么作者又会觉得自己"要被白天消失"呢？为什么"在你们将来的黄金世界里"也"有我所不乐意的"，因而表示"我不愿去"呢？很明白，作者的希望与失望的矛盾的主要的根源，只有到这样的问题上去找。

在《希望》中，作者的思想情绪及其矛盾，是和《影的告别》在基本上相同的，不过"绝望的抗战"的态度表现得更明白和强烈些，失望的情绪也比较减轻些。

这篇作品，作者在为《野草》英译本写的短序中说过，是"因为惊异于青年之消沉"而作的。我们读后也明白地感到作者的用意是反对青年们消沉，号召他们奋发起来同黑暗斗争；但他的思想根据却是"绝望之为虚妄，正与希望相同"（匈牙利爱国诗人裴多菲的话）。

全篇作品中最主要的是作者并未否定绝望，他也不能否定绝望；而这当然是因为他不能完全肯定希望的缘故。例如他用来对青年们证明"绝望之为虚妄"的，是"现在没有星，没有月光以至笑的渺茫和爱的翔舞；青年们很平安，而我的面前又竟至于并且没有真的暗夜"；就是说，青年们很安于"没有星，没有月光……"的现状，对于他们好像没有真的暗夜存在似的，可见他们并没有真的同暗夜奋斗，因而他们也并没有到了应该感到绝望的地步。这对于青年们的消沉现象，当然是极深刻而且尖锐的批判；但这里并没有真的否定了绝望。同时作者还以自己的痛苦的经历，更有力地证明了希望也属于"虚妄"；"这以前，我的心也曾充满过血腥的歌声：血和铁，火焰和毒，恢复和报仇。而忽而这些都空虚了，但有时故意地填以没奈何的自欺的希望。希望，希望，用这希望的盾，抗拒那空虚中的暗夜的袭来，虽然盾后面也依然是空虚中的暗夜。然而就是如此，陆续地耗尽了我的青春。"

这样，作者由于不能在自己的信念中有力地、完全地肯定希望，就仍然只能在空虚中作"绝望的抗战"。

> 倘使我还得偷生在不明不暗的这"虚妄"中，我就还要寻求那逝去的悲凉漂渺的青春，但不妨在我的身外。……
> 然而现在……青年们很平安。
> 我只得由我来肉薄这空虚中的暗夜了，纵使寻不到身外的青春，也总得自己来一掷我身中的迟暮。……

因此，这篇作品虽然用意和态度都是积极的，但作者却也掩不住地让自己的失望的伤痛、寂寞的情绪以及思想上希望和绝望的矛盾，都吐露出来了。

这种绝望与希望的矛盾，也是一方面反映着现实社会中黑暗与光明的斗争，一方面反映着作者在世界观等问题上的矛盾。

《过客》，作者的态度同样是积极的，他坚持不停止地前进；但其中非常深刻地反映着作者所感到的劳顿、孤独以及对于前途的渺茫的感觉和情绪。

这个过客"约三四十岁，状态困顿倔强，眼光阴沉，黑须，乱发，黑色短衣裤皆破碎，赤足着破鞋，胁下挂一个口袋，支着等身的竹杖"。他在某一天的黄昏，来到一个极荒凉的地方，这地方的西边就是坟地，而这正是他所前去的方向。这地方住着一个约七十岁的老翁和一个约十岁的女孩子；这老翁原来也是奋斗过来的人，但他后来没有再向前进了；女孩子则因为年轻，并不把前面的坟地看做是坟地，她只看见那里"有许多许多野百合，野蔷薇"。过客来到这里已经很疲倦了,他向老翁讨水喝,老翁劝他停下休息,或者回转去;他也几次踌躇,但仍然坚决地决定前去,虽然知道前面是坟地,而走完了坟地之后也不知道是怎样的路,是否能走完。他喝了水后,觉得恢复了一些力气;可是,又拒绝女孩子给他包脚的一片布(他的脚早已走破流血了),因为太多的好意的赠与对他是过重的负担,会使他不能走远路。

  翁——……太阳下去了,我想,还不如休息一会的好罢,像我似的。
  客——但是,那前面的声音叫我走。
  翁——我知道。……
  客——你知道?……
  翁——是的。他似乎曾经也叫过我。
  客——那也就是现在叫我的声音么?
  翁——那我可不知道。他也就是叫过几声,我不理他,他也就不叫了,我也就记不清楚了。
  客——唉唉,不理他。(沉思。忽然吃惊,倾听着,)不行!我还是走的好。我息不下。……
  ……
  客——……我愿意休息。
  ……
  客——……然而我不能!我只得走。我还是走好罢。……(即刻昂了头,奋然向西走去。……夜色跟在他后面。)

十分清楚,这个过客是不会回头的,他坚决继续前进,而且他虽然走破了脚,感到极大的疲劳,他也愿意休息,但他不能停下休息,因为前面有声音在叫他;可是,怎样的声音,他却不清楚,他只是孤独地在走着朦胧的、渺茫的、空虚的向前面去的路。

显然,这个过客,一方面感到前途的渺茫,一方面又不顾疲劳地坚决向前走去,——这种矛盾也只有从作者当时的世界观和革命信念中才能找到明确的解释。

《墓碣文》,作者以自己解剖、批判和否定的态度描写了一种到了可怕程度的空虚的阴暗心境:

> 于浩歌狂热之际中寒；于天上看见深渊。于一切眼中看见无所有；于无所希望中得救。
>
> 有一游魂，化为长蛇，口有毒牙。不以啮人，自啮其身，终以殒颠。
>
> 待我成尘时，你将见我的微笑！

毫无疑问，这种心境是不可能长期地在作者身上存在的，作者的积极战斗精神和他那时对于革命前途基本上是坚定的信心都足以证明。但作者自己的解剖和描写也有充分的力量使我们相信在他身上发生过这种心境；同时他自己的态度又是明白的否定：

> 我疾走，不敢反顾，生怕他的追随。

这种心境以及这种矛盾的根源和本质，是和《影的告别》等作品的情绪及矛盾相同的。

又如《死火》，其中"原先被人遗弃在冰谷中"的"死的火焰"，遇见人的体温而重行燃烧的时候，是由于与其把它仍然留在冰谷中不久就须"冻灭"，那还"不如烧完"的比较，而选择了燃烧的道路的。这"死火"终于"如红彗星"般地"跃起"，跃出冰谷口外来了，但它的前途终究是"烧完"，这是值得注意的。

此外，《求乞者》写的是在灰色的社会生活和作者在灰色社会中所引起的空虚和灰暗的情绪。

在这样的社会中，人们在四周所见到的只有灰暗的东西，人和人相互之间没有同情，只有厌烦、疑心和憎恶，而且各人都自居于"布施者"之上：

> 微风起来，四面都是灰土。
>
> 一个孩子向我求乞，也穿着夹衣，也不见得悲戚，而拦着磕头，追着哀呼。
>
> 我厌恶他的声调，态度。我憎恶他并不悲哀，近于儿戏；我烦厌他这追着哀呼。
>
> 我走路。另外几个人各自走路。
>
> 我不布施，我无布施心，我但居布施者之上，给与烦腻，疑心，憎恶。

我想着我将用什么方法求乞：发声，用怎样声调？……

我将得不到布施，得不到布施心；我将得到自居于布施之上者的烦腻，疑心，憎恶。

我将用无所为和沉默求乞！

我至少将得到虚无。

不用说，作者的态度是强烈地否定着这样灰色的社会生活的。《复仇》，作者在为《野草》英译本写的短序中有说明，是"因为憎恶社会上旁观者之多"而作的。又在一九三四年给郑振铎的信中也说过这样的话："我在《野草》中，曾记一男一女，持刀对立旷野中，无聊人竞随而往，以为必有事件，慰其无聊，而二人从此毫无动作，以致无聊人仍然无聊，至于老死，题曰'复仇'……但此亦不过愤激之谈，该二人或相爱，或相杀，还是照所欲而行的为是。"因此，我们不用解释了。

我们应该注意的是：在当时那样社会上这种"无聊"的"旁观者"确实是很多的，这种"旁观"和"无聊"也就是作者平日所常指责的"国民"精神上的"麻木"的一种。其次，作者对这类"旁观者"的憎恶和愤激是如此的深刻和强烈，同时无论愤激或憎恶都说明着他对于社会的十分积极的态度，而且也说明着他对于这类"旁观者"抱有积极的要求。像作品中所写的这种所谓"复仇"的心情就分明反映着爱憎的矛盾，因为这种心情不同于冷漠或冰冷的态度是显然的。可是，这种爱憎的矛盾，怎样解决呢？社会上多的是这种"无聊"的"旁观者"，如果像这"一男一女"似地采取了一种所谓"复仇"的态度，"干枯地立着"，"以死人似的眼光，赏鉴这路人们的干枯"，那是显然不能够解决跟"旁观者"的关系问题的。这里也就很明白，正是这种爱憎的矛盾，正是这种愤激或所谓"复仇"，反映着作者在他的社会思想上所存在的矛盾。

《复仇》（其二），借用了被钉十字架的耶稣，来作为一个为人群谋福利而反为人群所敌视、排斥、侮辱和迫害的孤独的改革者的形象；所抒写的是这样的改革者对于这样的人群的一种反抗的、"复仇"的心理：

看哪，他们打他的头，吐他，拜他……他不肯喝那用没药调和的酒，要分明地玩味以色列人怎样对付他们的神之子，而且较永久地悲悯他们的前途，然而仇恨他们的现在。

四面都是敌意，可悲悯的，可咒诅的。

……

他在手足的痛楚中，玩味着可悯的人们的钉杀神之子的悲哀和可咒诅的人们要钉杀神之子，而神之子就要被钉杀了的欢喜。突然间，碎骨的大痛楚透到心髓了，他即沉酣于大欢喜和大悲悯中。

……

上帝离弃了他，他终于还是一个"人之子"；然而以色列人连"人之子"都钉杀了。

钉杀了"人之子"的人们的身上，比钉杀了"神之子"的尤其血污，血腥。

这样，这篇作品反映了作者对于社会上保守势力和反动势力的强烈的憎恶与仇恨，但同时也反映了他的孤独；很明白，这种"复仇"的心理仍然是一种失望的情绪。

《失掉的好地狱》一方面预见着国民党政权的黑暗，一方面也流露着作者当时对革命前途的一种悲观的看法。

这篇作品中关于国民党政权的预言，如果作者不在为《野草》英译本写的短序中有说明，我们是不容易领会的短序中说："这（指《野草》中的作品）也可以说，大半是废弛的地狱边沿的惨白色小花，当然不会美丽。但这地狱也必须失掉。这是由几个有雄辩和辣手，而那时还未得志的英雄们的脸色和语气所告诉我的。我于是作《失掉的好地狱》。"这里说的地狱或废弛的地狱，指当时帝国主义和北洋军阀统治下的北京，也可以广泛地指半殖民地半封建的中国；"有雄辩和辣手，而那时还未得志的英雄们"，则显然是指那时还未取得政权的国民党中的人物。

其中说，"地狱原已废弛得很久了"，于是"鬼魂们在冷油温火里醒来"，"向着人间，发一声反狱的绝叫"。"人类便应声而起，仗义执言，与魔鬼战斗"，最后是人类胜利，"地狱门上也竖了人类的旌旗"。但"当鬼魂们一齐欢呼时，人类的整饬地狱使者已临地狱，坐在中央，用了人类的威严，叱咤一切鬼众"。"当鬼魂们又发一声反狱的绝叫时，即已成为人类的叛徒，得到永劫沉沦的罚""人类于是完全掌握了主宰地狱的大威权，那威棱且在魔鬼以上。人类于是整顿废弛,先给牛首阿旁以最高的俸草;而且,添薪加火,磨砺刀山,使地狱全体改观,一洗先前颓废的气象"。

这样,作者当时就已经预感到,如果像国民党中那些"英雄们"取到了政权,那么,被压迫人民还会受到更严重的压迫,中国还要更黑暗。后来事实果然证明,国民党反动派统治的黑暗是超过了北洋军阀的统治的。这是这篇作品具有现实的战斗意义的方面。

但另一方面,也流露着作者当时对于革命前途的一种悲观的看法。因为那类"有雄辩和辣手"的"英雄们"原是人民的压迫者,他们的"得志"只是半殖民地半封建的黑暗统治的继续和加强;也就是说,他们本来不是"地狱"的破坏者和"鬼众"的解放者,拿他们来代表同"魔鬼"对立的"人类"是同现实不符合的。当时真正在破坏着"地狱"的,是在共产党领导之下进行着革命斗争的人民群众自己。

《颓败线的颤动》,写一个垂老的女人被自己的女儿侮辱后所引起的一种无法形容的痛苦的反应和一种没有言词的、可是激动得全身颤动的反抗。

这个垂老的女人在早年时因为穷困,甚至出卖自己的肉体以养活她的一个幼小的女儿;这个女儿养大了,并且结了婚,有一群小孩子了,过的生活也不是她母亲早年时可比的了。可是,这年轻的夫妻和他们的一群小孩子,都怨恨和鄙视这一个垂老的女人:

"我们没有脸见人,就只因为你,"男人气忿地说。"你还以为养大了她,其实正是害苦了她,倒不如小时候饿死的好!"

"使我委屈一世的就是你!"女的说。

"还要带累了我!"男的说。

"还要带累他们哩!"女的说,指着孩子们。

最小的一个正玩着一片干芦叶,这时便向空中一挥,仿佛一柄钢刀,大声说道:"杀!"

那垂老的女人口角正在痉挛,登时一怔,接着便都平静,不多时候,她冷静地,骨立的石像似的站起来了。她开开板门,迈步在深夜中走出,遗弃了背后一切的冷骂和毒笑。

她在深夜中尽走,一直走到无边的荒野;……她赤身露体地,石像似的站在荒野的中央,于一刹那间照见过往的一切:饥饿,苦痛,惊异,羞辱,欢欣,于是发抖;害苦,委屈,带累，于是痉挛；杀，于是平静。……又于一刹那间将一切并合：眷念与决绝，爱抚与复仇，养育与歼除，祝福与咒诅……。她于是举两手尽量向天，口唇间漏出人与兽的，非人间所有，所以无词的言语。

当她说出无词的言语时，她那伟大如石像，然而已经荒废的，颓败的身躯的全面都颤动了。这颤动点点如鱼鳞，每一鳞都起伏如沸水在烈火上；空中也即刻一同振颤，仿佛暴风雨中的荒海的波涛。

她于是抬起眼睛向着天空，并无词的言语也沉默尽绝，惟有颤动，辐射若太阳光，使空中的波涛立刻回旋，如遭飓风，汹涌奔腾于无边的荒野。

作者所设想的这个老女人的"颤动"——猛烈的反抗和"复仇"的情绪，当然是作者自己曾经经验过的情绪。这种情绪是在爱与憎发生激烈的矛盾斗争时才有的，是一个热烈地爱人们而反抗性也极强烈的人，在遭受着像这个老女人这样的待遇的时候才会发生的。这是一种最痛苦的情绪。

《死后》，意思很明白，我想不多说了，它所反映的作者的情绪是暗淡的。

对于这一部分的作品，我的解释就是这样。

在这一部分作品中，作者的暗淡情绪和思想矛盾都反映得特别明显和深刻，因此，我以为我们就可以从这部分作品中拿几篇来做例子，联系着作者当时所抱的世界观，再分析一下这些作品中作者思想矛盾的根源和本质。但其它两类作品中，如《秋夜》《这样的战士》等等，也都可以做例子的。

我在前面谈到《这样的战士》的时候，已经说到过作者当时的战斗及其特点，都还是建立在个人主义的基础之上的。在谈到《影的告别》的时候，我又提出了这样的问题：为什么作者会觉得自己"要被白天消失"呢？为什么他会觉得"在你们将来的黄金世界里"也"有我所不乐意的"，因而"我不愿去"呢？

这样的问题，我们还可以提得更多。例如在《希望》中，我们可以问：为什么"用这希望的盾，抗拒那空虚中的暗夜的袭来"，而"盾后面也依然是空虚中的暗夜"呢？在《死火》中，为什么那将离开冰谷的"死火"的前途只是"烧完"自己呢？为什么那《秋夜》中的枣树想到"秋后要有春"的同时，又想到"春后还是秋"呢？为什么那个坚决前进的"过客"会那样地觉得自己的疲劳、孤独和前途的渺茫呢？等等。

而所有这种种的矛盾，其实都只是反映着一种思想状况，就是：感到目前的黑暗势力很雄厚，而对于将来又觉得有些渺茫。

为什么会有这种思想状况呢？这种思想状况说明什么呢？

作者当时感到黑暗势力很雄厚，这种感觉和估计是完全合乎当时北方的现实环境的。但他一方面那么大无畏地同黑暗势力战斗着，一方面又会感到空虚；这除了时代环境的原因之外，就还有更重要的思想上的原因。

第一，这种思想状况表现得很明白：以他当时的世界观，他已经不能正确地把握当时的现实的发展，明确地认识革命的前途。作者当时对于革命势力的认识和估计，我已经说过，是不正确的。例如他当时的战斗在客观上是同人民群众有联系的，但他有时却觉得孤独，觉得自己是孤独作战；这里就反映着他在认识上有不正确的成分。又如那落在"冰谷"中的"死火"在重行燃烧的时候会觉得将"烧完"自己，这一方面是个人主义意识的表现，一方面也是对于在人民群众中反"冰谷"（封建主义）的革命的火已经在不可遏止的燃烧的形势估计不足的反映。事实上，这样的火，一在人民群众中燃烧起来，是永远烧不完的。还有，"你们将来的黄金世界"当然是指中国革命的社会主义前途。但这样的前途也"有我所不乐意的"，"我不愿去"；这显然如作者自己后来所说，是由于"不知道这'新的'该是什么，而且也不知道'新的'起来以后，是否一定就好"（《答国际文学社问》）的缘故。作者前期的世界观，如大家所说，是以达尔文的进化论为基础的（这只是一个方面，更全面地说，他前期的世界观包括达尔文进化论中的辩证法因素、彻底的民主主义和人道主义、个性解放以及从个性解放和启蒙主义入手的解放人民与改造社会的思想等主要的方面）。但显然，他从达尔文进化论中取来的辩证法因素已经不足以解释当时现实的发展。大家知道，作者从达尔文进化论中取来的主要的东西，是其中革命的、合于辩证法的部分；这部分，根据作者自己的认识，成为他所信奉的这样一种发展的规律：旧的、老衰的、僵化的，必定劣败和灭亡；而新的、能够向前发展的、更进步的，必定优胜和生存。作者的这种旧的、老衰的必定灭亡的思想，以及将来必胜于过去的信念，同他的民主主义和人道主义思想相结合，特别是同他对现实的、激进的、革命的态度相结合，成为他在前期的强有力的思想武器，在思想上给了他前进的勇气和力量。这种思想和信念，运用到他对于现实的看法和战斗上，使他把旧的和新的，老衰的和新生的，保守的和前进的，黑暗的和光明的，尖锐地、永远不妥协地对立起来。这种把旧和新以及黑暗和光明尖锐地对立起来的精神，最突出地贯彻在作者的全部思想（不管前期和后期）中，同时也是他的思想中最有价值的、最革命的部分。这种精神使他从根本上区别于改良主义者或庸俗进化论者，同时也使他无论怎样总是站在同反动的统治阶级相对立的被压迫人民的方面。这是作者前期的大家所说的进化论思想中革命的方面，也是唯物主义的部分。但是，作者当时所掌握的这样的辩证法有它的片面性（或者像作者自己说的"偏颇"），而且一方面又是同他的世界观中的唯心主义的思想相结合着的。作者当时还不是一个辩证唯物主义者。他当时的世界观不能正确地解释社会生活的现象，更不能正确地解释和把握当时现实的发展。当时现实发展的主要形势，是人民反帝国主义和反封建主义的革命斗争正在无产阶级领导之下发展着；那时的形势已经十分清楚：同民主革命相衔接的不能不是社会主义革命。这是一个民主主义和社会主义相交织的时代，是在世界无产阶级革命时代的新民主主义革命的时代。对于这样的现实，最主要的就是要认识无产阶级以及在无产阶级领导之下的人民群众的革命力量，但这是只有站在马克思主义的观点和无产阶级立场上，才能完全认识的。作者当时由于还只是片面性的辩证法，还没有马克思主义的唯物辩证法，没有历史唯物主义的观点，还站在革命知识分子或小资产阶级激进派的立场上，因此，对于无产阶级及在无产阶级领导之下的人民群众的革命力量，就不能有明确的、充分的认识和估计。应该说，作者前期世界观的局限性主要的就表现在这里。他有时会感到孤独和空虚的思想上的主要原因，也就在这里。

  在另一方面，作者当时还不能从历史唯物主义和阶级斗争的观点出发去看社会的发展，因而他对于社会上的保守势力和人民的落后方面也就不能有正确的看法和分析，这不但使他不能正确地估计启蒙主义和思想革命的现实效果，同时也使他对于人民的落后的方面有时会发生失望的、愤激的情绪，而在所谓国民性问题上也有一些包含着错误成分的论断。例如我们在前面分析过的《复仇》《复仇》（其二）、《聪明人和傻子和奴才》等作品，就反映着这种失望和愤激的情绪。在别的文章中，例如《坟》中的《娜拉走后怎样》《华盖集》中的《通讯》等等，也反映着这种情绪以及关于"国民性"的包含着错误成分的论断。

我想，这种世界观上的原因，是我们解释《野草》中这些作品的时候应该注意的。

第二，《野草》中这些作品所表现的这种矛盾的思想状况，非常鲜明地反映着作者当时所体验的深刻的思想苦闷和强烈的自我思想斗争。而且，这些作品中所反映的寂寞、空虚和矛盾的痛苦，也包含着由于他当时同革命的主力还没有建立起更密切的具体的联系而来的寂寞和不安。

我们知道，作者前期的思想和战斗有他自己时代的特点，他同历史上一般资产阶级的革命思想家有很多和很大的区别。作者生在帝国主义和无产阶级革命的时代，而且生在半殖民地半封建的中国；他的反帝国主义的斗争中已经包含有反资产阶级的意义和性质，同时他作为一个革命知识分子、一个革命民主主义者和人道主义者，是密切地联系着广大被压迫人民的要求的，尤其是同广大的被压迫农民群众的要求有着特别密切的联系。但他前期的世界观，主要的还是建立在资产阶级个人主义思想体系的基础上面。当然，我们说作者前期的思想都和个人主义思想有联系，这是指他的思想和个人主义的反封建主义的革命一面的联系。但是，对于当时的雄厚的黑暗势力，站在个人主义的思想基础上而从事个人主义的战斗，必然要感到力量薄弱；而且，越是坚持个人主义的战斗，就越会感到自己的势孤力薄，越会感到那建立在个人主义思想基础上的理想目标的渺茫，这也是非常清楚的。这是一方面。而更重要的一方面是，当时以雄厚的力量同雄厚的黑暗势力战斗的是在无产阶级领导之下的人民群众，这种战斗主要的是建立在另一种世界观、另一种思想和理想的基础——社会主义思想和理想的基础之上的，是同个人主义的思想和理想的基础在根本上相矛盾的。因此，在这样的现实的发展和人民群众的面前，作者不仅会更加觉得个人主义作战的势孤力薄，而且也不能不感到自己的思想立场和现实发展之间的矛盾，不能不感到现实已经在动摇着他的思想基础了。可是，非常明白，在一时之间，作者又很难抛弃原来的立场和理想。这样，也就很难不陷入思想上的矛盾和苦闷。《野草》中有些作品，特别像《影的告别》《墓碣文》《死火》等，我觉得就最鲜明地反映了这种苦闷和矛盾斗争。如《墓碣文》中的痛苦的情绪，显然是由于个人主义思想所带来的空虚感觉以及作者同个人主义的意识作斗争而形成的。那"冰谷"中的"死火"，会觉得自己的前途是"烧完"，这除了对于当时的革命形势认识不正确外，也反映了个人主义的意识和个人主义没有前途的感觉。"有我所不乐意的在你们将来的黄金世界里，我不愿去"，不能不说是分明地反映着个人主义理想和社会主义思想的矛盾；但建立在个人主义思想基础上的理想和信念却完全没有前途，"要被白天消失"。

十分明白，这些作品告诉我们：作者所感到的空虚和失望，从思想上说，是由个人主义的思想而来的，同时也是个人主义思想的表现。作者的矛盾和痛苦，反映着个人主义的思想基础和立场在他那里发生着动摇以及他自己对个人主义思想的斗争。

《野草》中的这些作品，由于非常深刻和强烈地反映着这种矛盾和痛苦以及自我思想斗争，在我们研究和了解作者思想发展过程的时候，我觉得特别值得注意。

时代的条件，作者的一贯的人民立场和革命意志，都决定了他非前进一步而成为社会主义者不可。这就是接受共产主义世界观，投入无产阶级的队伍。同广大的人民群众有更进一步的更密切的结合，在群众的集体主义的基础上为彻底推翻帝国主义和封建主义的统治以及为社会主义前途而奋斗。同革命的领导者无产阶级以及广大人民群众的密切的结合，是和世界观问题不可分离的一个根本问题。作者在写《野草》这些作品的时候，却还没有达到这一步；他由此而来的、所谓"成了游勇"的寂寞和不安，反映在他的许多文章中，也反映在《野草》这些作品中。当我们读《彷徨》和《野草》，特别是读到《野草》中的《过客》《这样的战士》《淡淡的血痕中》等作品的时候，一定会想起作者在1932年写的《自选集自序》中说的一段追叙：

> 后来"新青年"的团体散掉了，有的高升，有的退隐，有的前进，我又经验了一回同一战阵中的伙伴还是会这么变化，并且落得一个"作家"的头衔，依然在沙漠中走来走去，不过已经逃不出在散漫的刊物上做文字，叫做随便谈谈。有了小感触，就写些短文，夸大点说，就是散文诗，以后印成一本，谓

之《野草》。得到较整齐的材料,则还是做短篇小说,只因为成了游勇,布不成阵了,所以技术虽然比先前好一些,思路也似乎较无拘束,而战斗的意气却冷得不少。新的战友在那里呢?我想,这是很不好的。于是集印了这时期的十一篇作品,谓之《彷徨》,愿以后不再这模样。

"路漫漫其修远兮,吾将上下而求索。"

这些话是我们读《野草》《彷徨》以及《华盖集》《华盖集续编》等作品的时候必须注意的。当时他还没有同在共产党领导之下的革命的主力建立起更密切的具体的联系,这影响他同更广大的人民群众的更密切的结合。当然,他当时在北方独力地支持着思想上的一条战线,是同南方的革命运动相呼应的,是有群众在支持他的,那时他同在北京的共产党人如李大钊等也有精神上和事实上的联系;而他在主观上觉得自己是一个"游勇",这在一方面他是指文艺战线而说,一方面也有他自己思想上的原因。但他所感到的"成了游勇"的寂寞,却是真实的;他因而感到不安,要"求索""新的战友",也是真实而迫切的,后来的事实就证明了这一点。"成了游勇",固然是他从文艺战线的角度而说的话;又如他自题《彷徨》的四句诗——"寂寞新文苑,平安旧战场,两间馀一卒,荷戟独彷徨"——也是同样的意思;但这些话所反映的意义,主要的却是同革命队伍的关系问题。作者特别提到了《新青年》,就很值得注意。当年《新青年》不仅是一个号召文化和文学革命的刊物,而且更重要的是新民主主义革命最初的一个理论指导杂志;它在李大钊等革命家领导之下宣传着民主主义、马克思主义和俄国十月社会主义革命,在中国共产党成立前,它起着传播革命思想、培养革命力量、领导广泛革命斗争以及组织和团结革命的领导中心的作用。也就是说,《新青年》在中国共产党成立之前是革命的一个主要的阵地。作者当时同这个革命阵地的关系是密切的,他是《新青年》杂志中最坚决的战士之一,也是由编委和主要撰稿人所形成的《新青年》团体的中坚分子之一;他那时所写的作品,用他自己的话来说,还遵照着"那时革命的前驱者的命令",努力使自己的工作同当时革命的任务和步调相一致。但《新青年》在1922年因内部分化而停刊了,《新青年》团体也同时散掉了;这时和以后的情况正如作者所描写,"有的高升,有的退隐,有的前进",而他自己则"成了游勇"。但为什么会

"成了游勇"的呢？我们知道，《新青年》的内部分化，正是当时革命向前发展（这时中国共产党已经成立）的结果；实际上，它的内部分化是在1919年五四运动的稍后就开始萌芽的，——从那时起胡适就一直在反对《新青年》宣传马克思主义和俄国十月社会主义革命，并且不断地进行活动企图夺取《新青年》的领导权；到这时，早已站到反动方面去的胡适等终于分化出去了，而以原来的一些编委和主要撰稿人为基础的《新青年》也就停刊了（但后来曾作为中共中央的机关杂志重新出版季刊和月刊）。作者所说的"高升"，即指胡适等投入帝国主义和封建势力的怀抱；"退隐"指钱玄同等曾经积极参加文化革命的小资产阶级知识分子的趋于消极；"前进"指李大钊等马克思主义者。而作者自己是既没有"高升"，没有"退隐"，也没有"前进"而成为马克思主义者的；这样，他虽然在文学和思想战线坚持战斗，却"成了游勇"，主要的是说明了他同马克思主义者之间有着思想上的距离，同时也使他不能同革命的主力建立更密切的具体的联系。但这是使他寂寞和不安的。

这种寂寞、不安和"求索""新的战友"的要求也就反映在这些作品中。

以上就是我们联系着当时的时代环境和作者的世界观及其思想发展的情况等方面，对于这23篇作品所作的一些解释和分析。

这些作品是艺术性极高的散文诗；它们的战斗性虽然不及作者同时所写的那些杂文（《华盖集》《华盖集续编》以及《坟》中的一部分），但它们同样是作者对于当时黑暗势力的反抗和斗争的表现，同样反映着他对反动势力的不妥协精神和坚持战斗的顽强性。其中也反映着作者当时的一些暗淡的情绪，特别是反映着他的思想上的矛盾及其自我思想斗争。我想，我们现在阅读这些作品，应该有分析，应该注意到这些方面。

（原载《文艺报》1955年第19、20期）

论阿 Q

何其芳

鲁迅的最重要的作品,"五四"以来最杰出的小说《阿 Q 正传》,创造了阿 Q 这个不朽的典型。一个虚构的人物,不仅活在书本上,而且流行在生活中,成为人们用来称呼某些人的共名,成为人们愿意仿效或者不愿意仿效的榜样,这是作品中的人物所能达到的最高的成功的标志。在"五四"以来的新文学里面,包括小说和戏剧,只有阿 Q 这个人物获得了这样的成功,从而与我国和世界的文学上的著名的典型并列在一起。

《阿 Q 正传》发表于 1921 年至 1922 年的北京《晨报副镌》。1923 年,后来也成为著名的小说家的沈雁冰就写道:"现在差不多没有一个爱好文艺的青年口里不曾说过'阿 Q'这两个字。我们几乎到处应用这两个字……"(《读〈呐喊〉》)。阿 Q 就是这样迅速而广泛地流传的。现在,早已不止于爱好文艺的青年,而是流传在更广大的人民中间了。

然而,直到现在,我们的文学批评对这个人物的解释仍然是分歧的,而且各种解释都并不圆满。

困难和矛盾主要在这里:阿 Q 是一个农民,但阿 Q 精神却是一种消极的可耻的现象。

为了解决这个矛盾,曾有人否认阿 Q 是农民,或者从阿 Q 说过的"我们先前——比你阔的多啦"这句话,断定他是从地主破落下来的,和一般农民不同。这种企图单纯从阶级成份来解释文学典型的方法显然是幼稚的。按照小说本身的描写,阿 Q 的雇农身份谁也无法否认。"我们先前——比你阔的多啦",这不过是阿 Q 的精神胜利法的一种表现,同时也是作者对于当时有些不长进的人喜欢夸耀过去光荣的一种嘲讽。这"先前"不一定是指他本人,很可能是他的先世。我们并不能用这句话来断定阿 Q 的阶级出身,正如并不能根据他的精神胜利法的又一表现"我的儿子会阔得多啦",就断定他将来一定会成为阔人的老太爷一样。而且阿Q的性格的某些很重要的方面,包括开头的"真能做"和后来的要求参加革命,都并不能用破落的地主阶级的子弟的特性来解释。

还有一种解释说阿Q是中国人精神方面的各种毛病的综合,或者说他是一种精神的性格化和典型化,说他主要是一个思想性的典型,是阿Q主义或阿Q精神的寄植者,是一个在身上集合着各阶级的各色各样的阿Q主义的集合体。这种解释也不妥当。世界上的文学的典型,没有一个不是具有高度的概括性和思想的意义,而又同时是,或者还可以说首先是一个具体的活生生的人。这两者是不可分离的。如果阿Q只是各种毛病的综合或者某种精神的性格化和典型化,那他就不可能成为现实主义的文学的典型,而不过是一个概念化的不真实的人物。在《阿Q正传》里面,阿Q的性格从头至尾都是统一的,他的思想和言行除了极其个别的地方,都是和他的阶级身份,社会地位和特有的性格很和谐的。他并不是一个用中国人精神方面的各种毛病或者各阶级的各色各样的阿Q主义拼凑起来的怪物;而是一个我们似曾相识的有血有肉的个人。提出集合体的说法的同志也承认阿Q是一个活生生的人物,但这种承认就和他的一种精神的性格化和典型化的说法自相矛盾了。因此,这种解释的提出者后来也改变了他的意见。

更多的评论者是把阿Q解释为过去的落后的农民的典型,认为他身上的阿Q精神并不是农民本来有的东西,而是受了封建地主阶级的思想的影响。这些评论者都以"统治阶级的思想就是统治的思想"这样的名言来作为根据。没有问题,就阿Q的整个性格来说,他是过去的落后的农民的一种典型。同样没有问题,阿Q头脑里的那些"合于圣经贤传"的想法,"断子绝孙便没有人供一碗饭",强调"男女之大防"和排斥异端,都是封建思想。而且整个阿Q的愚昧也是长期存在的封建剥削封建压迫的一种结果。但我们称为阿Q精神的他性格上的那种最突出的特点,却未见得是封建地主阶级的特有的产物和统治的思想。马克思和恩格斯所说的每个时代里的统治阶级的统治思想,如他们自己所说明的,"是统治的物质关系的观念的表现","是那些使这一阶级成为统治阶级的关系的观念的表现"。很显然,阿Q精神并不是这样的东西,它并没有表现封建思想的特有的性质。而且,如果说鲁迅通过阿Q这个人物只是鞭打了辛亥革命前后的落后的农民身上的封建思想，那就未免把这个典型的思想意义缩小得太狭窄了。所以这种解释仍然是不圆满的。

阿Q性格上的最突出的特点是什么呢？如大家所熟知的，是他的精神胜利法。文学上的典型和生活中的人物一样，他的性格总是复杂的，多方面的。阿Q"真能做"，很自尊，又很能够自轻自贱，保守，排斥异端，受到屈辱后不向强者反抗而在弱者身上发泄，有些麻木和狡猾，本来深恶造反而后来又神往革命，这些都是他的性格。但小说中加以特别突出的描写的却是他的精神胜利法。两章"优胜纪略"就是集中写他的这种特点。夸耀"先前"的阔和设想儿子的阔来藐视别人，忌讳自己的癞疮疤而又骂别人"还不配"，被人打了一顿却在心里想"现在的世界太不成话，儿子打老子"，打不赢别人的时候便主张"君子动口不动手"，甚至在其他精神胜利法都应用不灵的时候便痛打自己的嘴巴，这样来"转败为胜"……所有这些都是写的阿Q精神的具体表现。流行在我们生活中的正是这个阿Q。凡是见到这样的人，他不能正视他的弱点，而且用可耻笑的说法来加以掩饰，我们就叫他"阿Q"于是他就羞惭了。凡是我们感到了自己的弱点，而又没有勇气去承认，去克服，有时还浮起了掩饰它的念头，我们就想到了阿Q，于是我们就羞惭了。文学上的典型都是这样的，他们流行在生活中并且起着作用的常常并不是他的全部性格，而是他们的性格上的最突出的特点。

鲁迅在《〈阿Q正传〉的成因》中说，"阿Q的影像，在我心目中似乎确已有了好几年"。许寿裳在《亡友鲁迅印象记》中说，鲁迅在日本留学的时候就很注意研究中国的"国民性"。在主观上作者是有通过阿Q来抨击他心目中的"国民性"的弱点的意思的。在他的论文中，他曾经多次地批评过这种弱点。1907年写的《摩罗诗力说》就有这样一段话：

> 故所谓古文明国者，悲凉之语耳，嘲讽之辞耳！中落之胄，故家荒矣，则喋喋语人，谓厥祖在时，其为智慧武怒者何似，尝有闳宇崇楼，珠玉犬马，尊显胜于凡人。有闻其言，孰不腾笑？夫国民发展，功虽有在于怀古，然其怀也，思理朗然，如鉴明镜，时时上征，时时反顾，时时进光明之长途，时时念辉煌之旧有，故其新者日新，而其古亦不死。若不知所以然，漫夸耀以自悦，则长夜之始，即在斯时。今试履中国之大衢，当

有见军人踱蹡而过市者，张口作军歌，痛斥印度波兰之奴性；有漫为国歌者亦然。盖中国今日，亦颇思历举前有之耿光，特未能言，则姑曰左邻已奴，右邻且死，择亡国而较量之，冀自显其佳胜。夫二国与震旦孰劣，今姑弗言；若云颂美之什，国民之声，则天下之咏者虽多，固未见有此作法矣。

他在这里所批评的弱点，不是和阿Q夸耀先前如何阔，并且自己头上有癞疮疤，却藐视又癞又鬍的王胡一样吗？1918年，他在《随感录三十八》中批评了所谓"合群的爱国的自大"，并且把这种自大分为五种：

> 甲云："中国地大物博，开化最早；道德天下第一。"这是完全自负。
> 乙云："外国物质文明虽高，中国精神文明更好。"
> 丙云："外国的东西，中国都已有过；某种科学，即某子所说的云云"，这两种都是"古今中外派"的支流；依据张之洞的格言，以"中学为体西学为用"的人物。
> 丁云："外国也有叫化子——（或云）也有草舍，——娼妓，——臭虫。"这是消极的反抗。
> 戊云："中国便是野蛮的好，"又云："你说中国思想昏乱，那正是我民族所造成的事业的结晶。从祖先昏乱起，直要昏乱到子孙；从过去昏乱起，直要昏乱到未来。……（我们是四万万人，）你能把我们灭绝么？"这比"丁"更进一层，不去拖人下水，反以自己的丑恶骄人；至于口气的强硬，却很有《水浒传》中牛二的态度。

这五种议论虽然程度不同，不都是阿Q精神的具体表现吗？至于1925年，他在《论睁了眼看》中所写的这些话，就更像是对于阿Q精神的总说明了：

> 中国人的不敢正视各方面，用瞒和骗，造出奇妙的逃路来，而自以为正路。在这路上，就证明着国民性的怯弱，懒惰，而又巧滑。一天一天的满足着，即一天一天的堕落着，但却又觉得日见其光荣。

很显然，鲁迅并不认为阿Q精神只是存在在当时的落后的农民身上的弱点，也并不把它看做仅仅是一种封建思想。他把它称为"国民性"，这自然是不妥当的；但如果说阿Q精神在不同的阶级的人物身上都可以见到，这却是事实，这却的确有生活上的根据。1841年，第一次鸦片战争中的广东战争失败后，清朝的将军奕山向英军卑屈求降、对清朝的皇帝却诳报打了胜仗，说"焚击痛剿，大挫其锋"，说英人"穷蹙乞抚"（《中西纪事》卷六）。清朝的皇帝居然也就这样说："该夷性等犬羊，不值与之计较。况既经惩创，已示兵威。现经城内居民纷纷递禀又据奏称该夷免冠作礼，吁求转奏乞恩。朕谅汝等不得已之苦衷，准令通商。"（《筹办夷务始末》卷二十九）1898年出版的《劝学篇》，它的作者张之洞在最初的《自序》上说："中国学术精微，纲常名教以及经世大法，无不毕具；但取西人制造之长补我不逮足矣；……其礼教政俗已不免于夷狄之陋，学术义理之微则非彼所能梦见者矣。"这就是清朝的皇帝和大臣们的精神胜利法。鸦片战争以后的清朝的统治者们就是带着这样的阿Q精神一直到他们的王朝的灭亡的。辜鸿铭极力称赞辫子和小脚，专制和多妻制，并且说中国人脏，那就是脏得好。《新青年》第四卷第四号上发表过林损的一首诗，开头两行是："乐他们不过，同他们比苦！美他们不过，同他们比丑！"这就是过去的旧知识分子的精神胜利法。据说鲁迅常常引林损这几句诗来说明士大夫的怪思想（周遐寿《鲁迅小说里的人物》）。至于被取来作为阿Q的弱点的象征的癞疮疤，在旧中国的农村里，那的确是从地主到农民，都一律忌讳，而且推广到连"光""亮""灯""烛"也忌讳的。"儿子打老子"，也是同样广泛地流行在旧中国的各种不同的人们的口中。鲁迅还做过一篇文章，叫做《论"他妈的！"》。对这一类非常流行的骂语，他解释为是庶民对于"高门大族"的攻击，那恐怕是过于曲折的。这和"儿子打老子"一样，都是阿Q式的精神胜利法。阿Q精神的确并非一个阶级的特有的现象。

鲁迅在《答〈戏〉周刊编者信》中又说："我的方法是在使读者摸不着在写自己以外的谁，一下子就推诿掉，变成旁观者，而疑心到像是写自己，又像是写一切人，由此开出反省的道路。"这不但是在说明他的一般的写作方法，而且正是在说明《阿Q正传》。《阿Q正传》发表的时候，的确就曾有一些小政客和小官僚疑神疑鬼，以为是在讽刺他们。而且发表以后，这个共名又最先流行在知识青年中。可见作者的主观意图和作品的客观效果，都不仅仅是鞭打旧中国的落后的农民，也不仅仅是鞭打他们身上的封建思想。

然而文学作品中的人物不能不像在真实的生活里一样，也是社会的人物。尽管鲁迅主观上是想揭露他所认为的"国民性"的弱点，但在中国的土地上却找不到一个抽象的"国民性"的代表。他选择了阿Q这样一个辛亥革命前后的雇农来作为主人公，就不可能停止于只是写他的癞疮疤，只是写他的精神胜利法，只是写他的优胜实即劣败，就不能不展开旧中国的农村的阶级关系的描写，不能不写到阿Q以外的赵太爷、赵秀才和钱假洋鬼子这样一些人物，不能不写到阿Q的受剥削和受压迫，写到他从反对造反到神往革命，不能不写到辛亥革命的不彻底，写到阿Q要求参加革命却被排斥，并且最后得到那样一个悲惨的"大团圆"的结局。这正是现实主义的巨大的胜利。这样，鲁迅的最重要的作品，"五四"以来最杰出的小说《阿Q正传》，它的成就就不只是创造了阿Q这个不朽的典型，而且深刻地写出了旧中国的农村的真实和资产阶级领导的旧民主主义革命的弱点。这样，阿Q就不是中国人精神方面和各种毛病的综合，不是一种精神的性格化和典型化，不是一个集合体，而是一个具体的活生生的人物，而是一个独特的存在，而是一个个性非常鲜明的典型了。从阿Q精神来说，存在在阿Q身上的是带有浓厚的农民色彩的阿Q精神，并不是各阶级的各色各样的阿Q主义，虽然它们中间有着共同之处。从农民来说，阿Q只是具有强烈的阿Q精神的农民，只是一种农民，并不是农民全体，虽然他身上有着农民的共性。曾有过这样的评论，说阿Q终于要做起革命党来，终于得到"大团圆"的结局，似乎在人格上是两个。这种评论就是由于只看到阿Q身上的阿Q精神，没有看到他是一个雇农。而鲁迅写他神往革命并且决心投降革命的时候，他又仍然是我们已经很熟习的阿Q，仍然是带着阿Q式的落后的色彩，甚至临到了最后的场面，他还"无师自通"地说了半句"过了二十年又是一个……"，虽然他这最后一次的精神胜利法的表现是那样悲怆，那样沉重，我们再也笑不出来了。所以在整篇小说中，阿Q的性格是有发展，却又仍然很统一的。只有读到他被抬上了没有篷的车，突然觉到了是要去杀头，小说中说他虽然着急，却又有些泰然，"他意思之间，似乎觉得人生天地间，大约本来有时也未免要杀头的"。接着又读到他游街示众的时候，小说中说他不知道，"但即使知道也一样，他不过以为人生天地间，大约本来有时也未免要游街要示众罢了"。那像是把士大夫的玩世思想加在他头上，我们觉得小有不安而已。

鲁迅自己说，他写《阿Q正传》，"实不以滑稽或哀怜为目的"（《鲁迅书简》二四九页）。阿Q受到剥削和压迫，尤其是他要求参加辛亥革命而受到排斥和屠杀，都是激起我们的同情的。而且我们从阿Q这种落后的农民身上，也看到了农民的反抗性和革命性。然而，如果像有些评论者所说的那样，把阿Q精神当作一种反抗精神，或者把阿Q看做一般的弱小人物，以为鲁迅对他主要是同情或甚至喜爱，那就不但远离作者的原意，而且和作品的客观效果也不符合了。我们读《阿Q正传》的时候，是经历过这样一种感情的变化的，对阿Q最初主要是鄙视而最后却同情占了上风。这真有些像托尔斯泰对于契诃夫的《宝贝儿》所说的话一样，作者本来是打算诅咒他，结果却反倒为他祝福。但作品的主要效果和作者的目的还是一致的。在我们生活中流行的阿Q是以精神胜利法为他的性格的主要特点的阿Q，是一个谁也不愿意仿效的否定的榜样。文学上出现了阿Q，生活中就有很多很多的人再也不愿意作阿Q了。

阿Q是一个农民，但阿Q精神却是一种消极的可耻的现象，而且不是一个阶级所特有的现象，这在理论上到底应该怎样解释呢？理论应该去说明生活中存在的复杂的现象，这样来丰富自己，而不应该把生活中的复杂的现象加以简单化，这样来勉强地适合一些现成的概念和看法。阿Q性格的解释问题，实际上是一个典型性和阶级性的关系问题。困难是从这里产生的：许多评论者的心目中好像都有这样一个想法，以为典型性就等于阶级性。然而在实际的生活中，在文学的现象中，人物的性格和阶级性之间都并不能划一个数学上的全等号。道理是很容易理解的。如果典型性完全等于阶级性，那么从每个阶级就只能写出一个典型人物，而且在阶级消灭以后，就再也写不出典型人物了。这样，文学艺术在创造人物性格方面的用武之地就异常狭小了。在阶级社会里，真实的人都是有阶级身份，因而都是有阶级性的。文学作品所描写的阶级社会的人物因而也就不能不有阶级性，而且某些典型人物的性格的确是表现了某些阶级的本质的特点。然而在同一阶级里面却有不同性格的人物，这就决定了文学从一个阶级中也可以写出多种多样的典型来。这大概谁也不会否认。生活中还有一种现象，某些性格上的特点，是可以在不同的阶级的人物身上都见到的。文学作品如果描写了这样的人物，而且突出地描写了这种特点,尽管他也有他的阶级身份和阶级性,但他性格上的这种特点却就显得不是一个阶级的现象了。诸葛亮,堂·吉诃德和阿Q都是这样的典型。诸葛亮的身份是一个封建统治阶级的知识分子和政治家,然而小说中所描写的诸葛亮的性格的最突出的特点却是他很有智慧,他能够预见。希望有智慧和预见,这就不仅仅是封建统治阶级的政治家的要求,而且也是人民的要求了。因而诸葛亮就流传在人民的口中,成为人民所喜爱的人物,并且产生了"三个臭皮匠,合成一个诸葛亮"这句歌颂集体的智慧的谚语。堂·吉诃德的身份是西班牙的乡村里面的一个旧式的地主,他的身上不但有他的阶级性,而且还有特定的时代和特定的地域的色彩。小说的情节主要是写欧洲中世纪的骑士制度已经灭亡以后,这位旧式的地主仍然要去做游侠骑士,结果得到不断的可笑的失败。堂·吉诃德的全部性格不止于此,然而小说中描写得最突出的却是这样的特点。因而这个名字流行在我们的生活中,就成了可笑的主观主义者的共名。主观主义当然不是一个阶级的现象,因而堂·吉诃德这个典型的意义就不因时代和地域的差异而丧失。阿Q也是这样。他的身份是辛亥革命前后的雇农,他的性格他的行动都强烈地带有他的阶级和时代的特有的色彩。许多评论者在说明阿Q的性格的时候,都指出了他所特有的时代背景,指出了在鸦片战争以后不断地遭到失败和屈辱的老大的大清帝国里面,阿Q精神是一种异常普遍的存在。这是对的。正是因为阿Q式的想法和说法在清末民初很流行,鲁迅才孕育了阿Q这样一个人物。然而小说中所描写的阿Q的最突出的特点,不能正视自己的弱点,而且企图用一些可耻笑的自欺欺人的想法和说法来掩饰,却是在许多不同阶级不同时代的人物身上都可以见到的。这到底应该怎样解释呢?我们知道,一切剥削阶级(并不仅仅是封建地主阶级)为了维持和巩固它们的统治,特别是当它们遭到困难和失败的时候,它们是不能公开承认它们的弱点和景况不佳,而必然会采取自欺欺人的办法来加以掩饰的。半封建半殖民地的旧中国的统治阶级及其知识分子的阿Q精神之特别浓厚,而且表现得特别畸形和丑陋,以至曾被鲁迅误认为是"国民性",原因就在这里。像阿Q那样的劳动人民,除了劳动力而外一无所有,本来是没有忌讳自己的弱点的必要的。然而当他还不觉悟的时候,他不能不带有保守性和落后性,而这种保守和落后也就不能不阻碍他去正视、承认和克服他的弱点,而且用可笑的方法来加以掩饰了。这就是说，在人民的落后部分中间也可以产生阿Q精神的。有些评论者认为阿Q的时代过去了，阿Q精神就完全过去了，永远过去了，这并不符合客观的事实，并从而降低了阿Q这个典型的意义。在我们今天的生活中，只要碰到那种拒绝批评和自我批评、而且用一些可耻笑的想法和说法来掩饰他的缺点和错误的人，不管他的想法和说法和那个老阿Q是多么不同，我们仍然不能不叫他作"阿Q"。从日益陷于孤立和失败的帝国主义分子及其豢养的和本国人民为敌的傀儡政权中间，我们更常常听到阿Q式的叫嚣和哀鸣。《阿Q正传》的很早的评论者沈雁冰说："我又觉得'阿Q相'未必全然是中国民族所特具，似人类的普通弱点的一种。"（《读〈呐喊〉》）这种感觉是有根据的。当然在阶级社会里，"人类的普通弱点"也不能不带上阶级的色彩，阶级的特点。在剥削阶级和劳动人民中间的主观主义和阿Q精神，是有相同之处而又有差异的。而且最重要的差别是在这里：没落时期的剥削阶级的主观主义和阿Q精神是无法去掉的，就像是它们的影子一样将要一直跟随到它们的灭亡；而劳动人民的主观主义和阿Q精神却是可以避免可以克服的，因为我们并不害怕承认我们的错误和缺点，而且我们手里高举着马克思列宁主义的武器，自我批评的武器。

对阶级社会中的文学的现象，是必须进行阶级分析的。但如果以为仅仅依靠或者随便应用阶级和阶级性这样一些概念，就可以解决一切文学上的复杂的问题，那就大错特错了。不仅是对于阿Q的解释，在对于《红楼梦》中的刘姥姥和《西游记》中的妖魔的争论上，都曾经表现了一种简单化的倾向。刘姥姥是一个农民家庭的妇女，然而她在大观园中出现的时候，又带有女清客的气味。根据她的性格中的这个特点，于是有些人就曾经叫吴稚晖那种反动统治阶级的帮闲为"刘姥姥"。刘姥姥出现在大观园中的时候，小说又曾着重描写了她对于上层社会生活的陌生和见识不广。根据她的性格的这又一个特点，于是我们的生活中又流行着一句谚语，"刘姥姥进大观园"。不知道文学上的典型人物在我们的生活中常常只是他的性格的某一种特点在起着作用，并不是他的全部性格，而全部性格又并不全等于他的阶级性，却企图都从他的阶级身份去得到解释，因而把争论都纠缠在给人物划阶级上，这就永远也得不到正确的结论了。《西游记》的妖魔，它们很多都是由动物变成的，因而这些由动物变成的妖魔的形象首先就有一些适合它们的原形的特点。它们既是妖魔，又自然有一些妖魔的特点，如会变化和会使用法术等等。它们都会变化为人，这样就又有了人的特点。作者在描写它们身上的最后这一种特点的时候，当然是以现实中的人为模特儿的。因而可能在某些妖魔身上找得到某些类似人的阶级性的东西，但不会是一个统一的阶级的阶级性。因为作者到底是在写各种各样的妖魔，并不是在写一个统一的阶级里面的种种人物。而且如果用实事求是的态度去读《西游记》，我们还会发现和承认这样的事实：在许多妖魔身上，作者只描写了动物的特点、妖魔的特点和人的某些外表的或一般的特点，根本就找不到阶级性。总之，对于这样众多、这样来路不同而且性格也不同的妖魔，正如对于《聊斋志异》里面所描写的那些狐狸精一样，是要加以具体的研究和细致的分别的。但我们的许多评论者却硬要给这些妖魔划阶级，而且硬要把它们划成一个统一的阶级。首先是把它们都划为农民，而且都是起义的农民，于是一直为人民所喜爱的孙猴子就非成为一个镇压农民起义的封建统治阶级的爪牙不可了。后来有些评论者心中不安，又反其道而行之，于是把那些妖魔又一律定为反动的统治阶级，不是皇亲国戚就是地主恶霸。好像《西游记》的作者吴承恩并不是在写他的幻想的小说，而是在充满了神和妖魔的世界里做土地改革工作，早已心中有数地把它们的阶级成分都定好了，只等待我们来发榜一样。把阶级和阶级性的概念这样机械地简单地应用，实在只能说是对于马克思主义的嘲笑了。

研究文学作品中的人物，正如研究生活中的问题一样，是不能从概念出发的。必须考虑到它的全部的复杂性，必须努力按照它本来的面貌和含义来加以说明，必须重视它在实际生活中所发生的作用和效果，必须联系到文学历史上的多种多样的典型人物来加以思考。这样作自然要困难得多。正是因为困难，我在这里所试为作出的对于阿Q的一点说明，和比较圆满的解释大概还是很有距离的。但是我相信，用这样的方法却可以从不圆满达到比较圆满。

1956 年 9 月 24 日为鲁迅先生逝世 20 周年纪念作

（原载《人民日报》1956 年 10 月 16 日）

鲁迅杂文的艺术特征

唐 弢

一

一个伟大的作家常常选择最适宜的文学形式来表达他对时代的见解，形成自己的独特的风格，普希金用他的诗，巴尔扎克用他的小说。19世纪初期，以十二月党人为代表的当时俄国的民主自由的思想，产生了像《致西伯利亚》《高加索的俘虏》《叶甫盖尼·奥涅金》那样热情奔放的诗歌；与此同时，在铜臭的暴发户的不断威逼下，空虚、腐朽、堕落的法国贵族社会逐渐走向灭亡的复杂的过程，也惟有在《人间喜剧》那样巨大的画幅里，才能够得到深刻而细致的反映。在我们祖国的文学事业中，作为新民主主义革命时期的歌手，鲁迅曾经写过小说，在文学的各个部门建立了不朽的成绩，但当进步力量与反动统治短兵相接、斗争日益剧烈的时候，杂文却是他主要的武器。由于这种文学形式的便捷与犀利，感应敏锐地反映了迫切的形势，鲁迅的杂文是尖锐、泼刺、生动，具有独特的战斗的风格，在艺术创造上完善了时代的特征，勾勒出中国近代社会色彩鲜明的面貌，成为出色的现实主义的史诗。

研究鲁迅，必须研究鲁迅文学作品中这一重要的部分。

二

杂文是新兴的文学形式，萌芽于"五四"文学革命与思想革命，自从《新青年》开辟《随感录》以来，这一战斗的传统曾经为许多刊物所继承，《前锋》《向导》《中国青年》上的《寸铁》，大革命时期《政治周刊》上的《反攻》，以及后来许多文艺杂志登载的短论和杂感，都是这一形式在艺术领域内新的尝试和探索。经过鲁迅的倡导，杂文不断地滋长和发扬。冲破了传统的文学分类，建立起自己独立的形式。瞿秋白称之为"战斗的阜利通（feuilleton）"①。战斗是杂文的生命；杂，则又说明了它的范围的宽广和灵活。鲁迅一生写过许多杂文，却从来没有替杂文下过狭隘的定义，他以自己的全部作品——杂文，展示了这种文学形式的丰富和多彩。就文体而论，他所写的有抒情的杂文，如《长城》（《华盖集》）、《夜颂》（《准风月谈》）；有叙事的杂文，如《记"发薪"》（《华盖集续编》）、《阿金》（《且介亭杂文》）；有政论性的杂文，如《"友邦惊诧"论》（《二心集》）、《战略关系》（《伪自由书》）；有短评式的杂文，如《论秦理斋夫人事》（《花边文学》）、《论人言可畏》（《且介亭杂文二集》）；有些属于随笔，如《事实胜于雄辩》（《热风》）、《看书琐记》（《花边文学》）；有些接近絮语，如《杂感》《华盖集》、《半夏小集》《且介亭杂文末编》；有的是几段日记，如《马上日记》《马上支日记》（《华盖集续编》）；有的是一封通信，如《厦门通信》《华盖集续编》、《答杨邨人先生公开信的公开信》（《南腔北调集》）；有时是一篇对话，如《论辩的灵魂》（《华盖集》）；有时是一段速写，如《秋夜纪游》（《准风月谈》）；有时是一个寓言，如《战士和苍蝇》（《华盖集》）。鲁迅从来不为现成的格套所拘泥，只是从内容出发，信手拈来，无不符合于战斗的要求，成为他努力倡导的精悍绝伦的杂文。就笔法而论，鲁迅的杂文有婉转含蓄，如《说胡须》《论照相之类》《春末闲谈》《灯下漫笔》《坟》；有明白晓畅，如《我们不再受骗了》《论"第三种人"》《谈金圣叹》《家庭为中国之基本》（《南腔北调集》）；自然，在敌人查禁抽删的压迫下，也有隐晦曲折，即鲁迅自己的所谓"曲笔"，如《现代史》《文章与题目》（《伪自由书》）《晨凉漫记》《看变戏法》（《准风月谈》）。鲁迅服从的是他所抒写的内容，以及这篇作品在群众中间能够达到的艺术的效果，在绚烂多彩的变化之中，锻炼出独特的风格。如果拘持一点，偏执一例，不但无法领会鲁迅杂文在艺术上丰富熟练的创造，即就发挥这一文学形式的作用来说，也将大大地削弱它作为战斗武器的意义。

那么，我们究竟应该怎样来认识鲁迅的杂文呢？鲁迅虽然没有替杂文下过定义，却在许多文章里提到了杂文的特征。他认为这种

---

① 瞿秋白：《〈鲁迅杂感选集〉序言》。

文学形式是时代的"感应的神经","攻守的手足"①，它的生命是来自战斗并且也是为了战斗的，因此要"言之有物"②。换一句话说，杂文必须有现实的内容，强烈的关怀生活和联系群众的精神。以鲁迅自己的文字为例，从《热风》里"有的是对于扶乩、静坐、打拳而发的，有的是对于所谓'保存国粹'而发的，有的是对于那时旧官僚的以经验自豪而发的，有的是对于上海《时报》的讽刺画而发的"③，一直到后来的"论时事不留面子，砭锢弊常取类型"④，扫荡了肩着"公理"的招牌，企图以"墨写的谎说"来掩住"血写的事实"的正人君子，扫荡了自称不知道主子是谁，却肯定"攻击资产制度即是反抗文明"的教授，扫荡了向日本军阀献"攻心"策的学者，扫荡了为异族侵略开锣喝道的"民族主义"文学家，扫荡了奉棒喝主义为家训的黄脸干儿，也扫荡了"倚徙华洋之间，往来主奴之界"的西崽文人。每一篇文章都是猛烈的抗争和锋利的袭击：具体，深刻，而又紧紧地扣住现实。鲁迅通过杂文所表现的积极的精神，不仅说明作者"是封建宗法社会的逆子，是绅士阶级的贰臣，而同时也是一些浪漫谛克的革命家的诤友"⑤。他一方面以"逆子""贰臣"的身份，"反戈一击，易制强敌的死命"⑥；另一方面，又以"诤友"的态度，对同一阵营里的错误和缺点，采取直接的规箴。鲁迅是一团火，有人遇到了要被灼伤，甚而至于烧死；也有人感到温暖，从那里吸取热力。这一切都说明他的杂文不是空洞的而是"言之有物"的，是以高度的政治热情来关怀社会生活的，鲁迅的文字里贯彻着照耀时代的战斗的精神。

战斗，正如前面说过，这是杂文的生命，也是鲁迅杂文的基本精神，但我们对于这种精神的理解常常是有缺陷的。鲁迅的作为文学家、思想家、革命家乃是浑然的一体，而且主要是以文学这门艺术来完成他的思想家和革命家的任务的。因此鲁迅的杂文不同于李逵手里的板斧，不同于现代的机关枪，也不同于政治和科学的论文，它是一种特殊的武器——艺术的武器。杂文的战斗精神首先植根于

---

① 《且介亭杂文·序言》。
② 《且介亭杂文二集·徐懋庸作〈打杂集〉序》。
③ 《热风·题记》。
④ 《伪自由书·前记》。
⑤ 瞿秋白：《〈鲁迅杂感选集〉序言》。
⑥ 《坟·写在〈坟〉后面》。

正确的思想内容和强烈的艺术感染力量，它是逻辑思维和形象思维通过具体材料的有机之结合，鲁迅说，杂文必须"生动，泼剌，有益，而且也能移人情"①。我们一向强调杂文的"生动"和"泼剌"，这是对的，却往往忘记了它的"也能移人情"。鲁迅说，杂文必须"是匕首，是投枪，能和读者一同杀出一条生存的血路的东西；但自然，它也能给人愉快和休息"。② 我们一向把杂文比喻为"匕首"和"投枪"，这也是对的，但又往往忘记了它同时还要"给人愉快和休息"。我们对鲁迅的这一卓越的言论理解得不够全面，在某种程度上也就妨碍了对他的杂文的认识，妨碍了我们去学习他在思想方法和艺术创造上伟大的成就，因而只是把鲁迅杂文从政治价值和社会作用上归纳成简单的几条，却不去研究作为文学家的鲁迅的风格，作为文学形式之一的鲁迅杂文的丰富、鲜明、强烈的艺术的色彩。而这些又恰恰是他的战斗精神所赖以寄托的特点。

评论和文艺尽管是两种因素，但决不是完全对立的，互相排斥的。一篇好的杂文是诗与政论的结合，一个好的杂文作者需要高度的思想修养和艺术修养——他是一个政论家同时又是一个诗人。鲁迅重视构成杂文的两种因素，当他说明一篇杂文在理论上必须具有高度逻辑力量的同时，又指出它还需要应用艺术的特征来教育人们，陶冶人们。所谓"移人情"，我以为指的正是艺术的感染力；所谓"给人愉快和休息"，也不外乎通过生活的具象和语言的魅力给人以一种艺术的享受。根据鲁迅对杂文的这些言论，进一步研究他的作品，研究他在逻辑思维和形象思维上所化的劳力，画龙点睛，将大大地有助于我们对鲁迅杂文——它的战斗的风格与特征的认识。

三

艺术创造的根本特征是用形象来思维，形象和形象思维是一切文学艺术创作的中心，然而形象思维也并不排斥逻辑思维。形象思维和逻辑思维是两种不同的思维方式，它们不是互相对立的。一个作家开始创作的时候，在形象思考的过程中同时也不断地运用逻辑思考，不如此的话，他将无法从复杂的生活现象中进行概括和综合，无法创造具有典型意义的形象，表现在他笔底的只能是现实生活的

---

① 《且介亭杂文二集·徐懋庸作〈打杂集〉序》。
② 《南腔北调集·小品文的危机》。

消极的反映，是照相而不是艺术品。但是，艺术作品的逻辑思维必须服从生活的真实性，它不能代替形象思维，逻辑思维的积极作用在于使形象更真实，更完整，更鲜明，而不是为了破坏它。

作为文学形式之一的杂文，和小说、诗歌、戏剧又不完全相同，杂文有它本身的特点。我们往常都说这是文艺的轻骑队，是文学作品中一种面向现实的更直接的形式，其所以直接不仅因为它短小，精悍，锋利，同时也还由于它带有评论的性质。不错，一个伟大的作家不可能不是一个社会批评家，一篇完整的文艺作品在客观上也必然是对现实生活的评论，例如杜甫的《石壕吏》，莎士比亚的《哈姆莱特》，托尔斯泰的《安娜·卡列尼娜》，作者莫不在作品中自觉或者不自觉地表达了对当时社会的意见。不同的是：作者的观点在小说、诗歌、戏剧里总是通过生活本身间接地流露出来的，而杂文却不是这样，杂文作者往往向生活直接开口，发议论，讲道理，所谓"直抒己见"。在这点上，它就比较和论文接近，因而也更需要有论文的条理和层次，更需要有鲜明，强烈，令人首肯、使人信服的内在的理论逻辑性。

鲁迅杂文之所以具有高度说服力，能够在短短几百个字里把问题说得清清楚楚，头头是道，不仅是非分明，而且深刻，透彻，一针见血，固然是由于作者思想正确，看得深，看得远；同时也因为他在思考过程中花了极大的科学的劳动，使文章的论点通过逻辑思维运转自如，站得住，推不倒。列宁曾经把自己论战性的文章称为杂文，自然，所谓论战不必就是对某人或者某个问题的辩论，而是向生活辩论，向一切社会现象辩论。从这个意义上说，鲁迅的全部杂文都是论战性的，雄辩的，表现了明确、肯定、无可反驳的逻辑的力量。

我以为这是鲁迅杂文的一个重要的特征。

一篇杂文具有正确的思想内容，作者如果不在逻辑思维上付出应有的劳力，它是不可能说服人的。在我们杂文作品里的确存在着这样的现象：作者好比在演习数学时只写了一个答案，却并不排列它的方程式，尽管这个答案是正确的，却还是令人无法捉摸它。艺术作品重要的是告诉人们为什么，怎么样，倒不在乎急急地送出答案去。歌德拒绝答复什么是《浮士德》的主题思想，他以为不能将复杂、丰富、灿烂的生活缩小起来用一个细小的思想导线来说明；巴尔扎克说作家只是"布置方程式的符号"，并不想去解决它。不能看轻这个"方程式的符号",这是生活的代名词,这里包括了多少欢笑与眼泪,光明与黑暗,庄严与丑恶,一切现实世界里存在的事实;也不能看轻作家的"布置",这是强烈的思想劳动的结果。对于杂文来说,作者就得通过生活的具体形象,表现它内在的辩证的关系,文章论点的逻辑的关系。

鲁迅杂文和我们现在的某些杂文有一个显著的区别,鲁迅是不大在他的杂文里做结论的——但不等于没有结论。有人说:鲁迅在杂文里只是提出问题,没有解决问题。看来我们现在的许多杂文已经比鲁迅"更进一步",都在文章里把问题解决了,做了结论。鲁迅曾经引列维它夫的话,说易卜生是一个伟大的疑问号(?),萧伯纳是一个伟大的感叹号(!)[①],由我看来,鲁迅自己的确是一个伟大的结语号(。),他没有在文章里做结论,只是从生活的具体感受出发,在形象思考的同时作了细致的科学的分析,揭示了事物的真相。根据鲁迅杂文所表现的倾向,问题的提法,强烈的逻辑性等等,读者自己会达到那个结论的。事实上,要在千字左右的短文里,起承转合,说得面面俱到,那就除非是做八股。而有些杂文之所以急于下结论,正是因为作者在逻辑思维上用功不够,不能通过辩证的关系抓住事物的矛盾,给人以明朗的印象,如果不作结论,就像傻女婿碰到丈母娘一样,无法说明自己的意图。自然,即使说出了结论,也并不能使他更加聪敏些。

揭橥事物内在的矛盾是逻辑思维重要的任务,鲁迅在这方面所花的劳力是极其显著的,试以《"吃白相饭"》为例:

> 要将上海的所谓"白相",改作普通话,只好是"玩耍";至于"吃白相饭",那恐怕还是用文言译作"不务正业,游荡为生",对于外乡人可以比较的明白些。
>
> 游荡可以为生,是很奇怪的。然而在上海问一个男人,或向一个女人问她的丈夫的职业的时候,有时会遇到极直截的回答道:"吃白相饭的。"
>
> 听的也并不觉得奇怪,如同听到了说"教书","做工"一样。倘说是"没有什么职业",他倒会有些不放心了。

[①] 转引自《南腔北调集·〈论语一年〉》。列维它夫的话见所著《伯纳·萧的戏剧》,曾由瞿秋白译成中文。

> "吃白相饭"在上海是这么一种光明正大的职业。①

鲁迅看到的是客观的真实,是过去上海"租界"上一种特殊人物的特殊生活方式。他接着又形象地写出了这种特殊人物的三种手段:欺骗,威压,溜走。然而,"白相"怎么可以吃"饭"?又怎么会是"光明正大的职业"?而偏又行者不以为耻,听者不以为奇?鲁迅通过逻辑思考把生活的矛盾揭示出来,给我们"布置"了一个"方程式的符号"。至于为什么造成这种矛盾的现象?怎样解决它?他没有说,事实上也无须说。这不是杂文的任务,也不是一切文艺作品的任务。因为鲁迅所表达的事件的内在关系已经足够说明过去社会制度的本质的一面了。

鲁迅不断地把不合理的社会制度通过各种具体现象触目惊心地放到我们的眼前,同时也抨击了统治思想影响下庸俗的、足以毒害人们精神的观念,这种观念已经形成社会风气,以致不经过辩证的分析,便无法明显地揭露其矛盾。深奥的理论不易掌握,平凡的真理也一样的不易发掘,因为人们已经习惯于那样的风气,到了见怪不怪的程度。作为这类堕落精神的鞭挞者,鲁迅在一篇题名为《火》的杂文里曾经指出:

> 普洛美修斯偷火给人类,总算是犯了天条,贬入地狱。但是,钻木取火的燧人氏却似乎没有犯窃盗罪,没有破坏神圣的私有财产——那时候,树木还是无主的公物。然而燧人氏也被忘却了,到如今只见中国人供火神菩萨,不见供燧人氏的。
>
> 火神菩萨只管放火,不管点灯。凡是火着就有他的份。因此,大家把他供养起来,希望他少作恶。然而如果他不作恶,他还受得着供养么,你想?
>
> 点灯太平凡了。从古至今,没有听到过点灯出名的名人,虽然人类从燧人氏那里学会了点火已经有五六千年的时间。放火就不然。秦始皇放了一把火——烧了书没有烧人;项羽入关又放了一把火——烧的是阿房宫不是民房(?——待考)。……罗马的一个什么皇帝却放火烧百姓了;中世纪正教的僧侣就会把异教徒当柴火烧,间或还灌上油。这些都是一世之雄。现代

---

① 《准风月谈·"吃白相饭"》。

的希特拉就是活证人。如何能不供养起来。何况现今是进化时代，火神菩萨也代代跨灶的。①

鲁迅真切地感受到存在于社会意识中的矛盾，运用生动的、不是一般论文里所有的具象的叙述，给人们以深刻的印象。而这种印象之所以深刻，又和他所揭示的："大家把他供养起来，希望他少作恶。然而如果他不作恶，他还受得着供养么，你想？"——这一辩证的分析所透露的矛盾是分不开的。作者在典型化的过程中决不能排斥逻辑作用，逻辑思维在艺术范围内不是作为破坏形象而存在的，它积极地帮助形象，通过综合和概括，使形象更完整，更突出，更有力地去抓住人们的灵魂。对于一篇杂文来说，内容的逻辑性愈强，典型意义也就愈丰富，读者的感受也就愈强烈。正因为如此，艺术上的高手能够通过日常生活里一件小事情去表现深广的主题，通过历史上一点旧教训给现实生活以狠狠的鞭挞，使读者从内在的联系上达到心领神会的结论。鲁迅正是一个这样的高手。关于前者，《"吃白相饭"》和《火》就是适用的例子；关于后者，可以读一读他的《晨凉漫记》：

> 《蜀碧》一类的书，记张献忠杀人的事颇详细，但也颇散漫，令人看去仿佛他是像"为艺术而艺术"的一样，专在"为杀人而杀人"了。他其实是别有目的的。他开初并不很杀人，他何尝不想做皇帝。后来知道李自成进了北京，接着是清兵入关，自己只剩了没落这一条路，于是就开手杀，杀……他分明的感到，天下已没有自己的东西，现在是在毁坏别人的东西了，这和有些末代的风雅皇帝，在死前烧掉了祖宗或自己所搜集的书籍古董宝贝之类的心情，完全一样。他还有兵，而没有古董之类，所以就杀，杀，杀人，杀……②

我以为这就是鲁迅的所谓"曲笔"之一例。张献忠也何预于20世纪30年代的时事呢？然而经过鲁迅的这一科学的分析，他的心理状态：杀人的动机和日趋没落的感觉，便鲜明地、合乎逻辑地呈现

---

① 《南腔北调集·火》。
② 《准风月谈·晨凉漫记》。

在读者的眼前。所有屠杀人民的刽子手往往都怀有这样的心理。看来鲁迅只是在讲故事，却暗示地道出了蒋介石大肆屠杀人民的穷途末路的实质——他当初也是挂了革命的招牌的。无论鲁迅的"笔"怎样"曲"，有着当时生活实感的人，不可能不为作者在文章里表达的逻辑力量所说服，不可能不被作者在文章里精密地组织起来的生活形象引起无法抑止的愤怒与厌恶。

逻辑思维在艺术范围内的运用不允许离开形象思维，从杂文的角度说，它必须从具体事物出发，从事物的内在关系出发，它的可信性也是寄托在真实的基础之上的，只有这样，才能加强列宁所说的论战性。鲁迅从来不背教条，他所讲的道理总是非常具体的。譬如说，有人曾经企图用"这一个学生或是那一个学生"改写为"此生或彼生"的例子，证明文言比白话"省力"，优于白话；鲁迅在反驳他的时候，并不大谈理论，即以同一例子，指出"此生或彼生"这五个字，"至少还可以有两种解释：一、这一个秀才或是那一个秀才（生员）；二、这一世或是未来的别一世。"因此白话虽然比文言多写几个字，然而明确，不含糊，一看就懂，对于读者，"其省力为何如？"① 又譬如，北京大学招考学生，试卷里有人把"留学生"写成"流学生"，把"昌明文化"写成"倡明文化"，一个主考的教授在杂志上做打油诗，大加嘲笑，说"倡"即"娼"字，大概是指文化由娼妓而明云云，引起鲁迅的反感；他在说明《诗经》里有"倡予和女"，从来没有人解作"自己也做了婊子来应和别人"之后，说："现在有两个人在这里：一个是中学生，文中写'留学生'为'流学生'，错了一个字；一个是大学教授，就得意洋洋的做了一首诗，曰：'先生犯了弥天罪，罚往西洋把学流，应是九流加一等，面筋熬尽一锅油。'我们看罢，可笑是在那一面呢？"② 对！我们也来看吧，鲁迅正是通过具体的事例和生动的形象来展开他的逻辑思维的；"中学生"和"大学教授"，"错了一个字"和"得意洋洋"地做了一首诗，这种对比的关系加强了鲁迅的论点，他给人看的不是枯燥、平板、黯淡无光的抽象的道理，而是令人首肯、使人信服的与现实生活相结合的辩证的论断。

认为逻辑思维是造成公式化概念化的原因，这是由于评论者不

---

① 《花边文学·"此生或彼生"》。
② 《准风月谈·〈感旧〉以后（下）》。

懂得逻辑思维在艺术创造上的作用，或者是因为创作者不善于运用这一思维方式的缘故。艺术是认识和影响客观现实的特殊形式。艺术作品之所以能够感动人，难道不是因为一切生动的形象同时又合乎逻辑地散布着说服人的力量吗？平庸、黯淡、无力的杂文使人疲倦，但字面上的剑拔弩张也并不意味着战斗，杂文的战斗作用总是通过内容的高度逻辑性来体现的。正是由于这样，鲁迅杂文才处处放射出思想的智慧和光芒，表现了雄辩的才能，成为具有强烈论战性的、联系生活的艺术的武器。

四

如果说我们在研究鲁迅杂文战斗作用的时候，没有足够地注意它的逻辑力量，同样地，对它在艺术形象上达到的卓越的成就，也还是估计不足的。我们没有领会鲁迅所说的话：杂文必须"也能移人情"，也能"给人愉快和休息"，更没有进一步充分地认识这种"愉快和休息"的积极的作用。鲁迅说，这"不是抚慰和麻痹，它给人的愉快和休息是休养，是劳作和战斗之前的准备"[①]。从"劳作和战斗之前的准备"一直到"移人情"，正是艺术特征独具的功能。根据这两句话看来，鲁迅认为一篇作品的政治价值和艺术价值是不能分割的，深刻的思想内容必须有相应的艺术技巧来表现它，艺术作品引起人们美感好比劳作和战斗之前的休养，它是同劳作和战斗统一并且也是为劳作和战斗而准备的。

鲁迅在答复青年木刻家的信里说："技巧修养是最大的问题，这是不错的，现在的许多青年艺术家，往往忽略了这一点。所以他的作品，表现不出所要表现的内容来。正如作文的人，因为不能修辞，于是也就不能达意。但是，如果内容的充实，不与技巧并进，是很容易陷入徒然玩弄技巧的深坑里去的。"[②]

鲁迅警告我们不要玩弄技巧，要求艺术技巧能够真实地表现出所要表现的内容来。

资产阶级美学观念总是把艺术技巧和思想内容分裂开来，把艺术说成是神秘的东西，引导人们走向"为艺术而艺术"的路途。鲁

[①] 《南腔北调集·小品文的危机》。
[②] 1935年2月4日夜致李桦信。

迅指出这"不过是'消闲'的新式的别号"①，表示自己的深恶痛绝。但这并不等于说他不要艺术，恰恰相反，他是非常重视作品的艺术水平的，鲁迅曾说自己"对于先有了'宣传'两个大字的题目，然后发出议论来的文艺作品，却总有些格格不入，那不能直吞下去的模样，就和雒诵教训文学的时候相同"②。他认为一篇作品"单是题材好，是没有用的，还是要技术"③。

　　杂文既然是文学形式的一种，必须具有艺术的特征，"革命之所以于口号，标语，布告，电报，教科书……之外，要用文艺者，就因为它是文艺。"④ "五四"以来，许多人写过杂文，许多杂文在写作当时起过一定的战斗作用，事过境迁，人们就把它忘却了。惟独鲁迅的杂文不这样，虽然是短短几百个字，然而鲜明，生动，概括性强，给人以难以磨灭的印象。我想，这就首先和他自己说的"砭锢弊常取类型"有关，因为具体的"锢弊"去了，相似的"类型"却存在着，鲁迅总是运用艺术的特殊法则——形象思维来进行杂文写作的，尽管记的是一时一地的事情，画的是一人一物的面貌，而他所创造的形象，却具有普遍的意义。艺术形象所叩打的是人类的心灵之门，文艺的较有永久意义在此，鲁迅杂文之所以具有高度的艺术价值，也在此。

　　形象性强，这是鲁迅杂文的另一个特征。

　　形象是感情的发酵素。它唤起人们的美感，鼓舞人们为美的理想而斗争，并且向丑恶宣战。我们有些杂文即使在理论上能够说服人，却往往不能够在感情上打动人，缺乏一种令人燃烧的火力。有时为了加强形象性，作者也在杂文里讲一个故事，打一个比喻，这是好的，因为故事和比喻本身就具备着形象。可惜的是：我们没有鲁迅那样丰富的社会知识、历史知识和文学知识，生活经验少，读书不多，不能有严格的选择，更不能随意拈来，得心应手。因此所讲的故事总是枯燥乏味，所打的比喻也不免漏洞百出，不但不能通过形象去征服读者，却反而让故事和比喻缚住了自己的论点：动弹不得。

---

① 《南腔北调集·我怎么做起小说来》。
② 《三闲集·怎么写》。
③ 1934年4月19日致陈烟桥信。
④ 《三闲集·文艺与革命》。

杂文没有体裁上的约束，比起别的文学形式来，在形象思维的时候天地更宽广，创造更自由，作者只要从生活的真实感受出发，可以运用各种方法构成栩栩如生的形象。鲁迅也常用书本或者传说中现成的故事，来突出自己所写的对象，然而一经运用，莫不新鲜、生动、贴切，立刻吸住了读者的感情。例如《帮闲法发隐》的开头，援引了丹麦作家吉开迦尔一段这样的描写：

> 戏场里失了火。丑角站在戏台前，来通知了看客。大家以为这是丑角的笑话，喝采了。丑角又通知说是火灾。但大家越加哄笑，喝采了。我想，人世是要完结在当作笑话的开心的人们的大家欢迎之中的罢。①

虽然鲁迅不过要借此揭发旧社会特有的产物——帮闲们的伎俩，由于引用的故事十分生动，把认真的告警在打诨中化为笑谈的这一形象，深深地种入读者的心坎，加强了读者的感受。形象的作用不仅在于唤起读者的联想，更在于使读者真切地看到他所联想到的东西，至少是作者要他看的东西，因此必须具有可以引起共鸣的基础。我在这里再举一个鲁迅援引民歌的例子。光绪初年，绍兴有一个戏班，叫做"群玉班"，然而名实不符，戏做得很坏，乡民就编了一支歌，鲁迅引入他的杂文《偶成》里，那支歌是：

> 台上群玉班，台下都走散。
> 连忙关庙门，
> 两边墙壁都爬塌（平声），
> 连忙扯得牢，
> 只剩下一担馄饨担。②

当时国民党整顿茶馆，钦办刊物，要灌输所谓"正当舆论"，然而信者寥寥，即使东拖西扯，软邀硬请，也无法强制人民的取舍。鲁迅抓住了这一特征，从生活的现象通过本质联想到乡民的这支歌，感于形象的生动和突出，就借用过来。现成的故事和眼前的现实一

---

① 《准风月谈·帮闲法发隐》。
② 《准风月谈·偶成》。

结合，立刻获得了新的生命。"群玉班"所代表的不只是茶馆，不只是刊物，而是整个国民党政权失去人心，那种日暮途穷、一片凄凉的可笑的形象。

现成的故事有限制。因此在形象思考的过程中，鲁迅更多的时候是运用丰富的生活知识塑造他的独创的形象。正如在小说里有阿Q、孔乙己、假洋鬼子等等典型一样，他在杂文中也创造了不少令人难忘的典型化了的形象。鲁迅说："我的杂文，所写的常是一鼻，一嘴，一毛，但合起来，已几乎是或一形象的全体"①，这是真的。有时虽然没有"合起来"，也不只是"一鼻，一嘴，一毛"，恰似名画师的速写：它简单，然而完整；朴素，然而逼真；寥寥几笔，却确已显出其传神的本领。不过在手法上，常是借喻或对照，不像小说的直接塑造。例如媚态的猫；吸人的血，还要预先哼哼地发一通议论的蚊子；嗡嗡地闹了半天，停下来舐一点油汗，又拉上一点蝇矢的苍蝇；脖子上挂着小铃铎，作为知识阶级的徽章，把羊群领入屠场的山羊；虽然是狗，又很像猫，折中、公允、调和、平正之状可掬，悠悠然摆出别个无不偏激，惟独自己得了"中庸之道"似的脸相的叭儿狗。鲁迅描画的是虫兽，但里面却寄托着某些名公、巨卿、学者、文人的性格和容貌。这些人读了文章之后，自己对着镜子一照，越看越像，越像越恼，气得暴跳如雷，而不幸连这暴跳如雷的姿势也和那些虫兽很相像。为什么呢？因为典型化是一种钩魂摄魄的手段，魂魄一经钩住，手足便无法挣脱，从此洗不净，逃不掉，读者也便能从文字上得到比看了本人还要深刻的印象。由于杂文包含着评论的性质，鲁迅有时虽然也根据人物的特征直接塑造，不一定拟于虫兽，但依旧是借喻和对照的形式，例如：

> 生在有阶级的社会里而要做超阶级的作家，生在战斗的时代而要离开战斗而独立，生在现在而要做给与将来的作品，这样的人，实在也是一个心造的幻影，在现实世界上是没有的。要做这样的人，恰如用自己的手拔着头发，要离开地球一样，他离不开，焦躁着，然而并非因为有人摇了摇头，使他不敢拔了的缘故。②

---

① 《准风月谈·后记》。
② 《南腔北调集·论"第三种人"》。

一个人怎么能够拔着自己的头发离开地球呢？不能够。可是经这一"拔"，也就把"第三种人"的精神实质给"拔"了出来，说明他们其实不过是想做现实世界里所没有的、一种"幻影"的"人"。我以为这就是鲁迅所谓"要极省俭的画出一个人的特点，最好是画他的眼睛"[1] 的办法。当"正人君子"们嘲笑他总是写一些杂感的时候，他自说"正如沾水小蜂，只在泥土上爬来爬去，万不敢比附洋楼中的通人"[2]。虽然不免含有自谦之意，却生动地写出那时的环境，一面又吐露了战士鲁迅对人间社会的真实的感情，当他解释天才离不开泥土，离不开社会的培养时，他说："否则，纵有成千成百的天才，也因为没有泥土，不能发达，要像一碟子绿豆芽。"[3] 这"一碟子绿豆芽"，使我们极其形象地看到了苍白、无力、得不到泥土培养的"天才"的变相。鲁迅在杂文里创造的这种典型化了的形象，无不以传神的绝技刻画和表达了他要说明的问题。

除了借用现成的故事和创造深刻的、典型化了的形象以加强杂文的思想作用之外，鲁迅的另一种艺术手法是：使抽象的感情或者平淡的叙述一齐化为生动的形象，这一点就要求作者有更深切的感受和更丰富的想象。关于前者，我们试看《为了忘却的记念》的最后一段：

> 不是年青的为年老的写记念，而在这三十年中，却使我目睹许多青年的血，层层淤积起来，将我埋得不能呼吸，我只能用这样的笔墨，写几句文章，算是从泥土中挖一个小孔，自己延口残喘，这是怎样的世界呢。夜正长，路也正长，我不如忘却，不说的好罢。但我知道，即使不是我，将来总会有记起他们，再说他们的时候的。……[4]

沉痛，悲愤，坚忍。从眼前几个青年的血，想到三十年来许多青年的血，而这血竟"层层淤积起来"，将人"埋得不能呼吸"；又把"写几句文章"比作"从泥土中挖一个小孔"，透一口气。鲁迅

---

[1] 《南腔北调集·我怎么做起小说来》。
[2] 《华盖集·题记》。
[3] 《坟·未有天才之前》。
[4] 《南腔北调集·为了忘却的记念》。

把深厚真挚的情谊形象化了,使读者同样受到感情的重压,同样在"我不如忘却"的心境中激发起来。抽象的感情通过形象的表现产生了实际的力量,这是诗的力量。

属于后者,使平淡的叙述形象化,可以举《〈出关〉的"关"》为例。《出关》写的是老子西出函谷,鲁迅认为孔老相争,孔胜老败,意在肯定孔子"知其不可为而为之"的奋斗精神,否定老子"无为而无不为"、结果一无所为的空谈哲学的。有人却把主题看反了,将原意在批判老子的作品看成是肯定老子,而又以为老子是作者的自况,邱韵铎在读后感里说,"至于读了之后,留在脑海里的影子,就只是一个全身心都浸淫着孤独感的老人的身影,我真切地感觉着读者是会坠入孤独和悲哀去,跟着我们的作者。要是这样,那么,这篇小说的意义,就要无形地削弱了,我相信,鲁迅先生以及像鲁迅先生一样的作家们的本意是不在这里的……"鲁迅指出这篇批评的错误。但他并不列条声辩,只是从容地把作者的言论,在复述中加以形象化,突出矛盾,使它自己暴露自己。

> 这一来真是非同小可,许多人都"坠入孤独和悲哀去",前面一个老子,青牛屁股后面一个作者,还有"以及像鲁迅先生一样的作家们",还有许多读者们连邱韵铎先生在内,竟一窠蜂似的涌"出关"去了。但是,倘使如此,老子就又不"只是一个全身心都浸淫着孤独感的老人的身影",我想他是会不再出关,回上海请我们吃饭,出题目征集文章,做道德五百万言的了。①

原是一段简单的话,经过鲁迅形象地加以转述,就使读者的眼前出现了一大队浩浩荡荡的人群,簇拥着骑在青牛背上的老子,奔出关去。不过倘是这样,老子就不会"孤独和悲哀"了,批评者的论点岂不是自相矛盾了吗?鲁迅借对人群的形象的渲染,来反击批评者的所谓"孤独感",形象在这里起了雄辩的作用。他接着又说:"我现在想站在关口,从老子的青牛屁股后面,挽留住'像鲁迅先生一样的作家们'以及许多读者们连邱韵铎先生在内。首先是请不要'坠入孤独和悲哀去',因为'本意是不在这里',邱先生是早知道

---

① 《且介亭杂文末编·〈出关〉的"关"》。

的，但是没说出在那里，也许看不出在那里。"① 这里的"站在关口"，"从老子的青牛屁股后面"，这种形象的叙述，不但在时间和位置上作了恰到好处的掌握，而且使笔墨增加了无限的风趣。

鲁迅的确是语言的大师。不仅措词精到，语汇丰富，而且借助于形象，有"起死人而肉白骨"的本领，在他笔下，一切干枯的概念都血肉丰满、栩栩如生地活了过来。他的语言又是富于个人风格的，简洁，凝练，有力，这一点也和它的形象性有关。我们知道，一个形象能够概括许多东西，说明许多问题，电影之所以能够在短短的时间里演完人们一生乃至几代的事情，就因为它是用形象来说话的。一个镜头，或者说一个形象，往往包括了许多复杂的感情，包括了千言万语。杂文一般都是短小精悍的，人们不能够容忍在短文里出现冗长的叙述和啰嗦的议论，形象的语言就特别适合于这种文学形式的要求。鲁迅杂文在这点上达到了高峰的成就。

在鲁迅所创造的形象中，还表现了这样三个特点：第一，无论是故事、形象或者形象化的描写，他所采取的都是平易近人，为读者所熟悉、而又具有新鲜感觉的事物。恩格斯说："唯物主义的自然观不过是对自然界本来面目的朴素的了解，不附加以任何外来的成分，所以它在希腊哲学家中间从一开始就是不言而喻的东西。"② 一切真理都是平凡的，一切动人心弦的形象也总是人们所能感觉得到的形象，然而这并不削弱真理和形象所包含的伟大的意义。在我们生活中有许多看得见、摸得到的东西，平常毫不在意，也不以为奇，一经艺术高手的描写，立刻显得新鲜而且动人。文艺作品要人共鸣，就必须从平凡中去发掘真理，从人人能够见到听到的生活中去创造形象。丑角、馄饨担、蚊子、苍蝇、叭儿狗、绿豆芽、青牛屁股乃至拔着头发要离开地球的人，什么稀奇呢？但在鲁迅杂文里却又如此深刻地打动了人们的心坎！猎奇决不是艺术家的任务。鲁迅不但一再告诫我们，而且也是用他自己的杂文具体地证明了的。第二，鲁迅杂文里的故事、形象或者形象化的描写，总是真实的，令人可信的，然而往往又是漫画化了的。在他所处的那个社会里，环境逼着他不能不更多地运用讽刺的武器。然而鲁迅的讽刺从来不离开真实——一种稍稍夸张了的真实，恰如他自己说的："用了精炼的，或

---

① 《且介亭杂文末编·〈出关〉的"关"》。
② 恩格斯：《自然辩证法》，人民出版社单行本 1971 年 8 月版，第 177 页。

者简直有些夸张的笔墨——但自然也必须是艺术的地——写出或一群人的或一面的真实来。"① 杂文在文学作品中最接近于美术上的漫画，因此它不能排斥适当的夸张。其实一切艺术作品在典型化过程中都有夸张的成分，我们要描写的是生活现象的特征，所用的又不是照相机，一有取舍，就不免重此薄彼，夸张了这一面或者那一面。重要的是不能违背真实去捏造，必须在"曾有"或者"会有"的情况下加以概括和组织。即以前面引用的乡民那支歌为例吧，爬塌墙壁固然是夸张，我看连馄饨担也有些夸张的。馄饨担虽然常见于庙会，而作者之所以选上它，还因为它炉子里有火，锅子里有汤，挑着跑不快；等到大家一哄而散，戏班里的人来挽留，我们想见他——这位馄饨担的主人，连忙挑起担子，惟恐旁人碰翻它，前顾火，后顾汤，放开小步赶紧想逃，而又终于被拉住时的那副狼狈不堪的形状。难道说这里没有夸张，不是一幅绝妙的漫画吗？这也是鲁迅自己爱用、常用的艺术夸张的手法。第三，鲁迅选用的故事和概括起来的形象，总是十分有趣而且充满着幽默感，它常常引人发笑，但内含的意义却是严肃的。我们缺少的就是风趣和幽默，不会讲笑话。鲁迅是一个最会讲笑话的人，在他那一面，自然不是为了什么低级趣味，一笑了之，而是要人们在笑声中获得鲜明的、不可泯灭的印象，是马克思说的："为了人类能够愉快地和自己的过去诀别"②；在读者这一面，也决不会像《三国演义》里描写的曹操败走华容道那样，坐在马上，无故大笑，而是当虚伪的尊严被撕掉，假装的正经被揭穿时，这才失声而笑的。仍以上面举过的例子来说明吧：如果我们看了鲁迅给叭儿狗所作的画像；是狗，但又像猫，折中、公允、调和、平正之状可掬，悠悠然摆出一副独得"中庸之道"似的脸相，确实逼真得很。从此以后，如果遇见具有叭儿形相或者叭儿性格的"正人君子"，偏又在什么讲坛上大谈其折中、公允、调和、平正的"中庸之道"，画像便会立刻在我们脑海中浮上来，倘要不笑，是办不到的。笑声将轰毁这种可耻的性格。为什么不让大家多笑笑呢？我们有许多杂文就是不会使人笑，没有风趣，而读者是需要笑的。我想，这或者也是鲁迅所说杂文要"给人愉快和休息"

---

① 《且介亭杂文二集·什么是"讽刺"?》。
② 马克思：《〈黑格尔法哲学批判〉导言》，《马克思恩格斯选集》四卷本第1卷，第5页。

的意思之一吧。

但我必须重复鲁迅的话：这是劳作和战斗之前的休养，是和战斗统一并且也是为战斗作准备的。

五

逻辑是一种力量，形象也是一种力量。杂文的评论性和艺术性要求逻辑思维和形象思维在作者的创作过程中相互渗透、相互作用、相互生发地结合起来，从这里产生一篇完整的艺术品。虽然短小，也还是一个艰苦的劳动。

鲁迅说过："人家说这些短文就值得如许花边，殊不知我这些文章虽然短，是绞了许多脑汁，把它锻炼成极精锐的一击，又看过了许多书，这些购置参考书的物力，和自己的精力加起来，是并不随便的。"[①] 这段话不但表现出他在思考过程中花去的工夫，也说明了平日刻苦的修养。我们读鲁迅杂文的时候，总觉得他处处得心应手，放得开，收得住。好比舞台上最出色的武生，一条棍棒在手，旋转飞舞，指挥如意，既能抛得高，又能接得稳。我们自己往往因为生活经验少，思想贫乏和知识浅薄，拿住棍棒不敢放出去，抛到一尺高就战战兢兢，赶紧接住，惟恐失手。试问：这样的武戏开打谁爱欣赏呢？而事情又实在不得不这样。因为对我们来说，抛出去确乎是危险的，不但收不回，接不住，令人担心的是这条棍棒一直飞到台下，也许会打破观众的脑壳。

鲁迅杂文之所以给人以一种颠扑不破、丰采焕发的印象，除了思想内容的正确外，还因为他生活丰富，掌握了不少社会、历史、科学、文学的知识，他有一座取之不尽、用之不竭的知识宝山，是这座宝山支援了他的政治热情和艺术活动，成为他的逻辑思维和形象思维驰骋自如的场所。

驰骋自如，这也正是鲁迅杂文给我们的一个突出的印象：题材的驰骋自如，形式的驰骋自如，语言的驰骋自如。最后，也是最重要的，马克思列宁主义思想武装了他，使他在思想上也一样：驰骋自如。

生活给我们许多知识，它永远是写作的源泉。逻辑思维和形象思维必须有一个宽广的活动的场所，一切伟大作家都在这个精神世

---

① 许广平：《欣慰的纪念·鲁迅先生的写作生活》。

界里展开他们辛勤的劳动。如果说鲁迅杂文的艺术特征在于它抒写时代的时候具有高度的形象性和逻辑性,具有砍钢削铁的说服力和追魂摄魄的感染力,在驰骋自如、指挥倜傥下形成了战斗的风格。那么,让我们就在这个根本问题上去学习他吧。

1956 年 9 月于上海

鲁迅——从革命民主主义到共产主义

——在首都纪念鲁迅逝世二十周年大会上的报告

茅 盾

鲁迅在1932年4月写的《二心集》(1930—1931年两年间的杂文的结集)的序言,在回顾自己的思想发展的过程时,说了这样一句话:"只是原先是憎恶这熟识的本阶级,毫不可惜它的溃灭,后来又由于事实的教训,以为唯新兴的无产者才有将来。"鲁迅就以这样的信念,在中国共产党的思想领导之下,坚决为人民服务,坚决与各种嘴脸的反动势力斗争,鞠躬尽瘁,直到生命的最后一分钟。

正像世人共知的其他许多伟大的文学家、思想家、社会活动家一样,——在这里,我想到了萧伯纳、罗曼·罗兰、德莱塞等等辉煌的名字,——鲁迅所走过的道路是漫长而崎岖的道路,不但充满了荆棘,而且有当道的豺狼,有窥伺在暗处的鬼蜮,也有戴骷髅而舞的狐狸。

> 朝发轫于苍梧兮,夕余至乎县圃。
> 欲少留此灵琐兮,日忽忽其将暮。
> 吾令羲和弭节兮,望崦嵫而勿迫。
> 路漫漫其修远兮,吾将上下而求索。

1926年,鲁迅在小说集《彷徨》的卷头用了上面所引的屈原的诗句作为题词;这表示那时的他抱着我们古代哲人的"朝闻道,夕死可矣"的精神,一边战斗,一边追求真理。那时候,他的基本态度,可以从他后来对于《语丝》(1924年发刊的周刊,鲁迅和它的关系最久)的评价得到说明;他说《语丝》在不意中显了一种特色是:"任意而谈,无所顾忌,要催促新的产生,对于有害于新的旧物，则竭力加以排击，——但应该产生怎样的'新'，却并无明白的表示，而一到觉得有些危害之际，也还是故意隐约其词。……所以隐约其词者，不过要使走狗嗅得，跑去献功时，必须详加说明，比较地费些力气，不能直捷痛快，就得好处而已。"

这一段话，说明了同人杂志《语丝》的态度和进行战斗的方法。自然，"应该产生怎样的'新'"，鲁迅当时并不是没有目标。但鲁迅之所以没有明白的表示，正因为他不肯以耳代目、在未有深刻的认识以前就有所表示，这和他"后来又由于事实的教训"而坚定其信念的精神，是一致的。

我个人有这样的感想：如果把鲁迅和罗曼·罗兰相比较，很有相同之处。罗曼·罗兰70岁时，曾经为了答谢苏联人民对他的庆祝说过这样的话："多谢你们纪念我的70岁，这好像是一个旅程的终点——从巴黎走到莫斯科。我已经走到了。这个旅程并不平顺，然而完结得很好。"罗曼·罗兰在解释他"是从什么地方，从什么时代的深处来的"，曾经沉痛地说他的童年和青年时代是一直在悲观主义的重压之下度过的。同样地，鲁迅也经验过"寂寞和空虚"的重压，而鲁迅的"旅程"好像比罗曼·罗兰的更为艰苦，因为他不但背负着三千年封建古国的"因袭的重担，肩住了黑暗的闸门"，而且他还得和近百年的半殖民地的社会所形成的"买办文化"作斗争。

书香人家的子弟，幼诵孔孟之言，长习声光化电之学，从革命民主主义走到共产主义：鲁迅所走过的这样的道路，使我想起了我们的许多前辈先生。这是中国的爱国的知识分子经过事实的教训以后所选择的道路。在20年代到30年代，鲁迅是引导着万千青年知识分子走向战斗，走向这样的道路的旗手。

我们古代的哲人曾说：惟"仁者"（革命的人道主义者）为能爱人，为能憎人。鲁迅就是这样的"仁者"，他维护"人"的尊严，他爱的是被侮辱者与被损害者，他憎恨的是剥削者和压迫者。这样的"仁者"也一定是伟大的爱国主义者；而在半封建、半殖民地的中国，伟大的爱国主义者也一定不能不是反帝国主义和反封建的战士。1930年以前鲁迅的中心思想和主要的活动，大概可以用这几句话来概括。

1906年，在日本留学的鲁迅就开始了文学运动的计划。这是打算出版一种期刊，定名为《新生》。但这计划终于为了种种阻碍而没有实现。后来（1922年，《呐喊》序），他回顾这一时期，告诉我们：他之所以要提倡文艺运动，因为文艺善于改变人们的精神，而他之所以把改变精神作为第一要着，是由于认识到"凡是愚弱的国民，即使体格如何健全，如何茁壮，也只能做毫无意义的示众的材料和看客"。

"只能做毫无意义的示众的材料和看客"——这是鲁迅对于那时候的中国人民的命运的最沉痛的说法。为什么"只能做示众的材料和看客"呢？鲁迅从各方面来分析，揭露了问题的本质。

他怀着无限沉痛的心情，从《狂人日记》开始，取材于"病态社会中不幸的人们"，尖锐而辛辣地指出封建思想和帝国主义文化侵略所造成的"国民性"的痼疾。《狂人日记》借了"狂人"的口说出了几千年的"礼教"——中国封建制度的思想体系——的吃人的本质；他的发狂，正是封建礼教迫害的结果。

《药》的意义更为深远而痛切。"病态社会中不幸的人们"之一，求"药"以救生命，然而这所谓"什么痨病都包好"的"药"（人血馒头）不但和骗人的巫术一样，并且那据说是"灵效"根源的人血还是一个革命者的血，也就是为了"病态社会中不幸的人们"而献出来的血！在这里，鲁迅的悲愤是双重的。他既痛心于民众之受封建思想的毒害而未觉醒，也批评了当时（辛亥革命前夕）的革命运动之脱离了民众。后来鲁迅自己说明：《药》的意图道"因为那时（'五四'运动时期）的主将是不主张消极的"，而且也不愿将"自以为苦的寂寞，再来传染给也如我那年轻时候似的正做着好梦的青年"，所以"不恤用了曲笔，在《药》的瑜儿（被杀的革命者）的坟上平空添上一个花环"；这也就是说，《药》的深远的寄托不在于那个"花环"而在于表现在整篇的深刻的矛盾。鲁迅根据他自己目击的辛亥革命的失败经验，借《药》的故事指出了一个真理：革命思想如果不掌握群众，那么，先驱者的血恐怕只能被当作"人血馒头"的材料罢了；而要使群众接受革命思想，就先得打开他们思想上的枷锁，使他们睁开眼看，——用鲁迅自己的话，就是"揭出病苦，引起疗救的注意"，就是"改变他们的精神"。

《阿Q正传》就是在更大的规模、更深远的意义上，来揭露"国民性"的痼疾的。就经济地位而言，阿Q是个劳动人民，然而在阿Q身上，除了劳动人民的一些品性而外，还有不少的封建阶级的思想意识，而这些思想意识恰恰又成为阿Q的精神上的枷锁和麻醉剂；但即使这样，当中国发生了革命时，阿Q便做了革命党，然而又"不准革命",终于被摇身一变的假革命的新贵们拿去作为"示众"的材料。这就不但是阿Q个人的悲剧,也是辛亥革命的悲剧。有人以为阿Q终于做革命党是不符合于阿Q的性格的。1926年,鲁迅在《阿Q正传的成因》里,曾经这样答复:"据我的意思,中国倘不革命,阿Q便不做,既然革命,就会做的。我的阿Q的命运,也只能如此,人格也恐怕并不是两个。……此后倘再有改革,我相信还会有阿Q似的革命党出现。我也很愿意如人们所说,我只写出了现在以前的或一时期,但我还恐怕我所看见的并非现代的前身,而是其后,或者竟是二三十年之后。"这最后几句话,暗指着当时就要到来的1927年的革命。鲁迅对于那一次革命是并不乐观的,甚至于悲观。这且留在下节再说。

阿Q这典型,如果只作为雇农来看,阿Q的故事,如果只作为反映辛亥革命的失败来看,那就不能够说明它的复杂性和深刻性。在旧社会中,所谓"阿Q相"是普遍存在的;从"衮衮诸公"到"正人君子"(伪善者),知识分子,市民,乃至劳动人民,都是或多或少地有几分阿Q的"精神品质"。因为,所谓"阿Q相"者,其构成的因素不是别的,而正是阶级社会的剥削制度所产生的等级观念和自私自利的思想意识,再加上半封建、半殖民地的媚外成性的统治阶级的愚民政策。当《阿Q正传》在报上连续刊登的时候,有些"正人君子"(伪善者)和高贵的绅士们,惴惴不安,都以为是骂到了自己。他们这惴惴不安实在是有理由的,因为在阿Q这面镜子里正照出了他们的嘴脸。认真说来,即在今天的我们,怕也不敢完全肯定地说:阿Q这面镜子里没有自己的影子。即使只是淡淡的一个影子,也到底是影子呵!这是因为,社会制度虽然改变了,旧社会旧制度所产生的思想意识的残余,却不能够马上在人们脑子里消灭的。

毋庸讳言,《阿Q正传》的画面是相当阴暗的,而且鲁迅所强调的国民性的痼疾,也不无偏颇之处,这就是忽视了中国人民品性上的优点。这虽然可以用"良药苦口而利于病"来解释,但也和鲁迅当时对于历史的认识有关系。鲁迅曾经在另一篇文章中引用他的一个朋友的话而表示同情:历史上中国人只有做稳了奴隶和求为奴隶而不得这样两个时代。这显然对于中国历史上人民的作用,估计太低了。但说这样话时的鲁迅,有的是愤激,是苦闷,而绝不是消沉。正如他在《野草》中所表现的内心思想一样,尽管有矛盾,苦闷，而并不消沉。他还是坚决地战斗着，同时也不懈不息地追求着真理。这正是鲁迅之所以成其伟大。

鲁迅那时候的苦闷，——用他自己所常用的字句，就是空虚和寂寞之感，——和"五四"以前（1911—1918年这段时间）他所深以为痛苦的一天一天的长大起来，如大毒蛇，缠住了他的灵魂的"寂寞"，性质上有相同之处，而也有不同之处。相同之处，在于他把"五四"运动右翼分子的日趋反动，以及本来反对"五四"运动的人们那时也挂羊头卖狗肉，企图篡夺领导权等等这些事实，和他所目击的辛亥革命时期的败象，加以比较，因而痛切地感到"世道仍然如此"的悲哀。（他在《阿Q正传》中描写赵秀才、假洋人之类的乘机"革命""咸与维新"，和不准阿Q革命，笔锋所指，也向着"五四"以后那班投机家。）而不同之处，则在于他也目击着或至少感觉到动荡的时代中有一股顽强的潜流，"好像压于大石之下的萌芽一样，在曲折地滋长"，在于他自己的思想中除了素所信奉的进化论以外，又"挤"进了新的东西——阶级斗争的理论以及第一个社会主义国家的出现。这不同之处，标示了鲁迅思想的发展。而反映了他的这一时期的思想斗争和愤激的情绪的，便是《野草》（散文诗，20多篇，1924—1926年作于北京）。后来（1931年），他自己对于《野草》作了这样的说明："这也可以说，大半是废弛的地狱边沿的惨白色小花，当然不会美丽。但这地狱也必须失掉。这是由几个有雄辩和辣手，而那时还未得志的英雄们的脸色和语气所告诉我的。我于是作'失掉的好地狱'。"（《〈野草〉英文译本序》1931年11月。）这里，"那时还未得志的英雄们"是指1927年以后当权的国民党反动集团。《失掉的好地狱》用的是象征的手法，但可以看出，这里指的是北洋军阀的必然倒台，而同时预言了代替北洋军阀的蒋介石派会比北洋军阀更坏。鲁迅对于1927年大革命前夕的革命形势和风云人物所采取的保留态度，可以说是他"由于事实的教训"（辛亥革命的失败）故而头脑比较冷静，认识到中国革命的长期性和艰苦性；但同时，也不能不说，他那时对于此后必然要来打倒"地狱"的新人，还没有明确的信念。他的这种保留态度，使他在1927年到了当时"革命策源地"广州的时候，暂时沉默起来。

鲁迅在广州的时间虽然不长，但在他的思想发展上，却很重要。后来，（1932年）他总结那一时期的自己的思想变化，说："我一向是相信进化论的，总以为将来必胜于过去，青年必胜于老人……然而后来我明白我倒是错了。这并非唯物史观的理论或革命文艺的作品蛊惑我的,我在广东,就目睹了同是青年,而分成两大阵营,或则投书告密,或则助官捕人的事实!我的思路因此轰毁……"(《三闲集》序言)。鲁迅不是那样的人:昨天刚从书本上读到了一点历史唯物主义和辩证唯物主义的初步知识,今天便自诩为已经掌握了无产阶级的世界观。他鄙薄那样的人。他深切地知道生长于旧社会的人,出身于地主阶级、资产阶级和小资产阶级的知识分子,当其作为本阶级的叛逆者出现的时候,并不等于已经完全获得无产阶级的世界观,灵魂深处已经没有封建意识或资产阶级唯心主义的残余;他们常常可能在某一点上正确而在别一点上犯错误,在某一时期正确而在另一时期犯错误。而鲁迅之所以比他同时代的人更能认识到自我思想改造的长期性和艰苦性,也正由于他亲身的长期体验。他常常说,"积习难忘";又说,他虽然经常无情地解剖别人,但更经常更无情地解剖自己。他不信世界上有人能于旦夕之间,听过一二次讲演、看过一二本书,就从非工人阶级的思想意识转变为工人阶级的思想意识。他以为这样"突变"了的知识分子是经不起考验的。而事实上,他也目睹了不少这样的"英雄"在小小风霜之下就现了原形。

正是由于上述的种种事实教训,鲁迅看清了1927年革命的挫折不同于辛亥革命的失败。"野草"时期的自我思想斗争得到了结论。也正因为在长期的思想斗争中吸取了事实的教训,他在纠正了自己以前的只信进化论的偏颇以后建立起来的新信仰,是从心灵深处发生的、是付给了全生命的力量的;而且正是在革命遭受挫折的困难关头,他坚决地走向共产主义,在共产党领导之下,开始了新的、长期的、更艰苦更勇猛的战斗。

1928年8月,鲁迅在答复读者的公开信中,有这样的话:"我只希望有切实的人,肯译几部世界上已有定评的关于唯物史观的书——至少,是一部简单浅显的,两部精密的——还要一两本反对的著作。那么,论争起来,可以省说许多话。"

这一年,正是鲁迅和创造社、太阳社展开了论争的时期,因而鲁迅这几句话,是有感而发的。在这些话里,提到"世界上已有定评的著作",但也提到了"反对的著作",这很重要。这正表现了鲁迅对于学习历史唯物主义和辩证唯物主义的实事求是的精神。在那时候,有系统地介绍和研究马克思列宁主义的经典著作,可以说还没有开始，创造社和太阳社首先介绍了马克思主义文艺理论的初步知识，并且强调了文艺应当为革命服务，作家应当站定革命的立场，表现革命斗争等等，对于当时的文学运动起了重大的作用，这都是应当肯定的；然而毋庸讳言，它们在运用马克思列宁主义来讨论当时文学运动的具体问题时，却犯了教条主义的错误。这些具体问题，就是作品的题材问题，作品的思想性与艺术性统一的问题，对于当时的进步作家的评价问题，特别是对于鲁迅的评价问题等等。正确地解决这些问题时，就应当考虑到当时中国革命形势的特点，当时中国进步文学与反动文学的具体情况，以及当时中国革命文学运动的战略——又批评又团结的统一战线工作；但由于当时的左翼文学运动者还不善于把马克思列宁主义的普遍真理与中国革命斗争的具体实践相结合，因而在讨论上述问题时，每每喜欢用教条的框子来硬套。这样的办法，显然是不能说服人的，而且有些批评的态度十分粗暴，又使人望而生畏。至于当时的"普罗文学"作品，则极大部分是概念化、公式化的东西。鲁迅反对这些教条主义的文学批评和文学理论，反对作品的概念化、公式化。但鲁迅在那时候也还是正在开始学习历史唯物主义和辩证唯物主义（他后来说，他感谢创造社对他展开的争论，因为这"挤"他阅读马克思列宁主义经典著作），因而在这次论争中，我们还不能看到他运用马克思列宁主义的观点和方法对于当时革命文学运动中所有的具体问题提出有系统的和全面的分析和主张，像他在1930年以后那样。

反对抱残守缺、故步自封的"国粹主义"，同时也反对生吞活剥、搬弄洋教条，这是"五四"以后鲁迅所极力主张的，这也仍然是1928年论争中鲁迅的基本思想，但因当时的论争夹杂着个人问题和宗派情绪，因而这一基本论点就不很突出。可是这一次论争，对于革命文学运动的开展，是有重大的意义的；对于鲁迅自己的文艺思想的发展，也是有帮助的。

鲁迅的反对教条主义的主张，在左翼作家联盟成立大会（1930年3月）的讲话中，就更透彻了。他说："我以为在现在，'左翼'作家是很容易成为'右翼'作家的。为什么呢？第一，倘若不和实际的社会斗争接触，单关在玻璃窗内做文章，研究问题，那是无论怎样的激烈，'左'，都是容易办到的；然而一碰到实际，便即刻要撞碎了。关在房子里，最容易高谈彻底的主义，然而也最容易右倾。"这里说的是："左"倾和右倾，都是教条主义的表现，都是脱离群众、不了解革命的实际、抱住几句教条的结果。在另一篇文章中,他又指出了当时的革命作家和批评家"也往往不能,或不敢正视现社会,知道它的底细,尤其是认为敌人的底细"。他说:"一个战斗者,我以为在了解革命和敌人上,倒是必须更多的去解剖当前的敌人的。"(《上海文艺之一瞥》)

为了克服文学作品的公式化和概念化,鲁迅在那时就提出了作家必须熟悉生活的问题。他以为作家所写的,不尽是亲身的经验,也可以有体察,"所以要写偷,他不必亲自去做贼,要写通奸,他不必亲自去私通。但我以为这是因为作家生长在旧社会里,熟悉了旧社会的情形,看惯了旧社会的人物的缘故,所以他能够体察;对于和他向来没有关系的无产阶级的情形和人物,他就会无能,或者弄成错误的描写了。所以革命文学家,至少是必须和革命共同着生命,或深切地感受着革命的脉搏的。"(《上海文艺之一瞥》)

1932年后,鲁迅的主要作品是所谓"杂文"。这是由于环境所迫,也由于思想斗争的必要。他的几百篇"杂文",可以说是上下古今,包罗万象,反映了那个时代的政治、社会、文化、学术等等方面的矛盾和斗争。他以极其富有形象性的、深入浅出的笔墨,对各种问题和各种现象,作了马克思主义的分析。这些"杂文",每篇大抵不过数百字,然而析理精微,刻刺入骨;嬉笑唾骂,既一鞭一血痕,亦且余音悠然,耐人咀嚼。这些"杂文",不仅是战斗性极强的政论,也是艺苑的珍珠。这些杂文,绝大多数,在今天也还有现实意味。

马克思主义者的鲁迅,在他的战斗生活的最后五年中,对当时的以各种形式出现的资产阶级唯心主义思想,作了尖锐深刻的批判,对广大青年知识分子进行了马克思列宁主义的思想教育。他驳斥了御用学者"新月派"的超阶级论。他引证中外古今的历史事实,也引证"新月派"本身的行动,来证明"超阶级论者"实质上是压迫阶级的走狗,他们貌似公正,实际上是彻头彻尾拥护压迫阶级所享有的一切自由,而不许被压迫阶级有要求自由、解放的权利。

在所谓"第三种人"要求"文艺自由"而展开论战的时候,鲁迅剥下了"第三种人"的伪装,指出"第三种人"实在是"第一种人",他们不向国民党反动政府的禁止革命文学、迫害进步作家等等罪恶表示抗议,却装出了受委曲的嘴脸,颠倒黑白,反而向被压迫的进步文学集团(当时的左联)要求给以"文艺自由",这是十足的含血喷人的勾当，其企图是要欺骗缺少经验的青年，其作用比"新月派"的反马克思主义和反现实主义的叫嚣更为阴险。

在这个时期，鲁迅的许多杂文对于"国粹主义"和"全盘欧化论"的荒谬，在继续加以批判，比前期的议论更为精辟。在前期，他还是以进化论的观点来看待这两个问题，现在呢，他是以马克思主义的观点来看待了；他的这些杂文不但在当时有巨大的教育作用，在今天也还有现实的意义。

从"杂文"中，可以窥见鲁迅的学问的渊博。如果把他引用过的中外古今的书籍编一个目录，将是很长。但是他和那些专靠引用别人言论来掩饰自己思想贫乏的"文引家"是完全不同的。他之所以征引，有时是为了说明一个论点，但更多的是为了驳斥那些"有历史癖和考据癖"的貌似渊博的玄学家的错误，或者为了揭露那些自封的"国学家"的荒谬。在和新、旧顽固派（他们都挂起保护民族文化的招牌，反对各种革新运动）作斗争的时候，鲁迅常用的战术是"以子之矛，攻子之盾"；这就是引用中国古代学者的话，来证明那些新、旧顽固派自诩为独特的议论实在是早已有之而且是早已为古代学者所驳斥过的。

为了反对青年们埋头故纸堆中，逃避现实，鲁迅在《阿Q正传》的第一章中就以令人喷饭的妙笔嘲笑了那些自称有"历史癖和考据癖"的"学者"。在许多"杂文"中，他尖锐地穷追不舍地抨击那些以各种面目欺骗青年的国粹主义者，他指出了这班人所叫卖的"国粹"其实是糟粕。为了诱导青年努力学习世界各国先进的科学和文艺知识，为了使得青年们"睁眼看世界"，特别是反对那时候反对派的复古运动，他干脆地告诉青年：读线装书没有益处！

正因为鲁迅必须和挂着国粹招牌来麻醉、欺骗青年的新、旧顽固派、各种反动势力作斗争，所以他不能不采用"矫枉必须过正"的战术。他那时的文章，揭露糟粕（这正是自封的国学家以及别有用心的国粹主义者所崇奉为精华的）者多，而阐明优秀传统的比较少。胡风反革命派曾经钻这空子，诬称鲁迅对于民族传统文化是抱否定态度的，从而散播他们自己的对于民族文化的虚无主义的谬论。但这些谬论是经不起事实的驳斥的。鲁迅对于中国历代文学的高度的评价，见于他的《中国小说史略》；对于民族的雕刻、绘画、音乐，乃至中国历史上的伟大的思想家，他的评价都是十分公允的，既不妄自菲薄，也不盲目自夸。凡是中国民族文化中的精英，鲁迅无不宝爱。唯有那阻碍中国民族生存和发展的封建主义的糟粕，他这才深恶而痛绝之，不断地给以无情的揭露和抨击。他在1918年就说过这样的话：

> 我有一位朋友说得好："要我们保存国粹，也须国粹能保存我们。"
>
> 保存我们，的确是第一义。只要问它有无保存我们的力量，不管它是否国粹。

这几句话，我以为很可以概括鲁迅对于民族文化遗产的态度，也符合于马克思主义者对于民族文化遗产的原则。

鲁迅对于民族文化遗产的态度，和他提倡学习其它民族文化的优点的态度，是一致的。鲁迅主张必须向世界各民族先进的科学和优美的文艺学习，但也屡次批评那些不问好歹，只要是欧美大国的东西就瞎眼吹捧的那些崇拜洋偶像的作法。他毫不留情地嘲笑那些捧着一个外国学者作为偶像到处去吓唬青年的所谓"学者"，因为这班人的浅薄虽然还可以原谅，而他们的贻误青年则是不可宽恕的。

尊重并热爱世界各民族的优秀的文化传统，并且发展文化交流，互相学习，这是中国人民的良好的传统。鲁迅在许多文章中，都曾引证中国历史事实，指出中国人民自汉朝开始就和邻近各民族发展了文化交流，并在本国文化传统的基础上，吸收了不少的外来的因素，以为借鉴，以丰富自己的文化内容。他指出：勇于吸收外国的优秀文化的精英，常常发生在政治稳定、经济发展的王朝，如汉唐盛世，而浇薄季世的失了自信力的统治阶级则往往抱残守缺，故步自封，不敢接触外来的新鲜事物。他在《拿来主义》这篇短文中，大声号召，凡是有益于我的东西，无论中外古今，都应该学习，都应该吸收使成为自己的血肉。在这样的信念上，他曾以大部分的精力，介绍和翻译外国的文艺和学术。他介绍的范围很广，尤其热心于介绍那时还是被压迫的东欧各民族的文学。在那个时期的中国与世界各国的文化交流工作中，鲁迅的贡献是卓越的，而它的影响也是深远的。

鲁迅自己的作品也证明了他是能够十分完善地实践他的理论的。他的小说和论文，都有独特的风格。这风格，正是在中国文学的优秀传统的基础上，吸收了外国的优秀文学的精华，通过他个人的气质而形成的。对鲁迅以前的中国文学作品而言，鲁迅的作品是从前未有的完全新的东西，但同时又完全是民族的，比那些在形式上自诩是民族风格的东西是更为民族些的。

近几年来，研究鲁迅的工作，颇有成就。然而也有缺点。其中最应当引起我们警惕的，是研究工作中的教条主义倾向。这种研究方法往往不从鲁迅著作本身去具体地分析，不注意这些著作产生的背景材料（社会的和个人的），而主观地这样设想：某年某月发生某事，对于鲁迅思想不能没有某些影响吧？然后在鲁迅著作中去找证据。或者是：马克思主义的大师们对于某一问题抱着怎样的见解，因而，马克思主义者的鲁迅也不可能抱着另外的见解；于是也在鲁迅著作中找证据。对于鲁迅作品的解释，也曾有过庸俗社会学的观点，最突出的例子是认为"药"的结尾处的"乌鸦"必有所象征，因而发生了种种奇怪的猜测。企图在鲁迅的片言只语中找寻"微言大义"，在某些人中，也成为一种癖好。这一些偏向，都有害于鲁迅研究工作的正确开展，也有害于正确地学习鲁迅。

为了更好地向鲁迅学习，我们必须加强我们的研究工作。在研究鲁迅著作时，他的思想性和艺术性两个方面，应当同样重视，而且要贯彻"百家争鸣"的方针，使得研究工作更加活跃，更加深入。

我们要继承和发扬鲁迅的精神，更大力地开展我国人民和世界各国人民之间的文化交流，相互学习，为人类的文化繁荣作出更多的贡献！

论鲁迅作品与中国古典
文学的历史联系

王 瑶

一

鲁迅先生对于中国古典文学的精湛的研究和深邃的修养,是可以由他关于中国文学史的著作和关于旧籍的辑校工作所证明的,无需多所论列。值得加以探讨的是在鲁迅的全部创作中也无不浸润着中国古典文学的滋养,这是构成他创作特色和艺术风格的重要因素,也是使他与中国文学史上的伟大的古典作家们保持历史联系的根本原因。诚然,鲁迅从开始创作起就接受了外国文学的影响,他的文学活动又是和中国人民的民主革命保持着血肉联系的,因此无论就文艺思想或作品的某些形式特点说,都与中国古典作家带有很大的不同;但这只是问题的一方面,如果我们加以细致的考查,则在他的作品中又无不带有我们民族的优秀传统的光辉。中华民族是一个发展着的向上的民族,他之所以勇于接受外来的影响,正是为了发扬我们自己的文化传统和建设我们的新的文学事业。他自然不是复古主义者,单纯地因袭过去的人;但他也绝不是虚无主义者。通过他的民主革命的理性的照耀,他是在传统文献中能够有明确的抉择的。对于那些糟粕部分,他自然是坚决地给以"一击"的;但他也从古典文学中学习到了很多东西,继承并发扬了那些长久为人民所喜爱的精华,而这正是构成他的作品的伟大成就的重要因素。

鲁迅开始从事文学事业是出于爱国主义的热忱、想从改变人民的精神面貌上来改变中国的处境。正是由于这种对祖国的热爱,一方面固然引导他无情地抨击旧文化中的消极方面,但一方面也促使他向传统历史中探索那些积极的因素。我们不只从他早期所受的教育和阅读的书籍中可以知道他很早就对古典文学有了广泛的知识,而且从他少年时期对于屈原的爱好,从他早期作品中的那种"我以我血荐轩辕"的情绪中，也感到了他对古典文学的精神上的向往。这是很容易理解的；清末民主革命的首要任务在于推翻清朝统治者，因之"光复旧物"的口号在当时是有实际的战斗意义的；鲁迅就回忆过清末在日本的抱有革命思想的留学生们的"钞旧书"的活动，而且认为那是"可以供青年猛省的"。鲁迅记载那本集录的书的封面上的四句古语是："摅怀旧之蓄念，发思古之幽情，光祖宗之玄灵，振大汉之天声。"（《而已集》：《略谈香港》）正是这种爱国主义的热忱和民主革命的要求，在青年心目中就自然地表现为对传统文化的积极方面的热情的向往和追求。爱国主义和人道主义的精神本来是在长期的历史传统中所不断积累和丰富起来的，也是伟大的古典文学作品中所经常孕藏着的内容，这样，在文学活动中就自然和历史上的战斗传统取得了精神上的联系；鲁迅以后的治小说史、校嵇康集等种种工作，都是和这种少年时期的爱好有关的。

这里有两个问题值得注意：第一，鲁迅既然从少年起就从未间断地接触了许多中国古典文学的作品，而这些又都是长期为人民所喜爱的富有艺术感染力的伟大作品，则除了那里面所孕藏着的思想内容以外，鲁迅自然也得到了许多艺术上的感受，包括表现形式和描写手法等等；这对鲁迅自己的创作就不可能没有影响。第二，鲁迅从来就很注重于向古典文学汲取有用的东西，其中自然也包括古典作家的艺术表现方法。因此对于过去一些作品中的有用的因素，鲁迅是接受了的，对他的创作也是有影响的。不过这种影响既然不是简单的模仿，而作品又表现着不同范畴的社会内容和人民生活，则自然也不是一目了然、具体可摘的。换句话说，虽然在作品的形式渊源、某些艺术构思和表现手法，以及风格特点上，我们很容易感到鲁迅作品的民族特色、以及它和一些古典作品中的相类似的因素，但同时又感到他们彼此间还是有很大差别的。这也很自然，鲁迅对于古典文学的承继本来是带创造性的、有发展的，并不是简单的模拟；他的吸收和学习是经过溶化的。而且除此之外，他所接受的影响的来源也是多元的，其中还有外国文学的影响，更有从人民生活中直接提炼来的因素。但在这种多元的因素中，中国古典文学的影响是更为显著的，是形成他作品中风格特色的重要部分，也是使他与中国古典作家取得历史联系的根本原因。

为了建设和发展中国的新文学，鲁迅一向是非常注重向古典文学传统学习的，他说：

> 我也以为"新文学"和"旧文学"这中间不能有截然的分界,然而有蜕变,有比较的偏向。[《准风月谈》:《"感旧"以后(上)》]
>
> 因为新的阶级及其文化,并非突然从天而降,大抵是发达于和旧者的对立中,所以新文化仍然有所承传,于旧文化也仍然有所择取。(《集外集拾遗》:《〈浮士德与城〉后记》)

在这种对于"旧文学"的"承传"和"择取"中,不只指那些作品中所表现的思想内容,而且也是很注意于表现方法和艺术技巧的。他在《准风月谈》的《关于翻译》中曾说:"古典的,反动的,观念形态已经很不相同的作品,大抵即不能打动新的青年的心(但自然也要有正确的指示),倒反可以从中学习描写的本领,作者的努力。"这说明他是非常注重向古典作品中学习"描写的本领"的。1928年在与创造社讨论革命文学时,他的意见是"当先求内容的充实和技巧的上达",他不顾别人讨厌他说"技巧",而强调文艺对于革命的用处之所以有别于标语口号者,"就因为它是文艺。"(《三闲集》:《文学与革命》)在论到木刻时也曾说:"木刻是一种作某用的工具,是不错的,但万不要忘记它是艺术。它之所以是工具,就因为它是艺术的缘故。"(《鲁迅书简》:致李桦第六信)文艺作品是有它自己的特征的,要使文艺发生他所能发生的作用,就必须讲求艺术特点,就必须学习"描写的本领"和"技巧"。而那学习的重要对象之一就是我们民族自己的古典作品。这在美术方面,他是有更详尽的说明的:

> 我们有艺术史,而且生在中国,即必须翻开中国的艺术史来。采取什么呢?我想唐以前的真迹,我们无从目睹了,但还能知道大抵以故事为题材,这是可以取法的;在唐,可取佛画的灿烂,线画的空实和明快,宋的院画,萎靡柔媚之处当舍,周密不苟之处是可取的,米点山水,则毫无用处。后来的写意画(文人画)有无用处,我此刻不敢确说,恐怕也许还有可用之点的罢。这些采取,并非断片的古董的杂陈,必须溶化于新作品中,那是不必赘说的事。恰如吃用羊牛,弃去蹄毛,留其精粹,以滋养及发达新的生体,决不因此就会"类乎"牛羊的。(《且介亭杂文》:《论"旧形式的利用"》)

这里讲的都是艺术上的风格和表现手法；他对中国文人画的缺点是有过批评的，说它"一笔是鸟，不知是鹰是燕，两点是眼，不知是长是圆"（《且介亭杂文末编》：《记苏联版画展览会》），但并没有得出否定的结论，而说"也许还有可用之点的罢"，这和他说的从过去的反动作品中也可以学习"描写的本领"的论点是一致的。他自己有抉择，因此有接受多方面长处的恢廓的胸襟；他曾多次称赞汉唐两代的勇于接受外来影响的"闳放"态度，这和他认为新文学应该多方面地汲取经验来充实自己的意见也是一致的。对于"木刻"，他曾说过："倘参酌汉代的石刻画像，明清的书籍插画，并且留心民间玩赏的所谓'年画'和欧洲的新法融合起来，许能够创出一种更好的版画。"（《鲁迅书简》：致李桦第三信）我以为这也同样可以理解为他对文艺创作的意见；这里固然要接受欧洲的先进的经验，但更重要的还是向中国古代的和民间的作品学习，以求创造出新的作品。他称赞陶元庆的绘画是"都和世界的时代思潮合流，而又并未梏亡中国的民族性"（《而已集》：《当陶元庆君的绘画展览时》），这就是说好的作品一定要发扬我们自己的民族特点，并使之现代化，来表现今天的生活。

  对于文学作品也是一样，他称赞唐代传奇是"而大归则究在文采与意想"（《中国小说史略》）。所谓"文采与意想"大体相当于我们现在所说的艺术表现力和艺术构思，这正是特别值得我们去学习的地方。他说："诗经是经，也是伟大的文学作品；屈原、宋玉，在文学史上还是重要的作家。为甚么呢？——就因为他究竟有文采。……司马相如在文学史上也还是很重要的作家，为甚么呢？就因为他究竟有文采。"（《且介亭杂文二集》：《从帮忙到扯淡》）这些作品的内容尽管彼此不同，但其有"文采"则一，就是说都有艺术表现力和艺术特点，因此就不失其为伟大；也都值得我们去学习。

  值得注意的是鲁迅的这些意见并不只是当作一个文学史家来示人以研究的成果，更重要的是当作一个从事创作实践的作家来讲他自己的体会；因此这些意见的重要意义也不仅在于它在理论上的正确程度，而更在于它是和中国现代文学的奠基者——鲁迅的作品的特色和渊源相联系的。因此，发掘鲁迅作品在这些方面的特点不只对了解这一伟大作家的独特成就有重大的意义，并且可以由之明确中国现代文学与古典文学的历史联系，理解鲁迅在中国文学史上的"继往开来"的重要地位。

二

鲁迅作品的风格特色是与"魏晋文章"有其一脉相承之处的,特别是他那些带有议论性质的杂文。这是鲁迅自己也承认的;据孙伏园先生记载,刘半农曾赠送过鲁迅一付联语,是:"托尼学说,魏晋文章。""当时的友朋都认为这付联语很恰当,鲁迅先生自己也不加反对。"(《鲁迅先生二三事》)关于"托尼学说"对于鲁迅的影响我们这里不拟论述,而且也是经过鲁迅自己后来批判了的;但主要作为作品风格特色的"魏晋文章"却是贯串着鲁迅的全部作品的,影响非常深远。在具体分析魏晋文章与鲁迅作品的某些共同的特色之前,有两个问题需要说明:第一,是鲁迅如何开始接近了魏晋文章;第二,是鲁迅为什么特别爱好这些魏晋时代的作品。

鲁迅开始接近魏晋文学,是与章太炎有关的。在《集外集》序言中,鲁迅自称早年曾受严又陵的影响,"以后又受了章太炎先生的影响,古了起来"。据许寿裳《亡友鲁迅印象记》中记载,鲁迅少年时曾受过严复、林纾的影响,能背诵好几篇严译《天演论》,"后来却都不大佩服了",还和严译文体"开了玩笑";许氏并记鲁迅读了章太炎批评严复译文的《社会通诠商兑》一文后,就戏呼严氏为"载飞载鸣"了,因为章氏文中有云,

> ……然相其文质,于声音节奏之间,犹未离于帖括。申夭之态,回复之词,载飞载鸣,情状可见,盖俯仰于桐城之道左,而未趋其庭庑者也。

"载飞载鸣"正是对于严氏文体受"帖括"影响的一种讥刺,鲁迅是同意章太炎的看法的。鲁迅从章氏问学虽在1908年,但在此以前鲁迅就读过他的许多文章,对他很钦佩。鲁迅在《关于太炎先生二三事》一文中曾说:

> 我的知道中国有太炎先生,并非因为他的经学和小学,是为了他驳斥康有为和邹容作的"革命军"序,竟被监禁于上海的西牢。

鲁迅又说他爱看章氏主持的《民报》,"但并非为了先生的文笔古奥,

索解为难……却为了他是有学问的革命家";鲁迅对章太炎是一直保有着敬意的,而且为了章氏死后一些"名流"们特别赞扬他的"国学",鲁迅就着重指出章氏的革命家的一面,这在当时是有深刻的战斗意义的。但在少年鲁迅开始对革命家的章太炎发生景仰时,却是通过章氏的带有革命意义的文章的。例如他所说的痛斥改良主义的《驳康有为论革命书》及《邹容〈革命军〉序》等,都是1903年发表的;就在这年发生了轰动一时的《苏报》案,章氏入狱。在这时期,鲁迅无疑是章氏政论的一个忠实的读者,而且正是由此培植了他对于章氏的景仰的;因此他在前引一文的后面就说:"战斗的文章,乃是先生一生中最大、最久的业绩。"据许著年谱,鲁迅于1902年至日本,开始"课余喜读哲学与文艺之书",次年"为浙江潮杂志撰文",可知鲁迅于爱好文学与从事写作之初,正是非常爱读章太炎文章的时候。当然,首先是章氏那些文章的战斗性的内容吸引了鲁迅,但章氏的这些文章同时又是以"魏晋文章"的笔调和风格著称的,这对鲁迅也同样地发生了影响。这种影响也并不仅只在阅读文章时的无形感染方面,而是在理论上也认为只有"魏晋文章"才最适宜于表达这种革命的议论性质的内容。当时章太炎是这样看法,鲁迅也同样接受了这种看法;他的"不大佩服"严又陵正是由此来的。

章太炎在《自述学术次第》中说他少年时曾学韩愈的文章,后来又随乡人谭献学汪中、李兆洛一派的"选体"文章,下云:

> 三十四岁以后,欲以清和流美自化。读三国两晋文辞,以为至美,由是体裁初变。然于汪、李两公,犹嫌其能作常文,至议礼论政则踬焉。仲长统,崔实之流,诚不可企;吴魏之文,仪容穆若,气自卷舒,未有辞不逮意,窘于步伐之内者也。而汪、李局促如斯,此与宋世欧阳、王、苏诸家务为曼衍者,适成两极,要皆非中道矣。(见《章氏丛书》三编)

章太炎生于1868年,34岁时正当1901年(中国传统虚数计算),就是他开始写那些洋洋洒洒的革命政论,并刻《訄书》行世的时候。他从实践中感到像汪中、李兆洛那种"选学派"的文体过于局促,而桐城派的效法韩欧又"务为曼衍",对于"议礼论政"的政论内容都不能胜任,只有魏晋文章"未有辞不逮意"的毛病,于是就感到"夫王弼、阮籍、嵇康、裴頠之辞,必非汪、李所能窥也";于是才"中岁所作既异少年之体"。中国文学史上的散文一体,是有着不同的流派和时代特色的;清末以来,最流行的文派是效法六代的"选学派"和效法唐宋八家的"桐城派",这些文章的内容在清末已是空洞无物的了,而那种笔调和风格也限制着内容的表现;因此到"五四"文学革命时就提出了把"桐城谬种"和"选学妖孽"当作抨击的对象。在章太炎那时,还没有可能提出如"五四"时代那样的主张,但他对当时流行的这两种文派也同样感到了不满,他对严复文体的批评正是把它当作桐城流裔来处理的;但用什么来代替呢?他只好从历史上去寻找那种适合于议论和表达政见的文体,于是他找到了魏晋文;应该说,这在当时是有革命意义的。黄侃赞美章太炎说:"持论议礼,尊魏晋之笔;缘情体物,本纵横之家。可谓博文约礼,深根宁极者焉。"(《国故论衡赞》)这是当时人们对章氏文体的评价,他正是以这种文体来写他的战斗文章的。

　　章太炎在许多地方都论述过魏晋文章的特点,他说:"老庄形名之学,逮魏复作,故其言不牵章句,单篇持论,亦优汉世。""魏晋之文,大体皆埤于汉,独持论仿佛晚周。气体虽异,要其守己有度,伐人有序,和理在中,孚尹旁达,可以为百世师矣。"又说:"效唐宋之持论者,利其齿牙;效汉之持论者,多其记诵,斯已给矣。效魏晋之持论者,上不徒守文,下不可御人以口,必先豫之以学。"(俱见章氏《国故论衡》中卷:《论式》)这里说明他所称赞的是带有议论性质的文章;他以为老庄思想在魏晋的抬头使文章的内容有了独立的见解,不牵于章句;这种"持论"有论辩效力,可以"伐人";学魏晋文必须自己先有"学",并不是学腔调记诵,因之这种文章可以为"百世师"。这些道理说明了他是为了要表达新的内容和与人论辩才喜爱了比较善于表述自己政见的魏晋文章的。

　　值得注意的是,鲁迅不只通过章太炎的"战斗的文章"接触了魏晋文章的笔调风格,启发他以后研究魏晋文学的志趣,而且对于章氏的这些意见他也是基本上同意的,因而也直接影响到了他自己的创作风格。鲁迅也以为"汉末魏初这个时代是很重要的时代,在文学方面起一个重大的变化"。他称之为"文学的自觉时代,或如近代所说是为艺术而艺术(Art for Art's Sake)的一派"。(《而已集》:《魏晋风度及文学与酒及药之关系》)后来鲁迅在《又论第三种人》中曾说：

> "为艺术而艺术"在发生时，是对于一种社会的成规的革命，但待到新兴的战斗的艺术出现之际，还拿着这老招牌来明明暗暗阻碍他的发展，那就成为反动。（《南腔北调集》）

鲁迅正是把魏晋文学当作"对于一种社会的成规的革命"来看待的，而且也是特别喜欢这时期的议论文的。魏晋时期由于老庄思想的起来，个性比较发展，新颖的反礼教的意见比较多；但除过这些内容的战斗性使鲁迅发生爱好之外，在文章风格上也同样是引起了他的喜爱的。

郭沫若先生有《庄子与鲁迅》一文。许寿裳先生有《屈原与鲁迅》一文，他们列举了很多例证来说明庄子和屈原对于鲁迅作品的影响。这是正确的；鲁迅自己在1907年作的《摩罗诗力说》里就对屈原作过很高的评价，在《汉文学史纲要》中对庄子也甚为称誉，虽然后来他对老庄思想的消极因素已给予了深刻的批判。魏晋文学的特色之一正是发扬了庄子和屈原作品中的那些优良部分的；就为鲁迅所特别称道的"竹林七贤"中的阮籍和嵇康说，就都是"好老庄"的；而屈原那种"放言无惮，为前人所不敢言"（《坟》：《摩罗诗力说》）的精神，也正是鲁迅所说的魏晋文学的特色。就是在作品的风格和表现方式上，也正有许多相类似的地方；譬如屈原的"引类譬喻"（王逸：《离骚章句序》），庄子的"寓言十九，重言十七，卮言日出"（庄子：《寓言篇》），也正是魏晋议论文字在表现方法上所常用的。因此就鲁迅作品的风格特色说，尤其是杂文，与魏晋文章有更其直接的联系。

三

这里我们可以说明鲁迅为什么特别爱好魏晋文章的问题了。当然，在许多点上鲁迅的看法是与章太炎相同的；这是因为魏晋文章长于论辩说理本是公认的特点，就连桐城派和选体派也承认他们不善于作说理论辩文字。曾国藩与吴南屏书云："仆尝谓古文之道，无施不可，但不宜说理耳。"孙梅《四六丛话》序论云："若乃命微言以藻思，责奥意于腴词，以妃青媲白之文，求辨博纵横之用，譬之蚁封奔骅，佩玉走趋；舌本间强，恐类文家之吃；笔端繁拥，终滋腹笥之贫。"这就是说无论桐城古文或骈文，都不宜于作论辩文字。

而鲁迅论嵇康却说"康文长于言理"(《历史研究》1954年第2期：鲁迅遗著《〈嵇康集〉考》)；又云："刘勰说'嵇康师心以遣论，阮籍使气以命诗'。这'师心'与'使气'，便是魏末晋初文章的特色。"(《魏晋风度及文学与酒及药之关系》)鲁迅在校勘和考订《嵇康集》上所花的功力，正说明了他对这种富有个性和独立见解的"师心"以遣的议论文的深刻爱好。这也不仅是鲁迅个人的偏爱，而是人所公认的。刘师培《中古文学史》就说嵇阮之文大抵相同，但"嵇文长于辨难，文如剥茧，无不尽之意。"又说嵇文"析理绵密，亦为汉人所未有。"但鲁迅对嵇康等人的说明侧重在文章内容的反礼教精神方面，而且不赞成章太炎的那种过分着重在"文笔古奥"的特点，应该说这正是鲁迅的伟大和他超越了章太炎的地方；但他对魏晋文章的议论性质和表现方式，仍然是非常爱好的，而且与章太炎的意见也是基本上一致的。

从这里可以说明鲁迅杂文的历史渊源和表现方式的某些特点。在中国文学史上，除了小说戏曲一向被认为"小道"外，最普遍常用的文体形式就是诗和文，因此诗文集是与经、子、史并列的四部之一。文的涵义很广，包括议论、抒情、叙事等各种内容，是作者表达自己思想感情最常用的形式。因此传统之所谓"散文"或"古文"，是在"文"这一大类中与骈文相对待的名词，而不是与诗相对待的名词；像嵇康等人的议论文也正是包括在散文之中的。鲁迅先生也说过："骈文后起，唐虞三代是不骈的，称'平文'为'古文'便是这意思。由此推开去，如果古者言文真是不分，则称'白话文'为'古文'似乎也无所不可。"(《花边文学》：《做文章》)从这种意义讲，"杂文"正是承继了古典文学中的散文这一形式的发展，特别是承继了魏晋文这一流派的发展的。鲁迅先生在《徐懋庸作〈打杂集〉序》中曾说："我是爱读杂文的一个人，而且知道爱读杂文还不只我一个，因为它'言之有物'。"这里不只说明了鲁迅从"五四"起就一直坚持运用杂文这一武器的原因，而且同时也说明了鲁迅为什么特别爱好"言之有物"的魏晋文章。

《新青年》设《随感录》始于四卷四期(1918年4月)，当时在这一栏写杂感最多的是鲁迅、陈独秀、钱玄同等人；从开始起这种文体就是进行文化战斗的有力武器。当时大家认为杂文也是文学的一种主要形式，正是受了古典文学的影响。如刘半农在《我之文学改良观》中就说："故进一步言之，凡可视为文学上有永久存在之资格与价值者,只诗歌戏曲、小说杂文二种也。"后来鲁迅先生也说过:"其实'杂文'也不是现在的新货色,是'古已有之'的"(《且介亭杂文》序言)。只是有些写杂文的人后来脱离了战斗,"有的高升,有的退隐",才放弃了这种不容许吞吞吐吐的文体;而鲁迅,由于他坚持了战斗的工作,也由于他善于向我们的优秀传统学习,因之才不断地运用了这种形式;才在实践中感到对于"猛烈的攻击,只宜用散文,如杂感之类,而造语还须曲折"(《两地书》第一集第三二信)的必要。同时在作品的艺术风格上也承继和高度地发展了类似魏晋文学的那种特色。

什么是魏晋文章的特色呢?鲁迅以为"总括起来,我们可以说汉末魏初的文章是清峻、通脱"。他又加解释说:"清峻的风格——就是文章要简约严明的意思。""通脱即随便之意。此种提倡影响到文坛,便产生多量想说什么便说什么的文章。更因思想通脱之后,废除固执,遂能充分容纳异端和外来的思想,故孔教以外的思想源源引入。"(《魏晋风度及文学与酒及药之关系》)这就是说:没有"八股"式的规格教条的束缚,思想比较开朗,个性比较鲜明,而表现又要言不烦,简约严明,富有说服力。鲁迅是非常喜爱"简约严明"的风格的,他曾说他的文章"常招误解","可见意在简练,稍一不慎,即易流于晦涩"(《两地书》第一集第十二信);足见既"简约"而又"严明"是并不很容易的。无须多说,魏晋文章的这些特色正是鲁迅平日所致力,也是在鲁迅的杂文中得到继承和发展的。在魏晋文人中,鲁迅特别喜爱的是孔融和"竹林七贤"中的阮籍和嵇康的文章,尤其是嵇康。这些人的作品是有共同特点的,鲁迅说竹林七贤"差不多都是反抗旧礼教的"。而刘师培论嵇康的文章就说他"近汉孔融"(《中古文学史》)。鲁迅论陶渊明也说:"陶潜之在晋末,是和孔融于汉末与嵇康于魏末略同,又是将近易代的时候。"(《魏晋风度及文学与酒及药之关系》)当然这也关系到他们的作品精神和艺术风格的渊源和类似。而在鲁迅的杂文中,这些特色更得到了崭新的表现和高度的发展。

我们不妨就某些类似的特色来分析一下。

> 倘只看书,便变成书厨,即使自己觉得有趣,而那趣味其实是已在逐渐硬化,逐渐死去了。
>
> ——《而已集》:《读书杂谈》

如果是战斗的无产者，只要所写的是可以成为艺术品的东西，那就无论他所描写的是什么事情，所使用的是什么材料，对于现在以及将来一定是有贡献的意义的。为什么呢？因为作者本身便是一个战斗者。

——《二心集》：《关于小说题材的通信》

不论中外，诚然都有偶像。但外国是破坏偶像的人多；那影响所及，便成功了宗教改革，法国革命。旧像愈摧破，人类便愈进步；所以现在才有比利时的义战，与人道的光阴。那达尔文、易卜生、托尔斯泰、尼采诸人，便都是近来偶像破坏的大人物。

——《热风》：《随感录》第四十六

古训所教的就是这样的生活法，教人不要动。不动，失错当然就较少了，但不活的岩石泥沙，失错不是更少么？我以为人类为向上，即发展起见，应该活动，活动而有若干失错，也不要紧。惟独半死半活的苟活，是全盘失错的。因为他挂了生活的招牌，其实却引人到死路上去！

——《华盖集》：《北京通信》

八股无论新旧，都在扫荡之列，……不肯具体地切实地运用科学所求得的公式，去解释每天新的事实，新的现象，而只抄一通公式，往一切事实上乱凑，这也是一种八股。

——《伪自由书》：《透底》

譬如鲁迅称赞"孔融作文，喜用讥嘲的笔调"，但"并不大对别人讥讽，只对曹操。"（同上）据冯雪峰同志回忆，鲁迅"曾以孔融的态度和遭遇自比"（《过来的时代》：《鲁迅论》）；所谓"遭遇"当然是鲁迅所谓"专喜和曹操捣乱"，曹操"借故把他杀了"。而"态度"却正是孔融的不屈的反抗精神，并且是通过他的讥嘲笔调的文章的；从这里可以看出鲁迅与孔融在精神上的共鸣，和他对孔融作品的喜爱。我们不妨抄一段孔融的文章看看；曹操下令禁酒，"令"中引古代食酒亡败的事例为理由，孔融在《又难曹公禁酒书》中就说：

虽然，徐偃王行仁义而亡，今令不绝仁义。燕哙以让失社稷，今令不禁谦退。鲁因儒损，今令不弃文学。夏商亦以妇亡失天下，今令不断婚姻。而将酒独急者，疑但惜谷耳；非以亡王为戒也。

这种风格和表现方法不是和鲁迅杂文很类似吗？鲁迅自己说他的杂文特点是"论时事不留面子，砭锢弊常取类型"。（《伪自由书》前记）在表现方法上则是"好用反语，每遇辩论，辄不管三七二十一，就迎头一击"。（《两地书》第一集第十二信）又说："我自己也知道，在中国，我的笔要算较为尖刻的，说话有时也不留情面。……尤其是用于使麒麟皮下露出马脚。"（《华盖集续编》：《我还不能"带住"》）这些话是可以概括地说明鲁迅杂文的特色的；他擅长于讽刺的手法，常常给黑暗面以尖利的一击；在表现方法上则多用譬喻、反语，使自己的思想能形象地表现出来；因此也常常援引古人古事来说明今人今事，引对方的话来举例反驳，这样不只可以增加读者的亲切感受，而且也特别富有战斗力量。而这些特点的类似状态的存在，在中国文学史上是曾经出现过的，例如前面所举的孔融的文章。

其实不只孔融，这些特点在魏晋文章中是相当普遍的。鲁迅特别喜欢嵇康，是和嵇康作品中的那种"非汤武而薄周孔"的坚定的反礼教精神分不开的。嵇康的诗不多，集中大半为议论文；鲁迅说"嵇康的论文，比阮籍更好，思想新颖，往往与古时旧说反对。"又说"嵇康的害处是在发议论。"（《魏晋风度及文学与酒及药之关系》）嵇康自己也说他"刚肠嫉恶，轻肆直言，遇事便发"（《与山巨源绝交书》）；他的见杀，"罪状和曹操的杀孔融差不多"。在嵇康的论文中，上面所谈的一些特点也是非常显著的；特别在他与别人辩难的一些文章中，更显得说理透辟，层次井然，富有逻辑性；但那表述方式又多半是通过"据事以类义，援古以证今"（《文心雕龙》：《事类篇》）的，不只风格简约严明，而且富于诗的气氛。例如著名的《与山巨源绝交书》，在说明不能出仕的理由时就是通过"有必不堪者七，甚不可者二"的"九患"来陈述的，可以当得起传统所谓"众理虽繁，而无倒置之乖；群言虽多，而无棼丝之乱"（《且介亭杂文二集》：《题未定草》）的说法。又如在《难张叔辽自然好学论》中，那论点即是通过譬喻来展开的，他说张叔辽用的譬喻是"以必然之理，喻未必然之好学"，是"似是而非之谕"，下面他就以一连串的譬喻来反驳之，说明自己的论点。鲁迅对这种双方辩难的文字是很感兴趣的，他说：

> 魏的嵇康，所存的集子里还有别人的赠答和论难，晋的阮籍，集里也有伏义的来信，大约都是很古的残本，由后人重编的。谢宣城集虽然只剩了前半部，但有他的同僚一同赋咏的诗。我以为这样的集子最好，因为一面看作者的文章，一面又可以见他和别人的关系，他的作品，比之同咏者，高下如何，他为甚么要说那些话。（同上）

通过彼此间的论辩文章，是更可以体会双方意见的区别和那种"针锋相对"的表现方式的。我们不只从《伪自由书》《准风月谈》等书的附录别人文字的体例中可以看出鲁迅仿照这样的编排法，而且从鲁迅的一些著名的思想论争的文章里，譬如《"硬译"与"文学的阶级性"》等，也看到了类似这种"针锋相对"而简约严明的表现方式。

中国古典文学中的散文作品当然并不完全是议论性质的文字，抒情写景、叙今忆昔，内容和风格都是非常丰富多样的。鲁迅就称赞过"唐末诗风衰落，而小品放了光辉"。也说过明末的小品"并非全是吟风弄月，其中有不平，有讽刺，有攻击，有破坏"。（《南腔北调集》：《小品文的危机》）"五四"以后，写作散文的作家很多，收获也很丰富；鲁迅认为"散文小品的成功，几乎在小说戏曲和诗歌之上。"（同上）朱自清在《背影》序中也说："但就散文论散文，这三四年的发展，确是绚烂极了：有种种的样式，种种的流派"。我以为这种成功是和古典文学中的历史凭藉分不开的。在这种种不同的样式和流派中，如果大致区分，则依习惯可分为议论、抒情、叙事三大类，而这些内容又都是在古典文学中有着大量存在的。就"五四"时期文学的成就说，则除过带有议论性质的鲁迅杂文以外，《野草》是抒情诗式的散文，而《朝花夕拾》是优美的叙事作品。鲁迅的创作正全面地代表着"五四"期散文的绚烂成绩的顶端。这种成就也正是继承了中国古典文学的优良传统而得到发展的。

当然，鲁迅的精神代表着中国文学史上的新的创造，是和过去的作者有很大不同的；我们这里只在阐明他的作品与中国古典文学在历史继承上的联系，从这里更可以了解鲁迅作品的创造性的实绩。

四

鲁迅是很早就对中国古典小说发生了兴趣的。据周作人《关于鲁迅》一文中的记载，鲁迅自己买得的第一部书是《唐代丛书》，这虽是一部书贾汇刻的相当芜杂的书，但内容包括了很多的唐人传奇笔记等，在当时他是非常喜欢的。在《中国小说史略》中他称道唐代传奇的"特异成就"在于"文采与意想"，这就是说他对这些作品的艺术表现和艺术构思是很爱好的。他曾广泛地阅读过各种野史杂传和笔记小说等，而这些在中国的传统文学观念里都是视为"小说"的。到他对魏晋文学发生兴趣以后，他也在阮籍、嵇康、陶渊明等人的作品中找到可以借镜的类似小说的文章；他说：

> 但六朝人也并非不能想像和描写，不过他不用于小说，这类文章，那时也不谓之小说。例如阮籍的《大人先生传》，陶潜的《桃花源记》，其实倒和后来的唐代传奇文相近；就是嵇康的《圣贤高士传赞》（今仅有辑本），葛洪的《神仙传》，也可以看作唐人传奇文的祖师的。李公佐作《南柯太守传》，李肇为之赞，这就是嵇康的《高士传》法；陈鸿《长恨传》置白居易的长恨歌之前，元稹的《莺莺传》既录《会真诗》，又举李公垂《莺莺歌》之名作结，也令人不能不想到《桃花源记》。（《且介亭杂文二集》）

我们前面讲到鲁迅杂文的简约严明的风格特点与魏晋文学的联系，这其实也是包括他的小说在内的。不仅如此，即在某些艺术构思和人物形象的塑造上，也有可以看出这种影响的地方。

知识分子的形象是鲁迅小说中经常描绘的重点之一；据冯雪峰同志在《过来的时代》中的回忆，一九三六年鲁迅先生逝世前还计划写一关于四代知识分子的长篇小说，"一代是章太炎先生他们；其次是鲁迅先生自己的一代；第三，是相当于例如瞿秋白等人的一代"，最后是像雪峰同志这一代。当时鲁迅曾说："倘要写，关于知识分子我是可以写的……而且我不写，关于前两代恐怕将来也没有人能写了。"这个计划没有完成当然是无法弥补的损失；但我以为，鲁迅先生对于这个题材是酝思已久的了，特别是关于前两代，而且在他的作品中是已经有所表现的。关于"章太炎先生他们"的一代，我觉得《狂人日记》中的狂人和《长明灯》中的疯子的构思和人物刻画,是属于这一类的。那都是早期的社会改革者的形象,是初步觉醒起来的进步知识分子的挣扎和斗争的面貌的描绘。在清朝末年,孙中山和章太炎都是曾被某些人叫做"疯子"的,这在革命者的鲁迅的思想中是不能不引起深刻的感触的。我们只要举下面一件事就很清楚了:章太炎因《苏报》案被清廷拘捕,在狱中三年,于1906年获释至日本,东京留学生集会欢迎,到者七千余人,座无隙地;章太炎当时发表的"演说词"中有云:

> 自从甲午以后,……对着朋友,说这逐满独立的话,总是摇头,也有说是疯颠的,也有说是叛逆的,也有说是自取杀身之祸的。但兄弟是凭他说个疯颠,我还守我疯颠的念头。……大凡非常可怪的议论,不是神经病人,断不能想,就是想也不敢说,说了以后,遇着艰难困苦的时候,不是神经病人,断不能百折不回,孤行己意。所以古来有大学问、成大事业的,必得有神经病才能做到。……近来有人传说:某某有神经病,某某也是有神经病,兄弟看来,不怕有神经病,只怕富贵利禄当面现前的时候,那神经病立刻好了,这才是要不得的呢!(鼓掌)略高一点的人,富贵利禄的补剂,虽不能治他的神经病,那艰难困苦的毒剂,还是可以治得的。这总是脚跟不稳,不能成就什么气候。兄弟尝这毒剂是最多的。算来自戊戌年以后,已有七次查拿,六次都拿不到,到第七次方才拿到。……但兄弟在这艰难困苦的盘涡里头,并没有一丝一毫的懊悔,凭你什么毒剂,这神经病总治不好(欢呼)。或者诸君推重,也未必不由于此。……若要增进爱国的热肠,一切功业学问上的人物,须选择几个出来,时常放在心里,这是最紧要的。就是没有相干的人,古事古迹都可以动人爱国的心思。当初顾亭林要排斥满洲,却无兵力,就到各处去访那古碑、古碣传示后人,也是此意。(《民报》第六号)

这是一篇充满昂扬气概的"狂人颂",我们现在读来都感到很激动。鲁迅在《狂人日记》的小序中记道:狂人已早愈,于是便"赴某地候补矣",这正是对在富贵利禄面前"神经病立刻好了"的另一类人的顺笔讽刺。鲁迅先生对章太炎是极崇敬的,所受的影响也很大。

一直到他逝世前所写的《关于太炎先生二三事》中还说:"考其生平,以大勋章作扇坠,临总统府之门,大诟袁世凯的包藏祸心者,世无第二人;七被追捕,三入牢狱,而革命之志,终不屈挠者,并世亦无第二人;这才是先哲的精神,后生的楷模。"可以想见,鲁迅先生在他的未完成的长篇小说中将是怎样来塑造这"第一代"的先进知识分子的形象的;而"狂人"和"疯子"正是鲁迅对这种"先哲精神"的歌颂,是鲁迅作品中的正面人物形象。此外在别的作品中也还有一些受到章氏影响的痕迹。譬如《故事新编》中的《出关》,鲁迅自己在《且介亭杂文末编》中就说:"老子的西出函谷,为了孔子的几句话,并非我的发见或创造,是三十年前,在东京从太炎先生口头听来的,后来他写在《诸子学略说》中,但我也并不信为一定的事实。"这就是说在《出关》这一情节的构思上是受到了章太炎的启发的。又如关于发辫和革命者的关系的描写,在《头发的故事》《风波》以及杂文《随感录三十五》《病后杂谈之余》中,都有充满感情的叙述;这当然与他自己的经历有密切关系,但在《因太炎先生而想起的二三事》中,鲁迅首先就想到了章太炎的剪辫,并引了章氏《解辫发》文中的一段。章氏剪辫早在庚子(1900),当时唐才常乘义和团起义事件谋独立,但仍以"勤王"为名,章太炎坚决主张"光复",反对首鼠两端式的改良主义路线,遂断发以示决绝。这是关系着清末革命派与改良派的政治路线的问题,从这里正表现出了章氏的革命精神,在当时影响是很大的;因此也在鲁迅的记忆中保有了深刻的印象。值得注意的是鲁迅从章太炎那里也学习了从古人古事中找出"爱国心思"的方法,他的钞古碑、校辑古籍等活动都与此有关,而更重要的,他也在阮籍、嵇康等人身上找到了反礼教、反周孔的"思想新颖"的精神。

  关于鲁迅小说中"第二代"的知识分子的形象,除了那些带有自叙性质的以第一人称出现的、可以在某种程度上理解为鲁迅自己的经历的篇章以外(这一点我们后面还要谈到),《孤独者》中的魏连殳和《在酒楼上》的吕纬甫无疑是属于这一代的知识分子形象的。我以为鲁迅对于这些人物的塑造在态度上是与他对历史上某些人物的看法有类似之处的,例如对于阮籍;因此在某些情节和性格的描写上也是受有古典作品的影响的。鲁迅对于魏连殳的悲愤心情是赋予了内心的同情的,但对他的"与世浮沉"的态度则是批判的,那描写魏连殳的"古怪"由对祖母的送殓开始,写他在别人虚伪的拜哭中"始终没有落过一滴泪",到大家走散的时候,"他流下泪来了,接着就失声,立刻又变成长嚎,像一匹受伤的狼,当深夜在旷野中嗥叫,惨伤里夹杂着愤怒和悲哀"。这里沉重地写出了魏连殳的孤独和愤世的心情,他对祖母其实倒是最有感情的。这里我们很容易想到阮籍的故事:

> 母终,正与人围棋;对者求止,籍留与决赌。既而饮酒二斗,举声一号,吐血数升。及将葬,食一蒸肫,饮二斗酒,然后临诀。直言"穷矣"!举声一号,因又吐血数升。毁瘠骨立,殆致灭性。裴楷往吊之,籍散发箕踞,醉而直视,楷吊唁毕便去。或问楷:"凡吊者主哭客乃为礼,籍既不哭,君何为哭?"楷曰:"阮籍既方外之士,故不崇礼;我俗中之士,故以执仪自居。"时人叹为两得。籍又能为青白眼,见礼俗之士,以白眼对之。及嵇喜来吊,籍作白眼,喜不怿而退。喜弟康闻之,乃赍酒挟琴造焉。籍大悦,乃见青眼。由是礼法之士,疾之若仇。(《晋书》四十九本传)

鲁迅以为阮籍、嵇康等人是"不平之极,无计可施,激而变成不谈礼教,不信礼教,甚至于反对礼教"。"这是因为他们生于乱世,不得已,才有这样的行为,并非他们的本态。"(《而已集》)像阮籍的"时率意独驾,不由径路,车迹所穷,辄痛哭而返",当然是怀抱不满而找不到出路的一种悲愤心情的表现,这与魏连殳的为"亲手造成孤独,又放在嘴里去咀嚼的人的一生"痛哭是颇相像的;我们这里并不想论证阮籍等人与魏连殳之间在思想上的相似之点,但至少鲁迅对待他们的态度是有其类似之处的;而在写作时的一些情节的构思和性格的描写上,就不能不受到为鲁迅所熟悉并有所共鸣的阮籍、嵇康等人的行为和文章的影响了。在我国历史上对现实抱有强烈不满的知识分子本来是很多的,但他们在"无计可施"的情况下,不是"与俗浮沉"就是"悲愤以殁",这种情况一直到魏连殳的时代仍然是存在的。例如鲁迅的朋友范爱农,在他与鲁迅的信中就说:"如此世界,实何生为,盖吾辈生成傲骨,未能随波逐流,惟死而已,端无生理。"(周遐寿:《鲁迅小说里的人物·哀范君》)鲁迅在《范爱农》一文和《哀范君三章》的旧诗里也是寄予了同情的;范爱农与魏连殳、吕纬甫当然是属于同一代的人物,但在他的身上却存有多少嵇康式的孤愤的感情啊！当然，这些人和阮籍、嵇康等人不同，他们是已经有条件可以走另外一条不同的路了，因此鲁迅才给了他们以深刻的批判；《孤独者》的题目就是鲁迅对魏连殳所作的评价。但鲁迅对这些人的悲愤心情也是充分理解并赋予了同情的，因此在塑造他们的性格时，在构思上也就有受到古代叛逆者的事迹的影响了。吕纬甫的性格当然比较更颓唐和消沉一些，那种嗜酒和随遇而安的心情是更有一点类似刘伶的。

鲁迅的《呐喊》与《彷徨》都写于前期，因此对于坚决走向党所领导的革命的知识分子形象在作品中没有能够写出来；但《伤逝》中的涓生和《幸福的家庭》中的"作家"在时代上应该是属于所谓"第三代"的，这些人的脆弱和不幸的遭遇正显示了这一代知识分子的面临抉择的歧途。鲁迅所以把有不平、有理想的知识分子当作自己写作的重要题材之一，除了为中国人民革命的现实所决定的因素以外，他对于这类人物的性格和生活非常熟悉也是重要的原因；而这种"熟悉"是包括着他对于历史传统的深刻理解在内的。

在鲁迅小说中作者给予了极大同情的一类人物是受旧的社会制度和传统习惯所凌辱歧视的妇女和儿童。鲁迅说他写小说的用意就在于揭露"所谓上流社会的堕落和下层社会的不幸"（《英译本〈短篇小说选集〉自序》），而下层社会中的妇女与儿童是尤其不幸的。在《灯下漫笔》一文中，鲁迅曾引《左传》的"人有十等"的记载，那最下层的一等叫作"台"，鲁迅说："但是'台'没有臣，不是太苦了吗？无须担心的，有比他更卑其妻，更弱的子在。"下层的妇女和儿童一直是处在最底层，为社会所歧视凌辱的。华大妈和小栓，单四嫂子和宝儿，祥林嫂和阿毛，《幸福的家庭》中的主妇和女孩，鲁迅塑造了一连串的这一类的人物形象，并寄予了极大的同情。他曾说："我还记得中国的女人是怎样被压制，有时简直并羊而不如。"（《华盖集》：《忽然想到之七》）人道主义精神本来是有极其悠久的历史传统的，汉乐府中的著名篇章中就有《妇病行》和《孤儿行》，唐宋传奇以及后来的章回小说中，妇女的形象常常居于主要的地位，民间文学中也有像虐待至死的童养媳"女吊"那样的形象；而鲁迅对于儿童一代的幸福生活的希冀是与他的深厚的爱国主义精神分不开的。在《狂人日记》中他已发出了"救救孩子"的呼声，在《故乡》中更对宏儿和水生的未来寄予了那么恳切和确信的期待；在这一点上我以为是与鲁迅的关于阮籍、嵇康等人对待下一代的态度的理解颇有联系的，他曾由嵇康《家诫》等文献中引论"社会上对于儿子不像父亲，称为'不肖'，以为是坏事，殊不知世上正有不愿他的儿子像自己的父亲哩。试看阮籍、嵇康，就是如此。"（《而已集》）在《故乡》中鲁迅不也是热忱地希望宏儿、水生的一代不要像他们父辈的"辛苦辗转"或"辛苦麻木"而生活么？"他们应该有新的生活"，这正是伟大的作家们对人类未来的共同期望。

五

鲁迅的《〈中国新文学大系〉小说二集导言》一文，实际上是以文学史家的态度来论述作家作品的；他说《狂人日记》《药》这些最初的小说受到了果戈理和安特莱夫等外国作家的影响，而以后就"脱离了外国作家的影响，技巧稍为圆熟，刻画也稍加深切，如《肥皂》《离婚》等"，这个叙述是确切的。我们觉得使鲁迅完成了自己的独特风格的因素之一，是他有意识地向中国文学去探索和学习表现的方法，特别是古典小说。鲁迅自己说他的小说的特点是：

> 我力避行文的唠叨，只要觉得够将意思传给别人了，就宁可什么陪衬拖带也没有。中国旧戏上，没有背景，新年卖给孩子看的花纸上，只有主要的几个人（但现在的花纸却多有背景了），我深信对于我的目的，这方法是适宜的，所以我不去描写风月，对话也决不说到一大篇。（《南腔北调集》：《我怎样做起小说来》）

我以为这不仅是鲁迅小说的风格特点，也是中国古典文学的一般的风格特点；而且正如鲁迅所说，是和古典戏剧与古典美术也有其共同之点的。鲁迅对于美术是有很精湛的研究的，我们前面已经说过，他称赞陶元庆的绘画时就说，"都和世界的时代思潮合流，而又并未梏亡中国的民族性"，这个评语指出了陶氏的绘画并未消失了类似旧日中国年画的那种朴素的风格，而表现的内容和思想又是现代化的；这其实是可以说明鲁迅自己的小说特色的，他也"并未梏亡中国的民族性"，而是将其发展并给以现代化的。正是因为他承继并发展了这种"民族性"，才达到如他自己的谦逊的说法："技巧稍为圆熟，刻画也稍加深切"。在中国古典文学中，除上节所谈者以外，与他的小说创作最有直接联系的当然是那些古典的白话小说，其中对他影响最大的是吴敬梓的《儒林外史》。鲁迅在《中国小说史略》一书中，以对《儒林外史》的评价为最高。这是有许多原因的；第一，鲁迅对于《儒林外史》所写的"士林"的风习是有深切的感受的，他对作者的讽刺和揭露不能不引起激动。据周作人的"日记"所记，鲁迅在戊戌闰三月到南京之前，还遥从三味书屋受业，还在习做八股文和试帖诗。周氏戊戌三月的日记有云："二十日：晴。下午接绍函，并文诗各两篇，文题一云'左右皆曰贤'，二云'人告之以过则喜'，诗题一云'苔痕上阶绿'（得苔字），二云'满地梨花昨夜风'（得风字）。"（周遐寿：《鲁迅小说里的人物》）除他自己亲自受过这样的教育以外，可以想见他对于受过科举制度毒害的上一辈读书人的面貌是有过许多接触的，因此他深切地感到了《儒林外史》的艺术力量。后来他曾说："《儒林外史》的手段何尝在罗贯中下，然而留学生漫天塞地以来，这部书就好像不永久，也不伟大了，伟大也要有人懂。"（《且介亭杂文二集》）他对社会上不理解《儒林外史》的伟大感到很气愤，而归咎于漫天塞地的"留学生"不懂得《儒林外史》中所写的生活，不懂得中国知识分子的痛苦的历史经历。因此在《白光》里，他写了陈士成的落第发疯；这不是历史题材，但却仍然是"外史"式的人物，只是没有可能再像范进那样的"大器晚成"罢了，可是在精神世界里，却是非常类似的。孔乙己是更为渺小而可怜的牺牲者，鲁迅先生在憎恨吃人的制度之余，甚至不能不给以某些同情；据孙伏园先生记载，这是鲁迅自己最喜欢的一篇作品，我以为这是与他自己的深刻感受有关的。

其次，《儒林外史》的讽刺艺术也是使鲁迅喜爱的重要原因。鲁迅创作的目的既然"意思是在揭出病苦，引起疗救的注意"。则自然需要采取讽刺的手法来对不合理事物给予尖锐的批判，因此他是非常喜爱讽刺作品的；他对果戈理的作品是如此，对《儒林外史》也是如此。《中国小说史略》中只将《儒林外史》称为"讽刺小说"，他以为中国小说中之真正可称为讽刺，可与果戈理、斯惠夫特的讽刺艺术并称者，只有一部《儒林外史》。他说：

迨吴敬梓《儒林外史》出，乃秉持公心，指摘时弊，机锋所向，尤在士林；其文又感而能谐，婉而多讽 于是说部中乃始有足称讽刺之书 ……既多据自所闻见，而笔又足以达之，故能烛幽索隐，物无遁形，凡官师，儒者，名士，山人，间亦有市井细民,皆现身纸上,声态并作,使彼世相,如在目前……是后亦鲜有以公心讽世之书如《儒林外史》者。(《中国小说史略》:《清之讽刺小说》)

鲁迅小说的一个重要特色是讽刺;特别对一些否定的人物形象,他是常常给以无情的狙击的。这是鲁迅的现实主义的重要成就之一,他写过两篇讲讽刺的文章,说明"非写实决不能成为所谓讽刺",而所举的例子之一就是《儒林外史》中的写范举人守孝,鲁迅并且说"和这相似的情形是现在还可以遇见的"。我以为像《端午节》中方玄绰的买彩票的想法,像《肥皂》中"移风文社"那些人的聚会情形的描绘,是和范进丁忧的"翼翼尽礼""而情伪毕露"的写法可以媲美的;都可以说是"诚微辞之妙选,亦狙击之辣手矣"。(同上)类似这种例子还可以举出很多;在赵太爷、举人老爷、七大人、慰老爷这一类人物形象的塑造上,是可以在《儒林外史》中找出类似的表现手法来的;例如严贡生、张静斋,以及王德、王仁这些人的性格表现和处理方法,就和赵太爷等有许多相似的地方。《风波》中的赵七爷讲"倘若赵子龙在世"等等,是和匡超人讲自己是"先儒匡子"颇有异曲同工之处的;而在七斤家桌旁发生的那个争论的场面,是通过人物的简劲的对话来写出不同的性格的;这和《儒林外史》第三十四回中写众人纷纷议论对杜少卿的意见的紧凑的性格化的对话,在写法上是颇有共同点的。鲁迅说:

"讽刺"的生命是真实;不必是曾有的实事,但必须是会有的实情。所以它不是"捏造",也不是"诬蔑";既不是"揭发阴私",又不是专记骇人听闻的所谓"奇闻"或"怪现状"。(《且介亭杂文二集》)

这可以理解为鲁迅对运用讽刺手法的现实主义原则,也是他对《儒林外史》给以高度评价的依据。他把清末吴趼人写的《瞎骗奇闻》和《二十年目睹之怪现状》等作品别名之为"谴责小说",就因为这类"辞气浮露,笔无藏锋"的作品较之《儒林外史》的"度量技术"是相去很远的,从这里也可以看出鲁迅的讽刺艺术的精神来。

第三,在形式和结构上,《儒林外史》也是最近于鲁迅小说的。唐宋传奇名虽短篇,但在有头有尾,故事性很强等特点上,其实是很近于《三国演义》《水浒传》等长篇的；而《儒林外史》则正如鲁迅所指出，是"事与其来俱起，亦与其去俱讫，虽云长篇，颇同短制"（《中国小说史略》）的。在《肥皂》《离婚》等鲁迅自己觉得技巧圆熟的作品中，这种"事与其来俱起，亦与其去俱讫"的结构特点就更明显；就是在《阿Q正传》《孤独者》等首尾毕具，人物性格随着情节的发展而展开的作品中，那种以突出的生活插曲来互相连接的写法也不是传奇体或演义体的，而更接近于《儒林外史》的方法。中国的古典文学在样式和风格上也是多样化的，《儒林外史》和《三国演义》就具有显然不同的特点；而鲁迅小说的形式结构，因为它是短篇，并受了外国近代短篇小说的影响，因此在向民族传统去探索时，就更容易受到《儒林外史》的影响了。

以上只是就主要方面而言：鲁迅先生是全面地研究了中国小说史的，因之他对其它一些古典作品也是推许过，并承继了其中的许多优点的。他称赞过《金瓶梅》的"凡所形容，或条畅，或曲折，或刻露而尽相，或幽伏而含讥，或一时并写两面，使之相形，变幻之情，随在显见。"《红楼梦》的"正因写实，转成新鲜"；这些特点在鲁迅的作品中也是有所继承的。我们在鲁四老爷身上看到了贾政式的虚伪的"正派"，在"高老夫子"的形象中也可以看到应伯爵式的市井人物的影子。在描写技巧和语言的运用上，鲁迅先生也曾称赞过"红楼梦"等书的优点；他说：

> 高尔基很惊服巴尔扎克小说里写对话的巧妙，以为并不描写人物的模样，却能使读者看了对话，便好像目睹了说话的那些人，中国还没有那样好手段的小说家，但《水浒》和《红楼梦》的有些地方，是能使读者由说话看出人来的。（《花边文学》：《看书琐记》）

对于这些优点，鲁迅是采取的；他自述他用的语言是"采说书而去其油滑，听闲谈而去其散漫，博取民众的口语而存其比较大家能懂的字句，成为四不像的白话"。（《二心集》：《关于翻译的通信》）他还说过他写完一篇之后，总要求"读得顺口"；"没有相宜的白话，宁可引古语，希望总有人会懂，只有自己懂得或连自己也不懂得的生造出来的字句，是不大用的。"（《南腔北调集》：《我怎样做起小说来》）与有些作家的习于用过分"欧化"的语言不同，他要求合乎我们祖国语言的规律和习惯,要求"顺口";这在文学语言的继承性上就自然会在以前的白话小说和可用的古语中去采取了。这是构成鲁迅作品的风格特点的重要因素之一,而这正是和我国的古典文学相联系的。

六

法捷耶夫在《论鲁迅》中说:"鲁迅的讽刺和幽默到处都表现出来。但是如果说在《阿Q正传》中,鲁迅是一个表面上好像是无情地叙述事件的叙事的作家,那么在《伤逝》中,他就是一个触动心弦的深刻抒情的作家。"(1949年10月19日《人民日报》)我们也感觉到,鲁迅小说的写法是大致可以分为如法捷耶夫所说的两类的。关于前者,如《阿Q正传》《风波》《离婚》《肥皂》等等,就是鲁迅自己所说的白描的写法:

> "白描"却并没有秘诀,如果要说有,也不过是和障眼法反一调:有真意,去粉饰,少做作,勿卖弄而已。(《南腔北调集》:《作文秘诀》)

这类作品的讽刺性较强,带有一些与他的杂文共同的特色;那表现方法是比较接近于《儒林外史》等古典小说的。但另外一类,那些特别能激动我们心弦的带有浓厚的抒情气氛的作品,我以为是与中国古典诗歌的联系更其密切的。《伤逝》是通过涓生的抒情式的独白写出来的,就带有这种特色;但在另外一些作品里,像《故乡》《祝福》《在酒楼上》《孤独者》等,这种特色就更其显著。这些作品都是用第一人称"我"的经历和感受写出来的,"第一人称"的形象在作品中并不是着重描写的,在情节上也不占显著地位,但作品中那些引起我们强烈地关心他们命运的主人公的遭遇却都是通过他的感受来写出的,并且首先在他的心弦上引起了震动,于是那种深刻的抒情气氛就不能不深深地激动着我们。《故乡》中的这些诗一样的句子:"我只觉得我有四面看不见的高墙,将我隔成孤身,使我非常气闷;那西瓜地上的银项圈的小英雄的影像,我本来十分清楚,现在却忽地模糊了,又使我非常的悲哀。"以及下面的"在潺潺的水声中"对宏儿、水生辈的前途的瞩望,是我们所永远不能忘怀的。《祝福》中的关于第一人称形象的"在阴沉的雪天里,在无聊的书房里"

的强烈不安的抒写，是多么增强了我们对祥林嫂的悲惨命运的不安！《在酒楼上》的默默的饮酒，《孤独者》中的无聊的送殓，都是通过第一人称"我"的感受来深沉地写出了对方的为人和性格的，而且正是在这些地方引起了我们对于主人公的一些同情。毋庸多说，在这些作品中本来就是有作者自己的深沉的感情的，而且那种触动心弦的抒情的写法，也是非常富有诗意的。中国是一个有悠久的诗歌传统的国家，在那些伟大诗人们的不朽的篇章中，类似这样的抒情诗的作品是非常之多的。他们常常将在人生长途中的某些遭际和感受，某些引起过他的心弦震动的人和事，用优美深刻的抒情诗的笔触抒发出来；这类例子是不胜枚举，也无须举的。我们知道鲁迅先生平日有所感触时也还写些旧诗，譬如在杨杏佛被刺后他所写的下面的一首诗：

岂有豪情似旧时，花开花落两由之。何期泪洒江南雨，又为斯民哭健儿。（《集外集拾遗》：《悼杨铨》）

这里通过自己悲愤的感触来写杨氏的被难，是与他那些小说中的抒情写法很类似的，而又与中国古典诗歌保持着多么密切的联系。许寿裳说"这首诗才气纵横，富于新意，无异龚自珍。"唐弢同志也曾说过"先生好定庵诗"，我们知道龚定庵是晚清的比较进步的思想家，梁启超曾在《清代学术概论》中说："光绪间所谓新学家者，大率人人皆经过崇拜龚氏之一时期。"定庵诗的特点正是承继了古典诗歌的传统，在抒情气氛中抒发新意的；特别是绝句，前人也以"才多意广"称之（陈衍：《石遗室诗话》）。鲁迅的这一类小说，正是带有抒情诗的特点的。

像古典诗歌一样，这种"抒情"常常是通过自然景物，通过心情感受而形成一种统一的情调和气氛的。当然，在小说中，写景色，写气氛，实际也是在写人物的；但这样就能使作品形成一种独特的艺术风格，增强作品的感染力。《故乡》是从深冬阴晦的天色中的萧索荒村进入眼帘的，而结尾则是在金黄的圆月下听着"潺潺的水声"离开的；这里不能不映衬出被隔绝开的双方的辛苦的心情。《祝福》中这种特点就更显著，爆竹声中的祝福的气氛本身就成了一种反衬，而寂静的雪夜又是多么凄凉啊！"雪花落在积得厚厚的雪褥上面，听去似乎瑟瑟有声，使人更加感到沉寂。"这里深沉的表达出了人间的不幸。《在酒楼上》的情节发生在风景凄清的大雪中的狭小阴湿的小酒店，而作品中还有一大段对于酒楼外的废园雪景的富有诗意的描写。结尾是在风雪交加的黄昏中，这一对友人方向相反地告别了；充满了"意兴索然"的感触。《孤独者》中在写深冬灯下枯坐，"如见雪花片片飘坠，来增补这一望无际的雪堆"中，突然接到了两眼像嵌在雪罗汉上小炭一样黑而有光的正在怀念中的魏连殳的来信，而这位久别的正陷在绝境中的孤独者的信，也正是写在大雪深夜中吐了两口血之后，这是多么沉重、孤寂而悲凉的气氛。到最后送殓归来的时候，却是散出冷静光辉的一轮圆月的清夜，在那里隐约听到狼似的长嗥，"惨伤里夹杂着愤怒和悲哀。"鲁迅先生多次地描写了冬雪的景色，是和他要写的孤寂的气氛和人物的沉重的心情紧密联系的；那写法虽然也各不相同，但都有一种抒情诗的气氛，能够吸引读者浸沉在那情境里面，关心着主人公的命运。中国古典诗歌的写法向来就是"诗人感物，联类不穷"的；"天高气清，阴沉之志远；霰雪无垠，矜肃之虑深。"（刘勰：《文心雕龙》：《物色篇》）通过景物的描绘来抒写情绪和气氛正是一向所注重的；因此才要求"情在词外"和"状溢目前"能够统一起来，提高作品的表现力量。就以雪景的描写来说，从诗经的"今我来思，雨雪霏霏"，楚辞的"霰雪纷其无垠兮，云霏霏而承宇"开始，写景一向就是同抒写情绪和气氛紧密结合的。这样的著名篇章不知有多少，而鲁迅《野草》中的一篇《雪》，不是大家都认为是抒写怀念情绪的散文诗吗？

鲁迅小说又常常以景物或气氛的描写结尾，使人读后留有余韵，可以引起人的深思。如上所说，这也同样是与古典诗歌有联系的。不只像上面所举的那些篇，别的许多篇也是如此。例如《明天》中对鲁镇深夜景色的描写，《药》中的写乌鸦飞向远处的天空，都是显著的例子。中国的古典文学向来是很讲求结尾的余韵的；《文心雕龙》中《附会篇》说："若首唱荣华，而腰句憔悴，则遗势郁湮，余风不畅。"纪昀评云："此言收束亦不可苟，诗家结句为难，即是此意。"鲁迅的小说正是注意到结尾对于整篇作品的效果的。

至于以历史传说为题材的《故事新编》，则除了前述的那些特点以外，由于他的素材是从文献的简短记载中采取来的，与从广阔复杂的现实生活中汲取来的有所区别，因此在艺术构思上也特别与过去的文献有所联系。鲁迅自称这书是"神话、传说，及史实的演义"（《南腔北调集》：《〈自选集〉自序》），这个说明是非常恰切的。中国过去也有这一类"演义"体的小说，例如大家所熟知的《封神演义》和《三国演义》；那写法当然与《故事新编》不同，但就这类小说与原始记载的关联说，却都可以说是"只取一点因由，随意点染"而成的。这点"因由"虽然与后来写成的作品存在着性质的差异，但那"因由"却不只提供了写作的题材，也是同时引起作家的思维过程并在创作构思上有所联系的。鲁迅先生对神话传说向来很喜爱，他以为"神话不特为宗教之萌芽，美术所由起，且实为文章之渊源。"（《中国小说史略》：《神话与传说》）因此在写作时他就能从"一点旧书上的根据"出发，把传说中的人物赋予了性格和生命。其中如《补天》和《奔月》，原来的记载就很简略，的确是只有一点"因由"；但小说中却由此展开了动人的故事情节。但像《铸剑》，鲁迅自己就说"只给铺排，没有更动"（《鲁迅书简》：致徐懋庸第四十二信），所据的《列异传》的故事即收在《古小说钩沉》中，在情节安排和故事精神上，它都是与原来的传说基本符合的；那彼此间在构思和表现方法上的联系就更其明显。此外各篇也有类似情形；其中当然有许多地方是作家自己的新意，例如鲁迅自己关于《出关》就说："至于孔老相争，孔胜老败，却是我的意见"（《且介亭杂文末编》：《〈出关〉的"关"》）；但也有和"旧书上的根据"相同点比较多的作品，例如《采薇》。总之，这些小说除过在语言风格等方面与其它作品保有共同的特色以外，当作者在向传统文献摄取题材的时候，就必然同时也会在创作构思上引起启发和联想，因而也就与过去的文献有了更多的联系。

七

现实主义文学的源泉既然是现实生活，则构成伟大作品的最重要的成功因素自然是作家对于客观现实的认识和感受。以鲁迅而论，他自己就说过："但我母亲的母家是农村，使我能够间或和许多农民相亲近，逐渐知道他们是毕生受着压迫，……偶然得到一个可写文章的机会，我便将所谓上流社会的堕落和下流社会的不幸，陆续用短篇小说的形式发表出来了。"（《集外集拾遗》：《英译本〈短篇小说选集〉自序》）这正是构成鲁迅作品的伟大成就的重要原因；我们在古典文学作品中，就很难看到像闰土、七斤、阿Q等这样鲜明生动的农民形象。即使是在古典文学中有过类似存在的，譬如知识分子的形象，也因为时代不同，客观现实有了变化，而作家的观察角度和表现方法也都有着很大的差异,那成就也并不是前人所能比拟的。但现实主义文学也是有它的历史基础的,任何作家都不可能完全脱离了历史的传统而有所成就;因此善于学习和继承古典文学的优良传统正是一个作家获得成功的重要原因;它不但不是与作家的创造性相抵触的,而且正是构成他的创造性成就的重要条件。特别在作品的形式风格、艺术技巧,以及创作构思等方面,在每一民族的文学史的发展上常常是带有比较显明的继承性的。鲁迅自然与过去的古典作家不同,他不仅是承受了中国古典文学的影响,同时也自觉地接受了外国进步文学的有用成分,而且这种接受都是通过一个革命作家的理性的抉择的,他所要采取的是那些对建设中国现代文学有用的东西。这样,他的学习就绝不是生搬硬套,而是经过溶化的。为了接受中国古典文学的优良成分,使之为当前的文学事业服务,那自然就必需有所发展;而接受外国文学的影响也同样是必需经过溶化的。这是为文学创作的现实主义要求和文学发展的历史继承性所决定的,而鲁迅的作品就正体现了这种性质;他的接受中国古典文学的影响,正是丰富和发展了我们民族的优良传统的。

从这里也可以连带说明中国现代文学与古典文学传统的历史联系。资产阶级的民族虚无主义者常常喜欢吹嘘说"五四"以来的新文学完全是欧洲文学的"移植",是与中国的文学传统截然分开的;而"五四"时期在反封建的高潮中,的确也有一部分人对传统文学不加区别地作了过多的否定,因而常常出现一些混乱的看法。"移植"的说法当然是无稽的,我们并不否认中国现代文学接受了外国进步文学的很大影响,但现实主义文学总是植根在现实生活的土壤上的,并且是要适应于人民的美学爱好的,而这却都不是任何外来的"移植"可以"顿改旧观"的。"五四"时期有些人作了过激的主张,像毛主席在《反对党八股》中所批判过的,是由于"他们对于现状,对于历史,对于外国事物,没有历史唯物主义的批判精神,所谓坏就是绝对的坏,一切皆坏;所谓好就是绝对的好,一切皆好。"但即使在"五四"当时,由于"这个运动是生动活泼的,前进的,革命的",也并不是所有的人都是抱着上述的那些看法。举例说,鲁迅在《我怎样做起小说来》一文中曾说过:"在中国,小说不算文学,做小说也不能称为文学家"的话,这说明了在封建社会里对于一些人民性很强的小说戏曲作品的歧视和抑制,但在"五四"新文化运动中却把《水浒传》《红楼梦》《儒林外史》等作品提到了文学正宗的地位；鲁迅曾慨叹"中国之小说自来无史"，而他的研究中国小说史正是为了发扬古典文学中那些有价值的部分，为建设新的现实主义文学创造条件的。又如给予民间文学以很高的评价并开始收集和研究，也是从"五四"以后开始的，鲁迅对于民间文学的"刚健清新"的风格就非常赞赏。应该说，这才是"五四"新文化运动的精神和主流。鲁迅反对旧文化中的糟粕部分是非常坚决和彻底的，所谓"从旧垒中来，情形看得分明，反戈一击，易致强敌的死命。"（《坟》《写在〈坟〉后面》）但他决不是民族虚无主义者，他说："我们从古以来，就有埋头苦干的人，有拼命硬干的人，有为民请命的人，有舍身取法的人，……虽是等于为帝王将相作家谱的'正史'，也往往掩不住他们的光辉，这就是中国的脊梁。"（《且介亭杂文》：《中国人失掉自信力了吗？》）而那些以为"中国事事不如人"，主张"全盘西化"，认为新文学完全是"移植"来的虚无主义者，却恰好又是大吹大擂地提倡"整理国故"的人；这里我们看出了民族虚无主义者与国粹主义者相通的道理，因而也就更加明白在胡适等人给青年大开甚么"最低限度的国学必读书目"的时候，鲁迅主张青年们"要少——或者竟不——看中国书"的实际战斗意义。这一条是决不能概括为鲁迅对中国古代文化的具体意见的。

"五四"以来这种正确对待古典文学的态度和精神是给了现代文学创作以积极影响的；当作"中国文化革命的主将"，鲁迅自己的作品就代表着现代文学的主流；它与中国古典文学保有着血肉的联系，并标志着中国文学历史的新的发展。30多年来，现代文学创作中的比较成功的作品，总是在艺术风格上带有一定的民族特色的，从这里正可以看出文学历史的继承关系。这也很容易理解，我们的许多老作家在青年时期都还受过读古书的教育，而在他们的阅览或研究古典文学中也不能不给创作以影响；郭沫若早在《女神》中就有过对于屈原的赞颂，茅盾对于中国古代神话和古典小说的研究也是对他的创作有一定的影响的；这都显示了中国现代文学正是中国文学史的一个新的发展部分。

当鲁迅先生还活着的那些年代，人们在估计现代文学的成就的时候，都觉得在小说、散文方面的收获似乎更丰富一些；从"中国新文学大系"的各集"导言"中就可以看出这样的消息。我觉得这是和我们古典文学中历史蕴藏的丰富，以及像鲁迅先生那样的善于继承和发展的精神分不开的；而在创作收获比较单薄的部门如诗歌和话剧中，这种历史联系也就比较薄弱一些；但"新月派"就在这种情况下以《诗镌》《剧刊》起家了，这确实值得我们深思。这种情形后来当然有所改变，但如何向古典文学的优良传统学习，到今天仍然是我们繁荣创作的重要问题之一。鲁迅的作品与古典文学的联系不只给我们说明了承继民族优良传统的重要性，而且由于这些作品在思想和艺术上的不朽价值，它本身已经成为我们民族传统的一个组成部分，成为我们应该首先向之学习的重要遗产。认真地学习鲁迅的作品对于社会主义文化建设和现实主义文学的发展，都具有极其重大的意义。

1956 年 9 月 16 日

为鲁迅先生逝世 20 周年纪念作

（原载《文艺报》1956 年第 19、20 期）

关于阿Q的"革命"问题

支克坚

一

文学史上任何真正伟大的作家都是独特的。他们的作品,自然不能不深深地打上时代和阶级的印记,而且越是伟大的作家,作品中时代的印记就越深。但与此同时,这些作品,又必定表现出作家认识生活的独到和艺术上的独创。这种独到和独创,是作家在一定的世界观指导之下、对生活和艺术严肃地、独立地进行思索的结果;它们使得一个作家跟别的作家相比,至少在某些方面更加深刻地反映着时代。因此,研究一个作家,应当注意他的独特。从这里入手,看看他在作品中,究竟揭示了哪些其他作家没有揭示的时代生活的本质的东西,提供了什么样的其他作家没有提供的艺术经验;一句话,对于时代,对于文艺,他作出了什么仅仅属于他的贡献。

在中国现代文学史上,鲁迅是第一个伟大的作家,也是一个非常独特的作家。鲁迅伟大的一个方面,在于他起先从革命民主主义者的立场,后来从共产主义者的立场,通过自己的作品,以空前的广度和深度,反映了他那个时代——半殖民地半封建中国旧民主主义革命失败、新民主主义革命发生并发展的时代,极其尖锐地提出了这个时代社会生活和革命中许多重大的带根本性的问题。而这和他的独特是分不开的;离开了他的独特,我们不可能对他的作品的深刻有真正的正确的理解。以《阿Q正传》来说,这篇鲁迅最著名的小说,在辛亥革命的广阔历史背景上,描写了落后、不觉悟的农民阿Q的悲剧命运。它由于比当时以及后来一些描写农村题材的作品,更加深入地接触到了半殖民地半封建中国农村问题的症结,中国资产阶级民主主义革命中农民问题的症结,因而在中国现代文学史上占有特殊的地位。

鲁迅在小说里,没有一般地来表现农民的苦难,表现自己的同情；跟别的一些作家不同，他根据自己对生活、对文艺的社会使命的独有的认识，集中描写了阿Q的落后和不觉悟，对阿Q的思想性格作了彻底的批判和否定——既批判和否定阿Q的不革命，又批判和否定阿Q的"革命"。从而把中国社会经济上的小生产和政治上的封建专制统治延续几千年所造成的最严重的恶果之一，摆在了读者面前；把近代和现代中国革命已经遇到并将继续遇到的最严重的障碍之一，摆在了读者面前。

二

1936年，即《阿Q正传》发表之后15年，鲁迅在劝阻一位电影导演将它搬上银幕时说，对这篇小说的本意，"能了解者不多"①。从那时到现在，又过去20多年了，我们仍旧不能说已经了解了它的本意。问题正在于，许多研究者忽视鲁迅的独特，忽视鲁迅当时具体的思想观点和文艺观点在小说中的表现，仅仅一般地根据中国资产阶级民主主义革命中关于农民问题的正确思想来解释它，根据中国共产党在第一次国内革命战争时期关于农民问题的正确路线来解释它。他们以为，非此不足以说明《阿Q正传》的伟大，鲁迅的伟大。但像这样来解释《阿Q正传》，固然有助于我们正确地认识鲁迅通过这篇小说表现的一些十分重要的思想——比如他对半殖民地半封建中国农民问题的高度重视，和他明确地把农民问题同中国革命问题放到一起来考察，等等；却也免不了在一些问题上得出与小说的实际相悖的结论。这里我们要特别指出许多同志对小说里阿Q的"革命"的解释。他们不认为，阿Q的"革命"，不过是他的"精神胜利法"在客观环境发生变化后换了一种表现的形式而已；鲁迅写阿Q的"革命"，如同他写阿Q的"精神胜利法"一样，是为了对阿Q的思想性格进行批判和否定。相反，他们认为，阿Q的"革命"反映了被压迫农民向压迫者的反抗要求或革命要求，是鲁迅对农民革命性的发现和肯定；虽然大家都强调，这种革命要求还是自发的、朦胧的，还夹杂着许多荒谬的想法，但也已有人把阿Q"造反了"的嚷嚷，称作时代的"强音"。与此相联系，这些同志又十分表面地把小说所总结的辛亥革命的教训，说成是它忽视了农民的革命要求、农民的力量，忽视了动员农民，等等。上述这些，近

---

① 《致沈西苓》（1936年7月19日），见《鲁迅书信集》下卷。

好些年来,几乎已经成为研究者们大体一致的观点①。

但把阿Q的"革命",说成是鲁迅对农民革命性的发现和肯定,显然与鲁迅的本意不符。下面我们从鲁迅自己谈《阿Q正传》的许多话里,引出人们最熟悉的一段来:

> 这样地一周一周挨下去,于是乎就不免发生阿Q可要做革命党的问题了。据我的意思,中国倘不革命,阿Q便不做,既然革命,就会做的。我的阿Q的运命,也只能如此,人格也恐怕并不是两个。民国元年已经过去,无可追踪了,但此后倘再有改革,我相信还会有阿Q似的革命党出现。我也很愿意如人们所说,我只写出了现在以前的或一时期,但我还恐怕我所看见的并非现代的前身,而是其后,或者竟是二三十年以后。其实这也不算辱没了革命党,阿Q究竟已经用竹筷盘上他的辫子了;此后十五年,长虹"走到出版界",不也就成为一个中国的"绥惠略夫"了么?②

许多研究者喜欢引用这段话里前三句,来证明自己所持也是目前通行的观点。然而,如果不是孤立地来看这三句,而把它们和整段话联系起来,那就不应该怀疑,鲁迅对阿Q的"革命"和阿Q式"革命党",采取的是明明白白的否定态度。第一,鲁迅"恐怕我所看见的并非现代的前身,而是其后,或者竟是二三十年之后",透露出来的分明是一种悲哀,在悲哀背后的当然不是肯定而是否定。第二,鲁迅说"其实这也不算辱没了革命党,阿Q究竟已经用竹筷盘上他的辫子了",也不包含肯定的意思,而是对辛亥革命的讽刺,对阿Q的"革命"的讽刺;讽刺中同样透露着悲哀,悲哀的背后同样是否定。第三,鲁迅最后举出高长虹的例子,更清楚地说明了他的否定态度,这我们到后面再来论及。正因为鲁迅对革命前的阿Q采取了否定态度,对"革命"的阿Q一样采取了否定态度,他描写的阿Q,其思想性格前后固然有所变化,却仍有根本的一致之点,并且恰恰是必须否定之点,所以,他才说阿Q前后"人格也恐怕并不是两个"。可见,从这段话里单引前三句做正面的解释,是断章取义,有

---

① 正因为如此,我们在这里不专门引述某一位同志的具体论点。
② 《华盖集续编·〈阿Q正传〉的成因》。

意或无意地曲解了鲁迅的原意。王西彦同志1957年指出过这一点①，可惜至今未引起注意。

而尤其说明问题的，是埃德加·斯诺所记三十年代鲁迅和他的一段对话。

"民国以前，人民是奴隶。"鲁迅说："民国以后，我们变成了前奴隶的奴隶了。"

"既然国民党已进行了第二次革命了，"我向鲁迅问道："难道你认为现在阿Q依然跟以前一样多吗？"

鲁迅大笑道："更坏。他们现在管理着国家哩。"②

三十年代"管理"着中国的是谁？是国民党新军阀。阿Q同国民党新军阀竟然能联系在一起，乍听起来十分离奇。从现象上看，几乎任何人都可以加以侮辱和损害的阿Q，跟侮辱和损害了除他们自己之外所有中国人的国民党新军阀，没有一点共同之处；何况，阿Q又确确实实，已经由"神往"革命到"不准革命"，最后死在了辛亥革命后钻进政权机构来的封建势力代表人物的屠刀之下。但鲁迅决非随意而谈。他所说的阿Q，无疑仍旧是《阿Q正传》中的阿Q，是《阿Q正传》问世之前，在他"心目中似乎确已有了好几年"③的阿Q。鲁迅把阿Q跟国民党新军阀联系在一起，也许可以理解为国民党新军阀身上也明显地存在着"精神胜利法"，但又的确另有深意，这我们也到后面再来论及。这里我们只先指出，鲁迅对阿Q的"革命"的彻底否定，至此已无须再来怀疑。

把阿Q的"革命"说成鲁迅对农民革命性的发现和肯定，也跟小说里的具体描写不符。试看鲁迅具体描写的阿Q设想的"革命"：

> 造反？有趣，……来了一阵白盔白甲的革命党，都拿着板刀，钢鞭，炸弹，洋炮，三尖两刃刀，钩镰枪，走过土谷祠，叫道，"阿Q！同去同去！"于是一同去。……
>
> 这时未庄的一伙鸟男女才好笑哩，跪下叫道，"阿Q，饶

---

① 见王西彦同志的《论阿Q和他的悲剧》一文。
② 见埃德加·斯诺《我在旧中国十三年》。
③ 《华盖集续编·〈阿Q正传〉的成因》。

命！"谁听他！第一个该死的是小D和赵太爷，还有秀才，还有假洋鬼子，……留几条么？王胡本来还可留，但也不要了。……

东西，……直走进去打开箱子来：元宝，洋钱，洋纱衫，……秀才娘子的一张宁式床先搬到土谷祠，此外便摆了钱家的桌椅，——或者也就用赵家的罢。自己是不动手的了，叫小D来搬，要搬得快，搬得不快打嘴巴。……

赵司晨的妹子真丑。邹七嫂的女儿过几年再说。假洋鬼子的老婆会和没有辫子的男人睡觉，吓，不是好东西！秀才的老婆是眼胞上有疤的。……吴妈长久不见了，不知道在那里，——可惜脚太大。

这些想法，自然完完全全是阿Q式的，不仅幼稚可笑，而且荒唐透顶。但我们透过那种幼稚、荒唐的外表，可以清清楚楚地看到，实际上，阿Q所想的（而且是十分"严肃"、十分"认真"地想的），无非是两件事：对环境实行极其盲目的报复，和把赵太爷、赵秀才等的东西攫归己有。要说鲁迅从这里发现了农民的革命性，像这样肯定了农民的革命性，那是不可想象的。不！恰好相反，鲁迅在这里发现和指出的，是当时中国一部分农民同革命格格不入乃至背道而驰的思想意识。而鲁迅对此所持的态度，当然是否定而不是肯定。

那么，鲁迅从阿Q的"革命"中，究竟发现了当时中国阿Q般的农民思想意识中什么必须予以批判和否定的东西呢？为了真正弄清这个问题，须得先弄清关于阿Q"精神胜利法"的两个问题。

第一个问题：阿Q"精神胜利法"的实质究竟是什么？许多鲁迅研究者把阿Q的"精神胜利法"称之为失败主义，指出它表现了弱者在强者面前无力作真正的反抗，进而根本不图作真正的反抗，只是盲目自大，自欺欺人，用精神上的"胜利"来掩盖实际上的失败。他们并且根据这样的认识，分析了"精神胜利法"产生的阶级根源和历史根源。但这种长期以来人们普遍接受的认识，其实是表面的、似是而非的。因为，在《阿Q正传》里，阿Q诚然是个弱者，不断地受到以赵太爷为代表的强者的欺凌，连生计都几乎断绝；但对阿Q来说，向强者反抗，是一个根本不存在的问题，因而在精神上取得什么反抗的"胜利"，也是根本不存在的问题。所以，这种认识，并未揭示出阿Q"精神胜利法"的实质。有的研究者曾经指出，阿Q"精神胜利法"的特点，是在他常常会设想自己也是处在压迫者、奴役者的地位上，设想自己也有力量和权利去压迫人、奴役人，而忘记了自己是一个被压迫、被奴役者。应该说，只有这种看法，才是接触到阿Q"精神胜利法"的实质的。事实是，尽管鲁迅在《阿Q正传》的开头，就用一段关于传的名目的"开心话"（在这段表面上的"开心话"里，鲁迅满怀悲愤地把自己替阿Q写的"传"，跟历史上所有替"阔人"、神仙写的"列传，自传，内传，外传，别传，家传，小传……"区别开来），宣布他将以近代中国社会的阶级对立为背景，写一个被压迫、被奴役者的历史；然而，读者往下读的时候，却很快就发现，这个被压迫、被奴役者——一个名叫阿Q的农民，根本不仇恨压迫者、奴役者，相反对压迫者、奴役者十分向往和倾慕。小说第二章里，鲁迅描写阿Q跟别人口角时瞪着眼睛说："我们先前——比你阔的多啦！"这里"阔"的含义，无疑是指和赵太爷、钱太爷一样有权势和钱财。接下来，鲁迅又描写阿Q见到赵太爷、钱太爷因儿子是"文童"而格外受人尊敬时想："我的儿子会阔得多啦！"更直接表明他心目中"阔"的样板是未庄这两个统治阶级的代表人物。这种对压迫者、奴役者的向往和倾慕，是阿Q思想性格的最根本的特点，他的"精神胜利法"的最根本的特点。阿Q这个特点，如果把他和鲁迅笔下其他但求安稳地活下去的农民（像《故乡》中的闰土和《祝福》中的祥林嫂）放在一起，是异常鲜明、异常突出的。而阿Q"精神胜利法"的其它种种表现，也都直接或间接地与这个特点有关。比如，他之所以讳谈自己的缺点，自然是因为那跟想像中自己的"阔人"身份不相称的缘故。再如，他之所以能够忘却屈辱，又是因为在想象中自己已经超出或高于别人。至于第三章里他欺侮静修庵的小尼姑，更说明只要有机会，他就会在比自己更弱的人身上耍压迫者、奴役者的威风。所以，这个特点，是阿Q思想麻木或精神麻木的根子，或者说，它本身就是思想或精神的最大的麻木。说到这里，我们也就可以明白，阿Q"精神胜利法"的实质，并非什么不能在实际上只能在精神上反抗压迫者、奴役者，不能在实际上只能在精神上取得这种反抗的胜利；而是不能在实际上只能在精神上爬到压迫者、奴役者的地位，使自己变成压迫者、奴役者，取得这样的所谓"胜利"。

第二个问题：阿Q身上产生这种"精神胜利法"，原因究竟是什么？许多研究者简单地判定"精神胜利法"是一种统治阶级的意识形态，并进而把阿Q的"精神胜利法"说成是农民受统治阶级思想毒害的产物。他们举出许多例子，说明1840年鸦片战争之后，堕落的中国上流社会怎样到处弥漫着"精神胜利法"。他们还从理论上论证了当时发生这种情况的必然性，以及统治阶级的思想影响被统治阶级的必然性。如果仅仅看到阿Q"精神胜利法"的形式，这种说法似乎有一定的道理；但如果进一步看到第一个问题所说的实质，再简单地把它的产生归因于统治阶级的影响，就未必能够说服人了，因为它分明本来就是一种跟阿Q被压迫、被奴役的身份和地位不可分开的东西。也有同志对此提出过不同的看法，比如，何其芳同志在《论阿Q》[①] 一文中，认为：

> 像阿Q那样的劳动人民，除了劳动力而外一无所有，本来是没有忌讳自己的弱点的必要的。然而当他还不觉悟的时候，他不能不带有保守性和落后性，而这种保守和落后也就不能不阻碍他去正视、承认和克服他的弱点，而且用可笑的方法来加以掩饰了。这就是说，在人民的落后部分中间也可以产生阿Q精神的。

虽然何其芳同志没有把问题深入下去，而且他这篇文章乃至上面引的这段话，还有不少看法值得讨论，但无论如何，他指出阿Q的"精神胜利法"产生在阿Q这样的农民身上有其内部的根据，非常重要。仔细读一读《阿Q正传》，读一读鲁迅关于《阿Q正传》所说的话，我们应当承认，鲁迅自己，是并不把阿Q的"精神胜利法"，简单地算到统治阶级的帐上的。鲁迅在小说的第四章，明确地写到阿Q的某些思想来自统治阶级，例如他对于"男女之大防""历来非常严"，也很有"排斥异端"的"正气"，等等；但对于阿Q的"精神胜利法"，鲁迅从未有过这方面的无论是明白的还是含蓄的描写。值得注意的，倒是鲁迅在《俄文译本〈阿Q正传〉序及著者自叙传略》中的话。

> 我虽然已经试做，但终于自己还不能很有把握，我是否真正能够写出一个现代的我们国人的魂灵来。别人我不得而知，在我自己，总仿佛觉得我们人人之间各有一道高墙，将各个分

---

① 见《人民日报》1956年10月16日。

离，使大家的心无从相印。这就是我们古代的聪明人，即所谓圣贤，将人们分为十等，说是高下各不相同。其名目现在虽然不用了，但那鬼魂却依然存在，并且，变本加厉，……

我们的古人又造出了一种难到可怕的一块一块的文字；……许多人却不能借此说话了，加以古训所筑成的高墙，更使他们连想也不敢想。现在我们所能听到的不过是几个圣人之徒的意见和道理，为了他们自己；至于百姓，却就默默的生长，萎黄，枯死了，像压在大石底下的草一样，已经有四千年！

要画出这样沉默的国民的魂灵来，在中国实在算一件难事，因为，已经说过，我们究竟还是未经革新的古国的人民，所以也还是各不相通，并且连自己的手也几乎不懂自己的足。……所以我也只得依了自己的觉察，孤寂地姑且将这些写出，作为在我的眼里所经过的中国的人生。

鲁迅这段话说得非常清楚，他写《阿Q正传》，是为了在充斥着"圣人之徒的意见和道理"的中国，画出"沉默的国民的魂灵"来。鲁迅终于把它画出来了，这便是阿Q的魂灵。也就是说，阿Q的思想性格，他的"精神胜利法"，不管怎样地应该批判和否定，却不是"圣人之徒"的东西，而属于"沉默的国民"。

中国沉默了几千年的国民的魂灵何以如此不堪呢？换一句话来说，像阿Q这样的农民，不是统治阶级的影响，又怎么会产生"精神胜利法"呢？其实，只要我们真正认识了阿Q"精神胜利法"的实质，那么，联系到中国的历史，再从历史看中国当时的现实，我们就不会再怀疑，这种"精神胜利法"产生在阿Q这样的农民身上，的的确确有其内部的根据。列宁说过："一个国家愈是落后，这个国家的小农业生产、宗法制度和闭塞性就愈加厉害。"① 经历了漫长的封建社会又进入半殖民地半封建社会，中国始终是一个小生产像汪洋大海的国家，一个封建宗法制度绝对统治的国家，一个极其闭塞的国家。小生产者本来就是私有者，他们的眼光不能不受到私有制极大的限制；而一向紧紧伴随着小生产的封建宗法制度和闭塞性，更严重地阻碍了他们政治思想的发展。因此，尽管历史上农民不甘忍受封建统治者的压迫，一次又一次起来反抗，在斗争中，先

---

① 《民族和殖民地问题提纲初稿》，《列宁选集》第4卷，第276页。

进的农民针对着封建社会各个领域的不平等受到强烈憎恨的情况，提出过"平等"的革命口号，但他们所要求的不过是私有财产的平均而已。这就是历史上农民的两面性：革命性和局限性。至于那些落后的农民，则集中地反映了小生产的局限性。他们中间有的人，由于种种原因，并不起来同压迫者作斗争，并不做改变自己命运的尝试。他们中间更有一些人，对压迫者毫无仇恨，只有向往和倾慕，其理想是升入压迫者的行列，或者由自己取原来的压迫者而代之。上述情况，一直继续到辛亥革命前后，因为直到此时为止，中国的农民并未得到无产阶级的领导。而阿Q作为辛亥革命时期一个落后农民的典型，他的思想性格，他的"精神胜利法"，正反映着上述两种落后农民中后一种的思想特征。当然，在精神上变自己为压迫者、奴役者，在精神上取得这方面的"胜利"，是阿Q的一大发明。阿Q会有这样的发明，是因为他处在一种非常尖锐、非常深刻的矛盾之中：一方面，他对压迫者、奴役者的向往和倾慕是如此强烈，已经达到难以改变的地步；另一方面，他又是如此怯弱，以致不可能采取任何足以使自己向着压迫者、奴役者的地位上升的实际步骤。他的"精神胜利法"，正是这种矛盾得不到解决的结果；而鲁迅也正是通过描写这种矛盾，既突出地表现他思想的前一方面，又突出地表现他思想的后一方面。无论前一方面还是后一方面，其根源都在小生产固有的局限，都在小生产、封建宗法统治以及闭塞性所造成的农民政治思想的不发展。对于辛亥革命时期中国农村的封建宗法统治和闭塞性，鲁迅在《阿Q正传》里，通过未庄这个典型环境，作了非常深刻的描写。作为绝对的宗法统治的一个例子，鲁迅在小说第一章特意描写了赵太爷不准阿Q姓赵的情节，而阿Q从此便无姓。此外，鲁迅又通过一些似乎是无意写来——其实是有意写来，因而可算是神来之笔——的细节，从大小各方面表现了未庄的极端闭塞：大者如第七章里，未庄传说革命党进城时"个个白盔白甲：穿着崇正皇帝的素"；小者如第二章里阿Q嘲笑的未庄人没有见过城里的煎鱼。前面说过，阿Q的"精神胜利法"，不能简单地判定为统治阶级的意识形态，从而简单地算到统治阶级的帐上；但是，从不是别人而正是封建统治阶级整个地造成了产生阿Q"精神胜利法"的环境这个意义上来说，这笔账最终还是要向他们去算的。

三

在弄清了上面两个关于阿Q"精神胜利法"的问题之后，我们就比较容易地弄清楚鲁迅从阿Q的"革命"中，究竟发现了什么必须批判和否定的东西了。我们知道，阿Q的"革命"，是辛亥革命从他身上呼唤出来的东西。问题是在于辛亥革命究竟在阿Q的思想上增添了什么新因素，又取掉了什么旧因素呢？没有，什么也没有！在先，他以"精神胜利法"表明了自己的落后，表明了小生产的局限；如今，他又以他那种"革命"，再一次地（虽然是用另一种方式）表明了这一点。许多研究者认为，辛亥革命造成的县里的白举人和未庄的赵太爷等人的惊慌，使得阿Q一改向来对革命的态度，由"深恶而痛绝之"变为"神往"，乃是阿Q心底里虽处于休眠状态却并未完全死灭的反抗意识，在革命到来时终于觉醒过来的标志。这其实是皮相之谈。我们知道，作为一个严肃的文学家，严格的现实主义者，性格描写的大师，鲁迅在他的每一篇小说里，描写任何一个人物的任何一个行动，都是遵循着这个人物的性格逻辑的。他对阿Q的描写更不例外。从阿Q的性格逻辑来说，这个人物由"深恶"革命到"神往"革命，有其必然性。首先是他关注革命有必然性。因为，他不像闰土只求维持眼前充满艰难和困苦的生活，只求日子不要变得更坏；他的思想特点，是强烈地向往和倾慕压迫者、奴役者。这个特点，决定了他的思想在实际上常常是"不安分"的，因而当环境发生变动的时候，他不可能远远躲开；革命是件大事，他更不可能远远躲开。其次是他"神往"革命有必然性。但这恰恰不是因为革命向他灌输了什么新思想，相反地是由于，按照他的理解，革命为他打开了如下的前景，就是多年来只能在精神上"实现"的某种愿望，"达到"的某种目标，将在生活里真正实现和达到，"精神胜利"要变成实际的胜利了。阿Q的理解，自然是误解，他看到白举人以及既包括赵太爷父子、又包括王胡和小D的"未庄的一群鸟男女"的惊慌，误认为革命一来，他过去的一切仇（其中确有真正的阶级仇，可惜阿Q并无认识）都可以报了，赵太爷在未庄的统治地位，将由他来代替了。我们前面引过的阿Q关于革命的那番设想，便是因这种误解而来的。它的基本内容，如前所说，一是盲目报复，一是攫取财物；而其中所表现的思想，跟阿Q以前通过"精神胜利法"表现的思想毫无二致，根本特点是对压迫者、奴役者的向往和倾慕，以及由自己代替他们的愿望。你要具体地了解阿Q在他的"精神胜利法"里追求的究竟是什么吗？请看他设想的"革命"吧！然而，对阿Q来说，这却是他全部的"抱负，志向，希望，前程"；除此之外，他不可能再有什么别的抱负；假洋鬼子不准他"革命"，他的抱负等等，就"全被一笔勾销了"。应该说，阿Q的眼光所受私有制的紧紧的束缚，他的政治思想的极端不发展，一句话，他的小生产的局限，至此表现得更加清楚。而鲁迅继批判和否定阿Q的"精神胜利法"之后，在这里再一次毫不含糊地予以批判和否定的，也仍旧是阿Q思想性格的这个根本点。正因为阿Q渴望报复，而且是如此盲目的报复，所以，鲁迅在我们前面引用过的他谈阿Q革命的那段话里，通过高长虹的例子，把阿Q跟绥惠略夫相比；因为这个俄国阿志跋绥夫的小说《工人绥惠略夫》中的人物，虽然跟阿Q完全是两种类型的人，却有一点相同，就是他也对环境实行报复，实行虚无主义的反抗。又正是在代替原来的压迫者、奴役者这一点上，鲁迅在同埃德加·斯诺的谈话中，把阿Q同国民党新军阀联系在一起。现在，我们既然已经比较清楚地认识了阿Q思想性格中前后始终一致的根本点，也就可以进一步懂得，鲁迅为什么要坚持阿Q前后的人格不是两个了。

根据以上的认识，我们无法赞成茅盾同志下面的看法："我以为如果把阿Q叫做落后农民的典型，还不如叫做普通农民、一般农民的典型。"① 因为，从人物的思想性格的角度来说，普通农民或一般农民的提法，是一个含糊的提法；至于阿Q，则事实证明是个落后农民，他的思想性格突出地反映了小生产的局限性，而并不反映其革命性。我们更不能赞成茅盾同志以下的分析："从阿Q这个典型看来，精神胜利法只是其一端——农民落后性；而在阿Q身上还有相反的东西，即要求革命的愿望，即在浑噩的外衣之下的乐观主义精神（不少人只看到他的浑噩的外衣，而忽略了他的乐观主义的内核），以及他的勤劳、朴质等等。"② 道理也很简单：茅盾同志所说阿Q革命的愿望，照我们看来，革命二字须得打上引号；而既然如此，既然阿Q追求的从来也不是本阶级的翻身解放或个人状况的合理改善，那"乐观主义精神"就根本无从谈起。

---

① 《关于阿Q典型的一点看法》，见《上海文学》1961年第10期。
② 《关于阿Q典型的一点看法》。

同样是根据以上的认识，我们还不能不得出这样的结论，就是鲁迅在《阿Q正传》里，通过具体的生活描绘所总结的辛亥革命的教训，并不是、至少主要的不是革命忽视了农民的革命要求，忽视了农民这支力量，没有动员农民。"据我的意思，中国倘不革命，阿Q便不做，既然革命，就会做的。"鲁迅这句话清楚地告诉我们，他始终把阿Q"革命"同辛亥革命看作不可分开的东西，而且如前所分析，都是否定的东西。事实上，按照鲁迅的观点，辛亥革命必定产生阿Q的"革命"，只能产生阿Q的"革命"，甚至可以进一步说，在某些方面，辛亥革命就像阿Q的"革命"。鲁迅在小说里生动地展现的辛亥革命的情状，也正是这样的。我们看到，那些革命党进城之后，除了"几个不好的""第二天便动手剪辫子"，此外便是匆忙地同封建势力"咸与维新"。封建势力则十分顽固，而且具有反革命的经验，他们惊魂甫定，便想方设法钻进革命队伍里来。至于广大农民，毫不觉悟，多数人依旧是"戏剧的看客"①，少数人如阿Q，则居然也想趁机"捞一把"。鲁迅曾经热烈地期待过辛亥革命，但他也是最早发现革命后中国"内骨子是依旧的"②，即革命实际上失败了的人之一。经过长时间的、深深的思索，鲁迅认为，辛亥革命的失败，在革命势力之妥协、封建势力之复辟、群众对革命全无理解等原因后面，还有一个根本的原因，就是人们的思想，即几千年的小生产、封建宗法统治和闭塞性所造成的人们的思想，"是依旧的"。而对于这些人们，革命只不过是一场私利的争夺。封建势力的代表人物自然不肯退出历史舞台，仍要参与争夺，而且，他们一旦把革命的果实窃取到手，便开始内讧，如《阿Q正传》中的白举人和把总。但问题还在革命内部，在革命者之易变。鲁迅曾经这样来描写辛亥革命时的绍兴都督王金发：

> 民元革命时候，我在S城，来了一个都督。他虽然也出身绿林大学，未尝"读经"（？），但倒是颇顾大局，听舆论的，可是自绅士以至于庶民，又用了祖传的捧法群起而捧之了。这个拜会，那个恭维，今天送衣料，明天送翅席，捧得他连自己也忘其所以，结果是渐渐变成老官僚一样，动手刮

---

① 《坟·娜拉走后怎样》。
② 《朝花夕拾·范爱农》。

地皮。①

鲁迅还在其它几篇文章里，提到过这个王金发，指出过他的教训。另一种问题，也是更严重的问题，便是鲁迅在《阿Q正传》里所着重表现的农民的问题。我们记得，鲁迅在《药》这篇小说里，描写过刽子手康大叔向茶馆的人们转述夏瑜的革命宣传时，人们的反应是多么麻木。到了《阿Q正传》里，农民阿Q没有听到革命的宣传，却居然要投身革命了；但出人意料地（其实应该在人意料之中），他要投身进来，竟也是为了"捞一把"。

鲁迅这种认识，从中国无产阶级尚未登上历史舞台的辛亥革命时期的现实来说，不可否认有其正确和深刻之处。为了进一步了解鲁迅的观点，我们来读一读他在《"圣武"》（随感录五十九）中说的一段话：

> 中国历史的整数里面，实在没有什么思想主义在内。这整数只是两种物质——是刀与火，"来了"便是他的总名。
>
> 火从北来便逃向南，刀从前来便退向后，一大堆流水帐簿，只有这一个模型。倘嫌"来了"的名称不很庄严，"刀与火"也触目，我们也可以别想花样，奉献一个谥法，称作"圣武"，便好看了。
>
> 古时候，秦始皇很阔气，刘邦和项羽都看见了；邦说，"嗟呼！大丈夫当如此也！"羽说，"彼可取而代也！"羽要"取"什么呢？便是取邦所说的"如此"。"如此"的程度，虽有不同，可是谁也想取；被取的是"彼"，取的是"丈夫"。所有"彼"与"丈夫"的心中，便都是这"圣武"的产生所，受纳所。
>
> 何谓"如此"？说起来话长，简单地说，便只是纯粹兽性方面的欲望的满足——威福，子女，玉帛，——罢了。然而在一切大小丈夫，都要算最高理想（？）了。我怕现在的人，还被这理想支配着。

《"圣武"》在揭露和批判中国上述情况的同时，作为对比，热情地歌颂了"别国"的"有主义的人民"，指出"他们因为所信的

---

① 《华盖集·这个与那个》。

主义,牺牲了别的一切,用骨肉碰钝了锋刃,血液浇灭了烟焰。在刀光火色衰微中,看出一种薄明的天色,便是新世纪的曙光"。这篇写于1919年的杂文,对我们理解两年之后的《阿Q正传》所写的辛亥革命,应当有所启发。辛亥革命,根据小说所写它在县城以及未庄的实际经过,不正好表现出它除去"排满",没有任何真正鼓舞和引导人们改造社会的主义或理想吗?而各种卷进这场革命的人物,他们的"理想",又岂不正好都是中国从古到今"一切大小丈夫"共同的那种"理想"吗?不幸的是小说的主人公阿Q,一个被压在了未庄社会最底层的农民,也通过他所设想的"革命",表明他跟这些"大小丈夫"有一致的"理想",应当属于他们的行列。压迫者、奴役者的位置从来没有为他空出,但他的好梦却已经做起来了,做过了。恰恰是这造成了他最后的悲剧。所以,《阿Q正传》作为一篇反映革命中的农民问题的小说,它所总结的辛亥革命的最主要的教训,就是中国今后应当有真正的革命,而为此必须有真正的革命者,他们有自己坚信的主义或者说改造社会的理想,并为其实现而不屈不挠地奋斗。特别是广大的农民,他们应当起来为改造社会、改变自己的命运而斗争,但为此首先要改变由几千年经济上的小生产、政治上的封建宗法统治以及与它们相联系的闭塞性所造成的旧的"魂灵",另外换新的"魂灵"。

四

现在我们可以而且必须回到鲁迅及其作品的独特的问题上来了。我们知道,鲁迅在青年时代,就用"我以我血荐轩辕"的著名诗句,表明了他立志献身于拯救中华民族的伟大事业。而正是在怎样拯救中华民族的问题上,当时政治上是革命民主主义者的鲁迅,一开始就形成了自己的表现出一个启蒙主义思想家的特点的认识。他抓住了改造"国民性"的问题。据许寿裳记载,鲁迅留学日本之初,常常向他说到三个问题:"一,怎样才是理想的人性?二,中国国民性中最缺乏的是什么?三,它的病根何在?"[①] 辛亥革命的失败以及此后中国的现实,促使他进一步思考了这个问题,更加认定这个问题的重要性。他在1925年写道:

---

① 见许寿裳《我所认识的鲁迅》一书中《怀亡友鲁迅》一文。

> 使奴才主持家政,那里会有好样子。最初的革命是排满,容易做到的,其次的改革是要国民改革自己的坏根性,于是就不肯了。所以此后要紧的是改革国民性,否则,无论是专制,是共和,是什么什么,招牌虽换,货色照旧,全不行的。①

而鲁迅1906年在日本弃医从事文艺,如他在《〈呐喊〉自序》中所叙述的,原因也在于他认为改造"国民性"极端重要,文艺恰是这方面有力的武器。从这时到1918年鲁迅发表《狂人日记》,中间隔了十几年的时间,鲁迅的思想许多方面都有大的发展,但正如他认定改造"国民性"极端重要这一点始终没有变化一样,他认定文艺应当作为改造"国民性"的有力武器这一点也始终没有变化。鲁迅后来具体地讲到他开始做小说时所抱的信念时说:

> 自然,做起小说来,总不免自己有些主见的。例如,说到"为什么"做小说罢,我仍抱着十多年前的"启蒙主义",以为必须是"为人生",而且要改良这人生。我深恶先前的称小说为"闲书",而且将"为艺术的艺术",看作不过是"消闲"的新式的别号。所以我的取材,多采自病态社会的不幸的人们中,意思是在揭出病苦,引起疗救的注意。②。

鲁迅所谓"病态社会的不幸的人们"的"不幸",他所要"引起疗救的注意"的他们的"病苦",包括肉体上的,更包括精神上的。所以,鲁迅不断指责的中国"国民性"的弱点,不仅有统治阶级身上的,压迫者、奴役者身上的,也有被统治阶级身上的,被压迫、被奴役者身上的。鲁迅在小说里写过四铭(《肥皂》)、高尔础(《高老夫子》)一类统治阶级的人物,但写得更多的是陷于水深火热之中的被压迫、被奴役者。写后一类人物时,鲁迅同样表现出异常清醒、异常严峻的现实主义,着重揭露和批判他们的落后和不觉悟,指出他们不会那么容易地成为自觉的革命者。这本来不难理解,因为最早使得鲁迅想起要用文艺来改造"国民性"的,是那些日本人杀中国人头时的观众,他们恰恰不是压迫者、奴役者,而是被压

---

① 《两地书》第一集之八,1925年3月31日。
② 《南腔北调集·我怎么做起小说来》。

迫、被奴役者。

所以,这个改造"国民性"的问题,乃是我们理解鲁迅前期思想和创作的一把钥匙。它尤其应当成为我们理解《阿Q正传》的钥匙,因为1933年,鲁迅自己就肯定地说过:"12年前,鲁迅作的一篇《阿Q正传》,大约是想暴露国民的弱点的"①。鉴于鲁迅当时还不是一个马克思主义者,他虽然初步具备了阶级和阶级斗争的观点,但他反复使用的"国民性"一词,都是缺乏明确的阶级规定性的。因此,在《阿Q正传》发表后一段相当长的时间里,许多人不把阿Q当作一个落后农民的典型,而当作一种超阶级的"国民性"的典型,或者"一种精神的性格化和典型化"。这种提法,现在早已被人们抛弃了。但我们在抛弃它的时候,是否应该注意到其中也有某种合理的因素呢?这就是阿Q典型是一个批判的、否定的典型。本文已经不可能再来详细讨论鲁迅前期在农民革命性问题上的全部观点,只能简单地说明两点:第一,从鲁迅前期的主要著作来看,他并不根本否认农民的革命性,但确有对此估计不足的问题。第二,这种估计不足,自然不能不反映在他的小说所描写的一系列农民形象中;但鲁迅之所以着重表现他们的落后和不觉悟,又并非仅仅由于这种估计不足,而明显地同改造"国民性"的问题有极大的关系。因为,鲁迅既然把改造"国民性"当作拯救中华民族的第一要着,并认为文艺的社会使命也正在于此,那么,他研究和表现农民,必定是侧重在他们的弱点上,也就是他们的落后和不觉悟上。至于《阿Q正传》,本来旨在暴露国民的弱点,鲁迅更必定是集中描写阿Q思想性格中那必须批判和否定之点,而不可能再来探索什么应当肯定的东西。文学艺术,诚如列宁所说:"绝对必须保证有个人创造性和个人爱好的广阔天地,有思想和幻想、形式和内容的广阔天地。"② 鲁迅自己的"天地",无须人们来非议。问题只在于,阿Q的思想性格真实吗?我们前面的全部分析已经说明,这一点是不容怀疑的。据司马迁记载,秦末曾经"挥旗斩黄钺"的陈涉,与人佣耕时,就以"富贵"为其"鸿鹄之志";他为王之后,故人只为说了句"伙颐,涉之为王沈沈者",便以"妄言"被斩。英雄尚且如此,何况突出地表现了小生产的局限的阿Q!问题还在于,阿Q典型深刻吗?我们

---

① 《伪自由书·再谈保留》。
② 《党的组织和党的文学》,《列宁选集》第1卷,第648页。

前面的全部分析也已经说明，这一点同样是不容怀疑的。阿Q典型概括了空前丰富的历史和现实的社会生活的内容，反映了从历史一直到辛亥革命时期小生产经济、封建宗法统治和闭塞性对中国农民造成的最严重的恶果，这就是他们的政治思想的极端不发展，他们的极端落后和不觉悟，而从一定的意义上来说，这又势必成为现代中国革命的一个最严重的障碍。用一个否定的农民典型来揭示出这一点，是鲁迅通过《阿Q正传》，对于时代和文艺所做的他独有的贡献。而且，事情很清楚，在鲁迅对阿Q的思想性格的批判和否定后面，是他那比一般的同情要强烈得多、深刻得多的对中国农民命运的关怀。世界上本来有各种各样的批判和否定，在鲁迅那里，有对敌人的无情的、愤怒的批判和否定，也有对阿Q的满含悲哀的批判和否定。的确，关于阿Q，鲁迅的悲哀是很深的。他曾经说过，阿Q虽然"很沾了些游手之徒的狡猾"，却也还有"农民式的质朴、愚蠢"①。非常不幸，这种质朴和愚蠢，由于跟阿Q思想性格的向往和倾慕压迫者、奴役者的根本特点联系在一起，因而不再成为值得肯定的因素，而成为一种导致悲剧的因素。比如，阿Q之所以只能在精神上使自己成为压迫者、奴役者而不能为此采取任何实际的步骤，原因之一，不就是由于这种质朴和愚蠢吗？又比如，阿Q由"神往"革命到"不准革命"，直至最后糊里糊涂地被当作了"革命"拿来示众的材料，原因之一，不又是由于这种质朴和愚蠢吗？本来可以肯定的因素也变成了导致悲剧的因素，这是鲁迅十分悲哀之处。他在小说最后一章里，这样描写阿Q前往刑场途中看见那些喝彩的人们时的心理：

> 这刹那中，他的思想又仿佛旋风似的在脑里一回旋了。四年之前，他曾在山脚下遇见一只饿狼，永是不近不远地跟定他，要吃他的肉。他那时吓得几乎要死，幸而手里有一柄砍柴刀，才得仗这壮了胆，支持到未庄；可是永远记得那狼眼睛，又凶又怯，闪闪的像两颗鬼火，似乎远远的来穿透了他的皮肉。而这回他又看见从来没有见过的更可怕的眼睛了，又钝又锋利，不但已经咀嚼了他的话，并且还要咀嚼他皮肉以外的东西，永是不远不近地跟他走。

---

① 《且介亭杂文·寄〈戏〉周刊编者信》。

这种心理活动过分"严肃"了，似乎不属于向来浑浑噩噩的阿Q。事实确也如此，它更多的是表现了鲁迅因阿Q的命运而感到的悲哀，和鲁迅对造成阿Q命运的环境的愤怒——在这样的环境中，阿Q不仅被剥夺了生产资料，而且已经被夺尽了生活资料；他的政治思想得不到发展，因而先是发展了不革命的"精神胜利法"，后又发展了极其荒谬的"革命"思想；到最后，人们利用他的质朴和愚蠢，任意地把他送到了刑场。黑暗的半殖民地半封建的中国社会必须根本改造，中国的阿Q们的命运应当彻底改变，这毫无疑问是鲁迅写《阿Q正传》时所想的东西。

一个伟大的作家，他的伟大跟他的独特分不开，他的局限也跟他的独特分不开。离开他的独特，说不清他的伟大，也说不清他的局限。如果说，鲁迅通过对由中国的历史和现实所造成的农民思想的局限性或落后面的研究，创造了阿Q这个不朽的典型，表明了他不愧为中国现代文学史上第一个伟大的作家，那么，他前期思想的局限，同样在改造"国民性"的问题上暴露得清清楚楚。首先，由于鲁迅当时还不是马克思主义者，他虽然从革命民主主义的思想高度，用结合研究历史来研究现实的方法，非常深入地研究了当时中国农民的状况，却并不懂得，农民中新的思想、新的性格、新的人物的出现，有赖于新的社会生产力和生产关系来为他们打开新的生活前景，冲破他们旧的狭隘眼光。而在1921年鲁迅写《阿Q正传》的时候，这种可能性已经存在了，并且开始逐渐地成为现实了，因为这时中国的无产阶级已经登上历史舞台，开始领导中国人民（主要是农民）进行新民主主义的革命。对于这一点，此时此刻，鲁迅显然还没有认识到。其次，鲁迅当时自然也不会懂得，人们的改造，只有通过他们的社会实践才能进行，才能实现；革命者的改造，只有通过革命斗争的实践才能进行，才能实现；因此，要使农民成为真正的现代的革命者，必须在无产阶级领导之下，动员和组织他们投入革命斗争的实践。我们并不因上面这些问题而责备鲁迅，因为任何一个伟大人物都有自己的思想道路，他们的思想在发展的一定阶段上表现出这样或那样的局限，都有其客观的必然性。我们更不是要求鲁迅把上面这些问题上的正确认识直接写进《阿Q正传》里去，因为《阿Q正传》写的是1911年辛亥革命前后的事，不是1921年中国共产党成立前后的事。无论如何，在中国的历史从旧民主主义革命到新民主主义革命的转折时期，鲁迅是通过《阿Q正传》，指出了与小生产紧紧相随的封建宗法统治和闭塞性，乃是当时中国农村问题的症结，而小生产、封建宗法统治和闭塞性给农民思想带来的恶果，又是革命中农民问题的症结。几十年来中国共产党领导的中国革命，正是一面改造着中国社会，一面改造着以农民为主要成份的革命队伍自身，也就是不仅仅同敌人作不屈不挠的斗争，也同自身的小生产的影响、封建宗法制度的影响和闭塞性的后果作不屈不挠的斗争。倘使没有这后一方面的成功，中国革命的胜利是根本不可能的。即使到了今天，我们仍旧必须严重地来注意这个问题：不能做阿 Q 式的"革命家"，不能像阿 Q 那样"革命"！

（原载《文学评论丛刊》1979 年第 4 期）

论鲁迅作品与外国文学的关系

王 瑶

一 "向西方找真理"的一个侧面

鲁迅的文学事业，是从翻译和介绍外国文学开始的。他决定弃医学文，提倡文艺运动来唤醒人民的觉悟，就是受到外国文学的启发的。从1907年写《摩罗诗力说》直到逝世以前他翻译果戈理的《死魂灵》，30年间他从未停止过翻译和介绍的工作。他曾说："注重翻译，以作借镜，其实也就是催进和鼓励着创作。"① 早在1909年他为《域外小说集》写的《序言》中就说："异域文术新宗，自此始入华土。使有士卓特，不为常俗所囿，必将犁然有当于心，按邦国时期，籀读其心声，以相度神思之所在。"所谓"相度神思之所在"，就是要作为创作的借鉴，因此他才把"弗失文情"作为翻译的准绳。后来他自述他开始创作时"所仰仗的全在先前看过的百来篇外国作品和一点医学上的知识"，而且把"看外国的短篇小说"作为他的一条创作经验②，可知他的创作特色是同对外国文学的借鉴密切联系的。当然，他又说过以后他"脱离了外国作家的影响"③。从学习、借鉴到脱离，其实就是一个对外国文学的批判、吸收和民族化的过程。因为文学作品的民族特色本来是一个历史性的范畴，它不但应该有批判继承民族优良传统的因素，而且也要有使之适应时代潮流的现代化的特点。鲁迅的作品是最富有民族特色的，但又与过去时代的作品截然不同，它是广泛借鉴和吸收了外国文学的优点又同时使之为反映中国人民生活服务的。这就使他的作品具有了鲜明的独特风格，达到了新的创造性的成就。因此考察鲁迅作品与外国

---

① 《南腔北调集·关于翻译》。
② 《南腔北调集·我怎么做起小说来》及《二心集·答北斗杂志社问》。
③ 《且介亭杂文二集·〈中国新文学大系〉小说二集序》。

文学的关系，不仅对深入理解鲁迅作品及其艺术上的成就和贡献是必要的，而且同时可以帮助我们领会正确对待和借鉴外国文学的态度和方法。

鲁迅开始接触外国文学，是和他"向西方找真理"的过程一同开始的，因此他的爱好和抉择就不能不受到中国人民民主革命的需要的制约。就在他热烈地读着严复译的《天演论》的前后，在当时流行的"看新书的风气"下，他就大量地读了林纾译的外国小说。据许寿裳氏回忆，林译小说"出版之后，鲁迅每本必读，而对于他的多译哈葛德和科南道尔的作品，却表示不满"①。林译小说一百数十种中，绝大部分为英国小说，其中哈葛德占二十种，科南道尔占七种，数量最多。青年时代的鲁迅是怀着追求进步和了解外国人民的生活与文艺的心情来读这些新书的，但内容却使他完全失望，后来他多次叙述过对这些作品的感受。他说："我们曾在梁启超所办的《时务报》上，看见了《福尔摩斯包探案》的变幻，又在《新小说》上，看见了焦士威奴所做的号称科学小说的《海底旅行》之类的新奇。后来林琴南大译英国哈葛德的小说了，我们又看见了伦敦小姐之缠绵和菲洲野蛮之古怪。……包探，冒险家，英国姑娘，菲洲野蛮的故事，是只能当醉饱之后，在发胀的身体上搔搔痒的，然而我们的一部分的青年却已经觉得压迫，只有痛楚，他要挣扎，用不着痒痒的抚摩，只在寻切实的指示了。"② 这段话是有他自己的深切感受的。怀着"我以我血荐轩辕"的为祖国为人民的伟大心愿的鲁迅，他阅读和介绍外国文学的目的，是要寻求"切实的指示"的，因此他的爱好和抉择就自然倾注到了那些描写被压迫民族和被压迫人民的作品，而这完全不是林译小说所能满足的。后来他说："18世纪的英国小说，它的目的就在供给太太小姐们的消遣，所讲的都是愉快风趣的话。"而他要求的是"在小说里可以发见社会，也可以发见我们自己"。③ 他从来是为艺术而艺术的坚决反对者，他要求在外国作品中可以看到现代社会和我们自己的影子，这样才会对中国有益。当他到了日本，他的德语和日语可以帮助他广泛接触外国文学的时候，他并没有因为语言上的方便，和单纯地对文艺的爱好，而使自

---

① 《亡友鲁迅印象记·杂谈名人》。
② 《南腔北调集·祝中俄文字之交》。
③ 《集外集·文艺与政治的歧途》。

己的精力花在歌德、席勒或《源氏物语》等德国和日本的著名作品上，而是"因为所求的作品是叫喊和反抗，势必至于倾向了东欧，因此所看的俄国，波兰以及巴尔干诸小国作家的东西就特别多"①。他的目的十分明确，是为了寻求"叫喊和反抗"的被压迫者的声音来振奋中国人民的精神，这是为中国民主革命服务的现实需要所决定的。正如他从事创作是为了改良社会一样，他对外国文学的爱好、翻译和介绍，也是始终遵循着对中国青年读者和中国现代文学有所裨益这一根本愿望的。正是因为中国半殖民地半封建的社会现实，才促使他特别注意被压迫民族的文学情况。他说："我向来是想介绍东欧文学的一个人。"② 1907年他在《摩罗诗力说》中介绍了波兰诗人，1921年《小说月报》出《被损害民族的文学》专号，他译介了《近代捷克文学概观》和《小俄罗斯文学略说》二文，后来他在驳斥林语堂攻击他"今日介绍波兰诗人，明日介绍捷克文豪"时说："那时满清宰华，汉民受制，中国境遇，颇类波兰，读其诗歌，即易于心心相印，不但无夸大之意，也不存献媚之心。……波兰捷克，虽然未曾加入八国联军来打过北京，那文学却在"③。可见他爱好和抉择的着眼点是作者的受压迫的社会背景与中国相似，其思想感情能引起中国读者的共鸣，可以激发人们要求进步和改革的热情，对中国社会和文学有所裨益的作品。即使是在世界文坛上声名显赫的作家，如果不是上述情形，就引不起他的爱好。他就说过他不能爱但丁和陀思妥耶夫斯基，因为"那《神曲》的《炼狱》里，就有我所爱的异端在"；而陀氏则"把小说中的男男女女，放在万难忍受的境遇里"，"使他们什么事都做不出来"。④ 就是说，这类作品无论其艺术成就如何，那种对现实的宗教式的忍从和对不幸者的冷酷的态度，对于启发中国人民的觉悟是没有帮助的。这同样也是他的介绍翻译工作的出发点，他说他翻译外国作品"不过要传播被虐待者的苦痛的呼声和激发国人对于强权者的憎恶和愤怒而已，并不是从什么'艺术之宫'里伸出手来，拔了海外的奇花瑶草，来移植在华国的艺苑"⑤。与资产阶级文人妄图依附名人名著来炫学和传世不同，

---

① 《南腔北调集·我怎么做起小说来》。
② 《鲁迅译文集第8卷·〈竖琴〉前记》。
③ 《且介亭杂文二集·"题未定"草（三）》。
④ 《且介亭杂文二集·陀思妥耶夫斯基的事》及《集外集·〈穷人〉小引》。
⑤ 《坟·杂忆》。

他明白地说"我是向来不想译世界上已有定评的杰作,附以不朽的"①,他的为人民革命服务的意图十分清楚。他曾给青年讲过选读文艺作品的方法:"先看几种名家的选本,从中觉得谁的作品自己最爱看,然后再看这一个作者的专集,然后再从文学史上看看他在史上的位置;倘要知道得更详细,就看一两本这人的传记,那便可以大略了解了"②。从鲁迅的经历可以了解,这就是他自己开始阅读外国作品时的经验。这个方法是否可靠的关键就在"自己最爱看"这个标准里的"自己"究竟是个什么样的人。我们不能说徐志摩不爱看曼殊斐儿或者梁实秋不爱看白璧德,但对于别人来说情况就完全不同;鲁迅自己的爱好所以具有一定的普遍性和进步意义,就因为他是一个革命者和新文学的建设者,他的爱好实际上是有批判和抉择的,那标准就是对于中国人民和中国现代文学有启发和借鉴的作用,而这就从根本上保证了他的工作的进步意义。

他所爱看的外国作品既然在思想感情上打动了他,那么对于他的创作自然会产生一定的影响。当然,文艺创作总是植根于人民生活的,像鲁迅这样伟大的作家,他的作品反映了中国民主革命时期广阔的历史图景,他的富有民族特色的艺术风格根本上是来自他对人民生活和人民美学爱好的深刻理解的;但作为借鉴,作为他作品的艺术力的有机部分,外国文学的影响仍然是很显著的。这种影响当然不是在主题思想或表现手法上对某一外国作家的硬搬和模仿,或者在作品中渲染所谓异域情调之类,甚至也不是作为作家艺术修养的自然流露,而是经过他有意识地借鉴、汲取、消化和脱离的过程,成为他的艺术成就的营养而存在的。他给青年作者的信中曾说:"此后如要创作,第一须观察,第二是要看别人的作品,但不可专看一个人的作品,以防被他束缚住,必须博采众家,取其所长,这才后来能够独立。"③ 他把观察生活摆在创作的首位,其次才是借鉴;他借鉴的方法就是"博采众家,取其所长",然后在这基础上形成自己的独立风格。他认为这种借鉴对于创作的发展十分重要。他说:"我们的文化落后,作品的比较的薄弱,是势所必至的,而且又不能

---

① 《鲁迅译文集第5卷·〈壁下译丛〉小引》。
② 《而已集·读书杂谈》。
③ 《鲁迅书信集·462 致董永舒》。

不时时取法于外国。"① 这同毛泽东同志指出的"所以我们决不可拒绝继承和借鉴古人和外国人，那怕是封建阶级和资产阶级的东西"②，精神是完全一致的。"五四"以来的中国现代文学，由于追求民主和革新，由于为民主革命服务的社会需要所决定，在它的成长和发展过程中确实受到了外国文学的影响。鲁迅就指出现代小说产生的原因，"一方面是由于社会的要求的，一方面则是受了西洋文学的影响"③。但并不是所有外国作品所产生的社会影响都是积极的，因为这不仅取决于这些作品本身的思想价值和艺术成就，而且也取决于接受者的思想感情和对待借鉴的态度，取决于他的批判和汲取的能力。鲁迅曾批评二十年代的一些创作说："从实说，好的也离不了剌取点外国作品的技术和神情，文笔或者漂亮，思想往往赶不上翻译品，甚者还要加上些传统思想，使他适合于中国人的老脾气"④。鲁迅反对这种对外国文学的形式主义的模仿；他提倡翻译，自己用很大精力从事翻译和介绍的工作，就是为了促进中国革命和中国现代文学的健康发展。他认为好的译本"不但在输入新的内容，也在输入新的表现法"⑤，他一方面寻求外国的进步和民主的思想来帮助中国人民的革命斗争，同时努力为读者多提供一些有新的表现方法的外国作品，来扩大文艺工作者的眼界，促进中国新的革命文学的成长。因此，从中国民主革命的历史过程来考察，从鲁迅的文学活动和中国革命的关系来考察，他的介绍、翻译、汲取和借鉴外国文学，是同先进的中国人向西方寻找真理的进程完全一致的，他只是从文学领域开拓了一个新的侧面。但文学作品又与社会政治思想有所不同，虽然总的说来，鲁迅介绍的外国文学除后期少数的如高尔基等的作品以外，绝大部分都是资产阶级民主主义的文学，但如果能够正确地对待和批判，它对我们的文学创作仍然有继承和借鉴的作用，因而它有可能成为鲁迅作品的艺术成就的重要的养料。

当然，我们只能历史地看待这些作品的价值，决不能将它同无产阶级文学混为一谈。鲁迅后来也严正地指出了这一点，他说："凡这些，离无产阶级文学本来还很远，所以凡所绍介的作品，自然大

---

① 《南腔北调集·关于翻译》。
② 《在延安文艺座谈会上的讲话》，《毛泽东选集》，第817页。
③ 《且介亭杂文·〈草鞋脚〉小引》。
④ 《坟·未有天才之前》。
⑤ 《二心集·关于翻译的通信》。

抵是叫唤，呻吟，困穷，酸辛，至多，也不过是一点挣扎。"① 因此鲁迅在借鉴和汲取之后又努力脱离它的影响，这不仅是艺术上创造独立的民族风格的需要，同时也是思想上的革命的批判精神的表现。

二 "摩罗"精神

1907年鲁迅写的《摩罗诗力说》是他最早的一篇介绍外国文学的文章，也是中国最早的系统地介绍以拜伦为宗主的积极浪漫主义文学的文章。直到1926年他编完杂文集《坟》以后，还在《后记》中特意向读者介绍这一篇，他确实是喜爱这些诗人和他们的精神的。他把拜伦、雪莱直到裴多菲的这些诗人总名之曰"摩罗诗派"，宗主始于拜伦，因为拜伦的诗确实对欧洲许多国家的文学的浪漫主义的发展起过很大作用。这派诗人的共同特点是"无不刚健不挠，抱诚守真；不取媚于群，以随顺旧俗；发为雄声，以起其国人之新生，而大其国于天下"。为了唤醒人民反抗外来侵略和争取民族解放的觉悟，为了否定封建主义的一切传统束缚，鲁迅从他文学活动的开始，首先就爱上了拜伦和其他浪漫主义诗人，这是完全符合青年时代鲁迅的思想逻辑的。鲁迅用"立意在反抗，指归在动作"来概括摩罗诗人的精神，他所指的其实就是革命精神，这是同他当时决定选择用文艺来进行战斗的革命道路密切联系的。拜伦、雪莱等人的诗是那个时代他所能找到的最富有振奋人心的革命精神的作品。恩格斯在《英国工人阶级状况》中指出："雪莱，天才的预言家雪莱，以及怀有满腔热情而对当前社会进行辛辣讽刺的拜伦，他们的读者极大多数是在工人中间；资产者自己只有着经过阉割而适合于当前伪善的说教的所谓'家庭版'。"就拜伦说，他的对英国上层统治者的憎恶和对祖国的热爱，他的热爱自由和对被压迫民族的援助，都深深地激动了青年鲁迅的心，因此鲁迅热烈地歌颂了他，说他"自尊而怜人之为奴，制人而援人之独立，无惧于狂涛而大傲于乘马，好战崇力，遇敌无所宽假，而于累囚之苦，有同情焉。意者摩罗为性，有如此乎？"鲁迅所歌颂的摩罗精神就是这种敢于向压迫者进行斗争的革命精神。

鲁迅所以赞扬这种精神，是有深刻的社会原因的。身受帝国主义和清朝统治者压迫的中国人民，处在辛亥革命前夕民主革命思潮

---

① 《鲁迅译文集第8卷·〈竖琴〉前记》。

高涨时期，所需要的正是复仇和反抗，所追求的正是自由和解放，因此拜伦诗中那种奔放热烈的革命情绪就很容易激动人们的心弦。他的《哀希腊》（长诗《唐·璜》第三篇中一个希腊爱国志士所唱的歌）在清末就有马君武、梁启超、苏曼殊等人的译文，为中国读者所传诵，就因为当时人们痛感到中国与希腊的命运相似，也是往古光荣而今零落，因此对"如此好河山也应有自由回照"，"难道我为奴为隶今生便了"这种内容就很容易得到感应（诗句引自当时传诵较广的梁启超《新中国未来记》中的译文）。鲁迅追忆当时的情形说："有人说 G. Byron（拜伦）的诗多为青年所爱读，我觉得这话很有几分真。就自己而论，也还记得怎样读了他的诗而心神俱旺；尤其是看见他那花布裹头，去助希腊独立时候的肖像。……其实，那时 Byron 之所以比较的为中国人所知，还有别一原因，就是他的助希腊独立。时当清的末年，在一部分中国青年的心中，革命思潮正盛，凡有叫喊复仇和反抗的，便容易惹起感应。"① 接着他在《摩罗诗力说》中又着重介绍了波兰的复仇诗人密茨凯维支，匈牙利的爱国诗人裴多菲。1929 年他说密茨凯维支"是波兰在异族压迫之下的时代的诗人，所鼓吹的是复仇，所希求的是解放，在二三十年前，是很足以招致中国青年的共鸣的"。裴多菲"是我那时所敬仰的诗人。在满洲政府之下的人，共鸣于反抗俄皇的英雄，也是自然的事"。② 鲁迅正是在这样的时代条件下为摩罗诗人的"复仇和反抗"精神所鼓舞而"心神俱旺"的，他的基本出发点是革命。当时他所专注的是怎样才能使被压迫民族起来反抗压迫者，怎样才能使中国走上革新和进步的道路，因此拜伦式的革命激情就自然地打动了他的心。拜伦诗歌中的主要形象，如康拉德、曼夫列特、卢希飞勒、该隐等，都是勇敢倔强的反抗者的形象，按照鲁迅的理解，他们都体现了诗人自己的革命精神。这些人物虽然并不明确斗争的道路和目标，而且过于相信个人的力量，因而最后不能不得到悲剧的结局，但他们是坚强不屈的战士，忠于美好的理想，敢于向反动势力公开挑战，宁可战死也决不向压迫者投降妥协。这种"刚健抗拒破坏挑战之声"投合了鲁迅当时的思想和情绪，因此他的文章首先不是从艺术上来对他们的诗歌加以评述，而是着重在赞扬他们的复仇和反

---

① 《坟·杂忆》。
② 《集外集·〈奔流〉编校后记（十一）（十二）》。

抗的革命精神对人们所起的巨大鼓舞作用。

鲁迅作的诗歌数量不多,小说中也没有拜伦式的个人主义英雄的悲剧,一般地说,他作品中浪漫主义的激情和理想也并不突出,这些是否意味着摩罗诗人对他的作品没有什么显著影响呢?事实并不如此。鲁迅既然首先是从革命精神这一点来爱好和高度评价这些作品的,因此在他对待现实的态度上、对各种不同人物的爱憎倾向上,他的作品就有着显著的同摩罗诗人相类似的地方,特别是拜伦。革命的首要问题是分清革命的动力和对象,这是敌我问题,作者的倾向性必须鲜明。很多研究者都把鲁迅对待阿Q、闰土等农民形象的态度概括为"哀其不幸,怒其不争",这是正确的。其实不只限于农民形象,鲁迅对待吕纬甫、涓生、子君等受反动势力压迫的知识分子,又何尝不是"哀其不幸,怒其不争"呢!这是因为农民和受压迫的知识分子在他们提高了觉悟之后,都有可能成为革命的动力,因此作者在同情他们的不幸遭遇和批判他们的严重弱点的同时,也对他们的觉醒和前途寄予了殷切的希望。"哀其不幸,怒其不争"这两句话就是引自鲁迅概括的拜伦对待被压迫奴隶的态度,他说:"苟奴隶立其前,必衷悲而疾视,衷悲所以哀其不幸,疾视所以怒其不争,此诗人所为援希腊之独立,而终死于其军中者也。"[①] 这其实也是鲁迅自己为革命和革命文学贡献一切的出发点。人们也常常把鲁迅在对敌斗争中的彻底的不妥协的态度概括为"不克厥敌,战则不止"。这也同样是鲁迅论述拜伦的话,他说:"故其平生,如狂涛如厉风,举一切伪饰陋习,悉与荡涤,瞻顾前后,素所不知;精神郁勃,莫可制抑,力战而毙,亦必自救其精神;不克厥敌,战则不止。"这种坚决的斗争精神不仅表现在鲁迅的光辉的一生,同样也表现在他作品中对待反面人物的态度上面。不论是赵太爷,还是鲁四老爷,作者不仅对他们毫无怜悯和同情,而且决不是把这些人的行为当作道德上或生活上的过失或堕落来处理的,如很多批判的现实主义作家那样;而是把他们作为反动势力的代表,作为农民的对立面,只能使读者引起憎恶的感情而存在的。正因为鲁迅把摩罗诗人理解为革命者,所以他的作品《伤逝》中的"五四"知识青年涓生和子君可以在一起谈论雪莱,从中得到鼓舞;而《幸福的家庭》中被讽刺的喜剧性人物"作家",就以为拜伦的诗"不稳当",有碍于

---

① 《坟·摩罗诗力说》。

一个"幸福的家庭",而只能读《理想的良人》之类的书。鲁迅当时也指出了拜伦作品中的消极面,说他"渐与社会生冲突,乃以是渐有所厌倦于人间"。但决心献身于祖国和人民的鲁迅,是不能对厌世情绪引起同感的;他只吸取并发扬了摩罗诗人的积极抗争的精神,把它熔铸在自己的生活和创作中,后期则更在无产阶级立场上,对之加以马克思主义的改造,使它发出了新的独特的光彩。

鲁迅在谈到他的《狂人日记》时,曾说过它"不如尼采的超人的渺茫"的话。① 有些研究者就用力研究尼采对鲁迅作品的影响。确实,鲁迅在1907年作的《文化偏至论》中就谈到尼采的思想,后来又翻译了他的《察拉图斯忒拉的序言》,鲁迅当时还没有分清楚资产阶级上升时期的个性解放思想同后来资产阶级走向没落时期针对工人阶级集体主义的尼采反动思想的区别,他从反对安于现状、要求发扬个性和"力抗时俗"出发,也介绍了尼采的思想。但他不仅是从个性解放的角度去说明,而且从最初起,他对尼采的思想就是有着保留和批判的。就在《摩罗诗力说》里,他把拜伦同尼采作了比较,说拜伦"正异尼佉"(即尼采),"故尼佉欲自强,而并颂强者;此(指拜伦——引者)则亦欲自强,而力抗强者";处在帝国主义和封建统治者强力压迫之下的中国人民,虽然力求自强,但决然无法接受歌颂强者的思想,而只能是要求"力抗强者"的。所以鲁迅当时就批评尼采的学说是"虽云据科学为根,而宗教与幻想之臭味不脱"②。1925年他在《杂感》一文中指出:"勇者愤怒,抽刃向更强者;怯者愤怒,却抽刃向更弱者。"③ 这不正是对尼采的颂强凌弱的反动思想的批判吗?因为他痛感到"中国人所蕴蓄的怨愤已经够多了,自然是受强者的蹂躏所致的。但他们却不很向强者反抗,而反在弱者身上发泄"④,对于迫切要求提高人民觉悟的鲁迅来说,他当然不能同意尼采的那种对待被压迫人民的态度。1918年他就不仅指出尼采的超人"太觉渺茫",而且反对尼采说的"见车要翻了,推他一下"的说法,而赞成"扶他一下",只是"倘若不愿你扶,便不必硬扶",如果真的翻倒,"再来切切实实帮他抬"⑤。可见即使在鲁

---

① 《且介亭杂文二集·〈中国新文学大系〉小说二集序》。
② 《集外集拾遗·破恶声论》。
③ 《华盖集·杂感》。
④ 《坟·杂忆》。
⑤ 《热风·随感录四十一》及《集外集·渡河与引路》。

迅早期，他同尼采的思想也是有原则区别的。到了后期，他就更明确地指出了尼采的虚伪和反动，他说："尼采就自诩过他是太阳，光热无穷，只是给与，不想取得。然而尼采究竟不是太阳，他发了疯。"①尼采不是文学作家，他的《察拉图斯忒拉如此说》一书虽然借用了察拉图斯忒拉这个人物，但其言行并无现实根据，并不是什么文学形象，作者只是用他来阐述自己的思想。因此无论就思想或艺术来考察，在鲁迅作品中并看不到什么尼采的影响。就《狂人日记》说，只有"将来是容不得吃人的人"这一思想表面上好像与尼采的超人类似，但狂人是对封建礼教的控诉，有充分的现实生活根据，不仅"不如尼采的超人的渺茫"，而且本质上是完全不同的。

在鲁迅所介绍的摩罗诗人中，鲁迅始终都喜爱的是匈牙利爱国诗人裴多菲。1908年他译介了《裴彖飞诗论》，1925年又译了裴多菲的五首诗，还在自己作品中多次引用过裴多菲的诗句。② 1931年他还说："我向来原是很爱 Petöfi Sándor（裴多菲）的人和诗的"，"正如作者虽然死在哥萨克兵的矛尖上，也依然是一个诗人和英雄一样"。③ 他对于裴多菲亲自参加抗击奥地利侵略者的卫国战争，用笔和武器同敌人搏斗，最后贡献了自己生命的事实，十分敬佩，同时也为他诗中的"斗志"所感染。他感慨地说："悲哉死也，然而更可悲的是他的诗至今没有死"④。就是说裴多菲所抗击的反动势力当时仍然存在，需要努力战斗。当然，鲁迅是知道裴多菲的局限性的。他只称之为"爱国诗人"，对于殷夫的曲译为"民众诗人"，他认为大可不必故意为之掩护；并且指出："他生于那时，当然没有现代的见解，取长弃短，只要那'斗志'能鼓动青年战士的心，就尽够了。"⑤鲁迅对于外国作家，是贯彻了他所说的"取长弃短"的批判精神的。从鲁迅作品中可以看出，裴多菲对他同样起了鼓舞斗志的作用。当鲁迅在1925年前后感到自己成了"游勇"，有点寂寞彷徨的时候，正是裴多菲的诗句"绝望之为虚妄，正与希望相同"给了

---

① 《且介亭杂文·拿来主义》。
② 见以下各篇《野草·希望》《集外集拾遗·诗歌之敌》《南腔北调集·〈自选集〉自序》《南腔北调集·为了忘却的记念》《且介亭杂文二集·〈中国新文学大系〉小说二集序》《且介亭杂文二集·七论"文人相轻"——两伤》。
③ 《集外集拾遗·〈勇敢的约翰〉校后记》。
④ 《野草·希望》。
⑤ 《南腔北调集·为了忘却的记念》及《集外集·〈奔流〉编校后记（十二）》。

他"提笔的力量"①；他当时虽然还感到希望渺茫，但认识到"希望是附丽于存在的，有存在，便有希望，有希望，便是光明。如果历史家的话不是狂话，则世界上的事物可还没有因为黑暗而长存的先例"。② 于是他毅然否定了绝望，确立了"吾将上下而求索"的战斗追求。1935年他在《七论"文人相轻"——两伤》一文中引用了裴多菲的《我的爱——并不是……》一诗，来说明"在现在这'可怜'的时代，能杀才能生，能憎才能爱，能生能爱，才能文"。而且称赞说裴多菲"说得好"，就因为这首诗表现了作者的鲜明的憎恶感情，因此那爱才是可信的。鲁迅三十年间一直把《裴多菲诗集》的德文译本带在身边。③ 因此他的作品有时也表现出与裴多菲类似的思想和情绪。譬如在他逝世前不久写的《半夏小集》中说："假使我的血肉该喂动物，我情愿喂狮虎鹰隼，却一点也不给癞皮狗们吃。养肥了狮虎鹰隼，它们在天空，岩角，大漠，丛莽里是伟美的壮观，捕来放在动物园里，打死制成标本，也令人看了神旺，消去鄙吝的心。但养胖一群癞皮狗，只会乱钻，乱叫，可多么讨厌。"这同裴多菲在《狗之歌》《狼之歌》等诗篇中所表达的情绪是相似的；诗人憎恶"带着快乐的心情"舔主人脚跟的狗，而赞美"在赤裸的沙漠之中""有自由的生命"的狼。当然，这不能简单理解为艺术构思上的借鉴，首先还在于他们表达的都是一个战斗者所具有的那种鲜明热烈的爱憎，也就是鲁迅所赞美的摩罗精神。

三　"上流社会的堕落和下层社会的不幸"

鲁迅于1908年开始《域外小说集》的翻译工作，他所选译的三篇全是俄国作品。为了"将旧社会的病根暴露出来，催人留心，设法加以疗治的希望"④，他把目光从对"刚健抗拒破坏挑战之声"的追求，转为对社会现实的凝视，从浪漫主义转向了现实主义。他翻译介绍的目的很明确，是为了让中国人从中认识自己的社会和处境，为了中国的"新生"，因此他首先把注意力集中在那些所反映的生活与中国社会相类似、容易为中国读者所理解的作品。"波兰和巴尔干

---

① 《南腔北调集·〈自选集〉自序》。
② 《华盖集续编·记谈话》。
③ 《南腔北调集·为了忘却的记念》。
④ 《南腔北调集·〈自选集〉自序》。

诸小国"当时都是被压迫民族，它们受外来侵略和国内反动势力压迫的情况与中国类似是很容易理解的；俄国当时正在侵略中国，但鲁迅从清末开始翻译一直到逝世，都对俄国文学十分重视，表面上好像情况有所不同，其实那原因是一样的。毛泽东同志在《论人民民主专政》一文中指出："中国有许多事情和十月革命以前的俄国相同，或者近似。封建主义的压迫，这是相同的。经济和文化落后，这是近似的。两个国家都落后，中国则更落后。先进的人们，为了使国家复兴，不惜艰苦奋斗，寻找革命真理，这是相同的。"由于有相同或者近似的社会背景，俄国文学中所反映的生活就容易为中国人所理解和接受，鲁迅的经历感受就充分说明了这一点。他追忆说："那时（19世纪末）就知道了俄国文学是我们的导师和朋友。因为从那里面，看见了被压迫者的善良的灵魂，的酸辛，的挣扎；还和40年代的作品一同烧起希望，和60年代的作品一同感到悲哀。我们岂不知道那时的大俄罗斯帝国也正在侵略中国，然而从文学里明白了一件大事，是世界上有两种人：压迫者和被压迫者！"① 鲁迅自己就是当时的先进的中国人，他从俄国文学中看到了阶级的对立和矛盾，看到了被压迫人民的痛苦和挣扎，这不仅有助于他加深对中国社会的理解，而且也有助于他明确中国的新文学应该具有怎样的性质。

除了作为浪漫诗派，鲁迅在《摩罗诗力说》中介绍了俄国诗人普希金和莱蒙托夫以外，在散文作家中，为什么鲁迅首先注意到的是安特列夫、迦尔洵、阿尔志跋绥夫这些消极因素较多，艺术成就不大的作家呢？他在《域外小说集·略例》中开头就说："集中所录，以近世小品为多"。这就是说他寻求的是当代短篇作品，他首先注意的是同时代的声音。这种精神在他是一贯的，他曾说："但我自己，却与其看薄凯契阿，雨果的书，宁可看契诃夫，高尔基的书，因为它更新，和我们的世界更接近。"② 他的翻译夏目漱石、森鸥外等人作品的《现代日本小说集》，翻译俄国及东欧作品的《现代小说译丛》，都是着眼于"现代"这一意义。但在19世纪末，资产阶级文学普遍处于颓废堕落的时期，他的出发点虽然是寻求时代的强音，但最容易接触到的却往往是不健康的作品。鲁迅后来在评论"沉钟

---

① 《南腔北调集·祝中俄文字之交》。
② 《且介亭杂文二集·叶紫作〈丰收〉序》。

社"的青年"摄取异域的营养"时说:"但那时觉醒起来的智识青年的心情,是大抵热烈,然而悲凉的。即使寻到一点光明,'径一周三',却更分明的看见了周围的无涯际的黑暗。摄取来的异域的营养又是'世纪末'的果汁:王尔德,尼采,波特莱尔,安特莱夫们所安排的。"① 这些人中除英国的王尔德和法国的波特莱尔这些唯美主义作家与鲁迅关系较少外,这段话可以看作是他对自己最早寻求外国作品的经历的回顾,也是对"世纪末"文学的消极影响的批判。安特列夫这些作家感觉到了现实的缺陷,提出了生活中的重大问题,这是吸引鲁迅接近他们的原因;但"径一周三",鲁迅也敏锐地看出了他们的阴暗消极的悲观主义思想倾向,看出了他们对待生活的错误态度。他指出安特列夫"全然是一个绝望厌世的作家";迦尔洵"悯人厌世","入于病态";"阿尔志跋绥夫是厌世主义的作家",他的小说《沙宁》中的议论"也不过一个败绩的颓唐的强者的不圆满的辩解",而《工人绥惠列夫》"临末的思想却太可怕"。② 他从中国人民的需要出发,始终贯彻了批判的精神。鲁迅自己有时虽然也有过失望和悲愤的情绪,但那原因在于人民被压迫的苦难处境和革命力量的挫折,同安特列夫等人的悲观主义有着本质的不同。这些作家对他的创作也没有显著影响,他虽然说过"《药》的收束,也分明的留着安特莱夫式的阴冷",而且指出过《药》和安特列夫的《齿痛》是相类似的作品。③ 但如果我们把《药》同《齿痛》比较就可知道,由于《药》里写了两个母亲的交晤和坟上出现了花环,那情调就完全不同了,不是悲观颓唐,而是表达出了对将来的信心。可见这几个作家虽然是他最早注意到的,却并不是他最爱好的;他自己就说:"记得当时最爱看的作者,是俄国的果戈理和波兰的显克微支。"④ 他很快就扩大了自己的视野,就俄国文学说,对果戈理、柯罗连科、萨尔蒂珂夫(谢德林)、托尔斯泰、屠格涅夫、契诃夫、高尔基这些作家,都有所论述。他说:"我们虽然从安特来夫的作品

---

① 《且介亭杂文二集·〈中国新文学大系〉小说二集序》。
② 见《鲁迅书信集·78 致许钦文(二)》《鲁迅译文集第 10 卷·〈一篇很短的传奇〉附记》、《鲁迅译文集第 1 卷·译了〈工人绥惠略夫〉之后》《华盖集续编·记谈话》各文。
③ 《且介亭杂文二集·〈中国新文学大系〉小说二集序》及孙伏园:《鲁迅先生二三事·〈药〉》中记鲁迅的谈话。
④ 《南腔北调集·我怎么做起小说来》。

里遇到了恐怖，阿尔志跋绥夫的作品里看见了绝望和荒唐，但也从珂罗连珂学得了宽宏，从戈理基感受了反抗。"① 这就是说，他从这类俄国文学中所得到的并不都是恐怖绝望之类的消极的东西，而是从更多的作家那里得到了有益的启发和营养的。

在《英译本〈短篇小说选集〉自序》一文中，鲁迅把他的小说的内容概括为"上流社会的堕落和下层社会的不幸"，而且说这是受了外国文学的启发。他回顾了他和许多农民相亲近的经历，"知道他们是毕生受着压迫，很多苦痛"，很想让大家知道这些景况。他说："后来我看到一些外国的小说，尤其是俄国，波兰和巴尔干诸小国的，才明白了世界上也有这许多和我们的劳苦大众同一运命的人，而有些作家正在为此而呼号，而战斗。"这才启发他把眼中"分明地再现"的生活体验，"陆续用短篇小说的形式发表出来了"② 这就说明，外国的现实主义文学启发了他对中国社会现实和人民生活的深入解剖，这同他的热爱人民和探索革命动力的思想结合起来，就使得他的观察力特别广阔和深刻，使他的作品的现实主义成就为中国人民革命的理想所照耀而达到了新的高度。1920年他批评那些讨厌现实主义的人说："不厌事实而厌写出，实在是一件万分古怪的事"③。文艺作品是反映现实的，生活在半殖民地半封建的旧中国，他写作的目的是为了"引起疗救的注意"；为不合理事实的存在感到讨厌则追求改革或疗救，为文艺作品写出"病态"感到讨厌则只能产生"瞒和骗的文艺"，而这是不能成为他所追求的"引导国民精神的前途的灯火"的新文艺的。④ 鲁迅的小说，无论是写农民的或写知识分子的，都深刻地反映了从辛亥革命到第一次国内革命战争之前的中国社会现实，而且形式和风格也是民族化的，但它又和中国传统小说的面貌完全不同。其中最重要的一点就是鲁迅写了有重大社会意义的题材，写了"上流社会的堕落和下层社会的不幸"，写了阶级的对立和矛盾，而且他自己是鲜明地站在被压迫人民一边的。鲁迅是研究和考察过中国小说史的，他说："古之小说，主角是勇将策士，侠盗赃官，妖怪神仙，佳人才子，后来则有妓女嫖客，无赖奴才之

---

① 《南腔北调集·祝中俄文字之交》。
② 《集外集拾遗·英译本〈短篇小说选集〉自序》。
③ 《鲁迅译文集第1卷·〈幸福〉附记》。
④ 《坟·论睁了眼看》。

流。'五四'以后的短篇里却大抵是新的智识者登了场，因为他们是首先觉到了在'欧风美雨'中的飘摇的，然而总还不脱古之英雄和才子气。"① 中国有长达两千年的封建社会，但竟没有一部以创造社会财富的农民为主人公的小说；《水浒传》的题材是写农民起义的，但其中的人物已经脱离了土地和劳动，在中国文学史上真正把农民当作小说中的主人公的，鲁迅是第一人。这是和中国民主革命的历史任务相适应的。毛泽东同志在《论联合政府》中指出："农民是最大的革命民主派。"正因为鲁迅的出发点是革命，他才把农民看作是革命的动力和历史的主人公，并把他们摆在和压迫者相对的地位来描写。这对中国现代文学的健康发展是有伟大意义的，鲁迅就痛斥过资产阶级文人的那种文艺观点，他们"一听到下层社会的叫唤和呻吟，就使他们眉头百结，扬起了带着白手套的纤手，挥斥道：这些下流都从'艺术之宫'里滚出去！"② 而鲁迅则坚持了从被压迫人民的角度来反映生活的现实主义观点。即使是写知识分子的，鲁迅也和这些人根本不同，丝毫没有什么"英雄和才子气"，而是从人民革命的角度来考察知识分子的优点和弱点，使他们在社会矛盾中接受考验，就是说他们其实也是分别属于"上流社会的堕落和下层社会的不幸"的范畴。高老夫子、方玄绰，显然属于堕落的一群，而吕纬甫、涓生、子君等则同样属于不幸者。作品的艺术成就当然并不单纯决定于"写什么"，但"写什么"并不是一个无关重要的问题，它不仅关系到作品的社会意义，而且也是同作家的立场观点密切联系的。革命的作家总是首先把目光集中到社会的主要矛盾和有重大意义的题材上，鲁迅就是这样。他一向深恶以小说为"闲书"的人们，他是为了唤醒"铁屋子"里面熟睡的人们才开始创作的，如他自己所说，这就是"那时的革命文学。"③ 因此鲁迅把注意力转到外国的现实主义作品方面，就不仅仅是为了艺术方法上的借鉴，而首先是为中国民主革命的政治需要所决定的。他要探索革命的道路和动力，他要从外国作品中寻求为被压迫人民"呼号"和"战斗"的声音，而俄国和其它东欧国家的现实主义文学就给了他以有

---

① 《南腔北调集·〈总退却〉序》。
② 《鲁迅译文集第8卷·〈竖琴〉前记》。
③ 见《南腔北调集·我怎么做起小说来》《〈呐喊〉自序》《南腔北调集·〈自选集〉》各文。

益的启发，使他的创作反映了当时中国社会的重大矛盾，对人民革命起了伟大的作用。

鲁迅在他后期的十年中，怀着无产阶级的强烈感情和建设中国无产阶级文学的热切愿望，对十月革命后苏联文学的情况十分关心，并且用了很大力量来翻译和介绍苏联的作品。他称赞高尔基是"'底层'的代表者，是无产阶级的作家"。并且说："然而革命的导师，却在20多年以前，已经知道他是新俄的伟大的艺术家，用了别一种兵器，向着同一的敌人，为了同一的目的而战斗的伙伴，他的武器——艺术的语言——是有极大的意义的。"① 他所指的是列宁在1910年的论断："而高尔基毫无疑问是无产阶级艺术的最杰出的代表，他对无产阶级艺术作出了许多贡献，并且还会作出更多的贡献。"② 鲁迅不但翻译了高尔基的《俄罗斯的童话》和短篇《恶魔》，介绍了短篇《一月九日》和《母亲》的插图木刻，而且为了供青年作者的借鉴，特意译介了高尔基的《我的文学修养》，他还写了《做文章》和《看书琐记（一）》两文来阐发其中的要点。他认为高尔基的一身，"就是大众的一体，喜怒哀乐，无不相通"③，他重视的是作家的无产阶级思想感情。他还以极大的热情翻译了法捷耶夫的《毁灭》，并且写了很长的《后记》来分析和介绍它的思想和艺术，就因为他认为"这'溃灭'正是新生之前的一滴血，是实际战斗者献给现代人们的大教训"。对正在进行革命斗争的中国人民特别有教育意义。而且艺术上的特色也"随在皆是"，"非身历者不能描写"，因此他说他"就像亲生的儿子一般爱他，并且由他想到儿子的儿子"④。他是为了中国革命和革命文学的发展来作介绍工作的，实际效果也是这样，如毛泽东同志所指出，这部书在中国"产生了很大的影响"。他翻译了玛拉式庚的短篇《工人》，虽然认为这"不是什么杰作"，但由于其中描写了列宁和斯大林，而且"仿佛妙手的速写画一样，颇有神采"⑤，他就非常乐于介绍了。为了汲取经验和教训，他对十月革命后苏联文学的发展是经过全面的考察和了解的。他既

---

① 《集外集拾遗·译本高尔基〈一月九日〉小引》。
② 《论召回主义的拥护者和辩护人的"纲领"》，《列宁全集》第16卷，第202页。
③ 《且介亭杂文末编·关于太炎先生二三事》。
④ 见《鲁迅译文集第7卷·〈毁灭〉第二部一至三章译后附记〈毁灭〉后记》《二心集·关于翻译的通信》各文。
⑤ 《鲁迅译文集第8卷·〈一天的工作〉后记》。

看到了上述那类作品的"内容和技术的杰出"的成就，也注意到了叶遂宁和梭波里从革命前的热情歌颂到革命后的苦闷自杀，并且"因此知道凡有革命以前的幻想或理想的革命诗人，很可有碰死在自己所讴歌希望的现实上的运命；而现实的革命倘不粉碎了这类诗人的幻想或理想，则这革命也还是布告上的空谈"。① 另外他也翻译介绍了雅各武莱夫的《十月》等所谓"同路人"的作品。但他指出《十月》"所描写的大抵是游移和后悔，没有一个铁似的革命者在内"，因为所谓"同路人"作者"究不是战斗到底的一员，所以见于笔墨，便只能偏以洗练的技术制胜了"。他既指出了《十月》"通篇的阴郁的绝望底的氛围气"，也指出了它描写巷战等处"显示着电影式的结构和描写法的清新"。他之所以介绍这类作品，除了因为它们的"洗练的技术"还有可取之外，就是为了和无产阶级作家的作品可以对比，"足令读者得益不少"。② 他是希望引导中国读者从对比中认识到参加革命实践和端正立场的重要意义的。

鲁迅介绍和翻译苏联文学的工作虽然对于中国的读者和作者有过很大的影响，但对他的创作，而正如他自己所说，因为"不在革命的旋涡中心，而且久不能到各处去考察"，反动势力的压迫使他"写新的不能，写旧的又不愿"③，因此他后期就很少写小说，自然也就谈不上对作品的影响了。文化战线上的尖锐复杂的反"围剿"斗争使他更多地运用了杂文这一武器，而杂文与外国文学的关系就远非直接和明显了。

四 "表现的深切和格式的特别"

作为"文学革命的实绩"出现的鲁迅小说，在"五四"时期曾起了激动人心的巨大影响，后来鲁迅在分析发生这种社会影响的原因时说："又因那时的认为'表现的深切和格式的特别'，颇激动了一部分青年读者的心。然而这激动，却是向来怠慢了绍介欧洲大陆文学的缘故。"④ 这就说明，就形式体裁和表现方法这些艺术特点说来，它确实接受了外国文学的很大影响。鲁迅的小说都是短篇，所

---

① 见《南腔北调集·祝中俄文字之交》及《三闲集·在钟楼上》两文。
② 《鲁迅译文集第8卷·〈竖琴〉后记》《鲁迅译文集第7卷·〈十月〉后记》。
③ 见《且介亭杂文·答国际文学社问》及《集外集拾遗·英译本〈短篇小说选集自序〉》两文。
④ 《且介亭杂文二集·〈中国新文学大系〉小说二集序》。

谓"格式的特点"主要就是指现代短篇小说这种形式。中国古典文学中当然也是短篇小说，而且还有不少为人传诵的篇章，然而无论就"始有意为小说"的唐宋传奇以及后来如《聊斋志异》之类的"拟传奇"，或"即以俚语著书，叙述故事"的宋元话本以及明代的"拟话本"，① 那"格式"都是和现代短篇小说不同的。这不仅表现在它特别着重在故事情节的奇异和巧合上，而往往忽略了时代环境和人物性格的描写，这从它的名称叫"传奇"，书名叫《聊斋志异》《拍案惊奇》《今古奇观》等就可以看出来；更重要的是那写法就是以压缩的、省俭的形式来表现长篇在展开的过程中所显示的内容，而不是如鲁迅所理解的现代短篇小说所具有的那种特点。鲁迅把长篇喻作"时代精神所居的大宫阙"，而短篇则是"一雕阑一画础"，它"虽然细小，所得却更为分明，再以此推及全体，感受遂愈加切实"，这就是说短篇小说不是长篇的具体而微的模型或盆景性质的东西，而是可以"借一斑略知全豹，以一目尽传精神"的作品。② 当然，不论是鲁迅的小说或外国作家的短篇，也都有正面描写一个人的一生的，如鲁迅的《祝福》、《阿Q正传》，契诃夫的《打赌》《宝贝儿》，但它的写法仍然是从典型塑造的要求出发，不过是从纵的方面选取全过程的极小部分而已。鲁迅开始创作的时候。这种注重环境和人物描写的现代短篇小说的格式，对读者还十分新鲜，因而也就感到是"特别"的。中国古典小说名著都是章回体的长篇，清末流传的谴责小说，林琴南翻译的外国小说，也绝大部分是长篇。鲁迅则从他清末开始介绍外国小说起，就把精力倾注到短篇作品上。他后来回忆说："《域外小说集》初出的时候，见过的人，往往摇头说，'以为他才开头，却已完了！'那时短篇小说还很少，读书人看惯了一二百回的章回体，所以短篇便等于无物。"③ 但他介绍的目的就在使读者"不为常俗所囿"，而注意别人的"神思之所在"。④ 因此可以说，由"五四"开始的中国现代短篇小说的创作，就是由鲁迅以自己的介绍翻译和创作实践来奠定了基础的。我们现在看《鲁迅译文集》，他所介绍的绝大部分小说是短篇，只是由于他后期"所

---

① 引语见《中国小说史略》。
② 《三闲集·〈近代世界短篇小说集〉小引》。
③ 《鲁迅译文集第1卷附录·〈域外小说集〉序》。
④ 《鲁迅译文集第1卷·〈域外小说集〉序言》。

见的无产者作家的短篇很有限",见到的"却又是不能绍介,或不宜绍介的"①,他才译介了《毁灭》《死魂灵》等长篇,但我们由他称高尔基的短篇《一月九日》为"先进的范本",翻译了高尔基的《俄罗斯的童话》等短篇,而且极加称赞,就可看出他重视短篇小说这种形式是始终一贯的。

每个作家都有他自己喜爱和熟谙的文学形式,这并不排斥其他的体裁,鲁迅就认为长篇和短篇是"巨细高低,相依为命",就是说两者相互依存,相得益彰。他之所以特别重视短篇,除了考虑到读者"忙于生活,无暇来看长篇"之外,就因为在短篇中可以深刻地反映虽是局部但具有典型意义的生活,可以由此"推及全体",使人产生深刻的印象。特别是当这种形式还不为中国所熟悉的时候,为了开阔人们的眼界,使人知道世界文学的"种种作风,种种作者,种种所写的人和物和事状",以便作为借鉴,汲取营养,为中国现代文学的发展和丰富提供条件,他便把翻译和创作短篇小说作为自己的工作重点了。②

鲁迅十分重视从外国文学中批判地吸收艺术表现方法,他明白地说:"我所取法的,大抵是外国的作家。"③ 但他不仅是用它来为反映中国人民的现实生活服务,而且能够推陈出新,使之获得民族的特色。鲁迅小说中表现的深切和形式结构的多样化,是同他重视吸收多种有用的表现方法分不开的。《呐喊》出版后,茅盾在1923年《读〈呐喊〉》一文中说:"在中国新文坛上,鲁迅君常常是创造'新形式'的先锋;《呐喊》里的十多篇小说几乎一篇有一篇新形式,而这些新形式又莫不给青年作者以极大的影响,必然有多数人跟上去试验。"④ 这里说明了"格式的特别和表现的深切"在当时所起的深刻影响。我们试以发表在《新青年》上的最初的三篇小说为例,就可以充分看出他在表现方法上的多样化。《狂人日记》用的是日记体,是由"狂人"自述他的感受和遭遇的,这样便于写出直接的控诉和呼吁,因而深切地表达出了反封建的战斗呼声。《孔乙己》通过一个酒店小伙伴的眼睛,用第一人称来叙述,由柜台内外、长

---

① 《鲁迅译文集第8卷·〈一天的工作〉前记及后记》。
② 本段引语见《三闲集·〈近代世界短篇小说集〉小引》。
③ 《鲁迅书信集·462 致董永舒》。
④ 见李何林编《鲁迅论》。

衫短衣的对照中，鲜明地写出了孔乙己这个没落的封建知识分子的悲剧。《药》则用了客观描写的方法，它用人血馒头的细节来连接起两个牺牲者的不幸命运，由不同的场景展示了广阔的社会画面。这些不同的表现方式服从于内容的需要，都是为塑造人物和深化主题服务的。像这种为反映现代生活服务的表现方法，仅靠对中国古典文学的借鉴是不够的，因此鲁迅认为"不能不时时取法于外国"①。他之所以那么重视多方面地吸收表现方法，正是为了获得能够深切地表现内容的艺术手段。这种精神在鲁迅是一贯的，1934年底他译了西班牙作者P.巴罗哈的《少年别》，他说这是一篇"用戏剧似的形式来写的新样式的小说"，"因为这一种形式的小说，中国还不多见，所以就译了出来。"② 次年他就运用这种形式写了篇以批判庄子思想为内容的历史小说《起死》。这篇作品以紧凑的对话尖锐地揭露了庄子的无是非观在现实中的破产，取得了格式特别和表现深切的艺术效果，同时又富有浓厚的民族风格。可见对外国文学的借鉴是鲁迅作品取得高度艺术成就的一个不可忽视的因素。

在鲁迅对外国作品的评述中，我们也可以看到他十分重视一些有创造性的艺术特点。例如他不喜欢陀思妥耶夫斯基的作品，但也指出了"他写人物，几乎无须描写外貌，只要以语气，声音，就不独将他们的思想和感情，便是面目和身体也表示着"③。这是因为鲁迅认为在有"正确的指示"的前提下，人们可以从那些思想内容不大能打动读者的"古典的，反动的"作品中"学学描写的本领，作者的努力"④。他对苏联作家拉甫拉涅夫的小说《星花》的思想内容很不赞成，指出它和无产作者的作品"截然不同"，但同时也指出了它有"洗炼的技术"，其中"所写的居民的风习和性质，土地的景色，士兵的朴诚，均极动人，令人非一气读完，不肯掩卷"⑤。当然，这些只说明他对作品的艺术特色很重视，但更受他重视的还是那些思想内容与艺术表现都比较好的作品。如对罗马尼亚作家索陀威奴的短篇《恋歌》，他就认为不仅有"美丽迷人的描写"，而且"前世纪的罗马尼亚的大森林的景色，地主和农奴的生活情形，却实在写

---

① 《南腔北调集·关于翻译》。
② 《鲁迅译文集第8卷附录·〈少年别〉译后附记》。
③ 《集外集·〈穷人〉小引》。
④ 《准风月谈·关于翻译（上）》。
⑤ 《鲁迅译文集第8卷·〈竖琴〉后记》。

得历历如绘"①。更不必说像高尔基的作品了。

在外国短篇小说作者中，鲁迅在艺术上比较欣赏的作家是契诃夫。他曾对人说："契诃夫是我顶喜欢的作者。"② 这是同他重视俄国文学和短篇小说这种形式有关的。高尔基给契诃夫的信中曾说："在俄国文学中，还没有一个像您这样的短篇小说家，而您现在是我国一个最珍贵和卓越的人物。""您拿您的小小的短篇小说进行着巨大的事业——在人们心中唤起对这种醉生梦死和半死不活的生活的憎恶——让魔鬼把这种生活抓走吧！"③ 这既同鲁迅的"揭出病苦，引起疗救的注意"的创作意图有所联系，同时艺术上的成就又是可以和值得借鉴的。郭沫若同志曾说："毫无疑问，鲁迅在早年一定是深切地受了契诃夫的影响的。""鲁迅的作品与作风和契诃夫的极相类似，简直可以说是孪生的弟兄。假使契诃夫的作品是'人类无声的悲哀的音乐'（'Still and sad music of humanity'），鲁迅的作品至少可以说是中国的无声的悲哀的音乐。"④ 这里指的当然是鲁迅的小说。1929 年为了纪念契诃夫逝世 25 周年和开始创作 50 年，鲁迅在他主编的《奔流》上曾刊登了他译的论文《契诃夫和新文艺》，另外还刊登了两篇契诃夫的作品。他曾在杂文中引述过这篇论文中的下述论点："安特列夫竭力要我们恐怖，我们却并不怕；契诃夫不这样，我们倒恐怖了。"⑤ 就是欣赏契诃夫作品在艺术表现上的深切有力。1935 年他译了契诃夫早期的八个短篇，收为《坏孩子和别的奇闻》一书，他称赞这些小说"字数虽少，脚色却都活画出来了"，"没有一篇是可以一笑就了的"。⑥ 但同时也指出了作者思想上的阴郁悲观的气息。可见鲁迅主要是从艺术借鉴的角度来喜欢这个作者的。契诃夫的短篇用简短的篇幅写了具有社会意义的主题，他暴露了俄国社会广泛流行的平庸、灰暗和堕落的生活（如《普里希别叶夫中士》等），描写了在物质和精神方面都极端贫乏的俄罗斯农民生

---

① 《鲁迅译文集第 10 卷·〈恋歌〉附记》。
② 李何林编《鲁迅论》中，收有《新中国的思想界领袖鲁迅》一文，美国巴来特 R. M. Bartlett 作，石孚译。原作者曾于 1926 年在北京会见过鲁迅，这里引的是他记录的鲁迅的谈话。
③ 《文学书简（上）》中译本 20 页及 66 页。
④ 《沫若文集十三卷·契诃夫在东方》。
⑤ 《三闲集·铲共大观》。
⑥ 《鲁迅译文集第 4 卷·〈坏孩子和别的奇闻〉译者后记及前记》。

活（如《农民》），也刻画过不少知识分子的形象（如著名的《套中人》和列宁喜欢的《第六病室》），这些都是能够吸引鲁迅的注意的。契诃夫对现实的态度严肃认真，鲁迅曾说："契诃夫说过：'被昏蛋所称赞，不如战死在他手里。'真是伤心而且悟道之言。"① 就是对他的创作态度的概括评价。但鲁迅是革命者，他对旧社会的批判要比契诃夫锐利得多，他对农民有更深刻的理解，这些都不是契诃夫所能比拟的，因此引起他更大注意的还是这些作品的艺术特色。契诃夫的短篇小说结构谨严，写得十分精炼，他善于启发读者的想象力，推动他们思考问题。他的作品人物不多，而且只突出其中他所选定的中心人物，由主要情节讲起，排除一切多余的东西、只用基本线索和选取有特征的细节来刻画人物的性格。他很少大段地描写风景，语言简洁生动，不大用华丽的词藻和堆砌的形容词，同时又有把握描写对象的能力。这些特点同鲁迅所说的"要极省俭的画出一个人的特点，最好是画他的眼睛"的塑造人物的方法，以及"有真意，去粉饰，少做作，勿卖弄"的"白描"手法，② 都是十分接近的。总之，白描、传神、集中的表现方法，是契诃夫的作品引起鲁迅喜爱的主要原因，同时当然也是他在自己的创作实践中所注意借鉴的主要方面。显然，这些特点对鲁迅的小说是有一定影响的；只是由于鲁迅思想的深刻性和战斗性，他对中国人民生活的熟悉和理解，以及他对中国古典小说传统风格的重视和继承，就使他的作品绝不是仅如契诃夫那样的对"小人物"的怜悯和同情，而是真正从革命的角度写出了农民和知识分子的遭遇和前途，因而不仅在思想上，而且也在艺术上取得了崭新的卓越的成就。

五　散文诗·社会批评

鲁迅自称《野草》为散文诗，而且说它"技术并不算坏"③。我们从这部抒情意味浓厚和艺术优美的作品中，确实可以看到作者对自己心境感受的解剖和抒发；他虽然是用散文写的，但意致深远，内容和表现方式都有浓郁的诗意。应该承认，散文诗这一体裁的运用是受到外国文学的影响的。中国古代有"以文为诗"的宋诗，也

---

① 《且介亭杂文二集·徐懋庸作〈打杂集〉序》。
② 《南腔北调集·我怎么做起小说来》《南腔北调集·作文秘诀》。
③ 《南腔北调集·〈自选集〉自序》《鲁迅书信集·757 致萧军》。

有如辞赋之类的韵文，也就是以诗的形式写的散文，但这些不仅都受一定格律和韵脚的限制，而且它所借助的形象和思想感情的容量都是比较狭窄的，和《野草》显然不是同一类的体裁。"五四"以后，外国文学中的散文诗一类作品，在中国有了广泛的流传，才逐渐有了这种形式的创作。鲁迅早在日本留学时期，就爱上了荷兰诗人望·蔼覃的《小约翰》，这本书原序的作者德国人保罗·贲赫称蔼覃是"在荷兰迄今所到达的抒情诗里，他的诗也可以算是最好的"，又称《小约翰》是"象征写实底童话诗"。鲁迅在中译本《引言》中同意这种说法，而且说它是"无韵的诗，成人的童话"。在本书"附录一"鲁迅译的荷兰诗人波勒·兑·蒙德的介绍文章中，则径直称它为散文诗。鲁迅从1906年开始接触这本书，就感到"非常神往"，"是自己爱看，又愿意别人也看的书，于是不知不觉，遂有了翻成中文的意思"。① 但直到1926年才开始翻译，次年出版。1936年鲁迅曾应读者之请，把他译著的各书开了一个单子，在所译书目中，他只在《小约翰》和《死魂灵》两书上加注了一个"好"字，而且在信中说明："别的皆较旧，失了时效，或不足观，其实是不必看的。"② 他曾说："我也不愿意别人劝我去吃他所爱吃的东西，然而我所爱吃的，却往往不自觉地劝人吃。看的东西也一样，《小约翰》即是其一"③。可见这是从他从事文学工作开始，30年来一直爱好不释的一本书。这不仅因为原作者曾研究过医学和生物学，以及学识渊博、关心儿童等方面与鲁迅有共同点，主要还在于它的内容和体裁。它是童话，但故事大部是在"幻惑之乡"开演的，"那地方是花卉和草，禽鸟和昆虫，都作为有思想的东西，互相谈话，而且和各种神奇的生物往还"，"其中如金虫的生平，菌类的言行，火萤的理想，蚂蚁的平和论，都是实际和幻想的混合"。④ 这种表现方式和鲁迅自己认为"大半是废弛的地狱边沿的惨白色小花"的《野草》⑤，颇有近似之处，都是通过形象和想象来抒发作者的情绪和感受的。《野草》中不仅有许多奇特的构思和幻想的故事，而且如《秋夜》中所写的瑟缩地做梦的细小的粉红花，《狗的驳诘》中大发议论

---

① 《鲁迅译文集第4卷·〈小约翰〉原序、附录、引言》。
② 《鲁迅书信集·1148 致夏传经》。
③ 《鲁迅译文集第4卷·〈小约翰〉引言》。
④ 《鲁迅译文集第4卷·〈小约翰〉附录一、引言》。
⑤ 《二心集·〈野草〉英文译本序》。

的狗，都是作为有思想的东西活动的，正是一种实际和幻想相混合的写法。当然，《野草》所抒写的是鲁迅在他思想发展的一个特定阶段的独有的心情和感受，是和写作当时的具体时代特点相联系的，这与作为童话的《小约翰》根本不同；我们所指的仅只限于两者在体裁和写法上的近似。

在中国流行得比较广泛的散文诗作品，是《屠格涅夫散文诗》。据孙伏园回忆，鲁迅曾对他讲过关于《药》的创作情况，并举出屠格涅夫的《工人和白手人》和《药》的用意有些仿佛。①《工人和白手人》是《屠格涅夫散文诗》五十首之一，可见鲁迅对这部作品是很熟悉的。《散文诗》是屠格涅夫的晚年作品，就内容说，其中表现着作者对人生无常和关于衰老死亡的命运的沉思，往事的回忆和爱的幻想，有严重的忧郁感伤情绪和悲观主义倾向。但它在艺术上又是十分成熟的，浓郁的抒情因素，对大自然的冷漠和威力的描写，艺术幻象的精巧的构思和引人思索的寓意，都使它充满了诗的意境和感染力。写作《野草》时期的鲁迅处于当时的黑暗现实下固然也有某种孤寂阴暗的情绪，但同时他还正在"上下求索"革命途径和"新的战友"，而且他是为了解剖自己的思想矛盾才抒发感受的，因此在思想倾向上同《屠格涅夫散文诗》有着根本的不同。但是当他决定选择散文诗这种形式来抒写他在获得马克思主义世界观的过程中所经历的内心曲折和思想感触的时候，对同一类型的艺术上较好的作品他当然是会有所借鉴的，特别是在艺术构思和形象选择方面。我们试举用幻象来抒写感触的表现方法为例，就可以说明这一点。《野草》中从《死火》到《死后》一连七篇都是用"我梦见自己……"开始的，通篇写的似乎都是梦境，此外如《影的告别》《好的故事》《一觉》，写的也都是朦胧中的幻象。这是因为作者要写的是他在解剖自己思想情绪时的矛盾和感触，是在独自思索中产生的，而且这些矛盾还没有找到真正的解决办法，因此用梦境和幻象的构思方式不仅可以收到意致深远的诗的效果，而且也显示了这些感触与黑暗现实的某种对立的性质。这种方法在中国古典诗歌和散文中是比较少见的，但在《屠格涅夫散文诗》中却是常用的一种构思方式，如《世界的末日》《虫》《自然》《蔚蓝的国》和《基督》，写的都是梦境；《老妇》《两兄弟》《仙女》等篇写的是幻象。当然，梦或幻象

---

① 孙伏园：《鲁迅先生二三事·〈药〉》中记鲁迅的谈话。

的具体内容和思想意义是每篇各不相同的，更不用说它同《野草》的根本区别了，但作为散文诗的一种艺术构思和选择形象的方式，则《野草》显然是对它有所借鉴的。这种借鉴对于鲁迅当然只能是一种启发，因为即使是类似的构思和形象，由于思想倾向的根本不同，艺术表现也是完全两样的。《野草》中有一篇《求乞者》，《屠格涅夫散文诗》中有一篇《乞丐》，表面上都是通过第一人称"我"在路上遇到一个乞丐来抒发感触的，但屠格涅夫珍视的是人类的互助和同情，认为这是对不幸者的最好的布施，在另一篇《施舍》中更宣扬了施舍关系可以得到道德的完善，和平和欢乐。鲁迅则极端厌恶这种人和人之间的布施关系，认为它不过是"无物之阵"的灰色生活的点缀，消除求乞这种现象同样"是要各人竭力挣来，培植，保养的，不是别人布施，捐助的"。因此他对于布施式的关系"给以烦腻，疑心，憎恶"。① 不同的思想内容使两篇作品在艺术表现上也采取了完全不同的方式。又如屠格涅夫的《基督》和鲁迅的《复仇（其二）》都是借基督的形象来抒发感触的，前者只用自己的感觉表现了基督就是像常人一样的普通人的思想，后者则通过耶稣去钉十字架的场面，沉痛地描写了在其同胞尚未觉悟的情况下一个孤独的改革者的遭遇和心情——他要被钉死了，感到"四面都是敌意"，但他"较永久地悲悯他们的前途，然而仇恨他们的现在"。也就是写了一个对群众"哀其不幸，怒其不争"的先驱的改革者的形象。两者都不是把基督当作"神"来写的，但形象的思想意义和表现方法是完全不同的。这就充分地说明，鲁迅对于外国作品的借鉴采取的完全是"为我所用"的主人公态度，既没有为原作者的悲观主义思想所束缚，也没有在艺术上运用近似的表现手法，而是创造性地汲取营养，丰富和扩大了自己在艺术构思上的视野，获得了更多的可以为表现内容服务的艺术手段。

杂文是鲁迅进行战斗的主要武器。就杂文这一体裁的产生、渊源或风格特色来说，都同中国社会现实和古典文学的传统有着密切的联系，而与外国文学的关系则是相当远的。但鲁迅既然一贯重视和提倡杂文的写作，把它称为"'文明批评'和'社会批评'"②，那么当他接触的外国作品中也有类似杂文的关于社会现实和文化思想

---

① 《热风·随感录六十一：不满》《野草·求乞者》。
② 《两地书·十七》。

的揭露批判的内容时，自然会引起他的密切的注意。1925年鲁迅译了日本厨川白村的《出了象牙之塔》，就因为他感到这本书"于本国的微温，中道，妥协，虚伪，小气，自大，保守等世态，一一加以辛辣的攻击和无所假借的批评。就是从我们外国人的眼睛看，也往往觉得有'快刀斩乱麻'似的爽利，至于禁不住称快"①。他把这本书当作针对中国"隐蔽着的痼疾"的"从外国药房贩来的一帖泻药"，就是希望它能在中国发生杂文一样的作用。厨川白村是日本的唯心主义文艺理论家，这本书是他的论文随笔集。鲁迅所欣赏的主要是其中社会批评的部分；他说："作者对于他的本国的缺点的猛烈的攻击法，真是一个霹雳手。……他所狙击的要害，我觉得往往也就是中国的病痛的要害；这是我们大可以借此深思，反省的。"②1928年他译了日本鹤见祐辅的《思想·山水·人物》，而且在《题记》中径直称这本书是"杂文集"。原作者是资产阶级自由主义者，鲁迅当时就不同意作者的一些观点，认为书中"有大背我意之处"，只是"觉得其中有些有用，或有些有益"，才把它翻译过来。这本书中的许多观点的确是鲁迅一向所反对的，例如《论自由主义》一篇，鲁迅说虽然是作者"神往的东西"，却"并非我所注意的文字"。③又如《说幽默》一篇，鲁迅向来认为幽默"是只有爱开圆桌会议的国民才闹得出来的玩意儿，在中国，却连意译也办不到"④。更其明显的是《断想》一文，作者竟然对"费厄泼赖"大加赞扬，而鲁迅是于1925年就写过《论"费厄泼赖"应该缓行》的名文的。可见鲁迅对这本书的观点基本上是批判的，因此他才在《题记》中指出"并非要大家拿来作言动的指南针"。他所觉得"其中有些有用，或有些有益"的主要是两点，一是在作者的某些批评中"分明可见中国的影子"，二是作者的文笔"很有明快切中的地方，滔滔然如瓶泻水，使人不觉终卷"。⑤而这两者都是有益于关心社会批评和写作杂文的借鉴的。

　　鲁迅认为在"五四"以后的新文学创作中，"散文小品的成功，

---

① 《鲁迅译文集第3卷·〈出了象牙之塔〉后记》。
② 《鲁迅译文集第3卷附录·〈从灵向肉和从肉向灵〉译后附记及〈观照享乐的生活〉译后附记》。
③ 《鲁迅译文集第3卷·〈思想·山水·人物〉题记》。
④ 《南腔北调集·"论语一年"》。
⑤ 《南腔北调集·"论语一年"》。

几乎在小说戏曲和诗歌之上"。而且指出"因为常常取法于英国的随笔（Essay）所以也带一点幽默和雍容；写法也有漂亮和缜密的"，这类作品起了"对于旧文学的示威"，的战斗作用。① 鲁迅自己的散文简炼隽永，抒情味很浓，和英国随笔的风格迥然不同，他并未有意地去取法。但他不反对这种借鉴，只要作者牢记思想革命的战斗任务。1928 年他编《奔流》时曾译载了随笔《大地的消失》一文，并且在《后记》中指出："Essay（随笔）本来不容易译，在此只想绍介一个格式。将来倘能得到这一类的文章，也还想登下去。"② 这就说明他是赞成散文作者熟悉随笔这一格式的，而且愿意多介绍一些可供借鉴的作品。这些都是和他一向主张的"博采众家、取其所长"的观点一致的。

六　讽刺艺术

无论小说和杂文，鲁迅作品显著的艺术特色之一就是讽刺。这是因为他要"揭出病苦，引起疗救的注意"，要"论时事不留面子，砭锢弊常取类型"，③ 所以他就需要抓住生活中有典型意义的事例，采取最有力的艺术手法来给以致命的一击；他的讽刺对象主要是敌人，是用来撕破旧中国的脸的。鲁迅认为讽刺的作用与喜剧相同，是"将那无价值的（东西）撕破给人看"④ 的，而在半殖民地半封建的旧中国，多少卑劣可笑的事情都习以为常地被当作庄严正常的现象来看待啊！鲁迅曾慨叹说，"假使现在有一个英国的斯惠夫德似的人，做一部《格利佛游记》那样的讽刺的小说，说在 20 世纪中，到了一个文明的国度，看见一群人在烧香拜龙，作法求雨，赏鉴'胖女'，禁杀乌龟；又一群人在正正经经的研究古代舞法，主张男女分途，以及女人的腿应该不许其露出。那么，远处，或是将来的人，恐怕大抵要以为这是作者贫嘴薄舌，随意捏造，以挖苦他所不满的人们的罢。然而这的确是事实。"⑤ 这就说明当时的现实生活是讽刺作品产生的根源，但它又不是简单的拉杂的生活记录，要使作品真正有力量，就必须对生活素材进行艺术加工，使它充分发挥战

---

① 《南腔北调集·小品文的危机》。
② 《集外集·〈奔流〉编校后记（一）》。
③ 《南腔北调集·我怎么做起小说来》《〈伪自由书〉前记》。
④ 《坟·再论雷峰塔的倒掉》。
⑤ 《花边文学·奇怪》。

斗的作用。鲁迅写过《论讽刺》和《什么是"讽刺"?》两篇文章,其中不仅精辟地论述了讽刺艺术的特征,而且可以认为是总结了他自己的创作经验的。他一方面强调了"非写实决不能成为所谓'讽刺'"①,一方面又指出了作者"有意的偏要提出这等事,而且加以精炼,甚至于夸张,却确是'讽刺'的本领。同一事件,在拉杂的非艺术的记录中,是不成为讽刺,谁也不大会受感动的"②。这就说明作者除了正确的认识生活之外,还必须在精炼、夸张的讽刺艺术上用工夫,才可能产生感人的力量。鲁迅作品在讽刺艺术上的高度成就,当然首先在于他对社会生活的正确认识和革命者的战斗态度,但他的艺术加工的本领也同样是重要的,而在这方面,就同他对过去作品的借鉴有了联系。在那两篇论讽刺的文章里,他推崇的讽刺作品除了《儒林外史》等中国小说外,就举出了斯惠夫德和果戈理两个外国作家。斯惠夫德的《格利佛游记》,鲁迅称赞它在讽刺艺术上的成就,但英国社会情况和作品中所写的生活同中国的差别太大,因此对鲁迅作品没有显著的影响。果戈理就不同,鲁迅认为他"那《外套》里的大小官吏,《鼻子》里的绅士,医生,闲人们之类的典型,是虽在中国的现在,也还可以遇见的"③。由于俄国社会生活和旧中国的生活相似,果戈理的作品容易为中国读者所理解,这同样也是鲁迅30年来一直喜爱果戈理的重要原因。

早在1907年写的《摩罗诗力说》里,鲁迅就称赞果戈理"以描绘社会人生之黑暗著名","以不可见之泪痕悲色,振其邦人"。他创作的第一篇白话小说《狂人日记》用的是与果戈理小说相同的名字,虽然果戈理的作品只表现了卑微的弱者呼救的声音,而鲁迅则号召人们打破吃人的制度,比较起来"忧愤深广"得多,但在艺术形式上是受到果戈理作品的启发的。他对《死魂灵》的翻译付出了极大的精力,直到逝世前不久,他还在忙于《死魂灵》第二部的翻译,他对果戈理的喜爱是一贯的。鲁迅所欣赏的主要是果戈理作品的现实主义成就,尤其是讽刺艺术,而这也正是他所要借鉴的地方。他论《死魂灵》第一部时说:"其中的许多人物,到现在还很有生气,使我们不同国度,不同时代的读者,也觉得仿佛写着自己的周围,

---

① 《且介亭杂文二集·论讽刺》。
② 《且介亭杂文二集·什么是"讽刺"?》。
③ 《且介亭杂文二集·论讽刺》。

不得不叹服他伟大的写实的本领。"又说："讽刺的本领，在这里不及谈，单说那独特之处，尤其是在用平常事，平常话，深刻的显出当时地主的无聊生活。""写法的确不过平铺直叙，但到处是刺，有的明白，有的却隐藏"。①《死魂灵》第一部主要写的是地主们，附带也描写了一些官吏集团的人物，它通过乞乞科夫的访问各贵族庄园，描绘了农奴制俄罗斯的地主生活，其中都是些庸俗、猥琐、丑恶的角色；作者辛辣地嘲笑了他们，用讽刺艺术来批判了那个"一无是处的时代"。鲁迅是深知果戈理的弱点和局限的，他指出果戈理对地主的"讽刺固多"，实则"都各有可爱之处。至于写到农奴，却没有一点可取了"，因为"果戈理自己就是地主"。②《死魂灵》第一部着重描写的是讽刺的对象，这个弱点还不很突出，到第二部作者企图塑造正面形象的时候，他的局限便成为致命的了。鲁迅认为："这一部书，单是第一部就已经足够的，果戈理的运命所限，就在讽刺他本身所属的一流人物。所以他描写没落人物，依然栩栩如生，一到创造他之所谓好人，就没有生气。"这是为作家的阶级立场所决定的，他要描写地主们改心向善，完全违反了现实主义的创作原则，当然是要失败的。因此鲁迅指出这种人物形象的"积极者偏远逊于没落者：在讽刺作家果戈理，真是无可奈何的事"③。就是对于第一部，鲁迅也依然是有批判的，不仅指出了它描写了地主的尚有"可爱之处"，而且他表示同意《死魂灵》德译本《序言》作者珂德略来夫斯基的意见，认为果戈理"有一种偏见，以为位置高的，道德也高，所以对于大官，攻击特少"④。但鲁迅在批判他的弱点和局限的同时，也指出了作者在艺术上的杰出成就，称赞他写出了极平常的"几乎无事的悲剧"，"非由诗人画出它的形象来，是很不容易觉察的"。⑤ 这种现实主义成就，特别是对于丑恶现象的讽刺艺术，在旧中国是非常需要的，因而也是值得借鉴的。

　　鲁迅曾介绍过一篇日本作者论述果戈理的文章，其中有这样一段话："从果戈理学什么呢，单从他学些出众的讽刺的手法，是不够

---

① 《且介亭杂文二集·〈死魂灵百图〉小引、几乎无事的悲剧、"题未定"草（一）》。
② 《且介亭杂文二集·几乎无事的悲剧》。
③ 《鲁迅译文集第9卷附录·〈死魂灵〉第二部第二章译后附记及〈死魂灵〉第二部第一章译后附记》。
④ 《鲁迅书信集·1069 致孟十还》。
⑤ 《且介亭杂文二集·几乎无事的悲剧》。

的。他的讽刺,是怎样的东西呢？最要紧的是用了懂得了这讽刺,体会了这讽刺的眼睛,来观察现代日本的这混浊了的社会情势,从中抓出真的讽刺底的东西来。"① 这其实大体上是概括了鲁迅的借鉴态度和鲁迅作品的讽刺特色的；他从中国的现实生活出发,针对各种不同的对象,抓住它的特征,运用精炼的艺术手法,给以辛辣的讽刺,以达到打击敌人和教育人民的目的。和果戈理不同,在鲁迅笔下的地主和其他反面人物,例如赵太爷、鲁四老爷、七大人、慰老爷、四铭、高老夫子之类,我们丝毫也发现不了他们有任何可爱之处,或有任何"改心向善"的可能,因为作者就是把他们作为旧的社会制度的支柱和人民的敌人来彻底否定的。他鲜明地站在人民一边,从压迫者与被压迫者的关系来表现人物,而不是仅从这些人的生活空虚或道德堕落来着眼的。当然,在鲁迅笔下的讽刺对象中也有一些带有"可爱之处"之人物,例如阿Q,甚至孔乙己,但他们都是被压迫者,他们身上的可笑之处是和他们的被压迫和被损害的地位不可分的。鲁迅不但在运用讽刺时的态度不同,而且他还写了阿Q的革命性,孔乙己对待孩子们的善良的性格,就因为在他们身上本来就有值得同情的地方。鲁迅的敌我界限十分明确,他说："讽刺家,是危险的。假使他所讽刺的是不识字者,被杀戮者,被囚禁者,被压迫者吧,那很好,正可给读他文章的所谓有教育的智识者嘻嘻一笑,更觉得自己的勇敢和高明。"② 鲁迅坚决反对恶意地讽刺劳动人民和被压迫者,他对他们身上的缺点的讽刺全出于"怒其不争"和促使他们觉醒起来的迫切愿望,这和对地主阶级等反面人物的讽刺是有根本区别的。小说如此,杂文也一样；毛泽东同志指出："'杂文时代'的鲁迅,也不曾嘲笑和攻击革命人民和革命政党,杂文的写法也和对于敌人的完全两样。"③ 这种态度鲜明的根本原因就在于作者是革命者,他讽刺的目的在于改造社会,因此他对讽刺的运用十分严格,既反对"觉得一切世事,一无足取,也一无可为"的冷嘲,又反对"将屠夫的凶残,使大家化为一笑"的幽默,④ 他是把讽刺艺术作为战斗武器来使用的。可见虽然他十分喜爱

---

① 《鲁迅译文集第10卷·立野信之：〈果戈理私观〉》。
② 《伪自由书·从讽刺到幽默》。
③ 《在延安文艺座谈会上的讲话》,《毛泽东选集》,第829页。
④ 《且介亭杂文二集·什么是"讽刺"？》《南腔北调集·"论语一年"》。

果戈理的写实和讽刺，他也有意识地把果戈理的作品作为借鉴，但他们之间的对现实的态度以及艺术特色，都是有很大区别的。

除果戈理外，从"博采众长"出发，鲁迅也介绍了别人的讽刺作品。他翻译了俄国萨尔蒂珂夫（谢德林）《某城纪事》中的《饥馑》，称赞作者的"锋利的笔尖，深刻的观察"，而且认为这类作品"于中国也很相宜"。①他也翻译了法国作家腓立普的短篇《食人人种的话》，认为这是"圆熟之作"，但他"所取的是篇中的深刻的讽喻"，②并不赞成作者的思想。当1933年英国作家萧伯纳到上海时，一时无聊文人纷纷指萧为幽默大师、行动怪诞的人，鲁迅则说："我是喜欢萧的。"因为"他往往撕掉绅士们的假面"，"终于拉住耳朵，指给大家道：'看哪，这是蛆虫！'连磋商的工夫，掩饰的法子也不给人有一点。"③恩格斯在1892年在批评萧伯纳参加费边派的活动时，曾指出过萧"作为文学家是很有才能和富于机智的"④。讽刺是萧伯纳作品的主要特色，而这正是鲁迅喜欢他的原因。可见鲁迅对外国作家采取的都是分析批判的态度，从未加以盲目的推崇和全盘的肯定。

七 体裁家（Stylist）

鲁迅在《我怎么做起小说来》一文中说："我做完之后，总要看两遍，自己觉得拗口的，就增删几个字，一定要它读得顺口；没有相宜的白话，宁可引古语，希望总有人会懂，只有自己懂得或连自己也不懂的生造出来的字句，是不大用的。这一节，许多批评家之中，只有一个人看出来了，但他称我为Stylist（体裁家）。"这是说他很注意文学语言的提炼工作，而这一点在"五四"时期新文学的建设中是有非常重要的战斗意义的。"五四"文学革命是以反对文言文、提倡白话文开始的，从当时先驱者们的主张看来，他们之所以坚决主张"白话当为文学之正宗"，主要有两方面的理由：第一，白话能够为一般人所看懂，容易普及；第二，白话是一种完善的文学语言，它比文言文更富于艺术表现力，更能完满地反映现实生活。

---

① 《鲁迅译文集第10卷・〈饥馑〉附记》《鲁迅书信集・889致孟十还》。
② 《鲁迅译文集第10卷・〈食人人种的话〉附记》。
③ 《南腔北调集・看萧和"看萧的人们"记、"论语一年"》。
④ 马克思、恩格斯：《论艺术》第4卷，第160页。

白话文容易普及这一点是常识之内的事情，有充分的说服力；但白话文是否可以成为一种完善的文学语言，当时就有人抱着怀疑的态度。这当然可以据理驳斥，但更重要的还在于用创作实践来证明。白话小说虽然在中国有悠久的历史，但由于它是从"平话"和说书的口头文学演变来的，从文学语言的观点看就不够精炼和完美，人们日常的口语和谈话当然是作家采取的源泉，但须加提炼的工夫。因此鲁迅说他用的语言是"采说书而去其油滑，听闲谈而去其散漫，博取民众的口语而存其比较的大家能懂的字句，成为四不像的白话"①。这里所谓"采说书"，就是采自旧的章回小说，而闲谈和口语则是从生活中直接提炼的，所以他称赞高尔基说的"大众语是毛胚，加了工的是文学"是，"很中肯的指示"②。鲁迅非常重视从艺术表现力方面做到新文学"对于旧文学的示威"③，因此注重文学语言的提炼工作，在当时就有实际的战斗作用，同时这也形成了他自己的文体风格。

　　文学语言当然属于民族的范畴，但为了丰富它的表现力，使它精密和完美，能够更好地反映现代生活，仍然是可以从外国文学中得到启发和借鉴的。鲁迅称刘半农对于"'她'字和'牠'字的创造"是"五四"时期打的一次"大仗"④；这表面上看来好像有点夸张，其实他是有深刻体会的。拿女性第三人称的"她"字来说，鲁迅起初用的也是"他"字，如《明天》中单四嫂子的代词；后来觉得意义含混，有加以区别的必要，便用"伊"字来代替，《呐喊》中的《风波》等篇就是如此。大概总感到"伊"字读音与口语不同，并不妥善，因此到"她"字出现之后，从《祝福》起，便欣然应用了。他文章中的副词语尾用"地"字，是从1924年开始的。这只是最显明的例子，说明为了丰富语言的表现力，为了精密和完善，他是很注意从外国语言中汲取有用成分的。他认为外国作品的译本可以"输入新的表现法"，而且其中有的"后来便可以据为己有"。⑤因为随着社会的发展，生活中有了新鲜事物和新的概念，当然就要求有新的用语来确切地表现它。"他要说得精密，固有的白话不够

---

① 《二心集·关于翻译的通信》。
② 《花边文学·做文章》。
③ 《南腔北调集·小品文的危机》。
④ 《且介亭杂文·忆刘半农君》。
⑤ 《二心集·关于翻译的通信》。

用，便只得采些外国的句法。比较的难懂，不像茶淘饭似的可以一口吞下去是真的，但补这缺点的是精密。"① 当然，在文学语言的提炼上，鲁迅是把"从活人的嘴上，采取有生命的词汇"摆在第一位的，但文学语言"应该比口语简洁，然而明了"；② 这就需要从古语或外国语言吸收一些有用的东西来丰富它。所以他主张"要支持欧化式的文章，但要区别这种文章，是故意胡闹，还是为了立论的精密，不得不如此"③。有些作者硬搬外国语的表现方式，生造一些只有自己懂得或连自己也不懂的字句，是崇洋思想作怪，只能属于"故意胡闹"之列；而为了精密和丰富表现力从外国作品中吸收有用的成分，则完全是另外一回事。毛泽东同志在《反对党八股》一文中指出："要从外国语言中吸收我们所需要的成份。我们不是硬搬或滥用外国语言，是要吸收外国语言中的好东西，于我们适用的东西。"作为丰富文学语言的途径之一，鲁迅是十分注意从外国作品中吸取有用的成分的，这是形成他的文体风格的一个因素。

鲁迅把称他为体裁家的批评者认为是看出了他的文学语言的特点，他在外国文学中同样也很注意在这方面有成就的作家。1921年他翻译了保加利亚作者跋佐夫的短篇《战争中的威尔珂》，并且在《后记》中也称作者为体裁家。他说："跋佐夫不但是革命的文人，也是旧文学的轨道破坏者，也是体裁家（Stylist），勃尔格利亚（保加利亚）文书旧用一种希腊教会的人造文，轻视口语，因此口语便很不完全了，而跋佐夫是鼓吹白话，又善于运用白话的人。"跋佐夫是中国读者比较熟悉的作家，他的描写对土耳其战争的长篇《轭下》和短篇集《过岭记》都有过中国译本，1935年鲁迅又翻译了他的短篇《村妇》。鲁迅虽然称赞他作品中的爱祖国爱人民的思想和"使巴尔干的美丽，朴野，都涌现于读者的眼前"的艺术，但显然，更引起他重视的是作者"是旧文学轨道的破坏者"，是努力运用新的文学语言的人，就是说，是体裁家。因为这是同中国新文学的建设和鲁迅自己创作实践的目标相一致的。

我们知道在翻译外国作品的方法上，鲁迅一向是主张直译的，原因就在他不仅要介绍作品的内容，而且也要介绍新的表现方法；

---

① 《花边文学·玩笑只当它玩笑（上）》。
② 《且介亭杂文二集·人生识字胡涂始》《且介亭杂文·答曹聚仁先生信》。
③ 《鲁迅书信集·719 致曹聚仁》。

他认为不能为了顺眼顺口就把翻译变成"改作",这对艺术借鉴没有好处。他说:"凡是翻译,必须兼顾着两面,一则当然力求其易解,一则保存着原作的丰姿,但这保存,却又常常和易懂相矛盾:看不惯了。不过它原是洋鬼子,当然谁也看不惯,为比较的顺眼起见,只能改换他的衣裳,却不该削低他的鼻子,剜掉他的眼睛。"① 他在翻译的理论和实践上都把"保存原作的丰姿"摆在重要位置,有时说要"保存原来的精悍的语气",有时说"竭力想保存原书的口吻",② 目的都同时在介绍原作在表现方法上的特点。这些新的表现方法,包括句法和用语,是可以供创作上的借鉴的,所以他主张"一面尽量的输入,一面尽量的消化,吸收,可用的传下去了,渣滓就听他剩落在过去里。……其中的一部分,将从'不顺'而成为'顺',有一部分,则因为到底'不顺'而被淘汰,被踢开。这最要紧的是我们自己的批判"。③ 如果善于批判和吸收,这些外来的新的特点是可以丰富我们文学语言的艺术表现力的。他并没有认为外来的一切都是精华,而是主张凡"渣滓"就"踢开";就连他自己用力推敲的译文,他也认为如有更好的能够传达原作风貌的译本,"那时我就欣然消灭"④。他的根本出发点是为读者、为中国现代文学创作的健康发展着想的。

八 《拿来主义》

1934 年,鲁迅写了《拿来主义》的名文,对于如何正确对待文化遗产,特别是外国文学,作了理论的概括。这篇文章不仅用马克思主义的观点对这一重要问题作了精辟分析,而且可以认为是他自己 30 年来实践经验的总结。他的全部经历和作品就说明他拿来了什么,吸收了什么和抛弃了什么。鲁迅所接触、介绍和翻译的外国作品,绝大部分是资产阶级文学,这就有一个如何对待的问题:既不能如国粹主义者那样一律排斥,全盘否定;也不能如一些资产阶级文人那样顶礼膜拜,无批判地硬搬和模仿。鲁迅从中国人民革命和新文学建设的需要出发,在长期实践中积累了丰富的经验,《拿来主

---

① 《且介亭杂文二集·"题未定"草(二)》。
② 《二心集·"硬译"与"文学的阶级性"》《鲁迅译文集第 3 卷·〈出了象牙之塔〉后记》。
③ 《二心集·关于翻译的通信》。
④ 《鲁迅译文集第 4 卷·〈俄罗斯的童话〉小引》。

义》就是他的宝贵经验的结晶。

在这篇文章中,他主张对于遗产首先要敢于"拿来",他既批判了那种在旧的遗产面前徘徊不前的"孱头",又批判了那种为了表示自己"革命"而毁灭遗产的"昏蛋",他们貌似前进,实则极端错误;当然他也同时批判了那种对遗产采取羡慕态度而欣欣然全盘继承的"废物"。他认为英国鸦片、美国电影之类外国东西是别人"送来"的,当然无益;我们应该根据我们的需要主动地"拿来"。他曾称赞汉唐时代人民具有"自信心",敢于吸收外来文化,"凡取用外来事物的时候,就如将彼俘来一样,自由驱使,绝不介怀"①。无产阶级为了建设新的文学,对于过去时代遗留下来的文学遗产,也是要批判地继承的。他说:"因为新的阶级及其文化,并非突然从天而降,大抵是发达于对于旧支配者及其文化的反抗中,亦即发达于和旧者的对立中,所以新文化仍然有所承传,于旧文化也仍然有所择取。"而在当时的中国"单就文艺而言,我们实在还知道得太少,吸收得太少"。② 所以他首先要求"运用脑髓,放出眼光,自己来拿!"

"拿来"之后,就要"挑选","或使用,或存放,或毁灭"。根据情况,区别对待。对人民有营养的,就利用;对于既有毒素又有用处的,则正确吸取和利用其有用的一面,而清除其有害的毒素;对人民毫无益处的,则除留一点给博物馆外,原则上都须加以毁灭。这里强调的是革命的批判精神。他主张"拿来",但与那种兼收并蓄的全盘继承论者不同,他要根据人民群众的需要和利益,严加"挑选"。他曾举日本派"遣唐使"学习中国文明为例,说明"别择"(就是"挑选")的重要性,他说"日本虽然采取了许多中国文明,刑法上却不用凌迟,宫庭中仍无太监,妇女们也终于不缠足"③。这是对那些无批判地崇拜西方的资产阶级文人的有力批判,说明不加"挑选"的硬搬和模仿就只能学到消极有害的东西。在他所举出的可供"挑选"的三种情况中,数量最多、内容最复杂的是第二种,即既有消极作用又有用处的那一类,这就特别需要分析和批判。他反对那种"对于作者作品,译品"十分苛求的形而上学态度:"首饰要'足赤',人物要'完人'。一有缺点,有时就全部都不要了。"而主

---

① 《坟·看镜有感》。
② 《集外集拾遗·〈浮士德与城〉后记》《集外集·〈奔流〉编校后记(二)》。
③ 《鲁迅译文集第3卷·〈出了象牙之塔〉后记》。

张用"吃烂苹果"的方法,"倘不是穿心烂",虽有烂疤,"然而这几处没有烂,还可吃得"。① 这个譬喻就形象地说明了批判分析的重要性,它可以剔除糟粕,吸收精华。

"占有"和"挑选"并不是目的,目的是为了借鉴,为了推陈出新,也就是为了新的创作。因此他的结论是:"没有拿来的,人不能自成为新人,没有拿来的,文艺不能自成为新文艺。"鲁迅在很多文章里讲过借鉴和创新的关系,他认为旧形式的采取,"并非断片的古董的杂陈,必须溶化于新作品中,那是不必赘说的事,恰如吃用牛羊,弃去蹄毛,留其精粹,以滋养及发达新的生体,决不因此就会'类乎'牛羊的。""旧形式是采取,必有所删除,既有删除,必有所增益,这结果是新形式的出现,也就是变革。"② 鲁迅正是吸取了世界优秀作品所提供的经验,经过他的吸收和消化,使之溶于自己的创作中,取得了民族的特色,形成了继承与革新的统一的。对于内容含有鸦片式的毒素的作品,他不主张消极的禁止,认为"一面也必须有先觉者来指示,说吸了就会上瘾,而上瘾之后,就成一个废物,或者还是社会上的害虫"。就是说要用有分析的文章来帮助读者正确理解,以便"从中学学描写的本领,作者的努力"。③ 总之,我们对过去作品的态度归根到底决定于我们建设新世界的理想和需要,离开了这一点,无论谈破坏或保存,都是错误的。他说:"新的建设的理想,是一切言动的南针,倘没有这而言破坏,便如未来派,不过是破坏的同路人,而言保存,则全然是旧社会的维持者。"④ 他一贯是为了新文艺的建设,为了创新而向外国优秀作品借鉴的,这才是"拿来主义"的真谛。所以他说:"我已经确切的相信:将来的光明,必将证明我们不但是文艺上的遗产的保存者,而且也是开拓者和建设者。"⑤

毛泽东同志指出:"我们必须继承一切优秀的文学艺术遗产,批判地吸取其中一切有益的东西,作为我们从此时此地的人民生活中的文学艺术原料创造作品时候的借鉴。有这个借鉴和没有这个借鉴

---

① 《准风月谈·关于翻译(下)》。
② 《且介亭杂文·论"旧形式的采用"》。
③ 《准风月谈·关于翻译(上)》。
④ 《集外集拾遗·〈浮士德与城〉后记》。
⑤ 《集外集拾遗·〈引玉集〉后记》。

是不同的,这里有文野之分,粗细之分,高低之分,快慢之分。"①鲁迅就是这样做的。他的作品深刻地反映了中国新民主主义革命时期的人民生活,成为无产阶级领导下的革命文化的重要组成部分,在艺术上创造性地形成了自己的风格,这些伟大的成就同他善于批判地向过去的作品吸收有益的东西是分不开的。他之所以能做到这一点,从根本上来说,就因为他是一个革命者。从他决定从事文艺活动的开始,就是以提高人民的觉悟,推动民族解放和社会改革的目标的。他的创作意图十分明确,就是使文艺为人民革命服务。虽然"五四"时期他还不是一个马克思主义者,但他的彻底地不妥协地反帝反封建的精神是和党在民主革命时期的总路线完全一致的,这就使他在挑选和吸收有益的东西时有了明确的目的和方向。鲁迅在批判那些专门宣扬文学遗产中的消极成分的论客时说:"潦倒而至于昏聩的人,凡是好的,他总归得不到。"②这说明如何批判和吸收是同本人的立场观点分不开的,由于鲁迅是从中国人民和革命文艺的需要出发的,这就保证了他的挑选和批判能有正确的依据。例如易卜生的《傀儡家庭》等剧作,在"五四"时期曾经风行一时,胡适写了《易卜生主义》来宣扬个人主义,还模仿易卜生写了独幕剧《终身大事》。鲁迅则认为当时介绍的意义在于易卜生"敢于攻击社会,敢于独战多数",而当时的《新青年》"是颇有以孤军而被包围于旧垒中之感"的③;他并不同意当时一般人对于易卜生作品的理解。在《娜拉走后怎样》一文中,鲁迅认为娜拉走后"实在只有两条路:不是堕落,就是回来"。并且提出了这样的论点:"正无需乎震骇一时的牺牲,不如深沉的韧性的战斗。"正是基于这种认识,他写了批判知识分子脆弱性的小说《伤逝》,深刻地表现了个性解放、婚姻自由决不能脱离社会解放而单独解决的思想。1928年他慨叹"先前欣赏那汲 Ibsen(易卜生)之流的剧本《终身大事》的英年,也多拜倒于《天女散花》,《黛玉葬花》的台下了"。而希望能有"从集团主义的观点,来批评易卜生的论文"④。同样是易卜生的作品,由于观察的出发点和角度不同,就可以产生出不同的理解和评

---

① 《在延安文艺座谈会上的讲话》,《毛泽东选集》,第817页。
② 《且介亭杂文二集·"题未定"草(六)》。
③ 《集外集·〈奔流〉编校后记(三)》。
④ 《集外集·〈奔流〉编校后记(三)》。

价。这不仅说明了鲁迅批判锋芒的严格和尖锐，而且可以说明鲁迅作品区别于那些外国作家的地方。无论果戈理或契诃夫，拜伦或裴多菲，不管他们对当时那个社会有过多少的批判或反抗，都没有达到要求彻底推翻整个社会制度的高度；而鲁迅，则从被压迫人民的愿望出发，从"五四"时期就是要求彻底推翻帝国主义和封建主义在中国的统治的。他首先在思想上站得高，因此在借鉴上就能保持清醒的态度，能够取其精华，弃其糟粕。艺术上也是一样，他主张"采用外国的良规，加以发挥，使我们的作品更加丰满是一条路"①，但又反对"只看一个人的著作"，认为"必须如蜜蜂一样，采过许多花，这才能酿出蜜来，倘若叮在一处，所得就非常有限，枯燥了。"②他之所以要"拿来"，要"占有""挑选"，就是要把这些前人的作品作为借鉴；这不但不能代替人民生活这个创作的惟一源泉，而且也不能代替或减少创作时"酿造"的辛勤，他不过是从前人的经验中汲取营养，使作品更加丰满罢了。他的作品就充分证明了这一点，我们很难具体地指出某一篇或某一处是受到某一作家的影响的，因为它已经完全溶化在作品中了。同时，他从外国文学中挑选和汲取了些什么，是同他那个时代以及他自己在创作实践中的需要有联系的；我们不能简单地认为他所借鉴的作品就一定是外国文学中最好的或者是最适合我们需要的，这要作具体的分析。我们只能从原则和方法上来领会和汲取他的宝贵的经验，在这方面是同样不能硬搬和模仿的。因此我们只是从一些大的方面来考察鲁迅作品与外国文学的关系，这除了可以使我们更深刻地理解他的伟大成就以外，由于如何对待人类文化遗产是长期受到机会主义路线干扰的重大问题，为了坚持批判继承的正确方针，我们对于那种或则鼓吹无批判地全面继承，或则鼓吹"打倒一切"地全盘否定的错误观点，必须坚决予以批判。毛泽东同志指出："打倒奴隶思想，埋葬教条主义，认真学习外国的好经验，也一定研究外国的坏经验——引以为戒，这就是我们的路线。"鲁迅在文学战线上的长期实践经验就为我们提供了生动的范例，因而它仍然有它丰富的现实意义和深刻的启发作用。

（原载《鲁迅研究》1980 年第 1 期）

---

① 《且介亭杂文·〈木刻纪程〉小引》。
② 《鲁迅书信集·1186 致颜黎民》。

关于鲁迅思想的书简
——鲁迅"前期"思想论

耿 庸

一

你来信讲：对认为鲁迅思想"前期是进化论的"一说（而"前期"指的是1928年以前），你最难接受，要我谈谈自己的理解。我坦白：这种论断至少是可疑的。说"可疑"，是因为我曾经未加怀疑地相信过。30年代前半期，我还是中学生，虽然算是已经从《坟》和《热风》读到了《花边文学》，对鲁迅思想却不仅是无所理解，而且并无加以认识的要求；而这时候读到了瞿秋白的《鲁迅杂感选集·序言》，就在不完全理解即并不都读明白的情况下，接受下来了。所以如此，一是因为那是瞿秋白说的；二是那关于鲁迅的杂文的分析对我阅读鲁迅的杂文的确很有帮助；可是三，连他关于鲁迅思想所说而为我所不怎么懂的话也相信了。40年代，我在"雾重庆"失业了将近四个月的日子里，有幸在一个图书馆里通读了《鲁迅全集》，同时也读了《新民主主义论》，觉得和瞿秋白的《鲁迅杂感选集·序言》在鲁迅论上的距离是大的。鲁迅在"五四"文化运动及其后一个时期内的作用，瞿秋白显然估计不足的。这和瞿秋白对"五四"运动的认识有关。《在乱弹及其他》里，他确定地以为"五卅"才是"无产阶级的五四"，即是把"五四"运动归属于资产阶级。这又多少和瞿秋白自己思想上承受包括俄罗斯无产阶级作家协会（拉普）的影响在内的"左"的倾向和情绪有关。但我并没有因此完全怀疑瞿秋白的鲁迅思想论。50年代初，我在上海震旦大学讲授现代文学课程中的《阿Q正传》，并稍后写了《〈阿Q正传〉研究》，那时在关于鲁迅思想的理解上，我还回避了我业已认为存在着问题的关于鲁迅思想的瞿秋白的论断。现在写给你的这一段话，也可说是第一回不是对我自己说的。瞿秋白说：

> 鲁迅在五四前的思想，进化论和个性主义还是他的基本。他热烈的希望着青年，他勇猛地袭击着宗法社会的僵尸统治，要求个性解放。……可是，正是这期间鲁迅的思想反映着一般被踩躏被侮辱被欺骗的人们的彷徨和愤激，他才从进化论最终地走到了阶级论，从进取的争求解放的个性主义进到了战斗的改造世界的集体主义。

瞿秋白认为，"反映着一般被踩躏被侮辱被欺骗的人们的彷徨和愤激"是鲁迅思想"从进化论最终的达到了阶级论"的证明和标志。且不说作为思想变化的这个标志未免太过"一般"，即有着真够宽泛的适用性，只要稍稍认真地想一想，或者老实地再读一读瞿秋白所规定的"这期间"即1928年至1931年以前的鲁迅先生的作品（它们都是在反映社会现实的同时体现鲁迅思想的），那就能够发现瞿的判断是不确实的。即使只是《呐喊》或甚至只是写在瞿秋白断言"五四"前"进化论"还是鲁迅思想的"基本"的《狂人日记》时，就业已达到了"阶级论"了。

看来瞿秋白这回是偶然地疏忽于探究一下进化论是怎么回事。看来他不过是从鲁迅所说的一些话得出他自己对于进化论的理解和作出1928年至1931年"这期间"以前鲁迅思想处于"走到了阶级论"以前的进化论的判断。鲁迅所说的话就是：

> 我自己省察，无论在小说中，在短评中，并无主张将青年来"杀，杀，杀"的痕迹，也没有怀着这样的心思。我一向是相信进化论的，总以为将来必胜于过去，青年必胜于老人，对于青年，我敬重之不暇，往往给我十刀，我只还他一箭。……
> 我有一件事要感谢创造社的，是他们"挤"我看了几种科学的文学论，明白了先前的文学史家们说了一大堆，还是纠缠不清的疑局。并且因此译了一本蒲力汗诺夫的《艺术论》，以救正我——还因我而及于别人——的只信进化论的偏颇。

然而要把这些话作为鲁迅思想在"这期间"以前属于进化论的论据，总还须加以切实的理解，而且还要看他实际上怎么样。

那时，创造社的杜荃判定鲁迅是"主张杀青年的棒喝主义者"。上引鲁迅的第一段话，就是对这耸人听闻的攻击的反击。那时候，中国确实有棒喝主义者即法西斯主义者，也确在杀青年（而且决不限于青年），那为首的就是国民党反动政权的代表人物。鲁迅对于这样的诬蔑所取的态度，正如他有一回说过的那样，"还欠刻毒"：他只是采取了剖白自己的方式。为了说明他不仅没有"主张将青年来杀，杀，杀"的言论和心思，并且相反地倒是对青年"敬重之不暇"，他采用"我一向是相信进化论的"的说法，而这说法在当时的现实条件下不失为一个适当的选择，——鲁迅是不做虎痴许褚的。

在鲁迅的这段话中，用"将来必胜于过去，青年必胜于老人"来表述进化论，明显地只是指历史必然处于前进性的运动中。这一点，我下面再说。这里，请把瞿秋白的用"热烈的希望着青年"表述进化论拿来和鲁迅对进化论的表述作一比较吧。"热烈的希望着青年"能不能表现出进化的运动性质呢？

至于上引的鲁迅的第二段话，鲁迅已经明确地说明指的是文学史的问题。鲁迅说过他早就期待着能"操马克思主义枪法"的对手（顺便请想一想：如果鲁迅不懂马克思主义，他怎么判明对手操的不是马克思主义的枪法），可惜他面对的对手虽不乏善于一夜间就从为艺术而艺术的服膺人"突变"为"普罗列塔利亚文学"的呼喊者，却并无"操马克思主义枪法"的本事，所刺不中膝理。于是，就连文学史上的疑问，也得别寻能以解决的所在，而其中也就包括普列哈诺夫的《艺术论》即《没有地址的通信》。你当然不只一次读过这本书，当然了解，普列哈诺夫在这书里正是评论到达尔文在艺术起源以及相关问题上存在着的不正确之处。因此，鲁迅在这里所说的"救正我——还因我而及于别人——的只信进化论的偏颇"，主要就只是指的艺术起源以及其相关的某些问题。

这里，值得留意的是，鲁迅所说的进化论，确定地明指达尔文主义，并只是达尔文在阐述自然有机界的发生和发展问题中所涉及的某些艺术见解。

不能认为瞿秋白从上引鲁迅所说的话中只看到"我一向是相信进化论的"和"救正我只信进化论的偏颇"两个分句。他只是没有从全句加以分析。应当认为，《序言》着重的是在于说明鲁迅的杂文在社会斗争中的意义、价值以及它内在的品质、精神和所形成的革命传统的作用。瞿秋白在这个方面完成任务的成绩在当时是真正杰出的，迄今也还是关于鲁迅杂文的研究中一座可观的高峰。特别应当注意，正是在对鲁迅的杂文的考察和分析中，瞿秋白接触到了鲁迅思想的实际。他从鲁迅的杂文看到鲁迅"为着将来和大众而牺牲的精神，贯穿着他的各个时期，一直到现在，在一切问题上都是如此。"他也从鲁迅的杂文看到鲁迅"对革命主义和改良主义的分水岭的问题，是站在革命主义方面的。"他还从《坟》《华盖集》和《华盖集续编》那些"不是社会科学的论文"中看到鲁迅的"猛烈的攻击阶级统治的火焰"，"他的神圣的憎恶和讽刺的锋芒都集中在军阀官僚和他们的叭儿狗"……。瞿秋白正确看到的所有这一切，都呈现了鲁迅在当时的阶级斗争中所在的战斗地位和所持的战斗方向，表明了鲁迅思想在那一时期历史运动中的高度的和先进的水平。我深愿你能为我解释：瞿秋白怎么能从他对鲁迅的社会斗争实践的杂文里明确理解得出这一时期的鲁迅思想属于进化论的结论？

但是，我赶快说，瞿秋白关于鲁迅思想的论断之被视为"公理"，很难认为（因为找不到根据）这是他的预期的实现。事实上，瞿秋白的论断较之似乎是充实或发展他的论断的后来人所谓鲁迅思想"前期是进化论，后期是阶级论"的论断，毕竟松动——你定能理解这个意思——得多。而，后来人较之瞿秋白，由于和中国历史的上升发展相伴随的中国文学评论的马克思主义科学水平的大为提高，特别是在《新民主主义论》提供了符合鲁迅的实际的鲁迅论之后，应当是能够科学得多地认识鲁迅思想的。可惜，"前期是进化论，后期是阶级论"较之"五四"前"进化论还是基本"，1928—1931年这期间"从进化论最终的走到了阶级论"，越发是机械化了的公式。

二

自从达尔文把关于自然有机界的发生和发展的历史安置到了科学的基础上，进化论，尽管带有着它自身的弱点并遭受着传统的神学偏见的阻击，到底是广泛地深入了人们的头脑，令人相信，自然生物并不是上帝的创造，而是长期进化过程的产物。十九世纪的最后几个年代，进化论在欧洲十分流行，随着也就流传到了中国，并在"五四"运动时期形成了一个高潮：李大钊甚至把马克思的历史唯物主义叫做"社会组织进化论"。

流行了的进化论同时大抵游离了达尔文主义意义上的进化论：它从自然的领域被引入了社会历史的领域，被形而上学所俘虏和奴役了。在达尔文那里，进化是生物的遗传和变异的辩证过程；在斯宾塞那里，进化成为是社会的无冲突的缓进过程的虚幻设想。这样，被资产阶级的党性所歪曲、溶解和毒化了的进化论，业已不是本来的进化论，——马克思主义者正确地称之为庸俗进化主义。这是一个方面。另一方面，达尔文进化论的一个内容，生物间的"生存竞争，适者生存"，在社会领域经历了更为严重的变故。当然，从马尔萨斯神甫的政治经济学中检来"生存竞争"这个概念是达尔文的"荒误"，黠智的帝国主义谋士却借达尔文的光把"生存竞争"招回自己的怀抱，并用以组成法西斯主义的理论基础。但这也不是真正的进化论，而是所谓"社会达尔文主义"（这是对达尔文的失误的过度的惩罚）。

但是，无论是进化论本身，也无论是反动阶级按照自己的阶级利益加以改造成了的庸俗进化主义和社会达尔文主义，都还不就是人们的世界观的本质。对于达尔文来说，进化论是他的唯物主义世界观的存在形式和表现形式（你知道，马克思主义奠基人批评了达尔文的个别错误，这批评甚至是尖锐的，然而同时确切地认为，达尔文进化论是辩证唯物主义的自然科学方面的一个基础）。不过他不是一个完全的唯物主义者。这个资产阶级的自然科学家在自然科学上的伟大成就并没有洗涤他的资产阶级的头脑！但公正地说，在他的科学工作的战果中，列宁所说的那种素朴实在论——自发的唯物主义，仍然起着决定的作用，显示了达尔文进化论的唯物主义的性质。和达尔文相反，把自然有机界的某些规律应用于社会的庸俗进化主义和社会达尔文主义乃是唯心主义世界观的显现形式。把自然有机界的进化规律应用于社会领域，这就是它们共同的唯心主义认识论所决定的。

那么，所谓鲁迅思想"前期是进化论的"，是说鲁迅的自然科学——生物学的思想呢，还是说鲁迅的社会思想？你比我读过更多有关的著作，你知不知道用进化论来规定鲁迅的"前期"思想的评论家是否对这个问题作过明确的说明？就我所读到的来说，多数有关的论文绕过这个问题；有些论文虽然作了不能认为鲁迅是庸俗进化主义者或社会达尔文主义者的表白，却仍然以鲁迅从事社会斗争的文学实践作为鲁迅思想"前期是进化论的"的理论根据。

其实，"鲁迅思想"作为一个概念具有着宽广的内涵。它可以包括关于自然的思想，主要的是关于社会的思想，而按其本质则是一定的哲学思想即世界观。不少有关鲁迅思想的论文在说"前期是进化论"的同时还说那一期间的鲁迅思想"是唯心主义的",这就正是判定鲁迅的"前期进化论"思想是鲁迅的社会思想,——再三申言不把鲁迅思想归于庸俗进化主义或社会达尔文主义也没法改变这样做了的实际。

三

在具体地论证鲁迅思想"前期是进化论"的时候,许多论文都提出了鲁迅对待青年的问题,这大概就是从瞿秋白用"热烈地希望着青年"来表述进化论开始的。但这是一个对于进化论来说距离遥远的命题,首先就和鲁迅在说到进化论时候所说的"将来胜于过去,青年胜于老人"距离远了。前面提到过,鲁迅这句关于进化论的话是表明一种历史总是前进性的运动的观点,这个观点是"五四"时期思想领域中关于进化论的一般认识所形成的,那时的所谓"进化"实质上意味着发展。在鲁迅那里,"将来必胜于过去"领先于"青年必胜于老人"的说法,就表明了继起的历史优胜于以往的历史的发展规律的认识。在鲁迅说这话以前大约70年,恩格斯说过,后一代人之能纠正这一代人的错误必定强于这一代人之能纠正前一代人的错误,——请把这和鲁迅的话按历史是前进性的发展的意义作个比较吧。还有,请你特别记起,恩格斯在另一处还说过,认为人类总的说来是朝着进步方向运动的信念,是和唯物主义和唯心主义的对立决不相干的。

至于,以"热烈地希望着青年"当做进化论的不确切,这甚至不必去提这是把希望寄托在青年身上的马克思主义者也纳入进化论,而只须问一下:阁下不是或不作进化论者,阁下想必是"热烈的"不"希望着青年"的吧?

鲁迅当然是"热烈地希望着青年"的,问题是在于热烈地希望于青年的是什么,而且是不是颠顸地对凡是青年就都作无所区别的热烈的希望。正是在所谓"前期是进化论"的1925年间,鲁迅就说过:

> 我还不至于如此之昏,会不知道青年有各式各样。

我们还可以从在这所谓"前期"内的鲁迅的作品中随手摘出:

> 近来很通行说青年，开口青年，闭口也是青年。但青年又何能一概而论？有醒着的，有睡着的，有昏着的，有躺着的，有玩着的，此外还多。但是，自然也有要前进的。

你看这多有趣：鲁迅倒正是在"很通行说青年"的当时提醒人们对青年不能一概而论：而道理就在于青年有各式各样。也许，你又会说：人家会指出鲁迅的这种说法并不是对青年作阶级分析。然而这是瞿秋白早就深刻而确切地回答过的了：鲁迅并不是在写社会科学论文。你现今所说的"人家"对鲁迅的作品的理解不当比30年代时候的瞿秋白在理解力上退化。但愿下面也是随手摘出的鲁迅对某种青年不加赞赏的话，能稍稍有助于你的"人家"理解问题，——这些话也是说在所谓"进化论思想"的"前期"中的：

> "锲而不舍"也许是一个药方吧，但据我所见，则有些人们——甚至于竟是青年——的论调，简直和"戊戌政变"时候的反对改革者的论调一样。
>
> 先前是老人们的世界，现在是少年们的世界了；但不料治世的人们虽异，而其禁止说、笑也则同。那么，我的死相也还得装下去、装下去，"死而后已"，岂不痛哉！

鲁迅是受过某种青年"给了十刀"的，他如何不懂青年有着具体的不同？但还有更有趣的，即，就在瞿秋白为之编录并在所作长序中断言鲁迅思想在五四前"进化论还是基本"的《鲁迅杂感选集》的第一篇（写作于1918年）中，鲁迅却说：

> 所以看十来岁的孩子，便可以逆料20年后中国的情形，看二十多岁的青年——他们大抵有了孩子，尊为爹爹了，——便可以推测他儿子孙子，晓得五十年后七十年后中国的情形。

鲁迅可能"逆料"错了，但这大抵只能说做非进化论乃至反进化论的思想吧。

进入30年代，鲁迅有幸，给送"到了阶级论"（这里顺便向你请教：你认不认为"阶级论"是一个科学概念）了，他是否就不"热烈地希望着青年"了呢？这问题真可笑，可是"从进化论到阶级论"既被说做是"质的变化",这问题也就未必提得没根据。但回答是容易的,因为鲁迅之作为鲁迅,始终是"横眉冷对千夫指,俯首甘为孺子牛。"始终以自我牺牲精神在为孺子即新生而向上的青年开辟前进的道路。我想用不到再给你引些鲁迅的话了。只要记起鲁迅在看着他认为的可爱的青年遇害和受难时候所说"如果没有这些人,我真可以'息息肩'了"的话,你一定立即也记起他在20年代中所说的"肩负起黑暗的闸门",让青年们走到光明宽阔的地方的话。

总之,如果"热烈地希望着青年"就是"进化论思想",那就应当说,鲁迅根本没有"走到阶级论",始终是"进化论思想"的"庸人"。

这里附带说一下你提到的"救救孩子"问题。我只是从你得知,有那么一种说《狂人日记》最后发出的"救救孩子"是鲁迅"前期进化论思想"的表现的评论。至于说鲁迅后来(确切说就是《而已集》即1927年)"进入阶级论(这算是比瞿秋白规定的时间提早了)就对此作了"自我批判",认为"救救孩子"是"四平八稳"、"空空洞洞"的议论,——这倒是我也看到过的。我看到的时候只觉得稀奇!可敬的评论是没看到还是不看到《鲁迅三十年集》的最末一册的最末一篇呢?我想,你一看到这问题就记得起来:鲁迅逝世前不久说了"真的要'救救孩子'"!莫非鲁迅思想终于退化了,竟又从"后期阶级论"退回到了"前期进化论"?——我愚蠢得解答不了了。

四

但我并非在论证鲁迅不相信进化论。不,我正是认为鲁迅是相信进化的,——但指的只是达尔文主义意义上的进化论。这进化论无论带有怎样已由或尚待它以后的科学认识所克服的弱点、缺点以至错误,它的基本真理是永属于历史的。未必需要我来向你罗列伟大的马克思主义者对达尔文进化论的评价。在我看来——也许过于偏激——不相信进化论就意味着重新跪倒在据说用泥土"创造人类"的上帝跟前。不能设想鲁迅会屈从这样的蒙昧主义。

少年鲁迅在实现他的"走异路,逃异地,去寻找别样的人们"的意愿的最初过程,接触的就首先是自然科学,其中包括进化论。在他的晚年,他格外积极地鼓舞和帮助他的兄弟重译(他认为这"实有必要")达尔文的《物种起源》。你还可以提出这中间鲁迅反复批判和讽刺过外国重又卷起反进化论的狂潮这样的事实来为我方才的略述作补充。真的，可以说他在20世纪所生活的36年里一直是相信进化论并为维护它而斗争。

但是鲁迅没有把自然科学的进化论作为他进行社会斗争的认识论和方法论。从在国内的水师学堂和路矿学堂，到在外国的医学校，青年鲁迅学习了自然科学的多方面学科，还写作和翻译过自然科学作品。后来他也继续扩大发展他的自然科学知识。但是，在南京两个学堂的学习竟是"上穷碧落下黄泉，两处茫茫皆不见"，即不能解决他寻求社会和人生的出路的要求；在日本仙台那个学校的学习则甚至被"中国人……强壮的体格，而显出麻木的神情"的画片所压倒，从而不学医而转上文学艺术。这一整个过程——不知你加以留意没有——呈现出青年鲁迅的人生追求和思想追求进入一个新的境界：他投入以文学为武器的社会斗争去求取社会进步，而他学过的地质学、物理学、生物学、生理学等等则不过是他的知识内容构成中的从属部分。

当然，自然科学内在的唯物主义最初注进鲁迅思想。达尔文进化论对鲁迅思想的作用也就是如此。这和说鲁迅思想"前期是进化论"截然不同。说鲁迅相信进化论也和说"前期"的鲁迅思想属于进化论也截然不同。后一论断即鲁迅思想"前期是进化论的"，意味着进化论是鲁迅"前期"的世界观。这无异于说鲁迅"前期"是庸俗进化主义者或社会达尔文主义亦即唯心主义者。这能有多少真理性呢？就我所知道来说，大约在1953年下半年冯雪峰最初地突破了关于鲁迅思想的发展是"从进化论进到阶级论"的论断，改用"从革命民主主义到共产主义"的表述方式。这是冯雪峰在鲁迅思想研究上的一个重大的贡献。但是，"从革命民主主义到共产主义"，更多地或主要地是表明了鲁迅的政治思想（的发展过程），还不足以概括鲁迅思想的总体。从本质上说，——我的认识是——鲁迅的世界观是从自发的——半自觉的唯物主义发展到自觉的、科学的唯物主义。

你很了解，当鲁迅决定以文学为武器从事社会斗争，感到"风雨如磐暗故园"的他就发出了动人肺腑的誓言："我以我血荐轩辕"。然而社会阻力的强大使他受到挫折。在从《摩罗诗力说》到《狂人日记》之间的十年多，他沉默了。但这正是鲁迅思想发生决定性飞跃的酝酿期。这个时期是"亚洲的觉醒"的时期。仿佛沉迷于抄古书、拓碑文的鲁迅，实际上必然地按照他的志愿，在沉默中感受并深思历史的动向。这十年中发生了中国资产阶级民主主义革命和俄国无产阶级社会主义革命。两个性质不同的革命的强烈的对比对于鲁迅思想的发展显然起了强大的催化作用。十月革命过后不久，鲁迅就打破了自己的沉默。《狂人日记》展示出飞跃了的鲁迅思想的新质和鲁迅斗争实践的辉煌的新起点，也表明了和历史一同前进的鲁迅的思想从此以后联结于中国无产阶级革命而持续发展的内在的必然。

然而鲁迅并不否弃达尔文进化论。在他的社会斗争实践中，他甚至以一种特殊的方式，改造并运用进化论中的某些概念。我试给你举个例：

> 我们都不大有记性。这也无怪，人生苦痛的事太多了，尤其是在中国。记性好的大概都被厚重的苦痛压死了，只有记性坏的，适者生存，还能欣然活着。

你知道，"生存竞争，适者生存"，是达尔文揭示的生物的存在和发展的一个规律，在进化论中是个肯定意义的概念。在鲁迅这里，"适者生存"却是否定性的。但在这个例子中，由于针对的对象是"我们"即人民自身，因而"适者生存"一词，在热讽中含着激情。下面另一个例子就另是一样：

> 其实这些人是一类，都是伶俐人，也都明白，中国虽完，自己的精神是不会苦的，——因为都会变出合适的态度来。倘有不信，请看清朝的汉人所做的颂扬武功的文章去，开口"大兵"，闭口"我军"，你能料得到被这"大兵"、"我军"所败的就是汉人吗？你将以为汉人带了兵将别的一种什么野蛮腐败的民族歼灭了。
>
> 然而这一流人是永远胜利的，大约也永久存在。在中国，唯他们最适于生存；而他们生存着的时候，中国便永远免不掉反复先前的命运。

我不知你重新读了鲁迅的这些话有何想法，我却是抄下了之后就联想到鲁迅所痛击过的一连串的这一类伶俐人，以至于使我决定先拉着他们到这儿来"亮相",——尽管都是你不仅面熟而且深知其肺腑的。他们是——例如——《阿Q正传》里惶恐于辛亥革命"来了"的财主,眨巴眼挂起"柿油党"的徽章,俨然是革命者了,于是更有资格地压迫人民。《补天》里有一支拖延不前的禁军,看到形势有利了,就连忙赶上前去并选取最膏腴之处即女娲的肚皮上安营,它的旗号同时也就改成"女娲氏之肠"。满清末年,上层社会大抵视革命党为蛇蝎,南京政府一成立,漂亮的士绅和商贾看见似乎是革命党的人,就对之亲热地说"我们本来都是草字头,一路的呀",而南京政府也就接纳了这"一路"。古话有"君子如猿鹤,小人如虫沙",那君子若非如鹤的飞天,就像猕猴的上树;"树倒猢狲散"么,不相干,另外还有树,君子们决不会吃苦头,——总是有机可乘,而他们总是能见机而作,随机而变,并总能"皮毛虽改,内心依旧"。当"平民"的称号日见时式和受推崇,先前以"上等人"自居并以之获取尊敬的,这时也就说自己原来是"平民",并仍要从别人得到他是"上等人"时候得到的尊敬,谁要不尊敬他这"平民",谁就肯定是"贵族",——他是名目换了,地位不变。文人,据说是清高的,非市侩可比,但也有"为艺术而艺术"的诗人,一见无产阶级文学更能获得大众,也就一夜间"获得无产阶级意识",大做"普罗文学",却又一只脚站在"革命"上,一只脚站在"文学"上,革命来了,他是站在革命方面;反革命来了。他不过是干文学的。此外还是"奸商",——这回我特别寻出鲁迅的原文让你温习:

> 我所谓奸商者,一种是国共合作时代的阔人,那时颂苏联,赞共产,无所不至;一到清党时候,就用共产青年、共产嫌疑青年的血来洗自己的手,依然是阔人,时势变了,而不变其阔;一种是革命的骁将,杀土豪,倒劣绅,激烈得很,一有蹉跌,便称为"弃邪归正",骂"土匪",杀同人,也激烈得很,主义改了,而仍不失其骁。

而随着"联合战线"的提出,这帮"主义改了"的骁将就以"联合"的先觉者自居,渐渐出现了,鬼蜮行为这时也就仿佛是"前进"的光辉事业。……

这些总称为"伶俐人"的,当然还应从中分出皂白,这里值得留意的是,凡此伶俐人,奉行的大抵是市侩哲学——机会主义,浑身是善于变出合适的态度来的本事。但鲁迅之所以说伶俐人最适于生存却并不只是在讽示这一类人不过是一群动物。说"不只是"，是因为这一层意思显然是有的，就有如恩格斯用"生存竞争"这个概念嘲笑过资产阶级内部经常发生的像是野兽之间的斗争。重要的是，鲁迅之说伶俐人"适者生存"并不是肯定伶俐人的市侩——机会主义思想和行为所取得的成果，相反，正是以对伶俐人的市侩——机会主义思想和行为所取得的成果的否定，从而在否定的意义上使用"适者生存"这个进化论中的肯定意义的概念。

反对机会主义和机会主义者，在鲁迅一生所从事的社会斗争中占有着够大的分量，并且是他始终坚持的。他揭开这一类伶俐人的面目，剖开他们的腑脏，使他们"麒麟皮下露出马脚"，这本身是一场庄严的烦难的战斗，同时起了唤起人们认识、警惕、憎恶和毁灭市侩——机会主义的积极作用。他的战斗要求就在于不让那些"最适于生存"的机会主义那么恣意地生存下去，就在于改变那些"最适于生存"的机会主义能够"最适于生存"于其中的社会环境——现实关系。

上面所说的关于"适者生存"这一点，是一个事实，表明：第一，鲁迅的思想，不管什么"前期"，不是进化论，否则，他就应当主张大家都去做或去学做伶俐人，都"适者生存"起来。第二，他运用进化论的某些概念于社会斗争，却是反其意而用之的，这特别显示他明确地分清了自然和社会的界限。

这封信写长了，但我还并未说完，——不仅从已说到的未必清楚了而言。不过我不再拖长这封信了，我就等着听你的高论吧。

1967年10月2日作
1981年3月23日校定
（原载《艺谭》1981年第3期）

鲁迅精神永在

社　论

今天，我国各族人民和广大文艺工作者怀着崇敬和自豪的心情，隆重纪念中华民族新文化的开创者、伟大的共产主义战士鲁迅诞生一百周年。

鲁迅诞生以后的一百年间，我国经历了三个历史时期。在这一百年间，鲁迅虽然只活了55年，但他所负荷的历史重担，却是整个旧民主主义革命和新民主主义革命披荆斩棘的最初年代。毛泽东同志曾经指出：鲁迅是中国文化革命的主将，他不但是伟大的文学家，而且是伟大的思想家和伟大的革命家，鲁迅是在文化战线上代表全民族的大多数，向着敌人冲锋陷阵的最正确、最坚决、最忠实、最热忱的空前的民族英雄。

几千年反动封建统治的污泥，长期淤积在中华民族前进的道路上，加之鸦片战争以来帝国主义的入侵，与封建势力相勾结，它们不仅利用政治和武力剥夺人民的种种权利，镇压人民的反抗，压榨人民的血汗，而且利用"愚民专制"的思想统治，吃人的伦常礼教，训培洋奴买办的奴化教育，作为毒害人民、禁锢人民的精神镣铐。这一切，都给民族的解放和社会的改革带来严重的危害。但是，中华民族是一个酷爱自由、富于革命传统的民族，不能忍受黑暗势力的长期统治，总是以各种形式奋起反抗。反抗，失败，再反抗，再失败的多次反复，虽然使无数志士仁人淹没在血泊之中，但也多方面地培养和丰富了中华民族的斗争精神的传统。鲁迅正是这一伟大民族性格的杰出代表，为了埋葬旧时代，开拓新时代，他以一生的光辉业绩，集中地体现了中华民族富于革命传统的伟大精神。鲁迅的革命战斗精神是多彩多样的民族自觉运动和民族战斗生活的生动写照。鲁迅逝世四十五年了，但是他永远活在我们中间。鲁迅精神鼓舞着一代又一代战士奋勇前进，哺育着一代又一代革命青年健壮成长。在当前继往开来的重要历史时期，我们应该更深入地继续学习和发扬鲁迅精神。

我们要继承和发扬鲁迅"我以我血荐轩辕"的爱国主义精神。鲁迅生活在灾难深重、风雨如晦的旧中国，对于满目疮痍的祖国，充满着切肤之痛。从青年时代起，他就抱着自我牺牲精神，矢志寻求救国救民的道路。他在经历了痛苦的摸索过程，终于找到了解放祖国的伟大真理——马克思列宁主义之后，更是一往无前。"鲁迅的骨头是最硬的，他没有丝毫的奴颜和媚骨，这是殖民地半殖民地人民最可宝贵的性格。"鲁迅的爱国主义、民主主义和共产主义精神及其高尚气节，永远光照着我们前进的道路。今天，我们正在从事前人所未曾做过、甚至未曾想过的伟大事业。要迅速改变经济还不富裕的落后状态，要努力消除由于经济和文化的开放政策而带来的资产阶级思想和文化影响，更需要充分认识加强爱国主义和共产主义教育的现实意义，使人们激发起振兴中华的信念，树立起为国争光、勇攀高峰的决心。

我们要继承和发扬鲁迅"横眉冷对千夫指，俯首甘为孺子牛"的全心全意为人民服务的精神。鲁迅始终站在被压迫、被损害的劳动人民一边，同人民大众的感情息息相通，为人民大众而呐喊，为人民大众而战斗。鲁迅毕生怀着对劳苦大众的高度社会责任感，从事自己的工作。他时刻想到自己的创作要有益于社会，有益于民众，有益于青年。他把文艺看做国民精神发出的火光和引导国民前进的灯火。我们的文学艺术工作者应该学鲁迅的榜样，把为人民服务当作自己神圣的使命，把党和人民的利益当作自己创作的出发点和归宿。像鲁迅那样，和党采取同一步调，注意文艺的社会效果，用文艺来团结人民、教育人民，鼓舞人民为建设社会主义四个现代化而奋斗。

我们要继承和发扬鲁迅敢于斗争、"锲而不舍"的韧性战斗精神。鲁迅对中国社会的弊端，对中国的封建制度、封建主义的精神文明和半封建、半殖民地的悲惨处境所造成的所谓国民性的愚弱，看得非常透彻。这种"看透"，并没有使他悲观，而是激励他进行韧性的战斗。他认识到，要在中国这样一个人口众多、文化落后、深受长期封建买办思想荼毒的国度，建设民族的、大众的、科学的思想文化，是很艰难的。他强调要振兴中华，就必须启迪人民的自觉，重视改造愚弱的"国民性"，重视"民族病态"的揭发与疗救，"即使艰难，也还要做，愈艰难，就愈要做"，而"治这麻木的国度，只有一法，就是'韧'，也就是'锲而不舍'"。在十年内乱之后，我们要把四化建设搞好，要建设高度的社会主义的精神文明，更加需要发扬这种"锲而不舍"的韧性战斗精神，才能战胜一切艰难险阻，夺取更加辉煌的胜利。

我们要继承和发扬鲁迅"对敌狠、对己和"的原则精神。面临着凶残的敌人和狡猾的对手，鲁迅横眉冷对，英勇无畏，对帝国主义、封建主义、买办资产阶级，对一切危害革命事业的事物，深恶痛绝，毫不妥协地同它们进行坚决的斗争。同时，他对各种错误思潮，不论是"左"的或者右的思潮，都敢于旗帜鲜明地进行批判。对同志和战友的缺点错误，他也坚持原则，不留情面。他的批评往往很尖锐，但又是诚恳地、与人为善地进行思想交锋。他批评别人，却不忘记或往往更多地认真解剖自己，严格要求自己。他的爱憎分明、大公无私、襟怀坦白、谦虚谨慎的高尚品德和情操，他的善于正确处理各种矛盾的立场和态度，在今天更加需要我们认真学习。在思想战线上，我们面临着许多新的严重的任务。我们要进一步端正和整顿党风，加强和改进党的领导，进一步纠正社会上各种不良风气，当前，特别要进一步克服领导部门的软弱涣散状态。深入开展批评和自我批评，对各种错误思想倾向不能姑息，不能迁就。那种害怕和不敢开展批评与自我批评的观点和作法，是完全错误的。在实现这些任务的时候，都需要学习鲁迅敢于斗争、善于斗争的原则精神和实事求是的科学态度，正确区分不同性质的矛盾，对各种错误思想倾向进行批评以至必要的斗争，同时又要注意解决不同矛盾的方法，真正使我们全党全军全国人民的思想，在党的十一届三中全会路线和四项基本原则的基础上统一起来。

当前，我们特别要继承和发扬鲁迅坚信党的路线、拥护党的领导、忠实地遵奉"革命的前驱者的命令"的共产主义精神。鲁迅一生追求真理，永不停顿，一直站在时代的前列。鲁迅虽然没有能参加党的队伍，但是当中国共产党还处在十分艰难的时候，他就高瞻远瞩、满怀豪情地预见"惟新兴的无产者才有将来"，将自己的命运同党联系在一起。他作为一个真正的马克思主义者、一个伟大的共产主义战士，为中国人民的革命事业呕心沥血，冲锋陷阵，鞠躬尽瘁，死而后已。在建设繁荣富强的、高度民主的、高度文明的现代化社会主义强国的漫长征途中，我们需要发扬光大鲁迅的这种精神。

对那种摆脱党的领导、摆脱社会主义道路的资产阶级自由化倾向，要加以严重的注意，进行坚决的斗争。我国各族人民、广大青年和广大文艺工作者，都应该以鲁迅为光辉榜样，紧密地团结在党的周围，万众一心，群策群力，攀登新的高峰。

鲁迅精神是祖国的瑰宝，是民族文化遗产中最珍贵的部分。深入地研究和继承鲁迅的思想遗产，把它变成我们全民族建设社会主义精神文明的宝贵财富，是发展民族文化的迫切需要。纪念鲁迅诞生一百周年之际，研究鲁迅的全国学术讨论会正在首都举行，这次学术讨论会是良好的开端，必将推动鲁迅研究事业向更广阔更深入的方面发展。我们期待新时期的鲁迅研究领域取得更丰硕的成果，让学习鲁迅、研究鲁迅在全民族中蔚然成风，让鲁迅精神永放光芒！

（1981年9月25日《人民日报》社论）

致力于改造中国人及其社会的伟大思想家

王得后

今年9月25日,阴历八月初三,鲁迅诞生一百周年了。

这一百年间,中国经历了两次伟大的革命和几次里程碑式的历史性大事变。鲁迅亲历了也参加了第一次伟大的革命即1911年的辛亥革命。今年也是这次革命的70周年。这次革命推翻了中国历史上最后一个皇帝,结束了几千年的封建专制制度。鲁迅毕生铭记和称颂着这次革命的领袖人物和先烈们的精神,但对于这次革命没有使旧中国得到根本的改造,他是非常失望的,也怀着极深的苦痛。革命后不到一年,他就看到了"狐狸方去穴,桃偶已登场"(《哀范君三章》)的政治形势,失望了;他也看到革命后的新官僚一批一批像空肚子鸭一样吸吮着人民的膏血,失望了。但是,他的失望比这些要广泛得多,也要深刻得多。1925年3月,鲁迅讲过这么一段话:

> 说起民元的事来,那时确是光明得多,当时我也在南京教育部,觉得中国将来很有希望。自然,那时恶劣分子固然也有的,然而他总失败。一到二年二次革命失败之后,即渐渐坏下去,坏而又坏,遂成了现在的情形。其实这也不是新添的坏,乃是涂饰的新漆剥落已尽,于是旧相又显了出来。使奴才主持家政,那里会有好样子。最初的革命是排满,容易做到的,其次的改革是要国民改革自己的坏根性,于是就不肯了。所以此后最要紧的是改革国民性,否则,无论是专制,是共和,是什么什么,招牌虽换,货色照旧,全不行的。[①]

[①] 《两地书·八》。

这是对历史教训的总结,也是对中国前途的预言。

其时,中国的有识之士已经认识到鲁迅是"思想界的权威";虽然,另外也有人以此作为"纸糊的假冠"而给鲁迅以冷嘲。这也是毫不奇怪的事。在充满斗争的历史时代,人们的社会地位和利益各不相同,一位思想家由利害互相冲突的人们所一致公认的事,反而不平常了。

鲁迅是一位伟大的思想家,这是历史证明了的,我看历史还将不断证明:在相当长的历史时期,鲁迅思想的伟大现实意义会越来越为有志于社会改革者所认识,并利用它的生气勃勃的力量来促进人们改造自己和自己所生存的社会。

鲁迅独特的思想是什么呢?是不是可以这样来概括:以"立人"为目的和中心;以实践为基础;以批判"根深蒂固的所谓旧文明"为手段的关于现代中国人的哲学,或者说是关于现代中国人及其社会如何改造的思想体系。鲁迅著作的精华是对于现代中国各主要阶级和阶层的社会心理的精确描绘。这是一部无与伦比的现代中国民情和民心的科学史。普列汉诺夫认为:"要了解某一国家的科学思想史或艺术史,只知道它的经济是不够的。必须知道如何从经济进而研究社会心理;对于社会心理若没有精细的研究与了解,思想体系的历史的唯物主义解释根本就不可能。""历史科学不能把自己局限成一个社会经济解剖学;它所注意的是直接或间接为社会经济所决定的全部现象的总和,包括思想的作品在内。没有一件历史事实的起源不能用社会经济说明;不过说没有一件历史事实不为一定的意识状况所引导、所伴同、所追随,也同样正确的。因此社会心理学异常重要。甚至在法律和政治制度的历史中都必须估计到它,而在文学、艺术、哲学等等科学的历史中,如果没有它,就一步也动不得。"① 如果这个看法是正确的,那就很可以帮助我们领会鲁迅思想的巨大意义。鲁迅说过:"多数的力量是伟大,要紧的,有志于改革者倘不深知民众的心,设法利导,改进,则无论怎样的高文宏议,浪漫古典,都和他们无干,仅止于几个人在书房中互相叹赏,得些自己的满足。""倘不深入民众的大层中,于他们的风俗习惯,加以研究,解剖,分别好坏,立存废的标准,而于存于废,都慎选施行的方法,则无论怎样的改革,都将为习惯的岩石所压碎,或者只在

---

① 《论唯物主义的历史观》,见《普列汉诺夫哲学著作选集》第2卷,第27页。

表面上浮游一些时。""我想，但倘不将这些改革，则这革命即等于无成，如沙上建塔，顷刻倒坏。"① 且看1949年革命成功，中华人民共和国建立，几年工夫，社会风气何等好啊！社会心理何等健康、向上！也就是几年工夫又开始变化，待到一场"横扫四旧"，社会风气又何如？社会心理又何如？历史就是这样证明着，鲁迅说得多么中肯而精辟啊！本文只想简略说明："立人"的思想贯彻于鲁迅一生始终，遍及鲁迅著作的各个方面，是鲁迅思想的核心；鲁迅自己毕生为在中国实践这一思想而斗争。因此之故，鲁迅是一位致力于改造中国人及其社会的伟大思想家。谨以此就教于前辈，就正于同志，贡献于中国社会的改革者之前，作一点参考，并纪念鲁迅先生诞生一百周年。

一

鲁迅诞生在中国社会处在大动荡、大变革、大进步的历史时期。西方主要国家由蒸汽和机器引起的划时代的产业革命已经实现了二百年。在这个长期发展过程中，生产方式和交换方式的一系列变革，使现代资产阶级日益强大并取得了巩固的政治统治。大工业建立的世界市场几乎席卷了一切民族。西方资产阶级为了自己的生存，用殖民贸易、用残酷的战火、用狡诈的政治摧毁了中国的万里长城，加速了中国封建经济的崩溃，也加速了中国封建社会内部革命因素的发展。西方先进国家生产力的突飞猛进，自然科学的伟大发展，资产阶级启蒙思想家创立的一套哲学社会科学，它那种战胜封建主义文化的不可抗拒的威力和建立一个人类自由、平等、博爱的社会的理想主义，使先进的中国知识分子翻然醒悟，不仅感到中国有亡国灭种的危险，而且开始具有世界的眼光，看到包括中国在内的整个世界历史性的大发展。27岁的鲁迅对世界历史发展的形势，作出了这样的一个估计："观于今之世，不瞿然者几何人哉？自然之力，既听命于人间，发纵指挥，如使其马，束以器械而用之；交通贸迁，利于前时，虽高山大川，无足沮核；饥疠之害减；教育之功全；较以百祀前之社会，改革盖无烈于是也。"② 这和下面的概述，不是很相像吗？"自然力的征服，机器的采用，化学在工业和农业中的应

---

① 《二心集·习惯与改革》。
② 《坟·科学史教篇》。

用，轮船的行驶，铁路的通行，电报的使用，整个整个大陆的开垦，河川的通航，仿佛用法术从地下呼唤出来的大量人口，——过去哪一个世纪能够料想到有这样的生产力潜伏在社会劳动里呢？"虽然鲁迅还没有从中得出这样的科学的抽象："资产阶级在它的不到一百年的阶级统治中所创造的生产力，比过去一切世代创造的全部生产力还要多，还要大"①，但他对社会问题的观察，是多么注重事实，注重实际；他的世界性的、历史性的和发展的眼光，无疑是卓越的。鲁迅关于只有改造中国人及其社会才能救中国的独特的思想，正是在这样一个广阔的视野中提出来的。

鲁迅第一次正式提出如何改造中国的理论，是在1907年，见于这一年他写的四篇文言论文。这是鲁迅思想产生的起点。

这时候，鲁迅已经弃医从文。在这前一年的三月离开仙台回到东京，恰赶上《民报》和《新民丛报》的大辩论，身处在资产阶级革命派和保皇派的理论斗争的漩涡之中。鲁迅回忆当年的情况时说：太炎先生"1906年6月出狱，即日东渡，到了东京，不久就主持《民报》。我爱看这《民报》，但并非为了先生的文笔古奥，索解为难，或说佛法，谈'俱分进化'，是为了他和主张保皇的梁启超斗争，和'×ב的×××斗争，和'以《红楼梦》为成佛之要道'的×××斗争，真是所向披靡，令人神旺。前去听讲也在这时候，但又并非因为他是学者，却为了他是有学问的革命家，所以直到现在，先生的音容笑貌，还在目前，而所讲的《说文解字》却一句也不记得了。"②《民报》针锋相对地批驳保皇派，全力以赴阐述孙中山先生的三民主义，希望避免欧美"其民实困"的社会祸害，"举政治革命、社会革命毕其功于一役"。③

鲁迅也反对保皇派，支持革命派，并且参与秘密的革命活动。但是，在怎样"救国""兴国"的理论问题上，他独树一帜，批评"竞言武事""制造商估立宪国会"都不是根本，都不过是"抱枝拾叶"的主张，唯有"立人"才是首事，才是根柢。他说：

> 今敢问号称志士者曰，将以富有为文明欤，则犹太遗黎，

---

① 马克思、恩格斯：《共产党宣言》。
② 《且介亭杂文末编·关于太炎先生二三事》。
③ 《〈民报〉发刊词》。

性长居积，欧人之善贾者，莫与比伦，然其民之遭遇何如矣？将以路矿为文明欤，则五十年来非澳二洲，莫不兴铁路矿事，顾此二洲土著之文化何如矣？将以众治为文明欤，则西班牙波陀牙二国，立宪且久，顾其国之情状又何如矣？若曰惟物质为文化之基也，则列机括，陈粮食，遂足以雄长天下欤？曰惟多数得是非之正也，则以一人与众禺处，其亦将木居而芋食欤？此虽妇竖，必否之矣。然欧美之强，莫不以是炫天下者，则根柢在人，而此特现象之末，本原深而难见，荣华昭而易识也。是故将生存两间，角逐列国是务，其首在立人，人立而后凡事举；若其道术，乃必尊个性而张精神。假不如是，槁丧且不俟夫一世。①

在鲁迅看来，世间最基本、最重要的是"人"。他以"人"为出发点和归宿审查了各种救国的主张和思想。针对"竞言武事"，他指出"举国犹孱，授之巨兵，奚能胜任，仍有僵死而已矣"。对于"制造商估"，鲁迅全面抨击他们的利己主义。对于"立宪国会"，鲁迅认为一方面有"见异己者兴，必借众以陵寡"的摧残"人"的发展的弊害，另一方面他们中的多数"乃无过假是空名，遂其私欲"之徒。就是对于侵略，鲁迅也认为是出于兽性和奴子性，是和人性相敌对的。因此鲁迅提出了建立"人国"的命题。断言"人国既建，乃始雄厉无前，屹然独见于天下，更何有于肤浅凡庸之事物哉？"②

为了采取最有效的、他当时认为最主要的办法实践自己"立人"的主张，鲁迅决定从事文艺运动。这里表现出作为思想家的鲁迅的一个本质特点，即他的实践性。鲁迅不是属于书斋的，他深恶痛绝与实人生离开的一切。鲁迅是最富于血性和活力的人。因此鲁迅的思想总是同人生、同社会血肉相连，真实深切而又细致入微地反映出现代中国的民情与民心，同时向一切堕落的人性及其社会关系施行袭击。

二

鲁迅的"立人"的思想贯彻于他一生的始终，但其间有重大的

---

① 《坟·文化偏至论》。
② 《坟·文化偏至论》。

发展，有质的飞跃，即到二十年代末和三十年代初，他的建立"人国"的思想为经过无产阶级专政达到无阶级社会的思想所具体化和充实、提高。值得注意的是，鲁迅讲阶级斗争和无产阶级专政的时候，始终保持着这是更有利于人的生存、温饱和发展的自觉而清醒的认识，始终坚持着"立人"的基本原则。这是鲁迅思想中独特的异彩。

鲁迅1907年、1908年发表五篇文言论文以后，于1909年回国，即埋头于教育工作和教育行政工作，到1918年"五四"运动前夕，才又重新写作。从此一发而不可收，愈战愈勇，直到逝世的前两天。

鲁迅接受朋友的劝告，打破沉默，重新写作的时候，讲过他的顾虑，说"假如一间铁屋子，是绝无窗户而万难破毁的，里面有许多熟睡的人们，不久都要闷死了，然而是从昏睡入死灭，并不感到就死的悲哀。现在你在大嚷起来，惊起了较为清醒的几个人，使这不幸的少数者来受无可挽救的临终的苦楚，你倒以为对得起他们么？"① 此后的第一篇小说是控诉和反抗封建礼教和家族制度"吃人"，热切地呼吁"救救孩子！"考虑的焦点都在"人"，这决不是一时的偶然现象，实在是鲁迅深思熟虑的命题。这一时期，鲁迅的论文和随感录，谈家庭改革要求父亲是"'人'之父"，孩子是"将来的'人'的萌芽"；谈对于爱情的渴求，指出"这是血的蒸气，醒过来的人的真声音。"反对国粹，是因为国粹没有"保存我们"中国人的力量。赞成世界语，是因为"人类将来总当有一种共同的言语"。

"五卅"运动对中国的思想界产生了巨大影响。在这前后，鲁迅认为，文化界的首要任务，仍然是"思想革命"②，也就是说仍然是做启蒙的工作，仍然是"立人"。这时候，鲁迅第一次明确提出：

> 我们目下的当务之急，是：一要生存，二要温饱，三要发展。苟有阻碍这前途者，无论是古是今，是人是鬼，是《三坟》《五典》，百宋千元，天球河图，金人玉佛，祖传丸散，秘制膏丹，全都踏倒他。③

---

① 《呐喊·自序》。
② 《华盖集·通讯》。
③ 《华盖集·忽然想到》。

20天之后，鲁迅对此作了一个重要的解释：

> 我之所谓生存，并不是苟活；所谓温饱，并不是奢侈；所谓发展，也不是放纵。①

这是鲁迅关于人及其社会生活条件的一个纲领性的意见。是"立人"思想的重大发展。

"五卅"运动极大地提高了全国人民的反对帝国主义的觉悟。和过去比较，鲁迅提高了对武装斗争的重要性的认识，但是，鲁迅依然保持着对于"人"的关键性作用的思想。他说："现在的强弱之分固然在有无枪炮，但尤其是在拿枪炮的人。假使这国民是卑怯的，即纵有枪炮，也只能杀戮无枪炮者，倘敌手也有，胜败便在不可知之数了。这时候才见真强弱。"②

1928年的"革命文学"论争，其意义远远超出文学的范围。这是一次马克思主义而不仅仅是马克思主义的文艺思想的大普及。这次具有历史意义的论争，其主要功绩，在我看来，是极大地提高了马克思主义在文化界的威信，信仰只有马克思主义才能救中国的人愈来愈多，而且成为一时的风气，自觉地运用马克思主义在意识形态领域开展批判，既有生气也有规模。但是，这次论争也有严重的错误和缺点，主要是教条主义和故作激烈的空谈。1931年8月，鲁迅在《上海文艺之一瞥》中总结了这次论争的一些基本经验，其中有一条，是批评一些同志"将革命使一般人理解为非常可怕的事，摆着一种极左倾的凶恶的面貌，好似革命一到，一切非革命者就都得死，令人对革命只抱着恐怖。其实革命是并非教人死而是教人活的。"鲁迅在这里讲的革命观的问题，就不仅仅是文学和艺术范围的问题，它包涵马克思主义的阶级斗争和无产阶级专政与人的生存和发展的问题，以及马克思主义的人生观中个人与社会的关系问题，因而是整个社会的问题，人类发展的基本问题。"革命是并非教人死而是教人活的"的思想，正是从"立人"的角度来观察革命的一个深刻的命题。鲁迅这一与"革命一到，一切非革命者就都得死"相对立的思想才是马克思主义的思想，才是马克思主义的只有解放全

---

① 《华盖集·北京通信》。
② 《华盖集·补白》。

人类无产阶级才能解放自己的思想。用鲁迅自己的话来说就是："我想无产者的革命，乃是为了自己的解放和消灭阶级，并非因为要杀人"，① 鲁迅生前和死后的历史表明，这两种对立的革命观的论争和斗争，一直没有停止，并且在实践中给中国人的生存和发展带来了巨大影响。这不是某些人们的个人品质问题，而是中国的社会条件决定了这种以马克思主义为号召的"革命一到，一切非革命者就都得死"的革命论必然产生并在某些历史时期得以实现。这种社会条件是：一、生产力落后，极其严重地缺乏大工业，近代无产阶级数目极少，年龄很轻，缺乏在大工业体系中从事生产和生活的锻炼，他们个人身在工厂，而他们的家族依然扎根在农村，他们个人的思想和习惯仍然带着浓厚的小生产者农民的性质。二、占人口极大多数的农民，囿于沿袭几千年的"两牛抬扛"式的生产方式，几乎与近代文化无缘，他们要反抗赵太爷、钱太爷们的剥削和压迫，改善自己的生存条件，但他们幻想中得胜后的理想却是阿Q式的"我要什么就是什么，我欢喜谁就是谁。"这是私有制产生的占有欲和社会心理。三、作为思想的先行者的是大批小资产阶级的知识分子，他们如饥似渴地学习西方的新知识，新思想，但是多数只满足于得到几个新名词，新招牌，又好故作激烈，夸大其词。结果是中国处于先锋和桥梁地位的知识界，严重缺乏近代自然科学和资产阶级启蒙时代的哲学社会科学的修养。进而对于"从全部人类知识中产生出来的典范"② 的马克思主义，也就难以得到正确的理解。鲁迅所说："中国的书，乱骂唯物论之类的固然看不得，自己不懂而乱赞的也看不得，所以我以为最好先看一点基本书，庶不致为不负责任的论客所误。"③ 就是指这类作者的作品而言的。鲁迅出身于封建主义家庭。但是极其幸运的是，他少年时期家道即破落。他切身经验到"谋生无奈日奔驰"的生存条件之艰苦难得以及社会势利的可恶可厌。他几乎读过十三经。但他又接受了近代自然科学如地质学和生物学的严格训练和教育。他批判地研究了近代资产阶级的哲学社会科学，熟悉中国历史和世界历史，尤其是对于人的历史的科学理解以及对于人生问题即人及其社会的改造问题的深刻思考，使他对教条主义

---

① 《南腔北调集·辱骂和恐吓决不是战斗》。
② 列宁：《青年团的任务》，《列宁选集》第4卷，第347页。
③ 《鲁迅书信集上·542 致徐懋庸》。

和故作激烈的空谈深恶痛绝,并在事实的教训和启发下,才注意到马克思主义这一"明快的哲学",也才对于人的本质有了新的科学的了解。

从1907年鲁迅提出"立人"的命题开始,他思想中的人,始终是实践着的人,活的人,这是没有疑义的。他不仅充分了解人的生物性,而且了解人的社会性,注意到人的社会地位不同,品性、思想、道德和感情也就不同。在《破恶声论》中,鲁迅已经明确论述了统治者和被统治者,"在上者"和"在下者"的性质上的对立。他把"在上者"之"有嗜杀戮侵略之事"归之于"兽性";而把"在下者"的"恶喋血,恶杀人,不忍别离,安于劳作"称颂为"人之性"。虽然把人类中的"恶"归于"兽性",把"善"归于"人性",这实质上还是"人性善"的观点,理论上并不正确。但他指出这是人的社会地位不同决定的。1928年鲁迅第一次发表了"在我自己,是以为若据性格感情等,都受'支配于经济'(也可以说根据于经济组织或依存于经济组织)之说",则"死之恐怖"之类"就一定都带着阶级性。但是'都带',而非'只有',①的著名观点,明确地而且准确地阐明了马克思主义的关于在阶级社会中人性带有阶级性的基本思想。此后鲁迅对梁实秋所宣扬的资产阶级的人性论作了既有事实又有理论的科学的批判。鲁迅批评"以为过去未来的文明,都以资产为基础"的同时,肯定"但倘以经济关系为基础,那自然是对的。"② 这是马克思主义的基本原则。列宁在《什么是"人民之友"以及他们如何攻击社会民主主义者?》一文中指出,马克思和恩格斯的"基本思想""是把社会关系分成物质关系和思想关系。思想关系只是不以人们的意志和意识为转移而形成的物质关系的上层建筑,而物质关系是人们维持生存的活动的形式(结果)。"这里讲的物质关系就是经济关系。鲁迅既已把自己关于"人"的思想建立在马克思主义的理论基础上,鲁迅也就把"阶级性"的科学概念引进自己原先对于国民性即民族性的思想之中,从此鲁迅对于中国人的分析,就不再停留在国民性的水平上,而是更深入地分析各个阶级的阶级性,以及阶级性对于民族性的关系。鲁迅的《说"面子"》一文,就是一个生动的例子。这是鲁迅关于"人"的思想

---

① 《三闲集·文学的阶级性》。
② 《二心集·"硬译"与"文学的阶级性"》。

的一个最有意义的发展,与此同时,鲁迅关于如何"立人"的思想也发生了相应的变化和发展。

1932年,鲁迅评论世界上第一个社会主义国家的时候,强调指出:"苏联,是平平常常的地方,那人民,是平平常常的人物,所设施的正是合于人情,生活也不过像了人样,并没有什么希奇古怪。""一个簇新的,真正空前的社会制度从地狱底里涌现而出,几万万的群众自己做了支配自己命运的人。"① 这是多么鲜明的从人以及人的生存和发展的观点出发所作的评论。

同年,对于怀疑无产阶级专政,以至反对无产阶级专政的人,鲁迅曾这样回答:"无产阶级专政,不是为了将来的无阶级社会么?只要你不去谋害它,自然成功就早,阶级的消灭也就早,那时就谁也不会'饿死'了。"② 阶级的消灭是"立人"的最有利的社会条件。这正是马克思、恩格斯在《共产党宣言》中所指出的:"代替那存在着阶级和阶级对立的资产阶级旧社会的,将是这样一个联合体,在那里,每个人的自由发展是一切人的自由发展的条件。"当鲁迅把关于人的思想放在马克思主义理论基础上的时候,他早期关于"立人"、关于建立"人国"的空想,于是发展为科学的思想,与马克思主义的共产主义理论取得了一致。

三

鲁迅"立人"的思想又遍及他所论述的各个方面,成为他观察和评论文学、艺术、历史、军事、经济、政治以及各种社会问题的焦点。从"立人"的角度阐述鲁迅上述各个领域的思想及其发展,需要专门的研究论文,这里只是为了说明鲁迅思想的这一独特性,或者说是以"立人"为中心的体系性,作一个举例式的提纲。

文学。鲁迅自己既有文学创作,又有文学翻译,对于文学有大量论述,几乎涉及文学所有带根本性的问题。他的大量译文序跋,以及为文学创作写的序言,是精彩的文学批评。鲁迅虽然没有写一部文学概论的专著,集中阐述自己的文学理论,但是汇集他关于文学的论述,可看出一个中心。和鲁迅整个思想是以"立人"为中心相适应,鲁迅谈论文学的独到处,也是在"立人"。毋庸赘述,鲁迅

---

① 《南腔北调集·林克多〈苏联见闻录〉序》。
② 《南腔北调集·我们不再受骗了》。

是很注意文学的特点的，在同只强调文学的其他性质的观点论争时，鲁迅还特别提醒人们文学有它本身的特性。在这一个前提下，鲁迅以"立人"为中心阐述了他的文学思想。文学是什么？"不过是一种社会现象，是时代的人生记录"。①"文艺是国民精神所发的火光，同时也是引导国民精神的前途的灯火。"②这就包含了对文学的社会功利性的观点了。鲁迅了解或一时代也有消闲的文学，也有人主张文学只应是消闲品，或者文学根本没有什么社会功利性，它本身就是目的。但是鲁迅反对这种文学观，也憎恶这样的文学。鲁迅毕生把文学当作改造人的精神的工具。他不仅不讳言，而且强调他之所以写小说，"是'为人生'，而且要改良这人生。"③因此，创作的目的是"为了大众"，所以谈到艺术形式也就是"为了大众，力求易懂，也正是前进的艺术家正确的努力。"④鲁迅认为，作品是作者人格的体现。文学是人创作的。怎样才有革命文学呢？鲁迅简截明快地指出："我以为根本问题是在作者可是一个'革命人'，倘是的，则无论写的是什么事件，用的是什么材料，即都是'革命文学'。"⑤请看，关于文学的这许多基本问题，鲁迅都是从"人"这个角度去论述的。可以说这都是常识，因为是普通的事实。但也正因为是事实，才又是真理。

艺术。上述各点完全适用于艺术，许多时候文学和艺术是同时并称的。自然，鲁迅谈艺术的意见，其精神也适用于文学。可以补充的是，鲁迅多次为一般人们看不起眼的连环图画辩护，他的理由很简单："对于这，大众是要看的，大众是感激的！"⑥由于鲁迅的大力提倡与扶植，中国的木刻得以发展起来了。当木刻最初兴起的时候，有人来问它的最后的目的和价值，鲁迅答道："现在只要有人做一点事，总就另有人拿了大道理来非难的，例如问'木刻的最后的目的与价值'就是。这问题之不能答复，和不能答复'人的最后目的和价值'一样。但我想：人是进化的长索子上的一个环，木刻和其他的艺术也一样，它在这长路上尽着环子的任务，助成奋斗，

---

① 《三闲集·文艺与革命》。
② 《坟·论睁了眼看》。
③ 《南腔北调集·我怎么做起小说来》。
④ 《且介亭杂文·论"旧形式的采用"》。
⑤ 《而已集·革命文学》。
⑥ 《南腔北调集·"连环图画"辩护》。

向上，美化的诸种行动。至于木刻，人生，宇宙的最后究竟怎样呢，现在还没有人能够答复。也许永久，也许灭亡。但我们不能因为'也许灭亡'就不做，正如我们知道人的本身一定要死，却还要吃饭也。"①

历史。鲁迅认为："历史上都写着中国的灵魂，指示着将来的命运，只因为涂饰太厚，废话太多，所以很不容易察出底细来。"② "史书本来是过去的陈账簿，和急进的猛士不相干。但先前说过，倘若还不能忘情于咿唔，倒也可以翻翻，知道我们现在的情形，和那时的何其神似，而现在的昏妄举动，糊涂思想，那时也早已有过，并且都闹糟了。"③ 鲁迅杂文中所引述的历史故事，是非常多的。鲁迅读史，特别注意"人"的思想、言论、举动，一时代的风俗、习惯，社会心理，他谈张献忠之杀人，魏晋的服药与饮酒，谈隔膜，等等，例子不胜枚举。他在《开给许世瑛的书单》中，有几部书是这样作着说明的："《世说新语》刘义庆（晋人清谈之状。）《唐摭言》五代王定保（唐文人取科名之状态。）《抱朴子外篇》葛洪（内论及晋末社会状态。有单行本。）《论衡》王充（内可见汉末之风俗迷信等。）《今世说》王晫（明末清初之名士习气。）"这都是强调注意社会心理，也就是古之中国人的灵魂的。鲁迅说，他曾经"想到可以择历来极其特别，而其实是代表着中国人性质之一种的人物，作一部中国的'人史'，如英国嘉勒尔的《英雄及英雄崇拜》，美国亚懋生的《伟人论》那样。惟须好坏俱有，有啮雪苦节的苏武，舍身求法的玄奘，有'鞠躬尽瘁，死而后已'的孔明，但也有呆信古法，'死而后已'的王莽，有半当真半取笑的变法的王安石，张献忠当然也在内。"④ 鲁迅看历史的借鉴作用，也着重在人的性质及其行事。1927年8月8日在致章廷谦的信中说："其实'今故'是发源于'国故'的，我曾想提出古事若干条，要可以代表古今一切玩艺儿的，作为教本，给如川岛一流的小孩子们看，但这事太难，我读书又太少，恐怕不会成功了。例如，江浙是不能容人才的，三国时孙氏即如此，我们只要将吴魏人才一比，即可知（曹操也杀人，但

---

① 《鲁迅书信集下·995 致唐英伟》。
② 《华盖集·忽然想到（四）》。
③ 《华盖集·这个与那个》。
④ 《准风月谈·晨凉漫记》。

那是因为和他开玩笑。孙氏却不这样的也杀,全由嫉妒)。我之不主张绍原在浙,即根据《三国志演义》也。广东还有点蛮气,较好。"对于读史的作用和意义,鲁迅作了这样的结论:"总之:读史,就愈可以觉悟中国改革之不可缓了。虽是国民性,要改革也得改革,否则,杂史杂说上所写的就是前车。一改革,就无须怕孙女儿总要像点祖母那些事,譬如祖母的脚是三角形,步履维艰的,小姑娘的却是天足,能飞跑;丈母老太太出过天花,脸上有些缺点的,令夫人却种的是牛痘,所以细皮白肉:这也就大差其远了。"①

军事。鲁迅很少谈军事,关于军事本身的各种问题,他没有论述。但是,大凡涉及军事的时候,鲁迅也是从人与军事的关系来议论的。1907年,鲁迅认为"竞言武事",不是救中国的根本之图。因为"举国犹屠,授之巨兵,奚能胜任,仍有僵死而已矣。"② 1925年"五卅"前后,鲁迅充分认识到武装斗争在改造旧中国的斗争中的决定作用。只有革命的武装斗争才能打倒军阀政府,扫除阻碍改革的大敌;只有武装斗争才能打败帝国主义的侵略,保卫祖国。所以对付帝国主义不能仅仅依靠"民气",而必须依靠"实力"。③ 鲁迅强调了人与武器的关系中人是决定的因素的观点。他说:"现在的强弱之分固然在有无枪炮,但尤其是在拿枪炮的人。"④ 鲁迅有一次谈到军队,他认为军队的好坏根本问题也还是在人,在将士的勇敢无私,才与改革有益,否则还是不行。他说:"军队里也不好,排挤之风甚盛,勇敢无私的一定孤立,为敌所乘,同人不救,终至阵亡,而巧滑骑墙,专图地盘者反很得意。我有几个学生在军中,倘不同化,怕终不能占得势力,但若同化,则占得势力又于将来何益。"⑤

经济。作为一门学科,鲁迅也没有研究过。他自己说他不懂"经济学","《资本论》不但未尝寓目,连手碰也没有过。"⑥ 但是鲁迅对于经济对人的生存,对人的社会地位的严重作用,以及人性之受支配于经济,都极其注意,并有相当数量的、非常精彩的论述。少年鲁迅和他的二弟曾写过一篇《祭书神文》,嘲笑"钱神醉兮钱奴

---

① 《华盖集·这个与那个》。
② 《坟·文化偏至论》。
③ 《华盖集·忽然想到(十)》。
④ 《华盖集·补白》。
⑤ 《两地书·八》。
⑥ 《鲁迅书信集上·516 致姚克》。

忙"的祭典,并为自己,"绝交阿堵兮尚剩残书"而自豪。后来鲁迅对此作了中肯的分析和自我批评。他说:"契诃夫的想发财,是那时俄国的资本主义已发展了,而这时候,我正在封建社会里做少爷。看不起钱,也是那时的所谓'读书人家子弟'的通性。"① 鲁迅后来重视钱,并不是为了发财,也不是鼓吹别人发财,而是因为经济即钱是人们生存的基础。鲁迅一针见血地揭露了中国传统思想看不起钱的虚伪性:"凡承认饭需钱买,而以说钱为卑鄙者,倘能按一按他的胃,那里面怕总还有鱼肉没有消化完,须得饿他一天之后,再来叫他发议论。"② 当北洋军阀政府财政匮乏,成年累月欠薪的时候,鲁迅坦然地参加索薪的斗争,并写了(记"发薪")的文章,刻画了不同人们对于"发薪"也即对于钱的态度,鲁迅好几篇小说如《端午节》《白光》也着重表现了现代中国或一种人对于钱的社会心理。在著名的《娜拉走后怎样》的演讲中,鲁迅第一次明确提出为妇女的解放,"经济,是最要紧的了。"为什么呢,因为"人类有一个大缺点,就是常常要饥饿。为补救这缺点起见,为准备不做傀儡起见,在目下的社会里,经济权就见得最要紧了。"鲁迅并且指出,经济也决定人们思想观点的性质:"我总觉得人们的议论是不但昨天和今天,即使饭前和饭后,也往往有些差别。"1926年4月,鲁迅写了一篇《大衍发微》,揭露段祺瑞政府在"三一八"惨案后拟定的"第二批通缉的名单。"1928年10月鲁迅又作了一个附记,说明他"用'唯饭史观'的眼光。来探究所以要提这凑成'大衍之数'的人们的原因,虽然并不出奇,但由今观之,还觉得'不为无见'。"鲁迅从人类的生存、温饱和发展的角度,发现了简单的事实:钱——吃饭,是最要紧的。在资本主义社会,钱即经济也决定着两性关系。鲁迅有一篇杂文叫《男人的进化》,全文一千多字,极精辟地评述了人类的私有财产和两性关系的发展史。1928年8月,鲁迅表明他接受了人性受支配于经济的学说。

政治。对于北洋军阀政府,尤其是对于国民党政府的内政、外交等各方面的政治措施,鲁迅给予了许多抨击。但作为思想遗产,最宝贵的、也是鲁迅政治评论的焦点的,是对于统治阶级的统治术及其心理的揭露。鲁迅谈皇帝,谈儒术,谈包围新论,谈二丑艺术,

---

① 《鲁迅书信集下·1032 致萧军》。
② 《坟·娜拉走后怎样》。

谈所谓大内档案，谈可恶罪，谈隔膜，无一不是中国人民血的经验的结晶。鲁迅指出，"中国人的对付鬼神，凶恶的是奉承，如瘟神和火神之类，老实一点的就要欺侮，例如对于土地或灶君。待遇皇帝也有类似的意见。……所以皇帝和大臣有'愚民政策'，百姓们也自有其'愚君政策'。"①《谈所谓"大内档案"》对虽然入了民国，而继承着旧传统的一群官僚的心理，揭露得真是入木三分。对于一堆所谓"大内档案"，主张"要办"的官僚的心理，是怕贪图小利偷装档案的麻袋的工役们，偷多了之后为逃避追究索性放一把火连房子也烧掉。主张"不办"的官僚的心理怎么样呢？"他是知道中国的一切事万不可'办'的；即如档案罢，任其自然，烂掉，霉掉，蛀掉，偷掉，甚而至于烧掉，倒是天下太平；倘一加人为，一'办'，那就舆论沸腾，不可开交了。结果是办事的人成为众矢之的，谣言和诽谤，百口也分不清。"于是乎彼此心照不宣，说说笑笑，拖，拖，拖，一拖十来年。鲁迅曾慨叹中国改革之难，说即使搬动一个炉子，也要流血，决非愤激的空言，实在是痛苦的经验。最后官们为了捞一把，会同各有关部门，派出几十个部员来"办"了，又将好一点的东西偷光。鲁迅的结论是："中国公共的东西，实在不容易保存。如果当局者是外行，他便将东西糟完，倘是内行，他便将东西偷完。而其实也并不单是对于书籍或古董。"这就是古官场可怕的"官魂"。鲁迅一生极其憎恶人与人之间的等级及其压迫，曾多次批判奴才哲学和奴才道德。但是，鲁迅深刻地揭示了主子与奴才在人的性质上的辩证关系。他说，"专制者的反面就是奴才，有权时无所不为，失势时即奴性十足。孙皓是特等的暴君，但降晋之后，简直像一个帮闲；宋徽宗在位时，不可一世，而被掳后偏会含垢忍辱。做主子时以一切别人为奴才，则有了主子，一定以奴才自命：这是天经地义，无可动摇的。"②奴性的涤除，也就只有完全消灭人与人之间社会地位的不平等及其传统的影响。

最后，关于社会批评和文明批评。这其中属于伦理道德一类的杂文，因为论述的对象就是人与人的关系的准则，自然无一不涉及人，无需赞说。这里想专就《二心集》以后的几个杂文集谈点感想。1935年4月23日，鲁迅在致萧军、萧红的信中谈到："我的文章，

---

① 《华盖集续编·谈皇帝》。
② 《南腔北调集·谚语》。

也许《二心集》中比较锋利，因为后来又有了新经验，不高兴做了。"其时，《南腔北调集》《伪自由书》和《准风月谈》都已出版。鲁迅这里说的是"比较锋利"，但却有时被引用来证明只有《二心集》最好，似乎此后的杂文反而有点黯然失色。这其实是不确的。《南腔北调集》以后的杂文，论述面极其广泛，而又较少专就某几个人或某几种事而发，因此议论似较散漫。其实不然，我认为其中贯穿着一条明晰的思路，这就是对于人以及人与人之间的关系的考察、分析、批评和赞扬。这些杂文的大多数，都是从历史上的或现实社会中的具体的人事抽象出一种关于人的思想，有些更是精彩的关于人生的格言。《南腔北调集》的第一篇《"非所计也"》，引证《申报》三则有关国民党政府对日不抵抗政策以及国土日益沦丧的消息，揭露了国民党政府卖国投降的行径。但是，我以为更深刻的是文中抨击了"在中国什么都是'私人感情'"的恶劣的社会心理及其恶果。国民党政府的或一政策已经成为历史陈迹，而"在中国什么都是'私人感情'"的传统包袱，至今压得我们难以迈开社会改革的步伐。一个社会，"什么都是'私人感情'"，而不讲社会公德和政治原则，是一定腐败的。这正是鲁迅为中国，为将来所想到的更根本的问题。鲁迅批评社会上有一种人"上车，进门，买票，寄信，他推；出门，下车，避祸，逃难，他又推。推得女人孩子都踉踉跄跄，跌倒了，他就从活人上踏过去，跌死了，他就从死尸上踏过去，走出外面，用舌头舔舔自己的厚嘴唇，什么也不觉得。"① 并进而指出："生活的压迫，令人烦冤，糊涂中看不清冤家，便以为家人路人，在阻碍了他的路，于是乎'推'。这不但是保存自己，而且是憎恶别人了，这类人物一阔气，出来的时候是要'清道'的。"② 鲁迅从广州人的迷信看到他们的"认真，有魄力"，指出"中国有许多事情都只剩下一个空名和假样，就为了不认真的缘故。"因而表示"广州人的迷信，是不足为法的，但那认真，是可以取法，值得佩服的。"③ 中国人爱喝茶，鲁迅从"有好茶喝，会喝好茶，是一种'清福'。不过要享这'清福'，首先就须有工夫，其次是练习出来的特别的感觉"中指出"感觉的细腻和锐敏，较之麻木，那当然算是进步的，然而

---

① 《准风月谈·推》。
② 《准风月谈·"推"的余谈》。
③ 《花边文学·〈如此广州〉读后感》。

以有助于生命的进步为限。"① 鲁迅在《偶感》中从一位留德学生证明"灵魂"合于"科学"之类的社会现象看到:"每一新制度,新学术,新名词,传入中国,便如落在黑色染缸,立刻乌黑一团,化为济私助焰之具,科学,亦不过其一而已。""此弊不去,中国是无药可救的。"这就是说,救中国的根本在于"立人",在于改造"害人利己"的一切卑怯的品性。

四

鲁迅毕生憎恶空谈,崇尚实干。老子以五千言传世,注家蠭起,号称大思想家。鲁迅认为他"是'无为而无不为'的一事不做,徒作大言的空谈家"。并且在创作上将老子的形象"加以漫画化,送他出了关,毫无爱惜"。② 韦素园不过一介书生,又厄于短年,仅仅译成几本书,只因为他不仅有"愿意切切实实的,点点滴滴的做下去的意志",而且实干,认真办事,鲁迅深情地赞美他,认为"在中国第一要他多。"③ 这很能反映鲁迅的一种气质。鲁迅甚至认为,中国是一个会玩文字游戏的国家。他多少同意于这样的意见,即"中国的国民性"之一是"善于宣传",④ 把做事和做戏混在一起。他攻击国民党不要实际的宣传。他揭露"豪语的折扣",指出"这故作豪语的脾气,正不独文人为然,常人或市侩,也非常发达"。⑤ 他对于"还可以骗人的是说英雄话"⑥ 的社会心理表示叹惋。鉴于中国的读书人不注意世事的居多,鲁迅注重世事,强调实干的气质,希望人们做"好事之徒"的思想,在改造中国社会上,就格外可贵了。

的确,在中国思想史上,鲁迅不仅以其独特的思想占有一席崇高的地位,像他那样实干,那样自觉地、及时地、紧密地联系社会实际进行社会批评和文明批评,以实践自己的"立人"的思想为务,也是稀有而卓异的。鲁迅不好作离开人生、离开世事的抽象的哲学思维,而极善于透过纷繁的、无论巨细的社会现象概括出某种人生哲理,予以独到的充满人情的褒贬抑扬,引导人们进行切实的改造。

---

① 《准风月谈·喝茶》。
② 《且介亭杂文末编·〈出关〉的"关"》。
③ 《且介亭杂文·忆韦素园君》。
④ 《二心集·宣传与做戏》。
⑤ 《准风月谈·豪语的折扣》。
⑥ 《鲁迅书信集下·1180 致王冶秋》。

马克思曾经指出："哲学家们只是用不同的方式解释世界，而问题在于改变世界。"① 鲁迅是一位致力于"立人"的实践型的思想家，他和坐在菩提树下、关在玻璃窗内冥思苦想宇宙之大、苍蝇之微的思想家的气质和风格完全不同。

怎样"立人"呢？鲁迅的认识也经过了一段长期的摸索和发展。

最初，鲁迅坚定地主张"尊个性而张精神。"1907年作的《文化偏至论》就是着重论述"立人"和如何"立人"的。"立人"就是"立国"，这是目的，"若其道术，乃必尊个性而张精神"。更具体的表述，就是"掊物质而张灵明，任个人而排众数。人既发扬踔厉矣，则邦国亦以兴起。"那时候，鲁迅认为发展生产，改革国家的政治制度，都是"抱枝拾叶"，是枝节问题，不是根本问题。从他晚年回忆章太炎先生的文章可以看到，他是热忱注视《民报》和《新民丛报》的那场大辩论、大斗争的。但是他对《民报》竭尽全力所宣传的革命民主主义的政治纲领，对于进行流血革命的主张，在自己的论文中几乎毫不响应，而独辟蹊径，树起一面改革中国的大旗，上书"立人"二字。在鲁迅看来，只要人人为了社会的公益，真诚地抱着维新、抱着改革中国的目的，发扬个性，"于庸俗无所顾忌"，敢于对抗凡庸的多数，即依靠每个人自己改变自己的精神，自己发扬自己的精神，就可以达到"人各有己，而群之大觉近矣"②的理想境界，于是人立而国立。至于社会环境的阻力，特别是反改革的国家政权的严酷镇压，都在鲁迅视野之外。那时候他还没有这一方面的切身的经验，他不感到这会是问题。同时，对于人的精神、品性、思想、感情最终决定于经济组织，决定于社会地位和利害这一点，鲁迅也没有认识到。少数知识分子从书本上接受了已经发达了的先进的西方思想，即比中国封建主义文化先进的资产阶级民主主义思想，希望以此唤醒广大的民众，尤其是农民，而中国的经济状况，社会状况还非常落后，他既未能从中国的大地上产生可以与西方媲美的发达的资产阶级思想，甚至远未能把广大的民众养育为能够接受西方先进思想的人才。闰土的一声"老爷……"，最深刻、最充分、最典型地反映了同一代人成长起来后先进的启蒙主义者与广

---

① 《关于费尔巴哈的提纲》，《马克思恩格斯选集》第1卷，第19页。
② 《集外集拾遗·破恶声论》。

大农民之间的隔膜，鲁迅指出这是"一层可悲的厚障壁"①，其实这乃近代中国一个可怕的时代悲剧。鲁迅自己也有过这种可悲悯的经验。他曾说过："因为施行刺激，总须有若干人有感动性才有应验，就是所谓须是木材，始能以一颗小火燃烧，倘是沙石，就无法可想，投下火柴去，反而无聊。所以我总觉得还该耐心挑拨煽动，使一部分有些生气才好。去年我在西安夏期讲演，我以为可悲的，而听众木然，我以为可笑的，而听众也木然，都无动，和我的动作全不生关系。当群众的心中并无可以燃烧的东西时，投火之无聊至于如此。别的事也一样。"② 这虽是后来的经验，却也可以帮助我们了解鲁迅在日本时期与人合作翻译出版《域外小说集》反映之冷漠的原因之一。自然，当时处在紧张的政治斗争时期，全国各地又时有武装起义，人心浮动，不容易安心注意更深沉的思想革命也是一个原因。

鲁迅的"尊个性而张精神"，与资产阶级的个性解放是有重大区别的，资产阶级的个性解放是按资产阶级的世界观改造人。他反对中世纪的神权而要求人权，反对封建主义对人的禁锢，即社会地位上的人身依附和封建教条对人性的扼杀，而要求人和人性的自由发展。这是历史的进步。但在个人与社会，个人与集体，人与人的关系中，把个人的发展放在首位，个人的发展是目的，也是动力。鲁迅的"尊个性而张精神"是手段，是"立人"的"道术"，目的在"群之大觉"，强调社会公益和社会的发展，是希望避免资本主义在中国再现的。

但是，鲁迅的这一"道术"是行不通的，是不可能实现的空想。一是社会的发展有它自己的客观规律，从封建主义社会出发，通常不可避免地将发展为资本主义社会。这是由经济进化的客观规律所决定的，不以人的主观意志为转移的。二是社会没有，鲁迅也没有找到实现自己这一理想的物质力量，即阶级的力量，即以无产阶级为领导的、工农联盟为基础的、小资产阶级和资产阶级联合的革命力量。三是鲁迅忽视政治斗争，忽视国家政权制度的革命。没有革命政权不可能打垮反改革的阶级力量的破坏与阻挠。这一点是最切实，最易为志士仁人所最先觉悟的。

在理论上，鲁迅把"尊个性而张精神"这种精神改造提到"第

---

① 《呐喊·故乡》。

② 鲁迅 1925 年 4 月 22 日夜致许广平信原稿。

一要著"的地位，忽视政治革命，忽视以革命政权的力量作杠杆改造和发展经济基础，改造社会环境，在这个过程中实现环境与人的辩证的改造，夸大了个人反抗凡庸的"众数"的力量。这在实质上还是"人的意见决定世界"的观点。这个观点和他所信仰的人类起源的学说、人是环境的产物的观点是互相矛盾的。鲁迅早年几乎没有觉察到这种理论上的矛盾，正是一个青年思想家难免的"婴年的天真"。①

1919年"五四"运动前夕，鲁迅再次奋起呐喊，希望唤醒群众，起来摧毁旧中国这一间"绝无窗户而万难破毁的""铁屋子"。鲁迅对中国的根深蒂固的旧文明的袭击，何等勇猛而且悲壮！为了中华民族的振兴，鲁迅切切实实地实践着自己这样的主张："世上如果还有真要活下去的人们，就先该敢说，敢笑，敢哭，敢怒，敢骂，敢打，在这可诅咒的地方击退了可诅咒的时代！"② 在这几年间，从斗争的精神来看，鲁迅无愧于"发扬踔厉"的称誉，个人虽然为"文学革命"建立了伟大的实绩，距离"群之大觉"的境界却还很远，"邦国亦以兴起"的希望也还渺茫。不仅如此，而且还要身受反动政权日益变本加厉的镇压，甚至于屠杀，血的教训刺激鲁迅认真检查自己的主张，促使他的思想向前发展。鲁迅自己曾经概述了这几年的情况。他说："加以这几年，自己在北京所得的经验，对于一向所知道的前人所讲的文学的议论，都渐渐的怀疑起来。那是开枪打杀学生的时候罢，文禁也严厉了，我想：文学文学，是最不中用的，没有力量的人讲的；有实力的人并不开口，就杀人，被压迫的人讲几句话，写几个字，就要被杀；即使幸而不被杀，但天天呐喊，叫苦，鸣不平，而有实力的人仍然压迫，虐待，杀戮，没有方法对付他们，这文学于人们又有什么益处呢？"③ 也正是那个时候，鲁迅认识到在反动政权统治下，"不革内政，即无一好现象"。④ 要革内政，就"止有实地的革命战争"⑤ 了。这就是"改革最快的还是火与剑"⑥的思想。从1907年到1925年，在"立人"也即"兴国"

---

① 《集外集·序言》。
② 《华盖集·忽然想到》。
③ 《而已集·革命时代的文学》。
④ 《而已集·革命时代的文学》。
⑤ 《两地书·三四》。
⑥ 《两地书·一〇》。

的问题上,鲁迅关于如何"立人"的思想有了如下的变化和发展。第一,原先认为国家政治制度的改革、政权的性质不是根本,因而忽视了它对人的发展起决定作用,从而也忽视了革命的武装斗争的作用;现在充分认识这种作用了,鲁迅后期杂文对于政治问题及其对人的影响的揭露和抨击,就是这一认识的反映,也是为"立人"所作的重要的斗争。第二,原先认为"第一要著"是改变愚弱的国民的精神;现在认识到"第一要图,还在充足实力,此外各种言动,只能稍作辅佐而已。"① 这样就把如何"立人"和如何"立国"的辩证关系,为此应该做的各项工作,何者为主,何者为辅,它们之间的轻重缓急摆在正确的位置上了。这样也就对自己所做的"辅佐"的工作的性质、地位、作用和意义有了正确的认识了。

马克思主义给予后期的鲁迅思想以科学的理论基础。建立在马克思主义理论基础上鲁迅的关于人和如何"立人"的思想,既是前期这一思想的继续,又是这一思想的质的发展。在马克思主义的指导下,鲁迅提出了"解放了社会,也就解放了自己";"在并未改革的社会里,一切单独的新花样;都不过一块招牌,实际上和先前并无两样";"在真的解放之前,是战斗"② 的基本原则。这是如何"立人"的新见解。它的新表现在:第一,它引入了"社会"这一因素,不再囿于"人各有己"式的自我个性的发挥,从各个人自己的发展,达到"群之大觉"。第二,它确定了社会的解放与自我解放的辩证关系,社会的解放是自我(自己)解放的基础,也是自我(自己)解放的前提。要之,鲁迅在这里所表述的思想,即人民群众生活的社会条件以及这些条件的改革,是人民群众,也就是人的解放的基础;个人的解放包含在人民群众解放之中,不是在这之外,更不是在这之上。

鲁迅的一篇杂文,《论秦理斋夫人事》,极精练而且精辟地评论了"秦理斋夫人及其子女一家四口的自杀"的原因,以及社会舆论对这一事件的各种评论。对于秦理斋夫人的自杀,鲁迅也承认:"既然自杀了,这就证明了她是一个弱者。"但是鲁迅不是到此为止,也不是指责这种个人的品性,而是进一步分析造成这种品性的条件。他问:"但是,怎么会弱的呢?"鲁迅根据"她的尊翁的信札,为了

---

① 《两地书·一二》。
② 《南腔北调集·关于妇女解放》。

要她回去,既耸之以两家的名声,又动之以亡人的乱语",和"她的令弟的挽联:'妻殉夫,子殉母……'"指出"以生长及陶冶在这样的家庭中的人,又怎么能不成为弱者?"这就揭示了家庭环境方面的原因了。这是怎样的家庭,人们可以根据那"信札"和"挽联"得出结论。鲁迅接着指出:"黑暗的吞噬之力,往往胜于孤军,况且自杀的批判者未必就是战斗的应援者,当他人奋斗时,挣扎时,败绩时,也许倒是鸦雀无声了。穷乡僻壤或都会中,孤儿寡妇,贫女劳人之顺命而死,或虽然抗命,而终于不得不死者何限,但曾经上谁的口,动谁的心呢?真是'自经于沟渎而莫之知也'!"这就揭示了社会环境方面的原因了。对于社会舆论,鲁迅概述了三种意见:"社会虽然黑暗,但人生的第一责任是生存,倘自杀,便是失职,第二责任是受苦,倘自杀,便是偷安。进步的评论家则说人生是战斗,自杀者就是逃兵,虽死也不足以蔽其罪。"鲁迅严厉批评这种着重于个人的评论:"责别人的自杀者,一面责人,一面正也应该向驱人于自杀之途的环境挑战,进攻。倘使对于黑暗的主力,不置一辞,不发一矢,而但向'弱者'唠叨不已,则纵使他如何义形于色,我也不能不说——我真也忍不住了——他其实乃是杀人者的帮凶而已。"偏激么?不!所谓社会环境不正包括自己以外的人们所发出的"舆论"么?每一个人对于他人来说,都是构成"社会环境"的一分子,人的重要性于此也可见。鲁迅早在1919年就曾指出:"世风人心这件事,不但鼓吹坏事,可以'日下';即使未曾鼓吹,只是旁观,只是赏玩,只是叹息,也可以叫他'日下'。"①切望改革社会风气的人们,不值得以此扪心自问么?

1933年1月,榆关失守,北平的大学生逃之夭夭,于是遭到社会舆论的谴责,鲁迅却写了《逃的辩护》和《论"赴难"和"逃难"》,挺身而出,理直气壮地为他们辩护。为什么?鲁迅指出,"这正是这几年来的教育显了成效。""施以狮虎式的教育,他们就能用爪牙,施以牛羊式的教育,他们到万分危急时还会用一对可怜的角。然而我们所施的是什么式的教育呢,连小小的角也不能有,则大难临头,惟有兔子似的逃跑而已。""总之,我的意见是:我们不可看得大学生太高,也不可责备他们太重,中国是不能专靠大学生的;大学生逃了之后,却应该想想此后怎样才可以不至于单是逃,脱出

---

① 《坟·我之节烈观》。

诗境，踏上实地去。"这就指出了教育和政治措施对于人的重大作用，不是指责个人，而是抨击驱使个人如此行动的环境。

中国的教育，自古以来就是官办的，或主要是官办的。中国从秦始皇统一以至于民国，几千年间大多数的年月是一个强大的中央集权的政府统一着。这对造就悠久的古文明自有积极的作用，但是历朝有一个几乎成为传统的习惯做法，就是用极大的力量统一老百姓的思想，以至于渗透到日常个人生活的方式方法，生在这样的环境，战战兢兢尚且栗栗危惧，那能有积极进取的宏放的性格！鲁迅指出过："中国的作文和做人，都要古已有之，但不可直钞整篇，而须东拉西扯，补缀得看不出缝，这才算是上上大吉。所以做了一大通，还是等于没有做，而批评者则谓之好文章或好人。社会上的一切，什么也没有进步的病根就在此。"① 鲁迅又曾指出："中国人不但'不为戎首'，'不为祸始'，甚至于'不为福先'。所以凡事都不容易有改革；前驱和闯将大抵是谁也怕得做。然而人性岂真能如道家所说的那样恬淡；欲得的却多。既然不敢径取，就只好用阴谋和手段。以此，人们也就日见其卑怯了，既是'不为最先'，自然也不敢'不耻最后'，所以虽是一大堆群众，略见危机，便'纷纷作鸟兽散'了。如果有几个不肯退转，因而受害的，公论家便异口同声称之曰傻子。对于'锲而不舍'的人们也一样。"② 这样苟活的社会心理，仅仅归之于一般的社会环境，自然也是正确的，但是很不够，而且这种思想，非马克思主义的唯物主义者，也是能具有的。达尔文关于"如果把人养育在与蜜蜂完全相同的条件下，社会毫无疑问地使我们的未婚的女性同胞们和职蜂一样，以杀戮自己的兄弟为一种神圣的义务，使母亲们企图杀尽自己能够生育的女儿，而谁也不会想到提出异议"③ 的著名比喻，就是一例。鲁迅后期不止于此，他是进一步从经济关系，在一定经济基础上建立的政权的性质及其政治措施来观察这个问题的。他曾指出，"《东华录》，《御批通鉴辑览》，《上谕八旗》，《雍正朱批谕旨》……等，……倘有有心人加以收集，一一钩稽，将其中的关于驾驭汉人，批评文化，利用文艺之处，分别排比，辑成一书，我想，我们不但可以看见那策略的博大

---

① 《二心集·做古文和做好人的秘诀》。
② 《华盖集·这个与那个》。
③ 达尔文：《人的由来》。

和恶辣,并且还能够明白我们怎样受异族主子的驯扰,以及遗留至今的奴性的由来的罢。"① 就是关于自首之辈之多,鲁迅也认为是国民党淫刑厉害的结果。他说:"自首之辈,当分别论之,别国的硬汉比中国多,也因为别国的淫刑不及中国的缘故。我曾查欧洲先前虐杀耶稣教徒的记录,其残虐实不及中国,有至死不屈者,史上在姓名之前就冠一'圣'字了。中国青年之至死不屈者,亦常有之,但皆秘不发表。不能受刑至死,就非卖友不可,于是坚卓者无不灭亡,游移者愈益堕落,长此以往,将使中国无一好人,倘中国而终亡,操此策者为之也。"② 这种不着重于个人品性的谴责,而着眼于历史的、社会的条件特别是政治性的条件对人的决定作用,才是历史唯物主义的观点。

总之,任何社会,无论是天赋、品性、思想、道德,卓异的和优秀的人物都是有的吧,他们是可贵的,堪为楷模的人物,但是,他们又是极稀少的,离开社会条件,单纯倡导"人各有己",发挥自我的个性,最多只能成长极少数的佼佼者。只有当一个民族,一个国家,一个社会,客观的条件适宜与奖励人们向上的发展的时候,才会有群众性的优秀的气质、品性、思想和道德的普遍提高,才会有全民族的向上的发展。鲁迅不遗余力地攻击根深蒂固的旧文明,批评各个阶级、阶层以至全民族的民族性中的缺点,抨击帝国主义对中国的侵略,抨击直欲保护一切黑暗的国民党政权,正是为中华民族的复兴创造社会生活条件而贡献一份力量,为实践自己"立人"的理想做着切切实实的、点点滴滴的工作,鲁迅著作的总主题即在于此。

五

怎样评价鲁迅的关于人的思想体系呢?这首先有赖于我们运用马克思主义的立场、观点和方法对鲁迅关于人的思想作全面的、深入的研究。这种研究应该着重于掌握鲁迅思想的内容,从鲁迅特有的术语的内涵开始,客观地、准确地分析鲁迅思想的发生和变化发展的全过程,分析鲁迅思想与现代中国历史进程的关系,着重实现而不急于挂上各种招牌。

---

① 《且介亭杂文·买〈小学大全〉记》。
② 《鲁迅书信集上·438 致曹聚仁》。

鲁迅如此注重人以及人与人之间的关系，认为西方欧美各国在近代历史上空前的进步，"根柢在人"，认为中国的改造首要的和根本的问题是"立人"，"人立而后凡事举"，这无疑是正确的。人是我们这个星球——地球的主宰，也是人类社会的主宰。人类社会的历史归根结底是人的生产史和人在生产过程中的自我发展史。生产力、生产关系、社会存在、社会意识固然离不开人，即使自然界，自从人类诞生以来，也是直接和间接地与人息息相关。哲学社会科学的研究对象和研究的主体，无一不是人；它们之间的分工，不过是侧重于人和人与人之间的关系的某个侧面不同罢了。而自然科学研究的对象虽然不尽是人，但是研究的主体不但是人，而且研究的结果无一不是为了人类的生存和发展。鲁迅以毕生的精力，直接研究中国人的生存、温饱和发展的条件及其改造，这是他的思想体系的独特性。鲁迅著作成为人类文化宝库不朽的珍品之一的原因，正因为它是占世界人口四分之一的现代中国人的灵魂——民情和民心的科学史。1925年鲁迅在谈到自己的小说创作时说："我虽然已经试做，但终于自己还不能很有把握，我是否真能够写出一个现代的我们国人的魂灵来。"[①] 事实证明，鲁迅成功地做到了这一点。1934年鲁迅在谈到自己的杂文的时候说："'中国的大众的灵魂'，现在是反映在我的杂文里了。"[②] 这是实事求是的自我评论，是一位成熟了的思想家的自信。

但是，重视人虽然是正确的；而关于人的思想以及理论基础等等，是不是正确的呢？这是我们必须着重研究的问题。

有一个基本观点或者说前提是很明确的，即鲁迅思想中的"人"，始终不是抽象的人，而是现实的人，是一定时间和空间中的人，历史的、国家的、民族的甚至地域的人。也不是自然的人，而是社会的人。鲁迅自觉参加文化战线从事中国社会的改造运动的第一批论文，有一篇就是《人之历史》，这是鲁迅关于人类发生学的研究结论，是他对于人类起源的唯物主义的科学观点的阐述。在人类的起源这一问题上，鲁迅彻底地毫无保留地接受了达尔文主义。鲁迅并且认为："造化自著之进化论，而达尔文剽窃之以成19世纪之伟著

[①] 《集外集·俄文译本〈阿Q正传〉序及著者自叙传略》。
[②] 《准风月谈·后记》。

者也。"① 这就是说，达尔文的进化论是对自然界本来面目的客观的了解。鲁迅的自然观是彻底的唯物主义的。从个人角度来说，鲁迅极其幸运的是，他在从事社会改造运动以前受过严格的自然科学的训练，19世纪自然科学上的三大发现鲁迅都学习过，都接受了，并且在早期论文中有不同程度的反映。这是当时沐浴着欧风美雨的中国给予鲁迅最积极的影响。恩格斯曾经叹息："自然科学的所有这些划时代的进步，都从费尔巴哈身边溜过去了，本质上没有触及他。"② 而鲁迅恰恰相反。作为一个思想家，尤其是落后于世界潮流的中国的思想家，鲁迅的起点是高的。

19世纪自然科学的三个伟大发现给予鲁迅影响最大的是达尔文的进化论。达尔文关于人种起源的科学结论，是鲁迅关于人的思想的起点。因此任何宗教唯心主义以及关于人的本性的哲学唯心主义都为鲁迅所不取。鲁迅几乎没有就人的本性问题进行抽象的哲学思维，鲁迅从未考虑过什么抽象的人、生物学的人和一成不变的人的问题。鲁迅始终坚持人是自然、社会环境和教育的产物的唯物主义观点，始终坚持人的历史性和社会性，到1928年8月进一步增加了人的本性"一定都带着阶级性。但是'都带'，而非'只有'"，③ 的观点。鲁迅始终坚持人及其社会永不停止的进化的观点，任何时代的人都是承前启后的进化链条上的一环，没有"止于至善"的终点。18世纪的唯物主义没有进化的思想，也没有人的主观能动性的思想，而这两点在鲁迅思想中始终是非常杰出的。鲁迅前期相信"生存竞争"是人及其社会进化的动力，这是一个严重的缺陷。"把历史看作一系列的阶级斗争，比起把历史单单归结为生存斗争的差异极少的阶段，就更有内容和更深刻得多了。"④ 鲁迅思想的基本特性之一是从事实出发，实事求是，他总是"直面惨淡的人生，正视淋漓的鲜血"，观察、分析、研究和评论现实的、实践着的人及其社会。在前期，伴随着这一特性存在一个缺点，即对于人及其社会进化的基础未加探索，——没有触及经济，没有了解经济进化是人及其社会进化的最后决定的因素。因此当他涉及某些社会、政治问题的原因的

---

① 《集外集拾遗·中国地质略论》。
② 《自然辩证法》，《马克思恩格斯选集》第3卷，第571页。
③ 《三闲集·文学的阶级性》。
④ 恩格斯：《自然辩证法》，《马克思恩格斯选集》第3卷，第612页。

时候，就不深刻，也不正确。比如把侵略的原因归结于"上"（帝王）、"在上者"未能荡涤的"兽性"，表现出历史唯心主义的观点。但是，鲁迅虽然在前期相信"生存竞争"是人及其社会进化的动力，但是在政治上，他坚定地站在被压迫的大多数一边，反对"执进化留良之言，攻小弱以逞欲，非混一寰宇，异种悉为其臣仆不慊"[1] 的社会达尔文主义。鲁迅思想的另一个基本特性是强调社会利益，而不是强调个人利益。鲁迅是重视个人利益的，重视个人的生存、温饱和发展，但他主张个人的生存应有益于社会，如果个人的生存对社会利益有害，则宁愿牺牲个人的生存而有利于社会的生存和发展。"为社会计，牺牲生命当然并非终极目的，凡牺牲者，皆系为人所杀，或万一幸存，于社会或有恶影响，故宁愿弃其生命耳。"[2] 此所以鲁迅毕生深恶痛绝"借新文明之名，以大遂其私欲者"，而鲁迅自己也以其至死不渝的情操照耀着现代中国革命史。

孙伏园曾经回忆说："从前刘半农先生赠给鲁迅先生一副联语，是'托尼学说，魏晋文章。'当时的朋友都认为这副联语很恰当，鲁迅先生自己也不加反对。""'托'是指托尔斯泰"，他的学说是指"大爱主义"，"'尼'是指尼采"，他的学说是指"超人论"。[3] 任何一个思想家的思想，都不是天赋的，也不是他们头脑中固有的。他们的思想首先是现实的社会关系在他们头脑中的反映，其次，也必然利用在他们之前的某些思想家取得的思想成果作为资料。伴随着人类社会本身永无止境地、不断地由低级上升到高级的发展过程，思想也是这样一个不断地承前启后、吐故纳新的发展过程。认为鲁迅思想无一字无来历，都是前人思想的继承，鲁迅研究就在于一一勾勒出这种渊源关系，是不妥当的；认为鲁迅思想和前人思想毫无关系，一看到鲁迅对某个思想家的观点有所择取或表示赞同，尤其是这个思想家是我们认为不好的甚至反动的时候，或讳言，或用"影响"说去冲淡这种事实，也是不必要的。一切都是运动的，一切都是发生、发展和消灭的过程，在这个过程中一切都是过渡性的。正像鲁迅思想是关于现实的、在现代中国历史中实践着的人的思想一样，我们研究鲁迅思想也要把他当作现实的、在历史中实践着的、

---

[1] 《集外集拾遗·破恶声论》。
[2] 《鲁迅书信集上·628 致娄如瑛》。
[3] 《鲁迅先生逝世五周年杂感二则》。

活生生的人的思想去研究。我们的任务在于探讨出事物的本来面貌，关键在于对问题进行具体分析。

鲁迅很早就注意到了托尔斯泰的"恶兵如蛇蝎，而大呼和平于人间"的思想。后来习惯称作"不抵抗主义"，孙伏园在上文叫做"大爱主义"。鲁迅有一段专门的论述如下："其言谓人生至可贵者，莫如自食力而生活，侵掠攻夺，足为大禁，下民无不乐平和，而在上者乃爱喋血，驱之出战，丧人民元，于是家室不完，无庇者遍全国，民失其所，政家之罪也。何以药之？莫如不奉命。令出征而士不集，仍秉耒耜而耕，熙熙也；令捕治而吏不集，亦仍秉耒耜而耕，熙熙也，独夫孤立于上，而臣仆不听命于下，则天下治矣。然平议以为非是，载使全俄朝如是，敌军则可以夕至，民朝弃戈矛于足次，迨夕则失其土田，流离散亡，烈于前此。故其所言，为理想诚善，而见诸事实，乃佛戾初志远矣。第此犹曰仅揆之利害之言也，察人类之不齐，亦当悟斯言之非至。夫人历进化之道涂，其度则大有差等，或留蛆虫性，或猿狙性，纵越万祀，不能大同。即同矣，见一异者，而全群之治立败，民性柔和，既如乳羔，则一狼入其牧场，能杀之使无遗孑，及是时而求保障，悔迟莫矣。"① 鲁迅既不是绝对肯定这一思想，也不是绝对否定这一思想。鲁迅赞同托尔斯泰反对"侵掠攻夺"的观点，赞同"下民无不乐平和，而在上者乃爱喋血"的观点，而否定了他的"不奉命"主义，认为这是脱离实际，不可能实现的，在现实性上是错误的。

对于尼采，鲁迅有过更多的称引和评述。在《文化偏至论》中，鲁迅对尼采的"超人论"作了如下概括："若夫尼佉，斯个人主义之至雄桀者矣，希望所寄，惟在大士天才；而以愚民为本位，则恶之不殊蛇蝎，盖意谓治任多数，则社会元气，一旦可隳，不若用庸众为牺牲，以冀一二天才之出世，递天才出而社会之活动亦以萌，即所谓超人之说，尝震惊欧洲之思想界者也。"而写在《破恶声论》中的一段话则说："至尼佉氏，则刺取达尔文进化之说，掊击景教，别说超人。虽云据科学为根，而宗教与幻想之臭味不脱，则其张主，特为易信仰，而非灭信仰昭然矣。顾迄今兹，犹不昌大。盖以科学所底，不极精深，揭是以招众生，聆之者则未能满志；惟首唱之士，其思虑学术志行，大都博大渊邃，勇猛坚贞，纵连时人不惧，才士

---

① 《集外集拾遗·破恶声论》。

也夫!"要之,尼采的学说与鲁迅"立人"的思想更加紧密一些。鲁迅赞同尼采关于人是进化的观点,这出于共同的来源,即达尔文的进化论。鲁迅特别赞同,尤其是前期特别赞同尼采极力反抗庸俗、强调"自强"的观点。因为鲁迅认为"今之所贵所望,在有不和众嚣,独具我见之士,洞瞩幽隐,评骘文明,弗与妄惑者同其是非,惟向所信是诣,举世誉之而不加劝,举世毁之而不加沮,有从者则任其来,假其投以笑侮,使之孤立于世,亦无慑也。则庶几烛幽暗以天光,发国人之内曜,人各有己,不随风波,而中国亦以立"。① 但是,即使在前期,鲁迅的基本思想也和尼采学说不同。第一,鲁迅不仅认为尼采的"超人"是渺茫的,是幻想,而且鲁迅的反抗流俗,发挥自我的目的,在于达到群众的普遍自觉和提高,鲁迅的"立人"在"立国",而不在一二天才。他说"盖惟声发自心,朕归于我,而人始自有己;人各有己,而群之大觉近矣。"② 鲁迅十分明确,"尊个性而张精神",是"立人"的"道术"③ 即手段或方法,而不是目的。第二,"尼采欲自强,而并颂强者"④,鲁迅相反,他坚定地站在被压迫被欺凌的弱小一边,力抗强者。只有看到这种立场、态度和目的方面的具有本质意义的差别,我们才能如实了解鲁迅对尼采学说的取舍。

最后,关于鲁迅思想和马克思主义的关系问题。毫无疑义,鲁迅的思想是一个发展过程,是辩证地不断地向前发展的。同样毫无疑义,鲁迅在自己的实践和学习中,逐步接受了马克思主义,后期成为一位杰出的马克思主义思想家。马克思主义给了鲁迅一个唯一科学的共产主义世界观,给了鲁迅思想一个唯一科学的理论基础;鲁迅运用马克思主义的世界观和方法论继续观察、了解、分析、研究中国人及其社会的改造问题,也大大丰富了马克思主义。至今没有一个马克思主义者像鲁迅这样直接以中国人的改造为主题从事综合的研究,获得这样高度的成就。鉴于中国幅员如此之辽阔,人口占世界总人口比例之大,文化传统又是人类最悠久的几个民族之一,在近代又严重落后于世界发展潮流等诸条件,鲁迅思想对于人类文

---

① 《集外集拾遗·破恶声论》。
② 《集外集拾遗·破恶声论》。
③ 《坟·文化偏至论》。
④ 《坟·摩罗诗力说》。

化、对于马克思主义的贡献是很巨大的。

马克思主义的哲学思想使鲁迅更自觉地在完整的意义上掌握了辩证唯物主义,特别是掌握了前期未能达到的历史唯物主义。全部哲学,特别是近代哲学的重大的基本问题,是思维和存在的关系问题。按照恩格斯的意见,"哲学家依照他们如何回答这个问题而分成了两大阵营。凡是断定精神对自然界来说是本原的,从而归根到底以某种方式承认创世说(在哲学家那里,例如在黑格尔那里,创世说往往采取了比在基督教那里还要混乱而荒唐的形式),组成唯心主义阵营。凡是认为自然界是本原的,则属于唯物主义的各种学派"。"除此以外,唯心主义和唯物主义这两个用语本来没有任何别的意思,它们在这里也不能在别的意义上被使用。"① 由此可见,如果我们要从哲学上判断鲁迅关于人的思想是唯物主义的还是唯心主义的,也应该根据鲁迅对这个问题的回答来考察,即根据鲁迅对于人和自然界(人类起源问题)以及人的思想、感情、性格和自然界与社会存在的关系的回答来考察。鲁迅没有专门论述过哲学问题,也很少作纯粹的哲学思维。但是鲁迅从青年时代起,对哲学就作过认真的学习。据周作人日记手稿,1902 年鲁迅到日本不久即写信向他推荐严复新译穆勒《名学》,认为"书甚好",嘱他"购阅"。② 从 1907 年四篇论文中所引证的哲学家也可以印证这一点。鲁迅不仅断然否定了任何创世说,而且从他开始发表文章时起,基本上是从现实出发,从历史事实出发,专心研究具体的社会问题,充满了实事求是的精神。

鲁迅在坚持人是自然和社会环境的产物这一唯物主义思想的基础上,强调发挥人的主观能动性,接受尼采、斯契纳尔、叔本华、契开迦尔和黑格尔等唯心主义哲学家关于发挥人的主观性的学说,不仅有在政治上、社会学上反对封建主义对个性的束缚的进步意义,在哲学上也有克服"人是机器"这种 18 世纪的机械唯物主义思想的积极意义。鲁迅的"掊物质而张灵明",除个别解释例外,总的思想并不是回答物质和精神谁是本原的问题,而是指出"立人"的"道术",回答怎样才能使人不致淹没于流俗之中得到全面发展的问题。

---

① 《路德维希·费尔巴哈和德国古典哲学的终结》,《马克思恩格斯选集》第 4 卷,第 206 页。

② 周作人:《日记·壬寅》六月十五日(即公历 7 月 19 日)。

鲁迅从近代地质学和达尔文的进化论获得的彻底的进化、发展的思想，——人是进化、发展的，社会是进化、发展的，历史是进化、发展的思想，同样超过了18世纪唯物主义的水平。18世纪唯物主义缺乏进化、发展的观念。"它不能把世界理解为一种过程，理解为一种处在不断的历史发展中的物质。"① 同时，鲁迅的进化、发展的思想，或一般所称的进化论思想，并不是唯心主义的思想。恩格斯曾经指出："认为人类（至少在现时）总的说来是沿着进步方向运动的这种信念，是同唯物主义和唯心主义的对立绝对不相干的。法国唯物主义者同自然神论者伏尔泰和卢梭一样，几乎狂热地抱有这种信念，并且往往为它付出最大的个人牺牲。"②

鲁迅前期哲学思想的最大缺陷是：一、他没有进一步深入探讨人的进化、发展和社会的进化、发展的基础是什么？没有把社会关系划分为物质关系和思想关系；没有把物质关系看做生产关系；看到"思想关系只是不以人们的意志和意识为转移而形成的物质关系的上层建筑，而物质关系是人们维持生存的活动的形式（结果）。"③ 换句话说，鲁迅没有从理论上探讨出人及其社会的进化、发展的基础是经济的进化、发展。除了个别问题如上文已经指出的对于侵略的产生根源问题鲁迅作了探讨并作出了错误的即历史唯心主义的解释以外，鲁迅的思想情况是没有进一步探讨这个问题，总的来说，是停止在历史唯物主义的大门口。二、鲁迅对人及其社会的进化、发展的动力作了肤浅的理解，只认为是生存竞争，而没有认识到是建立在经济关系之上的阶级斗争。由于鲁迅特别注重现实，注重从实际出发，随着他对历史和对现状的深入了解，他的思想也就不断朝着逐步克服这两个严重缺陷的方向发展。从1907年算起，经过20多年的努力，在事实的教训和马克思主义的学习中，最后豁然贯通，接受了马克思主义，树立了辩证唯物主义和历史唯物主义的世界观，使自己的思想建立在马克思主义理论之上。

1940年，毛泽东同志在《新民主主义论》中，对三民主义和共

---

① 恩格斯：《路德维希·费尔巴哈和德国古典哲学的终结》，《马克思恩格斯选集》第4卷，第209、213页。

② 恩格斯：《路德维希·费尔巴哈和德国古典哲学的终结》，《马克思恩格斯选集》第4卷，第209、213页。

③ 列宁：《什么是"人民之友"以及他们如何攻击社会民主主义者？》，《列宁选集》第1卷，第18页。

产主义的异同作了科学的分析。一方面指出这两个主义在中国资产阶级民主革命阶段上的基本政纲是相同的；另一方面又指出这两个主义有四点不同，其中之一，就是"宇宙观的不同。"1949年，毛泽东同志在《论人民民主专政》中又作了这样的分析："孙中山和我们具有各不相同的宇宙观，从不同的阶级立场出发去观察和处理问题，但在20世纪20年代，在怎样和帝国主义作斗争的问题上，却和我们达到了这样一个基本上一致的结论。"毛泽东同志在这里一再运用的把宇宙观和具体问题的结论既有联系又区别开来的观点，是具有普遍意义的。这一观点告诉我们，不重视宇宙观即世界观的分析是不对的；但是只对世界观进行分析，把对世界观的分析代替对具体问题的分析，把对世界观的分析和对具体问题尤其是对具体的政治问题的分析混为一谈，同样是不对的。毛泽东同志的这一观点对于我们研究鲁迅思想，特别是鲁迅的前期思想有很重要的意义。它提醒我们：既要从哲学上分析鲁迅思想的理论基础，他的世界观，又要从政治上分析鲁迅的立场和对具体问题的观点；既要研究鲁迅前期世界观尚未达到历史唯物主义的高度带来的问题，又要根据实际情况来判断他的各个具体观点的是非。无论前期还是后期，我们都应该运用这个观点来分析问题，切忌肯定一切和否定一切的形而上学方法。

马克思主义的科学社会主义思想使鲁迅把握了分析人及其社会问题的指导性线索即阶级斗争的理论和树立了经过无产阶级专政达到无阶级社会的共产主义信念。这对鲁迅思想的发展有无可比拟的巨大意义。列宁在《卡尔·马克思》一文中，生动地谈到这样的情况："一个社会中一部分人的意向同另一部分人的意向相抵触，社会生活充满着矛盾，历史告诉我们，各民族之间、各社会之间以及各民族、各社会内部经常进行斗争，此外还有革命时期和反动时期、和平时期和战争时期、停滞时期和迅速发展时期或衰落时期的不断更换，这些都是人所共知的事实。"——我们从鲁迅前期著作就可以看到，鲁迅多么准确、充分和出色地描绘和抨击了这样的事实——"马克思主义给我们指出了一条指导性的线索，使我们能在这种看来迷离混沌的状态中发现规律性。这条线索就是阶级斗争的理论。"鲁迅从1925年对暴力的作用问题的正确认识开始，逐步对文艺的特点、性质和目的；人的感情和性格依存于经济；无产阶级必须打碎资产阶级的国家机器，建立无产阶级专政以达到共产主义等等一系列问题，掌握了完整的马克思主义体系，1933年，鲁迅在《听说梦》一文中指出："虽然梦'大家有饭吃'者有人，梦'无阶级社会'者有人，梦'大同世界'者有人，而很少有人梦见建设这样社会以前的阶级斗争，白色恐怖，轰炸，虐杀，鼻子里灌辣椒水，电刑……倘不梦见这些，好社会是不会来的，无论怎么写得光明，终究是一个梦，空头的梦，说了出来，也无非教人都进这空头的梦境里面去。"在《祝中俄文字之交》一文中，又指出建设社会主义的过程是："忍受，呻吟，挣扎，反抗，战斗，变革，战斗，建设，战斗，成功。"这样坚定的正确政治方向，今天仍然具有很大的现实意义。鲁迅接受马克思主义的世界观和方法论以后，曾经用这样的体会予以高度赞扬："以史底惟物论批评文艺的书，我也曾看了一点，以为那是极直捷爽快的，有许多昧暧难解的问题，都可以说明。"[1] 同时，鲁迅又有这样痛苦的经验和劝告："中国的书，乱骂唯物论之类的固然看不得，自己不懂而乱赞的也看不得，所以我以为最好先看一点基本书，庶不致为不负责的论客所误。"[2]

　　鲁迅接受马克思主义以后，手里就握着一把犀利的解剖刀。他像庖丁解牛一样，剖析着中国人及其社会问题，大大丰富了马克思主义。这是因为第一，鲁迅在文化、思想战线上艰苦奋斗了几十年，他是一个方面军的代表。他既有奠定中国新文学基础的小说创作，又有高度的马克思主义修养，这是在他之前的马克思主义经典作家所不全面具备的，因此他关于文艺和中国左翼文艺运动的思想，有许多独特的贡献。第二，他观察和研究问题的独特角度和揭发隐情的深刻眼光，使他的见解独具异彩。比如七论"文人相轻"，把现代中国文人的社会心理淋漓尽致地表现出来了，这也是前此所没有的，并且至今发人深省。第三，他正确地掌握着马克思主义的主要原理，看到人及其社会问题中经济归根结底是决定性的因素，又不是惟一决定性的因素，而是一切因素间的交互作用，他的观点最接近生活，最接近现实，没有左的或右的弊病。鲁迅说得好："删夷枝叶的人，决定得不到花果。"[3] 关于鲁迅思想如何丰富了马克思主义，需要许多专题研究，不是简单举例所能说明的。这里也就只好从略。

---

[1] 《鲁迅书信集上·203 致韦素园》。
[2] 《鲁迅书信集上·542 致徐懋庸》。
[3] 《且介亭杂文末编·这也是生活》。

鲁迅诞生一百周年了，鲁迅在逝世前不久诉说自己重病初愈时的心境的时候说道："无穷的远方，无数的人们，都和我有关。"① 这就是鲁迅的思想，鲁迅永不磨灭的精神。

1981 年 1 月北京

（原载《鲁迅研究》1981 年第 5 期）

---

① 《且介亭杂文末编·这也是生活》。

从文献学的角度看鲁迅研究中的资料问题

朱 正

在社会科学的研究中,文献的重要性是不言而喻的。只有在尽可能丰富、尽可能正确的材料的基础上,才能作出正确的结论。每一门学科有每一门学科的文献。要提高鲁迅研究的科学水平,弄清楚一下有关文献的情况是有益的。过去,好像还没有人把这个问题系统地提出来过。我想到了这个题目,可是对于我来说却又是一个力不胜任的题目,因为我接触过的文献资料太少。1980年里,我临时参加了几个月新版《鲁迅全集》的编注工作,才有机会看到鲁迅著译的较多种版本,看到不少20年代30年代的报刊,看到较多鲁迅手稿的复制件,算是开了一点眼界。正是在接触了较多的资料之后,我才更感觉到这个题目的重要,感到这个题目是有话可说的。

由于现在手边的资料不足,我只能根据若干简单的笔记和一些印象,简单地把问题提出来,抛砖引玉。

下面,我想分四个方面谈一点有关情况。

一 鲁迅著译的版本问题

鲁迅著译有以下几种情况:

一是鲁迅自己编定、自己经营出版的。《三闲集》后面所附的《鲁迅译著书目》中所录各书,都属于这种情况,就不一一列举了。《三闲集》以后的《二心集》《南腔北调集》《伪自由书》《准风月谈》《花边文学》《故事新编》等著作也都是这样。翻译的《表》《死魂灵》《俄罗斯的童话》等等也是。

这样的本子,鲁迅亲手编定,常常写有序跋,间亦加上按语,有些书稿,在发排前甚至经他重新誊抄清楚,例如现在我们还可以看到的《南腔北调集》发排稿,就是鲁迅从最初发表的期刊上抄下来的。

因为是鲁迅自己经营出版的，校样都经他本人看过，所以错字很少，间或，他也在校样上稍作改动，以致文字和手稿和期刊不尽相同。

鲁迅自己编定的单行本，后来重印，一般不再改动，但也有改动的。例如，《呐喊》初版收小说十五篇，1930年1月第十三次印刷时抽出了《不周山》一篇。这时他已写了《奔月》和《铸剑》，看来是他已有意再写几篇合编为《故事新编》了。还有就是《中国小说史略》，他生前重印两次，两次都有所修改。各版《鲁迅全集》当然都是据最后修订本排印的。

二是鲁迅自己编定，但是没有能够在他生前出版的。例如《且介亭杂文》和《且介亭杂文二集》，都由他在1935年末编定，写了序跋，现在我们还可以看到他为了发排而誊抄的书稿。可是这两本书都没有能够在他生前付印，直到1937年才由许广平印出。他辑录的古籍《嵇康集》和《古小说钩沉》，厦门大学讲义《汉文学史纲要》，翻译的《山民牧唱》之类也都属于这种情况。这种情况和上一种的主要差别是未经本人校过，不存在那种在校样之改动的可能性。

三是别人编辑而由鲁迅审定过的。这样的书重要的有一本《集外集》，是杨霁云编的。有些材料是鲁迅本人或托人抄下送给杨的。这一种其实可以和亲手编定、亲自经营出版的书同样看待。

四是鲁迅死后完全由别人编成的。这种书中重要的有《且介亭杂文末编》《集外集拾遗》，翻译的如《译丛补》等。完全和别的文集所收重复的，还有《夜记》。

因为是别人编的，是否完全符合鲁迅的原意就很难说了。例如《且介亭杂文末编》中有一编《捷克译本》，长期以来使读者有一点文不对题的感觉。现在知道了，这是为捷克汉学家普实克所译《呐喊》写的序言。定稿已寄捷克。《且介亭杂文末编》的编者据存底排印，而底稿上所写标题原是《捷克译本〈　　〉》，里面空着书名。这一版《鲁迅全集》就据定稿影印件改正了。

说起《集外集拾遗》还必须提到一个情况，即1957年编辑十卷本《鲁迅全集》时，将唐弢所编《鲁迅全集补遗》及其"续编"中的文章大量加入《集外集拾遗》。1981年出版的十六卷本《鲁迅全集》才又将这些文章移入了新编的《集外集拾遗补编》，恢复了《集外集拾遗》一书的原貌。所以，现在在《集外集拾遗》这一书名之下，实际上有两种不同的本子。我在编辑处理来稿时，凡遇到注明引文出处为《集外集拾遗》的，都得替作者查明究竟是《拾遗》还是《拾遗补编》。

《译丛补》也有类似情况。1958年编为《鲁迅译文集》第十卷的《译丛补》，比1938年版二十卷本《鲁迅全集》所收同名书籍篇数大大增加。

《鲁迅书简》《鲁迅书信集》《古籍序跋集》《译文序跋集》等几种，都是后来别人编辑的。

五是盗版书。解放前一些无聊书商，侵犯作者版权，不经作者允许，随意翻印。整本翻印的还少，多的是出"选本"。这种"选本"目的多在营利，编选工作做得十分草率，标准不明，体例杂乱，校对马虎，错字连篇，有的还要说长道短，妄加评论。更有甚者，有的还别有用心地篡改鲁迅的文章，或把他人文章署以鲁迅之名而予以编入，以假乱真。诸如此类的盗版书完全不是研究鲁迅的资料。如果说它有什么文献学上的价值，那仅仅足以说明：在我国出版史上曾经有过一些怎样唯利是图不择手段的投机书商，玩弄过一些怎样的花样。要是有老实人认为这种盗版书也有文献学上的价值，把其中所说信以为真，就上当不浅。特别是由于自然的淘汰，这些书早已为严肃的读者所唾弃，流传日渐其少了，因此反倒有成为"珍本"甚至"海内孤本"之势，遇上了重视"孤本秘籍"的学者，这些盗版书反而升价十倍，真是可叹的事。

二 鲁迅著译的校勘问题

鲁迅著译的版本甚多。各种版本之间常不免存在着文字的异同。这样就有了一个校勘问题。正如杨霁云、唐弢最早在辑佚补遗方面做了许多工作一样，最早致力于鲁迅著译的校勘的，是孙用。他很早就出版了《鲁迅全集正误表》和《鲁迅全集校读记》二书。1951年成立的鲁迅著作编刊社和后来人民文学出版社鲁迅著作编辑室编印的各种版本的鲁迅著译，都经孙用校勘过。

就校勘这一角度而言，经鲁迅亲自编校过的单行本最好。例如《呐喊》《热风》《中国小说史略》《苦闷的象征》，等等。因为这些书都是经鲁迅本人编定、校对的，在文字上可以看做是最后的定本。

有一些书籍，鲁迅生前没有出版过，是他去世后人们按手稿排印的。这样的书包括：（一）辑录的古籍，如《嵇康集》《古小说钩沉》等；（二）《汉文学史纲要》；（三）日记和书信。对这些书籍的校勘，毫无疑问应该以手稿为准。但是，必须注意的是，手稿仅仅对于上述书籍才具有权威性，对于鲁迅本人出版的书籍，手稿却并不具有这样的权威性了。孙用同志对我说过："我是不热心根据鲁迅先生的手稿来改动他的文章的。期刊上发表的文字和手稿不尽相同，很可能是他在看校样时改的，这应该看成是一次修改。同样，单行本和最初发表报刊文字不尽相同，也应该看成是一次修改，是在编集子时或看校样时改动的。"

尽管鲁迅可以当之无愧地自称"校对老手"，但也不能说决不会漏掉一个失校的错字。所以我们也不能排除这样的情况，即：印本的异文并非因为有意的改动，而是由于校对的疏忽而造成的。这样，我们在校勘时就不可拘泥，只能择善而从。印本比手稿更好，则从印本，反之，则从手稿。1981年版十六卷本《鲁迅全集》的校勘工作，就是这样做的。现在就我自己参加过一段工作的第六卷举几个例，谈一下校改的情况。

《且介亭杂文·脸谱臆测》："这似乎也很不错，但再一想，脸又生了疑问，……"据手稿，"脸"字改为"却"字。

《且介亭杂文·随便翻翻》："例如杨先生的《不得已》是清初的著作，……"据手稿，"杨先生"改为"杨光先"。

《且介亭杂文·病后杂谈》："连白天也在想女人的就被称为'登徒子'……"，据手稿，"就"之后添一"要"字。

同上文："'仪'还缺着末笔。"据手稿，"'仪'"后添一"字"字。

同上文："两泪频弹湿绛纱"，据手稿，"两"改为"雨"。

《且介亭杂文·病后杂谈之余》："还颁之文风颇盛之处"，据手稿，"颇"改为"较"。

《且介亭杂文·阿金》："在邻近闹嚷一下当然不会成什么深仇重怨"，据手稿，"什"改为"这"。

《且介亭杂文二集·六朝小说和唐代传奇文有怎样的区别?》："所以士子入京应试，也许豫先干谒名公"，据手稿，"也许豫先"改为"也须预先"。

《且介亭杂文二集·三论"文人相轻"》："文人应更有分明的是非，和热烈的好恶"，据手稿，"热烈"之前添一"更"字。

《且介亭杂文二集·孔另境编〈当代文人尺牍钞〉序》："就是从不注意处，看出这人——社会的一分子的真实。"据手稿，"注意"

改为"经意"。

《且介亭杂文二集·"题未定"草（六）》"倘有取舍，即非全人，更加抑扬，更离真实"。据手稿，前一个"更"字改为"再"字。

同上文之引文："清知事不成。跃而诇上。"据手稿，此处及下文中之四个"诇"字均改为"讦"字。"讦"即"诉"的异体字。

同上文（八）："所以我以为以后该有博采种种所谓无价值的别人的文章，作为附录的集子。"据手稿，"以后"改为"此后"。

同上文（九）："于是好像两面都有好坏"。据手稿，"有好坏"改为"有好有坏"。

《且介亭杂文二集·后记》中之引文："蒙市党部依允转呈中央"，据手稿"依允"改为"俯允"。

《且介亭杂文末编·写于深夜里》中之引文："我的心凉起来了……"，据手稿，"凉"之前添一"冰"字。

《且介亭杂文末编·因太炎先生而想起的二三事》："殆将希纵古贤"，据手稿，"纵"改为"踪"。

手稿和印本的有些异文，义可两通，为什么一律照手稿径改呢？这里，第六卷有一点特殊性。因为《且介亭杂文》及"二集"经作者亲手编定，誊录清楚，只待发排，因此，这份手稿可以视为最后定稿。而这三本文集在作者生前没有来得及排印，所以不存在在校样上改动的可能。《且介亭杂文》中的《论"旧形式的采用"》一篇，鲁迅是用《中华日报》副刊《动向》的剪报编入书稿中的，没有另抄，这样，就给我们留下了一个无法解决的问题。本文第四段中有这样一句："……例如在文学上，则民歌大抵脱不开七言的范围，在图画上，则题材多是士大夫的部事，然而已经加以提炼，成为明快，简捷的东西了。"其中"部""事"二字连用，恐怕是绝无仅有，再没有在旁的地方见到过，而且也十分费解，除了牵强附会，几乎不知道要怎么解释。我猜想鲁迅原来写的是"故事"，这才可以理解。我这"猜想"也还有一点点小小的旁证；本文第三段中有这样一句："采取什么呢？我想，唐以前的真迹，我们无从目睹了，但还能知道大抵以故事为题材，这是可以取法的"。如果那个"部事"确如我所猜想的是"故事"之误，岂不是正好和此处的"故事"遥相呼应吗？可惜当年寄给《中华日报》的原稿未能保存下来，而排字、校对之时又将"故""部"两个字形有若干相似的字弄混淆了。鲁迅将剪报编入时没有细看，就让这个错字漏网了。如果这书在鲁迅生前付印，那么他在校对中，必定将这个错字改正了。尽管我认为我这猜想十分合理，可是没有任何版本上的根据，我们不能仅仅凭了哪怕是多么合理的猜想来径改鲁迅的文章，也就只好保持原貌了。

以上是《鲁迅全集》第六卷校勘方面的几个事例。其它几卷在校勘中甚至有更大的收获。例如第三卷《华盖集续编·"死地"》中有一段话，1938年二十卷本和1956年十卷本《鲁迅全集》都是这样的：

"但各种评论中，我觉得有一些比刀枪更可以惊心动魄者在。这就是几个论客，以为学生们本不应当自蹈死地。那就中国人真将死无葬身之所，除非是心悦诚服地充当奴子，'没齿而无怨言'。"

本文于1926年3月30日在北京《国民新报副刊》上发表时，这一段原来是这样：

"但各种评论中，我觉得有一些比刀枪更可以惊心动魄者在。这就是几个论客，以为学生们本不应当自蹈死地，前去送死的。倘以为徒手请愿是送死，本国的政府门前是死地，那就中国人真将死无葬身之所，除非是心悦诚服充当奴子，'没齿而无怨言'。"

中间丢了重要的几句。从初版单行本开始，一直沿袭下来，一直到这一次才校出补足。

又如第七卷《集外集·选本》一篇，原来有这么一段：

"凡选本，往往能比所选各家的全集更流行，更有作用。册数不多，而包罗诸作，固然也是一种原因，但还在近则由选者的名位，远则凭古人之威灵，读者想从一个有名的选家，窥见许多有名作家的作品。所以《昭明太子集》只剩一点轶本了，《文选》却在的。"

不只是《集外集》的初版本是这样，1938年、1958年的两种全集是这样，而且最初发表的期刊《文学季刊》创刊号上就是这个样子。这一次，孙用同志据手稿才弄明白，这一段原来是这样：

"凡选本，往往能比所选各家的全集或选家自己的文集更流行，更有作用。册数不多，而包罗诸作，固然也是一种原因，但还在近则由选者的名位，远则凭古人的威灵，读者想从一个有名的选家，窥见许多有名作家的作品。所以自汉至梁的作家的文集，并残本也仅存十余家，《昭明太子集》只剩一点辑本了，《文选》却在的。"

以上的诸例，只是些无意的脱误。令人遗憾的是，不仅有这样的情况，还曾经出现过有意的改动。1956年至1958年出版的十卷本

《鲁迅全集》,是全国解放后以国家出版社之力出版的第一部《鲁迅全集》,是《鲁迅全集》的第一个注释本。它的出版,受到了国内外学术界的重视和欢迎,为推动鲁迅研究的进展和提高研究的水平作出了自己的贡献。可惜的是,由于政治方面的一些考虑,在编注工作中未能始终遵循实事求是,尊重历史的科学态度,对鲁迅著译作了个别删改。一个最突出的事例是对《〈竖琴〉前记》所作的外科手术。在1933年1月上海良友图书印刷公司初版的《竖琴》单行本的《前记》中,有一段文字这样分析了"同路人"文学一度几乎席卷了苏联整个文坛的原因:

"其三,则当时指挥文学界的瓦浪斯基,是很给他们支持的。托罗茨基也是其一,称之为'同路人'。同路人者,谓因革命中所含有的英雄主义而接受革命,一同前行,但并无彻底为革命而斗争,虽死不惜的信念,仅是一时同道的伴侣罢了。这名称,由那时一直使用到现在。"

这篇《前记》编入1934年3月初版的《南腔北调集》时,文字稍有改动,"托罗茨基也是其一"这一句改为"托罗茨基也是支持者之一",表达较前更为确切和鲜明。1938年版二十卷本《鲁迅全集》将本篇从《南腔北调集》抽出,移入第十九卷《竖琴》本书之前时,文字也与《南腔北调集》相同。这一篇是1932年写的,其时托洛茨基早已被开除党籍(1927年),开除国籍驱逐出国(1929年),这一切鲁迅是不可能不知道的。此处提到他,只是为了客观地说明一件历史事实。丝毫也没有涉及对这人的整个评价,《鲁迅全集》的编者完全知道鲁迅后来发表过一篇旗帜鲜明的《答托洛茨基派的信》的,即使对鲁迅心怀敌意的人,也无法诬陷鲁迅和托派有任何不明不白的关系的。可是,在十卷本《鲁迅全集》的《南腔北调集》中,这一段都被改动了。把"……瓦浪斯基,是很给他们支持的。"句末之句号改为逗号,接着又删去"托罗茨基也是支持者之一,"这一句。这一删不打紧,第一,这就违背了史实,因为当初提出"同路人"这个提法的,乃是托洛茨基。经这么一删,似乎是瓦浪斯基提出来的,张冠李戴了。第二,这也和鲁迅的原意不合。鲁迅是分析同路人文学风靡一时的原因。原因之一是托洛茨基的支持。托洛茨基在十月革命中的声望,十月革命后在联共党内和苏维埃政权内所处的重要地位,都远不是仅仅是文艺界的领导人、《红色处女地》的主编瓦浪斯基所能比的。如果仅仅只有瓦浪斯基的支持,同路人文学能造成那样的声势吗？如果鲁迅当时作出了那样的分析，认为这只是瓦浪斯基支持的结果，岂不说明鲁迅对于苏联情况，对于自己正在论述的题目，都太隔膜了吗？

同样的修改还出现在鲁迅的译文中。在鲁迅于1935年翻译苏联班台莱耶夫的中篇童话《表》中，原来说在蔡特金（书中译作克拉拉·扎德庚）少年教养院的大厅里的布置："壁上挂着许多像，列宁（书中译作李宁），托洛茨基"。这篇童话最初在《译文》上刊出时，在生活书店出版的单行本里，以及在1938年版二十卷本《全集》中，都是这样印的。可是在《鲁迅译文集》第四卷所收的《表》中，这一句就被改为"壁上挂着列宁像"了。在苏联建国之初的几年里，托洛茨基本来是政坛上十分活跃的人物，这只要看看列宁所推荐的约翰·里德写的《震撼世界的十天》就知道了的。在《表》所反映的那一时期里，和列宁像挂在一起的，本来就有托洛茨基的像嘛。文学作品既然有认识的作用，既然要反映历史的真实，我们就不能按照自己的好恶去更改它。其实，在作品中写上这样一个情节，完全不表明它的作者（更不用说它的译音了）对托洛茨基有什么好感。大家都知道，高尔基的《一月九日》中是写了请愿的人们举着沙皇的画像的，难道会有谁以为这表明高尔基对沙皇有什么好感吗？

以上是一些较大的改动，还有些较小的改动。例如《且介亭杂文二集·田军作〈八月的乡村〉序》中，鲁迅说，"这书当然不容于满洲帝国"。考虑到这"满洲帝国"乃是日本侵略者卵翼下的伪政权，所以在1957年版的《全集》中，就给它添上了原来没有的引号。类似的例子还可以举出好一些来，为节省篇幅，不举了。使我们高兴的是：十六卷本的新版《鲁迅全集》是在党的十一届三中全会以后，是在党恢复了实事求是的优良作风之后定稿的，所有这些改动全都改了回来，恢复了鲁迅著作的原来面貌。

当然，由于时间紧迫等等原因，这一版《鲁迅全集》在校勘方面还不能说已经做到完满无缺了。孙用在校勘方面的一些积极成果并没有能够全部反映在本版《全集》中。下面，也举几个第六卷中的例子。第六卷中存在的这些缺点，是与我的工作没有做好有直接关系的，我向读者表示我的自责。

在《论"旧形式的采用"》一文中，有这样一段话：

"但既有消费者，必有生产者，所以一面有消费者的艺术，一面也有生产者的艺术。"（见新版《鲁迅全集》第六卷第二三页）两种旧版《鲁迅全集》和以前的单行本都与此相同。可是在孙用的校本中，却记下了后一句在最初刊出的报纸上是"一面也必有生产者的艺术。"多了一个"必"字。有这个"必"字，正好和前面的那一个"必"字相呼应，句子的结构更显得严整，语气也更显得强调，显得确定。看来，这个"必"字是漏落的，应该补上。

在《门外文谈》中有这么一句：

"单单为了宝这一个字，就很要破费些工夫。"（第八九页）

这"宝"字，实际上是沿袭了初版之误，在原刊和作者誊清的本书发排稿中都作"画"。

在《从帮忙到扯淡》中有这么一句：

"后者却不过叫他献诗作赋，'俳优蓄之'，只在弄臣之例。"（第三四四页）

这也是沿袭了初版之误。不论从最初发表的期刊，或是从作者誊清的稿本，"之例"都作"之列"。这个错字特别使我感到惭愧，因为从上下文的意思来看，一望而知可以断定"之例"为"之列"之误。

类似的例子还有那么几处，不一一列举了。好在孙用的新版《鲁迅全集校读记》不久即可出版，其中详细记录了这些异文，对于今后解决《鲁迅全集》校勘方面的遗留问题很有益处。关心这方面的读者可以参考孙用的这本《校读记》自己确定一下异文的去取。

三　佚文问题

由于鲁迅十分重视自己所写的文章，每过一段时间即将它们编成集子，应该说，他的佚文是不会有很多的。特别是经过杨霁云编《集外集》，唐弢编《全集补遗》及其"续编"之后，集外佚文几乎可说是收罗无遗了。近年来随着研究的深入，佚文陆续有所发现，特别是散佚书信发现更多，为鲁迅研究提供了新的材料，是很可喜的现象。

这里，有一个考订鉴别真伪的问题。因为，如果确实发现了鲁迅的佚文，当然是于研究有益，但是，如果把并非鲁迅所作的文章也当作他的"佚文"了，就不但无益，而且有害。这道理很明白，不必多说。

令人高兴的是，近年来发现的许多佚文，其真实性都是无可怀疑的。这些文章不外以下几种情况：

一是新发现的手稿，例如在钱玄同的遗物中发现的1918年7月5日致钱玄同信的原件和同时发现的一篇《随感录》，例如鲁迅为他辑录的古籍所写的序跋、说明之类，例如另外一些书信。既然发现的是手稿，当然不发生真伪问题。

二是在报刊上发现，有充足的证据确凿无疑地证明其真实性的。例如1927年5月5日广州《国民新闻》副刊《新出路》第十一号上所载《庆祝沪宁克复的那一边》，不仅因为它署名鲁迅，而且在《三闲集·在钟楼上》中提及了此文，可以作为旁证。又如1919年8月12日《国民公报》"寸铁"栏署名"黄棘"的四则短文，以及同年8月19日至9月9日在该报"新文艺"栏以《自言自语》为总题的一组短文，其真实性也是无可争辩的。第一，"黄棘"是《〈越铎〉出世辞》《哀范君三章》《张资平氏的"小说学"》等文章用过的署名。《自言自语》署名"神飞"，据鲁迅在《华盖集续编·〈阿Q正传〉的成因》中说，这正是他用过的笔名，以前人们正好不知道这笔名在什么地方用过，这几篇佚文的发现，就使这笔名有了着落。第二，《自言自语》中的《二、火的冰》和后来的《野草》中的《死火》，《六、我的父亲》和后来《朝花夕拾》中的《父亲的病》，《七、我的兄弟》和后来《野草》中的《风筝》，其血缘关系是显而易见的。又如北京教育部1915年3月出版的《全国儿童艺术展览会纪要》中刊出的译文《儿童观念界之研究》，虽无译者署名，但这正是1914年11月27日鲁迅日记中有明确记载而长期没有找着的译文。

近年来，除了确实发现了一些确凿无疑的鲁迅佚文之外，还有一些研究者从尽量多发现一些鲁迅佚文的良好愿望出发，并无充分根据地把一些不知何许人也的作品当作了鲁迅的佚文。例如《我们今日所需要的是什么？》原来在《语丝》五卷二期（1929年3月18日）上发表时署名为周建人，明明白白不是鲁迅的文章，只是1935年上海经纬书局出版的《现代百科文选》收入此文时将作者署名改为鲁迅，于是就有些研究者把它发现为鲁迅的佚文。其实这一篇从文字到思想与鲁迅的都很少有类似之处。宣布它是鲁迅佚文的人最有力的根据就是经纬书局的那本选本。但是，上海滩上那些野鸡书店的出版物，难道可以作为版本学上的依据吗？我曾经看到过一本这一类型的选本，其中有一篇题为《茅盾氏的"小说学"》的文章，其实就是《二心集》中的那一篇《张资平氏的"小说学"》，只不过把"张资平"三字换成了"茅盾"二字罢了①。我们能不能因为确有这么一种"选本"，就宣称发现了鲁迅这篇杂文的又一版本了呢？又例如发表于1934年5月8日《中华日报》副刊《动向》上的《夜来香》，是这样被"发现"为鲁迅佚文的：据鲁迅日记，在这一段时间里，鲁迅给《动向》"寄稿"的记载有若干次，而现在查明的文章不足此数，而正好《动向》上的这一篇署名"阿二"是鲁迅三年前在办《十字街头》时用过的笔名，再加上该文中有鲁迅用过的辞汇之类，于是这一篇就这样被认定为鲁迅的"佚文"了。我以为这理由是并不充足的。第一，"阿二"只是在《十字街头》被发表几篇通俗歌谣时用过的署名，此外从来没有在其他文章上用过，而这一篇并非歌谣体。再说，像"阿二"这样在上海几乎是普通名词的名字，别人也很容易拿来做署名的。例如萧军用过"三郎"做笔名，同时在上海就有一李姓者也用这署名，凭什么说别人就一定不会用"阿二"做笔名呢？第二，鲁迅日记中"寄稿"的记载，不见得都是他自己的文章，瞿秋白、徐诗荃、王志之的稿子，他都代为投寄过。第三，至于类似的辞汇之类更是不足为据的。说句笑话，鲁迅在《准风月谈·"感旧"以后（上）》中谈到，"他的文章中，诚然有许多字为《庄子》与《文选》中所有，例如'之乎者也'之类"，但是谁也不会因此认为鲁迅的文章为新发现的庄周的佚文。还有一些被宣布为鲁迅佚文的文章，例如《越铎日报》上发表的《军界痛言》，论据都是薄弱之至，这里就不多说它了。为这些所谓的"佚文"辩解的理由，看来看去最有力的只有一条，就是：和主张者并举不出确凿无疑的铁证证明其可靠性一样，反对者也举不出强有力的反证来。我以为，新版《鲁迅全集》在处理佚文问题时的审慎态度是可取的：它仅仅把经过考订确系鲁迅的作品编入，而不肯轻率地把一篇根据不足的文章误收进去。这样做，也许会漏收鲁迅的文章，但总比误收不是鲁迅的文章损失要小些，这错误也要容易纠正一些。

---

① 因为这书是多年以前看过的，书名和出版者都忘了。这次学术讨论会上云南大学蒙树宏同志告诉我：他也看到过这书，是上海全（寰）球书局（店）出版的《鲁迅杂感选（集）》(?)，封面为蓝色，画有一串葡萄和一个松鼠。排印"茅盾"处原三空格，显然缺少了一个铅字，当是由"张资平"三字挖改而成。蒙树宏同志以为这大概是一本盗版书，书局名也可能是假的。

四　史料的辨伪问题

由于鲁迅重要的历史地位，研究他的著作足可以汗牛而充栋。那些评论性的研究，仁者见仁，智者见智，众说纷纭是正常的现象。至于属于史实方面的，则必须悉以事实为依归，不容异说了。

"四人帮"倒是从来重视利用鲁迅来为他们的阴谋效劳的，他们罗致了一些人，写了一些讲鲁迅的书，用一些似是而非的夸张，直到毫无根据的捏造，编造了不少关于鲁迅的故事。由于编造得是如此荒诞和离奇，在当时除了能欺骗若干没有历史知识因而缺乏鉴别力的青少年读者之外，遭到了认真的研究者的普遍唾弃。随着"四人帮"的覆灭和"左"倾错误的清理，他们所编造的东西更加没有了市场，此刻我们甚至已经没有必要把它当作一种反面材料来加以批判：在"文献学"中没有它的地位。

我们必须认真看待的，是一些权威性的资料。它的权威性就在于其作者与鲁迅有不比寻常的亲近关系。例如许广平、周建人写的回忆文章，就不论所写的是否与事实相符，都必须重视。写得对的，是重要的传记材料，写得不对的，更必须加以辨明。

许广平在解放前后写过不少纪念和回忆鲁迅的文章，曾集结为《欣慰的纪念》和《关于鲁迅的生活》两本集子，这是两本亲切感人的书，作者写的大都是她耳闻目见的事，其中虽偶有小误记，但大体说来，仍提供了不少可信的珍贵史料。令人遗憾的是她在1959年出版的《鲁迅回忆录》一书，对它就无法作出同样的评价了。我在《鲁迅回忆录正误》中对书中部分误记失实之处作了若干考证，这里就不再重复了。

周建人的回忆文章，曾集结为《略讲关于鲁迅的事情》一书，虽是只有三万来字一小册，可是真实亲切，很受研究者爱重。令人遗憾的是由他署名的《回忆鲁迅》一书，这是在1976年9月出版的，正是"四人帮"覆灭的前夕。它虽然以"回忆"作为书名，但这本十万字的书中所提供的事实材料是极少的，并无多少史料价值，即使有一些，也多与事实不符。湖南人民出版社出版的《我心中的鲁迅》一书中收入了周建人的《关于鲁迅的若干史实》，其中谈到了那一本《回忆鲁迅》中关于所谓"秘密读书室"的那个离奇的故事。周建人说："上海出版的我的《回忆鲁迅》一书中也写成'秘密读书室'，这是别人修改的，没有经我核阅过。在这里更正一下。"

（第一四页）考虑到当时的那种政治空气，关于这书就不必多谈了吧。

许广平、周建人二位和鲁迅的亲近关系是人所共知的，他们写的回忆中尚且有不少失实之处，其他一些人写的回忆文中就更不免或多或少有些误记失实了。就我所看过的有关回忆文来说，有一个这样的印象：越是发表得早的可信的程度越高，近年来发表的则包含不少可疑的成分。我想，造成这一现象的至少有两个原因，一是当事情过去还不太久的时候撰写回忆录，记忆还比较真切分明，年代久远了，记忆也就模糊了。二是和鲁迅关系比较深的人物，早已写了回忆文了，近年来发表的好些回忆文章，作者和鲁迅的关系一般并不甚深，本来没有多少材料可写，勉强要写一点，就不免以意为之了。当然，我们也不应全盘否定近年发表的这许多回忆文章，其中多少也会有些真实可信的材料。由于不少回忆文中包含失实的成分，这样就增加了研究者对史料进行考订辨伪的责任，要通过科学的考证，对史料加以鉴别，去伪存真。

下面，我对几本重要的回忆录简单谈一点自己的看法。

关于鲁迅的早年生活，周作人署名周遐寿的《鲁迅的故家》《鲁迅小说里的人物》这两本书提供了不少有价值的史料，从文献学的角度看是不必因人废言的。许寿裳和鲁迅是三十多年的交情，早年过从甚密，对一些情况极为了解，他的《亡友鲁迅印象记》《我所认识的鲁迅》是两本极为真挚朴实的回忆录，提供的"独家史料"很不少，可视为研究鲁迅生平的必读书。应该注意的是，作者和鲁迅的交谊虽然深厚，但他对共产主义者、马克思主义者鲁迅的思想，理解却不是很深的，所以书中提供的史料很可珍视，而其中所发的议论大抵比较肤浅。孙伏园的《鲁迅先生二三事》，就其重要性来说不如许寿裳的书，而和许寿裳的书有同样的缺点。

在大量回忆鲁迅的文章和书籍中，冯雪峰所著的《回忆鲁迅》一书具有特殊重要的地位。这是因为冯雪峰和鲁迅往来的那几年正是左联时期，是鲁迅一生最重要的时期，而他又是当时和鲁迅往来的共产党员中关系最深、最好的一个，鲁迅当时的一些重要活动只有他比较清楚，有些事情，冯雪峰本人也就是当事人，对于研究鲁迅左联时期的活动的人来说，他的这一本回忆录提供了最重要的材料，提供了没有什么可以代替的材料。在写作态度上，他也有着尊重历史的实事求是精神。为了增进革命文艺界的团结，对于往事少说几句的事情是有的，但是没有有意的曲说。在"四人帮"猖狂肆虐时期，他处在遭受严重迫害的极端困难的条件下，在被迫写的那些"交代材料""旁证材料"中间，尽管不得不也用当时流行的那些语言，但其实质部分还是努力按照事实的本来面目写的。

单篇的回忆文章汇集成册的，最早也是最重要的是鲁迅先生纪念委员会于1937年在上海编印的《鲁迅先生纪念集》。其中悼文有四辑141篇，这不全是回忆文，但包含了不少回忆材料。1979年上海书店将此书复印发行，现在很容易得到了。1956年人民文学出版社汇编了一本《忆鲁迅》，1978年和1979年上海文艺出版社先后出版了《鲁迅回忆录》一集和二集。鲁迅研究室编印的《鲁迅研究资料》，现在已出七辑。这些书刊中都收了不少有价值的回忆资料。在这里。我想提一下湖南人民出版社于1979年出版的《我心中的鲁迅》一书，这本回忆文的选集，取材比较审慎。经过考订证明与事实有较大出入的概不入选，缺点是选取的文章不多，重要而又可信的回忆文，漏收的还很不少。

除了和鲁迅同时代人写的回忆文章之外，近年来还发表了一些有关的访问记、调查报告之类。这些文章中，有不少是很严肃认真，真实可信的，但也有不少文章有以意为之的毛病，甚至还出现过明目张胆的捏造，例如说什么反战会议有80余人遭到逮捕，都解送南京遭到屠杀等等。所以，我们在研究中使用史料的时候，就一定要慎重地加以鉴别，万不要为作伪者所欺。

以上，我从四个方面简单谈了一下鲁迅研究中的文献学问题。这只不过是把问题提出来，而远不是一个完整的研究。对于我所简单勾画的这个轮廓，希望专家学者不吝赐教。

1981年7月12日初稿，7月28日修改，10月5日再改。
（原载《纪念鲁迅先生一百周年学术讨论会论文选》）

中国反封建思想革命的镜子
——论《呐喊》《彷徨》的思想意义

王富仁

一

《呐喊》和《彷徨》的独特思想意义何在呢？我认为，它们首先是当时中国"沉默的国民魂灵"[1]及鲁迅探索改造这种魂灵的方法和途径的艺术记录。假若说它们是中国革命的镜子的话，那么，它们首先应当是中国思想革命的一面镜子。

《呐喊》和《彷徨》的这种特殊性质，首先是由产生它们的历史时期的特殊性质所制约、所规定的。我国以"五四"为标志的历史时期，是两次政治大革命的交接期。1911年的辛亥革命，以资产阶级国家的政体组织形式，替换了清王朝的君主专制政体，余下的实质性的革命任务，中国资产阶级已不太愿意也不可能完成了。旧民主主义政治革命的浪潮在一度蓬勃开展之后已经相对平息下来。正在孕育中的中国无产阶级领导的新民主主义政治大革命，不论就其政党的成熟条件，还是就其阶级的、群众的觉悟程度，都决定了它暂时还不可能采取重大的、具有全民性影响的大规模政治行动。就在这两次政治大革命的驼峰中间，在政治革命浪潮相对平静的短暂历史时期，中国的思想革命运动却涌起了巨澜。总之，"五四"时期是这样一个历史时期：它是中国政治革命运动的低潮期和间歇期，是中国思想革命运动的活跃期和高潮期，是以思想革命的方式对旧民主主义政治革命进行总结的沉思期，也是对将至的新民主主义政治革命进行思想准备的孕育期。假若说做为观念形态的文学艺术原本与社会思想的变动有着直接的联系，那么，"五四"时期的文学艺术与中国思想革命运动更是丝丝入扣、血肉相连的。一般地说，我

---

[1] 鲁迅：《集外集·俄文译本〈阿Q正传〉序及著者自叙传略》。

国"五四"时期的文学作品,都在一定程度上反映着中国思想革命的面影,构成了它们有别于其它历史时期文学的特殊性质。

《呐喊》和《彷徨》较之同时期其它文学作品的格外优越之处,在于鲁迅不是盲目地因而也不是片断地适应了时代的这一要求。当时绝大多数进步的小资产阶级作家,仅仅在自身精神苦闷的实感中,在自己有限的社会经验和零碎的理性认识中,部分地提出了反封建的思想要求,并在作品中做了某种程度上的艺术表现。而鲁迅,早在留日时期,便把自己的全部艺术追求,自觉地融化在对中国思想革命的追求中了。

> 凡是愚弱的国民,即使体格如何健全,如何茁壮,也只能做毫无意义的示众的材料和看客,病死多少是不必以为不幸的。所以我们的第一要著,是在改变他们的精神,而善于改变精神的是,我那时以为当然要推文艺,于是要提倡文艺运动了。①

这样,鲁迅小说中中国思想革命的主题,便已经不仅仅是单纯的"时代烙印"了,在很大程度上,已经成了鲁迅意识到了的巨大历史内容和历史使命。在《呐喊》和《彷徨》中,鲁迅不仅以丰富的生活实感做基础,而且以整体性的理性思考做指导,把中国思想革命的问题做了广泛而又深刻的艺术表现。因此,它们的这种特殊性质较之同时代的其它文学作品更具有鲜明和突出的特征。

鲁迅对中国思想革命运动的集中关注,是与他失望于旧民主主义政治革命息息相关的。辛亥革命的失败,使他对单纯的政治革命运动感到失望。他愈来愈觉得离开社会思想变革的政权更替,难以从根本上改变中国的命运。"此后最要紧的是改革国民性,否则,无论是专制,是共和,是什么什么,招牌虽换,货色照旧,全不行的。"②鲁迅从来不是无涉于政治的"纯艺术家",他自始至终以饱满的政治热情从事文学创作。但应当说,在鲁迅写作《呐喊》和《彷徨》的整个期间,他的几乎全部的政治热情是倾注在中国思想革命的理论和实践之中的。所以,他的《呐喊》和《彷徨》,并不是直接从中国政治革命的角度,不是直接从夺取和巩固政权的政治实践的角度,

---

① 鲁迅:《〈呐喊〉自序》。
② 《两地书·1925年3月31日鲁迅致许广平信》。

而是从中国思想革命的角度来反映现实、描绘生活的。中国思想革命的问题及其特性，在《呐喊》和《彷徨》中得到了较之中国政治革命远为充分和精确的表现。它们的题材在外部表现上远不能说是广阔的，但其内部的幅度却异常巨大——巨大的典型力量和整体性的凝炼，而这首先根源于鲁迅对中国思想革命问题的集中关注。中国社会现实的一切，其中包括像《阿Q正传》中的辛亥革命、《风波》中的张勋复辟等政治变动，都被他放在中国思想革命的天平上进行称量。简言之，《呐喊》和《彷徨》首先是中国当时思想革命的一面镜子，中国的政治革命是在思想革命的反光镜中被折射出来的。

在我们论述中国现代革命问题的时候，常常不注意区分中国政治革命和中国思想革命的不同规律和特点。毫无疑义，二者是紧密联系、不可分割的。脱离开中国的政治革命，中国社会意识形态的根本变革将是不可能的。但这绝不意味着二者是等同的概念，它们彼此交织但不互相重合。中国独特的历史发展进程，在某些方面将二者彼此融合的趋向加强了。但在另一些方面，则把二者彼此分离的趋势加重了。鲁迅的《呐喊》和《彷徨》是以中国思想革命为纲来解剖现实和反映现实的，用中国政治革命的实践经验和理论认识的某些结论来说明它们，有时会妨碍我们更深入地发掘它们的深刻思想意义，甚而会得出不正确或不精确的结论。

二

鲁迅对辛亥革命的描写是深刻而又全面的。辛亥革命的惨痛失败，中国资产阶级革命的不彻底性及其向封建势力妥协投降的政治软骨病，他们脱离群众，无视广大农民群众革命要求的阶级劣根性，都在《呐喊》和《彷徨》中得到了生动的反映。从这一切描写里，客观上显示了中国资产阶级无力领导中国革命走向胜利的社会真理，表现了旧民主主义革命为新民主主义革命所代替的客观必然性。但是，这个结论，是我们立足于马克思主义的阶级分析，从《呐喊》和《彷徨》的有关艺术图画中，独立得出的政治性理论认识。而鲁迅，显然在当时没有也不可能得出这样的结论。这说明《呐喊》和《彷徨》有关艺术描写的实质性意义尚不在此。

在《呐喊》中，对辛亥革命的描写是有发展变化的，这反映了鲁迅对它的认识有一个逐步深化的过程。尽管如此，在所有有关的艺术画面中，却清晰地呈现着一个主导性的思想：辛亥革命是在封建思想还弥漫在中国社会各个角落，在中国还缺少一个全民性的深刻思想革命运动的情况下，发生的一次单纯的政权更替、名目翻新的政治革命运动，它遭到了惨重的失败，没有给中国带来任何实质性的变化。很显然，鲁迅所力图加以证明的是：中国需要一次深刻的、广泛的思想革命，政治革命若不伴随着深刻的思想革命，必将与辛亥革命一样半途流产。

对于《药》中夏瑜的牺牲和群众的不觉悟二者之间的因果联系，我们完全可以从两个方面加以理解：以夏瑜为代表的旧民主主义革命者脱离群众导致了群众的不觉悟，群众的不觉悟又使夏瑜白白捐弃了自己的生命。可是鲁迅的表现重点却只是后者。以前我们为了从中得出资产阶级革命者脱离群众的政治性结论，片面强调了夏瑜脱离群众的一面。这分明是与鲁迅的整个艺术构图不相谐和的。鲁迅不是从个人的主观愿望上，不是从个别人的行动上来看待旧民主主义革命的历史错误的，所以他并没有把这个革命的缺陷放在夏瑜的个人品质中。夏瑜身在囹圄，还在向狱卒宣传革命道理，我们有什么理由责备他没有发动群众呢？鲁迅的镜头，主要摄取的是不觉悟群众的艺术画面，他所强调的，是群众不觉悟状况对革命者革命活动的制约作用，亦即社会思想革命对政治革命运动的制约作用。只有在这个整体性的意义上，我们才可以说《药》是对旧民主主义革命失败教训的总结。

《药》中夏瑜的悲剧是革命者为群众奋斗而不被群众理解的悲剧，《头发的故事》中N先生和所述的革命者的悲剧则是为社会受苦而社会毫无变化的悲剧。它的立意则更为明确：

> ……几个少年辛苦奔走了十多年，暗地里一颗弹丸要了他的性命；几个少年一击不中，在监牢里身受一个多月的苦刑；几个少年怀着远志，忽然踪影全无，连尸首也不知那里去了。
>
> 他们都在社会的冷笑恶骂迫害倾陷里过了一生；现在他们的坟墓也早在忘却里渐渐平塌下去了。

N先生的怨愤，实质上是对当时中国社会思想沉滞愚昧状况的怨愤；鲁迅通过他的怨愤之词向社会发出的呼吁，则是要人们高度重视思想革命运动、改变这种沉闷的社会思想状况的呼吁。

《头发的故事》愤激地指出，辛亥革命只革掉了一条辫子，《风波》则告诉人们，连这条辫子也并不是全都革掉了，革掉的也还时刻有再蓄起来的危险。其原因也是明显的，它没有革掉广大人民群众思想中的"辫子"。

《阿Q正传》的不朽社会意义之一，在于它从辛亥革命本身的弱点和不觉悟群众的辩证联系中，从二者的对照描写里，十分广阔地总结了辛亥革命失败的深刻教训。它与上述几篇的根本区别在于，它所表现的二者之间的因果联系，不是定向的，而是互为因果的。辛亥革命的领导者无视农民的革命要求，不注意发动群众，向封建势力妥协，而阿Q也始终处于愚昧落后状态，他的"革命观念"与愚昧落后观念是扭结在一起的。这两者互为因果，造成了辛亥革命的惨痛失败。但《阿Q正传》之所以从阿Q精神弱点的描绘出发去表现辛亥革命，其根本原因仍在于从社会思想状况，亦即从辛亥革命的政治革命行动脱离思想革命运动的角度来总结辛亥革命的失败教训。从这个教训中，鲁迅有力地表现了中国思想革命的极端重要性和必要性。

我国近现代历史的发展进程，不是在自身的自然发展状态中形成的，它遭到了帝国主义侵略的半路狙击和外国影响的外因催化，从而产生了与西欧资本主义国家历史发展的不同特点。在西欧的资本主义国家里，各种革命运动都比较严格地伴随着相应的经济发展和社会思想的发展变化，是循着经济的发展、社会意识形态的变化、新的政治要求的提出、政治革命运动的发生这一较清晰的脉络有秩序地进行的。只有在资本主义的经济关系从封建社会内部得到了较为充分的发展，并在这种逐步发展中资产阶级的意识形态逐渐侵蚀着封建思想的世袭领地之后，资产阶级才由其思想的一般要求进而提出了明确的政治要求，并由政治要求发展为政治革命运动。政治革命的胜利，资产阶级政权的建立，进一步完善了资本主义的经济制度，为资本主义的经济发展和资产阶级思想的传播开辟了更加广阔的道路。也就是说，当资产阶级进行夺权斗争的政治革命行动时，资产阶级在社会上已有了比较强大的思想基础。我们看到，反映资产阶级新的伦理道德观念和思想意识发展的西欧文艺复兴运动，发生于资产阶级政治革命前的几个世纪。在法国，15世纪末人文主义文学的兴起，已经标志着资产阶级思想意识开始自觉地扩大自己的思想领地，只是在此后很久的18世纪，充分发展了自己思想影响的资产阶级，才通过启蒙学家的著作集中、明确而又系统地提出了自己的政权要求，并在此基础上于该世纪末采取了政治革命的实践行动，为自己夺取了政权。在中国，则经历了与此显然不同的变化。直至鸦片战争，中国资本主义经济还是相当微弱的，所以资产阶级思想在整个社会思想中仅仅有点微弱的萌芽。鸦片战争后，与其说是由于中国资本主义的经济发展，不如说是由于帝国主义的侵略和清王朝的腐败无能，使资产阶级过早地从婴儿期的朦胧状态苏醒过来。直至辛亥革命，不但我国资本主义经济的缓慢发展，不足以使资产阶级的思想意识在社会上取得起码的地位，就是那些早熟的资产阶级思想家们，也极少想到需要用新的伦理道德观念，来破除封建传统思想在群众中的根深蒂固的影响。就是在这种情况下，中国资产阶级适应中国人民富国强兵、救国救民的要求，增强了自己的政权欲望，进入了政治革命实践的阶段。但是它却遇到了强大的封建思想势力的围攻，结果只夺得了一个政权形式的外壳。阿Q就是真地参加了革命党又将怎样呢？他也只不过是首先"革"掉尼姑庵里那块"皇帝万岁万万岁"的龙牌之后，再取赵太爷的地位以代之，当起未庄的"阿太爷"。

鲁迅的《呐喊》和《彷徨》，正是从政治革命和思想革命的关系角度，独特地、创造性地总结了辛亥革命失败的教训，深刻反映了中国近现代政治革命运动所必然遇到的特殊历史问题。

三

《呐喊》和《彷徨》不但尖锐地提出了中国必须有一个深刻的思想革命运动的问题，而且形象地回答了这个革命的一系列根本问题。

中国民主主义政治革命的对象是帝国主义和封建主义。假若我们简单地把鲁迅小说与中国民主主义政治革命做直接的类比，很容易发现其中根本没有明确的反帝主题。也许有的同志会将这作为《呐喊》和《彷徨》的严重不足。但是，如果我们从中国当时思想革命的角度考虑问题，它就会以一种新的面貌呈现在我们的眼前。

诚然，鲁迅没有创作反帝题材的小说，是有一定程度的偶然性的。可是，就在鲁迅这种自然流露出的创作倾向之中，却异常分明地向我们启示了，中国当时思想革命的对象与中国民主主义政治革命的对象，有着不尽相同的内容。

鸦片战争以后，中国逐渐沦为帝国主义的半殖民地。帝国主义的侵略和掠夺，帝国主义瓜分中国的阴谋，构成了中华民族生死存亡的主要威胁。此外，中国自身的落后状态和软弱状态，是帝国主义奴役中国的先决条件。这样，资本主义的列强自然而然地成为腐朽的封建主义的中国反动统治的主要支柱。中国人民的反帝斗争不仅是维护中华民族基本生存权利的关键性任务，而且是摧毁国内封建主义统治的必要前提。这就构成了中国民主主义政治革命的双重性主要对象。在某种意义上，帝国主义较之封建主义是我国人民更凶恶、更主要的敌人。当时中国思想革命的主要对象，情形则有些不同了。几千年的封建经济，几千年的封建制度，反映在人们的观念形态上，构成了封建思想占绝对统治地位的中国社会思想。在当时，资产阶级思想不但不足以构成思想革命的重点对象，而且在反封建思想的斗争中，它暂时还主要表现为一种进步的积极力量。至于帝国主义在华的奴化宣传，与中国几千年的封建传统观念相比，其影响是微乎其微的，并且一般与中国封建思想和迷信思想相结合，通过它们而施加自己的影响，所以它一时还难以构成一支独立的、强大的反动思想力量。帝国主义当时在华的殖民统治，主要依靠的是政治的、军事的、经济的物质力量，推翻帝国主义对中国人民的压迫和剥削，主要依靠中国人民的政治的、军事的和经济的物质斗争手段。它对中国广大人民群众的思想控制力量则不但远远不如它的政治、军事、经济的物质控制力量，而且也根本无法与中国封建思想的巨大控制力量相比拟。所以，在"五四"时期的中国思想革命，主要还是一场反对封建主义的思想革命运动。我认为，即使鲁迅当时曾经写出一两篇以反帝政治斗争为题材的作品，只要他的主要注意力仍然集中于中国思想革命的问题上，这种总体性的创作倾向仍然是不会得到改变的。

当时的中国思想革命不但在主要对象上有与民主主义政治革命不尽相同的地方，而且两者的具体任务也有迥然不同的历史规定。做为政治革命，主要对象和主要任务一般是一致的。中国民主主义政治革命的主要对象是帝国主义和封建主义。它的主要任务就是推翻帝国主义和封建主义的压迫。但作为思想革命，二者则并不完全契合。当时中国的思想革命，主要对象是封建主义思想，但它的主要任务并不是改造这种思想的制定者、倡导者和自觉维护者的封建地主阶级。中国反封建思想革命的任务，始终是为了清除封建思想在广大人民群众中的广泛社会影响。这虽然是一个极其浅显的道理，但对于分析研究《呐喊》和《彷徨》却有着十分重要的意义。

作为一个杰出的讽刺大师，除了像《肥皂》中的四铭、《高老夫子》中的高老夫子等封建思想卫道者的思想形象外，鲁迅极少像果戈理一样，把封建地主阶级的代表人物作为小说的主人公进行正面的讽刺和挞伐。一般说来，他总是把自己在政治上完全否定的人物放在小说的背景上，用极精简的笔墨，粗线条地勾勒出他们的丑恶面目。他所孜孜不倦地反复表现着的，是不觉悟的劳动群众和下层知识分子。这表明鲁迅始终不渝地关怀着广大人民群众的思想觉醒，并把它当做自己文艺创作的唯一神圣任务。人们责备鲁迅过多地注视着人民群众思想中的落后面，岂不知正是在这里，存在着中国反封建思想革命的中心任务，是鲁迅当时战斗的主要疆场。鲁迅《呐喊》和《彷徨》中最富有思想生命力和艺术生命力的，不正是阿Q一类不觉悟劳动群众的典型形象吗？

构成《呐喊》《彷徨》中不觉悟人民群众典型形象的根本特征是什么呢？就是作为政治经济地位的人与作为思想观念上的人的不合理的分离。封建思想观念对他们的思想束缚则是这种不合理分离的根本原因。正是这种不合理的分离状况，使我们对阿Q的典型形象产生了各种不同的看法。有的根据阿Q的思想观念，把他当做超阶级的国民性弱点的具象化，或曰中华民族"乏"的方面的典型人物。有的甚至认为他主要概括了中国反动统治阶级的可笑特征。有的则根据其阶级地位，把他当做农民阶级的阶级典型。我认为，我们应当在统一性中把握他的分离性特征，又要在其分离性特征中看到他的统一性。他的统一性在于"不觉悟"，正是由于他的"不觉悟"，所以这个就其阶级地位而言是被压迫者的阿Q，才拥有大量与自身长远利益和根本利益相矛盾的封建思想意识。这些思想意识，在不同阶级的人中出现是并不奇怪的，在某些方面甚或表现得更突出、更强烈，因此《阿Q正传》对反动统治阶级的代表人物也有间接的讽刺作用，对普遍存在于社会各阶层的相类似的可笑思想观念，也是一个有力的针砭。做为阿Q的阶级地位，他又不是超阶级的，而是一个标准的"上无片瓦，下无插针之地"的贫雇农。但作为一个完整的艺术形象，他的根本特征既不能认为只是他的"精神胜利法"等思想观念，又不能认为只是他的受剥削、受压迫的阶级地位，而是这二者的怪诞的、不合理的喜剧性结合。仅仅任何一方，都不足以产生阿Q的喜剧性，更不足以产生他的悲剧性，而失去了这二者及二者的结合，我们也就从根本上失去了阿Q。所以，他应当是不觉悟群众的典型形象，他的基本特征，也正是所有不觉悟群众必备的根本特征。这样概括阿Q的典型形象，也是与当时中国思想革命的中心任务相适应的。

不觉悟群众这种阶级地位与思想性质两相分离的特征，导致了他们作为一定社会地位的人与作为思想力量的人的严重对立。

> 他们——也有给知县打枷过的，也有给绅士掌过嘴的，也有衙役占了他妻子的，也有老子娘被债主逼死的，他们那时候的脸色，全没有昨天这么怕，也没有这么凶。(《狂人日记》)

假若我们承认鲁迅笔下不觉悟群众的根本标志，是还受着封建思想观念的控制，假若我们又承认封建思想观念是一种吃人的思想观念，我们就不应当否认鲁迅上述一段话的本质真实性。而当这种思想观念从社会各个角落里蒸发出来，汇聚在一起，便形成了封建主义的社会舆论力量。

自觉地、明确地重视社会舆论的描写，是鲁迅小说区别于其他作家作品的一个重要特征。很少有人会像鲁迅那样，反复地、不倦地揭示当时社会舆论力量的封建主义性质，表现它对"小人物"和进步知识分子的思想命运的窒息作用和扼杀作用。在《孔乙己》《药》《头发的故事》《祝福》《长明灯》《孤独者》中，代替封建统治者直接向悲剧主人公扑去的，几乎都是这种笼罩一切的舆论力量。对其中的某些具体人物，鲁迅的感情态度是有细微差别的。但当这种舆论力量一旦从具体人物中抽象出来，成为社会的一种异化力量时，鲁迅则显然怀着异常沉重的感觉予以深沉的否定。我们时刻可以感到他在向这种力量做着坚韧的搏击。很显然，鲁迅在这种从社会各个角落里蒸发出来的封建思想势力中，具体而又深切地感触到了封建思想在社会上的根深蒂固的影响。而改变它的封建主义的反动性质和消极性质，则是他致力的主要目标之一。

四

鲁迅第一篇白话小说《狂人日记》，没有承袭晚清谴责小说的传统，集中暴露官场的丑行和政治的腐败，也没有像梁启超的《新中国未来记》等晚清政治小说一样，重点宣传新的政治理想。这说明鲁迅从创作白话小说一开始，便不是直接从政治革命的角度，而是从思想革命的角度提出反封建的问题的。《狂人日记》对封建主义的抨击，不集中于它的政权形式，不着眼于政治状况，而将重心放在这种制度赖以存在的思想支柱上。

鲁迅小说的现实主义深度和鲜明的民族性特征，首先根源于它对中国封建思想暴露的深度和严格的民族内容上。西欧文艺复兴时期的反封建文学，是以抨击教权统治、揭露教职人员的虚伪和罪行、宣扬现世生活为其中心内容的。而《呐喊》和《彷徨》则始终根据中国封建思想的特点，及其在现实生活中的实际表现，把揭露建立在封建等级观念基础之上的、封建伦理道德观念的吃人本质和虚伪性放在中心位置、从而准确地显示了中国反封建思想革命的特殊性重点内容。

世界各国的封建制度，都是以严格的等级制为其特征的。封建的等级观念构成了封建社会思想意识形态的总基础和总纽带。以中国儒家思想为主体的中国封建思想体系。有与西欧中世纪宗教神学共同的思想本质、但又有其鲜明的"民族特点"。在具体的历史发展中，中国儒家思想虽然也经常与佛道等宗教迷信思想相结合（这在鲁迅小说中也有表现）。但由孔子奠基的儒家思想，最终仍然不像西欧宗教神学那样，以对神的顺从维护对人的顺从，以虚幻的现实控制真实的人间现实。它更多地把重点放在现实世界上，适应封建的农业自然经济的需要，形成了一整套调整人与人关系的伦理道德规范。这种以"修身、齐家"为基础达到"治国、平天下"目的的封建学说、以封建正常秩序下的长幼尊卑为主要内容，把全社会的人固定在封建关系的地位各不相等的网结上、用以维护现存的封建秩序。假若说西欧宗教神学是用天国的权威、曲折地控制人的现实关系的话，那末，中国儒家封建思想体系，则主要用世俗的权威来直接维持人与人之间的封建关系。因而封建的伦理道德观念，在中国封建思想中占有显著重要的位置，是束缚广大人民群众思想的主要绳索。《呐喊》和《彷徨》的艺术描写，生动地体现了中国封建思想的特点。鲁迅以犀利的解剖刀，透过一幅幅似乎平静安详的田园诗般的社会图景，揭示了封建等级观念和封建伦理道德观念杀人吃人的残酷本质，剥去了罩在这些观念上面的神圣灵光。

鲁迅在《灯下漫笔》中说，在中国封建社会里，"有贵贱，有大小，有上下。自己被人凌虐，但也可以凌虐别人；自己被人吃，但也可以吃别人。一级一级地制驭着……""如此连环，各得其所。有敢非议者，其罪名曰不安分！"在《俄文译本〈阿Q正传〉序》中又说："我们古代的聪明人，即所谓圣贤，将人们分为十等，说是高下各不相同。其名目现在虽然不用了，但那鬼魂却依然存在。"封建等级制度的鬼魂——封建等级观念是怎样实际地支配着广大不觉悟群众的思想言行？是怎样贯穿在封建关系的各种道德评价和是非评价中？是怎样构成了各类封建舆论的共同本质？是怎样使人民群众各个分离而为封建统治者利用来维护自己的个人私利？在《呐喊》和《彷徨》里都得到了具体而又深刻的表现。

    知道的人都说阿Q太荒唐，自己去招打；他大约未必姓赵，即使真姓赵，有赵太爷在这里，也不该如此胡说的。（《阿Q正传》）
    至于错在阿Q，那自然是不必说。所以者何？就因为赵太爷是不会错的。（同上）

  封建等级观念支配着社会舆论，也支配着封建关系中各阶级、阶层人物的思想言行。它具体表现在不同社会地位的人身上，各有其不同的表现形式和根本不同的社会含义，但作为观念形态的基本性质，则是相同的。
  在《孔乙己》中，似乎存在着两个互相平行的主题：一是由科举制度对孔乙己的思想毒害，揭露科举制度的罪恶；二是由咸亨酒店的酒客对孔乙己的残酷戏谑，表现封建关系的残酷本质。实际上，这两者都统一于一个更根本的主题意义，即暴露封建等级观念的极端残酷性。孔乙己穷到无以为生的地步，仍不肯脱下长衫，他轻视劳动，轻视劳动人民，其思想根源都是封建的等级观念。封建科举制度对他的思想毒害，集中表现在这种思想观念上。与此同时，周围人对他进行残酷戏谑的根本原因，在于他没有在科举竞争中成为幸运者，在于他实际沦落到了比他们更低的社会等级上，在于他的言行与他的实际卑贱地位的极端不协调性。一句话，在于他们以封建等级观念衡人待物的结果。正是这种观念，将似乎对立的双方——孔乙己和周围群众——在思想性质上联系了起来，把两个似乎平行的主题扭结在了一起。孔乙己，在内外两面上，都是这种观念的牺牲品。

"隽了秀才，上省去乡试，一径联捷上去，……绅士们既然千方百计的来攀亲，人们又都像看见神明似的敬畏……屋宇全新了，门口是旗竿和扁额……"就是这种如火如炙的等级观念和向上爬的欲望，使《白光》中的陈士成发疯致死。

魏连殳曾想与封建的等级观念决裂，他不阿事权贵，同情落魄者，平等对待劳动群众和少年儿童，但却遭到了社会的冷遇。他最后的结局，实质上是宣布向这种社会观念投降，并利用它实现了个人主义的精神复仇。

是什么在鲁迅和闰土的真诚友谊关系中，吹进了寒冽的冷风？是封建的等级观念。闰土的一声"老爷"的唤声，在他们之间隔上了一层厚障壁。

是什么最终折断了《离婚》中爱姑的斗争翅膀？仍然是封建的等级观念。在地位稍高的七大人面前，她终于失去了自己继续抗争的能力。

在阿Q关于"革命"后情景的得意遐想里、埋伏着革命的大危机、大灾难。因为他的那幅图画，是用封建等级观念描绘出来的。鲁迅向我们说明，在这种观念支配下的"革命"，将会用新的封建等级制、代替旧的封建等级制，其结果只能是封建社会的改朝换代。

假若说封建等级观念是贯穿在封建社会各种人与人关系间的思想观念，那么封建伦理道德观念就是为维护这种等级关系而设立的。它在这种关系受到某种威胁时突出表现出来。所以，封建伦理道德观念更加直接和鲜明地反映了封建等级观念的凶残本质。《狂人日记》中的"狂人"就是在满纸写着"仁义道德"几个字的中国历史上，看出"吃人"两个字的。

关于《祝福》，我们一直认为它高度概括地反映了"政权、族权、夫权、神权"四条封建绳索，对中国劳动妇女的精神和肉体的折磨。作为对《祝福》客观社会意义的分析，这当然是可以的。但鲁迅的创作意图。显然不在于揭露全部"四权"。在小说中，封建政权始终没有用行政的手段介入祥林嫂的悲剧经历。我们也难以确定鲁四老爷便是政权力量的化身。做为族权的力量。婆婆的出卖儿媳，大伯的收屋，都没有出现在祥林嫂悲剧命运的高潮。真正对祥林嫂施行了严酷的精神苦刑的，是夫权和神权，而神权则是夫权的维护力量。即使夫权，也没有以现实的真实力最直接出现在祥林嫂的面前，她前后的两个丈夫都不是封建夫权的实际执行者。折磨祥林嫂的是由社会舆论直接转化成现实力量的虚幻观念力量。正是这种"从一而终"的伦理道德观念的力量，无情地绞杀着祥林嫂的精神和肉体。

鲁四老爷与其说是封建政权的化身，不如说是封建理学道德的化身。他直接体现了这种道德的残酷性和虚伪性。鲁迅通过真实的艺术描写让读者看到，鲁四老爷每一个维护自身"道德尊严"的行动，都同时伴随着对祥林嫂的残酷精神折磨，而这一切又都是以他个人的利害得失为转移的。这个形象的深刻典型意义在于，通过他，人们能清晰地看到封建伦理道德的社会本质：对于被压迫群众，它是吃人的猛兽；对于反动统治者，它是行私利己的工具。《肥皂》《高老夫子》《弟兄》三篇小说、则着力表现了它的虚伪性特征。

中国反封建思想革命的重点是根除封建等级观念对广大人民群众的精神束缚，斩断残酷、虚伪的封建伦理道德观念无形地绞杀无辜者的魔爪。——这是从《呐喊》和《彷徨》中很自然地引出来的一个结论。

五

对于农民群众的描写，在《呐喊》《彷徨》的整个艺术图画中居于中心的位置。精确理解、深入领会这种描写的实质意义，是理解《呐喊》和《彷徨》思想意义的关键。

毫无疑义。鲁迅最热烈、最深沉、最诚挚的感情、始终是倾注在农民身上的。可以说，在中国历史上还没有一个作家，对中国的农民群众，表现了像鲁迅这样最无虚饰而又最热烈、最厚重的感情。他像一个成年的儿子对自己的年迈的父亲一样，了解中国的农民，关怀中国的农民，默默地然而又是深深地爱着中国的农民。他不但在《社戏》中的六一公公，和那些天真烂漫的农民小朋友身上感受到农民的心灵美，而且在闰土、祥林嫂、爱姑乃至阿Q一类人的身上，也能发现为其它阶级的人所难以具备的质朴的东西。他了解农民的力量，了解农民在潜意识中埋藏着的强烈革命愿望，也正是因为如此，他才用渗出血泪的目光焦灼地望着他们。在中国近代的历史上，谁最了解农民呢？毛泽东和鲁迅。

但是，在这两个最了解中国农民的历史巨人之间，却分明存在着彼此不太相同的地方。毛泽东同志以极大的热情，肯定了中国农民在新民主主义政治革命中的巨大历史作用，高度评价了中国农民的政治积极性，始终把中国农民阶级当做无产阶级最可靠的同盟军、中国民主主义革命的主力军。中国农民的肯定的方面，在毛泽东同志的著作中得到了最充分、最热情的表现。而鲁迅，却以自己最富有才华的笔触，以自己大部分的艺术力量和最光辉灿烂的艺术篇章，深入地、精细地、并且可以说是无情地解剖着中国农民身上的精神残疾，他们的愚昧、落后、保守、狭隘等精神弱点，他们的一切应当否定的方面，在鲁迅的《呐喊》和《彷徨》中，得到了最大限度的、最深刻的发掘和最痛切、最坚决的否定。

产生这种不同的根本原因何在呢？

对于这个问题，我们可以用两个历史时期的不同特点予以解释。在鲁迅写作《呐喊》和《彷徨》的历史时期，中国农民阶级尚处于政治上不觉醒的历史阶段。辛亥革命的领导者不重视农民群众的发动，中国无产阶级刚刚登上中国历史的舞台，无产阶级政党尚处于初创阶段，不但还没有来得及去发动农民，而且全党对农民问题重要性的认识还是不充分的。《呐喊》和《彷徨》具体地、历史地反映了当时农民群众的面貌。这样解释，可以说明部分的问题。但是，仅以历史时期的不同特点说明这个问题，我们也就可以得出这样的结论："《阿Q正传》确实有它的好处，有它本身的地位，然而它没有代表现代的可能，阿Q时代是早已死去了！阿Q时代是死得已经很遥远了！……"①

对这个问题，我们还可以有第二种解释，即鲁迅当时还不是一个马克思主义者，他过多地看到了农民身上的弱点，而对农民的政治积极性估计是不足的。这种解释似乎也有一些道理。但是，对农民政治积极性的估计，是一个现实的观察问题，并不是一定要有马克思主义世界观才能做到的。早在封建时代的施耐庵，就真实地反映了官逼民反的农民起义斗争，难道鲁迅在这方面的认识，反会有逊于施耐庵吗？

我认为，对这个问题只有一种解释，那就是毛泽东同志主要是从中国民主主义政治革命的战略和策略的角度，而鲁迅是从中国思想革命的艰巨任务的角度来观察农民、分析农民的。

农民阶级在中国民主主义政治革命中的重要地位和巨大历史作

---

① 钱杏邨：《死去了的阿Q时代》，《文学运动史料选》（二），第57页。

用，毛泽东同志已经做过详尽的论述。这些精辟的论述已被中国革命的具体实践所证明。我们可以看到，在世界各国的革命运动中，包括苏联的十月社会主义革命，从来没有像中国革命那样，农民阶级起到这么关键性的作用。应当说，这种作用是由中国特殊的历史条件极大地加强了的。中国的民主革命是在农业自然经济尚未解体，社会生产力还相当低下的情况下，由于帝国主义的侵略和世界革命潮流的影响，而急切和迅速发展起来的。中国资产阶级软弱动摇，中国无产阶级人数较少，把农民阶级在革命中的地位突出出来。农民阶级与地主阶级的不可调和的阶级矛盾，中国农民悠久的斗争传统，他们在帝国主义、封建主义压迫下的痛苦处境，中国生产的落后状态，严重的自然灾害，连年的军阀混战，都决定了中国农民整体上的强烈革命愿望和政治上的反抗精神。这种特殊的历史条件，规定了中国无产阶级必须首先领导农民阶级。解决农民的土地问题、完成中国民主革命的任务，而中国农民阶级就历史地担当了这个革命的主力军。农民阶级在政治革命中的重要地位和作用，不但在党领导下的农民运动蓬勃兴起之后是这样，在"五四"时期本质上也应当是这样。"据我的意思，中国倘不革命，阿Q便不做，既然革命，就会做的。我的阿Q的运命，也只能如此。人格也恐怕并不是两个。"① 不论鲁迅这句话当时的主要用意何在，但农民参加革命的历史必然性：鲁迅是明确意识到了的。不论鲁迅关于阿Q要求革命的描写的侧重面是什么，但他希望革命、欢迎革命、要求参加革命的事实是具体地、真实地再现出来了。

但是，把中国农民阶级放在中国反封建思想革命之中来进行考察，情况就有些不同了。作为一个被压迫阶级、作为劳动群众，农民身上存在着许多自然形态的纯朴、勤苦、耐劳等美好品德。这些在鲁迅小说中也得到了生动的表现。但是，与落后的生产方式相联系的农民阶级，历史地注定了不会成为具有独立的先进世界观的阶级。在中国漫长的封建社会里，中国农民阶级的思想，就其整体性质而言，始终没有也不可能脱离封建思想的藩篱。相反，与它相联系的私有的、狭小的、低下的农业自然经济，本质上是属于封建历史时代的经济形态的。中国儒家封建思想体系，有很大一部分内容，是适应着这种经济的落后性，用将它凝固化、理想化的方式，以达

---

① 鲁迅：《华盖集续编·〈阿Q正传〉的成因》。

到维护现存封建秩序的阶级的目的的。这样，在农民阶级还没有最终和落后的生产力割断联系的时候，在它还在这种生产力的限制下带有狭隘、自私、保守、守旧、目光短浅等农民阶级的固有特征的时候，中国儒家封建思想就极易于在农民的思想观念中寄殖和滋生，并成为束缚他们的沉重思想枷锁。在我国民主主义政治革命中，农民阶级被压迫、被剥削的阶级地位起着主导作用，决定着他们走向革命的政治途程，但在思想观念的总体性质上，农民思想却是一种落后的、保守的思想观念，并且与中国传统封建思想有着千丝万缕的联系。鲁迅关于农民群众的艺术描写，深刻反映了农民思想的这种特征，并且通过阿Q有力地说明了，他们要求革命的同时，还可能是带着浓厚的封建思想观念的。

农民阶级本身具有双重性，在中国的政治革命和思想革命中，这种双重性各以其一个侧面得到了加强和突出。这就是为什么毛泽东同志在中国民主主义政治革命的战略和策略中，特别突出了农民肯定的方面，而鲁迅在对中国思想革命的深沉思虑中，重点表现了农民思想弱点的一面。二者都是深刻而精辟的，他们各自以其不同的侧面，丰富了我们对中国农民阶级的认识。这个结论可以由下列事实予以证明：在我国民主主义政治革命中，我们常常由于忽略了农民的革命性而吃大亏、上大当，而在我们的思想建设中，则常常因忽略了农民思想的落后性而使我们受到损失。

《呐喊》和《彷徨》关于农民群众艺术描写的实质意义何在呢？根据我的理解，在于它们为了农民的政治解放而尖锐地提出了农民的思想启蒙的问题。在这个中心图画的四周，它们涉及了农民阶级的一系列重要问题，但这些问题都是以这个中心图画为转移的。

……然而我又不愿意他们因为要一气，都如我的辛苦辗转而生活，也不愿意他们都如闰土的辛苦麻木而生活……（《故乡》）

在对闰土的愿望里，鲁迅集中表达了他对全体被压迫被剥削的农民群众的愿望。

六

在《呐喊》和《彷徨》中，进步知识分子的形象也占着相当大的比重。在过去，我们较多地强调了鲁迅对他们革命不彻底性、软弱性和动摇性的批判。我认为，我们现在需要解决的是，鲁迅是在怎样的意义上对他们进行分析性描写的。

对于研究鲁迅对知识分子与劳动群众关系的描写，《一件小事》具有很重要的意义。它向我们表明，尽管鲁迅比当时任何人，都能清楚地感受到劳动群众背负的精神重担的沉重性，但他依然认为，世界上最伟大、最高尚的精神品德，还是存在在那些平凡劳动群众的朴实无华的璞玉般美好的心灵中。知识分子要通过他们发现自己的不足，时时自新，增长自己前进的勇气和希望。

但《呐喊》和《彷徨》中还有另一种类型的构图样式，它反映了先进知识分子与劳动群众的另外一种性质的关系。

在《故乡》中，对少年闰土和少年鲁迅的关系描写，本质上有与《一件小事》一脉相通的地方，少年闰土不但以充满活力的心灵吸引着少年鲁迅，而且以丰富的知识和广博的见闻使他感到敬佩和钦羡。然而，当鲁迅重返故乡时，二人的对应关系发生了某些变化。闰土在生活的磨折下变得麻木迟钝了，鲁迅则仍然没有封建等级观念的阻隔，以诚挚的感情期待着与闰土的相会。他追求着光明的未来，希望着新生代能过上幸福的生活。

《祝福》中的"我"无力拯救祥林嫂，但他却是唯一深刻同情祥林嫂的痛苦命运、对鲁四老爷充满憎恶感情、对鲁镇保守守旧的社会气氛感到愤懑的人物，与漠然无觉的短工、麻木迷信的柳妈、取媚豪绅的卫老婆子、出卖儿媳的婆婆、收屋的大伯和赏鉴祥林嫂痛苦命运的镇民，这些就其经济地位多属劳动群众的人物相比，"我"依然不失为一个有正义感、有觉悟的"新党"。

上述两例，并不存在二者的直接比照意义，但当先进知识分子采取改革社会、改革社会思想的具体行动时，鲁迅却不但描写了反动势力对他们的迫害，也注意反映不觉悟群众包括劳动群众对他们无形中施加的思想压力。《狂人日记》中的"狂人"、《药》中的夏瑜、《头发的故事》中的 N 先生，实际上都属于先进的知识分子之列。华老栓用夏瑜的血为自己的儿子治病，尖锐地反映了革命知识分子与不觉悟群众之间的隔膜，而鲁迅通过夏瑜妈对儿子的朦胧的理解，与华大妈跨过横在华小栓与夏瑜坟间的小路而对未来寄寓着一定的希望。

在《呐喊》和《彷徨》中这两种类型的描写，各有其独特的典型意义。《一件小事》反映了鲁迅对知识分子与劳动群众根本关系的理解：知识分子不应脱离群众、自视清高，要向群众学习，在与群众的联系中取得前进的力量和勇气。而第二类的描写，则具体地、历史地反映了"五四"时期先进知识分子和劳动群众在反封建思想革命中的地位和作用。很显然，在《呐喊》和《彷徨》中，第二类的构图样式占有更大一些的比重。

毛泽东同志说："在中国的民主革命运动中，知识分子是首先觉悟的成份。辛亥革命和五四运动都明显地表现了这一点，而五四运动时期的知识分子则比辛亥革命时期的知识分子更广大和更觉悟。"①"五四"时期就是进步知识分子首先觉悟而广大劳动群众尚未进行广泛思想发动的时期。鲁迅的《呐喊》和《彷徨》真实地反映了"五四"反封建思想革命的这一特点。对这类描写，我们必须放在具体的、历史的关系中进行考察，放在反封建思想革命的实际中来考察，把群众当做具体的、历史的群众，把先进知识分子也当做具体的、历史的知识分子，企图用一种抽象的、绝对的结论来说明是不够的。我们可以清楚地看到，在《呐喊》和《彷徨》的实际描写里，作为美好品德和纯朴心灵的体现者，几乎全部是劳动群众的形象，但作为敏感地意识到封建思想观念的反动性并与之进行斗争的人物，则几乎全部是先进知识分子的形象。也就是说，鲁迅是把先进知识分子当做当时反封建思想革命的主要积极力量加以表现的。脱离开对《呐喊》《彷徨》中先进知识分子形象的这一基本估计，我们便不能精确地把握这类形象的整体性意义。鲁迅说：

> 我想，现在没奈何，也只好从智识阶级……一面先行设法，民众俟将来再谈。而且他们也不是区区文字所能改革的……②

这反映了当时反封建思想革命首先养成思想革命战士阶段的历史需要。鲁迅在《呐喊》和《彷徨》中的艺术描写，是与他的这一基本估计相一致的。

有意识地、集中地反映知识分子的思想和命运问题的作品，主要在《彷徨》集中。《在酒楼上》《孤独者》《伤逝》可以说是它的三部曲。这时，"五四"文学革命和思想革命退潮了，知识分子的问

---

① 毛泽东：《五四运动》。
② 鲁迅：《华盖集·通讯》。

题变得显豁起来。鲁迅原来寄予重望的反封建思想革命的知识分子队伍发生了分化,这迫使鲁迅不得不思考知识分子的前途和命运的问题。对知识分子无力完成中国反封建思想革命的现实状况,鲁迅有了更深切的感触,并在作品中做了精细的刻画。但是,鲁迅对他们的失望,仍然是对反封建思想战士的失望,这种失望情绪是伴随着对社会封建思想势力的沉重感觉而产生的。在这三篇小说里,鲁迅都没有对主人公的个人弱点进行重责,相反,他倒是着力揭示了在强大的封建势力面前,这些主人公悲剧结局的必然性。这些小说的十分纯正和相当浓重的悲剧气氛,反映了鲁迅对他们的深刻同情和深沉惋惜。有的同志力图对《伤逝》中的涓生和子君进行个人间的优劣比较,我认为这将是毫无结果的。因为在鲁迅笔下,他们都是被社会封建势力扼杀了的有志知识分子的典型,他们彼此的命运是不能由他们彼此个人负责的。他们的不同,只是封建势力对他们扼杀的方式不同,他们在自己的特殊环境中被扼杀、被摧残的具体经历不同。《孤独者》中的魏连殳,鲁迅反复表现了他的强毅的抗争力,但他最后被摧折了。鲁迅把他比做是一匹受伤的狼:

> 我快步走着,仿佛要从一种沉重的东西中冲出,但是不能够。耳朵中有什么挣扎着,久之,久之,终于挣扎出来了,隐约像是长嗥,像一匹受伤的狼,当深夜在旷野中嗥叫,惨伤里夹杂着愤怒和悲哀。

鲁迅说他的《彷徨》"战斗的意气却冷得不少"[①]。在这些作品里,主要表现在鲁迅深感到先进知识分子斗争的无望,因而对他们的失败表现了更多的谅解和同情。所以,鲁迅尽管真实地表现了先进知识分子软弱无力、孤独单薄等弱点,也已明确感到他们难以完成中国反封建思想革命的重任。但我认为,只要我们不把《故乡》看做是对闰土的批判,把《祝福》看做是对祥林嫂的批判,我们也没有理由把《在酒楼上》《孤独者》《伤逝》简单地看做是对吕纬甫、魏连殳、涓生、子君等人的批判。

《离婚》是《彷徨》的最后一篇小说,其中爱姑这一典型形象有值得我们注意的地方。她的独特典型意义在于,她是《呐喊》《彷

[①] 鲁迅:《南腔北调集·〈自选集〉自序》。

徨》全部艺术画面中,唯一的一个向封建的伦理关系本身宣战的非知识分子形象,尽管这种宣战还是自发的、粗糙的、微弱的和不完全、不彻底的,但她的思想观念中确实有与封建伦理道德观念不相容的微弱因素。她自己说"自从我嫁过去,真是低头进,低头出,一礼不缺",但从她一口一个"老畜牲""小畜牲"的话语和她蛮野的性格来看,她也绝不是一个"三从四德"的"好媳妇"。封建等级观念在她的头脑中也开始显得不那么齐整了:

　　慰老爷她是不放在眼里的,见过两回,不过一个团头团脑的矮子:这种人本村里就很多,无非脸色比他紫黑些。

　　这些因素虽然微弱,也并没有使她赢得胜利,却代表着一种新的质。阿Q对赵太爷也有所"腹诽",但他的思想基本性质却仍然是封建的等级观念,他没有像爱姑一样把封建权威降低到人的水平,而是在观念上把自己提高到更高的封建权威的地步。赵太爷是两个文童的爹爹而受到社会的崇奉,他便以自己的儿子会阔得多了而洋洋自得。他对假洋鬼子表示深恶痛绝,但其原因却在他剪了辫子,并认为他的老婆不为此跳第四回井,"也不是好女人"。直至他要参加革命,其思想观念的基本性质仍没有发生根本的变化。《祝福》中的祥林嫂,一生的愿望就是极力顺从封建伦理道德的要求,而求得自己的起码的生存权利,她的悲剧性在于即使这样也没有逃脱掉被吃的命运。而爱姑的思想观念,却出现了新质的微弱萌芽,所以她是一个具有独特典型意义的形象。这反映了鲁迅在知识分子之外寻求反封建思想力量的新尝试。但是,这种探索刚刚开始,我国反封建思想革命的"五四"时期便结束了,鲁迅的《呐喊》和《彷徨》也就以《离婚》做了收束。

　　在《呐喊》和《彷徨》里,鲁迅描写了先进知识分子的弱点,提出了他们向劳动人民学习的必要性,但主要是把他们作为反封建思想的积极力量加以表现的。这反映了"五四"时期反封建思想革命的真实状况,肯定了先进知识分子在思想革命中的先觉作用。他还曾经在知识分子之外去寻找这种力量,但在《呐喊》和《彷徨》里,这种探索还没有结果。——这就是我对于这个问题的基本认识。

七

作为中国"五四"时期中国反封建思想革命的镜子,《呐喊》和《彷徨》的特殊意义在于,它们形象地表现了中国必须有一场深刻而广泛的思想革命。这个革命在当时的主要对象,是中国的传统封建思想。这个革命的主要任务,是清除封建思想在以农民群众为中心的广大人民群众中的广泛的、根深蒂固的思想影响,它的重点应放在束缚人民群众思想最厉害的封建等级观念和残酷虚伪的封建伦理道德观念上,在这个革命中,当时发挥了主要作用的是进步的知识分子,他们是先觉者,但他们力量单薄,不足以完成这个革命。

正像一切镜子一样,《呐喊》和《彷徨》也必然有自己的局限性。但是,作为真实、深刻的现实主义明镜,它们的局限性是和它们的深刻性交融在一起的。列宁在评价车尔尼雪夫斯基时说:"车尔尼雪夫斯基是唯一真正伟大的俄国著作家,……但是车尔尼雪夫斯基没有上升到,更确切些说,由于俄国生活的落后,不能够上升到马克思和恩格斯的辩证唯物主义。"① 关于列夫·托尔斯泰,列宁也用了类似的观点做了分析评价:"但是托尔斯泰的观点和学说中的矛盾并不是偶然的,而是19世纪最后三十几年俄国实际生活所处的矛盾条件的表现。……托尔斯泰富于独创性,因为他的全部观点,总的说来,恰恰表现了我国革命是农民资产阶级革命的特点。从这个角度来看,托尔斯泰观点中的矛盾,的确是一面反映农民在我国革命中的历史活动所处的各种矛盾状况的镜子。"② 对于"五四",思想革命中最伟大的思想家鲁迅,对于当时最卓越、最杰出的现实主义文学作品《呐喊》和《彷徨》,我们也只能这样看待其局限性。《呐喊》和《彷徨》的局限性,与其说是它们本身的局限性,不如说是我国"五四"时期反封建思想革命的局限性。

我国"五四"时期的反封建思想革命,历史地注定了只能是一次规模狭小的、成果有限的、不能取得彻底胜利的思想革命运动。我国的特殊历史条件不允许我们像西欧资产阶级革命那样,在长期的社会生产力发展的基础上,让资产阶级的社会意识形态逐渐浸润社会人心,当它在社会上有了足够的基础时再进行资产阶级政治革

---

① 列宁:《唯物主义和经验批判主义》,《列宁选集》(二),第368页。
② 列宁:《列甫·托尔斯泰是俄国革命的镜子》,《列宁选集》(二),第371页。

命。它也难以像苏联的十月社会主义革命那样，当资本主义在俄国有了较为充分的发展、无产阶级与资产阶级的斗争取得了一定的规模，并使无产阶级思想在社会上有了较为广泛的思想影响的时候，再进行无产阶级的革命斗争。帝国主义的侵略不允许我们这样做，激化了的国内阶级矛盾也不允许我们这样做。我们的唯一途径是在一定的思想革命的成果基础上，直接投入政治的革命斗争，使思想革命紧密配合政治革命斗争，首先完成政治革命的任务，推翻帝国主义和封建主义的政治压迫，然后才在社会生产力迅速发展的基础上，完成全国规模的社会思想意识形态的巨大变革。而十月社会主义革命的胜利，马克思主义的传入，国内阶级矛盾的空前尖锐化，中国无产阶级的初步发展，农民阶级的革命要求和巨大力量，广大阶层人民的反帝爱国热情等等，又给我们提供了首先进行无产阶级领导的资产阶级民主主义政治革命的有利条件。所以，中国革命的历史发展，需要一次反封建的思想革命，但它又不允许有一次全民性的反封建思想革命运动。历史只给这个革命提供了一个狭小的空间和时间，使它只能在较短的期间里，主要在知识分子的范围之内，取得有限的思想成果。当它为新民主主义政治革命准备了初步的思想条件和干部条件之后，便迅速地结束其历史使命，并将积蓄的力量倾入直接的政治行动中去。正是在中国"五四"反封建思想革命的这种矛盾条件下，产生了鲁迅当时的思想矛盾，产生了《呐喊》和《彷徨》的矛盾。中国革命的历史需要，把鲁迅进行思想革命的热情激发到了最高度，但它同时又难以为他提供实现这一革命的历史条件。他的无限增长起来的愿望，受到了历史条件的抑止；他的蒸腾起来的烈焰般的热情，受到了客观现实状况的压缩。他的现实主义精神，他的艺术家的明敏的感受力，都使他本能般地感受到封建势力的强大、反封建思想力量的单薄、反封建思想革命当时难以取得彻底胜利的失败命运。我们说《呐喊》和《彷徨》中汇聚着一种沉重的气氛，它们没有表现出人民的巨大力量，没有展示出更加明朗的前程。是的，这些都是它们的局限性。但是，在当时的反封建思想革命中，又确实只有少数进步的知识分子在奋斗，他们又确实遇到了力量雄厚的封建思想势力的阴霾，这个革命又确实还没有可能深入到广大人民群众中去。这又是《呐喊》和《彷徨》的真实处和深刻处。它们时时告诫我们，注意中国反封建思想革命的长期性和艰巨性。

中国无产阶级在"六三"运动中表现了自己的力量，正式登上了中国历史的政治舞台。"十月革命一声炮响，给我们送来了马克思列宁主义。"① 在马克思列宁主义的指导下，中国无产阶级于1921年成立了自己的政党。但是，中国无产阶级一登上历史舞台，便投入了中国新民主主义政治革命的准备工作。毛泽东、李大钊、陈独秀等早期的共产党人，此前曾战斗在"五四"思想革命的战场上，马克思主义传入中国后，他们便急遽地转入了政治革命的实践活动中。他们的理论斗争，不能不集中于政治学说、革命策略方面，对反封建思想意识的一般斗争顾及便较少了。年轻的无产阶级，还没有以完全崭新的伦理观念在社会上表露出自己的巨大影响力量。我们说《呐喊》和《彷徨》没有表现出中国无产阶级的革命领导作用。是的，这确实是它们的局限性。但是，无产阶级在当时又确实没有以独立的思想力量，出现在"五四"反封建思想革命的舞台上，无产阶级的思想观念又确实还没有对华老栓、闰土、阿Q、祥林嫂、爱姑等发生实际的影响作用。这又是《呐喊》和《彷徨》的真实处和深刻处。它们可以经常启示我们，中国无产阶级必须注意经常发展自己的思想力量，并在反封建思想革命中发挥自己的领导作用。

鲁迅当时还不是一个马克思主义者，他还不可能用历史唯物主义观点探讨中国思想革命的规律和必然的发展趋势，他仍然只是"考察了人们历史活动的思想动机，而没有考究产生这些动机的原因，没有摸到社会关系体系发展的客观规律性，没有看出物质生产发展程度是这种关系的根源"②。要说局限性，这才是鲁迅当时思想的根本局限性。但是，即使这，也客观地反映了"五四"反封建思想革命本身的弱点。因为在当时，也还没有一个思想家，自觉地用历史唯物主义观点，具体探讨"五四"反封建思想革命所应当肩负的历史任务，以及它的必然发展趋势。

《呐喊》和《彷徨》是中国"五四"时期反封建思想革命的镜子。这个革命的优点和弱点，这个革命的成功与失败，都在其中得到了真实的反映。但是，鲁迅终究不是列夫·托尔斯泰。列夫·托尔斯泰并没有站在时代思想的高度，而鲁迅做为一个思想家也是伟大的。假若说托尔斯泰主要是以自身的缺陷反映着俄国革命的缺陷，

---

① 毛泽东：《论人民民主专政》。
② 列宁：《卡尔·马克思》。

那末，鲁迅则主要以自己敏锐的洞察力以及正视现实的勇气，发现并如实地描绘了中国反封建思想革命的弱点和不足。

历史在前进，时代在发展。摆在我们面前的思想革命任务和具体的历史条件已经大大不同于"五四"时期。但是，我国是一个具有两千年封建历史的国家，我国的社会生产力发展水平还不高，农业生产的现代化程度还很低下，封建传统思想还有相当程度的社会影响，反对封建主义思想仍是我国思想战线的一个重要任务。《呐喊》和《彷徨》对我们认识新的历史条件下的反封建思想的斗争，仍有不可磨灭的启示意义和借鉴价值。因为迄今为止，还没有一个作家的一个作品，在这方面为我们提供了这么完整、这么精确、这么深刻、这么生动丰富的艺术图画。

《呐喊》和《彷徨》的思想意义是不朽的！

1982年8月26日

（原载《中国现代文学研究丛刊》第一辑，1983年）

现代中国最苦痛的灵魂

——论鲁迅的内心世界

王晓明

在我们这一代人出生前 20 年,鲁迅就已经辞世而去。可说来奇怪,今天谁要是提起他的名字,我首先想到的常常不是他那几十篇出色的小说,而是他这个人,不是他笔下的那颗"国人的魂灵",而是他自己的灵魂。当评判历史人物的时候,我们总会要遇到不朽这个词,可究竟怎样的人才能不朽呢?首先当然是那些贡献出伟大创造的人,屈原因《离骚》而不朽,黑格尔因辩证法而永存。但是,历史的筛盘上也有例外,它并不只留存伟大的创造物。当专制和腐败弥漫人间,旷世奇才生不逢时的时候,它又到哪里去淘取颗粒硕大的精神晶块?造物主毕竟是公平的,如果杰出人物的精神能量不能向自己的创造物从容转化,它就往往以人格的形式直接显示自己,社会可以阻挠它创造物的形式,却无法禁止它以人的形象来标示历史。不是有人说,谁懂得鲁迅,就懂得了现代中国吗?从覆盖他灵柩的白旗上的三个大字:"民族魂",我似乎悟出了"不朽"的另一层含义。历史固然有理由轻视个人,在天才和他的创造物之间偏爱后者,但如果是评判一个严酷的时代,我们却不能不特别去注意前者。经过时间的淘洗,一切个人的言行都不免会黯然失色,我们从个人的躯体内照见那卓越精神的蛰伏形态,也很容易会感到深长的悲哀。但这却正是历史的安排,它不但把自己的代表权授予那些举世公认的伟大作品,而且有时候也授予那些众说纷纭的独特人格。鲁迅就是一个例子。

这是个充满矛盾的人。他显然把精神作用看得很重,在相当长一段时间里,他经常都用人的精神状态来解释社会的变动[①],还一再

[①] 他写于 1907 年的《文化偏至论》和十多年后的《随感录·五十九》,便是明显的例子。关于这一点对他小说的影响,可参见王富仁《中国反封建思想革命的镜子——论〈呐喊〉〈彷徨〉的思想意义》。

强调最重要的是改革国民性。但他又不是那种传统意义上的精神决定论者，一旦涉及具体的社会问题，他倒每每从物质的角度去衡量得失，并且告诫别人也这样做。他希望妇女能以天津"青皮"的韧性来争取经济权，在小说《伤逝》里更直截了当地宣告："人必生活着，爱才有所附丽"。孔夫子把"礼"说得比什么都重要，他的呆学生子路因此丧命，鲁迅却嘲笑说，倘若他披头散发地战起来，也许不至于被砍成肉泥吧？中国固然有注重"教化"的精神传统，鲁迅毕竟主要生活在20世纪，作为一个深受科学思想熏陶，津津有味地捧读过《天演论》的现代人，他不可能不知道物质环境对一个民族生存状态的决定性影响，不会真以为靠几篇文章就能够起民众于蒙昧，他不是屡次说过，现在的民众还不识字，还无从读他的文章吗？现代中国的启蒙者中间不会再有过去的那种迂夫子了，至少鲁迅不是这样的迂夫子。但是，他为什么又把"国民性"之类的东西看得那样重要呢？

人类世界中似乎有这么一条法则，每一种活动虽然都有自己的原始动因，可一旦发展到高级的阶段，它自己的历史就会对它将来的趋向产生越来越大的制约作用。小至一场战争的胜败，大到一个民族的兴衰，都证明了这一点。这条法则尤其适用于人的精神活动，我们对一种新的刺激作出怎样的反应，正是取决于它和我们现有的全部认识形成怎样的关系。我们常常谈论人的主观能动性，可在很大程度上，它其实是一种被动性，一种对过去思维经验的身不由己的依赖性。一个人越是成熟，就越不愿听凭外部条件去左右他的认识方向，他总要执拗地按照自己最习惯，往往也是最擅长的方式去理解世界。这当然是表现了主观对于客观的独立性，可就主观本身而言，却又同时暴露了现在对于过去的依赖性。从鲁迅对精神现象的重视背后，我正看到了这种依赖性。

还在十二三岁的时候，鲁迅就陷进了家道陡落的窘境，祖父入狱，父亲早逝，在这一连串尚可估量的损失之外，他更遇上了人类交往中最模糊也最令人寒心的苛待：不是对你怒目圆睁，而是收起原先那见惯的笑容，另换一副冷酷的嘴脸，使你禁不住要对一切面孔都发生怀疑；不是由于你本人的情况，而是因为你身外某样东西的变化而改换对你的态度，使你发觉自己原来是一样附属品，禁不住感到惶惑和屈辱——鲁迅还是一个少年，就不得不独自咀嚼这些怀疑和屈辱①，这是怎样深刻的不幸？我不太相信中国古人对于苦难的种种辟解，事实上，鲁迅终生都没有摆脱这份不幸的影响。倘说每个人都是自己凿开一扇窗户去观察世界，童年时代的不幸就像是构成了鲁迅这扇窗户的窗框。正因为深恶 S 城人的势利和冷酷，刺心于本家叔祖们的欺凌孤寡，尤其是五十那一类亲戚的卑劣虚伪②他对百草园的热爱就没有能扩展成对大自然的敬慕，与水乡风景的亲近也没有培养出对田园意境的偏嗜，甚至他在南京和日本学到的科学知识亦未能牢固地吸引住他的注意力③——对病态人心的敏感挤开了这一切。请看他 1924 年冬天的回忆："我幼小的时候……是在 S 城，常常旁听大大小小男男女女谈论洋鬼子挖眼睛。曾有一个女人……据说她……亲见一罐盐渍的眼睛，小鲫鱼似的一层一层积叠着，快要和罐沿齐平了。"④ 我不知道别人怎样，在我看来，这是鲁迅描画得最逼人的意象⑤之一，那个腌臜的渍缸里，其实是装着多么可怕的愚昧！人的头脑中固然拥挤着形形色色的感觉和观念，但真正能扎下深根的却是那些潜踞在记忆深处的片断的意象。感觉本来就漂流不定，观念也常常会改换更新，惟有这种片断的意象始终如沉江的巨石，执拗地限定着人的精神底蕴。鲁迅的心灵是那样敏感而丰富，可至少在三十几年间，他萦怀于心的竟多半是"小鲫鱼"一类的阴暗记忆，看看他的回忆散文《朝花夕拾》吧，有心到童年去淘取愉悦的净水，却还是忍不住拽出了往日的余忿。请想一想，从这样的精神底蕴上，他会形成怎样的认识倾向？

当然，仅仅用鲁迅少年时代的经验还不足以解释他的整个认识倾向，一个成年人对世界的感受远比他儿时的记忆丰富得多，他势必要根据新的经验不断调整自己的认识态度。如果鲁迅日后遭遇到一个令人振奋的时代，他甚至有可能逐渐淡忘那往日的阴暗记忆。不幸的是，情况恰恰相反，他成年之后的经历几乎时时都在印证他

---

① 鲁迅的母亲回忆说"在那艰难的岁月，他最能体谅我的难处，特别是进当铺典当东西，要遭到多少人的歧视，甚至奚落。可他……从来不在我面前吐露他的苦恼遭遇。"（俞芳：《鲁迅先生的母亲谈鲁迅先生》）。

② 见周遐寿《鲁迅的故家》。

③ 他在 1907 年写《科学史教篇》，结尾却说："盖举世惟知识之崇，人生必大归于枯寂……故人群所当冀要求者，不惟奈端（牛顿）已也，亦希诗人如狭斯丕尔（莎士比亚）……"

④ 《论照相之类》。

⑤ 意象和印象不同，它由印象发展而来，凝聚着人对印象的主观理解。

少年时代的心理感受，从在日本看的那场屠杀中国俘虏的电影，到1928年长沙市民踊跃看女尸的盛况，这些现实的见闻不断充实那些"小鲫鱼"式的意象的深刻涵义，以至当鲁迅把它们描绘出来的时候，它们早已不仅是往日的印象，而更凝聚着鲁迅现实的感受了。这就形成了一种心理循环，黑暗的现实不断强化他过去的阴郁印象，这种印象又使他对黑暗现象的感受特别深切，随着他那种洞察心灵病症的眼光日益发展，他甚至逐渐养成了一种从阴暗面去掌握世事的特殊习惯。在他儿时的记忆里，周围人们的精神病态常常构成了整个生活的最触目的特征。他以后越是目睹历史的停滞和倒退，越是失望于那些政治或暴力的革命形式，就越不由自主地会把注意力集中于民族的各种精神缺陷，甚至到它们当中去寻找黑暗的根源。有位历史学家说，我们将带着旧神迁往每一处新居。就鲁迅的精神发展来讲，这旧神就是他童年时代的阴暗记忆，而黑暗的社会又在所有新居都为这旧神安放了合适的神龛，越到后来，新居的气氛还越合乎旧神的谕示，以至当鲁迅成年以后，对病态人心的注重几乎成为一种最基本的认识习惯了。他当然不会被动地依从这种习惯。他有自己尊奉的哲学观念可以依赖，更有近在眼前的切身利害必须考虑，凭借这两者的帮助，他完全能够超越自己的认识习惯。但是，他仅仅是能够超越而已，在他那些深层的心理活动中，在他对世态人情的具体感受中，在他观察社会的个人视角中——至少在这些方面，他仍然不能摆脱那种习惯。就在唯物主义观念逐渐支配他逻辑思路的同时，那尊旧神依然稳稳地坐在他心理感受的区域当中。这就是为什么他明明知道物质的决定性作用，却还会习惯性地把"国民性"看得很重。

我们从理性知识当中抽绎出一套对现实世界的完整理解，却又身不由己地要去体味另一些截然相反的生动印象。在许多时候，这种矛盾往往成为创造者的努力的出发点，可如果遇到分崩离析的黑暗时代，当历史和生活的必然性表现得异常复杂的时候，它却每每会成为先觉者的痛苦的总根源。人毕竟不能长期忍受认识上的分裂，他总要尽力把那些出乎意料的感受都解释清楚，这虽然不可能完全做到，但在一般情况下，他是能够把大部分感受至少在表面上协调起来的。可是，崩溃时代的知识分子却往往做不到这一点，他越是预感到山洪正在远处的群峰间迅速聚集，就越会对眼前这泥沼般的沉闷困惑不解。对现实的亲身体验非但不服从他对人生的理性展望，反而常常使他对这展望本身都发生了怀疑。古往今来，有多少有志之士就是陷入了这种矛盾的深谷，左冲右突，精疲力尽。我甚至觉得，黑暗时代对先觉者的最大的折磨，就是诱发和强化他内心的这种矛盾。不幸的是，鲁迅正遇上了这种折磨，那个时代以他童年的不幸为向导，以他成年后境遇对这份不幸的强化为推力，一步步也把他拖进了这样的一条深谷。

最明显的例证，就是他对于人民的看法。当谈到大众的时候，似乎有两个鲁迅。一个是不无骄傲，认为"我们生于大陆……历史上满是血痕，却竟支撑以至今日，其实是伟大的"①。并且引用报载北平居民支援游行学生的消息，有力地反问道："谁说中国的老百姓是庸愚的呢？被愚弄诓骗压迫到现在，还明白如此。"② 对鲁迅来说，"人民"大概是最重要的认识对象了，他不会仅仅凭直接的印象就下判断，他势必要反复审视，要考虑到许多感性以外的因素。作为一个人道主义者，他决不会愿意否定大多数人的历史价值，他奋斗的目标正是为了唤醒人民，倘若否定他们，也就否定了自己。所以，只要能够抑制住悲愤的情绪，他就会以各种方式从整体上去肯定人民。那些为之辩护的话，正是他必然要说的。但还有另一个鲁迅，他满面怒容，竟认为"大约国民如此，是决不会有好的政府的"③。即使到了晚年，无论是挖苦中国人"每看见不寻常的事件或华丽的女人……下巴总要慢慢挂下，将嘴张了开来"④，还是拿街头玩把戏的情形来比喻民众的甘当看客⑤；也无论回忆绍兴"堕民"的"出钱去买做奴才的权利"⑥，还是由浙江农民的迎神惨剧而感慨他们"依然是旧日的迷信，旧日的讹传，在拼命的救死和逃死中自速其死"⑦，都使人明显感觉到，那种对病态人心的心理直感仍然强烈震撼着他的灵魂，他好像仍然从"愚民的专制"的角度去理解世事，仍然把病态的精神现象看得很重。就人的认识动机而言，他对一样事物的理解最终应该趋向统一，可鲁迅对"人民"的认识却似乎相

---

① 见1935年8月27日致尤炳圻信。
② 《"题未定"草·九》。
③ 《通讯》。
④ 《略论中国人的脸》。
⑤ 《观斗》。
⑥ 《我谈堕民》。
⑦ 《迎神和咬人》。

反，他越是仔细考虑，分歧反而越大。随着对自己历史使命的自觉日益明确，他那种从整体上肯定人民的愿望也日益强烈。但他又无法摆脱种种关于"愚民的专制"的阴暗思路，这个令人战栗的提法并不是一种高度概括的逻辑结论，而是一种心理感受的牢固的凝聚，它的根基主要并不在鲁迅对感觉材料的逻辑整理，而在于社会很早就强加给他，以后又不断强化的那种独特的感受习惯。所以，它完全能够抵抗住理性愿望对它的压制力量，支撑那压力的仅仅是个人的理智，而在它背后，却站着全部黑暗的社会现象，以及它们过去和现在对鲁迅心理的全部影响。

正是这种心理感受和逻辑判断之间力量上的不平衡，决定了鲁迅晚年在理解"国民性"问题上的复杂变化。他早年似乎是把人民的不觉悟主要理解为一种精神上的麻木，还到历史中去寻找原因，用长期为奴造成的奴隶意识，用老百姓对于一等奴隶地位的羡慕来解释这种麻木。他那"做稳了奴隶"和"想做奴隶而不得"，王道和霸道相交替的历史观，更在他头脑中保持了相当长一段时间①。但是到1934年，他的说法完全不同了："其实中国是彻底的未曾有过王道"，"人民之所讴歌，就为了霸道的减轻，或者不更加重的缘故"②。所谓霸道，就是用暴力强迫人民当奴隶，鲁迅把中国的漫长历史全部归结为霸道，说明他不再相信精神奴役的成功，不再仅仅用麻木之类的奴隶意识去解释人民的命运；他似乎已经意识到，把"国民性"扭曲成现在这样的根本原因并不是精神性的，而是物质性的，是历代统治者的暴力高压。每个时代都对人们的认识倾向具有一种特殊的制约作用，鲁迅的时代也不例外。从20年代起，他经历了多次血腥的惨案；到上海以后，又时时闻知国民党特务绑架暗杀的凶讯，他不可能不意识到暴力在黑暗专制中的巨大作用。他爱读各种"野史"，其中对历史上那些屠戮和酷刑的详细记载，又反过来印证了现实对他的刺激。那正是一个迫使人把注意力转向物质状况的时代，鲁迅对于王道的否定，就正是顺应了时代的这种制约，他在这一方面，并没有走在许多同时代人的前头。

---

① 在写作1932年5月的《谈金圣叹》里，他就写道："中国百姓一向自称'蚁民'，……但如果肯放任他们自啮野草，苟延残喘，挤出乳来将这些'坐寇'喂得饱饱的，后来能够比较的不复狼吞虎咽，则他们就以为如天之福。"

② 《关于中国的两三件事》。

我要说的倒是另一面，那就是尽管对物质因素的理性尊重日益渗进了鲁迅对国民性的认识，这却并没有把他引离开对精神病态的关注，甚至反而强化了这种关注。1934年4月，他尖锐地指出："暴露幽暗不但为欺人者所深恶，亦且为被欺者所深恶。"① 1935年11月，他在谈到忍受的时候又说，如果深入去挖掘中国人的忍从："我以为恐怕也还是虚伪。"② 不是麻木到不知道自己在受苦，而是明明知道，却不愿反抗；不但自甘于当奴隶，还憎恶提醒他的人：鲁迅这时候还用这样的眼光去打量群众，谁能说他改变了观察"国民性"的基本角度？恰恰相反，越到晚年，越意识到统治者的暴力压迫，他对奴隶意识的探究越加发展到令人战栗的深度。感受习惯的旧神对他影响太大了，他把对物质作用的重新认识都当作了校秤的砝码，他郑重地列出它们，不过是为了更准确地判明民族的精神畸形。终其一生，他都是一个把精神作用看得很重的人。

这就是说，鲁迅始终没能突出那条矛盾的深谷，有时候还仿佛愈陷愈深。感受习惯和逻辑判断的分歧，对病态的精神现象和改造社会的物质力量的认识分歧，最终都造成了他整个理性意识的分裂。因为理性本身的复杂性质，一个心灵丰富的艺术家产生理性的分歧，本来并不奇怪。但是鲁迅理性意识的分裂竟有如此尖锐，却实在令人忧虑。那"愚民的专制"的论断固然还只是刚刚沾上一点逻辑推理的边，那从社会信仰和功利意识出发的对人民的抽象肯定，却也远远不能消除他对精神病态的过分敏感。他极力说服自己去依靠大众，却偏偏多看见他们张着嘴的麻木相。他想用文章去唤醒他们，却越来越怀疑他们并非是真的昏睡：这就好比已经上了路，却发现很可能方向不对，到不了目的地，他怎么办？

还在二十多岁的时候，鲁迅就写过这样的话："亚当之居伊甸，盖不殊于笼禽，不识不知，惟帝是悦，使无天魔之诱，人类将无由生。故世间人，当蔑弗秉有魔血，惠之及人世者，撒但其首矣。然为基督宗徒，则身被此名，正如中国所谓叛道，人群共弃，艰于置身，非强怒善战豁达能思之士，不任受也。"③ 他已经向黑暗进攻了，要想不泄气，就得寻一样精神支柱。在启蒙时代的欧洲，先驱们是

---

① 《朋友》。
② 《陀思妥夫斯基的事》。
③ 《摩罗诗力说》。

向人的理性，向建筑在这理性之上的人道主义精神寻求支持，他们的旗帜上写着"人"。这以后，启蒙者的身份逐渐由贵族变成平民，"人"也就逐渐演变为"人民"，由抽象发展成了复数。但鲁迅却没有先驱们的这份信心。他的感受习惯使他经常不相信复数的人。他从阿Q们身上看到的往往不是理性，而是奴性。他本能地就要从相反的方面去寻找支持，不是复数，而是单数，不是人，而是魔。他18岁的时候就是怀着这样的心情离开家乡的："总得寻别一类人们去，去寻为S城人所诟病的人们，无论其为畜生或魔鬼"①。他还以离群索居的意思，取了一个"索士"的别号。既然亚当们不一定会如梦初醒地随他而起，他就得准备独自一人奋斗下去。如果他们甘愿被圈在伊甸园里当愚民，那他就只有背负撒旦的恶名了。他在这时候把个人和撒旦等同起来，说明他已经敏感到自己不但必然是先驱，而且多半也是牺牲。这是怎样深广的孤独感！

这极大地影响了鲁迅的处世之道。既然只能独战，他势必要把个人的独立性奉为根本。首先是看世的焦点。无论是叹息"中国一向就少有失败的英雄"，还是疾呼"我们从古以来，就有埋头苦干的人"，他注意的似乎都是顽强奋战的个人，而且是身处逆境的个人。这正符合他对历史的看法，历代统治者一直都在源源不断地制造愚民，那相反的力量当然只能存在于清醒的个人。其次是衡世的尺度。他无论判断什么事，都坚持以亲见的事实为准，他曾引用萧伯纳的话，说最好是用自己的眼睛去读世间这一部活书。倘碰上自己不甚了解的事情，他就采用一种以眼见的事实从正反两方面进行推论的独特方法，他30年代初的赞扬苏联，就是这样来的②。最后，也最重要的，是处世的态度。因为极端珍惜个人的独立性，他对参加团体活动似乎抱着相当谨慎的态度。1925年春末，在回答许广平关于参加国民党的询问时，他这样说："如果思想自由，特立独行，便不相宜。如能牺牲若干自己的意见，就可以。"③ 从一贯对别人借重和利用自己的异常敏感，到晚年的坚决不参加"文艺家协会"，都可以

---

① 《朝花夕拾·琐记》。
② 在谈到对苏联、马克思主义和无产阶级革命运动的认识的时候，鲁迅几乎从不隐瞒，他经常是用这种推论来决定自己的态度的，可参看他1931至1933年的许多文章，如《黑暗中国的文艺界的现状》《林克多〈苏联见闻录〉序》《我们不再受骗了》以及他1933年11月15日致姚克的信等。
③ 1925年5月30日致许广平信，见王得后《〈两地书〉研究》中对此信原文的介绍。

看出他给自己划定了一条基本界限，那就是为了维护独立地位和思想自由，他宁愿脱离任何团体。他甚至怕当名人："一变名人，自己就没有了。"① 我能够理解鲁迅这种捍卫独立性的决绝态度，在一个常常并不信赖多数的人眼中，集团活动不可能占有太重的位置。在中国这样长期遭受专制统治的国度里，惟有大勇者才能不畏独战，鲁迅所以每每比别人看得深，一个主要原因，不正在始终坚持独立思考吗？

但是，他看来看去，竟只能找到这种散发着撒旦气味的"任个人"思想，却实在使人悲哀。社会是由复数组成的，也只有靠多数人的力量才能改变，一个有心献身启蒙事业的知识分子，其实是不能对多数失去信心的。何况他自奉是战士，诗人可以特立独行，战士却必须和左右保持一线，越是严酷的时代，社会战场上就越少有独战者自由驰骋的余地。鲁迅肯定没有想到，当他用"任个人"的思想来协调自己逻辑判断和心理感受的矛盾时，这思想却会把他引入另一种客观身份和主观心境的矛盾。他不得不努力去说服自己，不但在整体上遵人民的命，还要在具体的斗争中听团体的令。我可以举出很多例子，证明他的确是竭诚尽心，在实际行动中尽量和别人取同一步骤。但这并不等于他内心就没有踌躇。一旦处境趋于恶化，这踌躇还日渐增强起来。

对北方许多亲身参加过五四运动的青年人来说，20年代中后期是一段不堪忍受的岁月，谁能想到，紧接着新文化运动而来的竟会是那样肆无忌惮的复辟和反动呢？但鲁迅不同，他早已有过类似的经验，从辛亥革命开始，他看够了一幕幕称帝、复辟的丑剧。他必然要把这一次的反动和他过去身经的反动联系起来，甚至和他从古书上读到的那些历史的反动联系起来，结果，他得到的就不仅是强烈的失望，更有深刻的怀疑。对个人来说，历史太广阔了，每个人都只能从自己站脚的地方去打量它，如果不幸置身于停滞甚至倒退的时期，那就非要超越自己才能保持对于历史的信赖。社会也太庞杂了，泛泛地相信历史进步论还比较容易，倘要把这种信念贯彻到对许多具体现象的理解中去，却非有通达的气魄和坚强的理性方能做到。可惜的是，鲁迅那把一切唯事实为重的心理尺度牵制了他，他无法用对进化论的抽象肯定去解释现实黑暗的卷土重来。他固然

---

① 见1927年2月25日致章廷谦信。

不相信历史会倒退,却禁不住对历史的停滞深感沮丧:"试将记五代、南宋、明末的事情的,和现今的状况一比较……仿佛时间的流逝,独与我们中国无关"①。至于"历史如同螺旋"一类的话,更在他笔下多次出现②。当他依着这样的思路去估量民族的精神发展时,那种对于联合作战的深藏的踌躇就剧烈地发展起来了。

从20年代中期开始,先是在私人通信里,接着在公开的文章中,鲁迅接连发出了对一些年轻同伴的激烈指责。当去广州时,他甚至疑心一个学生是密探③。这和他以前对待青年人的那种隐恶扬善,一味鼓励的态度形成如此触目的对照,似乎他是对年轻一代极度失望了。可实际上,他从来就不是一个进化论的虔诚信徒,就像对人民一样,他对青年也有两种不同的认识。在整体上,他相信青年必胜于老年;但对具体的个人,他并不一概而论。还在"五四"运动的高潮时期,他就表示过对北京大学青年们的不满:"学生二千,大抵暮气甚深,蔡先生(指蔡元培)来,略与改革,似亦无大效"④ 心中早就有这样清醒的感受,就是再发现几个青年的机巧和狭隘,他也不至于会震惊到失去常态。所以,倘说高长虹们的确使他失望了,这失望却主要不是对别人,而是对自己,不是对身外原就各个不同的青年,而是对自己那以为可以同他们结伴前行的奢望。既然在中国,历史并不随着时间的流逝而自然进步,那精神上的愚昧状态也就不会随着一代愚民的消失而消失;不但在上辈和同辈人中间,自己当然要背负撒旦的恶名,就是和较年轻的人们在一起,恐怕也还是免不了独战的命运——我很怀疑,鲁迅这时期对高长虹们的激烈反应,正是起源于类似这样的阴郁思路。因为,几乎和这些激烈的反应同时,他那撒旦式的情绪也日渐强烈了。

1925年春天,鲁迅在通信中这样解释自己的思想矛盾:"教我自己说,或者是人道主义与个人主义这两种思想的消长起伏罢。所以我忽而爱人,忽而憎人。"⑤ 在他,这人道主义几乎就等同于"改革国民性"的思想,他正是因为爱人民,才去揭发人民的愚昧。而

---

① 《忽然想到·四》。
② 见《记"发薪"》、《朝花夕拾·小引》和《扣丝杂谈》。
③ 见1926年11月17日致许广平信。
④ 见1919年1月16日致许寿裳信。鲁迅以后还多次说过对青年不能一概而论的话,《野草》中就有。
⑤ 见1925年5月30日致许广平信。

那个人主义，照他的说法就是："要救群众，而反被群众所迫害，终至变成单身"①，正像那憎恨整个社会的"工人绥惠略夫"。鲁迅的这番自况是相当坦率的，他原就对群众的不觉悟抱有矛盾的看法，既痛心于他们的麻木，又怀疑他们是否真的麻木，因此，"人道主义"思想固然贯穿了他的一生，"个人主义"的精灵也很早就跟上了他。他早年的热烈赞扬撒旦，就正是这精灵的第一次作祟。每一次政治文化上的大反动都像催生剂一样助长了它的发展，从1922年冬天他提出的"散胙"论里，就分明可以嗅到浓厚的魔鬼气味②。《野草》中那令人惊心的在旷野上持刃相对的复仇者，那仰天诅咒的老妇人，不都是这精灵的化身么？鲁迅是个极其深沉的人，思路通常都相当执拗。这有助于他养成慎重的习惯，他在说出许多重要看法之前，都经过反复思考；但也使他不容易达到"顿悟"的境界，不会翻然醒悟，紧急转弯。他摆脱不了过去的思绪，社会一点一点填进他心胸的那些"个人主义"的火药，终究要爆炸开来。而20年代中期黑暗压迫的加剧，尤其是高长虹们的不成器，正无异于点燃了引线，在1926年12月的一封通信中，鲁迅就直言宣告："我近来渐渐倾向于个人主义"③ 了！倘说这还是一时的气话，在写于同时候的公开文章里，他更有明确的话在："发表一点，酷爱温暖的人物已经觉得冷酷了，如果全露出我的血肉来，末路正不知要到怎样。我有时也想就此驱除旁人，到那时还不唾弃我的，即便是枭蛇鬼怪，也是我的朋友，这才是我的真朋友。倘使并这个也没有，则就是我一个人也行。"④ 这字里行间对那"酷爱温暖的人物"的轻蔑，难道还不能说明他此时的愤世情绪么？不但自己决心充当遭人厌恶的魔鬼，而且惟那同样"冷酷"的枭蛇鬼怪为真朋友：他25岁时对撒旦的推崇，到这里真正发展到了极致，它不再仅仅是隐约的自许，更似乎包含对社会的公开的绝望了。

鲁迅是为了继续走路才找来"任个人"思想的手杖的，可现在，他那客观身份和主观心境的矛盾竟表现为这样一种危险的警告：倘

---

① 见1925年5月18日致许广平信。

② 在《即小见大》中，他写道："凡有牺牲在祭坛前沥血之后，所留给大家的实在只有'散胙'这一件事了。"

③ 1926年12月16日致许广平。

④ 《写在〈坟〉后面》。

若他一味纵容那些撒旦式的情绪，就势必要坠入绥惠略夫式的绝境①。东方的专制国家容不得撒旦，中国的知识分子也无力充当撒旦，鲁迅虽然以"独战"自解，却毕竟生长在崇尚济世精神的土地上，他离不开自己所属的国家和社会，也无力长久地负载轻视群众的思想重压。他更不是那种愿意进行自杀式袭击的人。因此，同样是为了继续走路，他却又不得不尽力把那根拐杖扔得远远的，免得它绊住自己的腿，照他的话说，就是要除去自身的"鬼气"②。在精神发展的道路上，他似乎是兜了一个大圈子，这是怎样令人悲哀的徒劳！世上本没有现成的路，每个人都必须自己去找；古往今来，茫茫荒野也曾经逼迫人开拓出许多奇险的道路，从通达的一面讲，这逆境亦自有特别的作用。但是，鲁迅那个时代的黑暗却是不可饶恕的，它使鲁迅彷徨得太久了，他似乎找到了出路，却发现前面依然是乱木和杂丛，不得不朝别的方向再作探索——就在这种充满惶惑而屡屡徒劳的探索当中，他耗费了多少天才的创造力！

鲁迅要除去"鬼气"，就必须先解除这样一些困惑：为什么现实的黑暗持久不散，为什么奴隶意识代代相传；长夜似乎远未到达尽头，也就不会有什么光明的使者，可如果这一切都是真的，那我又算是什么呢？在他对社会进步的怀疑后面，紧跟着对自己历史位置的怀疑。大概每个启蒙时代的先觉者心中都会有类似的问号，从历史上看，人们往往是用这样两种方法去对待它：或者以自大的态度无视它，或者修正对历史的概括来解释它。可对鲁迅来说，他的怀疑首先是一种历史的怀疑，不是为了摆脱"个人主义"才去找答案的，他就只能用后一种方法。他这时候了解较多的历史学说是进化论，也就只能主要到它那里去求取支援。

在生物学的意义上，进化论是一种乐观而空泛的学说，鲁迅很快就看出了它的偏颇。但在哲学的意义上，它又是一种通达的学说，它教给人一种思想方法，就是把一切都看作过程，从整体发展的需要来估量个体生存的意义，这似乎正合鲁迅的需要。1925年夏天，

---

① 在这时期，鲁迅不但自己翻译《工人绥惠略夫》，而且不断地谈到他，在离京南下前的最后一次演讲中甚至说，就是几十年以后，"还要有许多改革者的境遇和他相像的"。（《记"谈话"》）

② 早在1924年9月24日致李秉中的信中就谈过类似的话。

他在谈到至少还要奋斗几十年以至好几代的时候说："这样的数目，从个体看来，仿佛是可怕的，……在民族的历史上，这不过是一个极短时期。"① 一年半以后他更明白说："在进化的链子上，一切都是中间物。"② 单用自己的所见，他无法解除那些困惑，于是把它们放到更大的背景前面去审视；执着于个人的感受，只会助长恨世的情绪，那就反过来试着用造物主的眼光看待自己；就事论事太容易导致狭隘性了，惟有事情的前因后果才能显示它的实际价值；不该把自己当作唯一的出发点，最重要的还是整个世界的发展进程。所有这一切的关键就在于转换着眼点，而这正是进化论教给鲁迅的，他依靠这种通达的思想方法，似乎逐渐找到了解除那些困惑的答案。

首先是对于社会发展的一种特别的估计。在大革命失败以后，他多次认为"我们现在正在进向一个大时代"③。但这"大时代"是指什么呢？借用他1933年夏天的话来说是："也如'医学'上的所谓极期一般，是生死的分歧，能一直由此得到死亡，也能由此至于恢复"。④ 原来，这"大时代"几乎就等同于大动荡和大崩溃。他虽然盼望长夜之后是曙色通明，但以自己和不少改革者的亲身交往，他却实在不能肯定后起者必然能走向光明，而从历史上看，旧物的崩溃又哪里都是引来了新生？几乎从辛亥革命结束的时候起，这种极其矛盾的心境就一直向他要求一种对时代的重新估计，一种既能够缓解激愤情绪，又可以避开空洞许诺的估计。而现在，他把视线从结果转向过程本身，把这些年来黑暗的变本加厉统统归纳为一种向转折点发展的趋势，一种介于两个质变的极期当中的量变过程。为了迎接转折点，就有必要忍受黑暗的加剧，现在还没有到达极期，也就不必妄评将来：正是经过这样曲折的思路，他艰难地达到了一种时代评价上的平衡。他是那样急于恢复对历史发展的主动理解，无论怎样悲观的理解都行，只是不能够失去理解。中国知识分子毕竟缺少那种彻底蔑视社会的个人意识，一旦看不清自己遭逢的历史环境，许多人就很容易惶然失措。在这一点上，鲁迅也不例外，他

---

① 《忽然想到·十》。
② 《写在〈坟〉后面》。
③ 见（《〈尘影〉题辞》和《"醉眼"中的"朦胧"》）。
④ 《小品文的危机》。

很清楚,如果不能解除对时代发展的惶惑,那种绥惠略夫式的绝望就会要冒出头来。

恢复了对时代性质的掌握,也就同时恢复了对自己位置的掌握。从 20 年代中期起,鲁迅很少再表现出"五四"时期的那种启蒙者的自信,那种代表新世界的毫不掩饰的自傲了。就在那段认为"一切都是中间物"的文字里,他把自己说成是一个旧垒中来的反戈者,在另一个场合,又比喻成抽了鸦片而劝人戒除的醒悟者。到了 1934 年 8 月,他更在通信中写道:"使我自己说,我大约也还是一个破落户,不过思想较新……"①,这是不是自谦之辞?我却以为,他这样强调自己原属于那个将要灭亡的阶级,其实是另有不得已的深因。他从来就有一种牺牲精神,为了换得民众的觉醒,他愿像《死火》中的死火那样,哈哈笑着坠下冰谷。但随着灵魂里"鬼气"的日益弥漫,他这牺牲的热情却大大减弱了,群众自己宁愿忍受严寒,他又何必向冰车作自杀式的突击?他当然不会就此罢战,仍然勉力去背负黑暗的闸门,但同时,他却必须要找到一种依据,来强制自己继续去充当牺牲。"一切都是中间物"的观点正向他提供了这种依据。既然整个社会还处在向极期的发展当中,奋然而起的就只能是出自这个社会的叛逆;既然自己并非新世界的代表,那和旧世界的一同沉没正是必然的命运,犹如那个向人类告别的影子。这也就像一架梯子,别人踩着它攀上天堂,它自己却永远立脚在地狱当中,在 1930 年给朋友的信中,他就写道:"中国之可作梯子者,其实除我之外,也无几了。"② 这哪里是自谦,他分明引申出了一种历史的必然性,甚至因这种必然性而感到新的自傲。无论原始人的崇拜神灵,还是现代人的信仰科学,其实都意味着对必然性的服从。人的一切自勉之道的精髓也就在这里,如果他能向自己证明这是一件必然的事情,就是再不愿意,他也会勉力去做。鲁迅对自己社会属性的独特判断,实际上就正是这样的一种自勉。他完全称得上是新世界的光明使者,我甚至不相信他没有这样的自觉。他所以偏要那样自贬,不过是想在自己的牺牲观底下,再垫放一块更稳重的基石。

随着对社会进程和个人位置的明确认识的重建,鲁迅对"个人

---

① 1934 年 8 月 24 日致萧军。
② 1930 年 3 月 27 日致章廷谦。

主义"精灵的抑制就进入了最关键的阶段。他一生都在呼唤新世界，先是知识分子中间的觉悟者，后来是新兴的无产阶级，都曾被他看做是新世界的代表。但他毕竟养成了凡事以亲见为实的习惯，不但从对黑暗的感受出发，肯定一切认真要打破这黑暗的力量，也根据他所接触到的那些革命者，来判断他们所属的整个革命。这使他能保持远非一般人所有的清醒，同时也给他带来了远较一般人为重的痛苦，一旦他看到某些革命者的缺陷，或者遭受到他们的攻击，内心的失望就会迅速扩展，每每触发另一些更深刻的怀疑。还在厦门时，他就对身后的队伍产生了戒心："但当发现当面称为'同道'的暗中……从背后枪击我，却比被别人所伤更其悲哀"①；到30年代，更从这种戒心中发展出所谓"横战"的说法。这些议论虽然各有所指，却共同传达出一种深重的痛苦，一种混杂着惶惑的孤立感。我觉得，比起他对历史进步论的怀疑情绪，这种孤立感才是滋生"鬼气"的真正温床。但现在，从对自己"中间物"身份的理性判断中，鲁迅却似乎获得了一把铲除这温床的铁锹。如果自己原就不属于新世界，对那替新世界开道的革命感到不适应，甚至严重的不满和失望，又有什么奇怪呢？在这里，鲁迅借助的仍然是必然性。1927年，他在谈到叶赛宁和梭波里对于俄国革命的失望时说："现实的革命倘不粉碎了这类人的幻想或理想，则这革命也还是布告上的空谈。但叶赛宁和梭波里是无可厚非的，他们先后给自己唱了挽歌，他们有真实。他们以自己的沉默，证实着革命的前行。"② 他甚至生发出一种更广泛的结论：真的知识阶级"永远不会满足的，所感受的永远是痛苦……因为这也是旧式社会传下来的遗物"。③ 一直到左联成立大会上，他还用那两位作家的例子来告诫年轻的同行。这些想法当然都包含着偏颇，他似乎有点把暴力和革命的血污看得过于神圣。但我要说的是另一面，那就是鲁迅这种特别的思路正体现了一种罕见的品质，一种彻底的自我牺牲精神。为了继续充当梯子，他不惜把自己判属给旧世界；现在，为了继续接受那些将从自己肩上攀向高处的年轻人，他更主动把自己的痛苦理解成路中的野草，它的倒伏正说明了革命之足的前行——在现代中国，还有谁能够这

---

① 见1926年11月9日致许广平信。
② 《在钟楼上》。
③ 《关于知识阶级》。

样的？

　　人格并不只属于生物的个人，它产生于环境和个人的相互作用，个人不但主动地吸收来自环境的信息，也在环境的压迫下不断去调整自己的吸收，甚至不妨说，统一的人格正依赖于这两种心理运动的平衡。我们看到，为了避免"人道主义"和"个人主义"矛盾的急剧激化，为了保持继续提笔所必不可少的精神平衡，鲁迅在后半生作出了多大的努力。他无法回避那些导致撒旦式情绪的阴郁印象，也只有极力去调整对这些印象的主观理解，借助于对更大范围的关注来俯视自己的痛苦。他所以说他更多的是更无情面地解剖他自己，就是指的这一点。他居然能如此超越自己，当然是他个人的光荣，但在这光荣背后，却是社会的悲哀。是中国历史的长期停滞将20世纪初叶的先觉者置于孤军深入的危境，是浓厚的现实黑暗迫使他们只有向自身去寻求力量，他们不得不特别发展那种自我分析、自我调整的内省能力，谁要是不能超越自己，谁就难免会走上绝路，王国维就是一个特殊的例子。所以，读着鲁迅那些自我剖示的痛苦文字，我常常不只是感到敬佩，而更感到悲哀，一个稍微正常一些的社会就决不需要如此苛酷的自我磨砺。我因此很怀疑，单靠这些理性的辟解，他能不能长久地压制住内心的"鬼气"。孤军深入的危境固然逼迫他们自我超越，却也同时会促进"个人主义"情绪的发展，他如果真能够驱除绥惠略夫式的绝望，就决不会是仅仅和这种绝望分享同一份后援。除了环境强加给他们理性动机之外，他还靠什么呢？

　　严格说来，理性并不能单独存在，它不但和人的感性反应几乎同时产生，而且即便有一部分后来上升为抽象概念，根柢也还扎在具体的印象当中，因此，任何比较稳定的理性思考，其实都依赖于更深层的心理情绪。人的心理情绪本身也很复杂，越是深邃的心灵，就越可能包容许多彼此矛盾的情感成分，它们分别对理性思维施加不同的影响，甚至能在很大程度上限定一个人理性思维的基本轨道。鲁迅那一系列独特的自勉之论也同样是如此。

　　鲁迅一直保持着对于黑暗的特别的敏感，直到晚年还自称是"爱夜的人"，"自在暗中，看一切暗"[①]。这对他性情的最大影响，就是时时刻刻激发起一种和黑暗誓不两立的憎恨情绪，对黑暗看得

---

① 见写于1933年6月8日的《夜颂》。

越透，就越无法容忍，非反抗它不可！俗话说道高一尺，魔高一丈，就在黑暗以自己的持续性使鲁迅不敢奢望将来的同时，鲁迅却以对黑暗的深察而愈益强化了战斗的冲动。这正是他不妥协精神的特点，他的呐喊常常并非是为了实现某种明确的理想，而就是因为不能容忍眼前的丑恶。他对许广平说："你的反抗，是为了希望光明的到来罢？……但我的反抗，却不过是与黑暗捣乱"①，这虽是气话，却也显露了他经常是处在怎样一种以憎示爱的激愤情绪里。人类历史的曲折发展，迫使人以不同的形式来表达每一种感情。像爱、希望和乐观这一类字眼，决不仅仅等同于"赞美、振奋和雀跃"；每当历史的转折关头，它们倒常常会以相反的形式表现出来，正如同肯定以否定为先导，善以恶为雏型。在我看来，鲁迅对现实的深恶也是如此，它其实代表了他的许多感情，不仅有对历史的深察，更有对将来的希望，在许多时候，还正是这种深恶维持着他的希冀之火："我们所可以自慰的，想来想去……世上的事情可还没有因为黑暗而长存的先例。"② 从这个意义上可以说，憎恨黑暗正是他最基本的心理情绪。

　　这才是鲁迅压制"鬼气"的主要支撑。他所以要说服自己继续呐喊，是因为他不得不继续呐喊，深恶痛绝的感情就像在他心底烧起了一蓬火，把任何颓然而坐的念头都烧得精光。人常常会丧失理智，却不可能摆脱涌自心底的感情，只有这种感情才能最终决定他的心理状态。即使鲁迅想改变那偏重阴暗面的认识习惯，但由于它早已和对黑暗的深恶痛绝互为因果而难以办到。尽管那"个人主义"的精灵非常顽固，但因为有憎恨现实的感情作后援，他最终还是能把它挥赶而去。不仅如此，这种感情还决定了他必然要以怎样的方式去挥赶。既然在他的内心深处，对将来的期望始终没有获得一种明确的寄托物，他也就不会用对胜利的空洞期许来鼓舞自己。他只能从相反的一面努力。强调现在不过是进向"大时代"也好，论证自己牺牲者身份的合理性也好，目的都是一个，就是要激励一种不期速胜，甚至不期必胜的战斗精神，用他自己的话说，就是"绝望的抗战"精神。他这些曲曲折折的理性推论，原来并不全出于历史和社会责任感，在它们前面，分明有那以憎示爱的心理情绪

---

① 1925年5月30日致许广平。
② 《记"谈话"》。

在引路。

1927年夏天，鲁迅在谈到自己的时候说："但我也确有这种的毛病，什么事都不能正正经经。便是感慨，也不肯一直发到底。只是我也自有我的苦衷。因为整年的发感慨，倘是假的，岂非无聊？倘真，则我早已感愤而死了，哪里还有议论。"① 他诚然是未能高寿，但他一生的经历那样坎坷，越到晚年，处境越是变化，却毕竟活到了56岁。他的肺部早有病灶，一位后来给他看病的美国医生甚至认为，他能够活下来简直是奇迹②。对他这样深沉内向的人来说，绝望的抗战尤其是非常损耗心力的，而他居然能艰难撑持近20年，这又靠的什么呢？我不禁想起他早年对撒旦的评语，除了强怒、善战和能思之外，还有一条，那就是豁达③。

1918年夏天，他在给朋友的信中说："历观国内无一佳象，而仆则思想颇变迁，毫不悲观。盖国之观念，其愚亦与省界相类。若以人类为着眼点，……若其灭亡，亦是人类向上之验，缘如此国人竟不能生存，正是人类进步之故也。"④ 这真是达观之极，而且带有浓厚的进化色彩。然而，这达观分明不出自恬淡，而生于峻急，生于极度的悲观，是因为国内无一佳象，才退而求诸人类；是因为韩非之道行不通，才勉为其难学庄周。看看他当时发表的那些呐喊连声的随感录吧，他何尝真能忘怀于国人！也是这一年，他在批评《新青年》中人的过于急切时说："耶稣说，见车要翻了，扶他一下。尼采说，见车要翻了，推他一下。我自然是赞成耶稣的话；但以为倘若不愿你扶。便不必硬扶，听他罢了。……倘若终于翻倒，然后再来切切实实帮他抬。"⑤ 到1928年底，他又再次表达了类似的意思："强聒不舍自然是勇壮的行为，但我所奉行的，却是'不可与言而与之言，失言'这一句古老话。"⑥ 在这里，耶稣和尼采分别代表了鲁迅思想中的两个倾向，也就是他所说的人道主义和个人主义。比较起来，他似乎对尼采的话印象更深。他常常对人称述这段话⑦。

---

① 《略谈香港》。
② 见A.史沫特莱《记鲁迅》，并可参见鲁迅的《死》。
③ 见《摩罗诗力说》。
④ 见1918年8月20日致许寿裳的信。
⑤ 《渡河与引路》。
⑥ 《关于翻译的通信》。
⑦ 见周遐寿《鲁迅的故家》。

从他在散文诗《复仇（二）》中，把耶稣置于那样一种反遭强盗讥消的窘境，也可以看出他的确对救世主的有效性深感怀疑。因此，他有时候就以个人主义的态度去实践人道主义：对昏睡的大众，喊是要喊的，但你硬不肯起来，我也就不再枉喊，屠刀自会教训你；对狺狺的叭儿，骂是要骂的，但如果一味纠缠，那也大可不必，他在晚年甚至说，倘专与此辈理论，真可以"白活一世"①。这又是另一种逼出来的达观，它的来源和他1918年对国家概念的贬低正好相反，那其实是因为把政局的败坏看得太重，现在却是由于对庸众的轻蔑日益增加。

有位同时代作家曾经把鲁迅的达观和庄子哲学联系起来②，鲁迅自己也说是中了庄周的毒，有时候随随便便③。其实他并不是一个秉性达观的人。要想在遇到不快的时候想得开，首先就得淡化爱憎感情，倘若怒不可遏，那是无论如何也达观不起来的：可光是这一条，鲁迅就做不到，他正是一个常常怒不可遏的人。老庄的清心寡欲完全不符合他的处世态度，他屡次叹息中国缺少"好事之徒"，就说明他自己的济世意识有多么强烈。他并不适于达观，却不能不达观，他经常怒不可遏，却又不得不遏——这才是他那些达观之论的真正起因。出于峻急也罢，出于自重也罢，根子都还在现实的逼迫。当发现自己深恶痛绝的黑暗还将长存于世的时候，当那势在必得的敌垒居然久攻不克的时候，单是为了保持信心，他也不得不极力达观。对不利的局面看得越清，就越容易消除急躁；碰多了钉子，知道理想和现实一定有距离，也就自然会减少激愤：他要稳定自己的斗志，的确也应该求助于达观。不是发自恬淡通脱的天性，而是出于自我保护的本能，不是爱憎之心的对立物，而是它的派生物——这才是鲁迅的达观。

除了生存欲望，爱憎大概是人身上最基本的情感了，可恰恰在这种情感的发展上，鲁迅几乎丧失了自由。他不敢舒展自己的心灵之翼，不敢在感情的领域里纵意驰骋。仿佛他灵魂里聚压着太大的感情能量，无论他释放出哪一股来推动自己，它都有可能迅速膨胀而失去控制，他不得不一面发散它，一面又极力去约束它。他对

---

① 见1934年6月2日致郑振铎信。
② 郭沫若曾经写过《鲁迅与庄子》一文。
③ 《写在〈坟〉后面》。

"任个人"的思想是如此,对憎恨黑暗的感情也是如此,他在这种感情的支持下成功地压制住了"鬼气",却又不得不违心地用达观来缓解它的强度。其实,精神矛盾激化的真正表现并不都是分裂和崩溃,这矛盾越深刻,它倒越可能表现为相反的情形,不是白热化的尖锐冲突,而是迅速向对立面转化,因为当一种情绪发展到极端的时候,往往只有这种转化才可能使它继续维持下去。黑暗社会那样猛烈地摇撼鲁迅的灵魂,他的全部感情细胞都长期地高度兴奋,仿佛一架全速运转的机器,没有间隙,没有停顿——这就势必产生一连串理智上的自我调整,一连串心理感情的互相补充,否则机器就无法继续运转。事实上,鲁迅对"鬼气"的全部压制,他那一系列从理性思考到心理情绪的自我平衡,就都是这种互补作用的体现。但这是怎样痛苦的互补!它意味着理性的"自噬",更意味着感情的变形,为了坚持"绝望的抗战",他付出的代价是太重了!

我们看到了一系列非常独特的精神品质和心理活动,它们是在那个时代的其他知识分子身上绝少能看到的。虽然,它们都带有明显的偏颇。就那种从病态的精神现象去把握世事的习惯,我们可以指出鲁迅毕竟把"国民性"看得太重,造成了不少额外的失望和激愤。就那种以撒旦自命的"独战"思想,我们又可以惋惜他过于匆促,竟未能选取到更合适的精神武器,他后来的行为就证明了,他其实并不真能够睥睨社会。就他那些据以自辟的历史观和牺牲论,我们更可以挑出许多牵强的成分,不但"极期"的说法本就和现代人类的历史演变不相符,他对自己历史位置的挪动也表明他的情绪有时是过于阴郁了。最后,就他那深恶和达观互相补充的心理情绪,我们也不免要感到担心,无论从哪一头看,它们都似乎和绝望的情绪相去不远。但是,这些独特的精神现象却是真正属于鲁迅,也真正能够证明鲁迅的东西。和他对于现实人生的公开姿态相比,这些深藏的内心矛盾才最清楚显示了他对真理的独特的苦苦追求,显示了他那非同寻常的伟大人格。

说到追求真理,人们往往会想到鲁迅早年如何相信进化论,晚年又怎样赞同历史唯物主义。但这并不等于他对真理的全部追求。广义地讲,真理是几乎和宇宙相等的一种范畴,它远远超越人类,如果要整个掌握这样的真理,那也许是应该系统地接受一种哲学。但鲁迅的目标却没有这样堂皇,他不是那种胸怀宇宙的哲人,他仅仅是要查清现实黑暗的根源。因此,他虽然也要到现成的理论当中去寻找答案,却无心也无暇去充当这些理论的信徒。随着他对实际社会的观察日益深入,他势必会发现所有的现成答案都有片面性,必须不断地怀疑和纠正,他才可能继续保持对现实的洞察感,那正是夜烛已经燃尽,熹光却还微薄的昏暗时代,即使他找到了最先进的社会思想,要用来解释中国的漫长历史和黑暗现实,也还要经过一个艰难的适应过程。因此,他对真理的追求就不可能仅仅表现为从一种信仰向另一种信仰的递增,而是表现为从一种困惑向另一种困惑的深化。历史发展的曲折性早已表明,人的精神之树不但总是依赖于希望和信心之水的浇灌,它也要从失望和怀疑的土壤中吸取养料。而无论是鲁迅追求真理的实际动机,还是他遭遇到的时代环境,都决定了他的精神发展常常是属于后一类。他那些深刻的内心矛盾正像是一座座依次而立的路碑,清楚地标示出他对真理的追求已经达到了怎样深入的地步。

  但还不止于此。鲁迅寻找对现实的解释,为了改变这现实,在他,追求真理不只是一种思索,更是一种行动,因此,他那些心理活动本身是否正确,这并不重要,重要的是它们背后的动机,他为什么会有这些心理活动——正是在这里,我们触到了鲁迅身上最为特别的品质。他比那个时代的许多知识分子都更多地承受了那种先觉者的苦痛,在某种意义上,他简直是现代中国最苦痛的灵魂。但是他没有因此就停顿不前。当理性思考不足以支撑自己的时候,他就更多地依靠自己的人格,动员起全部的感情、气质和精神习惯,以整个灵魂来铸造呐喊的文字。这就是"绝望的抗战"的真正涵意,它表现的主要不是一种用理论装配起来的勇气,而是一种由心理情绪凝聚而成的意志。这就是那些自辟之论的意义所在,它们并非是体现了一副睿智的思辨头脑,而是显示了一种知其不可为而为之的人格力量。自近代以来,中华民族一直在寻找自我复兴的道路,尽管经常会误入歧途,陷进迷雾,步履踉跄,却总在不停地向前走去。使人深感遗憾的是,直到今天,我们还没有见到一种独创的历史哲学,或者一部伟大的艺术作品,能够深刻地概括我们民族的这种悲壮的历史命运。但从鲁迅的人格当中,我们却似乎看到了这种命运的投影,一个虽然缩小,但却极其真实的投影。正是它赋予了鲁迅不朽的光荣。那些被乐观估计鼓舞着蜂拥上阵的信徒并不能特别赢得今天的敬意,但一个凭人格力量向黑暗突击的战士却真正令人起敬。在前一种情况下,大多数人都能够气昂昂奋然前行,但遇到后一种情况，就有不少人会要退缩不前，"绝望的抗战"——我们中间有多少人能够长期承受这样的苦斗？一想到这些，我总忍不住要对自己说，仔细看看吧，这才是伟大的鲁迅！

（原载《未定稿》1985年第19、20期）

历史的"中间物"与鲁迅小说的精神特征

汪　晖

引言　关于镜子：从政治革命到思想革命

　　《呐喊》和《彷徨》的研究经过半个多世纪的发展逐渐形成了一种以"镜子"理论为基础的研究模式。作为现实主义文学的经典作品，鲁迅的25篇现代题材的短篇小说的整体性被理解为它们对中国近代社会各个生活领域的整体性反映，即社会生活固有的有机联系，把鲁迅小说联结为不可分割的整体。根据研究者对"五四"前后中国社会矛盾的不同理解，同时也根据他们对鲁迅及新文化运动者观察社会的独特角度的各自认识，《呐喊》《彷徨》的史诗性质或整体意义经历了一个从"中国革命的镜子"（主要指政治革命和阶级关系变动）到"中国反封建思想革命的镜子"的理解过程。这种认识的发展的深刻意义将在中国现代化进程，尤其是中国人的观念、思想、价值标准的现代化进程中逐渐体现出来。

　　用社会生活的有机联系的观点理解鲁迅小说的整体意义，这是《呐喊》《彷徨》研究取得巨大成功的关键。但是，这种研究模式的弱点恰好也在：它把鲁迅小说的整体性看做是文学的反映对象的整体性，即从外部世界的联系而不是从内部世界的联系中寻找联结这些不同主题和题材小说的纽带。"镜子"模式难以从内部提供《呐喊》《彷徨》作为同一创作主体的创造物所必须具备的统一基调和由此产生的语气氛围，也没有追寻到任何一部艺术史诗固有的内在精神线索及其对作品的基本感情背景和美学风格的制约作用。换言之，鲁迅小说不仅是中国近现代社会这一外部世界情境的认识论映象，而且也是鲁迅这一具体个体心理过程的总和或全部精神史的表现。在"镜子"模式中，研究者注意到鲁迅对中国社会的理性认识在小说中的体现，也注意到鲁迅某种精神状态对某些具体作品的影响，但其意识中心却在民主主义的各种内涵如人道主义、个性主义在这些小说中的或积极或消极的作用。鲁迅小说作为作家心理史的自然展现,必须具有贯穿始终的精神发展线索——这是"镜子"模式完全忽略了的。

忽视鲁迅小说的内部联系或内在精神线索的研究,这实际上不仅是一个文学的认识模式问题,还涉及如何认识和研究作为历史人物的鲁迅这一总体问题。围绕毛泽东同志提出的文学家、思想家、革命家这三个方面,研究界逐渐把目光集中在鲁迅对社会生活的认识历史和伴随这种认识历史而发生的与中国革命的联系方面,这一研究体系的核心是鲁迅历史观的内涵、性质、意义、发展及其在作品中的表现。鲁迅作为中国近代社会的一位历史的和文化的巨人形象在这一研究体系中得到了深刻的阐发。但是,这一研究体系很少注意研究鲁迅的自我认识历史(或者说内部精神史),即或论之,也是把它放在鲁迅对外部世界的认识史中说及。自我的认识史是关于自我与现实的关系的认识过程,与对外部世界的认识史是相互联系、相互深化但又具有各自特点和规律的认识过程。就鲁迅小说而言,鲁迅对中国社会传统和现实的理性认识决定了这些小说达到的思想高度,而他对自我精神史的认识过程却决定了作品的总的基调和内在发展线索。忽视了对鲁迅的自我认识史的研究,也就必然忽视了鲁迅小说的内部联系。

对鲁迅小说整体意义的内部把握当然不是一篇论文所能解决的。这篇文章将论述鲁迅作为历史"中间物"的客观地位,尤其是鲁迅对这种"中间物"地位的自我认识过程及其在小说中的自然展现,追寻鲁迅小说的内在精神特征和发展线索,以及由此产生的基本感情背景和美学风格的演变。

"中间物"与中国社会的现代化进程

罗曼·罗兰把高尔基称为联系着过去和未来、俄国和西方的一座高大的拱门。鲁迅也曾把自己看作是"在转变中"或"在进化的链子上",的历史"中间物"[①]。但这种相似的表述实际上却体现着

---

① 鲁迅明确提及"中间物"一语是在《写在〈坟〉后面》(《鲁迅全集》第一卷,第286页)一文中,当时论及的是白话文问题。他认为自己受古的"耳濡目染,影响到所做的白话上,常不免流露出它的字句体格来",因而把自己及新文化运动者看作(转下页)

完全不同的心理内涵。罗曼·罗兰的比喻象征着高尔基的生命同旧世界灭亡和新世界在暴风雨中诞生这一伟大时代的历史联系，充满了豪迈和乐观的激情。鲁迅的自喻却是一种深刻的自我反观，历史的使命感和悲剧性的自我意识，对人类无穷发展的最为透彻的理解与对自身命运的难以遏制的悲观相互交织。"在有些警觉之后，喊出一种新声"的先觉者的自觉，"从旧垒中来，情形看得较为分明，反戈一击，易制强敌的死命"的叛逆者的自信，与"仍应该和光阴偕逝，逐渐消亡，至多不过是桥梁中的一木一石，并非什么前途的目标、范本"的自我反观和自我否定，构成"中间物"的丰富历史内涵。这无疑是一种鲜明对比：罗曼·罗兰把历史的发展同作为历史人物的高尔基的价值肯定相联系，而鲁迅却把新时代的到来与自我的消亡或否定牢固地拴在一起。

不能忽视这一深刻的历史差别，它一方面反映了处于历史的和文化的"断层"中的中国知识分子复杂的内心状态，同时也是中国现代化进程的内在矛盾的心灵折光。当我们考察包括鲁迅在内的中国先觉知识分子的思想状态时，必须注意中国社会现代化进程的独特性：这一进程不是在这个封闭性的传统社会内部逐步产生，而是在外部世界的刺激下首先在一部分先觉知识分子的意识形态领域中开始的。当鲁迅从文化模式上、用人的观点研究西方社会自路德宗教改革运动到法国大革命、从 19 世纪工业革命到 20 世纪重个人和精神的现代化进程时，整个中国社会在各个方面实际上都还缺乏进入"现代"的准备，因此，鲁迅等先觉知识分子在西方文化模式影响下形成的现代意识与传统社会之间存在着无法调和的整体性对立。中国革命资产阶级首先在政治解放中寻求消灭这种对立的途径，但辛亥革命的失败立即证明了："政治解放的限度就表现在：即使人还没有真正摆脱某种限制，国家也可以摆脱这种限制，即使人还不是

(接上页)是"不三不四的作者"和"应该和光阴偕逝"的"中间物"。但实际上，这种"中间物"思想是和他对自身与传统的联系的认识相关联的，其意义远远超出文字问题；正如他在论述"中间物"时说的，"就是思想上，也何尝不中些庄周韩非的毒，时而很随便，时而很峻急"，这种深刻的自我反省显然已涉及整个人生态度和对自身的历史评价。联系同文中所说的"我的确时时解剖别人，然而更多的是更无情面地解剖我自己"等思想，我认为"中间物"一语包涵着鲁迅对自我与社会的传统和现实之间的关系的深刻认识。鲁迅在《我们现在怎样做父亲》《两地书·二四》《影的告别》《墓碣文》等许多文章和作品中都曾表述过类似的思想，只是没有用"中间物"一语而已。由于"中间物"一语比较恰切地概括了鲁迅在这些作品中表述的思想，我借用它来作为文章的题目。

自由人，国家也可成为共和国。"① 所谓文化"断层"中的"中间物"的涵义就在于：他们一方面在中西文化大交汇过程中获得现代意义上的价值标准，另一方面又处于与这种现代意识相对立的传统文化结构中；而作为从传统文化模式中走出又生存于其中的现代意识的体现者，他们自觉或不自觉地对传统文化存在着某种联系——这种联系使得他们必须同时与社会和自我进行悲剧性抗战。鲁迅在中国现代文学史上的不可替代的大师地位，部分地应归因于他对凝聚着众多历史矛盾的"中间物"意识的自觉而深刻的感受。当我们把鲁迅小说放在乡土中国走向现代中国、封闭社会走向世界文明的总体文化背景上时，我们发现，《呐喊》《彷徨》展示的正是"中间物"对传统社会以及自我与这一社会的联系的观察和斗争过程。

意识到自身与社会的悲剧性对立以及由此产生的孤立处境，并不足以形成主体的自我否定理论，相反倒会产生自我肯定的浪漫主义精神。罗素精辟地指出："孤独本能对社会束缚的反抗，不仅是了解一般所谓的浪漫主义运动的哲学、政治和情操的关键，也是了解一直到如今这运动的后裔的哲学、政治和情操的关键"②，20世纪初年，早期鲁迅在欧洲近代哲学和西方浪漫主义文学的影响下，把自我发展、个性张扬宣布为社会变革发展的根本途径和伦理学的基本原理，他对物质、民主、众制、大群和独夫的反叛都可以在他关于"自我""个性""个人""主观"的论述中找到解释。这种强烈的个人意识正是把自身从愚昧的现实存在中独立出来的结果；与社会传统的整体性对立不是削弱，而是加强了孤独战士作为人类历史现代化进程的体现者的自信和力量。鲁迅对卢梭、尼采、施蒂纳、拜伦、易卜生等个人主义大师们的推崇恰好体现出他那孤独而又自信的浪漫主义精神和英雄主义气质。

只有意识到自身与社会传统的悲剧性对立，同时也意识到自身与这个社会传统的难以割断的联系，才有可能产生鲁迅的包含着自我否定理论的"中间物"意识。经过十年沉默的思考，《呐喊》《彷徨》时期的鲁迅反复地谈到"坟"和"死"、"绝望"与"希望"、"黑暗"与"光明"等主题，这些主题就其潜在内涵而言无不与对自身灵魂中的"毒气""鬼气"和"庄周韩非的毒"的自我反观相

---

① 《马克思恩格斯全集》第一卷，第426页。
② 罗素《西方哲学史》（下册），第222页。

联系。相对于早期的与社会传统的分离意识和浪漫主义的孤独精神，20年代鲁迅却再一次把自己与传统相联系，从而产生第二次觉醒：独立出来的自我不仅不是振臂一呼应者云集的孤独英雄，而且实际上并未斩断与历史传统的联系；自我的独立意识仅仅是一种意识。正是以这第二次觉醒为起点，鲁迅的"中间物"意识，尤其是其中的自我反观、自我解剖、自我否定理论才得以建立。《墓碣文》中所表现的"抉心自食，欲知本味"的令人"不敢反顾"的自我解剖，只有在主体认识到传统的落后而自身又难以摆脱这落后的传统之后才可能产生。"影"不仅把自己看成是"黑暗"与"光明"之间（历史的断层）的"中间物"，而且以这种自我反省为基础，他把"光明"的到来与自我连同"黑暗"的毁灭联系起来（《影的告别》）。很明显，同样地呈现出历史的孤独感和寂寞感：早期思想更接近于拜伦、易卜生等作家笔下的孤立的斗士，孤独感和寂寞感来自对自我与社会的分离并高于社会的自我意识，充满着先觉者的优越感和改造世界的激情，而20年代鲁迅的孤独感和寂寞感却更多地来自意识到自身与历史、与社会、与传统的割不断的深刻联系，即意识到在理性上与社会传统对立的自我仍然是这个社会的普通人，从而浸透着一种中国现代知识分子特有的"原罪感"（即如狂人所谓"有了四千年吃人履历的我"的自省）和由此产生的蕴涵丰富的悲剧情绪。

由于鲁迅不仅把自我（知识者）看做是社会传统的异己力量，而且同时也注意到这种异己力量与社会传统的悲剧性联系，因此觉醒的知识者的"孤独本能"并没有产生浪漫主义文学中超越整个社会伦理和行为规范的"孤独英雄"及其反社会倾向，相反，倒产生了挣扎在社会伦理和行为规范中的、具有改革者和普通人双重身份的寂寞的知识分子，以及他们对社会传统的细致观察和理性审视。正是在这个意义上说，鲁迅的"中间物"意识的确定，即第二次觉醒，从总体上改变了早期鲁迅浪漫主义的精神气质，并成为他的"清醒的现实主义"文学创作的起点。"中间物"这个概念本身就意味着众多现实矛盾的凝聚：觉醒知识者与封建统治阶级、与不觉醒群众、与自我的复杂矛盾都可以从中找到解释。作为一种基本的人生观念，鲁迅的使命感和责任感、悲剧感和乐观主义都是"中间物"的历史地位和基本态度所决定的。因此，如果把鲁迅小说看做是一座建筑在"中间物"意识基础上的完整的放射性体系，我们将能更深入，也更贴合鲁迅原意地把握鲁迅小说的基本精神特征。

"中间物"的精神特征及其心理发展

鲁迅小说不仅是对近代中国的社会生活和精神体系的认识论映象，而且也是鲁迅作为历史"中间物"的心理过程的全部记录。这种"中间物"意识在一定意义上又是我们民族在现代意识觉醒过程中的全部精神史的表现。鲁迅小说作为一个完整的系统包含着两个层次体系：比较外部的层次体系乃是对近代中国各个社会生活领域和传统精神体系的认识论映象，而更深的层次体系则是鲁迅（一定程度上也是中国现代进程的最初体现者）在感受社会生活时表现出的内部精神系统或内部趋向；这种内部趋向首先体现为对被反映的现象的评价，而小说的基调或总的情绪则是这种评价的最高结果；同时，当鲁迅从文化模式上，用人的观点观照乡土中国的社会生活和历史传统时，他不仅把自我作为反映者，而且把自我同时作为被反映者，因此，他的精神特征和心理过程已不只是回荡在鲁迅小说中的一种情绪和音调，而且像血液一样流淌在某一类人物的血管里，从而使得这群在不同时空中活动的、具有各自个性特点的人物拥有了某种与作家相一致的精神特征；如果我们把这些人物在不同情境中产生的心理状态加以综合的考察，那么，它们又构成了一个贯穿鲁迅小说的完整的、动态的心理过程。正是在此意义上，我把鲁迅小说中那些兼有改革者与普通知识分子双重身份的精神战士（即"中间物"）的孤独、悲愤，由爱而憎，终至趋于复杂的心理过程看做是《呐喊》《彷徨》的内在精神线索。

狂人、夏瑜、N先生、吕纬甫、疯子、魏连殳和《头发的故事》《在酒楼上》《孤独者》《故乡》《祝福》等小说中的"我"，显然是个性各异、生活道路也不相同的人物。但从作品正面、侧面或隐含的内容来看，他们都经历了从传统的地面升到理性的天空，而后又从个人的自觉状态转向现实的运动的过程。在这个螺旋过程中，他们几乎无一例外地从自我的觉醒和与传统的分离开始，经由对外部世界即现实社会结构和传统伦理体系的观察、反叛和否定，最终又回归到自我与现实传统的联系之中，从而达到自我否定的结论。即便个别人物，如夏瑜，未及走完这一心灵历程，渗透在作品中的作家的精神却同样完成了这一精神之圈。这个过程实质上是现代观念的体现者与传统观念支配下的社会结构的斗争和失败的过程，变革社会的改革者的激情与对自身悲剧命运的深切体验,构成了这一过程的基本调子。这种使命感与悲剧感互为因果、相互并存的精神结构来自他们对历史必然要求的深刻理解和意识到自身难以成为这种历史必然要求的胜利的体现者的痛苦感受,或者说,这种特殊的精神结构建立在主体的,"中间物"意识的心理基础上。

作为历史的"中间物",他们第一个共同精神特征便是这种与强烈的悲剧感相伴随的自我反观和自我否定。《狂人日记》包含着狂人对社会的发现和改造与对自我的发现和否定的双向过程。狂人在"月光"启示下的精神觉醒以及由此产生的社会审视和历史发现,必须以意识到自身与现实世界和历史传统的对立和分离为前提。但一当他以独立于旧精神体系的新观念去改造或"劝转"旧体系中的人,他就必然或必须重新与这个旧体系及其体现者发生联系;这种联系的逻辑结论就是"我是吃人的人的兄弟!"由此,狂人的自我反观达到了自我否定:"有了四千年吃人履历的我,当初虽然不知道,现在明白,难见真的人!"这种自我否定是"中间物"的自我否定,它以"真的人"是"没有吃过人的人"和"我是吃过人的人"这两个基本判断为前提。《药》对社会生活尤其是老栓们的精神状态的客观描绘和理性审视的过程,同时也是先觉者对自身的行动价值、自身的悲剧命运和自身与社会的联系的深刻的自我反观过程。但这一自我反观过程不是通过具体人物夏瑜的心理发展来表现,而是作为鲁迅的内心感情渗透在小说独特的艺术结构和描写中。小说以人血馒头为连接点,同时推动"群众的愚昧"与"革命者的悲哀"两条线索;这两条线索从分离状态到合二为一状态的发展过程,同时也是改革者(既是夏瑜,也是鲁迅)从独立于现实传统的自我意识高度审视现实、进而把自我与现实联系起来观照的过程,因此小说前三章的描写基调是严峻和憎恶,其心理前提是自我与描写对象的对立状态;而第四章的描写基调却是悲凉和苍凉,其心理前提却是自我与描写对象的无法割断的联系。那并列的双坟和两位母亲的相似内心状态,把革命者的世界与传统的世界联系成一片,整个场面浸透着的那种"悲哀"最深刻地体现了作家对改革者命运的反观。而小说的悲剧感也在这种"悲哀"之中得到了最终的表达。

如果说《呐喊》中狂人、夏瑜是在积极的、正向的历史行动中体现了某种反向意识,那么《彷徨》中吕纬甫、魏连殳却在消极的、反向的行动中呈现了某种自我否定的心理。《在酒楼上》与其说是表现知识者精神的颓唐，倒不如说是表现知识者对这种精神状态的自我反观和自我否定。吕纬甫把自己说成是"绕了一点小圈子"的"蜂子或蝇子"，"深知自己之讨厌，连自己也讨厌"，其衡量生活的价值标准显然是一种与整个历史进程相一致的现代意识。因此吕纬甫在更深的心理层次上体现了历史的正向要求，而这一点却往往为人们所忽视。孤独者魏连殳在当了"顾问"之后，反复诉说自己的"失败"，"自己也觉得不配活下去"，请求友人"忘记我罢"；这种痛苦呻吟与吕纬甫的自我反视和自我否定完全一致，都体现了知识者对历史进程和新的价值标准的深刻理解和意识到自身与这一进程和价值标准的背离的心理矛盾。其实，魏连殳以及狂人、疯子的"孤独"和"决绝"始终包含两个层次：其一体现为他们与现实的关系，即孤独的历史处境和面对这种处境的决绝的战斗态度；其二则体现为他们对"孤独"和"决绝"的人生态度的强烈而敏感的自我意识——这种孤独感和决绝感显示着意识到自身与传统的联系和与未来的脱节的悲剧精神。正是从这种悲剧精神中，我们找到了狂人、夏瑜与魏连殳、吕纬甫的不同形态的心理现象中贯穿着的那种内在精神完整性：这种心理现象都是"中间物"紧张的心灵探索的表现。

作为历史的"中间物"，他们的第二个共同精神特征是对"死"（代表着过去、绝望和衰亡的世界）和"生"（代表着未来、希望和觉醒的世界）的人生命题的关注；他们把生与死提高到历史的、哲学的、伦理的、心理的高度来咀嚼体验，在精神上同时负载起"生"和"死"的重担，从而以某种抽象的或隐喻的方式表达自己的"中间物"的历史观念。《呐喊》和《彷徨》把"生"和"死"看做是互相转化、而非绝对对立的两种人生形式。当狂人把"被吃"的死的恐怖扩展到整个社会生活领域时，他就从"死"的世界中独立出来获得了"生"（觉醒）；但当他从"生"者的立场去观察世界和自我时，他就发现"生"的"我"与"死"的世界的联系，从而又在"生"中找到"死"（吃人）的阴影。日本学者把狂人的死称为"终末论"的死（即在必死中求生）。认为"小说主人公的自觉，也随着死的恐怖的深化而深化，终于达到了'我也吃过人'的赎罪的自觉高度"[1]，这确是深刻之论。《孤独者》"以送殓始"，"以送殓终"

---

[1] 伊藤虎丸：《〈狂人日记〉——"狂人"康复的记录》。

的结构体现了深刻的哲学意味和象征意义。"以送殓始"意味着祖母的死并非一个生命的终结,而是以"死"为起点的一个旅程的开始。仿佛原始森林中回荡着的、越来越密集的鼓点纠缠着琼斯皇,埋葬在连殳灵魂中的祖母以一种无形的力量决定连殳的心理状态和命运。祖母,作为全部旧生活的阴影,象征着连殳与传统的割不断的联系。"我虽然没有分得她的血液,却也许会继承她的运命。然而这也没什么要紧,我早已预先一起哭过了……"连殳终于逃不脱"亲手造成孤独,又放在嘴里去咀嚼的人的一生"的命运之圈。生者无法超越死者,他生活在现在,又生活在过去;死者无法被真正埋葬,他(她)生活在过去,又生活在现在。生者与生者的隔膜映衬着生者与死者的联系,生者与死者的联系决定着生者与生者的隔膜——孤独者的全部心理内涵都隐藏在这联系与隔膜的两极之中。连殳的大哭是给死者送葬,又是为生者悲悼;而他死后的冷笑既是对过去的生活的嘲讽,又是对现在的生者的抗议。生者与死者在"死一般静"中变得无法分辨,而"我"却在无声之中听到了过去的生者的狼嗥和现在的死者的冷笑,于是挣扎着、寻找着走出死亡陷阱的路。在这里,"以送殓终"同样不是一个结局,而是一个漫长而艰辛的旅程的开始。历史,就这样一环套一环地无穷演进着。"我的心地就轻松起来,坦然地在潮湿的石路上走,月光底下。"鲁迅沟通了死与生的界限,把绝望、虚无、悲观与希望、信念、乐观揉合在一起,用沉重的音符奏响着历史发展的乐曲——像《药》中坟头(死)的花环(生)一样,深刻地揭示着"绝望之为虚妄,正与希望相同"的道理。这种生死共存而又互相转化的观念正是"中间物"意识的集中表达。

作为历史的"中间物",他们的第三个共同精神特征是建立在人类社会无穷进化的历史信念基础上的否定"黄金时代"的思想,或者说是一种以乐观主义为根本的"悲观主义"认识。狂人、疯子、魏连殳等人的孤独、决绝的精神状态和交织着绝望与希望的内心苦闷都以情绪化的方式体现了这种思想或认识,但更为明确的表达却在《头发的故事》中:

> 我要借了阿尔志跋绥夫的话问你们:你们将黄金时代的出现豫约给这些人们的子孙了,但有什么给这些人们自己呢?

N先生的愤激的反问与鲁迅在《娜拉走后怎样》《影的告别》《两地书》等作品中表达的关于"黄金时代"的思想完全一致，包含着两个层次的内容。比较外在的层次是对无抵抗主义的否定，《工人绥惠略夫》《沙宁》等小说对托尔斯泰主义和基督教的批判是其直接的思想渊源①。在更深的层次上，这种否定"黄金时代"的思想又扩大为对人类历史过程的认识，成为历史进化观的一种独特表述。鲁迅摒除阿尔志跋绥夫用人的自然本能解释历史过程的方法，又把这位俄国作家关于历史发展相对性的思想抽象出来，认为历史是一个辩证发展的过程，从而"推翻了一切关于最终的绝对真理和与之相应的人类绝对状态的想法"。②不错，狂人也呼唤过"真的人"，和"容不得吃人的人"社会，但这一"理想"并无绝对意义。按照狂人的历史观念，从"野蛮的人"到"真的人"乃是一个经历无数"环"的无穷进化的锁链，"真的人"作为这一锁链上的较高级的一环，同样只具有相对意义。"我知道的，熄灭了也还在……然而我只能姑且这么办"——把扑灭长明灯作为唯一意念和要求的疯子并不把长明灯的熄灭看作是完美的理想。由于N先生等知识者是从"中间物"的角度看待历史发展，在他们否定"黄金时代"的思想中包含着自我否定的思想（即便有"黄金时代"，我也不配），因而在表述过程中不免浸渍着沉重的音调。但诚如高尔基论述莱蒙托夫时所说，这种"悲观主义是一种实际的感情，在这种悲观主义中清澈地传出他对当代的蔑视与否定，对斗争的渴望与困恼，由于感到孤独、感到软弱而发生的绝望"③。知识者把自己看做是过渡时期的"中间物"，只不过是要求把在他们内心已经诞生的新的社会原则和价值标准，即把未经真正属于未来的阶级或人们实行、只是作为社会的否定结果而体现在他们灵魂深处的东西。提升为整个社会的原则。

　　由于"中间物"的精神特征反映了作家观照现实和自我时的基本人生态度，因而它实际上奠定了《呐喊》《彷徨》的基调：这是一曲回荡在苍茫时分的黎明之歌，从暗夜中走来的忧郁的歌者用悲怆、凄楚和嘲讽的沉浊嗓音迎接着正在诞生的光明。鲁迅以向旧生

---

① 参看拙作《略论"黄金世界"的性质——鲁迅与阿尔志跋绥夫观点的比较分析》，见《鲁迅研究》1984年第二期。
② 《马克思恩格斯选集》第四卷，第213页。
③ 高尔基：《俄国文学史》，第285页。

活诀别的方式走向新时代，这当中不仅有深刻严峻的审判和热烈真诚的欢欣，而且同时还有对自身命运的思索，以及由此产生的既崇高又痛苦的深沉的悲剧感。

"基调是作为一种完整的统一体的文学作品所固有的"，但它"不仅不排斥，而且还必须以文学作品中存在各种不同的调子为前提"①。就鲁迅小说而言，决定其基调的"中间物"的精神状态不仅是一种十分复杂的现象，而且伴随"中间物"与社会生活的关系的发展，这种精神状态又呈现为一个动态的过程。如果把狂人、夏瑜、N先生、吕纬甫、疯子、魏连殳等人的各自独立的心理状态看做是体现在时间上间断与不间断的辩证统一过程，那么我们就会发现这种动态过程主要是在改革者与群众的相互关系的发展中形成的：群众对觉醒知识分子的态度决定了"中间物"在社会改造中的心理状态和精神生活的强度，而这种心理状态和精神生活的强度又重新调节或改变着知识者对群众的态度。鉴于知识分子主题和群众（主要是农民）主题在《呐喊》《彷徨》中的贯穿始终的中心地位，我把改革者与群众的关系视为鲁迅小说的中心线索，把伴随这一线索的发展而发展的改革者的心理过程看做是决定小说基调演变的内在感情线索。

鲁迅小说对于中国社会的历史、现实和未来的思考，正是从先觉者与"庸人世界"，尤其是与群众的关系的独特发现和感受开始的。《狂人日记》通过狂人的怪诞目光，把历史书上的字、统治者的眼色、群众的脸色幻化为一种"吃人"的"怪眼睛"，用象征和隐喻的方式在先觉者的心理发展中体会自身命运与这三者的关系，从而揭示了奴隶世界的吃人原则与奴隶主的"仁义道德"的内在联系，发现了"真的人"即富于自觉精神的个性与丧失这种"个性"的奴隶亦即尚未变成"人"的"虫子"的对立，并萌发了思想革命——"你们立刻改了，从真心改起！"的要求。因此，《狂人日记》的意义不仅在于"暴露家族制度和礼教的弊害"，也不仅在于揭示了中国社会从肉体到精神领域普遍存在的"人吃人"的事实，而且还在于第一次从自觉的"人"与非自觉的"奴隶"的深刻矛盾中提出思想革命的任务。

如果说狂人的主导心理特征是恐怖和发现，那么夏瑜的主导心

---

① 赫拉甫琴科：《作家的创作个性与文学的发展》。

理特征则是发现之后的抗争和不被群众理解的悲哀。《狂人日记》以狂人对外部世界的眼光和感受作为视点，它的全部发现因而也就体现为主体的心理过程。《药》则以群众对革命者的眼光作为视点，夏瑜的"因群众的愚昧而来的改革者的悲哀"不是通过具体人物的心理来表现，而是作为作家的内心感情体现或渗透在具体的场景之中。与小说前三章动态的场景形成对比，第四章的场景是静态的，仿佛一支哀婉的抒情曲，在这个场景里，改革者与群众的隔膜不再以峻切的方式体现为茶客们的敌视，而体现为深沉的母爱："瑜儿，他们都冤枉了你，你还是忘不了，伤心不过，今天特意显点灵，要我知道么？"正由于此，改革者对群众的愚昧的感受只能表现为"悲哀"，而不是谴责或讽刺。这"悲哀"多么沉重呵，甚至连深爱儿子的母亲也不能理解儿子的事业。

《头发的故事》在格调和风格上与《药》形成很大差别。在《药》中，作者始终作为一个不出场的叙述者将他的主观感情渗透到小说的画面和构思中去，从而赋予小说一种主客观水乳交融的独特抒情气质。《头发的故事》则不然，作者与主人公的联系不是以渗透方式，而是以代言人的方式出现，这就赋予小说以独白的性质，主观色彩异常强烈；同时，作品的视点也由群众心理或眼光转移到知识者的心理和眼光。"他们忘却了纪念，纪念也忘却了他们！""他们都在社会的冷笑恶骂迫害倾陷里过了一生；现在他们的坟墓也早在忘却里渐渐平塌下去了。""他们"的忘却与被忘却的"他们"所构成的对比已不再体现为"悲哀"，而体现为失败的改革者对于落后群众愤激的谴责和憎的火焰，沉重的失望和失落的爱流溢在峻急的语气氛围之中。

用生命和热爱换来死寂般的冷漠和忘却，"中间物"的内心免不了虚无、悲观、压抑，不胜伤怀，然而欲哭不能，欲罢又不休，人类历史进程在先觉者心头点燃的理性火炬就在这虚无、悲观的心理气氛中燃烧。《长明灯》在很大程度上再现了《狂人日记》的特点。不过，《狂人日记》以狂人眼光作视点，而《长明灯》却以群众眼光作视点。狂人在惊惧之中流露着对美好生活的向往和博大的爱，而疯子的"闪烁着狂热的眼光"中却"钉一般"严冷，"悲愤疑惧的神情"中闪现着"阴鸷的笑容"。从狂人到疯子，不仅战斗态度趋于沉着，而且经历了一个恐惧、悲哀、愤激至幽愤的心理的过程。

这种以严冷表现火热、以憎恨表现挚爱、以复仇和毁灭表现内心极度的悲哀的独特方式,在《孤独者》中得到更为细致和深刻的描写。小说以"我"这一旁观者的眼光作为视点,在"冷冷的"外表中同时透视着主人公内心的炽热的爱。他自觉地承受着那些不自觉地在受苦的群众的苦痛,这就使得他精神上的孤独、苦闷包含着比他个人的不幸命运远为深广的历史内容。小说写道:

> 大家都快快的,似乎想走散,但连殳却还坐在草荐上沉思,忽然,他流下泪来,接着就是失声,立刻又变成长嗥,像一匹受伤的狼,当深夜在旷野中嗥叫,惨伤里夹杂着愤怒和悲哀……

"深夜""旷野""受伤的狼"、凄厉的"嗥叫":这阴森、悲凉、伤惨的画面把置身历史荒原的觉醒者的内心矛盾写得何等深刻呵!但人们在体味连殳的"长嗥"时,往往只强调这"悲哀""受伤""精神创伤之痛苦"的一面,却没有意识到这种心灵痛苦正导源于觉醒者改造社会、拯救群众的强烈渴望,而这种渴望又由于群众的冷漠和敌视转化为对"中间物"的悲剧命运的悲悼,并从中诞生出"憎"和复仇的情绪:这是一匹受伤的狼,惨伤的嗥叫中燃烧着愤怒和复仇的火焰!正是在这个角度上,我们发现魏连殳的"当顾问"以及他对社会,尤其是大良、二良祖母之流的戏弄态度与他在祖母大殓时的大哭有着内在一致性:它们都是蔑视和反抗社会黑暗、宣泄内心悲愤的独特方式,是一种以自我毁灭的方式进行的精神复仇。这在"我"的感受中得到确认:"我快步走着,仿佛要从一种沉重的东西中冲出,但是不能够。耳朵中有什么挣扎着,久之,久之,终于挣扎出来了,隐约像是长嗥,像一匹受伤的狼,当深夜在旷野中嗥叫,惨伤里夹杂着愤怒和悲哀"。"以送殓始,以送殓终"的结构又是"以长嗥始,以长嗥终"的过程,历史"中间物"的命运和精神状态在这之中得到了多么耐人寻味的表现!

狂人的恐惧和发现→夏瑜的奋斗和悲哀→N先生的失望和愤激→吕纬甫的颓唐和自责→疯子的幽愤和决绝→魏连殳的孤独和复仇,以及《伤逝》在象征意义表述的"新的生路自然还很多","然而我还没有知道跨进那里去的第一步的方法"的绝处逢生的希望和彷徨,这是历史"中间物"在社会变革过程中间断与不间断相统一的完整心理过程,它构成了《呐喊》《彷徨》的一条内在感情线索。如果我们把《野草》中的《秋夜》《影的告别》《求乞者》《复仇》

(一、二)《希望》《过客》《墓碣文》《颓败线的颤动》等直接反映鲁迅内心的作品看作是一个特定阶段的心理过程,并以之与相应阶段的鲁迅小说中的知识者的心理过程加以比较,你不难找到其中的吻合和联系。尽管鲁迅在意识上高于他笔下的人物,但不可否认,这些心理状态有着统一的基点:"中间物"的历史地位和自我意识,而它们的每一次变化又都有着共同的社会原因:"中间物"与"庸人世界",尤其是群众的关系的发展;因此,这一心理过程最深刻、最集中地体现了人类历史的前进要求和中国社会的滞顿状态的巨大矛盾,揭示了中国现代化进程初期现代意识的体现者与传统社会的悲剧性对立,同时也艺术地显示了中国知识分子在中国现代化进程中历史地位和精神状态的演变。如果说《呐喊》《彷徨》是乡土中国走向现代中国、封闭社会走向世界文明的现代化进程,尤其是人的观念和思想现代化进程的审美显现,那么这一进程的深刻意义、主要力量、主要任务、主要对象和面临的矛盾在这一心理过程中得到最富于哲理意义的反映。"中间物"越来越激化的内心矛盾恰好是他们强烈的社会责任感与必然的悲剧命运相结合的产物。在这种使命感、责任感、崇高感与悲剧感、孤独感、愤世感互为因果的心理结构中,我们甚至可以发现从屈原、司马迁到嵇康、阮籍,从李白、杜甫到苏东坡、辛弃疾,从魏源、龚自珍到孙中山、鲁迅这无数代中国知识分子所共同拥有的精神特征,换句话说,"中间物"的心理状态积淀着漫长而深厚的中国知识分子的精神史。

《呐喊》《彷徨》的精神发展与"中间物"的心理过程

着眼于改革者(中间物)与群众的关系,透视改革者孤独、悲愤、由爱而憎,终至趋于复仇的心灵历程——这是鲁迅小说观察现实、表达感情的主观视角和特殊方式;而把这一心灵历程的全部复杂感情渗透到对群众的描写中去,从而使得作品对群众的描写也呈现为一个动态的过程,则是这种主观视角和特殊方式的必然结果。换言之,鲁迅小说描写群众时的情感演变过程以及由此导致的美学风格的变化过程,是和"中间物"孤独、悲愤、由爱而憎,终至趋于复仇的心理过程完全一致的,或者说,鲁迅是从在当时体现着历史要求的先觉战士的心理发展中,提出改造群众精神的深刻命题的——这种一致性和独特角度也是"五四"思想革命的实际状况的反映,它提供了表现社会精神状态以及包蕴在这种状态中的历史内容的最佳视角。与此相应，鲁迅小说对群众的描写呈现出一种"爱憎不相离，不但不离而且相争"①的感情特点和悲喜"不相离，不但不离而且相争"的美学境界。

"在诗的作品中，思想是作品的激情。激情是什么？激情就是热烈地沉浸于、热衷于某种思想"②。作为"激情的果实"，鲁迅小说的深刻思想意义首先体现为自始至终交织在对群众，尤其对农民的描写中的截然相反、相互对立又辩证统一、相互转化的"爱"和"憎"的复杂感情。对于本文更有意义的是，伴随先觉知识分子孤独、愤悲、由爱而憎，终至趋于复仇的心理发展，这两个侧面的表现方式也产生了相应变化："爱"的感情逐渐被包裹在"憎"的冰水之中；愤怒、憎恶、复仇的情绪渐渐取代了善意的讽刺和忧郁的抒情；作为不幸者的个体形象慢慢从画面中心退出，而代之以作为社会保守力量的群体形象或群体形象中的具体人物——自然这只是就总体趋向而言，并不是直线发展，但如果把《呐喊》《彷徨》加以比较，这种差异还是相当明显的。③

《呐喊》中有两类群众形象，一类如《药》中的茶客、《孔乙己》中的酒客、《明天》中的蓝皮阿五、红鼻子老拱、王九妈、《故乡》中的杨二嫂；另一类则如华老栓夫妇、单四嫂子、闰土、阿Q等；而占据中心位置的无疑是后一类人物。鲁迅痛心于他们精神的麻木，又同情他们的命运，严肃的批判与含泪的温情融为一体。《风波》渗透和表现着作家对农民们愚昧状态的机智的讽刺和幽默，但这一切被安排在那恬静、动人的风俗画中，从而形成小说抒情喜剧的格调。《故乡》对闰土精神上的麻木的责备最终消融在全篇作品若有所失的怅惘气氛中，没有形成峻急的"憎"的色调。茅盾先生说：我觉得这篇《故乡》的中心思想是悲哀那人与人之间的不了解，隔膜④。需要补充的是，这种不了解、隔膜主要体现为致力于打破这种隔膜的觉醒者的内心感受，从而包含着对于知识者的命运与农民的

---

① 《鲁迅全集》第十卷，第173页。

② 《别林斯基全集》第七卷，莫斯科，苏联科学院出版社1955年版，第657页。转引自《作家的创作个性和文学的发展》，第28页。

③ 《呐喊》《彷徨》虽然拥有各自的特点，但总的说来，仍然是一个不断的发展过程。我这里将它们分开论述是注重它们的总的趋势，不否定它们的一以贯之的特征；"分开"本身也只是为了论述的方便。

④ 茅盾：《评四五六月的创作》，《小说月报》1921年第12卷第8期。

命运这两个相互交织的问题的思考。与上述两篇作品相比，《阿Q正传》更突出地体现着"爱憎不相离，不但不离而且相争"的复杂感情。鲁迅从社会革命和思想革命的角度，对阿Q耽于幻想、自我欺骗、惊人的健忘、向更弱者泄恨的卑怯等等由精神胜利法派生出的病态，给予严峻的批判。但同时，鲁迅又描写了农民的地位和命运最终促使阿Q从精神胜利的永恒境界中走向现实。我这里指的还不是阿Q的"革命"，因为这一"革命"尽管发自他的自身地位，但在精神上阿Q仍然处于"本能"的阶段。阿Q的"觉悟"在于他临刑前的瞬间。当他把"喝彩的人们"同四年之前要吃他的肉的饿狼的眼睛联结起来时，阿Q第一次体会到了"人"的恐怖，喊出"救命"，从而打破了"精神胜利法"的精神之圈：有人说这表明阿Q开始由"奴隶"变成了"人"。如果说，《阿Q正传》是悲剧性的喜剧或喜剧性的悲剧，那么，从总体上说它又体现着由喜而悲的过程；如果说，《阿Q正传》是在爱中见憎或憎中见爱，那么，从总体上说它又体现着由憎而爱的过程。总之，在《呐喊》中，鲁迅对群众，尤其是农民形象的描绘始终交织着"憎"与"爱"这两种精神，而"爱"的一面构成了小说的基本感情背景。

　　与《呐喊》相比，《彷徨》中的群众形象除个别篇章外，基本上是作为群像之一员的身份出现，他们与《呐喊》中的茶客、酒客、蓝皮阿五等有更直接的血缘关系。他们当中有《祝福》中的卫老婆子、柳妈，《在酒楼上》中的长庚，《长明灯》中的居民和他们的代表三角脸、方头、阔亭、庄七光、灰五婶，《示众》中的看客，《孤独者》中的大良、二良的祖母……这些人物构成了旧中国令人窒息的环境，不自觉地成为扼杀先觉者和不幸者的帮凶。鲁迅对他们投以轻蔑、憎恶、复仇的火焰，却很少或者说没有流露出温情。作为《彷徨》开篇的《祝福》基本承袭了《呐喊》的特点，深刻的同情和悲剧的形象占据小说的主要地位，但小说对鲁镇冷漠的世态的描绘却透露着作者内心的愤激。《长明灯》《孤独者》则把觉醒者战斗的失败和悲剧的命运同冷漠、愚昧的群众联结起来，从而揭示出落后群众的精神状态乃是中国社会革命的巨大障碍。小说中的群众虽然有名有姓，但真正引人注目的却是他们对祖传老例的崇拜和对先觉者的本能的仇恨这种共同的精神状态。当鲁迅把目光投向不幸者的命运时，我们看到的是阿Q、祥林嫂与赵太爷、鲁四老爷这两个本质上对立的世界，而当这种目光投向群众的精神状态时，我们却发现了这两个世界的"溶合"及其与另一世界——觉醒者的世界的对立。这种"转换"的关键在于"中间物"的介入。前者表现的对立是传统世界内部的矛盾,作为"中间物"的审视者自身没有直接进入他的观照对象之中;后者表现的对立则是传统世界与现代文明的精神对峙,作为"中间物"的审视者直接进入矛盾并成为一方的代表,他重视的显然是传统世界的总体性特征,而不是个别人物的命运和品格。后一重矛盾当然并不排斥前一重矛盾,但鉴于中国现代化进程在其初期主要不是在封闭社会内部产生,而是西方文化涉入的结果,因而作为现代意识承担者的"中间物"与整个社会传统的整体性对立实际上比其它矛盾更能体现中国社会面临的迫切问题。"中间物"介入的直接后果便是作品描写群众时的基本感情态度由爱向憎的转变。《示众》在这方面有典型意义。鲁迅紧扣首善之区热浪滚滚的寂寞街头上的这出悲喜剧,把看客们渴望刺激的痴呆、对别人痛苦无动于衷的残酷、缺乏"个性"特征的单调面孔,以及在这些描写后面表现出的作者的凛然身影异常强烈地突现出来。小说描写的仅仅是"庸人世界"或"精神的动物世界"①,但在情感上却呈现着觉醒世界与这个世界的严峻对立。非常明显,《彷徨》对群众的描写主要体现为冷峻的批判,"憎""复仇""愤激"则构成了作品的基本感情背景。但这"憎,又或根于更广大的爱"②,只是潜藏得更深而已。

伴随"中间物"心理过程的发展而发展,又与鲁迅小说基本感情背景的演变密切相关的,是《呐喊》《彷徨》美学风格,尤其是悲喜剧风格的变化。

悲剧和喜剧是两个对立的、截然相反的,同时又有辩证联系的审美范畴。这两个范畴反映了现实本身中性质不同的矛盾。在鲁迅小说对群众,尤其是农民的描绘中,悲剧与喜剧这两个对立的范畴恰如爱与憎这两种对立的感情一样,达到了"不但不离而且相争"的境界。同时,伴随觉醒知识者心理过程的发展和爱憎情感的演变,这种悲喜交织的风格和方式同样也呈现为动态的过程。我当然无意

---

① 马克思把封建社会看作是"庸人世界"和"精神的动物世界",他说"庸人社会所需要的只是奴隶,而这些奴隶的主人并不需要自由","庸人所希望的生存和繁殖,也就是动物所需求的……",见《马克思恩格斯全集》第一卷,第409页。

② 《鲁迅全集》第十卷,第176页。

证明悲剧与喜剧的"主观性",而只想说,鲁迅小说的悲剧和喜剧不仅存在于下层群众的生活和命运之中,而且存在于观察这些群众生活的主体之中,即悲剧和喜剧的产生同时也是由于"发现"悲剧或喜剧的人的主观机智,因而这里的悲剧性和喜剧性又是"被意识到了"的悲剧性和喜剧性——这个"发现者"或"意识主体"只能是作为历史"中间物"的知识者,而他们"意识"或"发现"这些悲剧性喜剧或喜剧性悲剧的方式也将决定后者的不同表现形态。

在《呐喊》中,鲁迅笔下的华老栓、闰土、阿Q往往抱着毫无根据的虚假希望,用幻想来自慰,总是寻求一种违反生活进程的解决他们面临的矛盾的办法;这种目的与手段的相乖以及目的本身的虚幻显示出他们的喜剧性格。由于鲁迅把深沉忧郁的目光投向了这些人物的悲惨的命运和无望挣扎,因而他们的喜剧性是被包裹在更广大的悲剧性中的喜剧性,即便像《阿Q正传》这样的作品也呈现了上述那种由喜而悲的过程。刑车上的阿Q看到的"狼的眼睛"与《狂人日记》中狂人发现的"狗的眼睛"的吻合,恰恰说明作家已经带着自身固有的悲剧感来体验阿Q的悲剧了。"从伟大的人类悲剧出发,创造了自己的喜剧体系"①,在爱的基本感情背景上演绎悲剧与喜剧的相互转化,把被嘲笑的人与被同情的人,甚至准备去爱的人统一起来——《呐喊》描写群众时的这一基本美学性质决定它在表现人物的喜剧性时,虽然兼用滑稽、幽默、讽刺等喜剧手法,但却往往以幽默以及与之相邻的善意嘲讽作为主要调节机制。《呐喊》对群众的笑声里有一种深沉的忧患意识和爱的力量,这必然同时赋予作品以强烈的悲剧性映象。这种悲剧性首先归因于华老栓、闰土、阿Q们老实、善良、质朴的个人品格和合理的生活要求及其毁灭,但这并不是悲剧性的唯一根源。作为悲剧人物,他们自身并不具备悲剧性的自我意识,并不了解悲剧的真正意义,而他们与环境的虚幻的斗争不仅没有导致对他们的力量或自豪意识的肯定,恰恰相反,导致的是对他们解决矛盾的方式和由此表现出的精神状态的否定。实际上,不了解悲剧的真正意义正是悲剧的真正意义。这显然不仅是悲剧人物本身的悲剧性,而且也已是在历史的高度上"被意识到了"的悲剧性。具体地说,真正理解并承担着这种悲剧意义的正是那些历史的"中间物"——狂人、夏瑜、N先生,当然更是作者

---

① 此系借用卓别林语。转引自《电影艺术译丛》1979年第3期。

鲁迅。

这便赋予《呐喊》以崇高感。因为这些作品中的悲剧性和喜剧性都显示出处于孤立弱小状态的知识者在理性上所处的优越地位，无论是从悲剧的痛感还是从喜剧的快感中获得的审美愉悦，都使人感受到某种伦理道德力量即主观精神力量对现实世界的胜利，在小说里爆发的笑声和流出的泪水中诞生着属于未来的社会本质。黑格尔认为崇高是观念与形式的矛盾，有限的感性形式容纳不住无限的理性内容，于是引起感性形式的变形和歪曲，显示了在有限形式中理性的力量。知识者对群众的理性审视便具有这种特点。

站在历史的自觉高度审视现实，这种优越的历史地位产生着"中间物"精神上的优越感，当这种优越感体现为对自我精神力量的肯定时，便诞生了"中间物"的崇高感；当这种优越感体现为对周围世界的否定和蔑视时，便诞生了"中间物"审视生活现象的喜剧感。伴随这种优越感的减弱或消逝，这种崇高感和喜剧感也将减弱或消逝。狂人、夏瑜体现着一种在有限的、弱小的形式中被夸大和深化了的巨大的思想意志和感情的力量；由他们的灭亡或失败而产生的痛苦，则因为他们的精神力量所带来的崇高感而减轻。《彷徨》中的疯子、吕纬甫、魏连殳却有所不同，他们的毁灭给人带来持久的从怜悯和恐惧的感情中产生的痛苦。这种差异首先表现为悲剧意识中心的转移。在《呐喊》中，知识者作为悲剧人物虽然也有一定程度的悲剧体验，但就整个《呐喊》而言，悲剧的意识中心不在"中间物"而在群众，尤其是农民的命运。群众的悲剧性作为一种"被意识到了"的悲剧意义，同时肯定着"中间物"的先觉意义。《彷徨》则不同，先觉者在审视群众时，首先把他们作为一种严重的敌对力量，或者说一种阻碍社会变革的保守的习惯势力来对待；他们的命运，他们的个人品格，他们的某些合理的生活要求已经不在"中间物"的意识中心（当然不是没有例外的篇章，我只是就总体而言），因而小说是在"憎"的基本感情背景上表现群众对先觉者的戕害。这是问题的一方面。另一方面，从整体上说，小说的悲剧意识中心已经从群众的悲剧命运转移到"中间物"自身的悲剧命运，理性上的优越感被严酷的命运所逼退和减弱，也由于自身的弱点的发展而呈现逐渐消失的状态，这就大大增强了悲剧的痛感；峻急、复仇、毁灭的调子上升为作品主调。从"中间物"的自我悲剧意识出发，创造小说中的悲喜剧体系，在"憎"的感情背景上表现悲剧与喜剧相互转化与溶合，把被嘲笑的人与被憎恶的人，甚至准备去复仇的人统一起来——《彷徨》描写群众时的这一基本美学性质决定它在表现群众的喜剧性时，虽然也兼用滑稽、幽默、讽刺等喜剧手法，但主要的手段却是那种无情撕毁无价值东西的毁灭性的讽刺。这种转变不能仅仅归因于鲁迅或小说中的知识者的观察对象的转移或改变，而应主要地归因于观察者自身的观察眼光的转变。英国著名作家华波尔爵士在一封信中说："在那些爱思索的人看来，世界是一大喜剧，在那些重感情的人看来，世界是一大悲剧。"① 当鲁迅从历史的角度去思考群众的精神状态及其对历史进程的阻碍作用时，这些人物便作为反面的喜剧性格产生在小说之中；而在"中间物"的憎恨、复仇的情感中也难以诞生那种温和、同情和从容的幽默，更毋宁说那种充满博大的爱的悲剧眼光中的悲剧人物和情节了。

美学的和感情的风格是艺术作品和作家的整个创作的一个组成部分，同时它又是一个复杂的体系。这种复杂性是作家加以深入研究的主题、问题的多样性以及他在描绘事件、性格、生活冲突时的情绪投影的繁复性所决定的。然而这种复杂性或差异性是在作家风格中所表现出来的首要因素和倾向的基础上发生的。托尔斯泰把这首要因素和倾向称为"焦点"，赫拉甫琴科则称之为"基调"。托尔斯泰说："艺术品中最重要的东西，是它应有一个焦点才成，就是说，应当有这样一个点：所有的光集中在这一点上，或者从这一点放射出去。这个焦点万不可用话语完全表达出来。实在，使得优秀的艺术品显得重要的，正是因为那艺术品的完整的基本内容只能由那艺术品本身表现出来。"② 赫拉甫琴科说："主题、思想、形象，只有在一定的语气氛围中，在对待创作对象及其各个不同侧面的这种或那种情绪态度的范围内才会得到阐发。叙述、戏剧行动、抒情抒发的情绪系数，首先表现在基调中，这种基调是作为一种完整的统一体的文学作品所固有的。""……在作品的构造中在对主人公们的描绘的性质中，基调决定着许多东西。……基调的选择，在一位作家的创作工作中是一个非常重要的因素。"③

正是根据上述原因，我把《呐喊》《彷徨》看做是一个整体，

---

① 转引自陈瘦竹《论悲剧与喜剧》，第40页。
② 高登维奇：《与托尔斯泰的谈话》。
③ 赫拉甫琴科：《作家的创作个性与文学的发展》。

又是一个过程。鲁迅小说在觉醒知识分子的心理发展中发现了中国社会和历史的"吃人"本质，批判了落后群众，尤其是农民的严重精神缺陷，提出了改造"国民性"的历史课题，同时又把否定的锋芒指向知识者自身。鲁迅小说现实主义的这一内在发展过程正是一个否定的过程：它从知识者的自我觉醒开始，经由对外部世界的认识和否定，归结到对自我的再认识和否定。鲁迅的精神探索、鲁迅小说的现实主义就在这否定的过程中深化了，发展了；而这种深化和发展同时伴随着小说的中心线索、内在精神线索、基本感情背景、美学风格、语气氛围的内在演化。这就是所谓"过程"的意义。与此相应，所有这些发展和变化都是从"中间物"的精神特征这一"焦点"放射出来，深刻的悲剧感自始至终流荡在《呐喊》《彷徨》之中，成为小说的基调。同时，小说美学风格和感情背景的变化也没有离开悲喜、爱憎"不相离，不但不离而且相争"的总体特征。这就是所谓"整体"的意义。

人们喜欢按照题材的不同（如农民题材、知识分子题材）来分类论述鲁迅小说的现实主义，而常常忽视这些不同题材小说间的内在的联系，忽视鲁迅小说内在的整体性。事实上，鲁迅小说正是一个完整的发展过程，它的史诗性质正是通过这些作品间的不可分割的联系来体现的。高尔基在谈到《万尼亚舅舅》和《海鸥》时说：契诃夫创造了一种崭新的艺术，他把"现实主义提高到一种精神崇高和含义深刻的象征境地"①。我个人理解，这里所说的"象征境地"不是作为艺术手法或创作方法的象征或象征主义，而是说，契诃夫把他的精神探索，他对生活的哲理性认识，他对美的渴求，不着痕迹地注入到他所描绘的平凡、真实而又琐碎的俄罗斯生活中去，构成了一种诗意的潜流；鲁迅的《呐喊》《彷徨》的现实主义也达到这样"一种精神崇高和含义深刻的象征境地"，在那一幅幅真实、客观、灰暗、冷醒的平凡的生活画面中，我们感受到了一种湍急、深沉、执着的诗意的潜流：那是鲁迅作为历史"中间物"对生活和命运的哲学体验，对人民群众社会自觉和随之而来的社会革命的渴望，对于"老中国儿女"的含泪的批判，以及并非简单明确的思想或理性所能达到的境界——渗透着每个角落的悲剧感。——这一切汇集为作为"中间物"的鲁迅在探索道路过程中交织、发展的爱与

---

① 《文学书简》，第19页。

憎、悲与喜、悲观与乐观的感情河流。鲁迅小说纷繁多样的艺术画面正是在这诗意潜流的奔涌之中构成了一个不可分割的整体——它是充分现实主义的，但显然是一种具有崭新的特点的现实主义。

把《呐喊》《彷徨》的丰富内容和深刻意义全部归结为"中间物"的心灵发展既不现实，也不可能。本文没有涉及的若干小说与"中间物"的心理状态一般不具备直接的、明显的联系，这丝毫不妨碍它们在鲁迅小说整体中的独特意义。鲁迅内心的丰富性和复杂性，鲁迅面临的问题的多样性和差异性，都不能要求在这两方面影响下产生的作品呈现出一种单一的特点。即便本文重点论及的小说也都有着各自独立的意义。但是多样的音调同样不能掩盖它们之间的联系，孔乙己、陈士成、四铭、高老夫子的生活面貌恰如阿Q们一样也是觉醒知识者（"中间物"）眼中的生活面貌。小说对他们的批判和评价是历史"中间物"对他们的评价与批判，而作品对炎凉世态和社会精神状态的认识则体现着"中间物"对中国社会的深刻体验。这一切又确确实实与"中间物"有着内在的、不可分割的联系。作为在"中间物"心理基础上的放射性体系，《呐喊》《彷徨》包含着不同的层次；而各层次与"核心"的关系自然也有近有远、有亲有疏。对这个体系的各种层次及其相互关系的研究只能留待他日了。

1985.7.15 初稿

1986.3.15 改

"于一切眼中看见无所有"

钱理群

> 叛逆的猛士出于人间;……洞见一切已改和现有的废墟和荒坟,……
>
> ——《野草·淡淡的血痕中》

(一)

"于一切眼中看见无所有",鲁迅《墓碣文》里的这句话是被很多人视为"虚无主义"的。

但鲁迅自己却有更明确的说明:"在改革者的眼里,已往和目前的东西是全等于无物的。"

该如何理解呢?

且让我们的思绪转向本世纪初。鲁迅1908年间写的《文化偏至论》等一系列论文,可谓20世纪中国改革的宣言书。文章劈头第一句是:"中国既以自尊大昭闻天下,善诋诼者,或谓之顽固;且将抱守残阙,以底于灭亡"。接着是对中国民族心理中顽固的自大病产生的社会、历史、文化、地理背景所作的详尽明确的分析:长期的自我封闭,使中国自"定居于华土以来"即处于"屹然出中央而无校雠"的状态,"宴安日久,苓落以胎,迫拶不来,上征亦辍,使人荼、使人屯,其极为见善而不思式",逐渐形成了以民族自大狂为中心的病态文化心理。其具体表现形态,首先是盲目的自满,自我感觉始终良好;鲁迅以后把它概括为"十景病","点心有十样锦,菜有十碗,音乐有十番,阎罗有十殿,药有十全大补,猜拳有全福手福手全",一切都"十全十美",圆满之至,"无问题,无缺陷,无不平,也就无解决,无改革,无反抗",由此而形成了积重难返的民族惰性。严重性在于"十全十美"仅是心造的幻影,事实并不存在;

"十景病"逐渐变成掩饰自我落后状态的"瞒和骗","证明着国民性的怯弱,懒惰,而又巧滑。一天一天满足着,即一天一天的堕落着,但却又觉得日见其光荣",形成不可解脱的恶性循环。"自大"又与"好古""崇古"必然地联系在一起:整个民族都沉湎于"残存的旧梦"里,被祖辈几千年的"光荣"历史压得喘不过气来。"过去"霸占取代一切,"只要从来如此,便是宝贝","古人所作所说的事,没有一件不好,遵行还怕不及,怎敢说到改革"?即使"不满于现在",也是"神往于三百年前的太平盛世","活人"受着"死鬼"的牵制,"现在"和"将来"的任何新的生机都被"过去"扼杀,"过去型的时间观""过去式思维方式","过去式生活方式"形成了"过去式封闭性内向循环",表现了一个衰老民族的虚弱与没有前途。民族自大病乃是一种不可救药的浮肿病,正像鲁迅所说,一旦遇到异质文化体系——西方文化的冲击,"一施吹拂,块然踣僵"。自大的"主子"顷刻间要变成自卑自贱的奴才,"传统"又成为他们充当外国主子西崽的"资本",证明着"民族的自大狂"并非是民族传统有所肯定的"爱国的自大"(尽管他们总是打着这样的旗号),他们根柢上就是鲁迅说的"做戏的虚无党",是"什么也不信从"的。

问题是以满足现状与崇尚过去(历史)为主要特征的民族自大心理,严重地阻碍着中国民族的觉醒与变革。这样,就迫使从上世纪末、本世纪初开始的中国改革运动,不能不以历史的批判为其先导;用鲁迅的话来说,"中国的改革,第一著自然是扫荡废物,以造成一个使新生命得以诞生的机运"。批判、扫荡即是否定,首先是对过去(历史)与现状的彻底否定,以根本打破民族自大的病态心理;鲁迅正是在这个意义上提出了"在改革者的眼里,已往和目前的东西是全等于无物"的命题。

历史呼唤着一批"轨道的破坏者","他们不单是破坏,而且是扫除,是大呼猛进,将碍脚的旧轨道不论整条或碎片,一扫而空"。鲁迅正是摧毁世界的"恶魔",是在自己旗帜上写着"否定"两个大字的叛逆的一代。这一代人"从旧垒中来,情形看得较为分明,反戈一击,易制强敌的死命",他们在否定旧社会与旧文化的同时,也在否定着自己。他们是为新世纪的新思想所点燃的"死火",决心与旧势力同坠于冰谷之中。正像有的研究者已经指出的那样,鲁迅是"一位对中国的传统文明,对旧中国现存的一切,对他自己都自觉地无情地进行批判，予以否定的思想家"，马克思对自己的思想和任务的说明，也同样适用于鲁迅及其同时代人："新思潮的优点恰恰在于我们不想教条式中预料未来，而只是希望在批判旧世界地发现新世界。……我们的任务不是推断未来，和宣布一些适合将来任何时候的一劳永逸的决定，……（而）是要对现存的一切进行无情的批判。"

正是马克思所准确表达的这一代人的历史使命、历史位置决定着他们的历史品格——全新的思维方式，全新的心理素质。

（二）

"在批判旧世界中发现新世界"的历史使命，首先决定着他们思维的怀疑主义的否定性特色。

怀疑主义的否定精神，是20世纪的时代精神，也是五四时期的时代精神。鲁迅对此有着高度的自觉。在1930年发表的《说钿》里，鲁迅即已指出："昔之学者曰：'太阳而外，宇宙间殆无所有。'历纪以来，翕然从之，怀疑之徒，意不可得。乃不谓忽有一不可思议之原质，自发光热，煌煌焉出现于世界，辉新世纪之曙光，破旧学者之迷梦……，由是而思想界大革命之风潮，得日益磅礴，未可知也"，镭的发现所引起的人们对传统的物质观、自然观的怀疑、否定发生在本世纪初；而这种"重新认识"的怀疑主义否定思潮刚刚冒头，就被鲁迅敏锐地抓住：这两件事都具有极大意义。

直到1926年，鲁迅还翻译了日本鹤见祐辅的《所谓怀疑主义者》；文章说："一切知识都在疑惑之上建设起来。凡是永久的人类文化建设者们，个个都从苦痛的怀疑的受难出发，也是不得已的运命罢"，"他们是和那使人愚昧的无智，压抑人们的癖见，对人的专制的不恕，凌虐人们的惨酷，杀戮人们的憎恶，和诸如此类的东西战斗的"，"我们孱弱者，智力不足者，是大抵为周围的大势所推荡，在廉价的信仰里，半吞半吐的理解里，寻求着姑息的安心"。鲁迅显然于此深有共鸣："怀疑主义"本质上是对封建专制主义、愚昧主义的反叛，对"廉价的信仰"，"姑息"等传统文化性格的反叛，鲁迅正是要从这里"出发"，开始他的战斗。

因此，他的第一篇反封建主义的檄文《狂人日记》发出的第一声战叫理所当然的是："从来如此，便对么"？

这岂只是怀疑，岂只是挑战，这是审问，是无情的判决：一切被视为神圣不可侵犯的思想观念、理论原则，都要置于历史的审判台前，重新审定其价值。

难怪尼采"重新估定一切价值"的思想，五四时期在知识分子中引起如此强烈的反响：或赞其"肆其叛逆而不惮"，或欢呼其"扫荡一切古来传习的教条，把向来所认为绝对真理的根本动摇"，或称颂其为"欺神灭象"的"学说革命的匪徒"：20世纪东方中华民族思想解放的历史要求竟然在德意志帝国哲学家的"超人哲学"里找到了喷发口。

这是整体性的怀疑与否定。不是对个别理论、个别原则，对具体人物、具体规范提出质疑（这样局部性的怀疑、否定，在中国历史发展中从未停止过），而是径直向现存整个封建制度、向封建思想文化体系挑战，任务是摧毁旧的系统，创造新的体系，开创新的传统，完成民族政治、经济、文化的重建。因此，这是真正意义上的摧枯拉朽的革命，而非"修补老例"的"奴才式的破坏"。在重建过程中，自然也会以全新的眼光，重新审视过去历史所创造的一切，"或使用，或存放，或毁灭"；但"主人是新主人，宅子也就会成为新宅子"，旧文化中的精华作为具体的建筑材料纳入新的系统之后，也获得了改造，取得了新的质。

这不能不是一场殊死的搏斗。"旧社会的根柢原是非常坚固的，新运动非有更大的力不能动摇它什么。"必须对"已往和目前"的"一切"战略上予以藐视，将其看作"全等于无物"，即所谓"于一切眼中看见无所有"。必须采取强硬的，不容辩驳、讨论的态度："改良中国文学，当以白话为文学正宗之说，其是非甚明，必不容反对者讨论之余地，必以吾辈所主张者为绝对之是，而不容他人之匡正也。"必须坚持极端的、所谓"偏激""片面"的观点："与其崇拜孔丘、关羽，还不如崇拜达尔文、易卜生；与其牺牲于瘟将军五道神，还不如牺牲于APOLLO（阿坡罗）"，"要少——或者竟不——看中国书；多看外国书"，"不能完全，宁可没有"。

这一切，都是绝对必须的！

偏颇么？鲁迅早在本世纪初，即已认识到事物的发展，"不即于中道，甲张则乙驰，乙盛则甲衰"，哪里有什么不偏不倚的绝对的平衡？鲁迅在五四时期写的一篇杂文附记里甚至说，文章要写成毫无偏颇，面面顾到，就"成了最无聊的东西了"，这"是能够这样使自己变成无价值"的。

会产生"弊害"么？这种"杞人之忧"，几十年绵绵不绝，至今仍盛；鲁迅30年代的告戒依然新鲜："有百利无一弊的事也是没有的，只可权大小"；避免"弊害"之论，"直白的说起来，却只是维持现状说而已"。在利弊面前徘徊，犹豫，本是知识阶级的通病；秩序安然地建设新的，又不损害旧的，理论上既全面，实际上又似乎稳妥而无弊害，当然很"完美"，但不过是书生的空想，在复杂的现实生活中实行起来，必然是"什么事都不能做"。不做，不就是维护、保存了旧秩序、旧体系吗？

五四时期持"公允""全面"之论的人是有的，不过恰恰是站在五四文学革命对立面的学衡派诸公。"昌明国粹，融化新知；以中正之眼光，行批评之职事"，恰如鲁迅所说，"早上打拱，晚上握手；上午'声光化电'，下午'子曰诗云'"，这又是何等的"全面"呢？但如果历史真的走了这一条"折衷的路"，恐怕今天我们的"新进英贤"还在"驼着前辈先生"，早成了尼采说的"末人"！

说到底，这里存在着两种不同的思维模式与文化心理结构。李泽厚在他的《试谈中国的智慧》里曾经指出：以中庸之道为核心的中国古代辩证法思想"由于强调社会的稳定，人际的和谐，它们又是互补的辩证法，而不是否定的辩证法。它的重点在揭示对立项双方的补充、渗透和运动推移以取得事物或系统的动态平衡和相对稳定，但不在强调概念或事物的斗争成毁或不可相容"。诚然，中庸主义的思想模式，以及与之相应的强调平和、和谐、稳定的文化心理结构，在一定的历史条件下，例如处于量变过程中的历史和平、稳定发展阶段，有它或一程度的历史合理性；但是，它企图抹平事物的对立、矛盾，回避对旧事物的否定，以及革命的斗争与转化，具有显然的保守性。在"五四"这样的历史大变革、大转折的时代，彻底否定旧的封建制度及其思想文化体系，建设民主主义、社会主义的新制度、新思想文化体系的任务已经提上历史日程，中国传统的中庸主义的思维模式及相应的文化心理结构，必然成为历史发展的巨大障碍。鲁迅和他的同时代人顺应历史发展的客观要求与趋势，向中国传统的思维模式、文化心理结构实行反叛，在整体上予以否定，并且从西方文化，特别是从现实的历史辩证运动中汲取思想养料，建立起以"否定辩证法"为中心的新的思维模式，以及与之相适应的强调否定、变动、创新的新的文化心理结构，这是应该大书特书的历史功绩。历史已经证明，正是由于正确地选择并且实现了这样的思维模式与文化心理结构的突破与重建，才取得了五四文化革命的伟大胜利，实现了本世纪第一次全民族的思想大解放，为本世纪中华民族思维方式、文化心理结构的现代化开辟了道路。

（三）

这里，已经涉及到一个更加重要的问题："否定"（破坏）与"肯定"（创造）的辩证关系。事实正是如此：恰恰是怀疑主义的否定的思维使鲁迅得以真正从"过去式"的思维方式中解脱出来，根本打破了前述"过去式封闭内向循环"。鲁迅从总体上否定了过去与现存的社会制度、文化系统，"于一切眼中看见无所有"，他就最大限度地卸去了沉重的历史包袱，在最大可能范围内，摆脱了古老鬼魂的纠缠，获得了"创造"的相对自由。他在总体上否定了旧时代建立的思想文化系统，又在自己开创的新系统中科学地汲取了旧思想文化体系的精华成分，"过去"包容（积淀）于"现在"与"未来"之中，所谓"传统"不再是停滞不变的历史僵尸，而是一个生动活泼的不断创造的过程。"不断地破坏"与"不断地创造"正是这同一过程的两个侧面；"否定"（破坏）是"创造"的前提，"创造"则是"否定"（"破坏"）的本质。正是在这里，"革新的破坏者"才与"盗寇式的破坏"根本区别开来。鲁迅说，革新的破坏者"内心有理想的光"；鲁迅翻译的鹤见祐辅的《所谓怀疑主义者》一文反问道："我们国民中的大怀疑主义者，有时岂不是最肯定底，而且常常是最勇敢的人么？""谁敢保证，无信仰之人却是信仰之人，而世上所谓信仰之人，却反而是无信仰之人呢？"问得多么好呵，鲁迅难道不正是这样么？他公开宣扬"于一切眼中看见无所有"，但他却是有着最执着的追求的；否定越彻底，理想的追求也越炽烈。或者说，那样彻底的历史性否定，没有加倍炽热的追求力量，没有敢冒天下大不韪的胆力，是支撑不住的。鹤见祐辅在怀疑主义者身上发现了"纯真"，"勇敢"，称他们是"真的意义上的强者"，是很有见地的。以怀疑主义的否定形态表现出来的"英雄主义"，自然是那些堆砌豪言壮语的庸俗之辈们所不能项背，就是与被一些人捧上了天的19世纪的英雄主义的先哲相比，也有后者不可能达到的深刻之处。问题是，在一些人眼里，否定与肯定，无与有，怀疑主义与理想主义，是绝对对立的了。他们在鲁迅那里发现了怀疑主义的否定精神，就惶惶不安的问道：难道鲁迅真的是虚无主义者吗？而一旦他们要把鲁迅塑造为理想主义者，鲁迅就必须被打扮成一个天真的老儿童，或者浅薄的吹鼓手。什么时候才能真正从这种形而上学的思维方式中解脱出来呢？

鲁迅总是无所顾忌的走自己的路。他的作品，常给人以强烈的自由感，表现了他思想、艺术上无羁的创造活力。所谓"无羁"，就是对一切祖先成法，清规戒律的藐视与摆脱。鲁迅总结他的艺术创造经验，归结为一点："我深信对于我的目的，这方法是适宜的"，他强调的是要创造与寻找适合于自己的艺术形式。他说："我是大概以自己为主的"，在思想、艺术的创造上，鲁迅从来都是从"自我"——自我的创作目的，创作个性——出发，即使是艺术形式的选择、创造上，鲁迅也要显示个性的某个侧面，打上自己的烙印。鲁迅，既是思想家，具有高瞻远瞩的历史的社会的批判眼光，又是小说家，对社会人生，人的心灵有着特殊的观察力感受力与表现力，还是诗人，具有烈火一般的巨大激情，自由奔放的想象力以及对于美的敏锐感受力，鲁迅同时又是一个学问家，站在人类文化的高峰，具有时代文化巨人的胆力与学识——鲁迅正是把他气质、才能的这一切方面都熔铸在艺术创作之中，熔小说、杂文、政论、诗歌，以至散文、戏剧为一炉。在他的小说中有杂文、政论（他公开宣称，长篇小说也可以"带叙带议论，自由说话"，"变成为社会批评的直剖明示的尖利的武器"），有诗，也有散文，甚至戏剧（他有意识地介绍"用戏剧似的形式来写的新样式的小说"）；他的杂文里有小说、诗，诗里有小说、杂文，散文里也有诗与小说。在鲁迅创造的艺术殿堂里，小说、诗、杂文、散文、戏剧，这些不同的文学体裁，文学、哲学、历史、伦理学、心理学，这些社会科学的不同部类，都在互相融合，渗透，传统的文学艺术观念、形式在鲁迅的笔下发生着深刻的变革。鲁迅艺术的创造，显然不是本书讨论的重点；我们所关注与强调的是，鲁迅创造实践中所显示的思维特点：他的创造性思维总是与强烈的变革意识、自我意识紧密联系在一起。

鲁迅在著名的《论睁了眼看》里，发出历史性的召唤："早就应该有一片崭新的文场，早就应该有几个凶猛的闯将"，其前提条件就是"世界日月改变"；鲁迅是从20世纪世界及中国的大变革的历史潮流里不断汲取创造活力的，这与关在个人狭小天地里苦思冥想式的"创造"是绝对不能同日而语的。鲁迅的创造因此从历史的迫切性中获得了深刻的原动力；鲁迅及其同时代人，面对世界性的挑战，简直可以说不创造，不变革就无以生存，没有冲破一切传统思想和手法的闯将，"中国是不会有真的新文艺的"。为大变革的历史、时代所唤起的跃动、冲决的创造欲望与力量，赋予鲁迅及其同时代人的创造以大气磅礴的时代特色。而为上述鲁迅的创造实践所证明，从变革时代获得的创造原动力，又必然地落实于强烈的个人个性意识；真正富有创造性的作家，绝不会因为顺应时代要求而轻易地抛弃个人个性，特别是思想艺术这样的精神劳动，创造从来就是以个人个性的充分发挥为其前提条件与基本内涵的。对于思想家艺术家来说，创造的过程就是寻找与发挥、发展自己的过程。模仿别人（包括古人）与创造水火不相容。而中国的传统思维方式恰恰是以否定个性意识，否认变革，以拟古、仿古，不敢超越祖先成法为其基本特征的。鲁迅的创造性思维因此具有了反传统性质；这也是显示五四时代特点的。

（四）

认真考察鲁迅的思想艺术创造，很容易发现它的广阔性与综合性的特点。这也是历史条件使然。在某种意义上可以说，鲁迅和他的同代人都是时代的幸运儿。因为他（及他们）是在世界文化发展到这样一个阶段出现在本世纪中国与世界文坛上的：无论是西方文化，还是东方文化，都已发展得充分成熟，同时又面临着新的变革与突破；而突破的方向恰恰是各自"向对方所抛弃的传统靠拢"，在极其广泛的基础上进行新的"综合"，从中求得变革与发展。鲁迅正是抓住了历史提供的东西方文化大交汇的难得机会，站在东方文化和西方文化已经达到的高峰之上，又立足于中国人民现实生活的土壤之上，广泛地吸收了古今中外文化创造的一切优秀成果，进行了极其广泛的、富有创造性的综合。所谓"综合"，即是以"我"为主，从20世纪中华民族振兴、"立人"的需要出发，对种种思想不仅有所汲取，而且有所改造，熔为一炉，自成一体。这是继承，也是新的创造。用任何一种曾经影响过鲁迅的思想来概括这崭新的思想，都是片面的；我们只能如实地把它叫作"鲁迅思想"。这样，鲁迅的思维就显示出他的极大的兼容性与极大的独创性、独立性二者辩证统一的特色。既不拒绝借鉴人类有价值的任何创造，又坚持自己独立的创造。前者使他不至于陷入自我封闭、从而保证了自我发展的无限可能性，他有幸因此而真正站在人类一切文化巨人的肩膀之上，成为本世纪世界文化巨人之一；后者则使他具有了足够的吸收力、消化力，能够广泛吸取而不失去民族与自我的特色，这正是一个具有极其深广的文化传统的伟大民族的伟大代表思想独立性的强大表现，鲁迅因此而作为20世纪现代中国民族文化的"集合体"而独立于世界文化之林。

由此而形成了鲁迅文化心理结构的开放性。所谓开放性，不仅指他思想的彻底与解放，胸襟的开阔宏放，善于吸取与勇于创新；也许更为重要的是，他所建立起来的文化心理结构本身，即具有不断流动，不断创造的不稳定性质，这是一个没有完成的结构——鲁迅从来不将建立完善的体系作为自己追求的目的，他仅仅希望把自己的创造加入到人类思想、艺术发展历史长河的流动过程中。因此，他绝不奢望自己思想艺术创造的凝固化，相反，他是如此渴望对自我的历史的辩证否定，并期待在这辩证否定中不断获得新生。这样，鲁迅就将他的怀疑主义否定精神运用于自身，这才是鲁迅思想的彻底之处。鲁迅一再地强调他的思想与艺术"并非什么前途的目标、范本"，正是把自己的创造作为一个起点，为后来者提供发展与创造的无限可能性。如果说有什么鲁迅传统的话，那么，首先就是开放的传统；如果把学习鲁迅变成对后来者束缚与限制，那恰恰是对鲁迅传统的背叛。鲁迅传统的开放性质，正是最充分地显示了他的开拓者的历史品格，鲁迅曾意味深长地说自己是中国"知识阶级分子中最末的一个"，他确实是以自己怀疑主义的彻底的否定精神结束了黑暗中国的封建旧文化的时代；同时以他富有开放性的创造性思维开创了光明中国的现代新文化的时代。

（原载《鲁迅研究月刊》1988年第3期）

道德与事功:鲁迅对于儒家思想的批判与承担

——《故事新编》与中国传统思想和价值批判研究之一

高远东

鲁迅曾把《故事新编》的写作描述得极为偶然,其实这里面有必然性:当一个作家对现实的批判达到一定深度时,其笔端必然伸向历史。尽管对历史的批判可以采取各种方式,但对于鲁迅这样一个注重思想启蒙和思想革命,热衷于进行"社会批评"和"文明批评",以彻底改造国民性和重建中国文化的伟大思想家,直接进入神话和历史,直接进入模塑中国文化性格的那个强大的传统,"对于根深蒂固的旧文明施行袭击,令其动摇"(《两地书·八》),毕竟更简捷有力。从鲁迅《故事新编·序言》所说的1922年写《不周山》"是想从古代和现代都采取题材,来做短篇小说"到1935年"致萧军、萧红"信中所说的想"把那些坏种的祖坟刨一下",不难看出《故事新编》正是鲁迅所一贯坚持的"社会批评"和"文明批评"的一部分。没有这样一个执著的动机,要使时间跨度长达13年的创作在风格、情调和文体精神上保持基本统一恐怕是难以做到的。对于《故事新编》与二三十年代中国社会、政治、文化现实之间的联系即所谓"社会批评"的部分,不少研究者已做过大量发微索隐的工作,它自然不再是本文的中心。我所感兴趣的是鲁迅在文化批判时与传统思想和价值之间的微妙联系,它牵涉到如何准确地理解小说本文,探讨其隐秘未示的思想结构和变化着的历史观念。之所以基本抛开鲁迅的杂文而主要通过解读小说来达到自己的企图,不仅因为《故事新编》写了为传统文化提供思想和价值资源、形成中国文化心理结构的"奇理斯码"（Charisma）① 型人物，我们可以通过鲁迅有意的变形了解其情感、态度和评价，而且因为小说较之杂文更能暴露作者真实的世界观，更容易表现其对传统文化之认识的复杂性和矛盾性。

我发现，在《故事新编》中隐含着一个轮廓清晰的文化批判的思想图式，除了《补天》可视为一种解释中国"人与文化的缘起"的溯源式文化批判总论，《奔月》更多涉及个人。其余小说则都与对所谓周季三大显学儒、墨、道②的思想和价值的处理有关，鲁迅对它们既有拒绝又有所承担。其文化批判则反映着他试图通过清理传统而从中寻找创造力的源泉，决心完成其"立人"或改造国民性，最终实现中国文化从传统向现代的创造性转化的价值取向。可以说，《故事新编》对于儒、墨、道各家学说的褒贬，一方面植根于它们在形成中国传统文化过程中的巨大作用，另一方面则由于它们积淀着中国智慧中关于自然、社会、文化的最初感悟和基本结构。因此，对于鲁迅而言，或者赋予这些传统思想和价值以现代解释，剥离"被流行的历史编纂学弄得模糊"的真实含义，或者打碎神话——把"神话"改造为"寓言"③，把无意识的集体梦幻改造为有意识的文学创作（文化批判），就成为与前期思想既联系又有所变异的文化心理再造，一种更积极的建设。反映在组织小说的艺术方法上，则在进行文化批判与处理材料的独特方式之间产生了一种价值对应性。正是小说文本与文献典籍之间思想价值的相同或差异，或者艺术形象与人物原型之间的符合或不符，为我们提供了考察鲁迅对传统思想和价值的拒绝或承担，以及他对中国传统文化的真正态度的机会。差不多可以说，《故事新编》中小说人物与史籍原型的符合程度与鲁

---

① "奇理斯码"（Charisma）是早期基督教的词汇。M. 韦伯在论述各种权威时将它的含义引用，用它来指有创新精神的人具有天赋的神圣权力，能同宇宙或社会中最主要、最强大、最有权威之人或物保持联系，进而居于社会秩序、符号秩序、信仰和价值的中心。它是统治社会的真正力量。参见林毓生《中国意识的危机》，贵州人民出版社1988年版，第38、39页，本文所用的含义亦不越以上定义的雷池一步。

② 《奔月》虽然也有处理儒家所谓"师道"的内容，但若将其全体纳入我的思路仍有困难，故不论。另外，周季三大显学为儒、墨、道，是鲁迅在《汉文学史纲要》中的看法，学界一般沿用《韩非子·显学》的观点，认为当时只有儒、墨并称显学。

③ 冯雪峰在《从古典现实主义到无产阶级现实主义的发展的一个轮廓》中提出《故事新编》是"寓言式的短篇小说"，此说虽屡受学者批评，本文仍采之。这里的寓言指一种独特的意识结构，它不同于神思维的无意识性、混沌性和转喻性，是明晰的直接意识的产物，其意义经过理性的澄清，既丰富又确定。

迅对传统思想和价值的承担程度大致是成正比的。

本文是笔者就鲁迅《故事新编》与儒、墨、道之间的关系所写的系列论文之一，主要围绕其一贯关心的"立人"即人的价值实现和最终完成的主题[①]展开论述，企图在关于鲁迅与儒家一般的认识之外，揭示其较不易为人察觉的隐秘内容及其复杂关系，以使我们的有关描述和研究更接近真实。

显而易见，在鲁迅笔下有两种不同的儒家思想：一种是杂文与早期小说中涉及的作为价值和共时现实而参与社会文化进程的儒家观念，由于其正统的意识形态性质，它已成为社会与文化进步的桎梏；一种是《中国小说史略》《汉文学史纲要》等学术著作中涉及的作为文化事实的儒学，它是历史的产物，由于已丧失了发生作用的时代、环境、对象等条件，它仅仅作为一种"过去时的文本"和纯粹的思想史现象而存在着。对于前者，鲁迅表示了不妥协的坚拒态度，如对于"仁""义""礼""孝""忠恕""节烈""中庸"等儒家价值的批判和抨击就属此类；而对于后者，鲁迅则表现了充分的敬意和深入理解的趋向，并在不同程度上对其内在精神有所承担。《故事新编》中涉及儒家思想和价值的小说主要有两篇：《采薇》（1935年12月）全面清理了儒家的人性化理想即"内圣""外王"的价值内涵，重估了道德与事功，王道与霸道等多重价值，为我们提供了一个清晰的处理儒家思想的模式。但由于《出关》（1935年12月）能给出鲁迅承担儒家思想和价值的最明显例证，因此我对于鲁迅与儒家的关系的考察将先从分析他解释《出关》主题的一段话开始。

在《〈出关〉的"关"》中，鲁迅这样解释《出关》的主题——关于"孔老相争，孔胜老败"的思想：

[①] 鲁迅的"立人"思想与儒家类似主题的渊深关系一直未得到学界重视。事实上，"立人"一词即出自《论语》，是典型的儒家词汇。孔子讲"己欲立而立人，己欲达而达人"，"三十而立"；鲁迅讲"人立而后凡事举；若举道术，乃必尊个性而张精神"，其理论预设、基本价值取向、以人的修养或思想的改变为根本改变等特征却是共同的，尤其是所谓鲁迅"借思想文化以解决问题"的启蒙主义方法与儒家的伦理教育学一脉相承。王得后先生把鲁迅的独特思想概括为：以"立人"为目的和中心；以实践为基础；以批判"根深蒂固的所谓旧文明"为手段的关于现代中国人的哲学，或者说是关于现代中国人及其社会如何改造的思想体系。我则把它与鲁迅"一要生存，二要温饱，三要发展"的观点相连，并突出了人的发展的意义，把"立人"基本等同于人的价值实现和最后完成。

老子的西出函谷,为了孔子的几句话,并非我的发见或创造,是三十年前,在东京从太炎先生口头听来的,后来他写在《诸子学略说》中,但我也并不信为一定的事实。至于孔老相争,孔胜老败,却是我的意见:老,是尚柔的;"儒者,柔也",孔也尚柔,但孔以柔进取,而老却以柔退走。这关键,即在孔子为"知其不可为而为之"的事无大小,均不放松的实行者,老则是"无为而无不为"的一事不做,徒作大言的空谈家。

这里,鲁迅对于孔子及儒家的态度再清楚不过,与他早期的"绝望于孔夫子和他的之徒"① 不同,他表述清晰地肯定了儒家"尚柔"即孔子"以柔进取""知其不可为而为之"的行为和价值取向。不过,令人疑惑的是,鲁迅上述对于儒家价值的肯定乃至承担,却植根在对于"儒者,柔也"的字义的误解或引伸之上。这句话全文为"儒者,柔也,术士之称。从人需声。"是《说文解字》中关于"儒"的释义。"柔"为表语形容词,段玉裁注为:"柔也。以叠韵为训。郑目录云。儒行者以其记有道德所行。儒之言优也。柔也。能安人。能服人。又儒者。濡也。以先王之道能濡其身。"章太炎也认为,"柔者,受教育而驯扰之谓,非谓儒以柔为美也。受教育而驯扰,不惟儒家为然;道家、墨家未尝不然"。② 可见《说文》中"柔"的本义只是形容人接受教化而脱离蒙昧和野蛮的一种温文尔雅的状态,并非如《吕氏春秋·不二》篇"老聃贵柔"之"柔"为一种价值③。但鲁迅却不但把儒者之"柔",视为一种价值,而且依此展开其关于"孔老相争"的思想交锋图景,最终把老子送出函谷关,使孔子代表的儒家价值取得了胜利。这或许因为,尽管"柔"作为一种儒家价值很可疑,但在《论语·宪问》中可以找到隐者晨门对孔子"知其不可为而为之"的批判性言辞,一般而言,鲁迅关于孔子的"事无大小,均不放松"的实行者的判断亦与它基本同义,因此,把它作为一种表示坚韧、顽强、执着精神的价值看待,大致上仍讲得过去。事实上,鲁迅不惜误解"柔"的字义,有意让"孔胜

---

① 鲁迅:《且介亭杂文二集·现代中国的孔夫子》。
② 章太炎:《诸子学略说》。这是学界的一般见意,即"柔乃儒之通训,术士乃儒之别解"(钱宾四先生语,见冯友兰《原儒墨》)。
③ 其实《吕氏春秋·不二》对于诸子的排列就隐含着这种观点,即"老聃贵柔,孔子贵仁,墨翟贵廉,关尹贵清……"并不认为"柔"为一种儒家的价值。

老败",其实是为了强调一种指向社会的道德态度,肯定一种积极进取的人生观。如果剥离对于孔老之"上朝廷"和"走流沙"的情感褒贬色彩,那么鲁迅否定脱离社会事功而单纯强调个人思想成就的"无为而无不为"的"徒作大言"的空谈家,肯定在社会事功中寻求道德完成即强调个体人格追求与群体责任感使命感相统一的实行者,就成为他承担儒家价值的独特方式。在前面引文中,鲁迅分离孔子的思想内容与思想方法,行为目的性和行为方式,把"柔"视为一种道德的勇气和品质,一种类似在《娜拉走后怎样》中描述的具有"韧性"的"无赖精神",通过改造"以柔进取"的命题赋予孔子"韧"的特征,实际上反映着一种深刻的儒家实践理性的精神,一种注重从社会责任和使命的承担中实现道德和思想抱负的修治之道。这意味着,无论消化、改造、超越儒家价值,还是积极参与中国社会、政治、文化生活,在鲁迅与传统思想的复杂关系中,类似马克斯·韦伯(Max Weber)所谓"责任伦理"和"信念伦理"① 的不同价值取向始终清晰地贯穿于全过程,与传统的道德与事功的伦理分野遥相呼应。鲁迅强调"责任伦理",把儒家的道德召唤和实践理性转到文化价值判断的层面上来,或许是企图为其"改造国民性"思想开辟另一思路,或许只是他作为知识分子在探讨如何重建中国文化心理结构时所作的必然选择而已。

既然并非顾全于儒家命运的"为承担而承担",那么与其行为价值的外在取向相联系,《采薇》则为我们提供了鲁迅处理儒家价值的另一种模式。它既不同于早期杂文中的"全盘拒绝",也迥异于以上分析的"部分承担",而是一种在拒绝中承担或在承担时拒绝的辩证批判过程。他把儒家代表"内圣"路线的"圣人"伯夷叔齐的道德实践和代表"外王"路线的楷模周武王姜尚的事功成就改造为一个充满"油滑"人物的嘲弄、调侃——它自然隐含着作者的态度和评价——的文化批判寓言,艺术地就夷齐故事和周武王故事反映的儒家人性化主题表示了态度。根据《出关》中"孔胜老败"的描写可知,关于人的价值实现和终极完成,他不但反对老子那种"无为而

---

① M. 韦伯认为,一切以伦理为取向的行动,都可概括为两种准则,一是责任伦理,一是信念伦理。信念伦理属于主观的价值认定,行动者只把保持信念的纯洁性视为责任;责任伦理则要求对客观世界及其规律性的认识,行动者要审时度势做出选择,因为他要对后果负责。以上内容见于苏国勋《理性化及其限制——韦伯思想引论》,上海人民出版社1988年版,第74、75页。

无不为"的"徒作大言"（立言），而且反对夷齐的纯粹个体道德完成方式（立德），对周武王姜尚代表的外在事功完成方式（立功）亦有相当保留。我们知道，立德、立功、立言分别代表着儒家关于道德、事业、思想三大方面的人生成就，与其成人、成王、成圣的终极目的关系密切。鲁迅要"立人"或改造国民性，必须首先打碎立德、立功、立言在内的儒家关于人的发展与完成的一整套设计，才能为它的真正实现铺平道路。由于立德为立人之本的儒家观点，尤其是伯夷叔齐的道德成就使之成为其根据个人内在资源完成自我而获致人生价值和道德尊严的"内圣"神话的主角，为脱离社会现实仍可实现道德抱负的思想提供了貌似有理的论证。甚至直到现代，一些知识分子仍难以打破这种"道德神话"造成的幻觉。因此，清理夷齐在儒家"成人"寓言中的意义，打碎由儒家创造的"内圣"神话，肯定一条合乎现代化要求的、消解了道德与事功的紧张关系的人的完成路线，就成为鲁迅在《采薇》中处理儒家思想的基本关注。

本来，在儒家早期思想中，道德与事功、修身与治国、内圣与外王等范畴在其人性化设计中是融和统一的，"成人""成王""成圣"之间的关系只是道德和人生追求的自然延伸，其内涵有不少重合之处。孔子甚至认为"客观功业的'圣'本高于主体自觉的'仁'。'仁'只是达到'圣'的必要前提。"① 从他对管仲"相桓公，霸诸侯，一匡天下，民到如今受其赐"②的赫赫事功的神往中也可看出这种内容。他还认为，"微管仲，吾其被发左衽矣。"就是说，事功成就完全可与"正天下"的教化、道德相通。然而随着以后"儒分而为八"，曾子、子思、孟子一脉侧重"内圣""休仁"之学成为正统，特别是其强调道的内在性的倾向经过宋儒的片面发挥，"'内'却不但日益成为支配、主宰和发生的源泉，而且甚至成为唯一的理论内容了。"③ 鲁迅对宋明理学鄙视事功、空谈性理、满足于心灵修养的"为道德而道德"的消极性显然有深刻的理解，在杂文中屡屡抨击夸大道德作用的"民气论"和"平时袖手谈心性，临危一死报君王"式的截然分割道德与事功的伪气节④。由于夷齐在儒学或传统

---

① 李泽厚：《经世观念随笔》，《中国古代思想史论》，人民出版社1986年版，第268页。
② 孔子：《论语·宪问》。
③ 李泽厚：《经世观念随笔》，《中国古代思想史论》，人民出版社1986年版，第269页。
④ 如《忽然想到（十）》、《补白》（一），《"寻开心"》、《登错的文章》等从1925年到1936年的杂文均有如上内容。

文化结构中的意义主要依据儒家的"内圣"背景支持,因此当鲁迅在儒经或历史文献中频频出没时,我们实际上被他带进了一个远比小说世界更宽广深厚的儒家价值领域。这里既有严格针对儒经关于夷齐之道德意义的事实上的辩证,又有着眼于现代中国文化心理再造之前途的对儒家"内圣"神话价值上的批判。伯夷叔齐的意义由于其行为的实在功能与儒家伦理的抵牾而被鲁迅逐渐消解了,儒家精心炮制的"圣人"也因其道德事实与价值指向的不符而丧失了道德和人格上的力量。具体而言,鲁迅充分利用儒家价值的含混性和矛盾性,把夷齐的行为与所负载的价值之间本有的距离推衍到极致,这样,儒家"圣人"的粉饰一旦剥落,其完美人格便暴露了"通体都是矛盾"的真面目。

作为展现鲁迅对于儒家人性化(立人)过程有关价值矛盾运动的关注以及对于道德与事功这一范畴价值选择的艺术进程,小说中对夷齐在儒家学说中的意义之清理主要由作者的议论、"油滑"人物的调侃和嘲弄,以及对儒家价值的有意"变形"等方式完成。伯夷曾被孟子称为"圣之清者",与叔齐一道,几乎承担着与儒家人性化理想有关的所有价值。其人格中既有孔子所谓"求仁而得仁"之"仁","义不食周粟"之"义","不念旧恶"之"恕",又有朱熹所谓"以父命为尊"之"孝"与"以天伦为重"之"悌"。但主要地,却在于其人格所带有的道德力量能够赋予"礼"——儒家关于君臣、长幼、尊卑、男女的一整套秩序——以道德的尊严。儒家认为其行为"皆求所以合乎天理之正,而即乎人心之安"①。正是这种沟通"天理",和"人心"的道德实践,为儒家的人性化设计提供了一个既连结内在的"道",又充分肯定现实的社会伦理秩序和体现"人心"的自然趋势的绝好样板。然而在鲁迅笔下,夷齐之超社会的"信念伦理"与鲁迅参与社会的"责任伦理"却产生了剧烈的碰撞,其道德不仅未能反映道德规范的普遍性,相反在其行为和规范——所承担的儒家伦理之间,也就是《礼记》所谓"儒行"与"儒效"之间,还产生了许多矛盾和紧张。由于"仁""孝""忠""恕"四种儒家价值在其"成人""成圣"过程的重要性,鲁迅在小说中或隐或显地相应给出了事实和价值启示,使夷齐的行动演变为受制于儒家伦理、当时政治、人事纠纷的矛盾运动。那么,鲁迅怎样具体

---

① 朱熹:《四书集注》,中华书局版,第97页。

展开夷齐与儒家伦理的四种矛盾和紧张,他对于儒家价值批判和改造的特征究竟如何呢?

首先看夷齐的"礼让逊国"与儒家"仁"的观念之间的矛盾和紧张。毫无疑问,尽管儒经中对"仁"缺乏一个明晰的界定,但一般都把它视为有关个人道德的概念,一种人之所以为人的德性。它对于儒家人性化目标的意义,主要就在于能为它奠定一个内在资源的基础。杜维明认为它"基本上是与个人的自我更新、自我完善和自我完成的过程相联系的"①,人生是否有意义首先就取决于能否自觉地实践"仁",夷齐对于儒家"成人"过程的意义也正在这里。但是每个人在道义和责任上对"仁"的承担又因其在"礼"的秩序中的不同位置和等级而各有差别。孔子讲"克己复礼为仁",就是指每个人应依照"礼"的本份去做道德上的"应该",通过激发内在之"仁",使自身在不断的实践中臻于完善。鲁迅对"仁义道德"自然表示过明晰的看法,但在这里却展现了另一种思路。在他看来,伯夷叔齐作为自然程序和法定程序的诸侯继承人,"仁"对于他们而言,主要应体现为他们对天、地、人所承担的责任和义务,其所求之"仁"并不在克己的"礼让逊国",相反,抛开社会事功方面的经济之道和"复礼",其"礼让逊国"倒意味着他们拒不承担"仁"所体现的对天、地、人的责任和义务。当叔齐在武王伐纣时指责"臣子要杀主子"的行为不符合"仁"时,鲁迅却描绘了夷齐的"礼让逊国"与商纣王"自弃其先祖肆祀不答,昏弃其家国,遗其王父母弟不用"的行为在道德功能和社会效应上的相似性。小说引用的《太誓》中"毁坏其三正,离逷其王父母弟"等语,正是指控商纣王毁坏了天、地、人的正道,抛弃他的祖辈和兄弟不用的意思,而它偏偏又"断章取义,却好像很伤了自己(指伯夷——引者)的心"。鲁迅为什么这样写?我想,其深意不但在于指明儒家"圣人"与公认的暴君在道德功能和社会效应上的相似性,把儒家的理想行为和价值引入窘境,而且还在于揭示儒家"仁"的观念由抽象概念转化到社会关系层面的"礼"的艰难性和不可能,以彻底动摇儒家人性化(成人)设计的人的内在资源基础,也为摧毁其"内圣"神话清除了重要的价值障碍。

---

① 杜维明:《作为人性化过程的"礼"》,《人性与自我修养》,中国和平出版社1988年版,第15页。

其次是小丙君所谓"撇下祖业"与儒家"孝（悌）"观念之间的矛盾和紧张。如前所述，儒家的"仁"不仅指道德修养，而且指精神的转化。内在道德的"仁"只有转化为社会关系的"礼"才能保证其人性化过程的正常运作，而作为这一过程的"礼"必然在人伦关系上有所反映。既然儒家认定自我修养（修身）离不开人伦关系，那么在家庭中的道德表现（它基本上等同于齐家）也就成为整个"成人"设计的重要内容。鲁迅在《我们现在怎样做父亲》《魏晋风度及文章与药及酒的关系》等文中曾揭露过"孝"及"以孝治天下"的虚伪性。个人范畴的"孝"竟然延伸到社会范畴的"治天下"的层面，基本上依赖于一厢情愿的修齐治平那一套逻辑。与上段的分析相联系，如果说鲁迅描绘"礼让逊国"与"仁"之间的矛盾和紧张是为了揭示"仁"的虚妄和修身的无意义，那么它强调"撇下祖业"与"孝（悌）"之间的矛盾和紧张的矛头则指向齐家；如果说夷齐"求仁而得仁"的行为指向与价值内涵的矛盾仅仅表现在价值层面，关于"仁"向"礼"的转化尚可给出另一种解释，那么他们与"孝"的冲突则透过价值层面潜入到逻辑关系之中：伯夷"以父命为尊"之"孝"与叔齐"以天伦为重"之"悌"相互构成一种悖论关系，这就是说，不但"撇下祖业"作为其道德行为的共同后果，而且伯夷之"孝"与叔齐之"悌"相互以否定对方的道德成就作为其存在的条件，其危机显得更为严重。尽管夷齐指责武王"父亲死了不葬，倒来动兵"之不符合"孝"是纯粹的儒家观点，但其"撇下祖业"同样也违背了儒家关于"孝"的实践规范。一般而言，"孝"主要有两个部分，一是对于长辈的遵从，一是事亲即报答养育之恩。《孝经》讲"身体发肤，受之父母，不敢毁伤，孝之始也。"而夷齐的"撇下祖业"不仅意味着对孤竹君的忤逆——叔齐还把"天伦"置于"父命"之上——，而且最终丧失了事亲的根本。反过来说，虽然一般地儒家也不单纯把"以父命为尊"视为孝行，《孝经》有所谓"当不义则子不可不争于父，臣不可不争于君，从父之令，又焉得为孝乎？"但夷齐的行为却完全反映不出这些内容，无论对于"父之过"还是商纣王的"君之过"，他们只是一味的消极逃避，甚至只就维护儒家的道统而言，其表现也很难为儒家伦理提供足够的支持和力量，因此，说夷齐难以承担儒家赋予的"孝"，恐怕已是小说题旨的应有之义。至于叔齐之"悌"，透过小说中夷齐相濡以沫的手足之情的表面，兄弟之间的内在紧张往往通过一些对他们不敬的噱头或隐或现地传达出来，如吃薇菜伯夷要多吃两撮，"因为他是大哥"；当叔齐怪伯夷多嘴而透露其"逊国"和"不食周粟"的原委时，也"在心里想：父亲不肯把位传给他，可也不能不说很有些眼力。"这些虽缺乏文献根据但却符合生活常理的虚构，无疑代表着鲁迅的真正态度和评价。正是凭借鲁迅的揭示，儒家"孝（悌）"的价值最终由于不堪承担先王之道与人情物理及内在逻辑冲突的重负而自行崩溃。

第三是夷齐之"扣马之谏"和"不食周粟"与儒家"忠（义）"的观念之间的矛盾和紧张。它反映的是儒家关于人在社会领域即与政府、国家关系的特定形式——君臣关系上的道德承担的内容，人作为社会（政治）人的意义主要就通过实践它来取得。由于夷齐的"扣马之谏"和"不食周粟"介于政治和道德之间，因而与他们承担"仁""孝"观念时的不负责任不同，其行为始终透露着一种政治参与和道德干预的意向。尽管它涉及的儒家价值仍不出"礼"的范围，但其行为却在商纣王是否应该讨伐的问题上与儒经中的观点形成某种对立。这不仅影响着他们道德承担的质量和强度，而且对于儒家的人性化目标也至关重要：对于重大历史事件——尤其是承担儒家价值的政治与道德本事——我们难以想象儒家的道德楷模竟然持有与儒经观点相左的意见。昏君纣是否应该讨伐？《孟子》早已给出肯定的答复。当齐宣王问及如汤放桀、武王伐纣那样"臣弑其君"的行为是否道德时，孟子说："贼仁者谓之贼，贼义者谓之残，残贼之人谓之一夫。闻诛一夫纣矣，未闻弑君也。"根据儒家的观点，长幼、男女、君臣等关系的伦理是双向的，讲究父慈子孝、兄友弟恭等，臣不仅要有臣道，君也要恪守君道，这样才能保证社会的政治、道德、文化秩序的安全。这种双向性特征其实也正是其革命性和保守性的共同根源，一方面，它可以为古代知识分子限制君权提供思想资源；另一方面，又可以为皇权的合理性提供论证，关键在于这一价值链条不能有一个环节出问题。因此，每当历史的转折关头，儒家伦理总是陷于其内在矛盾难以为人们的政治选择指明方向。对于鲁迅所处理的夷齐"扣马之谏"的愚忠与儒家关于武王伐纣的正义性之间的矛盾，传统儒者往往以一种暧昧的多元论观点进行统一。他们从孟子称伯夷（姜）太公为"天下之大老"出发解释"及武王伐纣，一佐之，一扣马而谏"的不同反应，认为其"道并行不悖也。太公处东海之滨，进而以功业济世；伯夷处北海之滨，退而以名节励世……故各为世间办一大事,可谓无负文王所养矣"。①鲁迅却唤出儒家代表事功路线的典型姜太公,还原了其本有的矛盾,使夷齐代表的内圣路线处于前所未有的窘境,甚至其道德实践的真诚性一点也不能抵消场面的揶揄和嘲弄带来的毁灭性力量。所谓"忠义",仅仅作为昏君贼残秽行的某种价值帮凶而存在,其"扣马之谏"与"不食周粟"的行为与其说肯定着儒家关于君臣之道的规范,毋宁说干脆是由于机能僵化导致的价值自戕和反讽。尤其是在传统儒者眼中显得圣洁和悲壮的"不食周粟",其"儒效"充其量不过为看客们增加一点笑料和谈资而已。我们知道,这是一种最富于鲁迅特色的否定性评价。通过还原夷齐与儒经之间的矛盾,其难以承载儒家"忠(义)"价值的真相终于也被揭示出来。

最后,其矛盾和紧张还表现在小丙君所谓《采薇》诗的"怨而骂"和阿金讲述的"鹿奶"故事中夷齐的"以怨报德"与儒家"恕"的价值之间。我们知道,儒家的"恕"不仅意味着一般意义上的宽容,而且还是一种有严格内涵的实行"仁"的方法。在孔子刻意塑造的伯夷"无怨"的形象背后,"恕"对于儒家"成人"乃至"成圣"的终极目的的重要性无形中透露了出来。其中似乎隐含着这样的逻辑:一个人内心充满怨恨,不但妨碍他的精神和谐,而且是其无力发掘内在之"仁"的证据。根据儒家的观点,一个人固然无法脱离社会,与人交往却是为了自我实现,其人格的真实性有赖于体现为精神价值的现实性。"如果他不以某种颇有意味的方法与他人往来,那么他就不仅是粗暴地对待他的社会关系,并且粗暴地践踏了自身的真实自我。"② 因此,当鲁迅把儒家的这种逻辑融进小说背景,伯夷是否"有怨"的问题也就转化为"恕"是否真实和有价值的问题。鲁迅成功地利用了孔孟关于伯夷的不同描述,为伯夷有违"恕"道的性格发展奠定了基础。固然,孔子是情愿伯夷"无怨"的,他认为"求仁而得仁,又何怨?"(《述而》)"伯夷叔齐不念旧恶,怨用是希。"(《公冶长第五》);孟子却为我们提供了伯夷"非其君不事,非其友不友,不立于恶人之朝,不与恶人言"的生动

---

① 见《鹤林玉露》卷十二"伯夷太公"条,另外《四书遇》(张岱)《野乘》亦有此看法。

② 杜维明:《作为人性化过程的"礼"》,《人性与自我修养》,中国和平出版社1988年版,第25页。

表现："推恶恶之心，思与乡人立，其冠不正，望望然去之，若将浼焉。"(《公孙丑章句上》)并批评伯夷之"隘"为"君子不由也"①。朱熹也认为伯夷具有"宜若无所容"②的耿介性格。应该说，由心胸狭隘到"含怨"是符合伯夷的性格逻辑的。司马迁、李贽等都表示过与孔子相左的意见，李贽甚至认为司马迁"翻不怨为怨，文为至情至妙也。何以怨？怨以暴易暴，怨虞夏之不作，怨归适之无从，怨周土之薇不可食，遂含怨而饿死。此怨何可少也？"③鲁迅借小丙君之口引《采薇》诗为证说伯夷"有怨"，显然可以得到孟子、司马迁、李贽的意见的支持，而伯夷的"有怨"则使孔子"不念旧恶"的道德判断成为明显的虚饰。这样，儒家的道德偶像一旦显露本相，不但作为"仁"的实行方法的"恕"难以为人接受，其未及一般意义上的宽容的事实更危及儒家价值的信誉。由于鲁迅消除了儒家蒙在个人与社会关系之"恕"上面的不合理假设，儒家关于个人进入社会的方法便势必陷入困境。实际在杂文中，鲁迅始终把"恕"与"纵恶"及主体的"怯弱"相联系，对所谓"犯而勿校""不念旧恶"明确表示不信任。小说结尾他把刘向《列士传》中的"鹿奶"故事原封搬来，虽然仍然把叔齐"以怨报德"的行为包裹在传说的虚拟形式中，但由于儒家"恕"对于其人性化目标的虚假合理性已被捅破，鲁迅的真正用心便得以明示，而叔齐与所谓"躬行""仁恕"的道学先生如"给无告的官妓吃板子"的大哲朱子等辈的微妙联系也就凸现出来。

在这种对夷齐"通体都是矛盾"的人格的批判性呈现中，我发现，伦理事实与价值背景的差异其实正是制约于鲁迅笔下的夷齐与儒经中夷齐形象的差异的基本因素，而植根于这种差异的内在矛盾和紧张则成为儒家实现其"成人""成圣"目标的巨大价值障碍。其中有关"仁""孝""忠""恕"的四种矛盾和紧张分别覆盖着与抽象的人和具体的人子、人臣相关的哲学、宗教、伦理和政治等诸方面的内容，已相当深入地触及儒家人性化理想的根本。可以说，随着鲁迅对夷齐以及他们在儒家世界的价值和意义的清理，儒家人性化设计的谬误即圣贤人格的非现实性和具体操作的强迫性特征终于

---

① 朱熹：《四书集注》，中华书局版，第240页。
② 朱熹：《四书集注》，中华书局版，第82页。
③ 李贽：《焚书》，中华书局版，第211页。

被揭示出来。鲁迅显然对儒家的道德"立人"路线持否定态度,增田涉曾指出"鲁迅憎恶中国儒家的'完人'思想。那是对人求完全的强制想法,由这种想法对现实的人用既成道德给以拘束、限制。"①这种由外铄的"礼"制约内在之"仁"的方法其实内含着不可解决的矛盾,鲁迅通过突出"礼"的规范在其人性化过程中的抑制作用,为我们描绘了夷齐被指向不同方向的"礼"撕裂和陷于"仁"和"礼"的矛盾而难以调和的窘境。它既是鲁迅对儒家的批判,也是鲁迅对儒家的一种选择。值得注意的是,鲁迅的出入经典和接近儒家,虽然含有寻找其道德神话违背事实的权宜成分,但他在小说中对儒家某种观点和材料的借重或利用仍然非同寻常,如前面分析过的"扣马之谏"一场隐含的传统儒者关于孟子"大老"句指称的道德与事功两条不同"成人"路线交锋的背景,以及在有关伯夷是否有"怨"的问题上倾向鲜明的对儒家非正统或异端的意见的采纳。这似乎说明,鲁迅与一个更大的儒家传统即构成中国文化基本精神的那部分发生着联系,它甚至包括非正统派和异端以外而只在潜意识层面上与之相连的那些思想。事实上,与《出关》中鲁迅对孔子的肯定相一致,《采薇》中鲁迅对夷齐的批判和对儒家不同思想材料和观点的变形和利用,是可以视为别一形式的"孔老相争"的,只不过肯定儒家的内容作为前提掩映在进行批判的背景中而已。我们知道,在《采薇》中无论对儒家道德偶像的矛盾人格的揭示,还是对儒家伦理混淆事实与价值的整体主义思维在"成人"过程所起作用的否定,都不及对夷齐真诚的道德实践的毁灭——由道德的无用而导致的戏谑、嘲讽的喜剧境地的刻画予人深刻印象,被孔子称为"不降其志,不辱其身"的"义士"在鲁迅笔下却不过是超责任超义务,无益于社会、国家、人生的所谓"无益之臣"②。这一价值变形的原则贯穿于鲁迅与儒家对话的整个过程。由对夷齐代表的"内圣"路

---

① 增田涉:《鲁迅讨厌儒家的"完人"思想》,《鲁迅的印象》,北师大版,第40页。
② "无益之臣"的说法出自《韩非子·奸劫弑臣》:"古有伯夷、叔齐者,武王让以天下而弗受,二人饿死首阳之陵;若此臣者,不畏重诛,不利重赏,不可以罚禁也,不可以赏使也。此之谓无益之臣也,吾所少而去也,而世之多求也。"尽管未发现鲁迅接触这一段话的直接证据,但鲁迅说他"中过庄周韩非的毒"可作为旁证,小说对夷齐的处理也体现了上述精神,令人感兴趣的是,毛泽东也持有相同意见,他认为伯夷只是"一个对自己国家的人民不负责任、开小差逃跑,又反对武王领导的当时的人民解放战争、颇有些'民主个人主义'思想"的人(《别了,司徒雷登》)。

线在儒学发展中摒斥外向的事功路线，鲁迅对于其过分强调"道"的内在性而必然导致的脱离社会、超越责任的"离心"倾向，以及日益陷于空疏、迂阔、无用之可能性的揭示，就可以视为他对外在"事功"路线强调道德与事功的相互转化的价值和行为取向的肯定。而且，正是在其关于道德与事功相互转化的可能性的探讨中，我们发现了夷齐与小说的另一人物周武王的价值连结点，找到了进入鲁迅思想的另一方面——对儒家的"外王"完成方式和价值结构进行考察的途径。

　　这一部分内容往往为论者所忽略，主要反映在鲁迅对周武王及相关儒家概念"王道""霸道"进行价值重估的过程中。固然，强调内圣外王、王霸统一是早期儒家的思想特征，当其内在联系被后儒割断，"外王"的内容便只能栖身在非正统派和异端思想之中，或者仅仅作为一种遥远的梦想和伤感的感喟残留在历代儒者的内心，其思想身躯的发育早已停滞。正如夷齐在儒家的"道德神话"中作为理想人格和纯洁象征一样，周武王在其"事功神话"中也是一个近乎完美的理想君主和个人成就楷模。二者的联系深深植根于儒家的"成人""成圣"逻辑之中。这就是说，儒家关于人的发展的设计，其由内在"体仁"的修身齐家进入外在事功的治国平天下，是合目的的必然衔接。根据这种逻辑，夷齐和周武王作为个人在价值深处就有了相通之处，鲁迅对周武王的批判也就成为对夷齐批判的继续。这种批判主要借助于一系列历史事件诸如"扣马之谏""血流漂杵""归马于华山之阳"的描写来进行。鲁迅描写的科学性在于他充分顾及武王伐纣作为历史性事件和作为道德性事件的不同含义和复杂性。作为历史性事件，当它与夷齐的"扣马之谏"处于同一价值天平时，鲁迅嘲弄和调侃了夷齐的迂腐和螳臂挡车，突出其伐纣的历史进步性和正义性，艺术地肯定了隐含在"恶"的形式中的历史意志；作为道德性事件，当它摇身一变为儒家的理想政治"王道"的体现者时，鲁迅则对"王道的祖师而且专家"的周武王采取了明显的批判态度，通过"血流漂杵"和"归马于华山之阳"的讽谕性场面对比，艺术地揭示其"先诈力而后仁义"的"霸道"实质。与儒家强调人的道德使命向"己立立人、己达达人"式的社会政治参与相联系，鲁迅对周武王的批判可视为其"孔老相争、孔胜老败"思想的深化，也可视为他对儒家道德——事功的"立人"思维模式的超越。"王道"是典型的儒家用语，但并非简单的外王之道。它是事功，但要体现出纯粹道德的意义；它要求把人的客观功业转换为一种有明确道德目的的社会结构，其实质是儒家"内圣"路线的"事功"（政治）形态或"事功"路线的"内圣"（道德）形态，其要害是以道德代政治。我们知道，"王道"背后隐藏着儒家"圣人最宜于作王"的观念①，而它与支持夷齐的整个"内圣"背景一脉相承。这种道德向事功的渗透和侵蚀其实是儒家人性化逻辑演绎的必然结果，而揭示儒家"成人""成圣"目标的最高实现——"内圣外王"的价值结构的内在矛盾，就成为鲁迅处理儒家"圣王"理论的主要内容。当然，"圣王"观念来源极古，《老子》中的"圣人"一词就经常指"天下"，的理想统治者，即普遍君主②；孔子称道尧舜，其弟子则有了完整的"圣人最宜于作王"的思想，所谓"上圣立为天子，其次立为大夫"者③；历代统治者吹捧孔子，加封的许多"阔得可怕的头衔"也多是"大成至圣文宣王"之类。不过，正如论者所指出的，这类"圣王"在中国历史上根本不存在，因为它包含着两种相左的行为价值走向，政治人格与道德人格本来就如同水火。鲁迅关注于"王道"与"霸道"的辩证对立关系，强调它在政治运作中（倘若它不与如申韩之学着重的"霸术"相结合）事实上的不可能，既是开启儒家"圣王"要求的思维误区的一把钥匙，又是解析其"成人"目标混淆事实与价值的精确视角。透过周武王带有的整个"圣王"结构，鲁迅相当清晰地扫描了现代启蒙理性与儒家实践理性在"立人"问题上的不同投影。由于儒家的"成人"思路在泛道德化的价值选择中迷失了方向，往往妨碍对于人与政治、道德、文化关系的本质认识，因而鲁迅强调人之所以为人的特征不再仅仅依靠道德（信仰）的成就，使儒家的"先天道德判断"让位于行为价值自主的现代思维，事实上在思想领域为人的自由选择和发展开辟了广阔的道路。而且，在剥离"王道"的空想性的背后，其价值取向还进一步包含了近代思想要求政治、经济、文化等价值体系与道德（宗教）相脱离而使之获得独立性和科学形态等内容。

总之，无论《出关》中对于孔子的抽象肯定，还是《采薇》中

---

① 可参看汤一介为《人性与自我修养》所作的序。
② 林毓生：《中国意识的危机》，第34页。
③ 《墨子·公孟》有如下记载："公孟子谓墨子曰：昔者圣王之列也，上圣立为天子，其次立为大夫。今孔子博于诗书，察于礼乐，详于万物，若使孔子当圣王，则岂不以孔子为天下哉！"

对于夷齐和周武王代表的儒家理想人格"圣王"结构的批判,鲁迅与儒家的关系始终围绕人与社会、人与自我、人与人即所谓"个人与社会的关系,他作为人的最终可能性,怎样最好地实现这种可能性"① 的问题展开。通过对夷齐和周武王体现的儒家"内圣外王"的"成人"路线的考察,鲁迅试图在个人道德的完整性和社会责任感之间建立一种相互依存的关系,在个人的内在自由与适应社会使命的召唤之间找到其统一点,它实际占据着包括道德与事功、内圣与外王、王道与霸道等相关范畴的中心。与儒家对这一问题的伦理主义回答不同,鲁迅否定道德判断的先验性和唯一性,把人的价值实现的最终可能性问题视为一种人作为历史主体参与社会、政治、文化过程的实践结构,只有不回避个人的社会责任和道德使命的承担,才能确认人的道德完整性的实质,为人的价值实现的各种可能性奠定其现实的基础。不管鲁迅对儒家关于人生立德、立功、立言三种成就的设计持有何种观点,他对伯夷叔齐、周武王、老子这三个"成就典型"的拒绝仍坐实了上述看法。作为难以规避的消极性思想遗产,鲁迅对儒家关于人的基本价值尤其是道德主体性问题的批判深深影响和决定着他的"立人"思想的概念、预设和方法"立"什么和如何"立"的问题不可分割地植根在诸如人的最终发展的可能性这类带有形而上意味的命题中。尽管鲁迅对儒家隐秘的关注越过其意识形态层面而在超越性层面上与之汇通,但倘若认定鲁迅与儒家思想对话的充分的建设性仍然是轻率的,比如在人如何根据内在资源完成自我这种儒家意味极浓的问题上,即使它代表儒家思想适应现代生活最富独创性的方面,也不能满足鲁迅"立人"思想旨在"改造国民性"的社会性努力与他为消除其反动性消极性而对它实施批判的强度和深度。经过鲁迅批判理性的过滤,儒家思想之于"立人"正反两面的作用更加清晰和明确,一种抽象继承这份更多负载着传统的罪恶和负担的思想遗产的道路似乎已为鲁迅指出。然而,在《故事新编》中,当鲁迅企图在西方文化之外另外寻找新文化的创造性力量和价值源泉时,他实际更经常地把目光转向

---

① 罗纳德·G. 丁柏格语,转引自杜维明《人性与自我修养》,第163页。这些问题使我们重新回到青年鲁迅留日时期的有关思考上来,许寿裳在《亡友鲁迅印象记》中的转述已广为人知,即:一、怎样才是最理想的人性?二、中国国民性中最缺乏的是什么?三、它的病根何在?本文展示的内容是否可视为鲁迅在晚年对其基本的"人性论主题"(伊藤虎丸语,参见《〈故事新编〉的哲学》)的某种回应?

墨家而非儒家。这似乎说明，作为中国文化的两种精神，儒墨之间的某种根本差异已为鲁迅察觉和明确认识。如果说鲁迅的接近儒家带有较多被动性和权宜成分，那么他对墨家的强烈兴趣则预示了其"立人"思想的新思路，一种在融汇古今中外思想价值基础上进行的对于理想人格结构和现代伦理精神的崭新探讨。

1989年至1990年断续写于磨砖居

（原载《鲁迅研究月刊》1991年第10期）

鲁迅哲学思想刍议

王富仁

一 研究框架问题

迄今为止，在有关鲁迅哲学思想的论述中，使用的主要有两类三种哲学思想的框架。一类是西方现成的哲学思想，一类是中国古代固有的哲学思想。在西方现成的哲学思想中，马克思的哲学唯物主义思想在从20年代至今的鲁迅哲学思想研究中一直是一种主要的标准，主要的理论框架，而在其中起主要作用的则是马克思、恩格斯在重构自己的思想学说时从18、19世纪西方哲学中承继下来的一些旧有的概念，如唯物主义、唯心主义、辩证法、形而上学、物质、精神、客观、主观、客观规律、主观能动性等等，对这些概念的理解也是从那时的哲学思想中取得的，其中也有属于马克思主义学说中有关键意义的概念，如经济基础、上层建筑、生产力、生产关系、历史唯物主义、历史唯心主义、阶级和阶级斗争、无产阶级专政等等。这些概念也是在西方思想基础上产生的，是以它们在西方哲学思想的意义为本的。文化大革命结束之后，少部分青年学者开始用西方存在主义哲学研究鲁迅的哲学思想，这在冲破原有的哲学思想框架，从多方面理解鲁迅思想的丰富性上无疑是有很大作用的，在很多理论上也更逼近了鲁迅哲学思想的本体。但是，鲁迅思想与西方存在主义哲学是平行发展起来的，在接受克尔凯果尔、尼采的思想影响下二者有着相同的思想渊源。但在平行发展着的两种思想间用一种思想衡量、评价另一种思想，这在本质上是不合理的。实际上，鲁迅思想和西方存在主义哲学在其表现形式上是有明显差别的。从总体发展趋向上，西方存在主义走的是一条由具体到抽象，由现实走向超现实的思想道路，鲁迅则走的是一条从抽象到具体，从超现实返回现实的思想道路，这说明鲁迅在对世界，对社会人生的整体观念上就与西方的存在主义的哲学家有着根本不同的特征。在这一点上，鲁迅的哲学思想更与中国古代像老子、孔子、韩非子、墨子这样的思想家有着相同的特征，他们都不是一种新的哲学思想理论的建构者，他们的哲学思想都只是他们观察思考现实社会诸种问题的基础观念。但是，鲁迅作为一个思想家又是根本不同于中国古代这些思想家的，他的思想的基础观念与古代这些思想家的基础观念有着根本的不同。从20年代至今，特别是在论述鲁迅与中国传统文化的关系时，人们往往沿用中国古代哲学中的观念，如出世、入世、载道、言志等观念，说明鲁迅的哲学思想，这就抹煞了鲁迅思想与中国固有思想的本质差别。总之，由于这些概念本身都是从西方和古代直接借用来的，其理解形式也基本沿用了它们在西方哲学和中国古代哲学中的固有意义，所以我认为，迄今为止，我们对鲁迅哲学思想的独立性还是没有一个较明确的意识。

二　鲁迅哲学思想的基础观念的建立

如上所述，鲁迅的哲学思想不是由他本人的著作明确叙述出来的一个理论体系，而只是他观察思考现实社会人生诸种问题的一些基础观念。所以，发现和了解鲁迅思想中哪些观念更具有基础的性质以及这些基础观念在鲁迅思想中的确切意义和价值，是研究鲁迅哲学思想的基本途径。

一个独立思想家的基础观念不是先天地被确立的，不是由外部世界事先预定好的，而是由一个哲学家、思想家在其具体的文化环境中所自然产生的，是由自己主要关注的理论问题所规定的。西方的近代哲学是在当时自然科学的发展中产生并发展起来的。在自然科学的研究中，首先产生的是研究对象和自然科学家本人的关系，对象是客观的，自然科学家本人是主观的，对象是存在于自我之外的整个客观物质世界，自然科学家则是一个有着自己的思想、情感、主观好恶的人。在这样一种关系中，物质和精神，主观和客观，成了当时哲学一系列问题的基础观念，并在这些观念的基础上产生了唯物主义、唯心主义、二元论、辩证法、形而上学等等哲学的派别。这些派别，实质上是对上述各种对立观念的不同结合形式，因而也成了对整个世界的不同理解形式，西方人同时也称这种哲学思想为各种不同的世界观。但是，对于当时的鲁迅，这些世界观并没有直接的适用性，科学研究中自我和对象的关系问题对于鲁迅没有多大的重要性。他关注的是另外一个问题：西方文化和中国文化的关系问题,也不是一个纯学术的问题,而是一个民族与民族间的强弱对比的问题。对于当时的鲁迅,西方文化和中国文化都是两个源远流长的文化,但西方文化造成了当时西方各民族之强,而中国文化造成了当时中华民族之弱,这里不是一个主观与客观的关系问题,而是一个文化与人的关系问题;文化与民族的关系问题。也就是说,在西方近代哲学史上,主观和客观、精神和物质、主观能动性和客观规律性等等,都是一些最基础的观念,但在鲁迅这里它们都不具有最基础的性质,最基础的观念是文化与人,文化与民族的关系。上述那些观念,在鲁迅这里,只有纳入到文化与民族,文化与人的关系中来理解,才有实际的意义,脱离开这个最最基本的关系,它们都不具有实际的意义。唯心主义、唯物主义、辩证法、形而上学等等哲学学说也是如此。

文化与人、文化与民族的基本思想框架不但是鲁迅一个人的基本思想框架,同时也是所有中国近现代知识分子的一个基本思想框架,而鲁迅独能在这样一个思想框架中展开他十分丰富的思想,使自己的思想具有了完全独立的性质,是因为他与他此前此后的知识分子都有一个十分重要的差别,即他此前此后的知识分子是把西方文化作为一种现实表现而接受,把中国文化作为一种现实表现而反对,而鲁迅则是把西方文化作为一个全部过程而思考,把中国文化作为一个全部过程而研究。洋务派憧憬的是西方现在的船坚炮利,维新派憧憬的是西方的议会制,胡适热衷于美国的杜威哲学,陈独秀后来信仰马克思主义,这些都是在西方文化发展了数千年之后在其现代社会产生的特定思想成果。而鲁迅毕其一生不把自己纳入到西方的一个特定的思想体系中,他重视的始终是西方文化和中国文化的全部发展过程,他是在这两个文化发展过程的对比中建立起自己的思想的。假若我们从这样一个角度思考鲁迅留日时期写的《科学史教篇》,我们就会发现,它的重要性并不是一般意义上的,而是具有一种独立的世界观的性质。

仅就西方文化史的知识而言,鲁迅的《科学史教篇》是太简略、太粗陋了,这是每一个当代青年都十分熟悉的。但它的意义在于对西方文化史的把握方式上。他没有像当时多数留学生一样,把西方文化的发展仅仅看作文艺复兴以来的科学文化发展的结果,没有否定整个中世纪在西方全部文化史上的地位和作用,当然,他也没有站在西方宗教神学的立场上否定文艺复兴以来的文化。鲁迅对整个西方文化史的重视,既不在于它的科学,也不在于它的宗教,而在于它的整体的动态流程,科学和宗教是这个整体动态过程中的两大文化形态,科学以物质的形态同时也表现着精神的作用,宗教以精神的形态同时也表现着物质的作用,二者的消长起伏激动着西方文化的发展。这同时也表现为鲁迅对社会,对人的看法:"盖无间教宗学术美艺文章,均人间曼衍之要旨,定其孰要,今兹未能。"①

在我们研究鲁迅早期思想的时候,往往以"唯物主义"予以肯定性的概括,但只要我们重视鲁迅《科学史教篇》所表现出来的思想,我们就会看到,鲁迅的思想是西方哲学内部的唯物主义和唯心主义、科学和宗教的对立的。但这也不等于西方的二元论哲学,因为在鲁迅这里,没有一个"元"的问题,假若有一个"元",它也不是单纯的"物质",也不是单纯的"精神",而是"人"。西方的"物质"和"精神"的二元对立,在鲁迅这里是被"人"的存在形式统一在一起的。鲁迅所叙述的整个西方文化史,和他所展示的整个西方现代社会,作为人的创造物,都是从"人"的存在形式中外化出来的。人有物质的欲望,所以它创造了外部的物质;人有情感的需要,所以它创造了外部的精神文化产品。不论是外部的物质世界,还是外部的精神文化产品,都是人类创造的文化。这种文化是在人的欲望要求上通过人的创造活动而具体创造出来的,而它之所以被创造出来又是为了满足人的欲望和要求的。因此,在人与文化的关系中,人是一个更根本的基点。人有物质和精神的两种欲望要求,是由人的基本存在形式决定的,是两个不证自明的原理,而这两种欲望要求必需转化为人自身的创造性活动,通过物质世界和精神文化产品的创造才能实际地得到实现,它也是一个不证自明的原理。在这时,鲁迅哲学思想的基础就基本建立起来了。它的总体模式仍然是文化与人的关系,但文化是外部世界的东西,它只是人的主体世界的同构体,外部世界是内部世界不同欲望的象征性表现,这种表现是通过人的创造性活动具体得以实现的。

如果我们理解了鲁迅思想的这样一个基础性的框架,我们就会知道,鲁迅在《文化偏至论》中对洋务派和维新派文化思想的批判绝不是随意性的无根之谈。这种批判集中到一点,就是洋务派和维新派重视的只是外部世界的表现形式,他们都企图把西方文化的外

---

① 鲁迅:《坟·科学史教篇》。

部表现形式依样画葫芦般地搬到中国,而没有注意到,在西方文化中,这两个世界是有着内外的对应关系的。青年的鲁迅无意构造一个完整的哲学理论体系,所以在理论的概念上并不是完全统一的,但其思路则是极为明确的。人和文化的关系,在《文化偏至论》中是外部世界和内部世界的关系。如上所述,外部世界包括人创造的物质世界和精神文化产品,它们是有形的、可视的,故而在《文化偏至论》中又统称为"物质"。人与人的精神欲望,物质欲望,都是存在于人的内部的,是主体世界里的东西,是不可见的精神性的东西,故而在《文化偏至论》中又统称之为"精神"。与此同时,内部世界和外部世界的关系,同时也表现为"个体"和"众数"的关系。对于任何一个人,自我的内部世界都是一个无形的精神世界,而环绕在自我周围的人、社会都是一个有形的外部世界。重视内部世界,就是重视个体人的内在精神。在这里,鲁迅提出了"掊物质而张灵明,任个人而排众数"的主张,归根到底,就是一句话,重视"人"自身,重视"人"的内部世界,因为全部的外部世界,只是人的内部世界的象征性表现,人是在自己内部世界的推动下创造自己的文化,建造自己的外部世界的。洋务派,维新派企图在中国人的内部世界没有任何变化的条件下,用西方文化的外在表现形式替换中国文化的外在表现形式,这是毫无意义的,也是不可能的,因为外部世界的意义是在人的精神把握中才呈现出来的。失去了人的内在精神的对应性,它也就失去了自身的意义和价值。鲁迅的这种理解,在后来的中国文化的全部发展史上,已经被无数事实所证明。西方的民主制,是在西方人的民主要求中才具有实质意义的东西,辛亥革命后外在形式上的民主制,在没有民主要求的中国人这里,成了政治寡头瓜分中国的一种政治形式,它导致了军阀混战和军事专制。只有人的内部精神世界发生了变化,外部世界的变化才是有实质意义的变化。不难看出,正是在这种思维框架的基础上,鲁迅才建立了自己以"立人"为核心的全部思想。

人是有物质欲望和精神欲望的,人有获得自己物质欲望和精神欲望满足的权利,在这一点上,鲁迅是与"五四"以后的中国大多数现代知识分子相同的,但鲁迅对于人的理解不仅仅止于此。假若仅仅承认人有物质欲望和精神欲望,以及人有满足这两种欲望的权利,"人"还只是一种自然形态的人,它还只能在外部自然世界中直接获得自己欲望的满足,它还不能够根据自己的意愿创造属于自己的物质世界和精神世界，还不能创造自己的文化。人的真正的价值不在这种纯自然的存在中。如果我们能够暂时摆脱开人的纯自然性的崇拜而真正从人与外部世界的关系中思考人的存在，我们就会看到，人的纯自然的物质欲望和精神欲望的满足，在开始阶段，是对自然世界的掠夺，在后来的历史中，实行的是人对人的掠夺，因为在这种情况下的人的欲望的满足，不是靠自我的创造品，而是靠大自然的现成成品或其他人的创造物。正是在对人的整体考察中，鲁迅并不在人的欲望和欲望的直接满足中看待人的存在的价值和意义，而是在人为满足自己的物质欲望和精神欲望所进行的创造活动中思考人的存在价值和意义。人的觉醒，在鲁迅这里，实际上是对自我创造能力的觉醒。在过去，我们把鲁迅的《科学史教篇》视为他的唯物主义思想的表现，而把《文化偏至论》视为受西方主观唯心主义哲学思想影响的表现，似乎二者是互相反对的两种思想，实际上，在鲁迅这里，前后两篇文章是以对人的创造性活动的重视连接在一起的。《科学史教篇》不能仅仅归结于西方的唯物主义哲学，因为它同时也肯定了中世纪宗教神学在西方文化史上的历史作用，而《文化偏至论》也不能仅仅归结为西方的主观唯心主义哲学，因为它并不认为外部物质世界纯粹是一种虚幻性的存在。这两篇文章实际上讲的都是人的创造活动的重要，西方文化的发展是西方人长期创造性活动的结果，中国要发展，要强盛，也必须唤醒自己的创造精神，进入到实际的创造过程中去。没有这种创造精神，仅仅把西方现成的文化成果作为直接的享受对象、运用对象，中国的面貌不会有实质性的变化。总之，对人的创造精神的重视才是鲁迅"立人"思想的真正核心，同时也是鲁迅哲学思想的最主要的特征。

　　只要我们认识到对创造精神的重视是鲁迅"立人"思想的核心，是鲁迅哲学思想的主要特征，我们就应当思考创造精神是什么？它是怎样产生的？毫无疑义，人的创造精神首先是建立在人的物质欲望和精神欲望的基础之上的，没有这种欲望，人是不需要创造任何东西的，但是不能只有这种欲望，不能只有这欲望的直接满足，如果人的欲望在任何时候、任何情况下都能获得直接满足，那么，人也就只有享乐，也是不需要进行任何的创造活动的。事实是，就整个人类而言，人的欲望是无法得到直接满足的，这种不满足在人的精神世界中首先转化为情感和情绪，所有的情感和情绪都是从人的欲望无法获得直接的满足当中产生的，这种不满足首先表现为各种不同的愁苦的情感和情绪，由于欲望的不得满足造成了愁苦，所以当欲望最后获得满足时才产生各种不同的快乐情感和情绪。也就是说，欲望在人的内在精神世界里有向情感和情绪转化的趋势，而这种在不得满足的欲望的基础上产生的情感和情绪也就自然地包含着人的欲望。情是包含着欲的，欲是可以升华为情的。但是，这种情感和情绪自身却仍然无法直接满足人的欲望，当情感和情绪转化为人的一种意志行为的时候，人才进入为满足自己的欲望而进行的实在创造过程。什么是创造精神？它的基础是什么？实际上，由不得满足的欲望而产生的情感和意志，就是人的创造精神的基础，没有人的欲望，或人的欲望无法转化为人的情感和意志，人就进入不到真正的创造过程中去。如果我们带着这样一种观念思考鲁迅继《文化偏至论》之后发表的《摩罗诗力说》，我们就会知道，《摩罗诗力说》讲的实际是人的创造精神，是人赖以进行实际的创造活动的内在精神基础。欲望，是人的一种自然存在的形式，即使还没有明确的情感态度和意志行为的原始人和儿童，也是有物质欲望的。因此，所有人类的文化，都不从承认或否定人的自然欲望开始，而是从如何对待自己的欲望开始，从这种欲望向情感和意志的转化开始。鲁迅《摩罗诗力说》对中西文化的对比，就是以此为标准的。如果说他的《科学史教篇》讲的是西方人如何在自己欲望的推动下创造了自己的科学和文化，鲁迅《摩罗诗力说》讲的则是中国的思想学说如何压抑了中国人的自然欲望向情感和意志层次的转化过程，从而压抑了中国人的创造精神，造成了中国文化最后的衰落和式微。但是鲁迅的思想却没有停止在西方浪漫主义的纯情主义和尼采的唯意志论基础之上，在这里，二者的差别是非常明显的，西方的情感主义和唯意志论是同西方的科学主义同时发展着的两种思潮中的一种，它们都是在对科学主义的反叛中表现着自己的价值和意义的，而当时的鲁迅，处在物质文化和精神文化均极落后的中国，他不是科学主义的反叛者，而是物质文化和精神文化全面发展的追求者。在这样一个意义上，他重视情感和意志，主要是做为人的创造精神而重视的，而人的创造精神应是与人的实际创造活动相连结的。创造精神若不与人的创造活动相连结，创造精神便只是一个不结果实的花朵，而人一旦在创造精神的推动下进入到实际的创造过程，创造精神也就必须转化为理性精神。

什么是理性精神？只要在鲁迅所重视的人的全部创造过程中来

理解，我们就会知道，理性精神绝不是脱离个人的欲望、情感和意志的一种纯粹的逻辑思维活动，它是由欲望、情感、意志的逐级转化而形成的，并且必然沉淀着人的欲望、情感和意志。不包括个体人的欲望、情感和意志的所谓理智活动，只是中国学究式的机械活动，它实质上不是一种创造性的活动，而是一种盲目的、机械的知识组合，它的成果进入不到整个社会文化的有机体之中去，而是整个社会文化中的赘瘤，起着阻抑社会文化正常流通的作用。但是人的欲望若仅仅停留在情感和意志的阶段，整个世界在人的面前还是浑融的、无层次感的，人对这样一个浑融的、无层次感的世界无法实际地、有效地施加自己的影响，因而也进入不到实际的创造过程中去。在实际的创造过程中，人才需要把周围的世界分成若干的层次，才需要把自己的活动排列出一个先后的次序，永远沿着一个可操作的程序安排自己的活动。这个过程是由人的理性精神决定的。没有起码的理性，人无法实际地创造自己的文化，不论是物质的文化还是精神的文化都是如此。与此同时，也正是在这样一个实际的创造过程中，外部的世界才有了实际的意义，整个人类的文化，不论是古是今，是西是中，都必须在自我的这种实际创造过程中发挥自己能够发挥的作用，它们不是依照人对它们固有的主观好恶为标准出现在这一过程的，而是以在这一过程中所发生的实际作用重新获得人对它的感受和理解的。不难看出，只有在这个过程内部，西方的唯物主义和唯心主义的区分才是有着实际意义的。

综上所述，鲁迅哲学思想的整体框架是在人与文化的关系中展开的，文化是人所已经创造而成的外部世界的构成成分，而人则有自己的内部精神世界，这两个世界是存在着相互的对应关系的，外部世界只是人的内部精神世界的一种象征性的表现，它是通过人的创造活动由内部转化为外部世界的，人的内部世界有着更加根本的性质。人的内部世界作为一种自然性的存在，就有物质的和精神的两种欲望，这两种欲望需要满足，故而人才有物质文化和精神文化的创造。人之所以要创造物质文化和精神文化产品，就是因人的这两种欲望无法获得直接的满足，不得满足的欲望转化为情感和情绪，情感和情绪产生人的意志力量，这种情和志的综合作用实际地表现为人的创造精神，推动人进入实际的创造过程，而在这个创造过程里，人才有了智慧的需要，才需要理性的精神、科学的态度和科学的方法。这个创造过程不但改造和丰富着外部的世界，同时也赋予外部世界以实际的意义和价值，赋予外部世界以活的生命。人对自我的体验，是在从欲望到情感到意志到实际创造过程的理性精神的全部过程中获得的，它不是刹那间的满足，而是全过程的体验，并在这体验中感受到自我的存在和存在的价值与意义，体验自己的欢欣，与此同时，他也建造了自己的外部世界，这个世界同时也是其他人或后代人进行自己的创造活动的基础，是他们在新的条件下获得自我存在的价值和意义的基础。这就是人，这就是人的历史和人的本质。

鲁迅的这种哲学思想，或这样一些基础的观念，在他后半生的文化活动中得到了进一步的丰富和发展，但作为一个基本的思想框架，终其一生是没有发生变化的。

[原载《中国文化研究》1999年春之卷（总第23期）]

附 录

1949—1999 年鲁迅研究著作目录

纪维周 编

本专题书目,时限以建国时期起,至 1999 年为止;所选论著,以公开出版的专著为限;专著内容,偏重学术性,其次是鲁迅传记,以及事迹考证的专书;排列以出版先后为序。

编选时,虽经过严格筛选,但难免有疏漏之处,欢迎读者批评、指正。

1950 年
鲁迅全集校读记(孙用)　上海作家书屋　64 页　1950 年 3 月
鲁迅全集正误表(孙用)　上海作家书屋　84 页　1950 年 3 月
鲁迅思想研究(何干之)　三联书店　228 页　1950 年 4 月
鲁迅作品及其他(胡今虚)　泥土社　106 页　1950 年 5 月
论鲁迅(胡今虚)　泥土社　61 页　1950 年 12 月

1951 年
鲁迅(王士菁)　三联书店　59 页　1951 年 10 月
鲁迅——伟大的思想家与伟大的革命家(徐懋庸)　中南人民出版社　54 页　1951 年 12 月

1952 年
我所认识的鲁迅(许寿裳)　人民文学出版社　86 页　1952 年 8 月
鲁迅散论(修订本)(雪苇)　新文艺出版社　208 页　1952 年 11 月
关于鲁迅的短篇小说《药》和《祝福》初稿(傅鲁)　西安西北艺术生活社　32 页　1952 年 11 月

1953 年

《阿Q正传》研究（耿庸）　　泥土社　143 页　1953 年 5 月

亡友鲁迅印象记（许寿裳）　　人民文学出版社　116 页　1953 年 6 月

鲁迅思想的逻辑发展（华岗）　　新文艺出版社　228 页　1953 年 8 月

鲁迅作品的分析（第一卷）（朱彤）　　东方书店　144 页　1953 年 9 月

鲁迅精神（李霁野）　　文化工作社　157 页　1953 年 12 月

1954 年

鲁迅作品的分析（第二卷）（朱彤）　　东方书店　181 页　1954 年 3 月

关于鲁迅的生活（许广平）　　人民文学出版社　69 页　1954 年 6 月

鲁迅作品的分析（朱彤）　　东方书店　121 页　1954 年 10 月

鲁迅在厦门（陈梦韶）　　作家出版社　76 页　1954 年 10 月

鲁迅"野草"探索（卫俊秀）　　泥土社　212 页　1954 年 12 月

1955 年

鲁迅生平思想及其代表作研究（徐中玉）　　自由出版社　372 页　1955 年 2 月

《故乡》研究（孟蒙）　　山东人民出版社　61 页　1955 年 3 月

1956 年

论"野草"（冯雪峰）　　新文艺出版社　38 页　1956 年 3 月

鲁迅小说论集（李桑牧）　　长江文艺出版社　196 页　1956 年 5 月

"呐喊"分析（许钦文）　　中国青年出版社　87 页　1956 年 7 月

鲁迅作品论集（中国青年出版社编辑部）　　中国青年出版社　163 页　1956 年 9 月

鲁迅在广州的日子（曾敏之）　　广东人民出版社　96 页　1956 年 9 月

鲁迅的小说（巴人）　　新文艺出版社　47 页　1956 年 10 月

论鲁迅的创作（张泗洋等）　　吉林人民出版社　172 页　1956 年 10 月

辛亥革命前的鲁迅先生（王冶秋）　　新文艺出版社　102 页　1956

年 10 月

鲁迅先生的幼年时代（许钦文）　浙江人民出版社　57 页　1956 年 10 月

1957 年

鲁迅杂文的艺术特征（唐弢）　新文艺出版社　29 页　1957 年 1 月

鲁迅先生为什么要写《阿 Q 正传》（徐嘉瑞等）　云南人民出版社　60 页　1957 年 2 月

鲁迅的青年时代（周启明）　中国青年出版社　134 页　1957 年 3 月

鲁迅研究（刘泮溪、孙昌熙、韩长经）　作家出版社　358 页　1957 年 4 月

《故事新编》及其他（何家槐）　中国青年出版社　96 页　1957 年 4 月

关于鲁迅的小说、杂文及其他（徐中玉）　新文艺出版社　112 页　1957 年 6 月

鲁迅作品研究（江苏省文联）　江苏人民出版社　140 页　1957 年 9 月

论阿 Q 和他的悲剧（王西彦）　新文艺出版社　308 页　1957 年 9 月

《故事新编》的思想意义和艺术风格（文艺月报编辑部）　新文艺出版社　120 页　1957 年 10 月

鲁迅的文艺思想（以群）　新文艺出版社　67 页　1957 年 10 月

鲁迅在文艺战线上（唐弢）　中国青年出版社　188 页　1957 年 12 月

1958 年

鲁迅研究札记（胡冰）　新文艺出版社　134 页　1958 年 1 月

鲁迅创作的艺术技巧（朱彤）　新文艺出版社　170 页　1958 年 3 月

鲁迅——他的生平和创作（王士菁）　中国青年出版社　211 页　1958 年 5 月

《彷徨》分析（许钦文）　中国青年出版社　106 页　1958 年 6 月

1959 年

鲁迅作品讲话（何家槐）　长江文艺出版社　101 页　1959 年 3 月

鲁迅——中国文化革命的巨人（姚文元）　上海文艺出版社　247页　1959年9月

心灵的历程（李桑牧）　长江文艺出版社　221页　1959年10月

1961年

学习鲁迅和瞿秋白作品札记（修订本）（丁景唐）　上海文艺出版社　238页　1961年9月

1962年

鲁迅——伟大的革命家、思想家和文学家（王士菁）　81页　1962年7月

1964年

鲁迅旧诗笺注（张向天）　广东人民出版社　218页　1964年3月

鲁迅和他的作品（林志浩）　北京出版社　55页　1964年6月

1970年

鲁迅传（上）（石一歌）　上海人民出版社　148页　1970年4月

鲁迅年谱（曹聚仁）　香港三育图书文具公司　351页　1970年10月

1973年

鲁迅的生平及杂文（李何林）　陕西人民出版社　142页　1973年5月

纪念鲁迅先生（李霁野）　陕西人民出版社　77页　1973年7月

1976年

鲁迅书简（致曹靖华）（鲁迅）（曹靖华注）　上海人民出版社　203页　1976年7月

1977年

学习鲁迅文艺思想（蓝海等）　山东人民出版社　116页　1977年7月

鲁迅诗文生活杂谈（张向天）　香港上海书局　250页　1977年10月

鲁迅在广州（张竞）　广东人民出版社　121页　1977年11月

1978年

鲁迅与女师大学生运动（陈漱渝）　北京人民出版社　145页　1978年2月

《朝花夕拾》浅析（绍兴鲁迅纪念馆、厦门大学中文系）　福

建人民出版社　191 页　1978 年 6 月

《阿 Q 正传》的思想和艺术（郑择魁）　浙江人民出版社　80 页　1978 年 10 月

鲁迅前期思想发展史略（林非）　上海文艺出版社　148 页　1978 年 11 月

鲁迅在北京（陈漱渝）　天津人民出版社　172 页　1978 年 12 月

1979 年

鲁迅论文学艺术（邱文治）　陕西人民出版社　250 页　1979 年 2 月

鲁迅年谱（复旦大学、上海师大、上海师院《鲁迅年谱》编写组）　安徽人民出版社　上、下两册　1979 年 3 月

"鲁迅论文艺遗产"浅探（吴云）　陕西人民出版社　178 页　1979 年 4 月

鲁迅文艺思想散论（肖荣等）　浙江人民出版社　172 页　1979 年 5 月

鲁迅年谱（鲍昌　邱文治）　天津人民出版社　上、下两册　1979 年 6 月

鲁迅思想论集（袁良骏）　天津人民出版社　231 页　1979 年 6 月

鲁迅思想的发展（修订本）（李永寿）　陕西人民出版社　214 页　1979 年 6 月

鲁迅在教育部（孙瑛）　天津人民出版社　96 页　1979 年 8 月

鲁迅诗选释（彭定安）　辽宁人民出版社　146 页　1979 年 9 月

鲁迅诗歌解析（景周）　云南人民出版社　330 页　1979 年 9 月

东邻散记——鲁迅在日本及其他（李连庆）　上海文艺出版社　160 页　1979 年 9 月

和鲁迅相处的日子（川岛）　四川人民出版社　161 页　1979 年 9 月

鲁迅——文化新军的旗手（唐弢）　湖南人民出版社　136 页　1979 年 10 月

鲁迅小说论稿（林非）　天津人民出版社　145 页　1979 年 10 月

鲁迅回忆录正误（朱正）　湖南人民出版社　244 页　1979 年 10 月

鲁迅日记书信诗稿札记（张向天）　香港三联书店　230 页　1979

年11月

读鲁迅旧诗小札（王尔龄）　天津人民出版社　172页　1979年12月

鲁迅和自然科学（修订本）（刘再复等）　科学出版社　284页　1979年12月

1980年

鲁迅的文学道路（冯雪峰）　湖南人民出版社　272页　1980年1月

鲁迅书简追忆（黄源）　浙江人民出版社　121页　1980年1月

鲁迅思想的发展道路（袁良骏）　北京出版社　114页　1980年2月

论鲁迅前期思想（武汉大学中文系现代文学研究室）　天津人民出版社　197页　1980年3月

鲁迅小说艺术札记（孙中田）　吉林人民出版社　131页　1980年3月

《辑录古籍序跋集》译注（福建师范大学中文系）　福建人民出版社　292页　1980年3月

鲁迅诗歌注（修订本）（周振甫）　浙江人民出版社　297页　1980年3月

鲁迅演讲资料钩沉（修订本）（朱金顺）　湖南人民出版社　209页　1980年4月

鲁迅的印象（［日］增田涉　钟敬文译）　湖南人民出版社　140页　1980年5月

鲁迅先生二三事（孙伏园）　湖南人民出版社　98页　1980年5月

《鲁迅日记》札记（包子衍）　湖南人民出版社　241页　1980年5月

鲁迅研究论丛（《社会科学战线》）　吉林人民出版社　320页　1980年5月

读鲁迅书信札记（马蹄疾）　湖南人民出版社　184页　1980年6月

鲁迅先生与未名社（李霁野）　湖南人民出版社　257页　1980年7月

第一块基石（王西彦）　上海文艺出版社　456页　1980年7月

鲁迅笔名索解（李允经）　四川人民出版社　236页　1980年7月
鲁迅论稿（陈安湖）　湖南人民出版社　338页　1980年9月
鲁迅创作思想的辩证法（许怀中）　福建人民出版社　249页　1980年10月
鲁迅笔名探索（高信）　陕西人民出版社　228页　1980年10月
鲁迅旧诗浅说（倪墨炎）　上海人民出版社　256页　1980年10月
鲁迅的教育思想和实践（顾明远等）　人民教育出版社　292页　1980年12月

1981年
鲁迅《野草》注解（李何林）　陕西人民出版社　196页　1981年1月
鲁迅作品难句解（王尔龄　夏康达）　湖南人民出版社　252页　1981年4月
《呐喊》《彷徨》的思想与艺术（李希凡）　上海文艺出版社　358页　1981年4月
鲁迅传（王士菁）　中国青年出版社　273页　1981年4月
珍贵的纪念（征农）　陕西人民出版社　166页　1981年4月
鲁迅和外国作家（张华）　陕西人民出版社　167页　1981年4月
鲁迅小说讲话（许杰）　陕西人民出版社　234页　1981年4月
鲁迅名篇析疑（邱文治）　陕西人民出版社　198页　1981年4月
地狱边沿的小花——鲁迅散文诗初探（闵抗生）　陕西人民出版社　202页　1981年5月
和鲁迅相处的日子（川岛）　人民文学出版社　110页　1981年5月
文学论文集及鲁迅珍藏有关北师大史料（北京师范大学中文系）　北京师范大学出版社　451页　1981年5月
鲁迅评传（曾庆瑞）　四川人民出版社　796页　1981年5月
欣慰的纪念（许广平）　人民文学出版社　200页　1981年5月
略讲关于鲁迅的事情（乔峰）　人民文学出版社　50页　1981年5月

《野草》诠释（许杰）　百花文艺出版社　270页　1981年6月

鲁迅美学思想论稿——关于真善美的思想和探索（刘再复）　537页　1981年6月

鲁迅给萧军萧红信笺注释录（萧军）　黑龙江人民出版社　242页　1981年6月

鲁迅哲学思想研究（张琢）　湖北人民出版社　326页　1981年6月

《呐喊》《彷徨》和它们的时代（卫建林）　浙江人民出版社　175页　1981年6月

鲁迅手稿管窥（朱正）　湖南人民出版社　218页　1981年6月

鲁迅传略（吴中杰）　上海文艺出版社　311页　1981年6月

鲁迅创作道路初探（王士菁）　中国社会科学出版社　177页　1981年6月

鲁迅小说里的人物（周遐寿）　人民文学出版社　209页　1981年7月

鲁迅在世界文学上的地位（戈宝权）　陕西人民出版社　59页

鲁迅诞辰百年纪念集（鲁迅博物馆鲁迅研究室）　湖南人民出版社　551页　1981年7月

人民文豪鲁迅（平心）　上海文艺出版社　169页　1981年7月

鲁迅旧诗集解（张恩和）　天津人民出版社　452页　1981年7月

鲁迅思想探索（齐一）　上海人民出版社　230页　1981年7月

弗洛伊德·蜾蠃及其他——鲁迅著作中的自然科学史知识（余凤高）　湖南人民出版社　192页　1981年7月

鲁迅与中日文化交流（刘献彪等）　湖南人民出版社　532页　1981年8月

鲁迅诗歌赏析（王维燊）　福建人民出版社　192页　1981年8月

鲁迅的故家（周遐寿）　人民文学出版社　219页　1981年8月

鲁迅在绍兴（谢德铣等）　浙江人民出版社　227页　1981年8月

鲁迅传（林志浩）　北京出版社　501页　1981年8月

鲁迅旧诗新探（吴奔星）　江苏人民出版社　184页　1981年8月

鲁迅思想研究（马良春）　中国社会科学出版社　188页　1981年8月

鲁迅思想发展论稿（正一）　四川人民出版社　340页　1981年8月

鲁迅小说论稿（陈鸣树）　上海文艺出版社　258页　1981年8月

鲁迅文艺思想初探（王永生）　宁夏人民出版社　468页　1981年9月

《阿Q正传》在国外（戈宝权）　人民文学出版社　91页　1981年9月

鲁迅与自然科学论丛（公盾）　广东科技出版社　362页　1981年9月

鲁迅年谱（第一卷）（李何林）　人民文学出版社　395页　1981年9月

鲁迅事迹考（林辰）　人民文学出版社　135页　1981年9月

鲁迅讲演考（马蹄疾）　黑龙江人民出版社　576页　1981年9月

鲁迅与俄罗斯古典文学（韩长经）　上海文艺出版社　193页　1981年9月

国外鲁迅研究论集（1960—1981）（乐黛云）　北京大学出版社　521页　1981年10月

读《中国小说史略》札记（储大泓）　上海文艺出版社　233页　1981年10月

论《华盖集》及其"续编"（王锦泉）　湖南人民出版社　142页　1981年10月

鲁迅的青少年时代（张能耿）　陕西人民出版社　388页　1981年11月

鲁迅早期事迹别录（张能耿）　河北人民出版社　211页　1981年11月

鲁迅研究百题（朱正）　湖南人民出版社　581页　1981年11月

鲁迅研究论文集（山东人民出版社）　山东人民出版社　636页　1981年12月

鲁迅旧体诗臆说（曹礼吾）　湖南人民出版社　143页　1981年12月

鲁迅传（林非　刘再复）　　中国社会科学出版社　378页　1981年12月

1982年

鲁迅美学思想浅探（张颂南）　　浙江人民出版社　208页　1982年1月

鲁迅诗解（张紫晨）　　中国社会科学出版社　300页　1982年2月

《野草》艺术谈（李国涛）　　山西人民出版社　176页　1982年3月

关于鲁迅的论考与回想（钟敬文）　　陕西人民出版社　211页　1982年4月

北京大学纪念鲁迅百年诞辰论文集（王瑶等）　　北京大学出版社　413页　1982年4月

鲁迅《摩罗诗力说》注释·今译·解说（赵瑞蕻）　　天津人民出版社　304页　1982年4月

鲁迅杂文札记（陈鸣树）　　江苏人民出版社　368页　1982年4月

鲁迅书信考释（王景山）　　文化艺术出版社　198页　1982年4月

鲁迅与中国文学（王瑶）　　陕西人民出版社　148页　1982年5月

《呐喊》《彷徨》艺术特色探索（邵伯周）　　四川人民出版社　177页　1982年5月

鲁迅研究论文集（北京市鲁迅研究学会筹委会）　　四川人民出版社　398页　1982年6月

鲁迅史实新探（增订本）（陈漱渝）　　湖南人民出版社　467页　1982年6月

《鲁迅全集》校读记（孙用）　　湖南人民出版社　506页　1982年6月

《野草》浅析（石尚文等）　　长江文艺出版社　182页　1982年6月

《野草》研究（孙玉石）　　中国社会科学出版社　376页　1982年6月

鲁迅评传（彭定安）　　湖南人民出版社　585页　1982年7月

鲁迅文艺思想论稿（吴中杰）　山西人民出版社　205 页　1982 年 7 月

《两地书》研究（王得后）　天津人民出版社　240 页　1982 年 7 月

鲁迅"国民性思想"讨论集（鲍昌）　天津人民出版社　445 页　1982 年 8 月

一个伟大寻求者的心声（李希凡）　上海文艺出版社　305 页　1982 年 8 月

鲁迅与中国古典小说（许怀中）　陕西人民出版社　318 页　1982 年 8 月

鲁迅诗浅析（郑心伶）　花山文艺出版社　349 页　1982 年 8 月

鲁迅与他的老师（魏若华）　宁夏人民出版社　126 页　1982 年 8 月

鲁迅与北京风土（邓云乡）　文史资料出版社　236 页　1982 年 8 月

鲁迅传略（朱正）　人民文学出版社　380 页　1982 年 9 月

六十年来鲁迅研究论文选（李宗英　张梦阳）　中国社会科学出版社　上、下两册　1982 年 9 月

鲁迅与许寿裳（罗慧生）　浙江人民出版社　217 页　1982 年 9 月

鲁迅散论（任访秋）　陕西人民出版社　190 页　1982 年 9 月

茅盾论鲁迅（查国华等）　山东人民出版社　187 页　1982 年 9 月

鲁迅创作艺术谈（南开大学中文系鲁迅研究室）　天津人民出版社　360 页　1982 年 9 月

《故事新编》试析（孙昌熙等）　福建人民出版社　223 页　1982 年 9 月

论阿 Q 精神胜利法的哲理和心理内涵（吕俊华）　陕西人民出版社　140 页　1982 年 9 月

鲁迅的爱和憎（王士菁）　天津人民出版社　249 页　1982 年 10 月

《鲁迅日记》中的我（许钦文）　浙江人民出版社　134 页　1982 年 11 月

《野草》赏析（扬州师范学院中文系现代文学教研室）　福建

人民出版社　217 页　1982 年 11 月

1983 年

鲁迅研究论文集　吉林人民出版社　313 页　1983 年 1 月

鲁迅世界（［日］山田敬三著　韩贞全等译）　山东人民出版社　286 页　1983 年 1 月

鲁迅思想论纲（杜一白）　宁夏人民出版社　322 页　1983 年 1 月

纪念鲁迅诞生一百周年文献资料集（人民文学出版社）　人民文学出版社　330 页　1983 年 2 月

纪念鲁迅诞生一百周年学术讨论会论文选（鲁迅诞生一百周年纪念委员会学术活动组）　湖南人民出版社　551 页　1983 年 2 月

鲁迅年谱（第二卷）（李何林）　人民文学出版社　417 页　1983 年 4 月

鲁迅杂文的艺术特质（阎庆生）　陕西人民出版社　248 页　1983 年 4 月

《故事新编》论析（张仲浦等）　浙江人民出版社　150 页　1983 年 5 月

摩罗诗力说材源考（［日］北冈正子著　何乃英译）　北京师范大学出版社　233 页　1983 年 5 月

鲁迅思想方法漫谈（童炽昌）　陕西人民出版社　221 页　1983 年 5 月

鲁迅文艺思想新探（孙昌熙等）　天津人民出版社　297 页　1983 年 6 月

鲁迅诗歌简论（刘扬烈等）　重庆出版社　308 页　1983 年 6 月

鲁迅与历史、文学及其他（李鸿然）　长江文艺出版社　144 页　1983 年 6 月

民族魂——鲁迅的一生（陈漱渝）　浙江文艺出版社　191 页　1983 年 7 月

鲁迅研究论文集（浙江鲁迅研究学会）　浙江文艺出版社　592 页　1983 年 7 月

鲁迅遗产探索（徐中玉）　上海文艺出版社　216 页　1983 年 8 月

《故事新编》新探（周凡英）　花山文艺出版社　296 页　1983 年 10 月

鲁迅思想论稿（彭定安）　浙江文艺出版社　240页　1983年10月

鲁迅思想与杂文艺术（邵伯周）　陕西人民出版社　312页　1983年10月

鲁迅历史观探索（黄侯兴）　陕西人民出版社　201页　1983年10月

鲁迅前期小说与俄罗斯文学（王富仁）　陕西人民出版社　196页　1983年10月

学习鲁迅作品的札记（增订本）（丁景唐）　上海文艺出版社　434页　1983年12月

1984年

《故事新编》研究资料（孟广来　韩日新）　山东文艺出版社　705页　1984年1月

论鲁迅小说中的人物（屈正平）　内蒙古人民出版社　204页　1984年1月

鲁迅年谱（第三卷）（李何林）　人民文学出版社　490页　1984年1月

鲁迅论（李何林）　陕西人民出版社　188页　1984年2月

《故事新编》的论辩和研究（李桑牧）　上海文艺出版社　304页　1984年2月

鲁迅散论（刘雪苇）　湖南人民出版社　146页　1984年3月

论《故事新编》的思想艺术及历史意义（林非）　天津人民出版社　202页　1984年4月

鲁迅与日本（李连庆）　世界知识出版社　139页　1984年4月

《故事新编》新探（山东省鲁迅研究会）　山东文艺出版社　292页　1984年4月

鲁迅小说综论（杨义）　陕西人民出版社　354页　1984年4月

鲁迅论（陈涌）　人民文学出版社　334页　1984年5月

西安地区纪念鲁迅诞生一百周年文集（西安地区纪念鲁迅诞生一百周年大会）　陕西人民出版社　595页　1984年5月

鲁迅革命活动考述（倪墨炎）　上海文艺出版社　239页　1984年5月

鲁迅的思想和艺术（陈鸣树）　陕西人民出版社　314页　1984年6月

鲁迅景宋通信集（《两地书》的原信）（周海婴整理）　湖南人民出版社　384页　1984年6月

高山仰止（聂绀弩）　人民文学出版社　141页　1984年7月

鲁迅故家的败落（周建人口述　周晔编写）　湖南人民出版社　321页　1984年7月

当代作家谈鲁迅（西北大学鲁迅研究室）　西北大学出版社　224页　1984年7月

鲁迅与浙江作家（马蹄疾）　香港华风书局　280页　1984年8月

一个伟大爱国者前进的足迹——鲁迅爱国主义思想论集（《鲁迅研究》编辑部）　天津人民出版社　224页　1984年8月

鲁迅思想研究（易竹贤）　武汉大学出版社　302页　1984年8月

鲁迅后期思想研究（倪墨炎）　人民文学出版社　486页　1984年8月

鲁迅的美学思想（唐弢）　人民文学出版社　298页　1984年8月

鲁迅作品论集（王瑶）　人民文学出版社　415页　1984年8月

鲁迅年谱（第四卷）（李何林）　人民文学出版社　467页　1984年9月

论鲁迅的文艺批评（王永生）　贵州人民出版社　410页　1984年10月

鲁迅小说独创性初探（陆耀东　唐达晖）　湖南人民出版社　247页　1984年10月

论鲁迅的杂文（巴人）　上海书店出版社　168页　1984年12月

1985年

鲁迅诗浅析（修订本）（郑心伶）　花山文艺出版社　361页　1985年4月

鲁迅署名宣言与函电辑考（倪墨炎）　书目文献出版社　138页　1985年4月

鲁迅笔下的绍兴风情（裘士雄）　浙江教育出版社　210页　1985年5月

鲁迅与文艺思潮流派（许怀中）　湖南人民出版社　430页　1985年6月

鲁迅（朱正） 人民出版社 150页 1985年6月

鲁迅和他的同时代人（彭定安 马蹄疾） 春风文艺出版社 上、下册 1985年7月

鲁迅的写作艺术（杜一白） 辽宁大学出版社 383页 1985年7月

鲁迅留学日本史（程麻） 陕西人民出版社 383页 1985年7月

鲁迅小说讲话（丁尔纲） 四川文艺出版社 291页 1985年8月

鲁迅小说会心录（杨义） 光明日报出版社 137页 1985年8月

中国民权保障同盟（陈漱渝） 北京出版社 161页 1985年8月

鲁迅旧诗汇释（王永培） 陕西人民出版社 上、下两册 1985年9月

鲁迅与陀思妥耶夫斯基（李春林） 安徽文艺出版社 197页 1985年9月

胡风论鲁迅（陈鸣树等） 黄河文艺出版社 178页 1985年9月

鲁迅与中外文学遗产论稿（俞元桂等） 海峡文艺出版社 220页 1985年10月

短篇小说艺术欣赏——《呐喊》《彷徨》探微（古远清） 湖北教育出版社 428页 1985年11月

鲁迅与新兴木刻运动（马蹄疾 李允经） 人民美术出版社 393页 1985年12月

鲁迅与日本文学（刘柏青） 吉林大学出版社 248页 1985年12月

1986年

《阿Q正传》研究史稿（葛中义） 青海人民出版社 178页 1986年1月

鲁迅与许广平（范志亭） 河南人民出版社 245页 1986年4月

鲁迅研究史（上卷）（袁良骏） 陕西人民出版社 544页 1986年4月

鲁迅文艺思想概述（刘开德等）　北京大学出版社　307 页　1986年 4 月

鲁迅与瞿秋白（单演义）　天津人民出版社　174 页　1986 年 4 月

鲁迅小说艺术讲话（黎风）　陕西师范大学出版社　279 页　1986年 5 月

鲁迅研究的历史与现状（陈金淦）　江苏教育出版社　261 页　1986 年 6 月

鲁迅杂文与科学史（余凤高）　浙江文艺出版社　175 页　1986年 6 月

Stylist——鲁迅研究的新课题（李国涛）　陕西人民出版社　184 页　1986 年 6 月

鲁迅述林（林辰）　人民文学出版社　215 页　1986 年 6 月

绠短集（陈早春）　湖南人民出版社　227 页　1986 年 7 月

鲁迅的文学观（刘中树）　吉林大学出版社　229 页　1986 年 7 月

《野草》论稿（王吉鹏）　春风文艺出版社　208 页　1986 年 8 月

活的鲁迅（姜德明）　上海文艺出版社　323 页　1986 年 8 月

鲁迅美术年谱（王心棋）　岭南美术出版社　544 页　1986 年 8 月

论鲁迅精神（正一）　新疆人民出版社　544 页　1986 年 8 月

鲁迅小说理论探微（徐鹏绪）　天津人民出版社　328 页　1986年 8 月

鲁迅文化思想探索（金宏达）　北京师范大学出版社　423 页　1986 年 8 月

新文化运动的先驱鲁迅（林志浩）　山西人民出版社　336 页　1986 年 9 月

人间鲁迅　第一卷：探索者（林贤治）　花城出版社　286 页　1986 年 9 月

鲁迅杂文艺术论（王献永）　知识出版社　251 页　1986 年 9 月

鲁迅与中外文化的比较研究（中国社会科学院文学研究所鲁迅研究室）　中国文联出版公司　423 页　1986 年 9 月

鲁迅与自然科学论丛（修订本）（公盾）　广东科技出版社　884

页　1986年9月

鲁迅反封建思想革命的一面镜子——《呐喊》《彷徨》综论（王富仁）　北京师范大学出版社　491页　1986年9月

鲁迅小说新论（范伯群　曾华鹏）　人民文学出版社　463页　1986年10月

鲁迅杂文研究六十年（张梦阳）　浙江文艺出版社　217页　1986年10月

鲁迅木刻活动年谱（李允经　马蹄疾）　上海人民美术出版社　232页　1986年10月

鲁迅思想及创作散论（刘正强）　南开大学出版社　232页　1986年10月

鲁迅研究（上）（林志浩）　中国人民大学出版社　295页　1986年11月

鲁迅（［日］竹内好著　李心峰译）　浙江文艺出版社　179页　1986年11月

鲁迅作品赏析与教学（郑心伶　王祚庆）　湖南人民出版社　262页　1986年12月

鲁迅小说探微（宋建元）　陕西人民出版社　298页　1986年12月

鲁迅回忆录正误（修订本）（朱正）　人民文学出版社　266页　1986年12月

阿Q论稿（江潮）　辽宁大学出版社　217页　1986年12月

阿Q正传新探（山东省鲁迅研究会）　山东大学出版社　169页　1986年12月

虚室集（吴小美）　青海人民出版社　244页　1986年12月

当代作家谈鲁迅（续集）（西北大学鲁迅研究室）　西北大学出版社　134页　1986年12月

1987年

鲁迅思想作品论稿（赵持平　王吉鹏）　大连工学院出版社　213页　1987年2月

读鲁迅的诗和诗论（王林等）　天津人民出版社　151页　1987年2月

先驱者的形象——论鲁迅及其他中国现代作家（王富仁）　浙江文艺出版社　461页　1987年3月

论鲁迅散文及其美学特征（卢今）　湖南文艺出版社　373页　1987年4月

阿Q正传创作论（刘福勤）　宁夏人民出版社　238页　1987年6月

《中国小说史略》旁证（赵景深）　陕西人民出版社　170页　1987年6月

鲁迅旧诗浅说（增订本）（倪墨炎）　上海教育出版社　284页　1987年6月

突破与超越——论鲁迅和他的同时代人（彭定安）　辽宁大学出版社　380页　1987年7月

鲁迅与中外文化（福建省纪念鲁迅逝世五十周年学术讨论会论文选编组）　厦门大学出版社　387页　1987年7月

鲁迅和他的前驱（［苏］谢曼诺夫著　李明滨译）　湖南文艺出版社　174页　1987年8月

寻访鲁迅在上海的足迹（周国伟等）　上海教育出版社　197页　1987年8月

鲁迅研究概论（甘竞存等）　江苏教育出版社　284页　1987年8月

鲁迅美学风格片谈（施建伟）　黄河文艺出版社　135页　1987年8月

鲁迅史实求真录（陈漱渝）　湖南文艺出版社　409页　1987年9月

鲁迅教育思想浅探（何志汉）　四川教育出版社　310页　1987年9月

鲁迅周作人比较论（李景彬）　南开大学出版社　175页　1987年10月

鲁迅与青年作家（郑心伶）　花城出版社　207页　1987年10月

《野草》论析（萧新如）　辽宁教育出版社　231页　1987年10月

鲁迅短篇小说欣赏（卢今）　广西教育出版社　224页　1987年11月

鲁迅研究新论（廖子东）　广西人民出版社　217页　1987年12月

1988 年

鲁迅道路试探（蔡健）　陕西人民出版社　280 页　1988 年 3 月

鲁迅纵横观（[苏]谢曼诺夫著　王富仁等译）　浙江文艺出版社　227 页　1988 年 5 月

鲁迅思想发展论稿（赵明）　河南大学出版社　282 页　1988 年 6 月

鲁迅的论辩艺术（李永寿）　陕西人民出版社　411 页　1988 年 5 月

鲁迅研究三十年集（陈安湖）　华中师范大学出版社　530 页　1988 年 6 月

鲁迅研究（下）（林志浩）　中国人民大学出版社　322 页　1988 年 6 月

心灵的探寻（钱理群）　上海文艺出版社　362 页　1988 年 7 月

鲁迅研究抉微（孙立川）　福建鹭江出版社　212 页　1988 年 7 月

鲁迅与中外文化（江苏省鲁迅研究学会）　江苏教育出版社　301 页　1988 年 8 月

鲁迅教育思想研究（孙世哲）　辽宁教育出版社　347 页　1988 年 8 月

鲁迅年谱稿（蒙树宏）　广西师范大学出版社　383 页　1988 年 8 月

文化批判与国民性改造（郑欣淼）　陕西人民出版社　416 页　1988 年 9 月

新文化巨人鲁迅五十年祭（湖北省鲁迅研究学会）　武汉大学出版社　249 页　1988 年 9 月

鲁迅杂文学概论（彭定安）　辽宁教育出版社　299 页　1988 年 11 月

论鲁迅的杂文创作（吴中杰）　江苏文艺出版社　234 页　1988 年 12 月

1989 年

人间鲁迅　第二部：爱与复仇（林贤治）　花城出版社　510 页　1989 年 1 月

鲁迅与郭沫若比较论（张恩和）　天津人民出版社　354 页　1989 年 2 月

鲁迅与中国现代文化震动（王友琴） 湖南教育出版社 349页 1989年3月

鲁迅小说研究（叶德浴） 大连理工大学出版社 257页 1989年3月

鲁迅鉴赏美学（耿恭让） 河北教育出版社 158页 1989年4月

鲁迅小说研究述评（李煜昆） 西南交通大学出版社 404页 1989年4月

鲁迅《野草》探索（修订本）（卫俊秀） 陕西师范大学出版社 126页 1989年6月

鲁迅增田涉师弟答问集（[日]伊藤漱平、中岛利郎编 杨国华译） 华东师范大学出版社 152页 1989年7月

鲁迅旧诗导读（谢邦华等） 武汉大学出版社 292页 1989年7月

鲁迅的思想和艺术新论（包忠文） 南京出版社 331页 1989年8月

《阿Q正传》研究纵横谈（邵伯周） 上海文艺出版社 264页 1989年8月

鲁迅史实研究（蒙树宏） 云南教育出版社 144页 1989年8月

缀在巍巍昆仑上的疑问号——鲁迅教材释疑与写作技巧探讨（陈根生） 新疆大学出版社 282页 1989年8月

鲁迅与西方文化（苏振鹭等） 天津教育出版社 231页 1989年10月

鲁迅小说研究（冯光廉） 天津人民出版社 376页 1989年10月

鲁迅研究概要（刘泰隆等） 广西教育出版社 157页 1989年12月

鲁迅"小说史学"初探（孙昌熙） 山东教育出版社 263页 1989年12月

1990年

鲁迅思想与中外文化论集（陕西省鲁迅研究学会） 陕西人民教育出版社 533页 1990年2月

鲁迅的婚姻与家庭（李允经） 北京十月文艺出版社 264

页　1990 年 2 月

魂灵画论：鲁迅小说论集（管希雄）　新疆大学出版社　161 页　1990 年 4 月

人间鲁迅　第三部：横站的士兵（林贤治）　花城出版社　496 页　1990 年 5 月

中国现代文学及《野草》《故事新编》的争鸣（王瑶　李何林）　知识出版社　182 页　1990 年 6 月

鲁迅思想发展新探（刘焜炀）　人民出版社　257 页　1990 年 11 月

鲁迅和中国文化（林非）　学苑出版社　337 页　1990 年 12 月

蔡元培鲁迅的美育思想（孙世哲）　辽宁教育出版社　256 页　1990 年 12 月

鲁迅小说的艺术（刘家鸣）　陕西人民出版社　329 页　1990 年 12 月

鲁迅与中外文化（山东省鲁迅研究会）　华龄出版社　325 页　1990 年 12 月

沟通与更新——鲁迅与日本文学关系发微（程麻）　中国社会科学出版社　333 页　1990 年 12 月

1991 年

"社会处方"总览——鲁迅对传统文化的解剖（张琢）　陕西人民教育出版社　326 页　1991 年 1 月

鲁迅与绍兴历史名贤（宋志坚）　厦门大学出版社　206 页　1991 年 1 月

鲁迅论集（唐弢）　文化艺术出版社　638 页　1991 年 2 月

艺术创作的深度表现——鲁迅创作新论（张建生）　青海人民出版社　216 页　1991 年 2 月

鲁迅杂文选读与研究（黄建国等）　河北人民出版社　301 页　1991 年 2 月

在巨人的光照下（广东鲁迅研究小组、广东鲁迅研究学会）　中山大学出版社　264 页　1991 年 3 月

鲁迅在绍踪迹掇拾（绍兴鲁迅纪念馆）　杭州大学出版社　265 页　1991 年 3 月

关于"人"的审视和建构——鲁迅与世界文学的一个重要视角（许怀中）　陕西人民出版社　330 页　1991 年 7 月

鲁迅传（增订本）（林志浩）　北京十月文艺出版社　687页　1991年7月

鲁迅家世（段国超）　教育科学出版社　262页　1991年7月

鲁迅传（修订本）（王士菁）　中国青年出版社　288页　1991年8月

反抗绝望——鲁迅的精神结构与《呐喊》《彷徨》研究（汪晖）　上海人民出版社　394页　1991年8月

鲁迅——伟大的教育家（陈根生）　新疆大学出版社　269页　1991年8月

籍海探珍——鲁迅整理祖国文化遗产撷华（赵英）　中国文史出版社　362页　1991年8月

鲁迅生平及其著作（武德运）　吉林大学出版社　169页　1991年9月

鲁迅诗全笺（夏明钊）　江苏教育出版社　322页　1991年9月

鲁迅与中外文化（浙江鲁迅研究学会）　浙江文艺出版社　298页　1991年10月

鲁迅、胡适、郭沫若连环比较评传（朱文华）　上海文艺出版社　376页　1991年10月

鲁迅与中国现代史（李安葆）　黑龙江人民出版社　193页　1991年10月

鲁迅诗全编（周振甫）　浙江文艺出版社　303页　1991年10月

鲁迅藏书研究（北京鲁迅博物馆鲁迅研究室）　中国文联出版公司　450页　1991年12月

1992年

当代鲁迅研究史（袁良骏）　陕西人民教育出版社　619页　1992年1月

鲁迅先生诗疏证（张自强）　四川文艺出版社　454页　1992年4月

走向鲁迅世界（彭定安）　辽宁教育出版社　816页　1992年5月

鲁迅的艺术世界（李耿）　广西民族出版社　172页　1992年5月

无限的信赖——鲁迅与中国共产党（秦建君）　上海华东师范大学出版社　191页　1992年6月

茅盾心目中的鲁迅（单演义）　陕西人民出版社　311页　1992年6月

鲁迅评传（吴俊）　百花洲文艺出版社　166页　1992年8月

历史转换期文化启示录——文化视角与鲁迅研究（朱晓进）　辽宁教育出版社　254页　1992年8月

鲁迅个性心理研究（吴俊）　上海华东师范大学出版社　267页　1992年12月

1993年

鲁迅《故事新编》评注（刘铭璋等）　国际展望出版社　1993年1月

鲁迅心中的诚和爱（唐荣昆）　武汉大学出版社　207页　1993年1月

鲁迅散文欣赏（陈孝全）　广西教育出版社　223页　1993年2月

鲁迅——"民族魂"的象征（黄侯兴）　山东人民出版社　340页　1993年2月

鲁迅语言修改艺术（刘刚等）　中央民族学院出版社　259页　1993年2月

鲁迅和瞿秋白合作的杂文及其它（丁景唐　王保林）　陕西人民出版社　261页　1993年5月

鲁迅小说导读（魏洪丘）　华东师范大学出版社　303页　1993年5月

鲁迅郁达夫比较探索（郑志文）　广西师范大学出版社　268页　1993年5月

中国文明与鲁迅的批评（张琢）　台北桂冠图书股份有限公司　303页　1993年5月

鲁迅研究平议（陈炳良）　香港三联书店　158页　1993年5月

鲁迅小说新论（王润华）　上海学林出版社　179页　1993年7月

鲁迅《野草》全释（［日］片山智行著　李冬木译）　吉林大学出版社　155页　1993年7月

鲁迅心史（刘福勤）　广西教育出版社　714页　1993年8月

鲁迅情爱世界探秘（王建周）　漓江出版社　216页　1993年8月

鲁迅悲剧艺术论稿（李彪）　　南京大学出版社　221页　1993年9月

鲁迅与中国文化精神（王得后）　　花城出版社　389页　1993年9月

鲁迅情书鉴赏（刘福勤）　　广西师范大学出版社　350页　1993年10月

鲁迅郭沫若与五四新文化（陕西省鲁迅研究会）　陕西人民教育出版社　257页　1993年11月

无法直面的人生——鲁迅传（王晓明）　上海文艺出版社　262页　1993年12月

20世纪中国最忧患的灵魂（孙郁）　群言出版社　232页　1993年12月

阿Q—70年（彭小苓等编选）　北京十月文艺出版社　676页　1993年12月

鲁迅论丛（蒙树宏）　云南大学出版社　165页　1993年12月

鲁迅诗歌译注（葛新）　上海学林出版社　266页　1993年12月

鲁迅先生诞辰110周年纪念论文集（上海鲁迅纪念馆）　百家出版社　1993年12月

1994年

新文化先驱的文体选择——论鲁迅杂文文体精神（李德尧）　武汉大学出版社　250页　1994年1月

《野草》的艺术世界（孟瑞君）　山花文艺出版社　265页　1994年2月

日月双照——鲁迅与郁达夫比较论（郑心伶）　花城出版社　182页　1994年3月

鲁迅：在中日文化交流的坐标上（彭定安）　春风文艺出版社　1994年5月

鲁迅的诗歌艺术（叶诚生）　山东大学出版社　229页　1994年5月

鲁迅的讽刺艺术（张学军）　山东大学出版社　335页　1994年5月

鲁迅的人际艺术（解洪祥）　山东大学出版社　308页　1994年5月

鲁迅书信钩沉（吴作桥）　东北师范大学出版社　248页　1994

年6月

难雕的塑像（郑心伶　梁惠玲）　暨南大学出版社　192页　1994年8月

鲁迅郭沫若研究论集（蒋潇）　陕西人民出版社　279页　1994年8月

被亵渎的鲁迅（孙郁）　群言出版社　278页　1994年10月

1995年

智慧的思考——鲁迅的思维方法（邱存平）　解放军出版社　374页　1995年1月

鲁迅　许广平（张恩和）　中国青年出版社　268页　1995年1月

鲁迅的世界（姚馨丙等）　上海社会科学出版社　201页　1995年2月

鲁迅、创造社与日本文学——中日近现代比较文学初探（[日]伊藤虎丸著　孙猛等译）　北京大学出版社　356页　1995年2月

鲁迅·我可以爱（马蹄疾）　四川文艺出版社　373页　1995年3月

唐弢文集（唐弢）　社会科学文献出版社　共10卷第六卷　鲁迅研究（上）　第七卷　鲁迅研究（下）　1995年3月

鲁迅与少数民族文化（黄川等）　新疆美术摄影出版社　192页　1995年7月

价值批评与阿Q十八面（黄鸣奋等）　新疆人民出版社　222页　1995年8月

鲁迅郭沫若与中国传统文化（王骏骥）　百花文艺出版社　304页　1995年10月

"人"与"鬼"的纠葛——鲁迅小说论析（[日]丸尾常喜著　秦弓译）　人民文学出版社　319页　1995年12月

世纪之交的文化选择——鲁迅藏书研究（陈漱渝）　湖南文艺出版社　481页　1995年12月

鲁迅与严复（哈九增）　山西高校联合出版社　308页　1995年12月

1996年

论鲁迅（于万和）　黑龙江教育出版社　1996年1月

关于鲁迅及中国现代文学（李何林）　天津人民出版社　360

页　1996 年 4 月

寻找伟人的足迹——鲁迅在北京（刘丽华等）　北京工业大学出版社　256 页

世纪之交的民族魂（广东鲁迅研究学会）　广东人民出版社　351 页　1996 年 8 月

鲁迅仍然活着（王景山）　中国和平出版社　405 页　1996 年 8 月

鲁迅与宗教文化（郑欣淼）　陕西人民教育出版社　406 页　1996 年 9 月

由中间寻找无限——鲁迅的文化价值观（王乾坤）　陕西人民教育出版社　259 页　1996 年 9 月

中国现代小说史上的鲁迅（林非）　陕西人民教育出版社　310 页　1996 年 9 月

呐喊论（卢今）　陕西人民教育出版社　150 页　1996 年 9 月

阿 Q 新论——阿 Q 与世界文学中的精神典型问题（张梦阳）　陕西人民教育出版社　321 页　1996 年 9 月

现代散文的劲旅（袁良骏）　陕西人民教育出版社　300 页　1996 年 9 月

鲁迅的创作与尼采的箴言（闵抗生）　陕西人民教育出版社　292 页　1996 年 9 月

鲁迅与英国文学（高旭东）　陕西人民教育出版社　182 页　1996 年 9 月

论鲁迅艺术创作系统（任广田）　陕西人民教育出版社　223 页　1996 年 9 月

鲁迅创作心理论（阎庆生）　陕西人民教育出版社　434 页　1996 年 9 月

鲁迅与新思潮——论鲁迅留日时期的思想（汪毅夫）　陕西人民教育出版社　108 页　1996 年 9 月

历史的沉思——鲁迅与中国现代文学论（王富仁）　陕西人民教育出版社　387 页　1996 年 9 月

民族魂与中国人（李继凯）　陕西人民教育出版社　267 页　1996 年 9 月

反省与选择——鲁迅文化观的多维透视（黄健）　陕西人民教育出版社　254 页　1996 年 9 月

鲁迅文学观综论（朱晓进）　陕西人民教育出版社　234 页　1996 年 9 月

空前的民族英雄——纪念鲁迅 110 周年诞辰学术讨论会论文选　陕西人民教育出版社　551 页　1996 年 9 月

鲁迅学术文化随笔（钱理群等）　中国青年出版社　310 页　1996 年 9 月

鲁迅的情感世界——婚恋生活及其投影（李允经）　北京工业大学出版社　261 页　1996 年 10 月

一个都不宽恕——鲁迅和他的论敌（陈漱渝）　中国文联出版公司　718 页　1996 年 10 月

故乡人士论鲁迅（绍兴鲁迅研究会、绍兴鲁迅纪念馆）　浙江文艺出版社　459 页　1996 年 10 月

恩怨录·鲁迅和他的论敌文选（李富根等）　今日中国出版社　上·下两册　1996 年 11 月

鲁迅与他"骂"过的人（房向东）　上海书店出版社　368 页　1996 年 12 月

鲁迅心解（王得后）　浙江文艺出版社　433 页　1996 年 12 月

1997 年

鲁迅散论（潘颂德）　国际文化出版社　293 页　1997 年 3 月

鲁迅比较研究（［日］藤井省三著　陈福康编译）　上海外语教育出版社　279 页　1997 年 3 月

鲁迅中期思想研究（徐麟）　湖南师范大学出版社　336 页　1997 年 4 月

悟性与奴性——鲁迅与中国知识分子的"国民性"（张梦阳）　河南人民出版社　256 页　1997 年 4 月

情结·文本——鲁迅的世界（皇甫积庆）　长江文艺出版社　1997 年 5 月

比较视野中的鲁迅文艺思想（张直心）　云南大学出版社　155 页　1997 年 5 月

鲁迅与周作人（孙郁）　河北人民出版社　375 页　1997 年 7 月

说不尽的阿 Q——无处不在的魂灵（陈漱渝）　中国文联出版公司　768 页　1997 年 9 月

鲁迅梁实秋论战实录（黎照）　华龄出版社　648 页　1997 年 11 月

开杂文新生面的鲁迅（王积彬）　辽宁大学出版社　311 页　1997年 12 月

1998 年

度尽劫波——周氏三兄弟（黄乔生）　群众出版社　488 页　1998年 1 月

人间鲁迅（林贤治）　花城出版社　上、下两册　1998 年 3 月

鲁迅钱钟书平行论（刘玉凯）　河北大学出版社　330 页　1998年 8 月

鲁迅家世（修订本）（段国超）　教育科学出版社　405 页　1998年 9 月

近代理性・现代孤独・科学理性——鲁迅的精神历程及其他（解洪祥）　山东大学出版社　1998 年 9 月

一个漫游者与鲁迅的对话（孙郁）　新疆人民出版社　429页　1998 年 10 月

阿 Q 真谛（白盾　海燕）　天津人民出版社　373 页　1998 年10 月

回到故乡的原野（鲁迅研究论文集）（邓国伟）　广东人民出版社　262 页　1998 年 11 月

鲁迅作品新论（王吉鹏等）　辽宁人民出版社　551 页　1998年 12 月

1999 年

鲁迅传（钮岱峰）　中国文联出版公司　766 页　1999 年 1 月

鲁迅回忆录（汇编六卷）（王世家）　北京出版社　专著1587页　散篇1608 页　1999 年 1 月

鲁迅评传（曹聚仁）　东方出版中心　365 页　1999 年 4 月

从鲁迅遗物认识鲁迅（叶淑德　杨燕丽）　中国人民大学出版社　561 页　1999 年 5 月

鲁迅的生命哲学（王乾坤）　人民文学出版社　343 页　1999年 4 月

鲁迅世界性的探寻——鲁迅与外国文化比较研究史（王吉鹏　李春林）　辽宁人民出版社　527 页　1999 年 7 月